岩波文庫

30-019-1

今昔物語集

天竺・震旦部

池上洵一編

岩波書店

凡　例

一、本書は、新日本古典文学大系『今昔物語集』(今野達・池上洵一・小峯和明・森正人校注、全五冊、一九九三―九九年、岩波書店刊、以下「新古典大系本」と略記)からその約四割を抄出し、岩波文庫版(全四冊、「天竺・震旦部」一冊、「本朝部」三冊)として刊行したものである。

一、文庫版刊行に当たって、読みやすさを考慮し、本文の校訂方針を次のように一部改めた。

1　標題については、読み下し文に改めた。

2　本文の片仮名表記の部分を平仮名に改めた。

3　振り仮名は現代仮名遣いに改めた(本文の仮名遣いは原文通りとした)。

一、脚注については、紙幅の制限上大幅に割愛し、語釈など本文読解に必要な最小限のもののみ残した。

一、新古典大系本の凡例を次に掲げておく(前項の変更にかかわる項目は除いた)。

一　底本は次のとおりである。

巻一・三・四・六・十一・十三―十六・十九・二十二・二十五・二十六　東京大学文学部国語研究室蔵　紅梅文庫旧蔵本(東大本甲)。

巻二・五・七・九・十・十二・十七・二十七・二十九　京都大学附属図書館蔵　鈴鹿家旧蔵本(鈴鹿本)

巻二十　実践女子大学蔵　黒川春村旧蔵本(黒川本)

巻二十三　静嘉堂文庫本

巻二十四　カリフォルニア大学バークレー校アジア図書館本(旧三井文庫本)

巻二十八・三十・三十一　蓬左文庫蔵本(蓬左本)

二　本文は底本の形を復元できるよう努めたが、通読の便を考慮して、翻刻は次のような方針で行った。

1　底本では、付属語や活用語尾を片仮名小字で二行に割書きしているが、本書では通常の書き方に改めた。

2　改行・句読点、等

(イ)　適宜改行して段落を設け、句読点を施した。

(ロ)　会話や心中思惟に相当する部分等を「　」でくくった。

3　振り仮名、等

(イ)　漢字に付した平仮名の傍訓は校訂者による訓みを示す。

(ロ)　底本の漢字にいわゆる捨て仮名が添えられている場合には、傍訓は必ずしも漢字の一字一字に対応せず、語句全体の訓みに沿うようにした。

(例)　汝《なむ》ヂ　無限《かぎりな》シ　無限《かぎり》ナシ　不見《みえず》へ

4　字体

(イ)　漢字は原則として現在通行の字体に改め、常用漢字表にある文字は新字体を用いた。

古字・本字・同字・俗字・略字その他で通行の字体と一致しないいわゆる異体字は、原則として正字に改め、必要に応じて注を付した。

(ロ)　反復記号は原則として底本のままとした。但し、漢字の同音記号はすべて「〻」に統一した。

(ハ)　「〆」(シテ)のような特殊な合字や連字体等は通行の文字に改めた。「廿」

「卅五」等は「二十」「三十五」等に改めた。

5　誤字・衍字・欠字、等

（イ）明らかな誤字・衍字等は訂正し、必要に応じて注を付した。

（ロ）□は、底本の欠字箇所および底本の欠損等による判読不可能の箇所を示す。

⬚は、底本に欠字はないがそこに何らかの記述があったと推定される箇所を示す。

今昔物語集　天竺・震旦部　目　次　〔巻八は欠巻〕

巻第二 天竺

巻第三 天竺

巻第四　天竺付仏後

巻第五　天竺付仏前

巻第六　震旦付仏法

巻第十　震旦付国史

今昔物語集　巻第一　天竺

釈迦如来《しゃかにょらい》、人界《にんがい》に宿《やど》り給《たま》へる語《こと》 第一

今昔《いまはむかし》、[一]釈迦如来《しゃかにょらい》、未《いま》だ仏《ほとけ》に不成給《なりたまわ》ざりける時は[二]釈迦菩薩《ぼさつ》と申《もうし》て、[三]兜率天《とそつてん》の内院《ないいん》と云《いう》所にぞ住給《すみたまい》ける。而《しかる》に[四]閻浮提《えんぶだい》に下生《げしょう》しなむと思《おぼ》しける時に、[五]五衰《ごすい》を現はし給ふ。其《その》五衰と云《いう》は、一《ひとつ》には天人《てんにん》は[六]眼瞬《めまじろ》く事無《なき》に眼瞬《まじ》ろく、二《ふたつ》には天人の頭《かしら》の上の[七]花鬘《けまん》は萎《しぼむ》事無《なき》に萎《しぼみ》ぬ、三《みつ》には天人の衣には[八]塵居《ちりい》る事無《なき》に塵・垢《あか》を受《うけ》つ、四《よつ》には天人は[九]汗《あせ》あゆる事無《なき》に腋下《わきのした》より汗出《いで》きぬ、五《いつつ》には天人は我が[一〇]本《もと》の座《ざ》を不替《かえ》ざるに本《もと》の座を不求《もとめず》して[一一]当《あた》る所に居《い》ぬ。

其の時に諸《もろもろ》の天人、菩薩此相《このそう》を現《あらわ》し給う見て、怪《あやしび》て菩薩に申して云《いわ》く、「我等今日《きょう》此の相《そう》を現《あらわ》し給《たまう》を見て、[一二]身動き心迷《まどう》。願《ねがわ》くは、我等が為に此の故《ゆえ》を宣《の》べ給へ」と。菩薩[一三]諸天《しょてん》に答《こたえ》て宣《のたま》はく、「当《まさ》に知《しる》べし、[一四]諸《もろもろ》の行《ぎょう》は皆不常《つねなら》ずと云《いう》事を。我今、

第一話 出典は過去現在因果経・一（釈迦譜・一も同文）。一部は仏本行集経を参看か。

一 釈尊。仏教の開祖。如来は悟りを得た聖者。即ちシャーキャ（釈迦）族の聖者の意の呼称。 二 菩薩は悟りを求めて修行する者。即ち釈尊の成道以前の称。 三 欲界六天の第四。内院と外院があり、内院は弥勒菩薩の住処。 四 人間世界。→六八頁注一。 五 天人が命終の時に現れる五つの衰相。 六 まばたき。 七 髪飾りの花。 八 付着する。 九 流れ出る。したたる。 一〇 本来の座。 一一 どこでも出くわしたところに坐ってしまう。 一二 身体はふるえ心は動転しています。 一三 天人たち。 一四 すべて

不久《ひさしからず》して此の天の宮を捨《すて》て閻浮提に生《うまれ》なむず」と。此を聞《きき》て、諸《もろもろ》の天人歎《なげ》く事不愚《おろかなら》ず。此《かく》て菩薩、「閻浮提の中に生れむに、誰《たれ》をか父とし誰《たれ》をか母とせむ」と思《おぼ》して見給ふに、「一五迦毘羅衛《かびらえ》国《こく》の一六浄飯王《じょうぼんおう》を父とし、一七摩耶夫人《まやぶにん》を母とせむに一八足《た》れり」と思ひ定《さだめ》給《たまい》つ。

一九癸丑《みずのとうし》の歳《とし》の七月八日、摩耶夫人の胎《はら》に宿《やど》り給ふ。夫人《ぶにん》夜寝《よるね》給《たまい》たる夢に、菩薩二〇六牙《ろくげ》の白象《びやくぞう》に乗《のり》て虚空《こくう》の中《うち》より来《きたり》て、夫人《ぶにんの》右の脇より身の中《なか》に入給《いりたまい》ぬ。二一顕《あら》はに二二透徹《すきとおり》て瑠璃《るり》の壺《つぼ》の中に物を入《いれ》たるが如《ごとく》也。夫人二三驚覚《おどろきさめ》て、浄飯王の御許《みもと》に行《ゆき》て此の夢を語り給ふ。王夢を聞《きき》給て夫人に語《かたり》て宣《のたまわ》く、「我も又如此《かくのごとき》の夢を見つ。自《みずから》此《この》事を二四計《はから》ふ事不能《あたわ》じ」と宣《のたまい》て、忽《たちまち》に二五善相婆羅門《ぜんそうばらもん》と云《いう》人を請《しょう》じて、妙《たえ》に香《こうば》しき花・種ゝ《くさぐさ》の飲食《おんじき》を以て婆羅門を二六供養《くよう》して、夫人の二七夢想《むそう》を問《とい》給ふに、婆羅門《ばらもん》大王に申《もうし》て云《いわ》く、「夫人の懐《はら》み給へる所の太子《たいし》、諸《もろもろ》の善《よ》く妙《たえ》なる相《そう》御《おわ》す。委《くわし》く不可説《とくべから》ず、今当《まさ》

の現象は決して永久不変ではないということを。

一五 カピラヴァストゥ。ネパール南部タライ地方にあった釈迦族の国。

一六 スッドーダナ(浄飯王・白飯王)。釈迦族のうちのゴータマ族の王、師子頬王の子。釈尊の父。

一七 マーヤー(摩耶)。善覚長者(→一九頁注一三)の娘。浄飯王の妃。釈尊の母。

一八 十分である。ふさわしい。

一九 「癸丑」の干支は経典にはないか、歴代三宝紀など中国の仏教史書では一般的。なお託胎の日は、七月十五日が一般的だが、七月八日説も釈迦物語(室町時代)などに例がある。

二〇 牙が六本の白象。普賢菩薩の乗物ともされる聖象。

二一 はっきりと透き通って

に王の為に略して可説《とくべ》し。此の夫人の胎《はら》の中の御子《みこ》は、必ず[一]光を現《げん》ぜる釈迦の種族《しゅぞく》也。胎《はら》を出《いで》給はむ時、大《おおき》に光明《こうみょう》を放たむ。[二]梵天《ぼんでん》・[三]帝釈《たいしゃく》及び諸天皆恭敬《くぎょう》せむ。此の相《そう》は必ず是《こ》れ仏に成《なる》べき[四]瑞相《ずいそう》を現《げん》ぜる也。若《も》し[五]出家《しゅつけ》に非《あらず》は、[六]転輪聖王《てんりんじょうおう》として[七]四天下《してんげ》に[八]七宝《しちほう》を満《み》て[九]千の子を具足《ぐそく》せむとす」。

其の時に大王《だいおう》、此の婆羅門《ばらもん》の詞《ことば》を聞《きき》給て、喜び給ふ事無限《かぎりな》くして、諸《もろもろ》の金銀《こんごん》及び象馬《ぞうめ》・[一〇]車乗《しゃじょう》等の宝を以て此の婆羅門に与へ給ふ。又夫人《ぶにん》も諸《もろもろ》の宝を施《せ》[一一]し給ふ。婆羅門、大王及び夫人の施《せ》し給ふ所の宝を受畢《うけおわり》て帰去《かえりさり》にけりとなむ語り伝へたるとや。

見え。 二二 透明な瑠璃の壺に物を入れたようだった。 二三 はっと目を覚まして。 二四 この夢が何を意味するのか、自分だけでは決められまい。 二五 よく吉凶の相を見る婆羅門。婆羅門は四姓(→一一三頁注一〇)の最上位。司祭階級。 二六 もてなして。 二七 夢の意味をお尋ねになると。

一 きっと光り輝く釈迦族となりましょう。因果経「必能光顕釈迦種族」(きっと釈迦族を光明に包むだろう)を誤解か。 二 大梵天王。娑婆世界の初禅天の王。帝釈天とともに仏教を守護する。梵天。 三 帝釈天。欲界の忉利天善見城の王。仏法守護神。 四 めでたい兆候。吉兆。

釈迦《しやか》如来《によらい》、人界《にんがい》に生《う》まれ給《たま》へる語《こと》 第二

今昔《いまはむかし》、釈迦《しやか》如来《によらい》の御母[一二]摩耶夫人《まやぶにん》、父の[一三]善覚長者《ぜんがくちようじや》と共《とも》に、春の始[一四]二月の八日、[一五]嵐毘尼薗《らんびにおん》の[一六]無憂樹下《むうじゆげ》に行《ゆき》給ふ。夫人薗《その》に至り給て[一七]宝の車より下《おり》て、先《ま》づ種ゝ《くさぐさ》の目出《めで》たき[一八]瓔珞《ようらく》を以て身を飾り給て、無憂樹下に進み至り給ふ。夫人の共に従へる[一九]婇女《さいによ》[二〇]八万四《し》千《せん》人也。其の乗る車十万也。大臣・公卿《くぎよう》及び百官《ひやつかん》、皆様ゝ《さまざま》に仕《つか》へり。其の樹《うえき》の様《さま》は上より下まで等しくして、葉[二一]しだりて枝に垂敷《たれし》けり。半《なかば》は緑也、半《なかば》は青し。其の色の照曜《てりかがや》ける事、孔雀《くじやく》の頸《くび》の如し。夫人樹《うえき》の前に立《たち》給て、右の手を挙《あげ》て樹《うえき》の枝を曳取《ひきとら》むと為《す》る時に、右の脇より太子《たいし》生れ給ふ。大《おおき》に光を放《はなち》給ふ。

其の時に、諸《もろもろ》の天人《てんにん》・[二二]魔・[二三]梵《ぼん》・[二四]沙門《しやもん》・[二五]婆羅門《ばらもん》等、皆 悉《ことごと》く樹《うえき》の下に充《み》ち満てり。太子已《すで》に生れ給ひぬれば、天人[二六]手を係《か》け奉

五 もし出家しなかったら。 六 全世界を感伏統治する理想的な帝王。転輪王。 七 全世界。 八 →一一三頁注一九。 九 千人の子を持つであろう。子孫繁栄の予祝。 一〇 乗用の車。 一一 布施としてお与えになった。

第二話 出典は過去現在因果経・一(釈迦譜・一も同文)。一部は仏本行集経を参看か。

一二 →一七頁注一七。 一三 釈迦族の近隣コーリ(拘利)族の王。 一四 現在は四月八日説が一般だが、因果経・仏本行集経等は二月八日とする。 一五 ネパール南部タライ地方のルンビニー。善覚長者が作った庭園があった。 一六 マメ科の高木。アショ

て、四方《しほう》に各《おのおの》七歩《しちふ》を行《ぎよう》ぜさせ奉る。足を挙げ給ふに、蓮花《れんげ》[一]生《しようじ》て足を受け奉る。南に七歩《しちふ》行《ぎようじ》ては、無量《むりよう》の衆生《しゆじよう》の為《た》めに上《じよう》[二]福田《ふくでん》と成る事を示し、西に七歩《しちふ》行《ぎようじ》ては、生《しよう》[三]を尽《つく》して永く老・死を断《た》つ最後《さいご》[四]の身《しん》を示す。北に七歩《しちふ》行《ぎようじ》ては、諸《もろもろ》の生死《しようじ》[五]を渡る事を示す。東《ひんがし》に七歩《しちふ》行《ぎようじ》ては、衆生《しゆじよう》を導く首《かしら》と成る事を示す。[六]四《よつ》の維《すみ》に七歩《しちふ》行《ぎようじ》ては、種ゝ《くさぐさ》の煩悩《ぼんのう》を断《だん》じて仏と成る事を示す。上に七歩行じては、不浄の者の為に不穢ざる事を示す。下に七《しち》歩《ふ》行《ぎようじ》ては、法《ほう》[七]の雨を降《ふら》して地獄《じごく》の火を滅《めつ》して彼《か》の衆生《しゆじよう》に安穏《あんのん》の楽《たのしび》を令受《うけしむ》る事を示す。太子　各《おのおの》七歩《しちふ》を行《ぎよう》じ畢《おわり》て頌《じゆ》[八]を説《とき》て宣《のたま》はく、

「我生胎分尽《がしようたいぶんじん》[九]　是最末後身《ぜさいまつごしん》[一〇]　我已得漏尽《がいとくろじん》　当後度衆生《とうごどしゆじよう》」

行《ぎよう》ずる事の七歩《しちふ》なる事は、七覚《しちかく》[一〇]の心を表《あらわ》す。蓮花《れんげ》の地《じ》より生《しよう》ずる事は地神《じじん》[一一]の化《け》する所也。

其の時に四天王《してんのう》[一二]、天の縚《かとり》[一三]を以て太子を接奉《とり》て、宝の机の上に

ーカ(阿輸迦)樹。釈尊がこの樹の下で無事誕生したことから無憂樹と呼ぶ。一七 豪華な車。一八 珠玉や貴金属を編んで頭・頸・胸などにかける装身具。一九 采女に同じ。侍女。二〇 仏典で極めて大きな数字を表すときの常套表現。二一 垂れ下がって。二二 天魔。欲界の他化自在天(第六天)の王。仏法を妨げ、仏道修行の邪魔をする。波旬。但し、因果経の釈尊生誕の場面には、天魔の名は見えない。二三 →注二。二四 僧侶。二五 →一七頁注二五。二六 手をお添えして。

一 蓮の花が咲き出て、足をお受けする。

二 最上の福田(よい果報を

置《おき》奉る。[一四]帝釈《たいしやく》は[一五]宝蓋《ほうがい》を取り、[一六]梵王《ぼんのう》は[一七]白払《びやくほつ》を取《とり》て左右《そう》に候《さぶら》ふ。[一八]難《なん》陀《だ》・跋難陀《ばつなんだ》の竜王《りゆうおう》は、虚空《こくう》の中《なか》にして清浄《しようじよう》の水を吐《はき》て太子の御《おん》身《み》に浴《あむ》し奉る。一度《ひとたび》は温《あたたか》に、一度《ひとたび》は涼し。[二〇]御身は金《こがね》の色にして、[一九]三十二の相在《そうまし》ます。大《おおき》に光明《こうみよう》を放《はなち》て、普《あまね》く三千大千世界《さんぜんだいせんせかい》を照し給ふ。[二一]天竜八部《てんりゆうはちぶ》は虚空《こくう》の中にして[二二]天楽《てんがく》を成す。天より[二三]天衣《てんえ》及び瓔珞《ようらく》乱れ落《ふ》る事雨の如《ごと》し。

其の時に大臣有《あり》、[二四]摩訶那摩《まかなま》と云ふ。大王《だいおう》の御許《みもと》に参《まいり》て太子生れ給へる事を奏聞《そうもん》し、又種〻《くさぐさ》の[二五]希有《けう》の事を啓《けい》す。大王驚《おどろきなが》乍ら彼薗《かのその》に行幸《ぎようこう》し給ふ。時に一人の女有《あり》て、大王の来《きた》り給へるを見て、薗《その》の内に入《いり》て太子を懐《いだき》奉て大王の御許《みもと》に将《いてたてまつりていわ》奉 云く、「太子、今父の王を敬礼《きようらい》し給ふべし」と。王の宣《のたま》はく、「先づ[二六]我が師の婆羅門《ばらもん》を礼《らい》して後《のち》に我を見よ」と。其の時に女人《によにん》、大《たい》子《し》を懐《いだき》て婆羅門の許《もと》に将《いて》奉る。婆羅門《ばらもん》太子を見奉て大王に申《もう》さく、「此の太子は必ず[二七]転輪聖王《てんりんじようおう》と成給《なりたまう》べし」と。

得る因となるもの）。

三 生死輪廻の身を離れて永遠に老・死の苦を断つ。

四 生死界中の最後の身。

五 生死の苦海を渡り、悟りの彼岸に到ること。

六 東北・東南・西南・西北。

七 仏法があまねく衆生を救うのを雨にたとえた語。

八 仏徳や教理を賛美する詩句。偈。

九 私は今まで生死輪廻を重ねてきたが、今度生まれて来たこの身が最後で、これ以上生死をくり返すことはない。私はあらゆる煩悩を断ち切って仏陀となり、すべての衆生を救済しよう。

一〇 悟りに到達するための七種の修行階梯。七覚支。

一一 地神が化生させたのである。

一二 → 一三九頁注二三。

一三 目を細かく固

太王《だいおう》、太子を具《ぐ》し奉りて[一]迦毘羅城《かびらじよう》に入《いり》給ふ。其の城《じよう》を去る事不遠《とおから》ずして一《ひとり》の天神《てんじん》有り。名をば[二]増長《ぞうじよう》と云ふ。其の社《やしろ》には諸《もろもろ》の[三]釈種《しやくしゆ》常に詣《もう》で礼拝《らいはい》して、[四]心に称《かな》はむ事を乞《こい》願ふ社《やしろ》也。大王太子を彼《か》の天神の社《やしろ》に将詣《いてもうで》給て、諸《もろもろ》の大臣に告《つげ》て宣《のたま》はく、「我れ今、太子に此の天神を礼《おがま》しむべし」と。乳母《めのと》太子を懐《いだき》奉て天神の前に詣《もう》づる時に、[五]一《ひとり》の女天神《によてんじん》有り。名をば無畏《むい》と云ふ。[六]其の堂より下《おり》て太子を迎《むかえ》奉て、掌《たなごころ》を合せ恭敬《くぎよう》して太子の御足を[七]頂《ちよう》礼《らい》して乳母《めのと》に語《かたり》て云《いわ》く、「此の太子は人に勝《すぐ》れ給へり、[八]努ゝ軽《ゆめゆめかろし》め奉《たてまつ》る事無《な》かれ。又太子に我を礼《おがま》せ奉《たてま》つる事無かれ。我れ太子を礼《らい》し奉るべし」と。

其の後《のち》、大王 并《ならびに》太子・夫人《ぶにん》城《じよう》に返入《かえりいり》給ひぬ。摩耶夫人は太子生れ給て後七日《なぬか》有《あり》て失《うせ》給ひにけり。然《さ》れば、大王より始め国挙《こぞり》て嘆《なげ》き合へる事無限《かぎりな》し。太子未《いま》だ幼稚《ようち》に御《おわし》ます間《あいだ》にて、誰《たれ》か養ひ奉らむと大王思ひ歎《なげ》く。夫人《ぶにん》の父善覚長者、八人の娘有《あり》。

く織った薄い絹布。
一四 →一八頁注三。
一五 天蓋をさしかけ。
一六 梵天。→一八頁注二一。
一七 白い払子(ほっす)。
一八 難陀・跋難陀ともに仏法守護の八大竜王の一。
一九 仏の肉身が具えている三十二の偉大な特徴。
二〇 全宇宙。 二一 →一三七頁注二三。 二二 天上の音楽。 二三 天人の衣服。
二四 マハーナーマ。伝未詳。二四頁注七、八九頁注八の同名人は各々別人であろう。
二五 不思議な奇瑞があったことを奏上した。
二六 わが師である婆羅門に見てもらって後に。
二七 →一八頁注六。
一 カピラヴァストゥ。迦毘羅衛国の都城。 二 増長天。

其《その》第八の娘九摩訶波闍《まかはじゃ》と云ふ。其《その》人を以て太子を養ひ給ふ。実《まこと》の母に不異《ことなら》ず。太子の御一〇夷母《いも》に御《おわ》す。太子の御名《おんな》をば一一悉駄《しつだ》と申す。摩耶夫人は失《うせ》給て一二忉利天《とうりてん》に生れ給ひにけりとなむ語り伝へたるとや。

四天王の一。南方の守護神。
三 →一一三頁注一二。
四 願い事を祈る社。
五 女の天神。無畏は衆生の畏れを取り除く意。
六 神殿から神が出て来て、釈尊をお迎えして。
七 足もとにひれ伏して礼拝して。頭面礼足(五体投地)。最高の敬礼である。
八 決して疎略に扱い申し上げてはなりません。
九 マハーパジャーパティー(摩訶波闍波提)。生後七日目に母を亡くした釈尊の継母となった。後に出家して最初の女性修行者(比丘尼)となる。憍曇弥。
一〇 叔母。　一一 シッダールタ(悉達・悉駄)。釈尊の出家以前の名。　一二 欲界六天の一。須弥山の頂上にあり、帝釈天の住処。

悉達太子《しつだたいし》、城《じょう》に在《あ》りて楽《たのしび》を受《う》けたまへる語《こと》 第三

今昔《いまはむかし》、[一]浄飯王《じょうぼんおう》の御子《みこ》[二]悉達太子《しつだたいし》、年十七に成給《なりたまい》ぬれば、父の大王《だいおう》、諸《もろもろ》の大臣を集めて共《とも》に議《ぎ》して宣《のたま》はく、「太子年[三]已《すで》に長大《ちょうだい》に成給《なりたまい》ぬ。今は妃《きさき》を奉《たてまつる》べし。但《ただ》し[四]思《おもい》の如《ごとく》ならむ妃、誰人《たれひと》か可有《あるべ》き」と宣《のたま》ふ時に、大臣答《こたえ》て云《いわ》く、「一人の[五]釈種《しゃくしゅ》の[六]婆羅門《ばらもん》有り、名をば[七]摩訶那摩《まかなま》と云ふ。娘有り、[八]耶輸陀羅《やしゅだら》と云ふ。形《かたち》人に勝《すぐ》れて、心に[九]悟有《さとりある》なり。太子の妃に[一〇]為《せ》むに足《た》れり」と。大王此の事を聞《きき》給て大きに喜び給て、彼《か》の父の婆羅門《ばらもん》の許《もと》に使《つかい》を遣《つかわし》て宣《のたま》はく、「太子已《すで》に長大《ちょうだい》に成《なり》て、妃を求《もとめん》に汝《なんじ》が娘に[一一]当《あた》れり」と。父謹《つつしみ》て大王の仰《おおせ》を奉《うけたま》はる。

然《しかれ》ば大王、諸《もろもろ》の大臣と吉日《きちにち》を撰《えら》び定めて、車万両を遣《つかわし》て迎へ給て、既《すで》に宮に入《いり》ければ、[一二]太子世の人の妻夫《めおとこ》の有様《ありさま》をふるまひ

第三話 出典は過去現在因果経・二(釈迦譜・一も同文)。

一 ↓一七頁注一六。
二 ↓二三頁注一一。
三 もう成人になられた。
四 理想的な妃。
五 ↓一一三頁注一二。
六 四姓(↓一一三頁注一〇)の最上位。司祭階級。
七 マハーナーマ。第二話の同名人(↓二二頁注二四)とは別人らしい。
八 ヤショーダラー(耶輸陀羅)。出自は諸説あるが、因果経・仏本行集経によれば、摩訶那摩の娘。悉達太子の妃。羅睺羅の母。
九 聡明であるそうだ。
一〇 妃として申し分ない。
一一 適当である。
一二 太子は世間の人がするのと同じような結婚の儀を

給ひぬ。又一三諸《もろもろ》の目出《めで》たく厳《いつく》しき女を撰《えらび》て具《ぐ》せしめて、夜《よ》る昼《ひ》る楽しび遊ばしめ給ふ事無限《かぎりな》し。然《しか》は有れども、太子、妃と常一四に相共《あいとも》なる事無し。一五始め物の心吉《よ》く知給《しりたまわ》ざりける時より、夜《よる》は一六静《しずか》に心を鎮《しず》めて、思《おもい》を不乱《みだらず》して聖《ひじり》の道《どう》を観《かん》じ給《たまい》けり。大王は日ゝに諸《もろもろ》の一七采女《さいによ》に問《とい》給ふ、「太子は妃と一八陸《むつ》び給《たまう》や」と。采女共《さいによども》の申す様《よう》、「太子妃《きさき》と陸《む》つび給ふ事、未《いま》だ不見《み》ず」と。大王此の事を聞《きき》給て大きに歎き給て、弥《いよい》よ目出たき女の舞ひ歌ひ遊ぶを加《くわえ》て嘆《なぐさ》め給ふ。然《しか》は有れども、猶《なお》妃に陸《むつ》び給ふ事無し。然《さ》れば大王、弥《いよい》よ一九恐れ歎き給ふ。

此《かく》て太子、薗《その》の花の開け栄え、泉の水の清く冷《すず》しき事を聞《きき》給て、「薗《その》に出《いで》て遊ばむ」と欲《おぼ》して、此の采女《さいによ》を遣《つかわし》て大王に申し給ふ、「宮に候《さぶら》ふに日長くして遊ぶ事無し。暫《しばら》く出《いで》て遊ばむと欲《おも》ふ」と。大王、此れを聞《きき》給て喜び給ふ。忽《たちまち》に大臣・百官《ひやつかん》に仰せて道を造らせ、万《よろず》の所を二〇清めさしむ。太子先《ま》づ父の王の御許《みもと》

なさった。
一三 (大王はまた)大勢の美女を選んで太子に侍らせ、昼夜の別なく歓楽を尽くさせなさった。
一四 同衾することはなかった。
一五 因果経「初自無レ有世俗之意一」は、初めから世間の夫婦のような契りは結ぶ気がなくて、の意。本話はこれを誤解している。
一六 静かに瞑想にふけって。
一七 婇女。侍女。
一八 むつまじくしておいでか。
一九 心配してお嘆きになった。
二〇 「清めしむ」と「清めさす」の混態。

に行《ゆき》て、王を拝し給て、出《いで》て行き給ふ。王、大臣の年老《おい》、[一]才有《ざい》り、弁《わきま》へ賢《かしこ》きを太子の御共《とも》に遣《つかわ》す。此《かく》て太子、諸《もろもろ》の[二]眷属《けんぞく》を引将《ひきい》て城《じょう》の東《ひんがし》の門より出《いで》給ふ。国の内の上中下、男女《なんにょ》集り来《きたり》て見奉る事雲の如《ごと》し。

其の時に[三]浄居天《じょうごてん》、変化《へんげ》して老《おい》たる翁《おきな》と成《なり》ぬ。頭《かしら》白く[四]背偃《せなかくぐせ》にして杖《つえ》に懸《かか》りて羸《つか》れ歩《あゆ》ぶ。太子此を見給て、御共《とも》の人に問《とい》て宣《のたま》はく、「此《これ》は何人《なにびと》ぞ」と。答《こたえ》て云《いわく》、「此は老《おい》たる人也」。又問《とい》給はく、「何《いかなる》を老《おい》たるとは云《いう》ぞ」と。答《こたえ》て云《いわ》く、「此の人、昔は若く盛《さかり》なりき。今は齢積《よわいつもり》て形《かたち》衰へたるを老《おい》たる人と云ふ也」と。太子又問《とい》給はく、[五]「只《ただ》此の人のみ老《おい》たるか、万《よろず》の人皆《みな》此《か》く有る事か」と。答《こたえ》て云《いわ》く、「万《よろず》の人皆此《か》く有る也」と。太子[六]車を廻《めぐら》して宮に返給《かえりたまい》ぬ。

又暫《しばし》の程を経て、太子、王に前《さき》の如く出《いで》て遊ばむ事を申し給ふ。王此の事を聞《きき》給て歎《なげ》き思《おぼ》す様《よう》、「太子先に出《いで》て、道に老人《ろうにん》

一 学問もあり分別もあるのを。
二 従者。
三 色界の最高位で、四禅天に属する八天のうち上位の五天。ここでは、そこに住む天人をさす。
四 背が曲がって。
五 ただこの人だけが老いたのか。それともすべての人がみなこうなるのか。
六 車を引き返して。回れ右して。
七 どうしてまた出かけようというのか。
八 通る道を先払いして、この前の老人のような者は、おらせてはならぬ。
九 身体は衰弱し、腹は大きく脹れて。餓鬼草紙の餓鬼のごとき姿である。
一〇 あえぎうめく。
一一 「嗜」に同じ。どんなに

を見て憂《うれえ》の心有《あり》て楽《たのし》ぶ心無し。[七]今何《なん》ぞ又出《いで》む」と思《おぼ》して不許給《ゆるしたま》はず。雖然《しかりといえど》も諸《もろもろ》の大臣を集めて議し給ふ。「太子先に城の東の門を出《いで》て、老人を見て不楽《たのしば》ず。今既《すで》に又出《いで》むとす。此の度《たび》は[八]道を揮《はらい》て、前《さき》の老人の如《ごとく》ならむ輩《ともがら》を不可有《あらすべから》ず」と仰せて許し給ひつ。太子先の如く百官を引将《ひきい》て、城の南の門より出《いで》給ふ。[一〇]

浄居天変化《へんげ》して病人《びょうにん》と成《なり》ぬ。[九]身《み》羸《つか》れ腹大きにふくれて喘《あえ》き吟《によ》ふ。太子此を見給て問《とい》て宣《のたま》はく、「此は何人《なにびと》ぞ」と。答《こたえ》て云《いわ》く、「此れ病ひする人也」と。太子又問《とい》給はく、「何《いか》なるを病人とは為《する》ぞ」と。答《こたえ》て云く、「病人と云《いう》は、[一一]耆《たしび》に依《より》て飯食《はんじき》すれども愈《いゆ》る事無く、[一二]四大《しだい》不調《ととのおら》ずして、弥《いよい》よ変じて[一三]百節《ひやくせつ》皆苦しび痛む。[一四]気力虚微《きりよくきよび》して、[一五]眠《ねぶ》り臥《ふし》て不安《やすから》ず。手足《しゆそく》有れども[一六]自《みずか》ら運ぶ事不能《あたわず》して、他人《たにん》の力を[一七]仮《かり》て臥《ふ》し起《お》く。此を病人と為《する》也」と。太子、慈悲の心を以て彼《かの》病人の為《た》めに自《みずか》ら悲《かなしび》を成して、又問《とい》給ふ、「此の人のみ此《か》く病《やまい》をば為《する》か、又余《よ》の人も皆而《しか》るか」。答《こたえ》て云

好きな物を食べても心おらず。

一二　物質を構成する四大元素。地・水・火・風。人体もこの四元素から成り、その調和が崩れると病気になると考えられた。

一三　身体の節々。

一四　気力も衰弱して。

一五　寝ても安眠できない。

一六　自力では動かすことができず。

一七　借りて。

く、「一切《いつさい》の人、貴賤を不択《えらば》ず皆此の病有り」と。太子車を廻《めぐら》して宮に返《かえり》て、自《みずか》ら此の事を悲《かなしび》て弥《いよい》よ楽《たのし》ぶ事無し。王御共《とも》の人に問《とい》て宣《のたま》はく、「太子、此の度出《たびいで》て楽《たのし》ぶ事有《あり》つや否《いな》や」と。答《こたえ》て云《いわ》く、「南の門を出給《いでたまう》に、道に病人を見て、此れを問聞《といきき》給て弥《いよい》よ不楽《たのしび》給はず」。王此の事を聞《きき》給て、大《おおき》に歎き給て、今よりは[一]城を出《いで》給ふ事を恐れ給て、[二]弥《いよい》よ嗳《なぐさ》め給ふ。

其の時に、一人の婆羅門《ばらもん》の子有り。[三]憂陀夷《うだい》と云ふ。聡明《そうみよう》智恵にして[四]弁才《べんざい》有り。王此の人を宮の内に請《しよう》じ入《いれ》て、語《かたり》て宣《のたま》はく、「太子今、世に有《あり》て[五]五欲《ごよく》を受《うく》る事を不楽《たのしば》ず。恐《おそら》くは、不久《ひさしから》ずして家を出《いで》て聖《ひじり》の道《どう》を学《まな》ばむと為《す》るを。汝《なん》ぢ速《すみやか》に太子の朋《とも》と成《なり》て、世間《せけん》の五欲を楽《たのし》ばむ事を語り聞《きかせ》て、出家を楽《ねが》ふ心を留《とど》めよ」と。憂陀夷王《おう》の仰せを奉《うけたま》はりて、太子に随《したが》ひ奉《たてまつり》て不離《はなれ》ずして、常に歌舞《かぶ》を奏して見せ奉る。太子又[六]暫《しばら》くも有《あり》て、「出《いで》て遊ばむ」と申し給ふ。王思《おぼ》す様《よう》、「憂陀夷太子《たいし》と朋《とも》と成《なり》ぬれば、

一 太子が王城から出かけることを恐れて。
二 ますます(城内で)太子の心をなごませようとした。因果経「更増二妓女一而悦二其意一」。
三 ウダーイ。迦毘羅衛城の国師の子。浄飯王に抜擢されて太子の学友となり、出家の念を止めさせようとしたが、太子が成道して後は仏弟子となった。
四 弁舌巧みな才能。
五 色・声・香・味・触の五つの情欲。
六 またしばらくして。
七 「留ぬらむと」の「と」が脱落、地の文に移行している。
八 ここでは音楽の意。
九 今度は死を現そうと思うが。
一〇 (供の者たちが)みな処罰されるだろう。

世間を厭《いと》ひ出家を好む事は留《とどまり》ぬらむ」七。然《しかれ》ば、出給《いで》はむ事を許し給ひつ。太子憂陀夷と百官を引将《ひきい》て、香《こう》を焼《た》き花を散《ちら》し諸《もろもろ》の八伎《ぎ》楽《がく》を成して、城の西の門を出《いで》給ふ。

浄居天《じょうごてん》心に思はく、「前《さき》に老・病の二《ふたつ》を現《げん》ずるに、衆人《しゅにん》挙《こぞり》て此を見て王に申す。王、太子の此を見て不楽び給《たのしびたまわ》ざるに依《より》て瞋《いか》り給ふ。九此度《このたび》は死を現《げんぜ》むに、皆人《みなひと》見て王に申さば、王瞋《いかり》を増《まし》て一〇必ず罰を蒙《こうぶ》らむ。我れ今日は、只《ただ》太子と憂陀夷と二人に一一此の現《げん》ぜむ所の事を見せて、余《よ》の人には不見《みせ》じ」と思《おもい》て、変化《へんげ》して死人と成《なり》ぬ。死人を輿《こし》に乗せて香花《こうげ》を以て其の上に散《ちら》す。一二人皆哭《なき》合《あい》て此を送る。太子憂陀夷と二人のみ此を見る。太子憂陀夷に問《とい》て宣《のたま》はく、「此をば何人《なにびと》とか為する」一三と。憂陀夷《うだい》王の仰せに恐れて答《こたう》る事無し。太子三《み》度問《たびとい》給ふに不答《こたえ》ず。

爰《ここ》に浄居天、一四神通《じんずう》を以て憂陀夷の心を一五不覚《ふかく》に成して答《こたえ》て云《いわ》しむ、「此は死人《しにん》也」と。太子問《とい》給はく、「何《いか》なるを死人とは云《いう》

一一 自分が化現させること。すなわち死人。
一二 人々はみな泣きながらこれを見送る。
一三 「する」は「為」の全訓捨仮名。
一四 神通力で。
一五 麻痺させて。正気を失わせて。

ぞ」。憂陀夷の云《いわ》く、「死と云《いう》は、[一]刀風《とうふう》形を解《と》き[二]神識《じんしき》身を去《さり》て、[三]四大《しだい》の[四]諸根《しょこん》又知る事無し。此の人世に有《あり》て、五欲に[五]貪着《とんじゃく》し財宝《ざいほう》を[六]愛惜《あいじゃく》して、更《さら》に[七]無常《むじょう》を不悟《さとら》ず。今は[八]一旦《いったん》に[九]此を捨《すて》て死《し》ぬ。又父母《ぶも》・親戚・眷属《けんぞく》も命 終《みょうじゅうし》て後《のち》随ふ事無し。只[一〇]草木《そうもく》の如《ごとく》也。此《か》く死ぬる者をば実《まこと》に可哀《あわれむべき》む也」と。太子此を聞《きき》給て大《おおき》に恐れ給て、憂陀夷に問《とい》給はく、「只此の人のみ死ぬるか、余《よ》の人も又而《し》か有るか」と。答《こたえ》て云《いわ》く、「[一一]人皆此《か》く有《ある》也」と。太子車を廻《めぐらし》て宮に返給《かえりたまい》ぬ。

王憂陀夷を呼びて問《とい》給ふ、「太子出《いで》て楽有《たのしびあり》つや否《いな》や」と。憂陀夷答《こたえ》て云《いわ》く、「城を出《いで》給て不遠《とおか》らずして道に死人有《あり》つ。何《いず》れの所より来《きた》れりと云ふ事を不知《しら》ず。太子と我と同《おなじ》く此れを見つ」と。王此の事を聞《きき》給て思《おぼ》す様《よう》、「太子と憂陀夷とのみ此れを見て、余の人皆此れを不見《み》ざりけり。[一二]定《さだめ》て此れ天の現《げん》ぜる也《ならん》。諸《もろもろ》の臣の咎《とが》に非《あら》ず。[一三]阿私陀《あしだ》の云《いい》しに違《たが》ふ事無《なし》」と思《おぼ》して、大《おおき》

一 刀で切り裂くような苦痛があって。
二 精神と意識が身体から離れ。
三 ここは「四肢」に同じ。
四 「根」は感覚器官。眼・耳・鼻・舌・身および意の全ての感覚がなくなるのです。
五 執着し。
六 愛惜(あいせき)して。
七 あらゆる存在が消滅変転して常住でないこと。
八 一朝にして。
九 愛惜していた財宝。
一〇 草木も同然なのです。
一一 人はみなこうなるのです。
一二 きっとこれは天が化現させたものだろう。
一三 アシダ(阿私陀)仙人。因果経によれば、太子が生まれた時、香山から来て太子の将来を占った仙人。第

に嘆《なげ》き悲《かなし》び給て、日ミに人を奉りて太子を誘《こしらえ》[一四]て宣《のたま》はく、「此《この》[一五]国は只汝が有《う》也。何事に依《より》てか、常に憂《うれえ》たる心のみ有《あり》て不楽《たのしば》ざるぞ」と。「太子、前《さき》に東・南・西の三の門を出《いで》給へり、未《いま》だ北の門より不出給《いでたまわ》ず。必ず此の度《たび》は北の門より出《いで》て遊び給はむ事有りなむ。然《さ》れば彼《かの》道を荘《かざ》[一六]り、前《さき》[一七]の如《ごと》くならむ者共《ものども》を不可有《あらすべから》ず」と諸《もろもろ》の臣に仰せて、心の内に願《がん》じて宣《のたま》はく、「太子若《も》し城《じょう》の門を出《いで》ば、願《ねがわ》くは諸天《しょてん》[一八]、不吉祥《ふきちじょう》[一九]の事を現《げん》じて太子の心に憂へ悩ます事なかれ」と。

太子、又王に出《いで》て遊ばむ事を申し給ふ。王、憂陀夷及び百官を太子の前後に随へ給ふ。城の北の門を出《いで》て薗《その》に至《いたり》給て、馬より下《おり》て樹《うえき》の本《もと》に端《ただ》[二〇]しく居《い》給て、御共《とも》の若干《そこばく》[二一]の人を去《さ》[二二]けて心を一《いつ》にして世間の老・病・死の苦《くるしび》を思惟《しゆい》し給ふ。

其《その》時に浄居天、僧の形に化《け》して、法服《ほうぶく》[二三]を調《とと》のへ鉢《はち》[二四]を持《もち》て錫《しゃく》[二五]杖《じょう》を取《とり》て、来《きたり》て太子の前に有り。太子此を見給て、「汝《なんじ》は誰人《たれひと》

二話ではこの仙人が登場する場面を省略しているため、本話での登場は唐突の感を免れない。

一四 なだめすかして。

一五 この国は皆そなたのものだ。

一六 美しく飾り。

一七 これまでのような者どもをおらせてはならぬ。

一八 天の神々。

一九 不吉なことを現して。

二〇 きちんとお坐りになって。端座なさって。

二一 大勢の人。

二二 遠ざけて。

二三 僧衣。

二四 托鉢のための鉢。

二五 先端に数個の輪の付いた杖。

ぞ」と問《とい》給ふ。僧答云《こたえていわ》く、「我は此比丘《これびく》也」。太子又問《とい》給ふ、「何《いか》なるをか比丘《びく》と云ふ」と。答《こたえ》て云《いわ》く、「煩悩《ぼんのう》[一]を断《だん》じて、後《のち》[二]の身を不受《うけ》ざるを比丘《びく》と云《いう》也。世間は皆不常《つねなら》[三]ず、我が学ぶ所は無漏《むろ》[四]の正道《しょうどう》也。色に不目出《めで》[五]ず、声に不驚《おどろか》ず、香《か》に[六]をもねらず、味《あじわい》に不耽《ふけら》ず、触《そく》[七]に不随《したがわ》ず、法《ほう》[八]に不迷《まどわ》ず、永く無為《むい》[九]を得て解脱《げだつ》の岸に至れり」と。此《か》く云畢《いいおわり》て神通《じんずう》を現じて虚空《こくう》に昇《のぼり》て去《さり》ぬ。

太子此を見給て、馬に乗《のり》て宮に返給《かえりたまい》ぬ。

王憂陀夷に問《とい》て宣《のたま》はく、「太子此の度出《たびいで》て楽《たのし》び有《あり》つや否《いな》や」と。答《こたえ》て云《いわ》く、「太子此の度《たび》道に不吉祥《ふきちじょう》無し。但《ただ》し、薗《その》の中に至《いたり》て樹《うえき》の本《もと》に坐《ざ》し給《たまい》つる時に、一《ひとり》の人来《きた》れり。髪を剃《そ》り衣《ころも》を染《そめ》たり。太子の御前《みまえ》にして語る事有りつ。其の詞畢《ことばおわり》て空に昇《のぼり》て去《さり》ぬ。何《な》に事を云ふと不知《しら》ず。太子、此[一〇]の人と談《かたら》ひ給ひつる時は喜び給ひつ。宮に返《かえり》給て後《のち》は尚憂《なおうれえ》[一一]たる形に御《おわし》ます」と。王此を聞《きき》給て、何《いか》なる瑞相《ずいそう》[一二]と云ふ事を不知給《しりたまわ》ず、只《ただ》「太子は家を出《いで》て

一 煩悩を断ち切って。悟りを得て。
二 （生死輪廻から解脱して）転生しない。
三 この世はすべて無常です。
四 無漏は一切の煩悩を断ち切った寂静安楽な状態。私が学んでいるのは、すべての煩悩を離れた正しい教えです。
五 目に見えるものにめでず。
六 鼻でかぐものにひかれず。
七 肌で触れて感じるものに従わず。
八 ここでは、この世に存在する事物や現象。
九 生死輪廻を超越した涅槃の境地に達しているのです。
一〇 その人と話し合っている時はうれしそうにしておいででした。
一一 また憂いに沈んでいるご様子です。

聖《ひじり》の道《どう》を学び給《たまう》べし」と疑《うたがい》て、[13]王弥《いよい》よ恐れ歎き給ふ事無限《かぎ》[14]りなかりけりとなむ語り伝へたるとや。

一二　前兆。
一三　心配して。
一四　「かぎりなかり」は「無限」の全訓捨仮名。

悉達《しつだ》太子《たいし》、城《じよう》を出《い》でて山《やま》に入《い》りたまへる語《こと》 第四

今昔《いまはむかし》、[一]浄飯王《じようぼんのう》の御子《みこ》[二]悉達《しつだ》太子《たいし》、年十九に成《なり》給ふに、心の内に深く出家《しゆつけ》すべき事を思《おぼ》して父の王の御許《みもと》に行《ゆき》給ふ。[三]威儀《いぎ》を調《ととの》へ給へる事、[四]帝釈《たいしやく》の[五]梵天《ぼんでん》に詣《もう》づる有様《ありさま》の如《ごと》し。大臣有《あり》て、太子の来《きたり》給へる由《よし》を申す。王此れを聞《きき》給て、[六]憂《うれえ》の中《うち》に喜び給ふ事無限《かぎりな》し。太子王に向《むかい》て、[七]首《こうべ》を傾《かたぶけ》て礼《らい》し給ふ。王此を抱《いだき》て座《ざ》せしめ給ふ。太子座に居《い》て王に申《もうし》て宣《のたま》はく、「[八]恩愛《おんあい》は必ず別離《べつり》有り。[九]唯《ただ》し願《ねがわく》は、我が出家・[一〇]学道《がくどう》を聴《ゆる》し給へ。[一一]一切衆生《いつさいしゆじよう》の[一二]愛別離《あいべつり》苦《く》を皆[一三]解脱《げだつ》せしめむや」と。王此を聞《きき》給て、心大《おおき》に苦しび痛み給《たまう》事、尚《なお》し[一四]金剛《こんごう》の山を[一五]摧《さい》破《は》するが如し。[一六]身《み》挙《こぞり》て居給へる座不安《やすから》ず。太子の手を取《とり》て、[一七]物宣《のたま》ふ事無しと哭《なき》給ふ事無限《かぎりな》し。太子王の涙を流して不聴給《ゆるしたまわ》ざる事を見給て、恐れて返《かえり》給ひぬ。只《ただ》

第四話 出典は過去現在因果経・二(釈迦譜・一も同文)。一部は仏本行集経を参看か。

一 → 一七頁注一六。 二 → 二三頁注一一。 三 作法にかなった見事な立ち居ふるまいは。 四 → 一八頁注三。 五 → 一八頁注二。 六 太子が出家するのではないかと危惧する憂いの中にも、太子の来訪を大いにお喜びになった。 七 稽首礼拝(五体投地)して。最高の敬礼。 八 恩愛をもって睦みあうもの(親子・夫婦など)にも必ず別離がある。 九 「し」は強意。どうかお願いです。 一〇 悟りへの道を学ぶこと。 一一 生きとし生けるもの。 一二 愛するものと別れる苦しみ。 一三 迷いの苦悩から離脱さ

出家をのみ思《おもい》て、楽《たのし》ぶ心不御《おわせ》ず。王此の心を見て、大臣に仰せて固く城《じよう》の一八四《よつ》の門を守《まぼ》らしむ。戸を開き閉《とず》るに、一九其の声四十里に聞《きこ》ゆ。

然《しか》るに、太子の御妻《みめ》二〇耶《や》輸陀羅《しゆだら》、寝たる間《あいだ》に三《みつ》の夢を見る、「一《ひとつ》には月地《じ》に堕《おち》ぬ、二《ふたつ》には二一牙《げ》歯《し》落《おち》ぬ、三には右の臂《ひじ》を失ひつ」と。夢覚《さめ》て太子に此の三の夢を語《かたり》て、「此れ何《いか》なる相《そう》ぞ」と。太子の宣《のたま》はく、「月は猶《なお》天に有り、歯は又不落《おち》ず、臂《ひじ》尚身《み》に付《つけ》り。此の三の夢虚《むなし》くして実《まこと》に非《あらず》。汝《なん》ぢ不可恐《おそるべから》ず」と。

二二太子に三人《みたり》の妻《め》有り。一《いち》をば二三瞿夷《くい》と云ふ、二《に》をば二四耶輸《やしゆ》と云ふ、三《さん》をば二五鹿野《ろくや》と云ふ。宮の内に二六三《みつ》の殿《との》を造《つくり》て各《おのおの》二万の二七采女《さいによ》を具《ぐ》せしむ。

二八其の時に、二九法行天子《ほうぎようてんし》宮の内に来《きたり》て、神通《じんずう》を以て諸《もろもろ》の綵女《さいによ》の身体《しんだい》・三〇服飾《ふくしき》を三一縦横《じゆうおう》に成《なし》て不令端《ただしからし》めず。或《あるい》は衣裳《いしよう》を棄《す》て、三二目を張《はり》て眠《ねぶれ》る者有り。死《しに》たる屍《かばね》の如《ごとく》也。或《あるい》は仰《あお》ぎ臥《ふし》て手足《しゆそく》を展《のべ》て、

せてやりたいのです。「や」は間投助詞。　一四 金剛杵の略か。　一五 打ち砕く。
一六 身が震えて安らかに坐っていられない。
一七「物宣ふ事無し」と「物宣ふ事無く哭給ふ」の混態か。
一八 東・西・南・北の門。
一九 開閉の音が四〇里まで聞こえた。密かな脱出は無理であったことをいう。
二〇 →二四頁注八。
二一 歯が抜け落ちた。
二二 三妃の紹介は、因果経とは別系統の伝承の挿入。唐突の感を免れない。
二三 水光長者の娘。　二四 耶輸陀羅をさす。　二五 釈長者の娘。　二六 冬・夏・春秋の三季の居住に適した三つの宮殿。三時殿。
二七 婇女に同じ。侍女。
二八 本段は仏本行集経に近

[一]口を張《はり》て眠《ねぶれ》る者有り。或は身の諸《もろもろ》の[二]瓔珞《ようらく》の具《ぐ》を脱捨《ぬぎす》て、或は[三]大小の便利《べんり》の不浄《ふじよう》を出《いだ》して眠《ねぶれ》る者有り。太子手に灯《ともしび》を取《とり》て、此の様ゝ《さまざま》の皃《かたち》を見給て思《おぼ》す様《よう》、「[四]女人《によにん》の形、不浄に見悪《みにく》き事顕《あらわ》也。何の故《ゆえ》にか此に貪《むさ》ぼる事有らむ」と思《おぼ》す。

[五]後夜《ごや》に、[六]浄居天《じようごてん》及び[七]欲界《よくかい》の諸《もろもろ》の天虚空《こくう》に充満《みちみち》て、共《とも》に声を同《おなじく》して太子に白《もうし》て言《もう》さく、「[八]内外眷属《ないげのけんぞく》皆悉《ことごと》く眠《ねぶ》り臥《ふし》たり。只《ただ》今此《いま》れ出家の時也」と。太子此を聞給《きき》て、自《みずか》ら[九]車匿《しやのく》が所に御《おわ》して、「我を乗せむが為《ため》に、[一〇]揵陟《けんじよく》に鞍置《くらおき》て可将来《いてきたるべ》し」と。車匿、天の力に依《より》て不寝《ね》ずして有り。太子の御言《みこと》を聞《きき》て、[一一]身挙《こぞ》り心戦《おののき》て云《いう》事無《なし》。暫《しばら》く有《あり》て涙を流して申さく、「我れ太子の御心《みこころ》に不違《たがわ》じと思ふ。又大王《だいおう》の勅命《ちよくめい》を不背《そむかじ》と怖《おそ》る。又只今遊《あそび》に可出給《いでたまうべ》き時に非《あら》ず、又[一二]怨敵《おんてき》を可降伏給《ごうぶくしたまうべ》き日に非《あら》ず。何《なん》ぞ後夜《ごや》の中《うち》に馬を召《めす》ぞや。何《いずれ》の所へ行《ゆか》むと思食《おぼしめす》ぞ」と。太子の宣《のたま》はく、「我今、一切衆生《いっさいしゅじょう》の為に煩悩《ぼんのう》・[一三]結使《けっし》の賊《ぞく》を降伏《ごうぶく》せむと思ふ。汝《なん》

い。　二九 仏本行集経によれば、浄居天(↓二六頁注三)の聖者の一人。普曜経は法行天子と浄居天子を併記。　三〇 服装と装身具。
三一 取り乱させてだらしのない様子にさせた。
三二 目を見開いたまま。

一 口を大きく開けて。　三 大小便をたれ流して。
二 ↓一九頁注一八。　四 女人の姿が不浄で醜いのは明らかだ。　五 夜間を初・中・後に三分した最後の時間帯。夜半過ぎて夜明けまで。
六 ↓二六頁注三。
七 欲界は、欲望を有する者が住む世界。これに属する天は、四天王・忉利天・兜率天などの六天。　八 宮殿内外のあらゆる従者が眠り臥しています。　九 チャンダ

ち我が心に不可違《たがうべから》ず」と。車匿、涙を流す事雨の如《ごと》し。再三《さいさん》拒み申すと云へども、遂《つい》に馬を牽《ひき》て来《きた》る。太子一四漸《ようや》く進むで、車匿・揵陟に語《かたら》ひ給ふ、「一五恩愛は会《あう》と云へども離る。世《せ》間《けん》の一六無常《むじよう》必ず可畏《おそるべ》し。出家の一七因縁《いんねん》は必ず遂難《とげがた》し」と。車匿此を聞《きき》て云ふ事無《なし》。又揵陟嘶《いば》え鳴く事無し。其時《そのと》一八きに太子、御身より光明《こうみよう》を放《はなち》て一九十方《じつぽう》を照し給ふ、「二〇過去の諸仏《しよぶつ》の出家の二一法《ほう》、二二我れ今又然《しか》也」と。諸天《しよてん》馬の四足《しそく》を捧《ささ》げ、車匿を二三接《とら》ひ、二四帝釈《たいしやく》は二五蓋《きぬがさ》を取り、諸天皆随《したが》へり。城の北の門を自然《おのずか》ら開《ひらか》しむ。二六其の声音《こえごえ》無し。太子門より出《いで》給ふに、虚空《こくう》の諸天二七讃歎《さんだん》し奉る事無限《かぎりな》し。太子誓《ちかい》を発《おこし》て宣《のたま》はく、「我れ若《も》し生老病死《しようろうびようし》・憂悲苦悩《うひくのう》を不断《たた》ずは、終《つい》に宮に不返《かえら》じ。我れ二八菩提《ぼだい》を不得《えず》、又法輪《ほうりん》を不転《てんぜ》ずは、返《かえり》て父の王と不相見《あいまみえ》じ。我れ若《も》し恩愛の心を二九不尽《つくさ》ずは、返《かえり》て三〇摩訶波闍《まかはじや》及び三一耶《や》輸陀羅《しゅだら》を不見《み》じ」と誓ひて、三二天暁《てんぎよう》に至《いたり》て、三三行ゆく所の道の程三四三由旬《ゆじゅん》也。諸天太子随《たいしにしたがい》て、其の所に至《いたり》て忽《たちまち》に不見《みえ》ず。

カ(車匿)。後に出家して仏弟子となった。　一〇 カンタカ(揵陟)。金泥駒とも。　一一 全身が震え心がおののいて何も言えない。　一二 怨敵を征伐にお出ましになる日でもありません。　一三 煩悩の異名。衆生を迷いの世界に結び付けて駆使するものの意。　一四 静かに進み出て。　一五 恩愛でつながった者にも必ず別れがある。　一六 世の無常はつくづく恐るべきことだ。　一七 出家は因縁あってのことで、なかなか出来ることではない。　一八 「き」は「時」の捨仮名。　一九 あらゆる方向。→一二五頁注一二。　二〇 過去に世に現れた仏たち。迦葉仏など。　二一 しきたり。作法。　二二 私も今またそうするのだ。

馬の駿《と》き事《こ》と[一]金翅鳥《こんじちよう》の如し。車匿不離《はなれ》ずして御共《とも》に有り。太子、[二]跋伽仙人《ばかせんにん》の[三]苦行林《くぎようりん》の中に至り給《たまい》ぬ。馬より下《お》り給て馬の背を撫《なで》て宣《のたまわ》く、「我れを爰《ここ》に将来《いてきた》れり、喜び思ふ事無限《かぎりな》し」。又車《しや》匿《のく》に宣《のたま》はく、「世の人、[四]或《あるい》は心吉《よし》と云へども形不随《したがわ》ず、或《あるい》は形《かた》ち吉《よし》と云《いえ》ども心に不叶《かなわ》ず。汝は心・形皆違《たが》ふ事無し。我れ国を捨《すて》て此の山に来《きた》れり。[五]汝《なん》ぢ一人のみ我に随へり。[六]甚《はなは》だ難有《ありがた》し。我れ[七]聖《ひじり》の所に来《きた》れり。汝速《すみやか》に揵陟《けんじよく》を具して宮に返《かえり》ね」と。車匿此を聞《きき》て、地《じ》に倒れて哭《な》き悲しむ事無限《かぎりな》し。揵陟も「返《かえり》ね」と宣《のたま》ふを聞《きき》て、膝《ひざ》を屈[八]かゞめ蹄舐《ひずめをねぶり》て、泪を落す事雨の如し。車匿申《もうし》て云《いわ》く、「我れ宮の内にして大王の勅《ちよく》に違《たがい》て、揵陟を取《とり》て太子に奉て御共《とも》に参れり。大王太子を失ひ奉り給て、定《さだめ》て悲び迷《まど》ひ給ふらむ。又宮の内の騒ぎ[九]愚《おろか》ならじ。我れ何《なに》としてか太子を捨《すて》奉て宮に返らむ」と。太子の宣《のたま》はく、「[一〇]世間の法は、一人死す、一人生れぬ。[一一]永く副《そ》ふ事有らむや」と宣《のたまい》て、車匿に向《むかい》

二三 「接(とら)へ」が正か。 二四 ↓一八頁注三。 二五 天蓋を持ってさしかけて。 二六 (普段は大きな音を立てていた)門扉が音もなく開いた。 二七 人間の一切の苦を断尽しなければ、決して宮殿には帰るまい。 二八 悟りを得ず、また法を説かないなら。 二九 完全に消滅させなければ。 三〇 釈尊の継母。↓二三頁注九。 三一 釈尊の妃。↓二四頁注八。 三二 夜明け。 三三 「ゆく」は「行」の全訓捨仮名。 三四 由旬は距離の単位。帝王の一日行程。その長さは諸説ある。

一 ガルーダ(迦楼羅)。天竜八部衆の一。想像上の鳥で、翼は金色、口から火焔を吐

て誓《ちかい》て宣《のたま》はく、「過去の諸仏も菩提《ぼだい》を成《じようぜ》むが為《た》めに、[一二]飾《かざり》を棄《す》て髪を剃《そり》給ふ。今我も又可然《しかるべし》」と宣《のたまい》て、[一三]宝冠《ほうかん》の髻《もとどり》の中の明珠《みようじゆ》を抜《ぬき》て車匿に与《あたえ》て、「此の宝冠・明珠《みようじゆ》をば父の王に可奉《たてまつるべ》し」。身の瓔珞《ようらく》を脱《ぬぎ》て、「此を摩訶波闍に可奉《たてまつるべ》し。身の上の[一四]荘厳《しようごん》の具をば耶輸陀羅に可与《あたうべ》し。汝ぢ永く我を恋ふる[一五]心《ここ》ろ無かれ。揵陟を具して速《すみやか》に宮に返《かえり》ね」と宣《のたま》へども、更《さら》に不返《かえら》ずして哭《なき》悲む。

其《その》時に太子、自《みず》から剣《つるぎ》を以て髪を剃《そり》給ひつ。[一六]天帝釈《てんたいしやく》来《きたり》て、髪を取《とり》て去給《さりたまい》ぬ。虚空《こくう》の諸天は香《こう》を焼《た》き花を散《ちら》して、「[一七]善哉ゝ《よいかなやよい》ゝ《かなや》」と讃《ほめ》奉る。其《その》時に浄居天《じようごてん》、太子の御前にして[一八]猟師《りようし》と成《なり》て[一九]袈《け》裟《さ》を着たり。太子、此を見て喜《よろこび》て宣《のたま》はく、「汝が着たる衣《ころも》は[二〇]寂静《じやくじよう》の衣也、[二一]往昔《おうじやく》の諸仏の袈裟《けさ》也。何《なん》ぞ此を乍着《きなが》ら罪を造る」と。猟師《りようし》の云《いわ》く、「我れ袈裟を着て諸《もろもろ》の鹿を誘《いざ》なふ。[二二]鹿袈裟《けさ》を見て来《きたり》て、皆我に近付《ちかづ》く。我れ其を殺《ころす》也」と。太子の宣《のたま》はく、「汝が袈裟《けさ》を着《きる》は鹿を殺《ころさん》が為《ため》也。解脱《げだつ》を求《もとめ》て着たるには非《あら》ず。

き、竜を捕って食うという。　二 跋迦婆。釈尊が最初に出会った婆羅門の聖者。　三 苦行している林。　四 ある場合には。以下、内なる心と外なるよい行為とがなかなか一致し難いことをいう。　五「ぢ」は「汝」の捨仮名。　六 非常に希有なことだ。　七 聖者が修行する場所。　八「かゞめ」は「屈」の全訓捨仮名。　九 一通りではないでしょう。　一〇 一人で死に、一人で生まれる。それがこの世の定めなのだ。　一一 永遠に連れ添うことはできない。　一二 髪飾りを捨てて。　一三「宝冠ト」とあるべきところ。宝冠をはずし、髻を解いて中の明珠を取り出して。　一四 飾りの具。因果経によれば、瓔珞以外の装身具をさす。

我れ此の一七宝《しちほう》の衣を汝に与《あたえ》て、汝が着たる袈裟を我れ着て一切《いっさい》衆生《しゅじょう》を救はむ」と。猟師《りょうし》、「善哉《よいかなや》」と云《いい》て太子の衣に袈裟《けさ》を替《かえ》つ。太子は猟師《りょうし》の袈裟を取《とり》て着給《きたまい》つ。

其《その》時に浄居天、二本《もと》の形に成《なり》て虚空《こくう》に昇《のぼり》ぬれば、空中に光明《こうみょう》あり。車匿此を見て、太子返給《かえりたまう》まじと知《しり》て、地《じ》に臥《ふし》て弥《いよい》よ悲《かなしみ》を増す。太子車匿に宣《のたま》はく、「汝《なん》ぢ速かに宮に返《かえり》て、具《つぶさ》に我が事を可申《もうすべ》し」と。然《さ》れば車匿は三啼《よば》ひ渧《さけ》び、揵陟は悲び泣《なき》て四道のまゝに帰りぬ。

宮に返《かえり》て具《つぶさ》に事の有様《ありさま》を申すに、大王を始《はじめ》奉て五若干《そこばく》の人、哭《なき》悲み騒ぎ合《あえ》る事無限《かぎりな》し。此の揵陟は太子の御馬也、車匿は舎人《とねり》也けりとなむ語り伝へたるとや。

一五「ろ」は「心」の捨仮名。
一六 帝釈天に同じ。
一七 称讃または感嘆の言葉。「ぜんざい、ぜんざい」と音読することも。
一八 猟師。狩人。
一九 ここでは袈裟の本来の意味、すなわち出家者が身につける粗末な衣。
二〇 一切の煩悩・執着を断尽した平静な悟りの境地。
二一 過去の仏たちも(修行中に身につけた)袈裟である。
二二 鹿は袈裟を見ると(出家者だと思い安心して)来て。

一 ここでは、美しい衣服の意。 二 本来の天人の姿に戻って。 三 号泣し。
四 もと来た道をたどって。
五 大勢の人。

第五話 出典は過去現在因果経・二(釈迦譜・一も

悉達太子《しつだたいし》、山《やま》に於《おい》て苦行《くぎよう》したまへる語《こと》　第五

今昔《いまはむかし》、六 悉駄太子《しつだたいし》、七 跋伽仙《ばかせん》の八 苦行林《くぎようりん》の中にして出家《しゆつけ》し給《たまい》て、彼《か》の仙人《せんにん》の栖《すみか》に至り給ふ。仙人太子を迎へ奉《たてまつり》て、深く敬《うやまい》て申さく、九「諸《もろもろ》の仙人は威光《いこう》無し。然《さ》れば太子をば迎へて居《す》へ奉《たてま》つる也」。太子彼《か》一〇の仙人の行《ぎよう》を見給ふに、或《あるい》は草を以て衣《ころも》とせる者有り、或《あるい》は一一水火《すいか》の側《かたわら》に住む者有り。此の様《よう》の苦行《くぎよう》を見給て跋《ば》一二河仙人《かせんにん》に問《とい》て宣《のたま》はく、「此れ何事《なにごと》を求むるぞ」。仙人答《こたえ》て云《いわ》く、「此の苦行を修《しゆ》して、天上に生れむと願ふ」と。太子此の事を思《おぼ》すに、「苦行を修《しゆす》と云へども、皆《みな》仏の道《どう》を願ふに非《あら》ず。我れ爰《ここ》に不可住《じゆうすべから》ず」と思《おぼ》して、「此の所を去《さり》なむ」と宣《のたま》ふ。諸《もろもろ》の仙人太子に申さく、「若《も》し去《さり》なむと思《おぼ》さば、此より北に向《むかい》て行給《ゆきたまう》べし。彼《かし》こに一三大仙《だいせん》有り、名をば一四阿羅邏《あらら》・迦蘭《からん》と云ふ。公《きみ》其の所

同文)。　部は仏本行集経を参看か。
六 →二三頁注一一。
七 →三八頁注二。
八 苦行している林。
九 このあたり、因果経では、仙人は遥かに太子を見て日月天か帝釈かと思い、丁重に迎えた。諸の仙人も威光なく、皆太子を請じて坐せしめたとあり、文脈が異なる。
一〇 苦行林の仙人たちの苦行ぶりをご覧になると。
一一 因果経「事＝水火＝」は、水や火を崇める意。
一二 跋伽仙人に同じ。
一三 偉大な聖者。
一四 アーラーラ・カーラーマ(阿羅邏・伽蘭)。因果経は二人の仙人とするが、仏本行集経では一人の名で、阿羅邏が名、伽蘭は姓。

に可行給《ゆきたまうべし》」と教ふ。

さて車匿《しゃのく》[一]は、揵陟《けんじょく》[二]を曳《ひき》て宮に返ぬ。宮の諸《もろもろ》の人、摩訶波闍《まかはじゃ》[三]及び耶輸陀羅《やしゅだら》[四]に申《もうし》て云《いわ》く、「車匿・揵陟、爰《ここ》に還来《かえりきた》れり」と。波《は》[五]提《だい》此を聞《きき》て泣ゝ《なくなく》王に申す。又《また》王此を聞《きき》て、悶絶躃地《もんぜつびゃくじ》[六]して暫《しばら》く在《あり》て醒悟《さめ》て、諸《もろもろ》の臣に勅《ちょく》して四方《しほう》に太子を尋ね求め奉て、大王《だいおう》、「車千に多《おおく》の資糧《しろう》[七]を積《つみ》て太子の御許《みもと》に送《おくり》て、時に随《したがい》て供養《くよう》し奉て乏《ともし》[八]き事有《あら》せ不奉《たてまつら》じ」と。車匿太子の御許《みもと》に詣《いたり》て此資糧《このしろう》を奉るに、太子敢《あえ》て不受給《うけたまわ》ず。然《さ》れば、車匿一人留《とどまり》て、千の車をば王の御許《みもと》へ返し送《おくり》つ。車匿は、太子に付奉《つきたてまつり》て朝暮《ちょうぼ》に不離《はなれ》ず。

太子は、阿羅邏仙人の所に至り給《たまい》ぬ。又[九]諸天《しよてん》仙人に語《かたり》て云《いわ》く、「薩波悉達《さつばしつだ》[一〇]、国を捨《すて》父を別れて無上正直《むじょうしょうじき》[一一]の道《どう》を求め一切衆生《いっさいしゅじょう》の苦を救はむと思《おぼ》すが故《ゆえ》に、爰《ここ》に来給《きたり》へり」と。仙人天の告《つぐる》を聞《きき》て、出《いで》て太子を見奉るに、形端正《かたちたんじょう》[一二]なる事無限《かぎりな》し。即《すなわ》ち迎へ奉て請《しょう》じ居奉《すえたてまつり》つ。仙人の申さく、「昔の諸《もろもろ》の王は、盛《さかり》[一三]の時恣《ほしいまま》に

一 馬丁の名。→三六頁注九。
二 馬の名。→三六頁注一〇。
三 太子の継母。→二三頁注九。
四 太子の妃。→二四頁注八。
五 摩訶波闍に同じ。
六 地に倒れ気絶して。
七 資財と食料。
八 何の不足もないようにしてさしあげよ。
九 天上界の神々。
一〇 サッパシッダ(薩婆悉達)。悉達太子。釈尊。
一一 最高にして完璧な悟り。無上道。正覚。
一二 容姿が整って美しいこと。
一三 壮年の時。
一四 色・声・香・味・触の五つの情欲。
一五 世にも稀なことだ。
一六 生老病死の苦を断尽する道を説いてほしい。
一七 やや舌足らずだが、言葉を補っていえば、衆生は冥初(物質の根元である自性)に始まり、その冥初か

[一四]五欲《ごよく》を受くと云へども、国を捨《す》て出家して道《どう》を求むる事は無し。今太子は、盛《さかり》にして五欲を捨《すて》て爰《ここ》に来給《きたり》へり。実《まこと》に[一五]希有《けう》也」。太子の宣《のたまわ》く、「汝《なんじ》が云ふ事を聞くに、我れ喜ぶ。汝、我為《わがため》に[一六]生《しょう》老病死《ろうびょうし》を断《だん》ずる法《ほう》を可説《とくべ》し」と。仙人の云《いわ》く、「[一七]衆生《しゅじょう》の始《はじめ》は冥《みよう》より我慢《がまん》を発《おこ》す。我慢より[一八]痴心《ちしん》を生《しょう》ず。痴心より[一九]染愛《ぜんあい》を生《しょう》ず。染愛より[二〇]五微塵気《ごみじんき》を生《しょう》ず。五微塵気より[二一]五大《ごだい》を生《しょう》ず。五大より[二二]貪欲《とんよく》・[二三]瞋恚《しんい》等の諸《もろもろ》の煩悩《ぼんのう》を生《しょう》ず。[二四]如此《かくのごと》き生老病死《しょうろうびょうし》・憂悲苦悩《うひくのう》に[二五]流転《るてん》す。今、太子の為に略して此を説《とく》也」と。太子の宣《のたま》はく、「我れ汝が説く所の[二六]生死《しょうじ》の根本《こんぽん》を知《しり》ぬ。又何《いか》なる[二七]方便《ほうべん》を以《もて》か此を断《だん》ずる」と。仙人云《いわ》く、「若《も》し此の生死《しょうじ》の本《もと》を断《だん》ぜむと思はゞ、出家して[二八]戒行《かいぎょう》を持《たも》ち[二九]忍辱《にんにく》を行《ぎょう》じ、閑《しずか》ならむ所に居《い》て[三〇]禅定《ぜんじょう》を修《しゅ》して、欲《よく》・悪《あく》等の不善《ふぜん》の法を[三一]遠離《おんり》すべし。此を解脱《げだつ》と為《する》也」と。太子又宣《のたま》はく、「汝は年何《いく》らにて出家し、[三二]梵行《ぼんぎょう》を修《しゅし》て後《のち》又何《いく》ら許《ばかり》の年ぞ」と。仙人の云《いわ》く、「我れ年十六にして出家

ら我慢(強い自我意識)が生じる。
一八 道理をわきまえぬ愚かな心。迷い。
一九 激しい情欲の心。
二〇 これ以上細分できない五つの微細な機能。色・声・香・味・触。五塵ともいう。
二一 万物を構成する五つの元素。地・水・火・風・空。
二二 むさぼり求める心。三毒の一。
二三 激しい怒りの心。三毒の一。
二四 そうしてこのような。
二五 輪廻を繰り返して、永遠に解脱できないのです。
二六 生死流転に関する根本義。
二七 手段。手立て。
二八 戒律をよく守って修行し。六波羅蜜の一。
二九 一切の侮辱に耐え。六波羅蜜の一。
三〇 心を集中して瞑想し、真理を観察して。六波羅蜜の一。

して、梵行《ぼんぎよう》を修《しゆ》して以来《このかた》一百四年也」と。太子此事《このこと》を聞《きき》給て思《おぼ》す様《よう》、「一百四年、梵行《ぼんぎよう》を修《しゆ》して得たる所の法如此《かくのごと》し。我れ此に[一]勝《まさり》たらむ位《くらい》を求めむ」と思《おぼ》して、座より立《たち》て仙人に別《わかれ》給ふ。[二]二人の仙人、太子の去《さり》給ふを見て思はく、「太子の智恵甚《はなは》だ深くして難量《はかりがた》し」と思《おもい》て、掌《たなごころ》を合せて送り奉る。

太子、又[三]迦蘭仙《からんせん》の苦行《くぎよう》の所に至《いたり》給ふ。[四]憍陳如《きようじんによ》等の五人の栖《すみか》也。其より[五]尼連禅河《にれんぜんが》の側《ほとり》に至《いたり》給て、坐禅修習《ざぜんしゆしゆう》して苦行し給ふ。或《ある》日は[六]一麻を食《じき》し、或《ある》日は一米を食《じき》し、或《ある》は一日《ひとひ》乃至《ないし》七日《なぬか》に一の[七]麻米を食《じき》す。憍陳如等又《また》苦行を修《しゆ》し、太子を供養《くよう》し奉て其の側《かたわら》を不離《はなれ》ず。太子思様《おぼすよう》、「我れ苦行を修《しゆ》して既に六年に満《みち》ぬ。未《いま》だ[八]道《どう》を不得《え》ず。若《も》し此の苦行に身羸《つか》れて命を亡《ほろぼ》して道《どう》を不得《えず》は、諸《もろもろ》の[九]外道《げどう》は、餓《うえ》て死《しに》たると云《いう》べし。然《さ》れば、只食《じき》を受《うけ》て道《どう》を可成《じようずべし》」と思《おぼ》して、座より立《たち》て尼連禅河に至り給ふ。水に入《いり》て洗浴《せんよく》し給ふ。洗浴畢《せんよくしおわり》て、身羸《つか》れ瘠《やせ》給て陸《くむが》に不登得給《のぼりえたまわ》ず。天《てん》

三二 遠ざけるがよい。
三三 宗教的実践を始めて後どのくらいの年になるか。

一 もっと優れた境地を求めよう。 二 阿羅邏・伽蘭の二人。 三 伽蘭と同一人とすれば、いま別れたばかりの仙人の名で矛盾するが、因果経では、太子が次に訪れたのは「伽闍山」(地名)の苦行林である。本話はこれを人名と誤解か。

四 コンダニャ(憍陳如)。浄飯王の命により、出家した太子に随従して、ともに苦行した五人の従者の一人。拘隣。 五 ナイランジャナー(尼連禅)河。ビハール州ボードガヤー近くを流れる。 六 一粒の麻の実。 七 一麻一米。 八 悟りを得ない。 九 仏道以外の信奉者。異教

神来《じんきたり》て、樹《うえき》の枝に乗せ奉て登《のぼ》せ奉りつ。其《その》[一〇]河に大《おおき》なる樹《うえき》有り、[一一]頞離那《ありな》と云ふ。其の樹《うえき》に神有り、柯倶婆《かくば》と名づく。神、瓔珞《ようらく》[一二]荘厳《しょうごん》せる臂《ひじ》を以て太子を引《ひき》迎へ奉る。太子樹神《じゅじん》の手を取《とり》て河を渡給《わたりたまい》ぬ。[一三]太子彼《か》の麻米を食《じきし》給ひ畢《おわり》て、金《こがね》の鉢を河の中に投《なげ》入れて[一四]菩提樹《ぼだいじゅ》に向《むかい》給ひぬ。

彼《か》の林の中に、壱人《ひとり》の[一五]秣牛《うしかい》の女有り。[一六]難陀波羅《なんだはら》と云ふ。[一七]浄居《じょうご》天来《てんきたり》て勧めて云《いわ》く、「太子此の林の中に来給《きたりたまい》ぬ。汝ぢ供養《くよう》し奉《たてまつる》べし」と。女此を聞《きき》て喜ぶ。其《その》時に、[一八]池の中に自然《おのずか》ら千葉《せんよう》の蓮花《れんげ》生《しょうじ》たり。其の上に[一九]乳《にゅう》の麻米有り。女此を見て[二〇]奇特《きどく》也と思《おもい》て、即《すなわ》ち此の麻米を取《とり》て、太子の所に至《いたり》て礼拝《らいはい》して此を奉る。太子女の[二一]施《せ》を受《うけ》給て、[二二]身の光り・気力満給《きりょくみちたまい》ぬ。[二三]五人の比丘《びく》此を見て驚《おどろ》き怪《あやしび》て、「我等は此の施《せ》を受《うけ》ては[二四]苦行退転《たいてん》しなむ」と云《いい》て、各《おのおの》本所《もとのところ》に返《かえる》。太子一人は其より[二五]畢波羅樹下《ひっぱらじゅげ》に趣《おもむ》き給ひにけりとなむ語り伝へたるとや。

徒。　一〇 以下、この段の末までは、仏本行集経に似る。　一一 ビャクシン科の常緑高木。　一二 ここでは、腕輪などをさす。　一三「彼の麻米」及び「金の鉢」は唐突だが、仏本行集経で善生女が太子に供養した乳糜とその器をさす。但しこれは本話が次段に語る難陀波羅の逸話と同じであって叙述が重複する。　一四 クワ科の常緑高木。ピッパラ(畢波羅)。釈尊がこの樹の下で菩提(悟り)を得たことから菩提樹と呼ばれる。　一五 牛飼。　一六 善生村主の娘スジャーター(善生)。本話は因果経「難陀波羅」に拠る。　一七 →二六頁注三。　一八 因果経「地中」を本話は「池中」と解している。

菩薩《ぼさつ》、樹下《じゆげ》に成道《じようどう》したまへる語《こと》 第七

今昔《いまはむかし》、[一]天魔《てんま》種〻《くさぐさ》の[二]方便《ほうべん》を儲《もうけ》て、菩薩《ぼさつ》の[三]成道《じようどう》を妨げ奉らむと為《す》と云へども、菩薩[四]芥子《けし》許《ばかり》も犯され給ふ事無し。慈悲の力を以て[五]端正《たんじよう》の天女《てんによ》の形《かたち》をも破り、[六]刀剣《とうけん》の謀《はかりこと》をも遁《のがれ》て、弐月七日《なぬか》の夜《よる》を以て如此《かくのごと》き魔を[七]降伏《ごうぶく》し畢《おわり》て、大《おおき》に光明《こうみよう》を放《はなち》て[八]定《じよう》に入《いり》て[九]真《しん》諦《たい》を[一〇]思惟《しゆい》し給ふ。又[一一]中夜《ちゆうや》に至《いたり》て、[一二]天眼《てんげん》を得給《えたまい》つ。又[一三]第三夜に至《いたり》て、[一四]無明《むみよう》を破《は》し智恵の光を得給て、永く[一五]煩悩《ぼんのう》を断《だん》じて[一六]一切種智《いつさいしゆち》を成《じよう》じ給ふ。[一七]此より釈迦《しやか》と称し奉る。

[一八]釈迦牟尼如来《しやかむににようらい》、黙然《もくねん》として座《ざ》し給へり。其の時に[一九]大梵天王《だいぼんでんのう》来《きたり》て、「一切衆生《いつさいしゆじよう》の為《ため》に法《ほう》を説《とき》給へ」と申し給ふ。[二〇]仏眼《ぶつげん》を以て諸《もろもろ》の[二一]衆生《しゆじよう》を[二二]上中下根《じようちゆうげこん》及び菩薩の下中上根を[二三]観《かん》じ給ふに、[二四]二七《ふたなぬ》日《か》を経たり。[二五]世尊《せそん》又思《おもい》給はく、「我れ[二六]甘露《かんろ》の法門《ほうもん》を開《ひらき》て、彼《かの》[二七]阿《あ》

一九「乳糜」が正。乳で作った粥。 二〇 世にも不思議なこと。 二一 布施。 二二 因果経「身体光悦、気力充足」。 二三 前出の憍陳如(→注四)以下の五人。 二四 苦行で得た成果を失ってしまう。折角の苦行が台なしになる。 二五 菩提樹に同じ。→注一四。

第七話 出典は過去現在因果経・三(釈迦譜・一も同文)。

一 →一九頁注二二。 二 手段を講じて。 三 成道正覚。悟りをひらいて仏となること。 四 芥子粒ほども。 五 美しい女性の姿。天魔の娘が太子を誘惑しようとしたこと(第六話)をいう。 六 天魔の軍勢が攻めてきたこと(第六話)をいう。

羅邏仙《ららせん》を先《ま》づ度《ど》[二八]せむ」と。空に音有《こえあり》て云《いわ》く、「阿羅邏仙は昨日《きのう》の夜命終《みようじゆうし》にき」と。仏の宣《のたま》はく、「我れ「彼《かの》仙、昨日の夜命《みよう》終《じゆうし》たり」と知れり」と。又思《おもい》給はく、「[二九]迦蘭仙《からんせん》、[三〇]利根明了《りこんみようりよう》也。先づ彼を可度《どすべし》」と。又空に音有《こえあり》て、「迦蘭仙、昨日の夜命《みよう》終《じゆうし》にき」と。仏の宣《のたま》はく、「迦蘭仙、昨日の夜命終《みようじゆうし》たり[三一]」と宣《のたまい》けりとなむ語り伝へたるとや。

一七 屈伏させ終って。
一八 →四三頁注三〇。
一九 最高究極の真理。
二〇 思索。瞑想。　二一 夜半。
二二 五眼(肉・大・法・慧・仏)の一。遠く広く微細に、ものごとの全てを見通せる眼。
二三 初夜・中夜に対する後夜。→三六頁注五。　二四 存在の根底にある根本的な無知。煩悩を生む根元となる。
二五 煩悩を永遠に断って。
二六 完全無欠な仏の悟りをおひらきになった。
二七 ここまでは悉駄太子と称してきたが、これからは釈迦如来と申し上げる。
二八 悟りを得られた釈迦如来は黙然として坐し続けておいでになった。
二九 梵天。→一八頁注一。
三〇 五眼(→注二二)の一。一切の存在の実相を見通す

舎利弗《しゃりほつ》、外道《げどう》と術《じゅつ》を競《くら》べたる語《こと》 第九

今昔《いまはむかし》、[一]釈迦如来《しゃかにょらい》の御弟子《みでし》[二]舎利弗尊者《しゃりほつそんじゃ》は、[三]本外道《もとげどう》の子也。其の母舎利弗を孕《はら》めるに、腹の内にて智恵有《あり》て、[四]母が腹を破《やぶり》て出《いで》なむとす。是に依《より》て母鉄《くろがね》を以て帯とせり。生れて名を舎利弗と云ふ。[五]長爪梵志《ちょうそうぼんじ》と云ふ外道《げどう》に随《したがい》て其の[六]典籍《てんじゃく》を習へり。其の時に、仏の御弟子[七]馬勝比丘《めしょうびく》の[八]四諦《したい》の法《ほう》を説《とく》を聞《きき》て、始《はじめ》て外道の[九]門《もん》徒《と》を背《そむき》て、釈迦の御弟子と成《なり》て[一〇]初果《しょか》を得たり。其後《そののち》仏《ほとけ》の許《もと》に参《まいり》て、七日《なぬか》と云ふに[一一]阿羅漢果《あらかんか》を得たり。

其の時に、[一二]大智外道《だいちげどう》・[一三]神通外道《じんずうげどう》・[一四]韋随外道《いずいげどう》を[一五]首《かしら》として[一六]若干《そこばく》の外道《げどう》等、心を一《ひとつ》にして舎利弗を嫉妬《しっと》する事無限《かぎりな》し。舎利弗に会《あい》て[一七]秘術《ひずつ》を相競《あいくら》べむ事を謀《はかり》ごつ。既に日を定めて勝負の謀《はかりこと》を成す。此の事、[一八]十六の大国に[一九]皆《み》な聞えぬ。[二〇]見物市《けんぶついち》を成す。上中《じょうちゅう》

仏の眼。 二一「衆生の」と同意。 二二 根は機根で、仏道修行の資質・能力。これを上・中・下に分けた言い方。 二三 観察なさるうち。 二四 一四日を経た。 二五 (世の中で最も貴い人の意で)仏の敬称。釈尊。 二六 甘露のような(すばらしい)教えを説いて。 二七 ↓四一頁注一四。 二八 済度しよう。救って悟りの境地に至らせよう。 二九 ↓四一頁注一四。 三〇 機根がすぐれ、曇りなく明らかである。 三一「と知れり」が略されている。

第九話 出典は注好選・中・16。源泉は賢愚経・十・須達起精舎品。
一 釈尊。↓四六頁注一七。

下人《げのひと》残る事無し。[二二]勝軍王《しようぐんおう》と申す大王《だいおう》の前にして此を競《くら》ぶ。舎利弗は只《ただ》一人居《い》給へり、外道《げどう》は其の数無量《むりよう》也。左右《そう》に相対《あいたい》て坐して術《ずつ》を現《げん》ず。

先《まず》外道の方《かた》に、舎利弗の頭《かしら》の上に大《おおき》なる樹《うえき》を現《げん》じて、其の頭《かしら》を打《うち》て砕《くだか》むとす。舎利弗の方《かた》より[二三]毘嵐《びらん》と云《いう》風を出《いだし》て、樹《うえき》を遥《はるか》に遠く吹《ふき》捨す[二三]つ。次に外道の方《かた》より洪水《こうずい》を現《げんじ》たり。舎利弗の方《かた》より大象出来《だいぞういできたり》て須臾《しゆゆ》[二四]に吸ひ干《ほ》しつ。次に外道の方《かた》より大山現《だいせんげんじ》たり。舎利弗の方《かた》より[二五]力士《りきじ》出来《いできたり》て拳《こぶし》を以て打摧《うちくだき》つ。次に外道の方《かた》より青竜《せいりゆう》を現《げん》ぜり。舎利弗の方《かた》より[二六]金翅鳥出来《こんじちよういできたり》、遥《はるか》に遠く追ひ[二七]却《さけ》つ。次《つぎに》外道の方《かた》より大《おおき》なる牛を現《げん》ぜり。舎利弗の方《かた》より師子《しし》出来《いできたり》て更《さら》に不寄《よせ》ず。次に外道の方《かた》より[二八]大夜叉《だいやしや》を現《げん》ぜり。舎利弗の方《かた》より[二九]毘沙門出御《びしやもんいでおわ》して[三〇]降伏《ごうぶく》し給《たまい》つ。

かく様《よう》にして、終《つい》に外道《げどう》負けて舎利弗勝ち給《たまい》ぬれば、釈迦の[三一]面目《めんぼく》・法力《ほうりき》の貴《とうと》く勇猛《ゆみよう》なる事、此より弥《いよい》よ[三二]五天竺《ごてんじく》に風聞《ふぶん》しぬ。

二 シャーリプトラ(舎利弗・舎利子)。釈尊の十大弟子の一。初め六師外道の一人サンジャヤ(刪闍耶)に学んだが、後に目連とともに大勢の弟子を連れて仏門に入り、智慧第一と称された。釈尊より先に入滅。
三 異教徒。
四 本来は父についての伝承(知恵が溢れて腹を破って出て来ないように鉄の帯をしていた)。母との混線は注好選も同じ。
五 舎利弗の母の弟。爪を長く延ばしていたのでかくいう。舎利弗の師とするのは誤伝。
六 書籍。外道の経典。
七 アッサジ(頞鞞・阿説示・馬勝)。鹿野苑で釈尊の説法を聞き、最初の仏弟子となった五比丘の一人。
八 諦は真理の意。苦(苦の本質を捉え)・集(苦の因を

其の後多《おおく》の外道、舎利弗尊者に随ひて永く仏の道《どう》を貴びけりとなむ語り伝へたるとや。

明らかにし)・滅(その因から解脱した涅槃をめざし)・道(実践修行する)の四。仏教の根本教説。
九 宗門の人々に背いて。
一〇 声聞四果(→八三頁注一八)の最下位の悟り。
一一 声聞四果の最上位。
一二 知恵にすぐれた外道。
一三 神通力に長じた外道。
一四 ヴェーダ(韋陀)聖典に精通した外道。 一五 首領。
一六 大勢の外道たち。
一七 秘術を競おうと企てた。
一八 古代インドで勢力のあった一六の大国。
一九 「な」は「皆」の捨仮名。
二〇 見物人が群集する。
二一 舎衛国の波斯匿王をさす。→八八頁注一。
二二 一切の物を吹き飛ばす大暴風。
二三 「すつ」は「捨」の捨仮名。

提婆達多《だいばだつた》、仏《ほとけ》と諍《あらそ》ひ奉《たてまつ》れる語《こと》 第十

今昔《いまはむかし》、[一]提婆達多《だいばだつた》と云ふ人有《あり》けり。此は仏の御父方の[二]従父《いとこ》也。其《それ》仏は[三]浄飯王《じやうぼんおう》の御子《みこ》、提婆達多は浄飯王の弟《おとうと》の[四]黒飯王《こくぼんおう》の子也。其《それ》に、提婆達多太子《たいし》にて有《あり》ける時雁《かり》を射たりけるに、其の雁[五]箭立《やたち》ながら飛《とび》て、[六]悉駄太子《しつだたいし》の薗《その》に落《おち》たり。太子其の雁を見給て、慈《じ》悲《ひ》の心深き故《ゆゑ》に此を哀《あわれみ》て、抱《いだ》き取《とり》て箭《や》を抜《ぬき》て[七]哀《あわれ》み給ふ程に、提婆達多太子《たいし》の所に来《きたり》て雁を乞《こう》に、不与給《あたえたまわ》ねば、大《おおき》に嗔《いかり》を成《なし》て、[八]此を始《はじめ》として悉達太子《しつだたいし》と提婆達多と中悪《なかあし》く成《なり》ぬ。悉駄太子仏《ほとけ》に成り給て後《のち》は、提婆達多は[九]外道《げどう》の典籍《てんじやく》を習《ならい》て弥《いよい》よ仏を妬《ねた》み奉て、[一〇]我が立《たつ》る所の道《どう》を止事無《やむことな》き事と思《おもい》て、仏と諍《あらそ》ひ奉る事無限《かぎりな》し。

かくて仏、[一一]霊鷲山《りやうじゆせん》にして法《ほう》を説給ふ時《とき》に、提婆達多、仏の御《み》許《もと》に詣《いたり》て仏に申《もうし》て言《いわ》く、「仏は御弟子《みでし》其の数《かず》多かり。我れに[一二]少《しよう》

二四 瞬く間に。 二五 金剛力士。 二六 →二八頁注一。 二七 追い払った。 二八 薬叉。もとはインドの悪鬼ヤクシャ。仏教に取り入れられて八部衆の一、毘沙門天の眷属とされる。 二九 四天王の一人で北方の守護神。多聞天は訳名。もとはインドの富の神クベーラ。夜叉を統率し、財宝・福徳を司る。 三〇 屈伏させなさった。 三一 世評は高まり、法力の貴く強烈であることが。 三二 中・東・西・南・北天竺。全インド。

第十話 出典未詳。源泉的な話は仏本行集経・増一阿含経・大般涅槃経・大智度論その他に見える。 一 デーヴァダッタ（提婆達多・提婆・調達）。釈尊の従

分《ぶん》を可分給《わけたまうべ》し」と。仏不許給《ゆるしたま》はず。其の時に提婆達多、[一]新学《しんがく》の[二]五百の御弟子等を[三]語《かた》ひて、[四]蜜《ひそか》に提婆達多の住所《じゅうしょ》、[五]象頭山《ぞうずせん》に移し住《じゅう》せしむ。此の時に[六]破《は》僧《そう》の罪を犯して、[七]転法輪《てんぼうりん》を止《とど》めて天上《てんじょう》天下《てんげ》歎《なげ》き恋悲《こいかなし》ぶ。其後《そののち》提婆達多、象頭山にして[八]五法《ごほう》・[九]八支正道《はっししょうどう》の法を説く。[一〇]舎利《しゃり》弗《ほつ》、此の五百の新学《しんがく》の比丘《びく》を取《とり》返さむと思《おもい》て伺《うかが》ふ程に、提婆達多[一一]吉《よ》く眠《ねぶり》たる程に、舎利弗此を[一二]圧《おそ》ひ寄る。[一三]目《もく》連《れん》[一四]五百の比丘《びく》を袋に裹《つつみ》て[一五]鉢《はち》に入れて、仏の御許《みもと》に飛び詣《いたり》ぬ。其の時に、提婆達多の弟子倶迦利《くかり》、[一六]嗔《いかり》の心を発《おこ》して履《くつ》を以て師の面《おもて》を打つ時に、始めて[一七]驚き覚《さめ》て、五百の新学《しんがく》の比丘《びく》取《とり》返されにけりと思《おもい》て嗔《いか》る事無限《かぎりな》し。

さて提婆達多、仏の御許《みもと》に行《ゆき》て、[一八]三十肘《ちゅう》の石《いわ》を投《なげ》て仏を打《うち》奉る時に、山神石《さんじんいわ》を[一九]障《さ》へて外《ほか》に落《おと》しつ。其の石《いわ》破れ散《ちり》て仏の御足に当《あたり》て、[二〇]母指《おおゆび》より血出《いで》たり。此れ第[二二]二の逆罪《ぎゃくざい》也。[二三]其の時に提婆達多、我が手の指の端《はし》に毒を塗《ぬり》て、仏の御足を礼《らい》し奉る様《よう》にて

弟。釈尊出家以前はその対立者。成道後は仏弟子となったが、後に背いて仏敵となった。 二 父方のいとこ。
三 →一七頁注一六。
四 斛飯王。迦毘羅衛国の師子頬王の第三子。浄飯王の弟。 五 矢が突き刺さったまま飛んで。 六 釈尊。→二三頁注一一。 七 介抱なさるうちに。 八 これを最初として。これ以来。
九 仏教以外の宗教の書籍。
一〇 自分が奉じている外道の教えこそすぐれた教えだと思って。 一一 マカダ(摩竭陀)国の都ラージャグリハ(王舎城)の東北にある山。釈尊の説法の場として著名。法華経・無量寿経等はここで説かれたという。耆闍崛山。 一二 少しばかり。

毒を付《つけ》むと為《す》るに、毒即《すなわ》ち変じて薬と成《なり》て疵《き》ず瘉《いえ》給ひぬ。

又二三阿闍世《あじゃせ》王《おう》、提婆達多の二四語《かたらい》に依《より》て、大象《だいぞう》に酒を令呑《のましめ》て吉酔《よくえわ》して、酔象《すいぞう》を放《はなち》て仏を害《がい》し奉らむとす謀《はかり》ごつ。酔象《すいぞう》を見て、二五五百《ごひゃく》羅漢《らかん》恐《おそれ》て空に飛昇《とびのぼり》ぬ。其の時に、仏の御手より二六五師子《ごしし》の頭《かしら》を出《いだ》し給ふに、酔象《すいぞう》此を見て二七逃去《にげさり》ぬ。仏阿闍世王の宮に入《いり》て法を説て教化《きょうけ》し給て、王の供養《くよう》を受け給ふ。二八其の時に提婆達多、悪心《あくしん》を増《ま》して宮を出《いで》ぬ。

又提婆達多、二九蓮花比丘《れんげびく》又華色《けしき》とも云《いう》。一人二名。と云ふ羅漢《らかん》の比丘尼《びくに》の頭《かしら》を打つ。此れ三〇第三《だいさんの》逆罪也。羅漢《らかん》の比丘尼《びくに》は打殺《うちころ》されぬ。提婆達多は三一大地《だいじ》破裂《はれつ》して地獄《じごく》に堕《おち》ぬ。其の入《いり》たる穴、三二于今《いまに》有りとなむ語り伝《つたえ》たるとや。

一 新入りの。　二 正確な数ではなく、多数の意に頻用される表現。　三 言葉巧みに仲間に引き入れて。　四 密に同じ。　五 マガダ国(→一一七頁注七)のガヤー(迦耶城)の西南にある山。伽耶山。　六 五逆罪→一三一頁注九)の一。破和合僧。教団を分裂させる逆罪。　七 釈尊の説法教化を妨げたわけであり、天上界でも人間界でも皆嘆いて釈尊の説法を聞きたがった。　八 五条からなる教団改革案。五事。　九 正しい八種の実践修行。釈尊は最初の説法でこれを説いた。　一〇 →四八頁注一一。　一一 熟睡している時に。　一二 急襲した。　一三 モッガラーナ(目連)。仏弟子中神通第一。→一一一頁注二。

仏《ほとけ》、婆《ば》羅《ら》門《もん》の城《じょう》に入《い》りて乞食《こつじき》し給《たま》へる語《こと》 第十一

今昔《いまはむかし》、仏婆[一]羅門城《ばらもんのじょう》に入《いり》て乞食《こつじき》[二]し給はむとす。其の時に、彼《か》の城《じょう》の外[三]《げ》道共《どうども》、皆《みな》心を一《ひとつ》にして云《いわ》く、「此比《このごろ》[四]狗曇比丘《どんびく》と云ふ者《も》の、人の家毎《ごと》に行《ゆき》て物を乞《こ》ひ食《くら》ふ事有り、慳《にく》く無[五]《ぶ》愛《あい》也。さる[六]は、[七]本止事無《やむことな》かるべかりし者也。「[八]浄飯王《じょうぼんおう》の御子《みこ》にて王位《おうい》を継《つぐ》べかりしに、そ[九]ゞろに物に狂ひて山に入《いり》て仏に成りたり」[一〇]とぞ云《いう》なる。人の心を欺《あざむ》けば此に謀《たばか》らるゝ者多かり。此れに努[一一]ゝ《ゆめゆめ》供養《よう》すまじ」と云[一二]ひ廻《めぐら》して、「若《もし》此の起請《きしょう》[一三]を壊《やぶり》て供養する者有らば、[一四]国の境《さかい》を可追《おうべし》」と告廻《つげめぐら》して後《の》ち、仏御《おわし》ませども、或《ある》家には門《かど》を[一五]差《さし》て不入奉《いれたてまつら》ず、或《ある》家には答《こたえ》も不為《せ》で久《ひさし》く立《た》て奉《たてまつり》たり。或《ある》家には御《おわし》ますまじき由《よし》を云《いい》て追《おい》奉る。

[一六]如此《かくのごと》きして、[一七]日高く成るまで供養を不受給《うけたま》はず。[一八]鉢《はち》を空《むなし》く

一四 以下、目連の神通力を示す。 一五 コーカーリカ(倶迦利)。提婆達多の高弟。 一六 憤激して。 一七 はっと目覚めて。 一八 肘は長さの単位。一肘は二尺。一説に一尺半。 一九 さえぎり防いで。 二〇 親指。 二一 二度目に犯した五逆罪(→一三一頁注九)。 二二 この行為をした時期については諸説があるが、弟子をめぐる争いとは別の時である。 二三 →一二七頁注九。 二四 教唆。→注三。 二五 五百は多数。羅漢は阿羅漢果(→八三頁注九)を得た聖者。 二六 手の指の先から。 二七 布施をお受けになった。 二八 →注二二。 二九 ウッパラヴァンナー(蓮華比丘尼)。

して胸に充《あて》給て、一九疲極《ひごく》し給へる気色《けしき》にて返り給《たまう》を、或《ある》家より女、二〇米《よね》を洗《あらい》たる汁の二一日来《ひごろ》に成《なり》て菸《くさり》たるを棄《すて》とて外《ほか》に出《いで》たるに、仏の供養も不受給《うけたまわ》で返り給《たまう》を見奉て、二二悲《かなしび》の心を発《おこ》して、何を供養し奉《たてまつら》まし と思《おもう》に、身貧《まずし》くして更《さら》に可供養奉《くようしたてまつるべ》き物無し。何《いか》に為《せ》むと思ひて、目《めに》涙を浮《うかべ》て立《たて》る気色《けしき》を仏見給て、「汝《なんじ》は何事《なにごと》を歎《なげ》き思《おもう》ぞ」と問《とい》給へば、女答《こたえ》て云《いわ》く、「仏の日高く成るまで供養を不受給《うけたまわ》で返り給《たまう》を見奉て、我れ供養し奉らむと思ふに、家貧《まずし》くして露《つゆ》供養し奉《たてまつる》べき物無し。此に依《より》て歎き思《おもう》也」と云《いい》て、涙を落して哭《なく》時に、仏の宣《のたま》はく、「其の汝が持《もち》たる桶《おけ》には何の入《いり》たるぞ」と。女答《こたえ》て云《いわ》く、二三「此は米《よね》の洗《あらい》たる汁の菸《くさり》たるを棄《すて》に行《ゆく》也」と。仏の宣《のたま》はく、「只《ただ》其を可供養《くようすべ》し。二四米《よね》の気《け》なれば吉《よ》き物也」と。女、「此れは二五糸異様《いとことよう》なれども仰せに随《したが》ふ也」とて御鉢に入《いれ》つ。仏《ほと》け是を受《うけ》給て、鉢を捧《ささげ》て二六呪願《しゆがん》して宣《のたま》はく、「汝《なん》ぢ二七此功徳《このくどく》に依《より》て、天上に二八生れば二九忉利天《とうりてん》の王と成り、三〇人界《にんがい》に生れ

苦しい前半生の後に比丘尼となり、阿羅漢果を得た。慈悲深く、神通力にすぐれた。　三〇 三度目に犯した五逆罪(→一二一頁注九)。

三一 大地が裂けて地獄に堕ちてしまった。

三二 大唐西域記によれば、この穴は祇園精舎(→一七八頁注九)の近くにある。

第十一話　出典は注好選・中・11か。源泉的な話は大智度論・八その他に見える。

一 婆羅門の都城。

二 僧が人家の前に立って食物を乞い求めること。托鉢。

三 異教徒たち。

四 ゴータマ(瞿曇・拘曇・狗曇)。釈尊の姓。彼らは釈尊を聖者と認めていないから、この名で呼ぶ。　五 気

ば国王と成《なる》べし。此無限《これかぎりな》き功徳なり」と。

其の時に外道《げどう》、高楼《こうろう》に登《のぼり》て見《みる》に、仏の家家《いえいえ》に追《おわ》れ給て、日高く成《なる》まで供養も不受《うけ》で疲極《ひごく》して返給《かえりたまう》に、女の棄《す》つる[一]菸水《くさりみず》を受《うけ》て呪願《しゅがん》し給《たまう》を見て、出《いで》て仏に申さく、「仏は何《いか》でかゝる虚言《そらごと》を以て人をば欺き給ふぞ。吉《よ》き物にも非《あら》ず、菸《くさり》たる物の汁を棄《すて》に持《もて》[二]行《ゆ》くに合《あい》て乞《こ》ひ得《え》て、「天に生れ国王と成るべし」[三]と宣《のたま》ふ、極《きわめ》たる虚言《そらごと》也」と嘲《あざけ》り咲《わら》ふ。仏の宣《のたま》はく、「汝は高堅樹《こうけんじゅ》の実は見たりや」と。外道《げどう》の云《いわ》く、「見たり」と。仏の宣《のたまわ》く、「何《いく》ら許《ばかり》か有る」と。外道の云《いわ》く、「[四]芥子《けし》よりも尚少《なおちいさ》し」と。仏の宣《のたま》はく、「高堅樹の木は何許《いくらばかり》ぞ」と。外道の云く、「枝の下に五百の車を隠《かく》すに尚《なお》[五]木の影余《あま》る」と。仏の宣《のたま》はく、「汝、其の譬《たとい》を以て可心得《こころうべ》し。芥子《けし》よりも少《ちい》さき種《たね》より生《おい》たる木、五百の車を隠すに尚《なお》影余る。仏に[六]少《すこしき》も物を供養する功徳無量《むりょう》也。[七]世間《せけん》の事如此《かくのごと》し。[八]何況《いかにいわん》や、後世《ごせ》の事は此を以て知《しる》べし」と。外道《げどう》此を

にくわない。 六 というのも。 七 やつはもともと大層な身分になれるはずの者だ。 八→一七頁注一六。 九 なんとなく気がふれて。
一〇 言っているそうだ。
一一 決して供養してはなるまいぞ。
一二 ふれをめぐらせて。
一三 申し合わせを破って。
一四 国外に追放する。
一五 閉じて。錠をかけて。
一六 このようにして。
一七 太陽が高くなるまで。昼近くになるまで。古代インドでは、僧の食事は午前のみに限られていたことに注意。 一八 空の鉢を胸に抱いて。 一九 疲れ切ったご様子で。 二〇 米のとぎ汁。 二一 何日もたって腐ったのを捨てようと思って。
二二 気の毒に思って。

聞《きき》て、「貴《とうと》し」と思ひ成《なり》て礼拝《らいはい》し奉る時に、九頭《かしら》の髪空《そら》に落《おち》て羅《ら》一〇漢《かん》と成《なり》ぬ。女も一一当来《とうらい》の一二記別《きべつ》を聞《きき》て礼拝《らいはい》して去《さり》にけりとなむ語り伝へたるとや。

二三 それを供養してくれるがよい。　二四 米の気が残っているからよいものだ。
二五 まことに異様ではございますが、仰せの通りにさせていただきます。
二六 呪願は、布施を受けた僧が呪文を唱えて施主の幸福を祈願すること。
二七 よい果報をもたらす善行。　二八 天上界に生まれると。　二九 ↓二三頁注一二。　三〇 人間世界。↓六八頁注一。

一 腐った汁。
二 とんでもない大嘘だ。
三 バンヤン(榕樹)。クワ科の高木。高さ一、三〇㍍。果実はイチジクに似て小さい。ベンガル菩提樹。尼拘類樹。　四 芥子粒よりもっと小さい。　五 なお木陰に

鴦掘魔羅《おうくつまら》、仏《ほとけ》の指《ゆび》を切《き》れる語《こと》 第十六

今昔《いまはむかし》、天竺《てんじく》に[一]鴦掘魔羅《おうくつまら》と云ふ人有《あり》けり。此《この》人は[二]指鬘比丘《しまんびく》と云ふ人の弟子《でし》也。[三]師資相承《ししそうじょう》して[四]外道《げどう》の法《ほう》を信じて其の法を習へり。指鬘比丘鴦掘魔羅を[五]呵責《かしやく》して云《いわ》く、「汝《なんじ》今日出《いで》て、千人の指を切《きり》て[六]天神《てんじん》に祀《まつり》て、速《すみやか》に[七]王位《おうい》を得て天下《てんが》を治め富貴《ふつき》を得よ」と。鴦掘魔羅此を聞《きき》て、竜《りゆう》の水を得たるが如《ごと》し、[八]右の手に剣《つるぎ》を拳《にぎ》り、左の手に索《なわ》を取《とり》て走り出《いで》ぬ。[九]哀《あわれ》なる事は、[一〇]悪人《あくにん》の趣《おもむ》く道の始《はじめ》に、先《ま》づ釈迦如来《しやかにょらい》の太子として窃《ひそ》かに父の宮を出《いで》て、[一一]始《はじめ》て仏の道《どう》に趣《おもむき》給て行き給ふ道に、鴦掘魔羅会奉《あいたてまつり》ぬ。太子此を見て退《しりぞ》き返り給ふ。鴦掘魔羅は叫《さけび》て追ひ行くに、疾《と》く逃《にげ》給ひ遅く追《おう》が故《ゆえ》に、太子は前《さき》に立《たち》給ひ、鴦掘魔羅は[一二]疲極《ひごく》して不追付《おいつか》ず。其の時に鴦掘魔羅、追付《おいつき》奉るべき様無《ようなく》て音《こえ》を高《たかく》して云《いわ》く、

は余りがある。
六 少しでも物を供養した功徳は、量り知れないほど大きいのだ。 七 この世のことでさえこの通りだ。
八 まして来世のことは。
九 頭髪がひとりでに落ちて。
一〇 →五三頁注二五。
一一 将来。未来。 一二 仏や弟子や信徒に授ける来世での果報についての予言。

第十六話 出典は注好選・中・4。源泉的な話は央掘魔羅以下の諸経に見え、三国伝記・四・16その他に類話が多い。
一 アングリマーラ(鴦掘魔羅・央掘魔羅・指鬘)。出自には諸説がある。
二 正しくは指鬘は鴦掘魔羅本人の漢訳名(切り取った指を飾りにしていたことに

「我れ汝が本願《ほんがん》[一三]を聞けば、「一切衆生《いつさいしゆじよう》[一四]の願《がん》を叶《かな》へむが為《た》めに王宮《ぐう》を出《いで》て利生《りしよう》の道に入れり」と。我れ今日千人の指を切《きり》て、天神に祀《まつり》て王位《おうい》を得むと思ふ。何[一五]の故に汝《なん》ぢ我が思ふ所を背《そむき》て一の指を惜《おしむ》ぞや」と。其時に太子此の言《こと》を聞給《きき》て、立止《たちどまり》て指[一六]を与へ給ふに、鴦堀魔羅忽《たちまち》に悲《かなしび》[一七]の心を発《おこ》して、本《もと》の心を悔《くい》て返《かえり》[一八]て道《どう》に趣《おもむ》きにけりとなむ語り伝へたるとや。

よる)。これを師の名と誤るのは注好選も同様。
三 師から弟子へと受け継いで。 四 異教の教え。
五 叱って。呵責の理由は、真の婆羅門になるため(央掘魔羅経)、師の妻と密通したため(賢愚経)等、諸経により異なる。 六 天の神。
七 竜が水を得て昇天するように元気よく。
八 剣と索(羂索)は不動明王の持ち物でもある。 九 感概深いことには。 一〇 悪人(鴦掘魔羅)が出かけた道で最初に出会ったのは。
一一 諸経では、釈尊が鴦掘魔羅と出会ったのは出家入山の途中でなく、成道後のこと。これを出家当日と誤るのは、注好選も同様。
一二 疲れ果てて。
一三 お前の本願について聞

仏《ほとけ》、羅睺羅《らごら》を迎《むか》へて出家《しゆつけ》せしめ給《たま》へる語《こと》 第十七

今昔《いまはむかし》、仏、「[一]羅睺羅《らごら》を迎へて出家《しゆつけ》せしめむ」と思《おぼ》して、[二]目連《もくれん》を以て使《つかい》として迎へに遣《つかわ》さむと為《す》る程に、羅睺羅の母[三]耶輸陀羅《やしゆだら》此の事を聞《きき》て、高楼《こうろう》に登《のぼり》て門を閉《とじ》て、[四]守門《しゆもん》の者に仰せて云《いわ》く、「[五]努力《ゆめ》、門を開く事無かれ」と。仏、目連を羅睺羅迎へに遣《つか》はすに宣《のたま》はく、「女、[六]愚痴《ぐち》に依《より》て[七]子を愛する事は暫《しばし》の間也。死《しに》て地獄《じごく》に[八]堕《おち》ぬれば母と子と各相知《おのおのあいし》る事無《なく》して、永く離れて苦を受《うく》る事無隙《ひまな》し。後《のち》に悔《くゆ》るに甲斐《かい》無し。羅睺羅[九]道《どう》を得ては、還《かえり》て我母を[一〇]度《ど》して永く[一一]生老病死《しようろうびようし》の根本《こんぽん》を断《たち》て、[一二]羅漢《らかん》に成る事を得て我が如《ごと》くならむ。然《さ》れば羅睺羅既《すで》に年九歳に成《なり》ぬ。今は出家せしめて[一三]聖《ひじり》の道《どう》を習《ならわ》しめむ」と。

目連此の事を承《うけたま》はりて、耶輸陀羅の許《もと》に至《いた》る。耶輸陀羅高き

いたところでは。

一四 あらゆる衆生の願いをかなえるために。

一五 どうしてお前は私の願いに背いて一本の指を惜しむのか。　一六 諸経では、指は切らず、教化により改心させる。　一七 心を打たれ、道心に目覚めて。

一八 心をひるがえして仏道に入った。

第十七話　直接の出典は未詳だが、経律異相・七・6に近い。源泉は未曾有因縁経。

一 ラーフラ(羅睺羅・羅雲)。釈尊の子。母は耶輸陀羅。釈尊成道後に出家して舎利弗に師事、学を好み、密行(持戒)第一と称された。

二 →一一頁注二。

三 →二四頁注八。

楼《ろう》に登《のぼり》て、門を閉《とじ》て[一四]心静《しずか》に有る程に、目連空より飛来《とびきたり》ぬ。仏の仰せを[一五]一事《ひとこと》に令伝《つたえし》む。耶輸陀羅返申《かえりもう》して云《いわ》く、「[一六]仏太子《たいし》と御《おわせ》し時、我れに娶《とつぎ》て御妻《みめ》たりき。[一七]太子に仕《つかう》る事、天神《てんじん》に仕《つかう》るが如し。未《いま》だ三年に不満《みたざ》るに、我れを捨《すて》て宮を出給《いでたまい》にき。其の後《のち》国に返《かえり》給ふ事無く、我れに不見給《まみえたまわ》ず。我れも[一八]寡《やもめ》に成れる、今我が子を取放給《とりはなちたまわ》むや。君仏に成《なり》給ふ事は、慈悲に依《より》て衆生《しゅじょう》を[一九]安楽《あんらく》せしめむと也。而《しかる》に今、母子の中を離別《りべつ》せしめ給はむ事、慈悲無き事に非《あら》ずや」と云《いい》て、哭《な》く事無限《かぎりな》し。

[二〇]爰《ここ》に目連又《また》云ふ事無《なく》して、[二一]浄飯王《じょうぼんおう》の御許《みもと》に詣《いたり》て具《つぶさ》に此の事を申す。大王《だいおう》此の事を聞《きき》て、[二二]夫人波闍波提《ぶにんはじゃはだい》を喚《よび》て宣《のたま》はく、「我が子仏、目連を使として羅睺羅を迎へて道《どう》に入《いれん》とし給ふに、其の母愚痴《ぐち》にして[二三]愛心に迷《まどい》て子を放つ事無し。汝《なん》ぢ彼《か》の所に行《ゆき》て、[二四]云ひ喚嗳《よびなぐさ》めて其の心を令得《えしめ》よ」と。夫人《ぶにん》王の仰《おおせ》を承はりて、耶輸陀羅の許《もと》に行《ゆき》て王の御詞《ことば》を示し語る。耶輸陀羅答《こたえ》て云《いわ》く、

四　門番。　五　決して。
六　三毒の一。煩悩に迷い無知でものの理非を解しないこと。　七　(愚痴なるがゆえに)子を愛するが、それも僅かの(この世にいる)間だけのことだ。
八　絶え間がない。
九　悟りを開いたなら。
一〇　済度して。救って。
一一　迷いの世界に輪廻する苦の根本を断って。
一二　→五三頁注一五。
一三　仏道。　一四　安心していたが。　一五　的確に伝えた。
一六　仏は太子でいらっしゃった時、私と結婚なさって、私は妃となりました。
一七　私はまるで天神に仕えるように太子にお仕えしました。　一八　私も寡婦になって過ごしてきましたが、(その私から)今度は子供を

「我れ家に在《あり》し時、八国の諸《もろもろ》の王競《きお》ひ来《きたり》て父母《ぶも》に我れを乞《こ》ひき。父母不許《ゆるさず》して、太子を聟《むこ》として会《あわ》[一]する事畢《おわり》にき。太子、才芸《さいげい》人に勝《すぐ》れ給へる故《ゆえ》也。而《しかる》に太子、世を厭《いとい》て出家し給《たまい》にき。然《さ》れば、此の羅睺羅を以て国を嗣《つが》しむべき也。此を出家せしめては又何《いか》がせむ」とて、其の後《のち》云ふ事無《なく》して、涙[二]にをほゝれて哭《なく》事無限《かぎりな》し。夫人《ぶにん》此の事を聞《きき》て答《こたう》る事無し。

其の時に仏、惜《おし》む心を空[三]に知《しり》給て、重《かさね》[四]て目連を遣《つか》はす。目連空より飛来《とびきたり》て、仏の仰《おおせ》を耶輸陀羅に語る。耶輸陀羅の云《いわ》く、「羅睺羅を出[五]家せしめて、国の位《くらい》を継ぐ事永く絶《たえ》ぬべし」と。目連の云《いわ》く、「仏の宣《のたま》はく、『我れ昔燃灯仏《ねんとうぶつ》[六]の世に菩《ぼ》[七]薩《さつ》の道《どう》を行《ぎょう》ぜし時、五百の金《こがね》[八]の銭《ぜに》を以《も》て五茎《いつくき》[九]の蓮花《れんげ》を買《かい》て仏に奉りき。汝《なんじ》[一〇]又二茎《ふたくき》[一一]の花を以て副《そえ》て奉れり」と。「其の時に相互《あいたがい》に誓《ちかい》て云《いわ》く、『世ゝ《せぜ》に常に汝と我れ夫妻《ふさい》と成《なり》て、汝[一二]が心に違《たが》ふ事非《あら》じ』と云ひき。其の誓ひに依《より》て、契《ちぎ》り深くして今日夫妻と成れりき。而《しかる》

お取り上げになる。そんなことがあってよいでしょうか。 一九 安楽にさせるためでしょう。それなのに。 二〇 それ以上何も言わず。 二一 釈尊の父。→一七頁注一六。 二二 釈尊の継母。→二三頁注九。 二三 愛情に迷って。 二四 言って聞かせて納得させてくれ。

一 結婚させてしまいました。 二 涙にくれて泣くばかりである。 三 子を惜しむ(耶輸陀羅)の気持を(神通力で)察知なさって。 四 もう一度目連を遣わした。但し、諸経典の類話は全て、妃の気持を知った仏はただちに化人を遣わして自分の気持を伝えている。 五 出家させたなら。

に今、愚痴《ぐち》に依《より》て羅睺羅を惜《おし》む事無《な》かれ。一三出家せしめて聖《ひじり》の道《どう》を学《まなば》しめむ』」と。耶輸陀羅此の事を聞くに、一四昔の事今日見るが如くに思《おぼ》えて、敢《あえ》て云ふ事無《なく》して、羅睺羅を目連に与ふ。目連羅睺羅《らごら》を将去《いてさ》る時に、耶輸陀羅《やしゅだら》羅睺羅が手を取《とり》て涙を流す事雨の如し。羅睺羅母に申《もうし》て云《いわ》く、「我れ仏を一五朝暮《ちょうぼ》に見奉るべければ、歎《なげ》き給ふ事無かれ。一六今返《かえり》て王宮《おうぐう》に来《きたり》て見奉るべし」と。

其の時に浄飯王、耶輸陀羅の歎く心を息《やす》めむが為《ため》に、国の内の一七高族《こうぞく》を集《あつめ》て告《つげ》て宣《のたま》はく、「我が孫《うまご》羅睺羅、今仏の御許《みもと》に行《ゆき》て出家して聖《ひじり》の道《どう》に趣《おもむ》かむとす。此れに依《より》て、町々の人の子、各《おのおの》一人を令出《いださしめ》て一八我が孫に令具給《ぐせしめたまい》一九て」、各令出家給《おのおのしゅつけせしめ》ふ。二〇阿難《あなん》を使として、羅睺羅等の五十人の子共《こども》の頭《かしら》を剃《そ》る。二一舎利弗《しゃりほつ》二二和上《わじょう》たり、二三目連教授《きょうじゅ》として各戒《おのおのかい》を授けつ。さて仏、五十人の二四沙弥《しゃみ》の為に二五扇提羅《せんだら》が二六宿世《すくせ》の罪報《ざいほう》を説《とき》給ふ。沙弥等此の事を聞《きき》て、大《おおき》に歎《なげき》て仏に白《もう》して言《もう》さく、「和上舎利弗は二七大智《だいち》・二八福徳《ふくとく》在《まし》まして、

六　過去久遠の昔に世に出た仏で、その時菩薩であった釈尊に未来の成仏を予言した仏。定光仏。錠光仏。
七　(悟りをめざして)菩薩の道を修行していた時。
八　金貨。　九　五本の蓮の花を買って、燃灯仏に捧げた。
一〇　耶輸陀羅をさす。
一一　生まれて来る世ごとに。いつの世にも。
一二　互いに背くことはするまいと。　一三　(私は、羅睺羅を)出家させて、仏道を学ばせたいのだ。
一四　前世でのことが。
一五　私が朝に夕に仏(父)にお会いすることになりますから、どうか嘆かないでください。　一六　やがてまた王宮に帰ってきて、お目にかかれるでしょう。
一七　有力者たち。

国の中に[一]供養《くよう》を受給《うけ》ふに最《もと》も吉《よ》し。[二]小児等《しように》は愚痴《ぐち》にして福徳無《な》し。[三]飲食《おんじき》を受《うけ》て後《のち》の世に苦を受けむ事、扇提羅が如くならむ。此の故に我等憂《うれえ》を懐《いだ》けり。願《ねがわ》くは仏、哀《あわれび》を垂《たれ》給て、我等が[四]道《どう》を捨《す》て家に返らむ罪を許し給へ」と。仏此の事を聞《きき》給て、[五]譬《たとい》を以て説《とき》て沙弥等に令聞《きかしめ》給ふ。「譬《たと》へば、[六]二人の人忽《たちまち》に食《じき》に遇《あい》ぬ。共に[七]食過《くらいすぎ》て飽《あき》ぬ。此の二《ふたり》の人、一人は智恵有《あり》て食過《くらいすぎ》ぬと知《しり》て、医師《くすし》に会《あい》て薬を服《ぶく》して食《じき》を[八]消《けし》て失《うし》なはしめて、身の内の苦しび免《まぬか》れて能《よ》く命を令持《たもたし》む。一人は愚痴《ぐち》にして[九]食過《くらいすぎ》ぬと云《いう》事を不知《しら》ずして、薬を服《ぶく》する事無し。[一〇]生《しよう》有る物を殺して鬼魅《きみ》に祭《まつり》を備へて、命を済《すく》はむと思ふ。[一一]腹中《ふくちゆう》の宿食《しゆくじき》、[一二]風《ふう》と成《なり》て心[一三]痛《いた》むで、遂《つい》に死《しに》て地獄《じごく》に堕《おち》ぬ。今汝ぢ罪を恐れて家に返らむ事、彼《か》の愚痴《ぐち》の人の如き也。汝ぢ[一四]善根《ぜんごん》の因縁有《いんねんあり》て我に相《あ》ふ、彼《か》の医師に遇《あい》て苦《くるし》びを済《すくい》て不死《しな》ざる事を得たる人の如也《ごとき》」と。羅《ら》[一五]ごら此の事を聞《きき》て、[一六]心開け悟りにけりとなむ語り伝へたるとや。

一八 羅睺羅をさす。
一九 「て」は「とて」が正で、「具せしめ給はむとて」と地の文に転じているか。
二〇 アーナンダ(阿難・阿難陀)。釈尊の十大弟子の一。甘露飯王の子で、釈尊に近侍すること二五年、その教説を最も多く聞いた弟子で、多聞第一と称された。
二一 →四八頁注二。
二二 戒を授ける師僧。
二三 受戒者に威儀作法を教える僧。 二四 見習い僧。研修を積んだ後に具足戒を授けられて正規の僧となる。
二五 四姓(→一一三頁注一〇)の枠外に置かれた最下層民。梅陀羅。 二六 過去世の罪業の報い。過去世での悪行により現世で扇陀羅と生まれた因縁を説いたのである。 二七 偉大なる智

仏《ほとけ》、難陀《なんだ》を教化《きようけ》して出家《しゆつけ》せしめ給《たま》へる語《こと》 第十八

今昔《いまはむかし》、仏の御弟《おとうと》に一七難陀《なんだ》と云ふ人有り。始め一八在家《ざいけ》の時、一九五天《ごてん》竺《じく》の中に形《かた》ち勝《すぐ》れて端正無限《たんじようかぎりな》き女を妻《め》として、其の愛欲《あいよく》に二〇着《ぢやく》して仏法《ぶつぽう》をも不信《しん》ぜず、仏の二一呵嘖《かしやく》にも不随《したが》はず。

其の時に仏、二二尼拘類薗《にくるいおん》に在《まし》まして、難陀を教化《きようけ》せむが為《た》めに二三阿難《あなん》と共に難陀が家に行《ゆき》給ふ。難陀高き楼《ろう》に昇《のぼり》て遥《はるか》に見るに、仏鉢《はち》を以《もて》二四乞食《こつじき》し給ふ。難陀此を見て、高楼《こうろう》より怱下《いそぎおり》て仏の御許《みもと》に至《いたり》て白《もう》して言《もう》さく、「君は二五姓転輪聖王《しようてんりんじようおう》也。何《なん》ぞ自《みずか》ら二六辱《はじ》を捨《すて》て鉢を持《も》て乞食《こつじき》し給へるぞ」と云《いい》て、自《みずか》ら鉢を取《とり》て、家の内に入《いり》て甘美《かんび》の飲食《おんじき》を盛《もり》て仏の御許《みもと》に詣《いた》るに、仏鉢を不受取給《うけとりたまわ》ずして尼拘類薗に返《かえり》給ふ。難陀に宣《のたま》はく、二七「若汝出家《もしなんじしゆつけ》せらば鉢を受《う》けむ」と。難陀此の事を聞《きき》て、仏語《ほとけのこと》に随《したが》ひて鉢を奉る。其の時

慧。　一六 善行を積むことによって得られる福利。

一 信者の供養をお受けになるのにふさわしい。
二 私たち。年少の沙弥たちの自称。
三 (こんな者が)人から飲食の供養を受けたなら、来世に苦を受けること、扇陀羅と同様でしょう。
四 仏道修行を止めて。
五 たとえ話。譬喩。
六 (腹のすいた)二人の人が食べ物にありついたとしよう。
七 飽きるほど食べ過ぎてしまった。
八 よく消化させて。
九 食べ過ぎたとも気付かず。
一〇 生き物を殺して、魑魅妖怪の類に供え祭って。
一一 腹中にたまっている食べ物が。
一二 ここでは、人を損なう邪気の意。
一三 内蔵が痛

に妻《め》出て、「[一]速《すみやか》に返《かえり》ね」と云ふ。難陀出家《しゅつけ》[二]を思ふ故《ゆえ》に、仏の御《み》許《もと》に至《いたり》て鉢を授 奉《さずけたてまつり》て云《いわ》く、「願《ねがわ》くは此を受《うけ》給へ」と。仏難陀に告《つげ》て宣《のたまわ》く、「汝《なん》ぢ既《すで》に此《ここ》に来《きた》れり。今は頭《かしら》を剃《そり》て法衣《ほうえ》[三]を服《き》よ。返らむと思ふ事無《な》かれ」と。仏威《い》[四]神《じん》の力を以て難陀を迫《せめ》て、阿難を以て令出家給《しゅつけせしめたまい》つ。然《さ》れば、難陀静室《じょうしつ》[五]に居《い》て、仏漸《ようや》[六]く誘《こしら》へ直《なお》し給ふに、難陀歓喜《かんぎ》す。

[七]而《しかるに》難陀、尚《なお》「妻《め》の許《もと》へ行《ゆか》む」と思ふ心有《あり》て、仏の外《ほか》に御座《おわしまし》たる間に行《ゆか》むと為《す》るに、出《いで》[八]むと為《す》る戸 忽《たちまち》に閉《とじ》られぬ。又他《ほか》の戸は開《あき》ぬ。然れば其の開《あき》たる戸より出《いで》むとすれば、其の戸は閉《とじ》て他の戸は開《あき》ぬ。如此《かくのごとき》して更《さら》[九]に出《いで》られぬ程に、仏返給《かえりたまい》ぬれば、出《いず》る事不能《あたわ》ず。又、「[一〇]仏の速に出《いで》給へかし。其の間に妻《め》の許《もと》へ行《ゆか》む」と思ふ程に、仏外《ほか》へ御《おわし》ますとて、難陀に箒《ははき》[一一]を与へ給て、「此《ここ》を可掃《はくべ》し」とて出給《いでたまい》ぬれば、疾《と》く掃畢《はきおわりな》むとて急ぎ掃くに、自然《おのずから》に風出来《いでき》て、塵《ちり》を吹《ふき》返して不払畢得《はらいおわりえざ》る程に、仏返 給《かえりたまい》

んで。 一四 善根を積むような果報があったがために、こうして私と出会ったのだ。
一五 羅睺羅。
一六 迷いが覚めて悟った。
第十八話 出典は釈迦譜・二か。源泉的な話は出曜経・二四、雑宝蔵経・八に見え、同話は仏本行集経など諸経に喧伝。和書では沙石集・八、三国伝記・八・13等。
一七 ナンダ(難陀)。浄飯王の子。母は摩訶波闍波提。釈尊の異母弟にあたる。
一八 出家の対。俗人として暮らしていた時。
一九 天竺全土。全インド。
二〇 執着して。とらわれて。
二一 お咎めにも耳を貸さなかった。 二二 尼拘類樹(高堅樹。→五六頁注三)の茂

ぬ。

又、仏の外《ほか》に御《おわ》したる程に、難陀[一二]僧房《そうぼう》に出《いで》て思ふ様《よう》、「我れ此の間に妻《め》の許《もと》へ行《ゆか》む。仏は必ず本《もと》の道よりぞ返《かえり》給はむ。我れは他《ほか》の道より行《ゆか》む」と思《おもい》て行く程に、仏[一三]空《そら》に其の心を知《しり》給て、其の難陀が行く道より[一四]返り給ふ程に、難陀遥《はるか》に仏の来《きたり》給ふを見奉て、大《おおき》なる樹《うえき》の有る本に立隠《たちかく》る。其の時に樹神《じゆじん》、忽《たちまち》に樹《うえき》を挙《あ》け[一五]虚空《こくう》に有《あら》しむ。其の時、[一六]難陀顕《あらわ》れぬ。仏難陀を見給て、[一七]精舎《しようじや》に将返《いてかえり》給ひぬ。如此《かくのごと》くして妻《め》の許《もと》へ行く事を不得《え》ず。

仏難陀に告《つげ》給はく、「[一八]汝ぢ道《どう》を学《がく》せよ。[一九]後世《ごせ》を不顧《かえりみ》ざる、極《きわめ》て愚《おろか》なる事也。我れ汝を天上に将行《いてゆき》て令見《みしめ》む」と宣《のたまい》て、[二〇]忉利天《とうりてん》に将昇《いてのぼりたまい》給ぬ。[二一]諸天《しよてん》の宮殿共《くうでんども》を見せ給ふに、諸《もろもろ》の[二二]天子《てんし》、天女《てんによ》と共に娯楽《ごらく》する事無限《かぎりな》し。一《ひとつ》の宮殿《くうでん》の中を見るに、[二三]衆宝荘厳《しゆほうのしようごん》不可称計《あげてかぞうべから》ず。其の中に[二四]五百の天女は有《あり》て、天子は無し。難陀此れを見て、仏に問ひ奉る。「何《いかな》れば此の宮殿《くうでん》には天女のみ有《あり》

る林園。迦毘羅衛城外にあった。　二三 →六三頁注二〇。　二四 托鉢。
二五 転輪聖王(→一八頁注六)にもなりうる高貴なお生まれです。
二六 恥ずかしげもなく。
二七 出家したならば。

一 はやくお帰りなさい。
二 出家するつもりになっていたので。　三 僧衣。
四 偉大な神通力。
五 静かな一室に坐して。
六 少しずつ上手に話してお聞かせになると。
七 ところが、それでも。
八 出ようとした戸が自然にばたんと閉まってしまった。これと同様の戸が開閉する話が巻二四・5話にある。
九 どうにも出られないでいるうちに。　一〇 仏様が早

て、天子は無きぞ」と。仏天女に問《とい》給ふに、天女答《こたえ》て申さく、「[一]閻浮提《えんぶだい》に仏の弟《おとうと》難陀と云ふ人有り。[二]近来《このごろ》出家せり。其の功《く》[三]徳《どく》に依《より》て、[四]命終《みょうじゅうし》て此《この》天の宮に可生《うまるべ》し。其の人を以て天子と可為《すべき》が故に、天子無《なき》也」と。難陀此れを聞《きき》て、「[五]我が身此也」と思ふ。仏難陀に宣《のたま》はく、「[六]汝が妻《め》の端正《たんじょう》なる事、此の天女と何《いか》に」と。難陀の云《いわ》く、「我が妻《め》を此の天女に思ひ競《くらぶ》れば、彼は[七]獼猴《みこう》を見るが如《ごと》し。然《さ》れば[八]我が身も又如然《しかのごとき》也」と。難陀此の天女を見つる、[九]妻《め》の事忽《たちまち》に忘れて、[一〇]持戒《じかい》の者と成《なり》て此《ここ》に生《うまれ》むと思ふ心出来《いでき》ぬ。

又仏、難陀を地獄《じごく》へ将御《いておわし》ます。其の道に、[一一]鉄囲山《てっちせん》を経て、山の外《ほか》に[一二]獼猴女《みこうにょ》と云ふ者有り。端厳美麗《たんごんびれい》なる事無並《ならびな》し。其の中に[一三]孫陀利《そんだり》と云ふ者有り。難陀此れを見る。仏難陀に問《とい》給ふ。「汝[一四]が妻《め》、此《この》孫陀利と何《いか》にぞ。此獼猴《このみこう》の如也《ごとき》や」と。難陀の云《いわ》く、「[一五]百千倍に及《およぶ》とも不可類《たぐうべから》ず」と。仏の宣《のたま》はく、「[一六]又孫陀利を

くお出かけになって欲しい。
一一「箒」の異体字。ほうき。僧坊を出て。
一二「僧房を」が正か。　一三 難陀の気持を自然に察知して。
一四「より」は経由を示す。難陀が行く道を通って。
一五 樹木を空中に持ち上げて。　一六 難陀の姿が丸見えになった。　一七 寺院に連れてお帰りになった。
一八 そなたは仏道を学びなさい。　一九 後世のこと(来世の果報)を考えないのは。
二〇 →二三頁注一二。
二一 忉利天の諸々の宮殿。
二二 男性の天人。
二三 諸々の宝を飾りたてているさまは、一々数えきれないほどであるのに。
二四 天女は大勢いるが、男の天人がいない。

以て天女に比《たくらぶ》るに何《いか》にぞ」と。難陀云《いわ》く、「又百千万倍にも不可類《たぐうべから》ず」と。仏、難陀を地獄に将《いて》至り給《たまい》ぬ。諸《もろもろ》の一七鑊共《かなえども》を見せ給ふに、湯盛《さかり》に涌《わき》て人を煮《に》る。難陀此れを見て、恐怖《おじおそ》るゝ事無限《かぎりな》し。但《ただ》し、一《ひとつ》の鑊《かなえ》を見るに、湯のみ沸《わき》て煮《にゆ》一八る人無し。難陀此れを見て獄卒《ごくそつ》一九に問《とい》て云《いわ》く、「何《なん》ぞ此鑊《このかなえ》に入《いる》人無《なき》ぞ」と。獄卒《ごくそつ》の云《いわ》く、「閻浮提に有る仏の弟難陀、出家の功徳《くどく》を以て忉利天に生れて、天の命尽《つき》て終《つい》に此の地獄に堕《おち》むとす。此の故に我れ今鑊《かなえ》を吹《ふき》二〇て、彼《か》の難陀を待《まつ》也」と。難陀此《この》事を聞《きき》て怖《おそ》るゝ事無限《かぎりなく》して、仏に申さく、「願《ねがわく》は、我れを速《すみやか》に閻浮提に将《いて》返り給て擁護《おうご》二一し給へ」と。仏難陀に宣《のたま》はく、「汝、二二戒《かい》を持《たもち》て天の福二三を修《しゅ》せよ」と。難陀の申さく、「我れ今は天に生れむ事を不願《ねが》はず。只《ただ》、我を此の地獄に落《おと》し給ふ事無かれ」と。

仏難陀と共に閻浮提に返り給て、難陀の為に一七日二四の内に法《ほう》を説《とき》て、阿羅漢果《あらかんか》二五を令証《しょうせし》め給《たまい》てけりとなむ語り伝へたるとや。

一 仏教的宇宙観で、須弥山の南にある大陸。人間世界。
二 最近。
三 その善行のおかげで。
四 寿命が尽きるとこの天の宮殿に生まれることになっています。
五 自分のことだ。
六 そなたの妻しこの天女と、美しさはどうか。
七 あれ(妻)は猿のように見えます。
八 私もまた猿同然ということです。
九 見ると。見た途端に。
一〇 戒律を固く守る真摯な修行者となって。
二 仏教的宇宙観で、須弥山を中心とした世界の最も外側にある、鉄でできた山脈。世界の外周をなす山。
三 獼猴は猿。すなわち猿女の意。
三 スンダリー(孫陀利)。本来は難陀の妻の名である。

仏《ほとけ》の夷母《いも》憍曇弥《きようどんみ》、出家《しゆつけ》せる語《こと》 第十九

今昔《いまはむかし》、[一]憍曇弥《きようどんみ》と云《いう》は[二]釈迦仏《しやかほとけ》の[三]夷母《いも》也。[四]摩耶夫人《まやぶにん》の[五]弟《おとうと》也。仏[六]迦維羅衛国《かいらえこく》に在《まし》ます時、憍曇弥仏に白《もうし》て言《もうさ》く、「我れ聞く、「[七]女《によ》人精進《にんしようじん》なれば、[八]沙門《しやもん》の四果《しか》を可得《うべ》し」と。願《ねがわ》くは我れ、仏の[九]法《ほう》律《りつ》を受け出家《じゆつけ》せむと思《おも》ふ」と。仏の宣《のたまわ》く、「汝《なんじ》、更《さら》に出家を願ふ事無《な》かれ」と。憍曇弥如此《かくのごと》く三度《みたび》申すに、仏更に不許給《ゆるしたまわ》ず。憍曇弥此を聞《きき》て、歎《なげ》き悲《かなしみ》て去《さり》ぬ。

其の後《のち》、又仏《ほとけ》迦維羅衛国に在《まし》ます時、憍曇弥如前《さきのごとく》の出家せむと申すに、仏又不許給《ゆるしたまわ》ず。仏諸《もろもろ》の[一〇]比丘《びく》と共に此《この》国に在《まし》ます事[一一]三月、終《つい》に国を出《いで》て去《さり》給ふ時、憍曇弥諸《もろもろ》の老《おい》たる女と共に、尚《な》[一二]を出家の事を申さむとて仏を追《おい》て行くに、仏俄《にわか》に留《とどま》り給ひぬ。憍曇弥如前《さきのごと》く出家せむと申すに、仏又不許給《ゆるしたまわ》ねば、憍曇弥出《いで》て

これを獼猴女の名とする根拠は未詳。誤解であろう。 一四 そなたの妻をこの孫陀利と比べるとどうか。この獼猴のようか。 一五 百千倍しても及びません。 一六 では孫陀利を天女と比べるとどうか。 一七 地獄の釜。 一八 煮られている人がいない。 一九 いわゆる地獄の鬼。 二〇 火を吹いて湯を沸かして、難陀がくるのを待っているのだ。 二一 お守り下さい。 二二 戒律を守って。 二三 天上界に生まれるような善業を積むがよい。 二四 七日間。 二五 →八三頁注一九。

第十九話 出典は釈迦譜・一一。経律異相・七・4も同譜を引く。源泉的な

門の外《ほか》[一三]に居《い》て、垢穢《くえ》[一四]の衣《ころも》を着て、顔貞《かおかたち》甚《はなは》だ衰へて啼泣《ていきゆう》す。[一五]阿難《あなん》此を見て問《とい》て云《いわ》く、「汝《なん》ぢ何の故《ゆえ》に如此《かくのごと》く有ぞ」と。憍曇弥答《こたえ》て云《いわ》く、「我れ女人なるが故に出家を不得《え》ずして歎き悲む也」と。阿難の云《いわ》く、「汝ぢ暫《しば》らく待《まち》給へ。我れ仏に申さむ」と云《いい》て入《いり》ぬ。阿難仏に白《もう》して言《もう》さく、「我れ仏に随《したが》ひ奉て聞くに、「女人も精進《しようじん》なれば、沙門《しやもん》の四果《しか》を可得《うべ》し」。今憍曇弥は、[一六]至れる心を以て出家を求め、「法律を受けむ」と思《おも》へり。願《ねがわ》くは仏、此を許し給へ」と。仏の宣《のたま》はく、「此の事願ふ事無かれ。女人は我が法《ほう》の中《うち》にして沙門《しやもん》と成る事無かるべし。其の故は、女人出家《しゆつけ》して清浄《しようじよう》に梵行《ぼんぎよう》[一七]を修《しゆ》せば、仏法《ぶつぽう》をして久《ひさし》く世に住《じゆう》[一八]せむ事非《あら》じ。譬《たとえ》[一九]ば、人の家に多少《たしよう》[二〇]の男子《なんし》を生《しよう》ぜるは、此れを以て家の栄《さかえ》とす。此の男子に仏法を修行《しゆぎよう》せしめて、世に仏法を久《ひさし》く持《たも》たしむべき也。其それ[二一]に女人に出家を許せ[二二]らば、女人、男子を生ずる事絶《たえ》ぬべきが故に出家を不許《ゆるさざ》る也」と。

話は中本起経・九に見え、経典類に関連記事が散見。

一 釈迦の義母。摩訶波闍波提をさす。→二三頁注九。

二 釈尊。　三 叔母。

四 釈尊の実母。→一七頁注一七。　五 ここでは、妹の意。　六 迦毘羅衛国に同じ。→一七頁注一五。

七 女人も精進すれば。

八 出家の四果。仏の説法を聞いて修行する者の悟りの四段階(須陀洹果・斯陀含果・阿那含果・阿羅漢果)。声聞四果。

九 教法を学び戒律を守って出家したいと思います。　一〇 僧。

一一 僧たちは動植物の育成を害さないよう、雨季の三カ月は一定の場所に籠もって修行した。雨安居。

一二 「を」は「尚」の捨仮名。但し、仮名遣いは「ほ」が正

阿難又申《もうさ》く、「憍曇弥は多く善《ぜん》の心有り。先《ま》づ仏を、[一]始《はじめ》[二]て生れ給ふ時は受取《うけとり》て養育《よういく》し奉て、既《すで》に[三]長大《ちょうだい》に至《いた》し奉れり」。仏の言《のたま》はく、「憍曇弥、実《まこと》に善《ぜん》の心多し。[四]又我れに恩《おん》有り。[五]今我れ仏と成《なり》ては、又我れ彼に恩多し。彼は偏《ひと》へに[六]我が徳に依るが故に、[七]三宝《さんぼう》に帰依《きえ》し[八]四諦《したい》を信じ[九]五戒《ごかい》を持《たも》てり。但《ただ》し、女人沙門《しゃもん》と成《なら》むと思はゞ、[一〇]八敬《はちきょう》の法を学び行ふべし。譬《たとえ》ば、[一一]水を防《ふせかん》には堤《つつみ》を強く築《つき》て漏《もら》しめざる也。[一二]若《もし》法律に入《いら》むと思はゞ、能《よ》く精進せよ」と。

阿難[一三]明らかに仏の語《こと》を受《うけ》て、礼《らい》して門の外《ほか》に出《いで》て憍曇弥に伝《つたえ》しむ。「汝今は歎《な》げき悲しむ事無かれ。仏汝が出家を許給《ゆるしたま》ふべし」と。憍曇弥此れを聞《きき》て大歓喜《おおきにかんぎ》して、[一四]即《すなわち》出家して戒《かい》を受《うけ》て比丘尼《びくに》と成り、法律を受け[一五]羅漢果《らかんか》を得つ。

女人の出家する事、此れに始《はじま》れり。憍曇弥、又は[一六]大愛道《だいあいどう》とも云ひ、又波闍波提《はじゃはだい》とも云《いい》けりとなむ語り伝へたるとや。

しい。 一三「か」は「外」の捨仮名。 一四 衣服は垢にまみれ、顔はやつれ果てて、涙にくれていた。 一五 →六三頁注二〇。 一六 まごころから出家を望み、受戒したいと願っています。 一七 禁欲の修行をしたなら。 一八 仏の法を永くこの世に存続させることはできないだろう。 一九 なぜなら。 二〇 たくさんの男の子が生まれると。 二一「それ」は「其」の全訓捨仮名。しかるに。 二二 許したら。

一「仏を」は下文の「受取て」以下にかかる。 二(仏様が)最初お生まれになった時には。 三 立派な大人に育て上げられました。 四 私としても恩がある。 五 仏となった今は、私の方

帝釈《たいしゃく》、修羅《しゅら》と合戦《こうせん》せる語《こと》 第三十

今昔《いまはむかし》、[一七]帝釈《たいしゃく》の御妻《みめ》は[一八]舎脂夫人《しゃしぶにん》と云ふ。[一九]羅睺阿修羅王《らごあしゅらおう》の娘也。父の阿修羅王、[二〇]舎脂夫人を取《と》らむが為《ため》に、常に帝釈と合戦《こうせん》す。

或《ある》時に、[二一]帝尺《たいしゃく》既《すで》に負《まけ》て返《かえ》り給ふ時に、阿修羅王追《おい》て行く。[二二]須弥山《しゅみせん》の北面《ほくめん》より帝釈逃げ給ふ。其の道に多《おおく》の[二三]蟻遥《ありはるか》に這出《はいいで》たり。帝釈其《その》蟻を見て云《いわ》く、「我れ今日譬《たと》ひ阿修羅に負《まけ》て罰《うた》るゝ事は有りとも、[二四]戒《かい》を破る事は非《あら》じ。我れ尚《な》を[二五]逃《にげ》て行かば、多《おおく》の蟻は踏殺《ふみころさ》れなむとす。戒《かい》を破《やぶり》つるは[二六]善所《ぜんじょ》に不生《しょうぜ》ず。[二七]何況《いかにいわん》や、仏道《ぶつどう》を成《じょう》ずる事をや」と云《いい》て返《かえ》り給ふ。

其の時に、阿修羅王責《せ》め来《きた》ると云《いえ》ども、帝尺の[二八]返り給ふを見て、「[二九]軍《いくさ》を多く添《そえ》て、又返《かえり》て我れを責め追《おう》也けり」と思《おもい》て、逃げ返《かえり》て[三〇]蓮《はちす》の穴に籠《こもり》ぬ。帝釈負《まけ》て逃げ給ひしかども、蟻を不殺《ころさ》じ

が彼女にとっての恩人である。　六 私のおかげで。　七 仏・法・僧。　八 →四八頁注八。　九 在家・出家を問わず、仏教徒の全てが守るべき五つの戒律。即ち、不殺生・不偸盗・不邪淫・不妄語・不飲酒。　一〇 (1)百歳の尼も新参の僧に礼を尽くせ。(2)僧を罵謗するな。(3)僧の罪過を説くな、など八条の禁戒で、比丘尼にのみ課せられる。　一一 洪水を防ぐには堤を強く築いて漏れないようにするのと同じことだ。　一二 もし仏法修行の道に入ろうと思うのなら、よくよく精進するがよい。　一三 仏のお言葉をしっかりと耳に受け止めて。　一四 さっそく出家し受戒して。　一五 阿羅漢果。→八三頁注一九。

と思ひ給ひし故《ゆえ》に、勝《かち》て返り給ひにき。されば、「戒《かい》を持《たも》つは一三悪道《さんあくどう》に不落《おち》ず、二急難《きゆうなん》を遁《のが》るゝ道也」と仏の説き給ふ也けりとなむ語り伝へたるとや。

一六 摩迦波闍波提の漢訳。

第三十話 出典未詳。菩薩処胎経・七、観仏三昧経・一、雑阿含経・四六その他に関連説話がある。

一七 帝釈天。→一八頁注三。一八 帝釈天の正妻。阿修羅王の娘。一九 四大阿修羅王(羅睺・勇揵・華鬘・毘摩質多羅)の一。須弥山の頂上に達する巨大な体軀で七頭、日・月をも覆って触すという大魔神。二〇 取り返そうとして。二一 帝釈に同じ。二二 仏教的宇宙観で、宇宙の中核をなす巨大な山。頂上には帝釈天の住処、忉利天があり、日・月はその中腹を巡る。二三 長く列をなして這い出ていた。二四 (蟻を踏み殺して)殺生戒を犯すことだ

須達長者《しゆだつちようじや》、祇薗精舎《ぎおんしようじや》を造《つく》れる語《こと》　第三十一

今昔《いまはむかし》、天竺《てんじく》の舎衛国《[三]しやえこく》に一人の長者《ちようじや》あり。名をば須達《[四]しゆだつ》と云ふ。其《そ》の人、一生の間《あい》だに七度富貴《ななたびふつき》に成り、七度貧窮《びんぐう》に成れりけり。其の第七度の貧《ひん》は前《さき》の六度に勝《すぐ》れたり。[五]牛の衣許《きぬばかり》の着物《きるもの》無し。[六]菜《な》に合《あわ》す許《ばかり》の食味《じきみ》無し。然《さ》れば、夫妻共《ふさいとも》に歎《なげ》きて世を過《すぐ》す程に、近隣《きんりん》の人にも憾《にくま》れぬ、親族《しんぞく》にも厭《いと》はれぬ。

而《しか》る間《あいだ》、全《また》く三日不食《じきせず》して既《すで》に餓死《がし》しなむとするに、[七]一塵《いちじん》の財《たか》ら無しと云《いえ》ども[九]空《むなし》き倉許《[一〇]くらばかり》は有るに行きて、[八]塵許《ちりばかり》の物や有ると見れば、梅檀《せんだん》の升《ます》の片角《かたすみわ》破れ残《のこり》て有《あり》けり。此を見得《[一一]みえ》て、須達自《みずか》ら市《いち》に行《ゆき》て、米《よね》五升《しよう》に売《うり》て家に持《も》て来《きたり》て、一升をば取《とり》て菜《な》を買はむが為《た》めに、又《また》市に出《いで》ぬ。其の程に、妻《め》一升を炊《かしき》て須達を待つ程に、仏の御弟子《みでし》、[一二]解空《げくう》第一の須菩提《[一三]しゆぼだいきたり》来て食《じき》を乞《こ》ふ。妻《め》鉢《はち》

けはしたくない。

二五 「を」は「尚」の捨仮名。

仮名遣いは「ほ」が正。

二六 よい所(天上界や人間界など)には生まれない。

二七 まして、仏道を成就し輪廻から解脱することなど出来はしない。

二八 お引き返しになった。

二九 軍勢。

三〇 蓮根の穴の中に逃げ込んだ。

一 地獄・餓鬼・畜生道。

三 悪趣。

二 緊急の災難。

第三十一話　出典は注好選・中・12および14。源泉的な話は雑宝蔵経・二、賢愚経・一〇など諸経に散見。三国伝記・一・10に同話がある。

三 コーサラ(憍薩羅)国。↓八二頁注九。

四 スダッタ

を取り、其の炊《かしき》たる飯《いい》を一粒《つぶ》を不残《のこ》さず[一]供養《くよう》しつ。然《しかれ》ば、又一升を炊《かしき》て夫《おうと》を待《まつ》程に、又[二]神通《じんずう》第一の[三]目連来《もくれんきたり》て食《じき》を乞ふ。又前《さき》の如《ごと》くに供養しつ。然《しかれ》ば、又一升を炊《かしき》て夫を待程に、[四]多聞《たもん》第一の[五]阿難来《あなんきたり》て食《じき》を乞ふ。前《さき》の如く供養しつ。其の後《のち》、妻独《めひと》り思ふ様《よう》、「米今一升残れり。[六]白《しら》く精けて炊《かしき》て、夫妻共に此を食《じき》せむ。此より後《のち》には、何《いず》れの御弟子来《きた》り給ふと云《いう》とも[七]敢《あえ》て供養し奉らじ」と、「[八]先《ま》づ我が命《いのち》を継《つがむ》」と思ひ得て炊《かし》くに、未《いま》だ須達の不返《かえら》ざる程に、[九]大師《だいし》[一〇]釈尊来《しやくそんきた》り給《たまい》て食《じき》を乞《こい》給ふ。妻《め》[一一]さこそ云《いい》つれども、仏の来《きた》り給へるを見奉て、随喜《ずいき》の涙を拭《のごい》て礼拝《らいはい》して、皆供養し奉りつ。其《その》時に仏、女の為に[一二]偈《げ》を説《とき》て宣《のたま》はく、

[一三]貧窮布施難《びんぐうふせなん》　富貴忍辱難《ふつきにんにくなん》　厄嶮持戒難《やくけんじかいなん》　小時捨欲難《しようじしやよくなん》

[一四]如此《かくのごと》き説き聞《きか》せ給て返り給ひぬ。

其後《そののち》、[一五]酒達返り来《きた》れるに、妻《め》、[一六]羅漢《らかん》及び仏来《きた》り給へる事を夫に語る。夫の云く、「汝《なん》ぢ、我が為《た》めに[一七]生ゝ[一八]世ゝ《しようじようせぜ》の[一九]善知識《ぜんちしき》也」

(須達・須達多)。舎衛城(↓八二頁注九)の大富豪。釈尊の大外護者で、祇園精舎を建立。孤独な窮民を救済し、給孤独長者と称された。　五 牛の背にかける粗末な布。　六 惣菜として付け合わせる食材さえない。　七 なに一つ財貨はないが、倉だけはあったので、そこに行って。　八「ある」は「有」の全訓捨仮名。　九 白檀の異名。香木。　一〇 片割れ。破片。　一一 見つけて。　一二 一切の事物は実体がなく、空であると悟ること抜群の。　一三 スプーティ(須菩提)。釈尊の十大弟子の一。舎衛城の長者の子。祇園精舎で仏門に入った。

一 布施として捧げた。

二 神通力抜群の。　三 ↓一

と云《いい》て、二〇妻を喜ぶ事無限《かぎ》りなし。二一其の時に、自本《もとより》有る三百七十の庫蔵《こぞう》に、本《もと》の如くに二二七宝満《しちほうみち》ぬ。其より又富貴《ふっき》無並《ならびな》かりけり。此の度《たび》の富《とみ》、又前《さきの》六度に二三倍倍《ばいばい》せり。然《さ》れば長者、永く世に名を挙《あげ》て二四閻浮提《えんぶだい》の内に並《なら》ぶ者無し。而《しか》る間、長者心の内《うちに》思はく、「我れ二五勝地《しょうじ》を求《もとめ》て二六伽藍《がらん》一院《いん》を建立《こんりゅう》して、釈尊及《および》御《み》弟子《でし》等を居《すえ》奉《たてまつり》て、一生間《いっしょうのあいだ》日ゝに供養《くよう》し奉らむ」と思ふ心深し。

其の時に、一人の太子有二七あり。名をば二八祇陀《ぎだ》と云ふ。此の人、甚《はなは》だ目出《めで》たき勝地《しょうじ》を二九領《りょうせ》り。三〇水・竹左右《そう》に受け、草・樹前後《うえきぜんご》に並べり。須達太子に語《かたり》て云く、「我れ仏の御為《た》めに伽藍《がらん》を建立《こんりゅう》せむと思ふに、此の地三一足《た》れり。願《ねがわ》くは太子、此の地を我れに与へ給へ」と。太子答《こたえ》て云《いわ》く、「此の地は東西十里《り》、南北七百余歩《ぶ》也。当国《とうごく》・隣国《りんごく》の三二豪族《ごうぞく》の人来《きたり》て乞《こう》と云《いえ》ども于今不与《いまにあたえ》ず。但《ただ》し、汝《なんじ》が云ふ事に至《いたり》ては既に三三仏の御為に伽藍《がらん》を建立《こんりゅう》せむと也。三四敢て惜《おし》む心無し。然《さ》れば、三五地《じ》の上に金《こがね》を六寸敷《すんしき》て三六直《あたい》に得しめよ」と。須

一一頁注二。　四 釈尊の教説を聞く機会の多かったこと抜群の。　五 →六二頁注二〇。　六 精白して。　七 決して供養けしないことにしよう。　八 まず自分たちの命をつなごう。　九 偉大なる師。　一〇 釈迦族の聖者の意の尊称。釈迦如来。仏。　一一 あのようには言ったものの。　一二 仏徳や教理を賛美する詩句。頌。　一三 貧しき者は布施をなし難く、富貴なる者は忍辱をなし難い。災難時には戒を守り難く、若年時には欲望を捨て難い。　一四 このように説いて聞かせてお帰りになった。　一五 須達に同じ。　一六 阿羅漢果(→八三頁注一九)を得た聖者。須菩提・目連・阿難をさす。　一七 「め」は「為」の捨仮名。

達太子の言《こと》を聞《きき》て、喜ぶ事無限《かぎり》なし。忽《たちまち》に車馬《しやめ》・人夫《にんぶ》を以て金《こがね》を運《はこび》て、地《じ》の上に厚さ[一]五寸を敷き満《み》て〻太子に与《あたえ》つれば、長者思《おもい》の如く地を得つ。

其の後《のち》、伽藍《がらん》を建立《こんりゆう》して一百余院の[二]精舎《しようじや》を造る。其の[三]荘厳《しようごん》微妙《みみよう》にして厳重《げんじよう》なる事無限《かぎりな》し。[四]中殿《ちゆうでん》には仏を居《す》へ奉り、[五]院《いん》〻房《ぼう》〻には[六]深智《じんち》の菩薩《ぼさつ》等及び[七]五百の羅漢《らかん》等を居《す》へ奉て、心に随《したがい》て[八]百味《ひやくみ》を運び備へ、珍宝《ちんぼう》を満置《みておき》て、二十五箇年の間、仏及び菩《ぼ》薩《さつ》・比《び》丘《く》僧《そう》を供養《くよう》し奉る。[九]祇洹精舎《ぎおんしようじや》と云ふ、此れ也。須達が妻《め》の善知識に依《より》て、最後《さいご》の富貴《ふつき》を得て、思ふが如く伽藍《がらん》を建立《こんりゆう》して仏を供養し奉れる也けりとなむ語り伝へたるとや。

一八 輪廻転生を重ねた未来永劫までの。 一九 よき友。善導者。 二〇 妻のしたことを大層喜んだ。 二一 「なし」は「無」の全訓捨仮名。
二二 →一二三頁注一九。
二三 何倍にもなった。
二四 人間世界。→六八頁注一。 二五 景勝の地。
二六 寺院。僧院。 二七 「あり」は「有」の全訓捨仮名。
二八 ジェータ(祇陀)。舎衛国の波斯匿王の太子。
二九 領有していた。 三〇 水と竹を左右に配し、草と木を前後に並べていた。 三一 ふさわしい。 三二 有力者。
三三 ひとえに。ひたすら。
三四 決して売り惜しみをするつもりはない。 三五 この地の上に黄金を六寸の厚さに敷きつめて。 三六 代価としていただきたい。

一 六寸の要求に五寸では不足するが、経典類では須達の熱意に感じた太子が、土地は須達、樹林は自分のものとして、釈尊に献じたとするのが普通。 二 ここでは、寺院内の僧房をさす。

三 その装飾がすばらしくて、おごそかなことは。

四 中心となる建物。本堂。

五 たくさんの僧坊には。

六 智慧深い菩薩。ここでは長老格の仏弟子をさす。

七 →五三頁注二五。 八 多種多様のご馳走。

九 祇園精舎。上述の経緯から、祇陀と須達の名をとって祇樹給孤独園、略して祇園。ウッタル・プラデシュ州のサヘート=マヘートに遺址。

今昔物語集　巻第二　天竺

仏《ほとけ》の御父《おおんちち》浄飯王死《じょうぼんおうし》に給《たま》ひし時《とき》の語《こと》 第一

今昔《いまはむかし》、仏の御父[一]迦毘羅国《かびらこく》の[二]浄飯大王《じょうぼんだいおう》、老《おい》に臨《のぞみ》て、病《やまい》を受《うけ》て日来《ひごろ》を経《ふ》る間《あいだ》、重く悩乱《のうらん》し給ふ事無限《かぎりな》し。[三]身を迫《せむ》る事、油を押すが如し。[四]今は限りと思《おぼ》して、御子の[五]釈迦仏《しゃかほとけ》・[六]難陀《なんだ》・孫《うまご》の[七]羅睺羅《らごら》・甥《おい》の[八]阿難《あなん》等を不見《み》ずして死なむ事を歎き給へり。

此の由を仏の御許《みもと》に告《つげ》奉らむと為《す》るに、仏の在《まし》ます所は[九]舎衛国《しゃえこく》也、迦毘羅衛国《かびらえこく》より五十[一〇]由旬《ゆじゅん》の間なれば、[一一]使《つかい》の行かむ程に浄飯王《じょうぼんおう》は死給《しにたまい》ぬべし。然《さ》れば后《きさき》・大臣等此の事を思悩《おもいなや》ぶ程に、仏は[一二]霊鷲山《りょうじゅせん》に在《まし》まして、[一三]空《そら》に、父の大王の病に沈《しずみ》て、諸《もろもろ》の人此の事を歎き合へる事を知給《しりたまい》て、難陀・阿難・羅睺羅等引将《ひきい》て、浄飯王の宮に行き給ふ。而《しか》る程に浄飯王の宮、俄《にわか》に朝日の光の差入《さしいり》たるが如く、金《こがね》の光り[一四]隙無《ひまな》く照耀《てりかかや》く。

第一話 出典未詳。経律異相・七・2および釈迦譜・二一を参看か。源泉は浄飯王般涅槃経。

一 迦毘羅衛国。→一七頁注一五。 二 →一七頁注一六。 三 病苦は油を搾るように身を責める。 四 もはやこれまで。 五 釈尊。浄飯王の太子。 六 浄飯王の次男。釈尊の異母弟。 七 釈尊の子。→六〇頁注一。 八 →六三頁注二〇。 九 コーサラ(憍薩羅)国。古代インド十六大国の一。都城は舎衛城。ウッタル・プラデシュ州のマヘートに遺址がある。 一〇 由旬は距離の単位。帝王の行軍の一日行程をさすというが、長さについては異説が多い。 一一 使いが行っている間に亡くなられるだろう。

其の時に、浄飯王を始《はじめ》て若干《そこばく》一五の人、驚き怪《あや》しむ事無限《かぎりな》し。大王も此の光に照されて、病の苦《くるし》び忽《たちま》ちに除《のぞこり》一六て、身の楽《たのし》び無限《かぎりな》し。暫《しばら》く在《あり》て、仏虚空《こくう》より難陀・阿難・羅睺羅等を引将《ひきい》て来《きた》り給へり。先《ま》づ大王仏を見奉て、涙を流し給ふ事雨の如し。合掌《がっしょう》して喜《よろこび》給ふ事無限《かぎりな》し。仏、父の王の御傍《かたわら》に在《ましま》して本一七□経を説《とき》給ふに、大王即《すなわ》ち阿那含果《あなごんか》一八を得給《えたまい》つ。大王仏の御手を取《とり》て我が御胸に曳寄《ひきよ》せ給ふ時に、阿羅漢果《あらかんか》一九を得給《えたまい》ぬ。其の後《のち》暫く有《あり》て、大王の御命絶畢《たえはて》給ひぬ。

其の時に城《じょう》の内、上下の人皆哭《な》き悲む事無限《かぎりな》し。其の音《こえ》城を響かす。其の後《のち》、忽《たちまちに》七宝《しちほう》二〇の棺《ひつぎ》を作《つくり》て、大王の御身には香湯《こうとう》二一を塗《ぬり》て錦《にしき》の衣《ころも》を着せ奉りて、棺に入れ奉れり。失《う》せ給ふ間には御枕上《まくらがみ》に仏・難陀二人在《ま》します、御跡《あと》二二の方《かた》には阿難・羅睺羅二人、候《さぶら》ひ給ふ。かくて葬送の時に、仏末世《まっせ》二三の衆生《しゅじょう》の父母《ぶも》の養育《よういく》の恩を不報《むくい》ざらむ事を誡《いま》しめ給はむが為《た》めに、父の御棺を荷《にな》はむと

一二　→五一頁注一一。
一三　神通力で察知して。
一四　くまなく輝きわたった。
一五　多数の人。
一六　取り除かれて。
一七　経律異相「仏為説曇摩波羅本生経」によれば、欠字は「生」か。但し、この経は現存しない。
一八　声聞四果(仏の説法を聞いて修行する者の悟りの四段階。須陀洹果・斯陀含果・阿那含果・阿羅漢果)の第三。欲界の煩悩を断尽して得られる悟り。
一九　声聞四果の第四(最上位)。三界の見・思の煩悩を断尽して得られる悟り。この果を得ると涅槃に入ることができる。
二〇　→一二三頁注一九。
二一　香木を煮出した湯。
二二　足元の方。

為《し》給ふ時に、大地《だいじ》震動し、[一]世界不安《やすから》ず。然れば諸《もろもろ》の衆生《しゆじよう》皆俄《にわか》に[二]踊り騒ぐ。水の上に有る船の波に値《あ》へるが如し。

其の時に[三]四《し》天王《てんのう》、仏に申し請《こい》て棺を荷《にな》ひ奉る。仏此れを許《ゆるし》て荷《にな》はしめ給ふ。仏は香炉《こうろ》を取《とり》て[四]大王の前に歩み給ふ。[五]其墓所《そのはかどころ》は霊鷲山《りようじゆせん》の上也。霊鷲山に入《いら》むと為《す》る時に、[六]羅漢《らかん》来《きたり》て[七]海の辺《ほと》りに流れ寄《よせ》たる[八]栴檀《せんだん》の木を拾ひ集めて、大王の御身を焼き奉る。[九]空を響かす。其の時に仏、[一〇]無常《むじよう》の文《もん》を説《とき》給ふ。焼き畢《おわり》奉りつれば[一一]舎利《しやり》を拾ひ集めて、金《こがね》の箱に入れて[一二]塔《とう》を立《た》て置き奉《たてまつり》けりとなむ語り伝へたるとや。

一三 経律異相「未来」。釈迦譜「当来世」。

一 世界が不安定になった。 二 (震動で)踊るように動かされた。 三 →一三九頁注一三。 四 浄飯王の棺の前。 五 霊鷲山(マガダ国)は遥かな遠隔地であり、浄飯王の墓所ではありえない。誤解である。 六 阿羅漢果を得た聖人。 七 海岸に漂着した香木は高級。 八 白檀。香木の一種。 九 (人々の悲泣の声が)空を響かせた。 一〇 諸行無常を説く文句あるいは偈文。 一一 遺骨。 一二 ストゥーパ(塔)を建てて舎利を安置し奉った。

第二話 出典は釈迦譜・二。源泉は摩訶摩耶経・

仏《ほとけ》、摩耶夫人《まやぶにん》の為《ため》に忉利天《とうりてん》に昇《のぼ》り給《たま》へる語《こと》 第二

今昔《いまはむかし》、仏の御母[一三]摩耶夫人《まやぶにん》は、[一四]仏を生奉《うみたてまつり》て後七日《なぬか》に失《う》せ給ひぬ。其後《そののち》、太子《たいし》[一五]城《じょう》を出《いで》て山に入《いり》て六年、苦行《くぎょう》を修《しゅ》して仏に成り給ひぬ。[一六]四十余年の間、[一七]種々《くさぐさ》の法《ほう》を説《とき》て衆生《しゅじょう》を教化《きょうけ》し給ふに、摩耶夫人は失《う》せ給て[一八]忉利天《とうりてん》に生《うま》れ給《たまい》ぬ。

然《さ》れば仏、母を教化《きょうけ》せむが為に忉利天に昇り給て、[一九]歓喜園《かんぎおん》の中に[二〇]波利質多羅樹《はりしったらじゅ》の本《もと》に在《ま》しまして、[二一]文殊《もんじゅ》を使《つかい》として、摩耶夫人の御許《みもと》へ[二二]奉り給て宣《のたま》はく、「摩耶夫人、願《ねがわく》は今我が所に来《きた》り給ひて、我を見、法を聞き、[二三]三宝《さんぼう》を敬礼《きょうらい》し給へ」と。文殊仏の[二四]教勅《きょうちょく》を受《うけ》て、摩耶夫人の所に行き給て、仏の御言《みこと》を伝《つたえ》しめ給ふに、摩耶夫人仏の御言《みこと》を聞き給ふ時に、我が乳《ち》の汁自然《おのずか》ら出《い》づ。摩耶の宣《のたま》はく、「[二五]若《も》し我が閻浮提《えんぶだい》にして生《しょう》ぜし所の悉駄《しつだ》に

上。
一三 →一七頁注一七。
一四 このことは巻一・2話に詳しい。 一五 このことは巻一・4話に詳しい。
一六 これは成道後、入滅までの説法教化の期間である。
一七 さまざまな教法。
一八 →二三頁注一二。
一九 忉利天の、帝釈天の居処である喜見城の北方にある庭園。 二〇 忉利天にあるという香木。
二一 マンジュシュリー(文殊師利・文殊)。普賢とともに釈迦如来の脇侍。仏の智・慧の徳を具象化した菩薩。
二二 御使いを遣わされて。
二三 仏・法・僧。
二四 仰せごとを承って。
二五 仏様がもし私が人間界で産んだ悉駄太子でいらっしゃるのなら。

御《おわし》まさば、此の乳《ち》の汁、其の口に自然《おのずか》ら可至《いたるべ》し」と宣《のたまい》て、二《ふたつ》の乳《ち》を搆《しぼ》[一]り給ふに、其の汁遥《はるか》に至て仏の御口の中に入《いり》ぬ。摩耶此を見て喜び給ふ事無限《かぎりな》し。

其の時に、[二]世界大《おおき》に震動《しんどう》す。摩耶文殊と共《とも》に仏の御許《みもと》に至り給ひぬ。仏の、母の来《きた》り給ふを見給ふて、[三]又喜び給ふ事無限《かぎりな》し。母に向《むかい》て申し給はく、「[四]永く涅槃《ねはん》を修《しゅ》して世間《せけん》の楽苦《らくく》を離れ給へ」と摩耶の為《た》[五]めに法《ほう》を説き給ふ。摩耶法を聞《きき》て宿命《しゅくみょう》[六]を悟《さとり》て、[七]八十億の煩悩《ぼんのう》を断《だん》じて忽《たちまち》に須陀洹果《しゅだおんか》[八]を得給《えたまい》つ。摩耶仏に白《もう》して言《もう》さく、「我れ既《すで》に生死《しょうじ》[九]を離れて解脱《げだつ》を得たり」と。時に其の座の大衆《だいしゅ》、此の事を聞《きき》て、皆異口同音《いくどうおん》にして仏に白《もうし》て言《もう》さく、「願《ねがわく》は仏、一切衆生《いっさいしゅじょう》を皆如此《かくのごと》く解脱《げだつ》を得しめ給へ」と。仏又、一切衆生の為に法を説給《とき》ふ。如此《かくのごと》くして[一〇]三月《みつき》忉利天に在《まし》ます。[一一]仏鳩摩羅《くまら》に告《つげ》て宣《のたま》はく、「汝《なん》ぢ閻浮提《えんぶだい》に下《おり》て可語《かたるべ》し、我れは不久《ひさしから》ずして涅槃《ねはん》[一二]しなむとす」と。鳩摩羅仏の教へに随《したがい》て閻浮《えんぶ》[一三]

一 搾乳なさると。 二 大地が震動するのは、世に祥瑞(ここでは仏母子の再会)がある時の瑞相。 三「給ひ」のウ音便「給う」をかく記したもの。 四(母上も)涅槃を得るための修行を積んで、苦楽のある世界から永久に解脱して下さい。 五「め」は「為」の捨仮名。 六 宿世の因縁。前世の業に起因する宿命。 七 無数無量の煩悩を断ち切って。 八 声聞四果(→八三頁注一八)の最下位の悟り。 九 生死輪廻の苦を離れて解脱を得ました。 一〇 三カ月、忉利天に滞在なさった。 一一 クマーラ(鳩摩羅)。天童の一人か。 一二 涅槃に入るであろう。ここでは入滅の意。 一三(忉利天から)人間界に下りて。

に下《おり》て仏の御言《みこと》を語るに、衆生《しゆじやう》皆、此を聞《きき》て愁《うれ》へ歎く事無限《かぎりなく》して云《いわ》く、「我等一四未《いま》だ仏の在《まし》ます所を不知《しらざ》りつ。今忉利天《とうりてん》に在《まします》と聞く。一五喜び思ふ所に、不久《ひさしからず》して涅槃《ねはん》に入り給ひなむと一六為《す》なり。一七願《ねがわく》は衆生《しゆじやう》を哀《あわれ》み給はむが為に速く閻浮提に下り給へ」と。鳩摩羅忉利天《とうりてん》に返り昇《のぼり》て、衆生の言《こと》を仏に申す。仏此の一八言《こと》ばを聞き給て、「閻浮提に下《おり》なむ」と思《おぼ》す。

爰《ここ》に一九天帝釈《てんたいしやく》、仏の下り給はむと為《する》を二〇空《そら》に二一知して、二二鬼神《きじん》を以て忉利天《とうりてん》より閻浮提《えんぶだい》に二三三《みつ》の道を造らしむ。中の道は二四閻浮檀金《えんぶだんごん》、左の道は瑠璃《るり》、右の道は二五馬脳《めのう》、此等を以て二六各《おのおの》厳《かざ》れり。其の時に仏、摩耶《まや》に申し給はく、「二七生死《しようじ》は必ず別離有り。我閻浮提《えんぶだい》に下《おり》て、不久《ひさしからず》して涅槃《ねはん》に可入《いるべ》し。二八相《あ》ひ二九見みむ事只今許《ただいまばかり》也」と。摩耶此を聞《きき》て、涙を流し給ふ事無限《かぎりな》し。仏母と別れ給て、此の三〇宝の階《はし》を歩《あゆみ》て、三一若干《そこばく》の菩薩《ぼさつ》・三二声聞大衆《しようもんだいしゆ》を引将《ひきい》て下り給ふに、三三梵《ぼん》天《でん》・帝釈《たいしやく》・三四四大天王《しだいてんのう》、皆左右《そう》に随へり。三五其の儀式可思遣《おもいやるべ》し。

一四 釈迦譜「頃来(このごろ)」。仏様がどこにおいでなのかわからずにいたが。
一五 (行方がわかって)うれしく思っていたところ。
一六 「なり」は伝聞。涅槃にお入りとのこと。
一七 どうか衆生に哀れみを垂れるため、早く人間界に下りてきて下さい。
一八 「ば」は「言」の捨仮名。
一九 →一八頁注三。
二〇 神通力で察知して。
二一 「して」は「知」の全訓捨仮名。促音便「しつて」の促音無表記例。 二二 帝釈天配下の鬼神たち。
二三 釈迦譜「三道宝階」。忉利天から人間界へ架け渡した三本の階段。
二四 最高級の黄金。
二五 瑪瑙。めのう。
二六 それぞれ飾ってあった。

閻浮提には[一]波斯匿王《はしのくおう》を始《はじめ》て若干《そこばく》の人、仏の階《はし》より下り給ふを喜《よろこび》て、階《はし》の本に皆並居《なみい》たり。仏は階《はし》より下り給《たまい》ぬれば、[二]祇薗《ぎおん》精舎《しょうじゃ》に返り給ひにけりとなむ語り伝へたるとや。

二七 生死するものには必ず別れがあります。

二八 お目にかかれるのはこれが最後です。

二九 「み」は「見」の全訓捨仮名。

三〇 宝で飾った階段。

三一 大勢の菩薩。

三二 ここでは、仏弟子たち。

三三 →一八頁注一。

三四 →一三九頁注二三。

三五 その威容がどんなに素晴らしかったか、想像してみるがよい。

一 プラセーナジット(波斯匿・勝軍)王。コーサラ(舎衛)国の王。釈尊に帰依し、仏教の大外護者となったが、晩年は太子の流離に位を奪われ、窮死したという。

二 →七八頁注九。

流離王《るりおう》、釈種《しやくしゆ》を殺《ころ》せる語《こと》 第二十八

今昔《いまはむかし》、天竺《てんじく》の[三]迦毘羅衛国《かびらえこく》は仏の生れ給へる国也。仏の[四]御類《ごるい》皆《み》な其の国に有り。此をば[五]釈種《しやくしゆ》と名《なづ》けて、其の国に人に勝《すぐ》れて[六]家高き人と為《す》る、此れ也。惣《すべ》て[七]五天竺《ごてんじく》の中には、迦毘羅国《かびらこく》の釈種を以《も》て止事無《やむことな》き人とす。其の中に[八]釈摩男《しやくまなん》と云ふ人有り。国の長者《ちようじや》として、智恵[九]明了《みようりよう》なる事無限《かぎりな》し。然《さ》れば、此の人を以て[一〇]国の師として、諸《もろもろ》の人物《もの》を習ふ。

其の時に、[一一]舎衛国《しやえこく》の[一二]波斯匿王《はしのくおう》、数《あまた》の后有りと云へども、「迦毘羅衛国の釈種を以て后と為《せ》む」と思《おもい》て、迦毘羅衛国の王の許《もと》に使《つかい》を遣《やり》て云《いわ》く、「此の国に数《あまた》の后有りと云へども、皆[一三]下劣《げれつ》の輩《ともがら》也。釈種一人《ひとり》を給はりて后と為《せ》む」と。迦毘羅衛国の王此の事を聞《きき》て、諸《もろもろ》の大臣及び賢《かしこ》き人を集めて議《ぎ》して云《いわ》く、「舎衛

第二十八話 出典は釈迦譜・二・18を中核とし、他資料を参看か。源泉は増一阿含経・二六。
三 →一七頁注一五。
四 親類。一族。
五 釈迦族。→一一三頁注一二。
六 高貴な家柄の人。貴族。
七 全インド。
八 マハーナーマ(摩訶男)。斛飯王(一説に甘露飯王)の子で、阿那律の兄。釈尊の従弟にあたる。
九 事理の判断が明晰で的確なこと。
一〇 一国の師範。
一一 →八二頁注九。
一二 →八八頁注一。
一三 家柄の賤しい者たち。

国の波斯匿王、「迦毘羅国の釈種を得て后と為《せ》む」と申《もうし》たり。彼《か》の国は此の国よりは[一]下劣《げれつ》の国也。[二]譬《たと》ひ后に為《せ》むと云ふとも、何《いか》でか其の国へ遣《や》らむ。然《さ》れども不遣《やら》ずは、彼《かの》国[三]威勢《いせい》有る所なれば来《きたり》て責《せめ》むに、更《さら》に可堪《たうべ》きに非《あら》ず」と議し、定め煩《わずら》ふ程に、[四]一人《ひとり》の賢《かし》こき大臣の云《いわ》く、「釈摩男の家の奴婢《ぬひ》[五]某丸《それがしまろ》が娘、[六]形貌《ぎようみよう》端正《たんじよう》也。其を釈種と名付《なづけ》て遣《つかわ》さむに何《いかん》ぞ」と。大王より始め諸《もろもろ》の大臣、「此れ吉《よ》き事也」と定《さだめ》つ。仍《より》て彼の奴婢《ぬひ》の娘を[七]荘《かざ》り立て〻、「此れ釈種」と云《いい》て遣《つかわ》しつ。舎衛国の波斯匿王此を受け取《とり》て見るに、端正美麗《たんじようびれい》なる事無限《かぎりな》し。其の国の数《あまた》の后を[八]校《たくら》ぶるに、[九]此《これ》は可当《あたるべ》きに非《あら》ず。然《さ》れば王、此を[一〇]傅《かしず》く事無限《かぎりな》し。名をば[一一]末利夫人《まりぶにん》と云ふ。

か〻る程に、二人《ふたり》の子を生《しよう》ず。其の[一二]子八歳に成るに、心聡敏《そうびん》なれば、「迦毘羅衛国は、母后《ははきさき》の本《もと》の国なれば[一三]睦《むつま》し。又《また》智恵も他国《たこく》に勝《すぐ》れたり。其の中に釈摩男と云ふ者[一四]有《ある》なり。智恵明了《みようりよう》

一 素性の賤しい国だ。
二 いくら后にするといっても、(釈種の女を)あの国に遣わすわけにはいかない。
三 舎衛国はマガダ(摩竭陀)国と並ぶ大国だった。
四 増一阿含経・釈迦譜では、発案者は釈摩男。
五 誰それの娘。 六 非常な美人である。 七 飾り立てて。 八 比べてみると。
九 この新しい后は、比較にならないほど美しい。
一〇 限りなく寵愛した。
一一 マッリカー(末利)夫人。波斯匿王の后。出自については経典により異説があるが、いずれにせよ名門の出ではない。よく王を助けて国を繁栄させ、熱心な仏教徒であった。
一二 二人の子のうちの一人。流離太子。
一三 親しい関係にある。

にして一五福徳殊勝《しゆしよう》也。聞けば、瓦石《がしやく》も彼れが手に入れば金銀《こんごん》と一六成るなり。然《さ》れば国王の大長者と成し、又国の師として、諸《もろもろ》の釈種此れに随《したがい》て物を習ふ。此《この》国には彼れと等しき者無し。又汝《なんじ》も同じ釈種なれば、行《ゆき》て彼一七れに一八可習《ならうべ》き也」と云《いい》て、出《いだ》し立《たて》遣《や》る。大臣の子の一九同程《おなじほど》なるを副《そ》へて遣《つかわ》す。

彼《か》の国に行き至《いたり》て見《みれ》ば、城《じよう》の中に二〇一《ひとつ》の新《あたらし》く大《おおき》なる堂有り。其の内に二一釈摩男が座、二二横《よこ》さまに高く立《たち》たり。其の向ひに諸《もろもろ》の釈種の物習ふ座を立《たて》たり。其より去《さり》て、釈種に非《あら》ぬ諸《もろもろ》の人の物習ふ座を立《たて》並べたり。其の時に波斯匿王の子、名をば二三流《る》離《り》太子《たいし》と云ふ、釈種の座に「我れも釈種也」と思《おもい》て登《のぼり》ぬ。諸《もろもろ》の人此を見て云《いわ》く、「彼《か》の座は諸《もろもろ》の釈種の、大師《だいし》釈摩男に向《むかい》て物習ひ給ふ座也。君は波斯匿王の太子也と云へども、此の国の奴婢《ぬひ》の娘の子也。何《いか》でか二四忝《かたじけな》く此の座を穢《けが》すべき」と云《いい》て、二六追《ぐ》ひ下《おろ》しつ。流離太子、「二五此れ極《きわめ》たる耻也」と思ひ歎《なげき》て、此の具したる大臣

一四「なり」は伝聞。いるそうだ。　一五 福徳も大変すばらしい。資産にも恵まれている。　一六 なるそうだ。

一七「れ」は「彼」の捨仮名。

一八 ものを習うがよい。

一九 同じ年頃の子。

二〇 増一阿含経・釈迦譜では、この堂は仏を供養するために新築したもので、流離太子が勝手に入って仏の高座に登ったため、釈種たちが咎めたという。

二一 釈迦譜等では、これは仏のための高座である。

二二 横向きに高くしつらえてあった。

二三 バイルーダカ(毘流勒・毘瑠璃・流離)。波斯匿王の太子。母は末利夫人。

二四 もったいなくもこの座を穢してはならない。

二五 ひどい侮辱を受けたと

の子に語《かたり》て云《いわ》く、「此の座より追ひ下されぬる事、本《もと》の国に更《さら》に不可令聞《きかしむべから》ず。我れ若《も》し[一]本国《もとのくに》の王と成《なら》む時、此の諸《もろもろ》の釈種を可罰《うつべき》也。[二]其の前《さき》に此の事、口の外《ほか》に不可出《いだすべから》ず」と[三]契《ちぎ》り固めて、本国《もとのくに》に返りぬ。

其の後《のち》、波斯匿王死《しに》ぬ。流離太子国の王に即《つき》ぬ。此の具《ぐし》たりし大臣の子、大臣に成《なり》ぬ。名をば[四]好苦《こうく》と云ふ。流離王好苦に相《あい》語《かたり》て云《いわ》く、「昔《むか》し迦毘羅衛国にして語《かたら》ひし所の事の今に不□[五]ず。[六]今釈種を罰《う》ちに彼《か》の国へ可行向《ゆきむかうべ》き也」と云《いい》て、国の兵《つわもの》[七]数不知《しら》ず発《おこ》して、迦毘羅衛国に行《ゆき》向ふ。其の時に[八]目連《もくれん》、此の事を聞《きき》て、仏の御許《みもと》に怱《いそ》ぎ参《まいり》て言《もう》さく、「舎衛国の流離王、釈種を殺《ころさ》せむが為《ため》に、数不知《しら》ぬ兵《つわもの》を具《ぐ》して此の国に[九]超《こ》へ来《きた》る。多《おおく》の釈種は皆被殺《ころされ》なむとす」と。仏の宣《のたま》はく、「可被殺《ころさるべ》き[一〇]果報《かほう》をば何《いか》が為《せ》む。我れ力不及《およば》ず」とて、仏流離王の来《きた》らむと為《す》る路辺《みちのほとり》に行向《ゆきむか》ひ給て、枯《かれ》たる樹《うえき》の下《もと》に坐《ざし》給へり。流離王軍《いくさ》を引将《ひきい》て迦毘羅城《かびらじよう》に入

思い嘆いて。
二六 太子に付いて来ていた大臣の子に。
一 本国。舎衛国のこと。
二 それまでは。
三 固く口止めして。
四 舎衛国の梵志(婆羅門)の子。
五 底本虫損。「忘」か。
六 今こそ釈種どもを討ちに、あの国に攻め寄せるのだ。
七 無数の軍勢を動員して。
八 →一一一頁注二。
九 越境して攻めて来ております。
一〇 殺されるのも前世からの果報。どうすることも出来ない。私の力の及ぶところではない。
一一 「を」が正か。
一二 (他によい樹があるのに)仏様はなぜ枯れた樹の

らむと為《す》るに、遥《はるか》に仏の独《ひと》り坐《ざし》給へるぞ一一見奉て、車より怱《いそ》ぎ下《おり》て礼《らい》して仏に白《もうし》て言《もう》さく、「仏、一二何の故《ゆえ》に枯《かれ》たる樹《うえき》の下《もと》に坐《ざし》給へるぞ」と。仏の宣《のたま》はく、「一三釈種の可亡《ぼうずべ》ければ、其に依《より》てかかる枯《かれ》たる樹《うえき》の下《もと》に坐する也」と。流離王仏の如此《かくのごと》く宣《のたま》ふに一四憚《はばかり》て、軍《いくさ》を引《ひき》て本国《もとのくに》に返《かえり》ぬ。仏も一五霊鷲山《りょうじゅせん》に返り給《たまい》ぬ。

其の後程《ほど》を経《へ》て、一六好苦梵《こうくぼん》流離王に申さく、「尚《なお》此の釈種を可被罰《うたるべき》也」と。王此の事を聞《きき》て、更《さら》に兵《つわもの》を集めて、本の如く迦毘羅城に趣《おもむ》く。其の時に目連、仏の御許《みもと》に詣《いたり》て言《もう》さく、「流離王の軍《いくさ》又可来《きたるべ》し。我れ今、流離及び一七四《し》種《しゅ》の兵《つわもの》を一八他《た》方世《ほうせ》界《かい》に擲《な》け着《つけ》む」と。仏の宣《のたま》はく、「汝《なん》ぢ釈種の一九宿世《すくせ》の報《ほう》をば、豈《あ》に他方世界に擲《な》け着むや」と。目連の云《いわ》く、「実《まこと》に宿世の報をば他方世界に擲《なげ》むに不堪《たえ》ず」と。目連又仏に白《もうし》て言《もう》さく、「我れ今、此《この》迦毘羅城を移して二〇虚空《こくう》の中に着《つけ》む」と。仏の宣《のたま》はく、「釈種の宿世の報《ほう》をば虚空《こくう》の中に着むや」と。目連の云《いわ》く、「宿世の

下に坐っておいでですか。
一三 釈種が滅亡しそうなので。
一四 気が引けて。
一五 霊鷲山（→五一頁注一一）は実は遥かな遠隔地である。これと同様の地理感覚は、→八四頁注五。
一六 「好苦梵志」の「志」が脱落か。梵志は婆羅門に同じ。
一七 象兵・馬兵・車兵・歩兵。
一八 人間界（閻浮提）以外の世界。
一九 そなたは前世からの報いを他方世界に投げつけることなど出来はしない。
二〇 空中に持ち上げてやりましょう。

報をば虚空《こくう》に着むに不堪《たえ》ず」と。又言《もう》さく、「我れ鉄《くろがね》[一]の籠《こ》を以て迦毘羅城の上に覆《おお》はむ」と。仏の宣《のたま》はく、「□[二]の報《ほう》、豈《あ》に鉄《くろがね》の籠《こ》に被覆《おおわ》れむや」と。目連の中さく、「宿世《すくせ》の報《ほう》は覆[三]□不堪《たえ》ず」。又中さく、「我れ釈種を取《とり》て鉢《はち》に乗せて虚空《こくう》に隠さむに何《いかん》ぞ」と。仏の宣《のたま》はく、「宿世《すくせ》の報《ほう》をば、虚空《こくう》に隠すとも難遁《のがれがた》からむ」とて、[四]御頭《みかしら》を痛むで臥《ふし》給へり。

流離王及び四種の兵《つわもの》、迦毘羅城に入る時に、諸《もろもろ》の釈種城《じょう》を固めて、[五]弓箭《きゅうせん》を以て流離王の軍《いくさ》を射る。流離王の軍《いくさ》、釈種の箭《や》に不当《あたら》ずと云ふ事無し。皆倒臥《たおれふ》しぬ。[六]然《さ》れども死ぬる事は無し。此に依《より》て流離王の軍《いくさ》、[七]憚《はばかり》を成して責め寄《よす》る事無し。時に好苦梵《こうくぼん》志《じ》、流離王に中さく、「釈種は皆[八]兵《つわもの》の道に極《きわめ》たりと云へども、[一〇]戒《かい》を持《たも》てる者なれば[九]虫をそら不害《がいせ》ず。況《いわん》や人を殺す事をや。然《さ》れば実《まこと》には不射《い》ざる也。仍《より》て不憚《はばから》ず可責《せむべ》し」と。軍《いくさ》此の語《こと》を聞《きき》て、不憚《はばから》ず責め寄《よす》る時に、釈種防く事無くして、[一一]皆引《ひき》て城の内

一 鉄の籠でもって迦毘羅城を上から覆ってやりましょう。
二 底本虫損。「宿世」か。
三 底本虫損。「はむに」か。
四 頭が痛んで横におなりになった。
五 弓矢。
六 しかし死ぬことはなかった。釈迦譜によれば、殺生を避けるため、わざと急所をはずしたのである。
七 ひるんで。
八 武術を極めてはおりますが、戒を守っている者どもですから。
九 「そら」は「すら」と同意。虫さえも。
一〇 だから本気では射ていないのです。
一一 退却して城内にたて籠もった。
一二 「ずは」と同意。もう開けなかったら。

に入る。其の時に流離王、城の外《ほか》に在《あり》て云《いわ》く、「汝等《なんじら》、速《すみやか》に城の門《かど》を開け。若不開《もしひらか》ず、一二 数一三を尽して可殺《ころすべ》し」と。

時に、迦毘羅城の中に一人の釈種の童子《どうじ》有り。年十五也。名をば一四奢摩《しやま》と云ふ。流離王の城の外《ほか》に在《ある》を聞《きき》て、鎧《よろい》を着《き》、弓箭《きゆうせん》を一六持《もち》て城一五の上に至《いたり》て独《ひと》り流離王と戦ふ。童子多《おおく》の人を殺して、皆馳散《ちさん》して逃《にげ》ぬ。一七王恐るゝ事無限《かぎりな》し。諸《もろもろ》の釈種は此を聞《きき》て奢摩を呼《よび》て云《いわ》く、「汝《なん》ぢ一八年少《わか》し。一九何の故《ゆえ》に我等が門徒《もんと》に背《そむ》くぞ。不知《しら》ず二〇や、釈種は善法《ぜんぼう》を修行して一《ひとつ》の虫をだに不殺《ころさ》ず。何況《いかにいわん》や人をや。此《この》故に汝ぢ速《すみやか》に二一出去《いでさり》ね」と。此に依《より》て、奢摩即《すなわ》ち城《じよう》を出《いで》て去《さり》ぬ。流離王は尚《なお》門二二の中に在《あり》て、「速に可開《ひらくべ》し」と云ふ。

其の時に一二三の魔《ま》有《あり》て、釈種の形と成《なり》て云《いわ》く、「汝等《なんじら》釈種、速に城門《じようもん》を開け。戦ふ事無かれ」と。然《さ》れば釈種、城門を開く時に、流離王の云《いわ》く、「此の釈種極《きわめ》て多し。刀剣《とうけん》を以て害せむに不能《あたわ》ず。象を以て可令蹈殺《ふみころさしむべ》し」と。群臣《ぐんしん》に仰《おお》せて蹈殺《ふみころ》させつ。

一三 一人残らず。
一四 伝未詳。増一阿含経には「闍摩」、出曜経・二には「舎馬釈種」また「舎馬釈」とある。
一五 城壁(城門)の上に登って。 一六 散り散りになって逃げた。
一七 流離王をさす。
一八 「ぢ」は「汝」の捨仮名。
一九 なぜわれら教徒の掟に背くのだ。
二〇 知らないのか。われら釈種は善き教え仏法を修行して虫一匹殺さない。まして人間を殺すことはとんでもないことだ。
二一 さっさと出て行け。
二二 まだ門の内側には入っていない。石または煉瓦造の奥行きのある城門の扉の前に来たことをいうか。
二三 天魔。→一九頁注二一。

王又群臣に云《いわ》く、「[一]面貌端正《めんみようたんじよう》ならむ釈種の女、五百人を撰《えらび》て[二]可将来《いてきたるべ》し」と。[三]群臣王の仰《おおせ》に依《より》て、端正《たんじよう》の五百の女人を王の所に将詣《いていたり》たり。王釈女《しやくによ》に云《いわ》く、「汝等、恐れ歎く事無かれ。我れは此れ汝等が夫也《おうと》。汝等は此れ我が妻也《め》」と云《いい》て、一人の端正《たんじよう》の釈女《しやくによ》に向《むかい》て[四]拵《たわぶる》る時に、女の云《いわ》く、「[五]大王、此れ何事《なにごと》に依《より》てぞ」と。王の云《いわ》く、「[六]汝と通《つう》ぜむと欲《おも》ふ」と。女の云く、「[七]我れ今、何の故にか釈種として、奴婢《ぬひ》の生《しよう》ぜる王と通ぜむ」と。時に王、大《おおき》に瞋恚《しんい》を発《おこ》して群臣に仰せて、此の女の手足《てあし》を切て深き坑《あな》の中に[八]着《つけ》つ。又五百の釈女《しやくによ》、皆王を罵《のり》て云《いわ》く、「誰《たれ》か奴婢《ぬひ》の生《しよう》ぜる王と交通《きようつう》せむや」と。王弥《いよい》よ瞋《いかり》て、悉《ことごと》く五百の釈女《しやくによ》の手足を切《きり》て深き坑《あな》の中に着つ。

其時《そのとき》に[九]摩訶男《まかなん》、王に向《むかい》て云《いわ》く、「我が願《ねがい》に随ひ給へ」と。王の云く、「何事《なにごと》を思ふぞ」と。摩訶男の云く、「[一〇]我れ水の底に没《しず》まむ。我が遅疾《としおそし》に随《したがい》て、諸《もろもろ》の釈種を放《はなち》て逃《にが》し給へ」と。王の

一 顔のきれいな女。
二 連れて来い。
三 釈種の女。
四 もてあそぼうとした時。
五 大王、なにをなさるのです。
六 そなたと情けを交わしたい。
七 私は釈種です。その私が今さらどうして奴婢が生んだ王などと交われましょう。とんでもない。
八 投げ込んだ。
九 前出の釈摩男に同じ。↓八九頁注八。
一〇 私はこれから水の底に沈みます。どれくらい沈んでいられるか、沈んでいる間だけ、釈種を放して逃がしてやって下さい。
一一 それぞれ城内に舞い戻っていることになる。彼らも結局宿世の報は免れなか

云《いわ》く、「願ひに可随《したがうべ》し」と。釈摩男水の底に入《いり》て、頭《かしら》の髪を樹《うえき》の根に繋《つなぎ》て死《しに》ぬ。其の時に、城の中の諸《もろもろ》の釈種、一一或《あるい》は東門より出《いで》て南門より入る、或は南門より出《いで》て北門より入る。時に王、群臣に云《いわ》く、「一二何の故に摩訶男、水の中に有《あり》て不出《いで》ざるぞ」と。群臣の云《いわ》く、「摩訶男は水の中にして死《しに》たり」と。王摩訶男の死《しに》たるを見て、悔《くゆ》る心有《あり》て云《いわ》く、「我が一三祖父《おおじ》既に死《しに》たり。一四皆親《しん》族《ぞく》を愛する故也」と。流離王の為に被殺《ころさ》るゝ釈種、一五九千九百九十九人也。或は土の中に埋《うず》み、或は象の為に蹈《ふ》み殺す。其の血流れて池と成れり。城の宮殿《くうでん》をば、皆悉《ことごと》く焼失《やきうしな》ひつ。其の後《のち》、流離王軍《いくさ》を引《ひき》て本国《もとのくに》に返《かえり》ぬ。目連の、鉢《はち》に乗せて虚空《こくう》に隠《かくし》し釈種を取下《とりおろ》して見れば、鉢の内に皆死《しに》て、一人生《いき》たる者無し。仏の「一六果報《かほう》也、可免《まぬかるべ》き事に非《あら》ず」と宣《のたま》ひし、違《たが》ふ事無し。

仏の宣《のたま》はく、「流離王及び兵衆《ひょうしゅ》、一七今七日《なぬか》有《あり》て皆死《し》なむとす」と。王此の事を聞《きき》て、恐怖《おじおそれ》て兵衆《ひょうしゅう》に告ぐ。好苦梵志《こうくぼんじ》王に申さく、

った。

一二　なぜ釈摩男は水から出て来ないのだ。

一三　前文には末利夫人は釈摩男家の奴婢某丸の娘とあるが、流離王としては釈摩男が祖父と信じていたのであろう。

一四　これもみな親族を愛するがゆえのことだ。

一五　釈迦譜「九十九百九十万人」。出曜経「七万人」。

一六　(釈迦族の滅亡は)前世からの果報だ。免れることは出来ないとおっしゃった通りであった。

一七　いまから七日後に。

「大王、恐れ給ふ事無かれ。外境《がいきよう》に[一]忽《たちまち》に難《なん》無し。又災《わざわい》不発《おこら》ず」と。王此の事を[二]噯《なぐさ》めむが為に、[三]阿脂羅河《あしらが》の側《ほとり》に行《ゆき》て、群臣・[四]婇女《さいによ》の引具《ひきぐ》して娯楽《ごらく》・遊戯《ゆけ》する間、俄《にわか》に大《おおき》に雷震《らいしん》・暴風《ぼふう》・疾雨《しつう》出来《いでき》て、王より始《はじめ》て[五]若干《そこばく》の人、皆水に[六]漂《ただよい》て死《しに》ぬ。悉《ことごと》く[七]阿鼻《あび》地獄《じごく》に入《いり》ぬ。又[八]天より火出来《いでき》て、城内の宮殿《くうでん》皆焼《やけ》ぬ。被殺《ころされ》ぬる釈種は皆天に生れぬ。戒《かい》を持《たも》てるに依《より》て也。

其の時に諸《もろもろ》の仏弟子の比丘《びく》、仏に白《もうし》て言《もう》さく、「此の諸《もろもろ》の釈種、[九]何《いか》なる業有《ごうあり》て流離王の為に被殺《ころされた》るぞ」と。仏の宣《のたま》はく、「昔、[一〇]羅閲城《らえつじよう》の中に魚《うお》を捕る村有《あり》き。世[一一]飢渇《けかつ》せりき。彼《か》の村の中に大《おおき》なる池有り。城《じよう》の人民《にんみん》、池の中に至《いたり》て魚を捕《とり》て食《じき》す。水の中に二《ふたつ》の魚有り。一をば[一二]拘璅《くさ》と云ふ。二をば[一三]多舌《たぜつ》と云ふ。二の魚相語《あいかたり》て云《いわ》く、「我等、此の人民《にんみん》の為に前世《ぜんぜ》に咎《とが》無しと云へども、忽《たちまち》に此の人民《にんみん》の為に被食《くわれ》なむとす。我等前世《ぜんぜ》に[一四]少《すこしき》の福有らば、必ず此の怨《あた》を報《ほう》ずべし」と。其の時に、村の中に一《ひとり》の小《しよう》

一 すぐには外敵の難や災害などありはしません。
二 気晴らしのために。
三 アチィラヴァティー(阿脂羅)河。現在のラプチ川。舎衛城の傍を流れ、迦毘羅衛城の南を経て、ゴクラ川に注ぐ。
四 侍女。女官。
五 大勢の人。
六 押し流されて死んだ。
七 無間地獄。八大地獄の一。
八 天から火が出現して。
九 (前世の)どんな所業によって。
一〇 マガダ国(→一二一頁注七)の都城ラージャグリハ(王舎城)。
一一 飢餓に遭遇した。
一二 些事に拘泥する意。
一三 おしゃべりの意。
一四 前世にいささかの福業でもあって(後世に人間に

児《に》有り。年八歳也。其の魚を不捕《とら》ず、一五魚岸の上に有るを見て興《きよう》じき。当《まさ》に可知《しるべ》し、其の時の羅閲城の人民《にんみん》は、今の釈種此れ也。其の時の拘璅魚《くさぎよ》は、今の流離王此れ也。多舌魚《たぜつぎよ》は、好苦梵志此れ也。小児の魚を見て咲《わらい》しは、今《いまの》我が身此れ也。一六魚の頭《かしら》を打《うち》たりしに依《より》て、今我れ此の時に一七頭《かしら》を痛《いたむ》也。釈種魚を捕《とり》し罪に依《より》て、一八無数劫《むしゆこう》の中に地獄《じごく》に堕《おち》て苦を受く。一九適《たまた》ま人と生れて我れに値《あ》ふと云へども、其の報《ほう》を感ずる事如此《かくのごと》し。流離王及び好苦・兵衆《ひようしゆ》、若干《そこばく》の釈種を殺せるに依《より》て阿鼻地獄《あびじごく》に堕《おち》ぬ」と説給《ときたまい》けりとなむ語り伝へたるとや。

生まれたならば)、必ずこの仇を討とう。
一五 魚が(捕られて)岸の上にいるのを見て面白がった。
一六 (岸の上で)魚の頭を打ったために。
一七 頭痛がするのだ。
一八 無限に近い遠大な時間。
一九 たまたま人間に生まれて私と出会ったが、なおその報いを免れなかったことは、この通りである。

微妙比丘尼《みみようびくに》の語《こと》　第三十一

今昔《いまはむかし》、天竺《てんじく》に一人の[一]羅漢《らかん》の比丘尼《びくに》有り。名をば[二]微妙《みみよう》と云ふ。諸《もろもろ》の尼衆《にしゅ》に向《むかい》て我が前世《ぜんぜ》に造《つくれ》る所の[三]善悪《ぜんあく》の業《ごう》を語《かたり》て云《いわ》く、「[四]乃《ない》往過去《おうかこ》に一人の長者《ちょうじゃ》有《あり》き。家大《おおき》に富《とみ》て財宝豊《ゆたか》也。但《ただし》子無《な》し。後《のち》に[五]小婦《しょうふ》に娶《とつぎ》て、夫《おうと》甚《はなは》だ愛念する間に、一人の男子《おのこご》を生《しょう》ぜり。夫妻共《ふさいとも》に小児《しょうに》を愛して厭《いと》ふ心無し。而《しか》る間、[六]本《もと》の妻《め》心の内に妬《ねたみ》て思はく、「若《も》し此の[七]児勢長《ちごせいちょう》ぜば、家業《けぎょう》を[八]可摂《おさむべ》し。我は[九]空《むなし》くして止《やみ》なむとす。我れ寧《ねんごろ》に家業《けぎょう》を営《いとなみ》て何の益《やく》か有らむ。[一〇]只不如《ただしか》じ、此の児《ちご》を殺《ころし》てむ」と思《おもい》て、蜜《ひそか》に鉄《くろがね》の針を取《とり》て[一一]隙《ひま》を量《はかり》て児《ちご》の頭《かしら》の上を刺《さし》つれば、児死《ちごしに》ぬ。其の母歎《なげ》き悲《かなし》むで思はく、「此れ本の妻《め》の妬《ねたみ》の故《ゆえ》に殺せる也」と思《おもい》て、本の妻《め》に向《むかい》て云《いわ》く、「汝《なん》ぢ我が子を殺せり」と。本の妻《め》の云《いわ》く、「我れ更《さら》に汝《なんじ》が子を不殺《ころさ》

第三十一話　出典は衆経要集金蔵論・一・2(法苑珠林・五八も同文)か。源泉は賢愚経・三・16。同話は金沢文庫本仏教説話集、三国伝記・一・16等。

一 阿羅漢果(→八三頁注一九)を得た聖者である尼。

二 パターシャーラー(微妙比丘尼)。舎衛城の長者の娘。数奇な半生の後、出家して比丘尼となった。

三 善業と悪業。

四 遥かな過去世に。

五 正妻(大婦)に対して、妾をいう。

六 元からの妻。

七 成長したならば。

八 相続して仕切るだろう。

九 何も手に入れずに終るだろう。

一〇 いっそのことあの子を殺してしまおう。それが一番だ。

ず。呪誓《しゆせい》せ一二□に、罪の有無《うむ》は見《あらわれ》なむ。若《も》し汝が子を一三殺《ころ》さらば、我れ世《せ》ゝ《ぜ》に夫《おうと》有らば蛇《くちなわ》の為《ため》に一四螫《さ》し殺され、子有らば水に一五漂《ただよ》ひ、狼《おおかみ》に噉《くわ》れむ」。誓《ちかい》を成して後《のち》、其の一六継母《ままはは》死《しに》ぬ。

児《ちご》を殺せるに依《より》て、地獄《じごく》に堕《おち》て苦を受《うく》る事無量《むりよう》也。一七地獄の罪畢《おわり》て、今人と生れて一八梵志《ぼんじ》の娘として年一九漸《ようや》く長大《ちようだい》にして、夫に嫁《とつぎ》て一《ひとり》の子を産せり。其の後《のち》、又二〇懐任《かいにん》しぬ。月満《みち》て産の期《ご》に至る程に、夫を具《ぐ》して父母《ぶも》の家へ行く。夫貧《まず》しくして従者《じゆうしや》無し。途中《とちゆう》にして二一腹を痛むで産せり。夜《よ》る二二樹《うえき》の下に宿《やどり》ぬ。二三夫別に臥《ふし》たるに、忽《たちまち》に其の所に毒蛇来《どくじやきたり》て、其の夫を螫《さ》し殺しつ。妻《め》、夫の死ぬるを見て二四悶絶《もんぜつ》して死入《しにいり》ぬ。暫許有《しばしばかりあり》て甦《よみがえり》ぬ。夜暟《あけ》ぬれば、妻《め》一人かくて二五可有《あるべ》き事に非《あら》ねば、大《おおき》なる児《ちご》をば肩に懸《かけ》て、今生《しよう》ぜる児《ちご》をば抱《いだき》て、独《ひと》り哭《な》き悲む事無限《かぎりな》し。二六猶祖《なおおや》の家へ行《ゆか》むとして路に進み出《いで》たるに、一の河有り、深《ふかく》して広し。其の河を渡《わたり》て行《ゆか》むと為《す》るに、大《おおき》なる児《ちご》をば此方《こなた》の岸に暫《しばら》く置《おき》て、小《ちいさき》を抱《いだき》て渡《わたり》て

一一 すきを見て。 一二 底本破損。「む」か。（神仏に）誓いを立てたなら、罪の有無がはっきりするでしょう。

一三 「殺さば」は「殺せらば」の混態。もし私が殺したのなら。

一四 毒牙で噛まれて。

一五 押し流され。

一六 正妻をさす。 一七 地獄での責め苦が終って、今度は人間として生まれ。

一八 婆羅門。→一七頁注二五。 一九 次第に成長して。

二〇 妊娠した。

二一 陣痛が起きて。

二二 「る」は「夜」の捨仮名。

二三 夫は離れて寝ていたが。

二四 もだえ悲しんで気を失ってしまった。

二五 このままじっとしているわけにもいかないので。

二六 親の家。

彼方《あなた》の岸に置《おき》て、[一]即《すなわ》ち返渡《かえりわたり》て大《おお》なる児《ちご》を迎へむと為《す》るに、児《ちご》母の渡《わたり》て来《きた》るを見て、[二]水に趣《おもむ》き入る。母此れを見て[三]迷《まどい》て捕へむと為《す》るに、水に流れて行くを、母子を助けむと為《す》るに力不及《およば》ずして、[四]須臾《しゆゆ》の程に児《ちご》没して死《しに》ぬ。母哭ゝ《なくなく》還渡《かえりわたり》て小児《しように》を見るに、血流れて小児不見《みえ》ず。只《ただ》狼地《じ》に有り。狼の為に[五]噉《だん》ぜられにけり。母此れを見て絶入《たえいり》ぬ。良久《ややひさし》く有《あり》て甦《よみがえり》て独り路に進み出《いで》たるに、一人の梵志《ぼんじ》に遇《あい》ぬ。此れ父の親《したし》き友也。女梵志《ぼんじ》に向《むかい》て、[六]具《つぶさ》に夫・子共《こども》の死《しに》たる事を語る。梵志《ぼんじ》此れを聞《きき》て哀れむで歎く。女、「[七]父《ぶ》母《も》の家、平安也や否や」と問《とう》に、梵志の云《いわ》く、「昨日汝が父母《ぶも》の家に失火《しつか》出来《いでき》て、父母《ぶも》・[八]眷属《けんぞく》の[九]大小一時《いちじ》に焼死《やけしに》き」と。女、此れを聞《きき》て弥《いよい》よ歎き悲むで死入《しにいり》て、又甦《よみがえり》ぬ。梵志《ぼんじ》此を哀《あわれ》むで、家に将行《いてゆき》て養ふ。

其の後《のち》、又他の男に娶《とつぎ》て懐任《かいにん》しぬ。月満《みち》て産の期《ご》に成る時に、夫外《ほか》に行《ゆき》て酒を呑《のみ》て、酔《えい》て日暮方《ひぐれかた》に家に返る。妻《め》[一〇]闇《くら》き程にて門

一 すぐ引き返して。 二 (母が来るのを待たず)自分で水に入って来た。 三 慌てて捕まえようとしたが。 四 あっという間に。 五 喰われてしまった。 六 詳しく。 七 (私の)両親の家は変わりありませんか。 八 一族。親しく従う者。 九 老いも若きも。 一〇 暗くなったので、妻は門を閉じていたので。 一一 ちょうどその時、妻は家に一人でいて、出産しようとしていた。 一二 出産がまだ終らないうちに。 一三 牛乳や羊乳を煮詰めて作った食品。 一四 ヴァーラーナシー。古代インド十六大国の一。ガンジス川の中流域にあった。都城は今のベナレス市。 一五 最近死んで。

を閉《とじ》たれば、夫門の外《ほか》に立《たち》て門を叩《たたく》に、妻《め》[一二]其の時に内に独り在《あり》て産せむとす。産[一三]未だ不生《しょうぜざ》る程に、人無くして門を不開《ひらか》ざる程に、終《つい》に産しつ。夫門を破《やぶり》て入《いり》て妻《め》を打つ。妻《め》産の事を陳《の》ぶ。夫瞋《いかり》て其の生める子を取《とり》て殺して、蘇《そ》[一三]を以て煮て、逼《せめ》て妻《め》に令食《くらわし》む。妻《め》心の内に思はく、「我れ福薄きが故にかゝる夫に遇へり。只逃去《にげさり》なむ」と思《おもい》て、棄《すて》て走り逃《にげ》ぬ。

[一四]波羅奈国《はらなこく》の内に至《いたり》て、一《ひとつ》の樹《うえき》の下《もと》に居《い》て息《やす》む間に、其の国に長者《ちょうじゃ》の子有り。其の妻《め》新《あたらし》[一五]く死《しに》て、夫日来《ひごろ》家に有《あり》て恋《こい》悲む程に、此の女の樹《うえき》の下《もと》に独り居《い》たるを見て問ふに、有様《ありさま》[一六]を答ふ。其《その》人、此の女を娶《とつぎ》て妻《め》としつ。数日《すじつ》を経《ふ》るに、其の夫忽《たちまち》に死《しに》ぬ。其の国の習《ならい》[一七]として、生《いき》[一八]たる時夫妻《ふさい》愛念せる者、夫死《し》ぬれば其の妻《め》を生《いけ》ながら埋《うず》む事、定《さだま》れる例《ためし》也。然《さ》[一九]れば群賊《ぐんぞく》、妻《め》を埋《うず》まむが為《ため》に其の家に来《きたり》ぬ。賊の主《あるじ》、妻《め》の形貌端正《ぎょうみょうたんじょう》[二〇]なるを見て、計《はかり》[二一]て娶《とつぎ》て妻《め》と為《せ》り。数日《すじつ》を経て、夫他の家[二二]に行《ゆき》て家を破る程に、其の

一六 事情を話した。 一七 慣習。ならわし。 一八 生前、夫婦仲のよかった者。 一九 金蔵論などでは、夫の遺骸とともに生き埋めにされた妻を、群賊が塚を暴いて連れ出したことになっている。 二〇 美人であるのを見て。 二一 策をめぐらして。 二二「家」は「冢」が正か。他の塚に行って、その塚を荒らそうとして。

一 塚の持ち主。→前注。 二 賊の一味の者たち。 三 渡した。 四 その国の慣習なので。 五 これも「家」が正。その塚に穴を開けたので。 六 わずかな日数の間にひどい災難に遭って。 七 埋められては生き返るのだろう。 八 今度はどこへ行けばよいのだろう。

[一]家の主《あるじ》、賊主《ぞくのあるじ》を殺しつ。然《さ》れば、賊の[二]伴《ともがら》屍《しにかばね》を持来《もてきたり》て妻《め》に[三]付《つけ》つ。国の[四]習《ならい》なれば、其の妻《め》を生《いけ》ながら共《とも》に埋《うずみ》つ。三日を経て、狐・狼其の家を[五]鑿《うがち》て自然《おのずから》に出《いずる》事を得たり。女の思はく、「我れ何《いか》なる罪を作《つくり》て、[六]日来《ひごろ》の間重き禍厄《かやく》に遭《あい》て[七]死《しに》て甦《よみがえる》らむ。[八]今又何《いか》なる所へ行《ゆか》む」と思ふに、[九]余命《よめい》有らば、釈迦仏[一〇]祇薗精舎《しやかほとけぎおんしようじや》に在《まし》ますと聞《きき》て、詣《もうで》て出家を求む。[一一]

[一二]過去に[一三]辟支仏《びやくしぶつ》に食《じき》を施《せ》して願《がん》を発《おこし》し故に、今仏に値《あい》奉る事を得て、出家して[一四]道《どう》を修《しゆ》して羅漢《らかん》と成《なり》ぬ。前世《ぜんぜ》の殺生《せつしよう》の罪に依《より》て地獄《じごく》に堕《おち》ぬ。現在に[一五]呪誓《しゆせい》の過《とが》に依《より》て悪報《あくほう》を受く」。[一六]微妙《みみよう》自《みずか》ら、「昔の本《もと》の妻《め》は、今《いまの》我が身此れ也。[一七]羅《ら》漢果《かんか》を得たりと云へども、常に熱鉄の針、頂《いただき》の上より入《いり》て足の下に出《いで》ぬ。昼夜に此苦患《このくげん》難堪《たえがた》し」と語《かたり》けり。然《さ》れば、[一八]罪福の果《か》報如此《ほうかくのごとく》し、終《つい》に朽《くつ》る事無しとなむ[一九]伝へたるとや。

九 寿命に残りがあるのなら。以下、文がねじれて地の文に移行し、文脈に無理が生じている。
一〇 →七八頁注九。
一一 出家したいと願い出た。
一二 過去世において。
一三 仏の教説によらず、自分で真理を悟り、自由境に到達した聖者。縁覚、独覚。
一四 仏道を修行して。
一五 (前世で)いつわりの誓いを立てた罪によって、現世で悪報を受けたのである。→一〇一頁注一二。
一六 微妙比丘尼。→八三頁注一九。 一七 阿羅漢果。
一八 善悪の果報はこの通り(明白)であって、決して朽ちることはない。
一九 通常は「語り伝えたるとや」とあるところ。

満足尊者《まんぞくそんじゃ》、餓鬼界《がきかい》に至《いた》れる語《こと》 第三十七

今昔《いまはむかし》、仏の御弟子《みでし》[二〇]満足尊者《まんぞくそんじゃ》、[二一]神通《じんずう》を以《も》て[二二]餓鬼界《がきかい》に行《ゆき》て、一《ひとり》の[二三]餓鬼《がき》を見る。其の形極《きわめ》て恐怖《おそろ》しくして、[二四]毛竪《いよた》ち心迷《まど》ひぬべし。身より火を出《いだ》して大《おおき》なる事数十丈《すじゅうじょう》、或《あるい》は眼《まなこ》・鼻・身体《しんだい》・[二五]支節《しせつ》より焔《ほのお》を放つ、長さ数十丈《すじゅうじょう》。又[二六]脣《くちびる》・口垂れて[二七]野猪《やちょ》の如《ごと》し。身体《しんだい》の[二八]縦広《じゅうこう》一[二九]由旬《ゆじゅん》也。[三〇]手を以て自《みずか》ら手を摑《つかみ》て、音《こえ》を挙《あげ》て[三二]嘷《ほ》え叫《さけび》て東西に[三一]馳走《ちそう》す。尊者此を見て餓鬼《がき》に問《とい》て云《いわ》く、「汝《なん》ぢ、前世《ぜんぜ》に何《いか》なる罪を造《つくり》て、今此の苦を受《うけ》たるぞ」と。

餓鬼答《こたえ》て云《いわ》く、「我れ昔《むか》し人と生れて[三三]沙門《しゃもん》と成れりと云へども、[三四]房舎《ぼうしゃ》を執着《しゅうじゃく》して[三五]慳貪《けんどん》を不捨《すてざ》りき。[三六]豪族《ごうぞく》を恃《たの》むで[三七]悪言《あくごん》の事を出《いだ》し、若《もし》は[三八]持戒《じかい》の精進《しょうじん》の比丘《びく》を見ては、[三九]輒《たやす》く罵《の》り恥《はじ》しめて[四〇]眼《まなこ》を戻《そむけ》き。其の罪の故《ゆえ》に此の苦を受く。然《さ》れば「[四一]利刀《りとう》を以て自《みずか》ら其

第三十七話　直接の出典は未詳。法苑珠林・七六・十悪篇所収話に近い。源泉は出曜経・十。類話は三国伝記・十二・19など。

二〇 プンナ・マンタニープッタ(富留那)。仏の十大弟子の一人。説法第一と称された。満願子。　二一 神通力。

二二 餓鬼道。三悪道の一。地獄に次いで苦痛が多く、常に飢渇に苦しめられる。

二三 餓鬼道に生きる者。

二四 身の毛がよだって。

二五 手足と関節。

二六 唇と口が垂れ下がって。

二七 珠林「脣口垂倒像如二野猪一」。イノシシをいうか。

二八 縦横。高さと幅。

二九 →八二頁注一〇。

三〇 珠林「手自抓摑」は、自分で身体をつねったり掴んだりする意。

の舌を割《き》らむ」と思ふ。一日も精進《しょうじん》・持戒《じかい》の比丘《びく》を罵《の》り謗《そし》る事無《な》かれ。若《も》し尊者、[一]閻浮《えんぶ》に返り給はむ時《と》[二]き、我が形を以て諸《もろもろ》の比丘《びく》に告《つげ》て、善《よ》く[三]口の過《とが》を助けて[四]妄語《もうご》を出《いだ》す事無《な》かれ。持戒《じかい》の人を見ては其の徳を敬ひ思ふべし。我れ此の餓鬼《がき》の形に生《うまれ》て以来《このか》[五]た数《す》千万歳《せんまんざい》、此の苦を受く。又此の命尽《つき》ては地獄《じごく》に堕《おつ》べし」と云ひ畢《おわり》て後《のち》、噑《ほ》え叫《さけ》むで身を地《じ》に投ぐ。其の音《こえ》[六]大山の崩《くず》るゝが如《ご》とし。天振《ふる》ひ地《じ》動く。此れ口の過《とが》に依《より》て受《う》る所の[七]悪業《あくごう》也。尊者閻浮《えんぶ》に返《かえり》て語り伝へ給ふ也けりとなむ語り伝へたるとや。

三一 大声で吠え叫んで。
三二 走り回る。
三三 出家。僧侶。
三四 僧房。 三五 ものを惜しみ、むさぼる心。
三六 権勢を笠に着て。
三七 悪口を言い。
三八 戒を守り精進している僧を見ると。
三九 やたらに罵倒し辱めて。
四〇 白い眼で見た。
四一 鋭利な刀で自分の舌を切ってしまいたい気持だ。

一 人間世界。↓六八頁注一。
二 「き」は「時」の捨仮名。
三 よくよく口の罪を犯さないよう気をつけて。
四 嘘をついてはいけない。
五 「た」は「以来」の捨仮名。
六 大きな山。但し、出曜経は「泰山」。
七 悪い報い。

今昔物語集　巻第三　天竺

天竺《てんじく》の毘《び》舎離城《しやりじよう》の浄名居士《じようみようこじ》の語《こと》 第一

今昔《いまはむかし》、天竺《てんじく》の毘[一]《び》舎離城《しやりじよう》の中に浄名居士[二]《じようみようこじ》と申す翁《おきな》在ましけり。此《こ》の人の居給《いたま》へる室《しつ》は広さ方丈[三]《ほうじよう》也。而《しか》るに其の室の内に十方[四]《じつぽう》の諸仏来《しよぶつきた》り集り給て、為《ため》に法《ほう》を説き給《たまえ》り。各《おのおの》無量無数《むりようむしゆ》の菩薩《ぼさつ》・聖衆[五]《しようじゆ》を引具《ひきぐ》し給て、彼《か》の方丈の室の内に各《おのおの》[六]微妙《みみよう》に荘厳《しようごん》せる床《ゆか》を立て〻、三万二千の仏、各《おのおの》其の床《ゆか》に坐《ざ》し給て法を説き給ふ。無量無数《むりようむしゆ》の聖衆《しようじゆ》、各《おのおの》皆随《したが》へり。亦《また》、居士《こじ》も御《おわし》まして法を聞き給ふ。而《しか》るに室の内に[七]猶所《なおところ》有り。此《これ》浄名居士の不思議《ふしぎ》の神通《じんずう》の力也。然《さ》れば、[八]仏の室をば「[九]十方の浄土《じようど》に勝《すぐれ》たる甚深《じんじん》不思議の浄土也」と説き給ひけり。

亦、此の居士は常に[一〇]病《やまい》の莚《むしろ》に臥《ふ》して病給《やみたま》ふ。其時《そのとき》に文殊[一一]《もんじゆ》、居士の室に来《きた》り給て居士に申し給はく、「我れ聞けば、「居士常に

第一話 出典未詳。第一・二段の源泉は維摩詰所説経・中。第三段は三国伝記一・28に同文的同話がある。

一 ヴァイシャリー(毘舎離)国の都城。ビハール州パトナ市の北方。

二 ヴィマラキールティ(維摩詰)。毘舎離城の富豪。在家でありながら仏教の奥義を極め、仏弟子たちとの問答を通して空の思想を説いた。維摩経の主人公。

三 一丈(約三メートル)四方。

四 十方(→一二五頁注一三)世界の諸々の仏たち。

五 聖者たち。

六 美しく装飾された座席を設けて。

七 なお場所に余裕があった。

八 釈尊は、この部屋のことを。

病の莚《むしろ》に臥《ふ》して悩《なやみ》給ふ」と。然《さ》らば其何《それいかな》る病ぞ」と。居士答《こたえ》て宣《のたま》はく、「我が病は此れ、一切《いつさい》の諸《もろもろ》の一二衆生《しゆじよう》の煩悩《ぼんのう》を病《やむ》也。我れ更《さら》に他《ほか》の病無し」と。文殊此の事を聞き給て、歓喜《かんぎ》して還《かえ》り給ひぬ。

亦、居士年八十有余《いうよ》に在《まし》して、一三行歩《ぎやうぶ》に不安《やすからず》と云へども、「仏の法を説き給へる所に詣《もう》でむ」と思《おもい》て詣給《もうでたま》へり。其の道の間《あいだ》四十里《り》也。既《すで》に居士、仏の御許《みもと》に歩み詣《もうで》給て仏に申して言《もう》さく、「我れ年老《おい》て一四歩みを運《はこぶ》に不堪《たえ》ずと云へども、法を聞かむが為《た》めに四十里の道を歩《あゆ》び詣《もうで》たり。其功徳《そのくどく》は何許《いかばかり》ぞ」と。仏居士に答《こたえ》て宣《のたまわ》く、「汝《なん》ぢ法を聞《きか》むが為に来《きた》れり。其の功徳一五無量無辺《むりようむへん》ならむ。汝《なんじ》が歩む足の跡《あ》との土を取とて一六塵《ちり》と成《な》して、其の塵《ちり》の数《かず》に一七随へて一《ひとつ》の塵に一八一劫《いちこう》を充《あ》てゝ其の罪を滅《めつ》せむ。亦、命の永からむ事其の塵と同《おなじ》からむ。亦、仏に成らむ事疑ひ無からむ。凡《おおよ》そ此の功徳無量《はかりな》し」と説き給《たまい》ければ、居士、此《この》事を聞き給て歓喜《かんぎ》

九 十方の諸々の仏国土にも勝った、深遠で不可思議な浄土である。
一〇 病床に臥して。
一一 →八五頁注二一。
一二 衆生が煩悩に悩む苦しみを我が苦しみとして病床に臥しているのです。
一三 歩行が不自由であったが。
一四 歩行が困難であるのに。
一五 計り知れないほど大きいであろう。
一六 「とて」は「取」の全訓捨仮名。「とつて」の促音無表記例。
一七 相応させて。
一八 劫は数え切れないほど遠大な時間の単位。

して還り給ひぬ。法を聞むが為詣《ためにもうで》たる功徳《くどく》如此《かくのごと》き也となむ語り伝へたると也。

一 このとおり(偉大なもの)である。

第三話　出典は注好選・中・24。源泉は大宝積経・十や大智度論・十など。

二 モッガッラーナ(目連)。仏の十大弟子の一人。初め外道を学んでいたが、友人舎利弗とともに仏門に入り、神通第一と評された。

目連《もくれん》、仏《ほとけ》の御音《みこえ》を聞《き》かむが為《ため》に他《ほか》の世界《せかい》に行《ゆ》ける語《こと》 第三

今昔《いまはむかし》、仏の御弟子《みでし》[二]目連尊者《もくれんそんじゃ》は、[三]神通《じんずう》第一の御弟子也。諸《もろもろ》の御弟子の比丘等《びくら》に[四]語《かたり》て云《いわ》く、「我等仏の御音《みこえ》を所〻《ところどころ》にして聞くに、常に同《おなじく》して只側《ただかたわら》にして聞《きく》が如《ごと》し。然《さ》れば我れ、神通《じんずう》の力を以《も》て遥《はるかに》遠く行《ゆき》て、仏の音《こえ》の[五]高く下《ひき》なるを聞《きか》むと思ふ」と云《いい》て、[六]三千大千世界《さんぜんだいせんせかい》を飛過《とびすぎ》て、其《それ》より西方《さいほう》に、又[七]無量無辺不可思議《むりょうむへんふかしぎ》那由他《なゆた》恒河沙《ごうがしゃ》の国土を過行《すぎゆき》て聞くに、仏の御音《みこえ》、[八]猶同《なおおなじ》くして只側《かたわら》にして聞《きき》つるが如し。

其の時に目連、飛び弱《よわり》て落《おち》ぬ。其の所、[九]仏の世界也。仏の弟子の比丘《びく》有《あり》て、座に居《い》て[一〇]施《せ》を受《うく》る時、目連[一一]其の鉢《はち》の縁《ふち》に飛び居《い》て暫《しばら》く息《やす》む程に、仏弟子《ぶつでし》の比丘等《びくら》、目連を見て云《いわ》く、「此の鉢の縁《ふち》に[一二]沙門《しゃもん》に似たる虫居《い》たり。何《いか》なる[一三]衣《ころも》の虫の落来《おちきたり》たるぞ」と

三 神通力が最優秀の仏弟子であった。
四 主格は目連。
五 大きく聞こえるか小さく聞こえるか試してみよう。
六 一仏の教化する範囲で、広大無辺な世界。
七 無限無数の仏国土。那由多も恒河沙も無量の大数を表す。
八 お側で聞くのと変わりがない。
九 注好選・大宝積経によれば、光明王如来の光明幡世界。
一〇 施食を受けていた時。
一一 一種の大人国に来たわけだが、大宝積経によれば、仏は身長四〇里、諸菩薩は二〇里、鉢は高さ一里であった。
一二 僧侶。
一三 虱。しらみ。

云《いひ》て、集会《しゆうえ》して此《これ》を興《きよう》ず。

其の時に其の世界の能化《のうけ》の仏、此を見て御弟子《みでし》の比丘《びく》等に告《つげ》て宣《のたま》はく、「汝《なん》ぢ等《ら》愚痴《ぐち》なるが故《ゆゑ》に不知《しら》ざる也。此の鉢の縁《ふち》に居《い》たるは、虫《む》しには非《あら》ず。此より東方《とうはう》に無量無辺《むりやうむへん》の仏土《ぶつど》を過《すぎ》て世界有り。娑婆《しやば》世界《せかい》と云ふ。其の国に仏出給《いでたま》へり。釈迦牟尼仏《しやかむにぶつ》と号《がう》す。其の仏の神通《じんづう》第一の弟子也、名をば目連と云ふ。師釈《しや》迦如来《かにょらい》の音《こゑ》を聞くに、遠く近しと云へども音同《こゑおなじ》くして高下《かうげ》無し。此を疑《うたがい》て、遥に無量無辺の世界を過《すぎ》て此土《このど》に来《きたれ》る也」と説給《ときたまい》けり。御弟子《みでし》等、此を聞《きき》て各歓喜《おのおのかんぎ》す。目連、此を聞《きき》て歓喜《かんぎ》して本土《ほんど》に返《かへり》ぬ。仏の御音《みこゑ》の不思議なる事を弥《いよい》よ信仰《しんがう》して頂礼《ちやうらい》し奉《たてまつり》けりとなむ語り伝へたるとや。

一 集まって面白がった。
二 教化者である仏。
三 「ぢ」は「汝」の捨仮名。お前たちは愚かであるから知らないのだ。
四 「し」は「虫」の捨仮名。
五 仏国土。 六 人間世界。
七 この国土までやって来たのだ。 八 もとの国土、すなわち娑婆世界。
九 仏の足元に頭をつけて最敬礼し奉った。

第十一話 出典未詳。源泉は大唐西域記・三・烏仗那国。
一〇 四姓。古代インドの閉鎖的身分階級で、ブラーフマナ(婆羅門)・クシャトリア(刹帝利)・ヴァイシャ(吠舎)・シュードラ(首陀羅)の四からなる。但し、国王となれるのはクシャトリアの

釈種《しやくしゆ》、竜王《りゆうおう》の聟《むこ》と成《な》れる語《こと》　第十一

今昔《いまはむかし》、天竺《てんじく》には一〇四《よつ》の姓《しよう》の人、国王《こくおう》と成る。此れを離《はなれ》ては国王の一一筋すぢ無し。其の一二釈種《しやくしゆ》と云《いう》は、一三釈迦《しやか》如来《によらい》の御一族を云《いう》也。其の中に殺生《せつしよう》したる人は此の氏《うじ》の人と不生《うまれ》ず、一四仏の御類《ごるい》なる故《ゆえ》也。一五其れに一六舎衛《しやえ》国《こく》の一七流離王《るりおう》と云ふ者有《あり》て、一八迦毘羅衛《かびらえ》国《こく》の五百人《ごひやくにん》の釈種を殺せりし時、釈種皆一九弓箭《きゆうせん》・兵杖《ひようじよう》の道《みち》を堪《たえ》たりと云へども、此の族の習《ならい》として、我が命は死《し》ぬと云《いう》とも人を殺す事無し。此に依《より》て、皆二〇故《ことさ》らに合戦《こうせん》する事無くて被殺《ころさ》れにき。其の中に四二一人の釈種有《しやくしゆあり》て、二二毘流離王《びるりおう》と合戦《こうせん》す。此に依《より》て、此の四人をば、二三釈種の契《ちぎり》を離《はなた》れて、国の境《さかい》を追ひ出《いだ》しつ。

其の中に一人の釈種有《あり》て、流浪《るろう》する間、行《ゆ》き疲れて途中《とちゆう》に息《やす》み居《い》たるに、一の大《おおき》なる雁《かり》有り。釈種に向《むか》ひ居《い》て、更《さら》に不怖《おそれ》ず

み。本話はこれを誤解している。　一一「すぢ」は「筋」の全訓捨仮名。家系。血統。

一二 シャーキャ(釈迦)族。カピラヴァストゥの周辺に居住していた非アーリア系の部族。釈尊もその一人。

一三 生まれ変わらない。

一四 (釈種は、不殺生を旨とする)仏のご親類だからである。

一五 ところで、以下の逸話は巻二・28話に詳しい。

一六 →七五頁注二。

一七 →九一頁注一三。

一八 →一七頁注一五。

一九 弓矢。　二〇「ら」は「故」の捨仮名。わざと。あえて。

二一 巻二・28話では、一人(奢摩)。→九五頁注一四。

二二 流離王に同じ。→注一七。

二三 釈種から追放して。

して馴《な》れ睦《むつ》びたり。釈種《しやくしゆ》近付くに不逃《にげ》ねば、此の雁に乗《のり》ぬ。[一]然《さ》れば此の雁遠く飛《とび》て去《さり》ぬ。遥《はるか》に飛《とび》て何《いず》くとも不知《しら》ぬ所に[二]落《おち》ぬ。見《みれ》ば池辺《いけのほとり》也。木の茂りたる影に寄《より》て[三]借染《かりそめ》に打臥《うちふし》たるに、寝入《ねいり》にけり。

其《その》時に、此の池に住む竜《りゅう》の娘、出《いで》て水の辺《ほと》りに遊ぶ程に、此《この》釈種の寝《ね》たるを見《みる》。竜の娘、夫《おうと》に為《せ》むと思《おも》ふ心忽《たちまち》に出《いで》きて思《おも》ふ様《よう》、「此れは人にこそ有《ある》めれ。我はかく怪《あや》しき[四]土《つち》の中に住む身也。定《さだめ》て怪《あやし》み思ひなむ、亦《また》賤《いや》しび蔑《あなず》られなむ」と思《おもい》て、人の形《かたち》に成《なり》て[五]さり気無《げなく》て遊び行《ある》くを、此の釈種《しやくしゆ》見て寄《より》て、物語《ものがたり》などして[六]近付き馴《な》れにけり。

其の後《のち》釈種、猶《なお》怪しく思《おぼ》ゆれば云ふ[七]様《よ》う、「己《おの》れは[八]かく旅にて怪しく弊《つたな》き也。日来《ひごろ》物も不食《じきせ》ずして、痩《や》せ疲れて穢気《きたなげ》也。衣《え》服《ぶく》も皆穢《けが》れ汗《あせ》付き、[九]糸異様《いとことよう》也。何《いか》でかかく[一〇]忝《かたじけな》くは近付き馴給《なれたま》ふにか。[一一]返ゝ《かえすかえす》怖《おそろ》しくなむ思《おぼ》えさせ給ふ」と。竜の娘の云《いわ》く、

一 すると。
二 着地した。
三 ちょっと。
四 地の底深く住む身。
五 さりげない様子で。
六 馴れ近づいて、契りを結んでしまった。
七 「う」は「様」の捨仮名。
八 この通り旅の途中で、みっともなくみすぼらしい身です。
九 まことにひどい姿です。
一〇 もったいなくも。
一一 (あなたは一体何物なのか)かえすがえす恐ろしく思われるのでございます。
一二 このようにしております。
一三 もったいない契りまで結んでいただきましたので。
一四 私の申し出に従っていただけますでしょうか。
一五 もちろんです。

「父母《ぶも》の教へに依《より》てかく[一二]侍《はべ》る也。[一三]哀れに忝《かたじけな》き契り侍りければ、[一四]申さむ事には随《したが》ひ給ひなむや」と云へば、釈種、「[一五]何《いか》でか、何《なに》事《ごと》なりとも。[一六]かく許《ばかり》の契《ちぎり》に御《おわし》ければ、己《おのれ》も難去《さりがた》く忝《かたじけ》なくなむ思ひ奉る」と云へば、竜の娘、「君《きみ》は止事無《やむことな》き釈種に在《まし》ます、白《みずから》は賤しき身也」と云へば、釈種、「[一七]君の賤《いやし》さは何事か侍らむ。己《おの》れこそかく流《る》[一八]せし人にて侍[一九]らば賤しく侍れ。さても此《ここ》は山深く池《い》け[二〇]大《おおき》にして、人の栖《すみか》と不見《みえ》ず。[二一]在《ましま》し所をば何《いず》くにか侍るらむ」と云へば、竜の娘、「申し侍らむに、[二二]定《さだめ》て踈《うと》み思《おぼ》しぬべけれども、かく許《ばかり》成り給ひぬれば、隠し奉らむも由無《よしな》し。実《まことに》は自《みずから》は此の池に住む竜王《りゅうおう》の娘也。かく止事無《やむことな》き釈種[二三]多放《おおくはな》たれて、迷《まど》ひ行《ある》き給ふと聞き侍るに、幸《さいわい》に此の池辺《いけのほとり》に遊ばせ給へば、かく参《まいり》て[二四]徒然《つれづれ》をなぐさめ奉り、馴ゝ《なれなれ》しき事も侍《はべる》也。亦《また》、前世《ぜんせ》に罪を造《つく》りてかく[二五]鱗《いろくず》の身を受《うけ》たり。人と獣《けだもの》と[二六]既《すで》に道異《ことなり》也。然《さ》れば[二七]万《よろ》づ糸慎《いとつつ》ましく侍り。家は此の池の内に侍り」と云ふに、釈種《しゃくしゅ》此

一六　これほどの仲になって下さったのですから。
一七　あなたが賤しいなんてとんでもございません。
一八　流浪の者でございますので。
一九　「侍れば」とあるべきところ。
二〇　「け」は「池」の捨仮名。
二一　お住まいはどちらでございましょう。
二二　きっといやにお思いになるに違いありませんか。
二三　追放されて。
二四　さびしさをお慰め申し上げ、睦まじくもさせしいただいたのでございます。
二五　鱗のある身。
二六　畜生道と人間道と、住む世界を異にしております。
二七　何かにつけてまことに気が引けるのでございます。

の事を聞《きき》て、「既に親《したし》く成《なり》ぬれば、[一]今はかくなむ可有《あるべ》き」と答《こた》ふ。

竜の娘、「糸《いと》られしき事也」と喜びて、「今日《けふ》よりは何《いか》にも仰《おおせ》に可随《したがうべし》」と云ふ。釈種《しやくしゆ》の云《いわ》く、「我れ[二]前世《ぜんぜ》の功徳《くどく》の力《ちから》に依《より》て、釈種の家に生《うまれ》たり。願《ねがわ》くは此の竜女《りゆうによ》をして人に成し給へ」と祈るに、[三]誓《ちかい》に依《より》て、其の身忽《たちまち》に変じて人と成《なり》ぬ。其の時釈種《しやくしゆ》、喜び思ふ事無限《かぎりな》し。此の女釈種《しやくしゆ》に申さく、「我れ前世《ぜんぜ》の罪に依《より》て、かく[四]悪趣《あくしゆ》に生れたり。[五]無《む》数劫《しゆこう》の間此の苦《く》を不免《まぬかれ》ず。今君の[六]福徳《ふくとく》に依《より》て、其《その》身を[七]刹那《せつな》に転じて人に成《なり》たり。[八]「此の身以《みをも》て君の徳を報《ほう》ぜむ」と思ふに、賤しき身を以て何《いか》にしてか此の徳を報じ申さむ」と云ふ。釈種の云《いわ》く、「[九]何事《なにごと》をか報じ給はむ。[一〇]可然《しかるべ》きにてこそ有《ある》らむ、今はかくこそは有《あ》らめ」と。女の云《いわ》く、「[一一]かくて可侍《はべるべ》きに非《あら》ず。父母《ぶも》の所に行《ゆき》て此の事を告《つげむ》」と云《いい》て、行《ゆき》て父母《ぶも》に申さく、「我れ今日出《いで》て遊び侍《はべり》つるに、釈種に値《あい》て

一 今はもう、このまま(夫婦)でいましょう。
二 前世で積んだ功徳のおかげで。
三 請願。
四 悪道。畜生道をさす。
五 劫は無限に近い遠大な時間の単位。
六 善果をもたらす功徳のおかげで。
七 瞬時に。
八 この身を捧げて、あなたの御恩に報いたい。
九 恩返しなど不要です。
一〇 こうなるべき因縁があったのでしょうから、これから夫婦として暮らしましょう。
一一 このままではいられません。
一二 あの方の功徳が私の身に深く染みついたのです。
一三 「きゝて」は「聞」の全訓

侍りつ。而《しか》るに彼《か》の人の力に依《より》て、既に身を改《あらため》て人と成《なり》て侍り。一度《ひとたび》親しみ馴《なれ》つるに功徳《くどく》[一二]深く染《そみ》にたり。此れに依《より》て互《たがい》に契り有り」と云へば、竜王此を聞き[一三]ゝて、娘の人に成《なれ》るを喜び貴《とうと》び、釈種を敬ふ事無限《かぎりな》し。

かくて竜王、池より出《い》でゝ、人の形にて釈種に向《むかい》て膝《ひざ》ま突《ずき》て申さく、「忝《かたじけな》く釈種《しやくしゆ》賤き身を不簡《えらば》[一四]ずして、怪《あや》しき姿を御覧《ごらん》じつ。願《ねがわ》くは此の栖《すみか》に入らせ給へ」と云へば、云《いう》に随《したがい》て竜宮《りゆうぐう》に入《いり》ぬ。見れば七宝《しちほう》[一五]の宮殿《くうでん》有り。金《こがね》の木尻《こじり》[一六]、銀《しろかね》の壁、瑠璃《るり》の瓦《かわら》、摩《ま》[一七]尼珠《にしゆ》の瓔珞《ようらく》[一八]、栴檀《せんだん》[一九]の柱《はしら》也。光を放つ浄土《じようど》の如《ごと》く也。其内《そのうち》に七宝の帳《ちよう》[二〇]を立てゝ無量《むりよう》の荘《かざ》り有り。心も[二一]不及《およば》ず、目も耀《かかや》く。亦、重《じゆう》[二二]ゝ《じゆう》の微妙《みみよう》の宮殿共《くうでんども》有り。其の中より玉[二三]の冠《かむり》をし、百千の瓔珞《ようらく》を垂《たれ》たる厳《いつく》[二四]しく気高《けたか》き人出来《いできたり》て、迎へて登《のぼ》せて七宝の床《ゆか》[二五]の上に居《すえ》つ。種ゝ《くさぐさ》の樹《うえき》有り、皆宝《たから》の瓔珞《ようらく》を懸《かけ》たり。大《おおき》なる池有り、荘《かざ》[二六]れる舟共有《どもあり》。百千の妓楽《ぎがく》[二七]を発《おこ》す。諸《もろもろ》の大臣《だいじん》・公卿《くぎよう》、百千万の人、

捨仮名。
一四　差別しないで。
一五　→一二三頁注一九。
一六　鐺（こじり）。垂木の先端の飾り。
一七　宝珠。
一八　→一九頁注一八。
一九　白檀の異名。香木。
二〇　とばり。垂れ布。
二一　想像を絶し、まばゆいばかりである。
二二　何層にも重なった。
二三　宝玉をちりばめた冠。
二四　威厳のある高貴な人。
二五　座席。
二六　飾った船。
二七　音楽を奏でる。

[一]品〻《しなじな》に有り。万《よろ》づの楽《たの》しみ、心に不叶《かなわ》ぬ事無し。雖然《しかりといえど》も此の釈種の思はく、「かく有りと云へども、此等《これら》皆、実《まこと》には蛇《くちなわ》の[二]鱣《わだかま》り蠢《むくめ》き動《うご》き合へるにこそは有《あら》め」と、常は[三]むつかしく物怖《ものおそろ》し。「何《いか》にして此の所を出《い》でゝ人の里《さと》に行《ゆか》ばや」と思ふ。

竜王其の気色《けしき》を見て、[四]

一の国の王として此の世に御《おわし》ませ」と云へども、釈種、「[五]我が願《ねがい》にも非《あら》ず。只《ただ》[六]本の国の王と成《なら》ばやとなむ思ひ侍る」と云ふ。竜王の云《いわ》く、「其れは糸《いと》安き事也。此の世界《せかい》[七]や、無量《むりよう》の宝を[八]思ふに随《したがえ》て七宝の宮殿《くうでん》に居《すえ》て、[九]彼《かしこ》よりも広く[一〇]辺《ほと》り無き国にて、[一一]命を永《なが》くて御《おわし》まさむは吉《よ》くこそは侍らめ。雖然《しかりといえど》も、只本の国に有《あら》むと願はしめ給へば、[一二]さにこそは侍《はべる》なれ」と云《いい》て、「[一三]若《も》し然《しから》ば此を[一四]見せさせ給へ」とて、七宝をば以て荘《かざ》れる[一五]玉の箱の中に[一六]微妙《みみよう》なる錦《にしき》に剣《つるぎ》を裹《つつみ》て入《いれ》たり。此を与へて教ふる様《よう》、「天竺《てんじく》の

一 身分に応じて居並んでいる。
二 とぐろを巻いてうごめき合っているのだろう。
三 気味悪くそら恐ろしい。
四 諸本とも一行分空白。西域記「竜王止曰、幸無㆓遠舎㆒、隣㆓此宅居㆒。当令拠㆓疆土㆒称㆓大号㆒、総有㆓臣庶㆒、祥延㆑世」。
五 (竜の国の王になるのは)私の望むところではありません。
六 もといた国。
七 「や」は間投助詞。
八 思うままに。
九 あちら。人間界をさす。
一〇 際限もなく広い国で。
一一 竜は人間より遥かに長寿とされる。
一二 それももっともなことでございましょう。
一三 もしそうなさるのでし

国王は遠[一七]き所より持来《もてきた》れる物をば必ず自《みずか》ら[一八]手移《てうつし》に取り給ふ也。然《さ》れば其の次《ついで》に曳寄《ひきよ》せて突き殺し給へ」と云へば、釈種《しやくしゆ》竜工の教《おしえ》に随《したがい》て本国《もとのくに》に行《ゆき》て、[一九]天皇の御許《みもと》に参《まいり》て此《この》宝の箱を奉るに、竜王の[二〇]云《いう》如く、自《みずか》ら箱を手移《てうつ》しに取り給ふに、袖《そで》を捕へて突き殺し奉りつ。大臣・公卿《くぎよう》及び諸《もろもろ》の人、驚き騒《さわぎ》て此《この》釈種を捕へて殺さむと為《す》るに、釈種の云《いわ》く、「[二一]此れは神《かみ》の此れを以て得させて「国王を殺して位《くらい》に即《つけ》」と有[二二]れば殺したる也」と云《いい》て剣を抜《ぬき》て立《たつ》れば、大臣・公卿の云《いわ》く、「[二三]而《しか》るに由無《よしな》し」と云《いい》て位に即《つ》けつ。其の後[二四]政《まつりごと》賢《かしこ》ければ、国の人皆敬ひか[二五]しこまて、万《よろ》づ皆随ひぬ。

さて大臣・公卿・百官《ひやつかん》を曳将《ひきい》[二六]て竜宮《りゆうぐう》に行《ゆき》て、后《きさき》を迎へて国に帰《かえり》ぬ。帝王《ていおう》、[二七]后と無限《かぎりな》く思ひ傅《かしずき》て棲《す》む程《ほど》に、此の[二八]后本の気《き》分有《ぶんあり》て、[二九]さ許《ばかり》おかし気《げ》に目出《めでた》く清気《きよげ》なるに、寝入《ねいり》たる時と、二人臥《ふ》して例《れい》の男女《なんによ》の[三〇]婚合《まぐわい》との時とには、后の御頭《おおんかしら》より蛇《くちなわ》の頭《かしら》九

たら。
一四 「見させ給へ」が普通の表現。　一五 玉手箱。
一六 美しい錦。
一七 遠国からの献上品。
一八 (相手の手から)直接に。
一九 国王。本話の出典には「みかど」とあったか。
二〇 言った通り。
二一 この剣は、神が私に授けて。
二二 仰せになったので。
二三 それでは仕方がない。
二四 よい政治をしたので。
二五 畏まって。保音無表記例。　二六 引き連れて。
二七 限りなく寵愛して后と暮らすうちに。
二八 竜であった時の性分が残っていて。
二九 あれほど美しく清らかな人なのに。
三〇 交わりをする時には。

を指出《さしい》でゝ、[一]舌《した》なめづりをひら〳〵として有れば、[二]其れに此の天皇、少し[三]疎《うと》ましと思ひて、后の寝入り給へる程に、例の如く指出《さしい》でゝひらめくに、蛇《くちなわ》の頭共《かしらども》を皆切り捨《すて》つ。其《その》時に、后悟《さめ》て云《いわ》く、「[四]自《みずか》らの為《ため》に悪《あし》き事には無けれども、[五]御後《のち》の子共《こども》や、世々《せぜ》を経《へ》て頭《かしら》を病み給ひ、国の人や、かゝる病《やまい》を為《せ》む」と宣《のたま》ふ。

此に依《より》て、后の云ふが如くに、[六]国に有《あり》と有る人、皆頭《かしら》病む事不絶《たえ》ざりけりとなむ語り伝へたるとや。

一 ぺろぺろと舌なめずりをしたので。
二 それには。
三 気味悪く思って。
四 私自身にはさしさわりありませんが。
五 ご子孫が代々頭痛にお苦しみで、国民もそういう病気をわずらうでしょう。
六 その国ではありとあらゆる人が、国民全てが。

第十六話 出典未詳。名大本百因縁集・12に同文的同話、私聚百因縁集・三・5、三国伝記・十・4等に類話がある。

貧女《ひんにょ》、現身《げんしん》に后《きさき》と成《な》れる語《こと》 第十六

今昔《いまはむかし》、[七]摩竭提国《まかだこく》に一人の貧《まずし》き老女《ろうにょ》有り。年八十有余《ゆうよ》也。一人《ひとりの》人娘有り。年[八]拾四也。母に孝《きょう》する心尤《もと》も深し。

其の国の大王御行《だいおうみゆき》[九]有り。国の上下《じょうげ》の人、挙《こぞり》て此を見むと思へり。此の老母《ろうも》娘に問《とい》て云《いわ》く、「汝《なんじ》[一〇]、明日《あす》は大王の御行《みゆき》と聞く、見むとや思ふ。若《も》し汝《なん》ぢ出《いで》なば、我れは水餓《みずうえ》[一一]なむとす」と。娘の云《いわ》く、「我れ更《さら》[一二]に不可見《みるべから》ず」と。

其の日に成《なり》て、娘母の為《ため》に菜《な》[一三]を採《つま》むが為に出《いで》たる間《あいだ》、自然《おのずか》ら大王の御行《みゆき》に会《あい》ぬ。此の女、更[一四]に不見《み》ずして曲《かがま》り居《い》たり。其の時に大王、遥《はるか》に此の女を見て宣《のたま》はく、「彼所《かの》に一人の下女《しもおんな》[一五]有り。万《よろ》づの人皆《みな》我れを見むとす。彼《か》の女一人のみ我を不見《み》ず。若《も》[一六]し故《ゆえ》の有るや。眼《まなこ》の無《なき》か、面《おもて》の醜《みにくき》か」と宣《のたまい》て、輿《こし》を留《とど》めて、使《つかい》

七 マガダ(摩竭陀)国。古代インド十六大国の一。ビハール州のガンジス河南方地域。都城は頻婆沙羅王の時代には王舎城。阿闍世王は華子城に遷都。
八 母子の年齢差が不自然だが、名大本百因縁集も同様。
九 行幸。
一〇 「汝」は「見むとや思ふ」に係る。
一一 名大本「渇水飢ナン」。(世話する者がなくて)渇えてしまうだろう。
一二 決して見物しません。
一三 母に食べさせるため、野草を摘みに出ているうち、偶然大王の行幸に出会った。
一四 見向きもしないで、しゃがんでいた。
一五 下賤な女。
一六 もしや何かわけがあるのか。

を遣《つかわし》て令問給《とわしめ》ふに、女答《こたえ》て云《いわ》く、「我れ眼目《げんもく》・手足《しゅそく》一皆不欠《かか》ず。亦《また》大王の御行《みゆ》き二極《きわめ》て見むと思ふ。三然而《しかれど》も家に貧しき老母有り、只《ただ》我れ独《ひとり》して彼を養ふ。四孝養《きょうよう》するに暇無《いとまな》し。若《も》し王《おう》の御行《みゆき》を見むが為に出《いで》なば、母が孝養《きょうよう》怠《おこたり》ぬべし。五然《さ》れば出《いで》て御行《みゆき》を不見《み》ざる也。但《ただ》し母を養はむが為に菜採《なつみ》に六白地《あからさま》に出《いで》たるに、自然《おのずから》に御行《みゆき》に会へる也」と申す。

其《その》時に大王、此の由《よし》を聞《きく》に、輿《こし》を留《とど》めて宣《のたま》はく、「此の女、七世に難有《ありがた》き心有《あり》けり。八速《すみやか》に近く可召《めすべ》き也」と宣《のたまい》て、近く召寄《めしよ》せて宣《のたまわ》く、「汝ぢ、世に難有《ありがた》く孝養《きょうよう》の心深し。九速に我に可随《したがうべ》し」と。女答《こたえ》て云《いわ》く、「大王の仰《おお》せ極《きわめ》て喜ばし。然而《しかれど》も家に貧き老母有り。我れ独りして孝養《きょうよう》するに暇無《いとまな》し。然《さ》れば先《ま》づ還《かえり》て母に此の由を申して、免《ゆる》さば可還参《かえりまいるべ》し。一〇猶今日《なおきょう》の暇《いとま》を給《たまわ》らん」と申す。一一先づ還《かえり》て母《ははに》云く、大王免《ゆる》し給《たまい》つれば、女母の所に還り至《いたり》て、先づ母に向《むかい》て云《いわ》く、一二「久《ひさし》く不還《かえら》ずとや思給《おもいたまい》つる」と。母

一 すべて五体満足です。
二 とても見たいと思います。
三 けれども。
四 親に孝行を尽くしているので見物の暇がないのです。
五 そういうわけで。
六 ついちょっと。
七 世にも稀な心がけだ。
八 ただちにここに連れて来い。
九 さっそく私に付いて来るがよい。
一〇 やはり今日のところはご猶予をお願いしたいと存じます。
一一 「先づ還て母云く」は、後文とつながらず、不要の文言。
一二 帰りが遅いとお思いだったでしょう。
一三 そう思っていたよ。
一四 これこれしかじかでした。

答《こたえ》て云《いわ》く、「然《し》[一三]か思《おもい》つ」と。其の時に娘、「大王の仰せ、如此《かくのごと》[一四]き有りつ」と語るに、母此を聞《きき》て喜《よろこび》て云《いわ》く、「我れ汝を生《しょう》じて養育《よういく》せし時、国王の后妃《こうひ》と成さばやと思《おもい》き。其の本意《ほんい》[一五]の相《あ》ひ叶《かな》へるにや。今日大王の遷《うつし》[一六]に仰せ給ひつらむ事、極《きわめ》て喜ばし。願《ねがわく》は十方《じっぽう》[一七]の諸仏如来《しょぶつにょらい》、加護《かご》[一八]を垂《たれ》て、我が娘、我に孝養《きょうよう》の心深し、此の徳《とく》に依《より》て、必ず大王不忘給《わすれたまわ》ずして令迎給《むかえしめ》へ」と願ふ。

其の日は暮れぬ。大王宮還《みやにかえり》て、此の下女《しもおんな》の事難忘《わすれがた》く思給《おもいたまい》ければ、車《くるま》三十両《りょう》を以《も》て、明《あく》る日迎《むか》へに遣《つかわ》す。彼《か》の家には明る日の朝《あした》に、思ひ不懸《かけざ》る程に、貧き家の門《もん》に多《おおく》の車の音聞《おときこ》ゆ。適《たまたま》人の行き通《とおる》かと思《おもい》て能《よ》く聞けば、「此の家か」と問ふ。人入来《いりきたり》て、七宝《しちほう》[一九]を以て荘《かざ》れる輿《こし》[二〇]を持来《もてきた》れり。我が娘を呼出《よびいだし》て、微妙《みみょう》[二一]の衣服《えぶく》を着《じゃく》せり。此の輿《こし》に乗せて既《すで》に王宮《おうぐう》に迎へつ。老母此を見て、涙を流して喜ぶ事無限《かぎりな》し。大王は此を迎《むかえ》て見給ふに、本《もと》の三千人[二二]の寵愛《ちょうあい》の后《きさき》は皆《みな》此れに劣れり。終日終夜《じゅうにちじゅうや》[二三]見給ふと云へ

一五 本望。
一六 還御の時とも解せるが、名大本「御口チ遷(うつし)ニ」を参考にすれば、大王御自身の口で、の意。
一七 十方(→二五頁注一三)においでの(ありとあらゆる)仏菩薩たち。
一八 この句は下の「必ず大王不忘給ずして」以下に係る。
一九 七種の宝。諸説があるが、無量寿経では、金・銀・瑠璃・頗梨・珊瑚・瑪瑙・硨磲。
二〇 名大本「車」。
二一 すばらしい衣服を着せた。
二二 もとからいた三千人の寵妃は誰一人としてこれに及ばなかった。
二三 (国王はこの妃を)終日終夜御覧になっても、なお飽き足らなかった。

ども不足《たら》ざりけり。一天下《てんが》故に留《とど》まりて、万事《よろずのこと》を背《そむ》き給ふ。二此他《これほか》に非《あら》ず、母に孝養《きようよう》したる徳に三現身《げんしん》に身を改《あらため》て后と成れる也《なり》けりとなむ語り伝へたるとや。

一 このため国政が停滞し、国王としての責務もすべてお忘れになるほどの御寵愛であった。
二 これは外でもない。母に孝行を尽したおかげで。
三 (現世で)この身そのままに。

第二十二話　出典未詳。源泉は盧至長者因縁経(法苑珠林・七七・十悪篇

盧《る》至《し》長者《ちようじや》の語《こと》 第二十二

今昔《いまはむかし》、天竺《てんじく》に一人の長者《ちようじや》有り。四盧至《るし》と云ふ。五慳貪《けんどん》の心深《ふか》くして、六妻《め》の眷属《けんぞく》の為《た》めに物を惜《おし》む事無限《かぎりな》し。「七只独人《ただひとり》無《な》くして静《しずか》なる所に行《ゆき》て、心の如《ごと》く飲食《おんじき》せむ」と思ふに、鳥獣自然《ちようじゆうおのずか》ら此れを見て来《きた》る。此に依《より》て、又其《その》所を厭《いとい》て外《ほか》へ行《ゆき》ぬ。人も無く鳥獣も不来《きたら》ぬ所尋《たず》ね得《え》て飲食《おんじき》す。歓楽無限《かんらくかぎりな》くして歌舞《かぶ》して云《いわ》く、「八我《が》今節慶際《こんせつきようさい》　縦酒大歓楽《じゆうしゆだいかんらく》　踰過毘沙門《ゆかびしやもん》　亦勝天帝釈《やくしようてんたいしやく》」と九誦《じゆ》して、瓶《かめ》を蹴《け》て舞ひ喜ぶ事無限《かぎりな》し。

其の時に一〇天帝釈《てんたいしやく》、仏の御許《みもと》へ詣《いた》り給ふに、此の長者の如此《かくのごと》く嘲《あざ》ける声を聞給《きききたまい》て忿《いかり》を成して、盧至を罰せむが為《ため》に、一一忽《たちまち》に変《へん》じて盧至が形《かたち》と成《なり》て盧至が家に至《いたり》て、自《みずか》ら一二庫倉《こぞう》を開《ひらき》て財宝《ざいほう》を悉《ことごと》く取出《とりいで》て、一三十方《じつぽう》の人を喚《よび》て与ふ。家の妻子《さいし》・眷属《けんぞく》、奇異也《きいなり》・

所引)。古本説話集・下・56、宇治拾遺物語・85に同話がある。

四 舎衛城の大富家。

五 物を惜しんで人に与えず、強くむさぼる心。

六 宇治拾遺「妻子にも、まして従者にも」。

七 一人だけで誰もいない静かな所に行って、思いのままに食事をしよう。

八 今日の節会のお祝いに、酒はたっぷり大歓楽、毘沙門天も何のその。帝釈天にも負けはせぬ。

九 唱えて。

一〇 帝釈天。→八頁注二。

一一 姿を変えて、盧至の姿になって。

一二 倉庫。

一三 あらゆる方角。東・西・南・北・東北・東南・西南・西北と上・下。

と思ふ程に、実《まこと》の盧至来《きたり》て門を扣《たた》く。家の人出《いで》て此を見るに、又同じ形なる盧至来《きた》れり。「[一]此変化《これへんげ》の者也」と云て打追《うちお》ふ時に、「我れは此れ実《まこと》の盧至也」と云ふ。雖然《しかりといえども》、人何《いず》れを実《まこと》の盧至と云ふ事を不知《しら》ず。此に依《より》て証人《しょうにん》を以《も》て判《はん》ぜしむるに、[二]証判《しょうはん》の者、盧至が妻子に向《むかい》て二人の[三]実否《じつぷ》を問ふ。妻子有《あり》て、帝釈の変じ給へる盧至を指《さし》て、「此れ実《まこと》の盧至也」と云ふ。又国王《こくおう》に此の事を申すに、国王二人の盧至を召《めし》て見給ふに、同じ形の盧至二人有り。[四]更《さら》に実否を不知《しら》ず。かゝれば国王、実否を知らむが為、二人の盧至を[五]具《ぐ》して仏の御許《みもと》に詣《もう》づ。

其の時に、帝釈[六]本形《もとのかたち》に復《ぶく》して、盧至長者が過《とが》を申し給ふ。仏盧至長者を[七]勧《すす》め誘《こしら》へ給て、為に法《ほう》を説給《ときたま》ふ。長者、法を聞《きき》て[八]道《どう》を得て歓喜《かんぎ》しけりとなむ語り伝へたるとや。

一 霊鬼の化した者。化け物。
二 判定役の者。 三 二人のどちらかが本物と思うかを尋ねた。 四 全く判定がつかない。 五 同伴して。
六 本来の神の姿に戻って。
七 上手に教えさとして。
八 盧至長者因縁経によれば、盧至は須陀洹果(→八六頁注八)を得た。

第二十七話 前半の出典は観無量寿経序分か。後半は未詳だが、源泉は大般涅槃経・十九および二十。名大本百因縁集・4に同文的同話があり、三国伝記・七・6その他に喧伝。
九 アジャータシャトル(阿闍世)王。マガダ国の王。父は頻婆沙羅王、母は韋提希夫人。父王を幽閉、殺害

阿闍世王《あじやせおう》、父《ちち》の王《おう》を殺《ころ》せる語《こと》 第二十七

今昔《いまはむかし》、天竺《てんじく》に[九]阿闍世王《あじやせおう》、[一〇]提婆達多《だいばだつた》と[一一]得意《とくい》・知音《ちいん》にして互《たがい》に云ふ事を皆[一二]金口《こんく》の誠言《せいごん》と信ず。[一三]調達《じようだつ》、其の気色《けしき》を見て[一四]世王《せおう》に語《かたり》て云《いわ》く、「君《きみ》は父の大王《だいおう》を殺して新王《しんおう》と成れ、我は仏《ほとけ》を殺して新仏《しんぶつ》と成《なら》む」と。

阿闍世王提婆達多が教《おしえ》を信じて、父の[一五]頻婆沙羅王《びんばしやらおう》を捕へて、[一六]幽《かすか》に人離《はなれ》たる所に七重《しちじゆう》の強き室《しつ》を造《つくり》て、其の内に籠置《こめおき》て堅固《けんご》に戸を閉《とじ》て、[一七]善《よ》く門を守《まぼ》る人を設《もうけ》て誡《いましめ》て云《いわ》く、「[一八]努ゝ《ゆめゆめ》人を通《かよ》はす事無《な》かれ」と。如此《かくのごと》く[一九]度ゝ《どど》宣旨《せんじ》を下《くだし》て、諸《もろもろ》の大臣《だいじん》・諸卿《しよきよう》に仰《おお》せて一人も通はす事無し。「必ず七日《なぬか》の内に責殺《せめころ》さむ」と[二〇]構《かま》ふ。

其の時に、母后《ははきさき》[二一]韋提希夫人《いだいけぶにん》大《おおき》に哭悲《なきかなしみ》て、我れ[二二]邪見《じやけん》に悪《あ》しき子を生《しよう》じて、大王を殺《ころす》事を歎《なげ》き悲《かなし》むで、窃《ひそか》に[二三]蘇蜜《そみつ》を作《つくり》て[二四]麨《むぎこ》に和《わ》[二五]

した悪行は観無量寿経に説く王舎城の悲劇として有名。後には釈尊に帰依、仏法の大外護者となった。
一〇 →五一頁注一。
一一 得意・知音ともに親友の意。　一二 真実の言葉。真理。　一三 提婆達多に同じ。
一四 阿闍世王の略。
一五 ビンビサーラ(頻婆沙羅)王。マガダ国の王。釈尊に帰依、竹林精舎の寄進者。太子の阿闍世のため獄中に殺された。　一六 寂しく人気のない所。　一七 厳重に門番する人を配備して。
一八 決して人を通してはならない。　一九 何度も。
二〇 たくらんだ。
二一 ヴァイデーヒ(韋提希)夫人。頻婆沙羅王の后。わが子阿闍世王に幽閉され、釈尊の説法を受けた。それ

合《ごう》して、彼《か》の室に蜜《ひそか》に持行《もてゆき》て、[一]大王の御身《おおんみ》に塗る。又[二]瓔珞《ようらく》を構《かまえ》造《つくり》て、其の中に[三]漿《こんず》を盛《もり》て蜜《ひそか》に大王に奉る。大王即《すなわち》麨《むぎこ》を食《じき》して、手を洗ひ口を漱《すすぎ》て合掌《がっしょう》恭敬《くぎょう》して、遥《はるか》に[四]耆闍崛山《ぎじゃくつせん》の方に向《むかい》て涙を流して礼拝《らいはい》して、「願《ねがわ》くは[五]一代教主釈迦牟尼如来《いちだいきょうしゅしゃかむににょらい》、我が苦患《くげん》を助け給へ。仏法《ぶっぽう》には乍遇《あいながら》、邪見《じゃけん》の子の為《ため》に被殺《ころされ》なむとす。[六]目犍連《もくけんれん》は在《まし》ますや、我が為に慈悲《じひ》を垂《たれ》て[七]八斉戒《はちさいかい》を授け給へ。[八]後生《ごしょう》の資糧《しろう》とせむ」。仏此の事を聞《きき》給て、慈悲を垂《たれ》て目連《もくれん》・[九]富楼那《ふるな》を遣《つかわ》す。二人の羅漢《らかん》隼《はやぶさ》の飛《とぶ》が如《ごとく》に空より飛《とび》て、速《すみやかに》頻婆沙羅王の所に至《いたり》て、戒《かい》を授け法《ほう》を説く。如此《かくのごとく》日々《ひび》に来《きた》る。

阿闍世王、「父の王は未《いま》だ生《いき》たりや」と守門《しゅもん》の者に問ふ。[一〇]門《もん》守《しゅ》の者答《こたえ》て云《いわ》く、「未《いま》だ生《いき》給へり。容顔麗《ようがんうるわ》しく鮮《あざやか》にして、[一一]更《さら》に不死給《しにたまわ》ずして御《おわ》す。此れ則《すなわち》、国の[一二]大夫人《だいぶにん》韋提希、窃《ひそか》に麨《むぎこ》を蘇蜜《そみつ》に和《わ》して其《その》御身に塗り、瓔珞《ようらく》の中に漿《こんず》を盛《もり》て蜜《ひそか》に奉り給ふ。又目犍連・富楼那、二人の大羅漢《だいらかん》、空より飛び来《きたり》て、戒《かい》を授け法

が観無量寿経である。 二二 乳製品と蜂蜜。 二三 間違った考え。 二四 麦こがし。大麦を煎ってひいた粉。 二五 混ぜ合わせて。

一 観経では、夫人が自分の身体に塗って、王に食べさせている。
二 装身具を細工して。
三 おもゆ。観経「葡萄漿」は、葡萄の濃液。
四 霊鷲山。↓五一頁注一一。
五 成道後一生教化を続けた偉大なる教祖。
六 目連。↓一一一頁注二。
七 在家信者が日を限ってたもつ八カ条の戒律。
八 後世菩提の助け。
九 プンナ・マンタニープッタ(富楼那)。釈尊の十大弟子の一。弁舌に優れ、説法第一と称された。

を説く故《ゆえ》也。即《すなわち》制止《せいし》するに不及《およば》ず」と。阿闍世王此《これ》を聞《きき》て、弥《いよい》よ瞋《いかり》を増して云《いわ》く、「我が母韋提希は、此れ賊人《ぞくにん》の伴《ともがら》[一三]也。悪《あく》比丘《びく》の富楼那・目連を語《かたら》い[一四]て、我が父の悪王《あくおう》[一五]の賊人《ぞくにん》を今日《きょう》まで生《いけ》る」と云《いい》て、剣《つるぎ》を抜《ぬき》て、母の夫人《ぶにん》を捕へて其頸《そのくび》を切らむとす。

其の時に、菴羅衛女《あんらえにょ》[一六]の子に耆婆《ぎば》[一七]大臣《だいじん》と云ふ人有り。闍王《じゃおう》の前に進み出《いで》て申《もう》さく、「我が君、何《いか》に思《おぼ》してかゝる大逆罪《だいぎゃくざい》[一八]をば造り給《たまう》ぞ。毘陀論経《びだろんきょう》[一九]に云《いわ》く、「劫初《こうしょ》[二〇]より以来《このかた》、世に悪王有《あくおうあり》て王位《おうい》を貪《むさぼ》るが為に父を殺す事一万八千人也」。但《ただ》し未曾《いまだかつ》て不聞《きか》ず、無道《むどう》[二一]に母を害《がい》せる人をば。大王猶善《なおよ》[二二]く思惟《しゆい》せしめ給て、此の悪逆《あくぎゃく》を止《とど》め給へ」と。王此の事を聞《きき》て大《おおき》に怖《おそ》れて、剣《つるぎ》を捨《す》て、母を不害《がい》せず成《なり》ぬ。父の王は遂《つい》に死《しに》ぬ。

其の後《のち》仏、鳩戸那城《くしなじょう》[二三]抜提河《ばだいがのほと》[二四]辺り、沙羅林《しゃらりん》[二五]の中に在《まし》まして、大《だい》[二六]涅槃《ねはん》の教法《きょうぼう》を説《とき》給ふ。其の時に、耆婆大臣闍王を教《おしえ》て云《いわ》く、「君《き》[二七]み逆罪を造り給へり。必ず地獄《じごく》に堕《おち》給ひなむとす。此比仏《このごろほと》

一〇 守門の者に同じ。
一一 亡くなられる気配は全くございません。
一二 第一夫人。正室。
一三 伴類。一味。
一四 仲間に引き入れて。
一五 悪王である賊人を。
一六 毘舎離城の人。美貌で知られ、頻婆沙羅王との一夜の契りで耆婆を産んだという。 一七 王舎城の伝説的な名医で大臣。伝記については異説が多い。
一八 ここでは親殺しの罪。
一九 古代インドのバラモン教の根本経典。ヴェーダ。
二〇 宇宙創造の最初から。
二一 非道に。
二二 よくよく分別思慮して。
二三 クシナガラ(拘戸那・鳩戸那)城。拘戸那国の都城。ウッタル・プラデシ州ゴラクプルの東方、カシアにあ

け、鳩尸那城抜提河の辺《ほと》り、沙羅林の中に在《まし》して、[一]常住仏性《じようじゆうぶつしよう》の教法《きようぼう》を説《とき》て、一切衆生《いつさいしゆじよう》を利益《りやく》し給ふ。速《すみやか》に其の所に参り給て、其の罪を懺悔《さんげ》し給へ」と。闍王の云《いわ》く、「我れ既《すで》に父を殺《ころし》てき。仏更に我を吉《よ》しと不思《おぼ》さじ。又《また》我を[二]見給ふ事非《あら》じ」と。耆婆大臣の云《いわ》く、「仏は善を修《しゆ》するをも見給ふ、悪《あく》を造るをも見給ふ。一切衆生《いつさいしゆじよう》の為に、[三]平等一子《びようどういつし》の悲《かなしび》を垂れ給ふ也。只《ただ》参り給へ」と。闍王の云《いわ》く、「我れ逆罪を造れり、[四]決定《けつじよう》して[五]無間地獄《むけんじごく》に堕《おち》なむとす。仏を見奉ると云へども、罪滅《めつ》せむ事難《かた》し。又我れ既に年老《おい》にたり。仏の御許《みもと》に参《まいり》て、今更に恥《はじ》を見む事極《きわめ》て無益《やくな》し」と。大臣の云《いわ》く、「君、此の度《た》び仏を見奉り給て、父を殺せる罪を滅《めつ》し不給《たま》はずは、何《いず》れの世にか其の罪を滅《めつ》し給はむ。無間地獄《むけんじごく》に堕《おち》入り給《たまい》なば、[六]更に出《いず》る期《ご》非じ。猶必ず参り給へ」と寧《ねんごろ》に勧《すす》む。

其の時に、仏の御光、沙羅林より阿闍世王の身を指《さし》て照《てら》す時

った。

二四 拘尸那城の西北を流れる河。 二五 沙羅(フタバガキ科の常緑高木)の林。

二六 大般涅槃経をさす。

二七 「み」は「君」の捨仮名。

一 大般涅槃経に説く、法身常住、一切衆生悉有仏性の教法。

二 目に掛けては下さるまい。

三 平等無差別にわが子同然に慈しんで下さる。

四 きっと。確実に。

五 八大地獄の一。阿鼻地獄。

六 二度と出る時はありますまい。

七 世界滅亡の時には、日と月が三つ出て世を照らすそうだ。涅槃経によれば、三つの月。日は不要。

八 「然らば」とありたいところ。それでは、試しに。

に、闍王の云《いわ》く、「[七]劫《こう》の終《おわ》りにこそ、日月三つ出《いで》て世を照すべかなれ。若劫《もしこう》の終りたるか、月の光り我が身を照す」と。大臣の云《いわ》く、「大王聞き給へ。譬《たとえ》ば人に数《あまた》の子有り。其の中に病《やまい》有り、片輪《かたわ》有るを、父母《ぶも》懃《ねんごろ》に養育《よういく》す。大王、既に父を殺し給へる罪重し。譬《たとえ》ば人の子の病重きに非《あら》ずや。仏は一子の悲び在《まし》ます。大王を利益《りやく》し給はむが為に指《さし》給へる所の光ならむ」と。闍王の云《いわ》く、「[八]然《さ》れば試《こころ》みに仏の御許《みもと》へ参らむ。汝《なんじ》も我に具《ぐ》せよ。我れ[九]五逆罪《ごぎやくざい》を造《つくれ》り。道行《ゆ》かむ間《あいだ》に大地《だいじ》割《さけ》て、[一〇]地獄《じごく》にもぞ堕入《おちい》る。若然《もししか》る事有らば、[一一]汝を捕へむ」と云《いい》て、闍王大臣を具して、仏の御許《みもと》に参らむとす。

既に出立《いでたつ》に、車五万二千両に皆[一二]法幢《ほうどう》・[一三]幡蓋《ばんがい》を懸《かけ》たり、大象《だいぞう》五百に皆[一四]七宝《しちほう》を負《おお》せたり。其の[一五]所従《しよじゆう》の大臣の類《るい》幾《いくばく》ぞ。既に沙羅林に至《いたり》て、仏の御前《みまえ》に進み参る。仏王を見給て、「彼は大王阿闍世か」と問《とい》給ふに、[一六]即《すなわ》ち[一七]果《か》を証《しよう》して[一八]授記《じゆき》を蒙《こうぶ》れり。仏の宣《のたま》は

九 五つの大罪（殺父・殺母・殺阿羅漢・出仏身血・破和合僧）。
一〇 地獄に堕ちるかもしれない。
一一 お前につかまるから助けてくれ。
一二 仏法の旗じるし。
一三 幡（はた）と天蓋。
一四 →一二三頁注一九。
一五 供に従う大臣以下の一行はまさに無数であった。
一六 たちどころに。
一七 初果（→一二二頁注三）を得て。
一八 未来成仏の予言。

く、「若《も》し我れ汝を道《どう》に不入《いれ》ずは、不可有《あるべから》[一]ず。今汝ぢ、我が許《もと》に来《きた》れり。既に仏道《ぶつどう》に入《いり》つ」と。

此を以《も》て思《おもう》に、父を殺せる阿闍世王、仏を見奉て三界《さんがい》[二]の惑《まどい》を断《だん》じて初果《しよか》[三]を得たり。かゝれば仏を見奉る功徳《くどく》無量《はかりな》しとなむ語り伝へたるとや。

一 私は(仏として)いることができない。必ず仏道に入れよう。
二 一切衆生が生死流転する迷いの世界。
三 須陀洹果。→八六頁注八。

仏《ほとけ》、涅槃《ねはん》に入《い》り給《たま》はむとする時《とき》に、羅睺羅《らごら》に遇《あ》ひたまへる語《こと》 第三十

今昔《いまはむかし》、仏[四]涅槃《ねはん》に入《いり》給はむと為《す》る時に、[五]羅睺羅《らごら》の思はく、「我れ仏の涅槃《ねはん》に入《いり》給はむを見む程《ほど》に、悲《かなし》びの心[六]更《さら》に不可堪《たうべから》ず。然《さ》れば我れ、他《ほか》の世界に行《ゆき》てかゝる悲びを不見《み》じ」と思《おもい》て、[七]上方《じようほう》の[八]恒河沙《ごうがしや》の世界を過《すぎ》て仏の世界有り、其《その》国に至《いたり》て有る程に、其の国の[九]仏、羅睺羅を見給て告《つげ》て宣《のたま》はく、「汝《なんじ》が父釈迦牟尼仏《しやかむにぶつ》、既《すで》に涅槃《ねはん》に入《いり》給ひなむとす。何《いか》でか汝《なん》ぢ其の時に不奉遇《あいたてまつら》ずして、此の世界に至れるぞ」と。羅睺羅答《こたえ》て云《いわ》く、「我れ仏の涅《ね》槃《はん》に入《いり》給はむを見むに、悲びの心難堪《たえがた》かりぬべければ、其れを不見《み》じと思《おもい》て、此の世界に参り来《きた》れる也《なり》」と。仏の宣《のたま》はく、「汝ぢ極《きわめ》て愚《おろか》也。汝が父釈迦牟尼仏、既に涅槃《ねはん》に入《いり》給ひなむと為る時に臨《のぞみ》て、汝を待ち給ふ也。速《すみやか》に帰り参《まいり》て、[一〇]最後《さいご》の剋《とき》

第三十話　出典未詳。源泉は大悲経・二か。打聞集・12に同文的同話がある。

四 入滅。
五 釈尊の子。→一六〇頁注一。
六 到底堪えられない。
七 打聞「十方」。
八 無数の世界。→一一一頁注七。
九 大悲経によれば、この仏は商主如来。
一〇 臨終の時によくよく対面するのがよい。

専《もはら》に可見奉《みたてまつるべ》き也」と。

羅睺羅仏の教へに随《したがい》て、泣《なく》く還《かえ》り参《まいり》ぬ。釈迦仏《しゃかほとけ》[一]の、御弟子《みでし》の比丘《びく》等に「[二]羅睺羅は来《きた》りたりや」と問ひ給ふ程に、羅睺羅参り給へり。御弟子《みでし》の比丘《びく》等羅睺羅に云《いわ》く、「仏は既に涅槃《ねはん》に入《いり》給ひなむと為《す》るに、羅睺羅[三]忽《たちまち》に不見給《みえたま》はねば、其れを待ち給へる也。速に御傍《かたわら》に疾《とく》参り給へ」と勧《すすめ》ければ、羅睺羅泣《なく》く参り寄《より》たるに、仏羅睺羅を見給て宣《のたま》はく、「我れは只《ただ》今[四]滅度《めつど》を取るべし。[五]永く此の界《さかい》を隔《へだ》てゝむとす。[六]汝ぢ我れを見む事只今也。近く来《きた》れ」と宣《のたま》へば、羅睺羅涙《なみだ》に溺《おぼほ》れて参りたるに、仏羅睺羅の手を捕《とら》へ給て宣《のたま》はく、「此の羅睺羅は此れ我が子也。[七]十《じっ》方《ぽう》の仏、此れを哀愍《あいみん》し給へ」と契《ちぎ》り給て、滅度《めつど》し給ひぬ。[八]此れ最後《さいご》の言《こと》也。

然《さ》れば此れを以て思ふに、[九]清浄《しょうじょう》の身に在《まし》ます仏そら、父子《ふし》の間は他《ほか》の御弟子《みでし》等には異《ことなり》也。[一〇]何況《いかにいわん》や、[一一]五濁悪世《ごじょくあくせ》の衆生《しゅじょう》の、[一二]子の

一 「の」は主格。
二 羅睺羅は来ているか。
三 なかなかお見えにならないので。
四 入滅するであろう。
五 永遠にこの世から別れて行く。
六 お前が私を見るのもこれが最後だ。
七 十方(→一二五頁注一三)の仏たち、どうかこの子をあわれみ給え。
八 これが最後の言葉であった。
九 (悟りをひらいて)清浄でいらっしゃる仏ですら。
一〇 まして。
一一 五濁(劫・見・煩悩・衆生・命の濁)が現れて悪事盛んな世の中。末世。
一二 子への思い。愛情。

思ひに迷《まど》はむは理也《ことわりなり》かし。仏も其れを表《あらわ》し給ふにこそはとなむ語り伝へたるとや。

仏《ほとけ》涅《ね》槃《はん》に入《い》り給《たま》へる後《のち》、棺《ひつき》に入《い》れたてまつりたる語《こと》 第三十一

今昔《いまはむかし》、仏[一]涅《ね》槃《はん》に入《いり》給はむと為《す》る時に、[二]阿難《あなん》に告《つげ》て宣《のたま》はく、「我れ涅《ね》槃《はん》に入《いり》なむ後《のち》には、[三]転輪聖王《てんりんじようおう》の如《ごと》く[四]七日《なぬか》留《とど》めて、鉄《くろがね》の棺《ひつき》に入れて[五]香油《こうゆ》を以《も》て棺の中に灑《そそ》き満《み》てよ。其の棺の四面《しめん》をば[六]七宝《しちほう》を以て[七]可荘厳《しようごんすべ》し。亦一切《またいつさい》の[八]宝幢《ほうどう》・[九]香花《こうけ》を以て[一〇]供養《くよう》して、七日《なぬか》を経《へ》て後《のち》、鉄　棺《くろがねのひつき》より出《いだ》して諸《もろもろ》の[一一]香水《こうずい》を以て我が身に[一二]浴《あむ》して、[一三]上妙《じようみよう》の[一四]兜羅綿《とらめん》を以て身に[一五]纏《まと》へ、微妙《みみよう》の[一六]白畳《しろかたびら》を以て綿の上に覆《おおい》て皆《みな》鉄棺に入れて、微妙《みみよう》の香油を以て棺の内に満《み》て閉《とじ》て、妙《たえ》なる[一七]牛頭栴檀《ごずせんだん》・[一八]沈水香《じんすいこう》を以て七宝の車に入《いれ》て、諸《もろもろ》の宝を以て荘厳《しようごん》して棺を乗《の》すべし」と。如此《かくのごと》く宣《のたま》ひ置き、既に[一九]滅度《めつど》し給《たまい》ぬ。

其の時に阿難の[二〇]諸《もろもろ》の[二一]大弟子《だいでし》の羅漢《らかん》等、音《こえ》を挙《あげ》て泣き悲む事

第三十一話　出典は大般涅槃経後分・上か。

一　入滅。
二　→六三頁注二〇。
三　→一八頁注六。
四　七日間遺骸を(火葬せずに)安置して。
五　香を加えた油。
六　→一二三頁注一九。
七　飾りつけよ。
八　法幢。仏法の旗じるし。
九　お供えの香と花。
一〇　供えて。
一一　香を加えた浄水。
一二　そそぎかけて。
一三　極上の。
一四　上質の細柔な綿。
一五　まとわせて。
一六　涅槃経後分「白氎」によれば、白い綿布。
一七　南インドの牛頭山(摩羅耶山)に産するという上質の香木。赤栴檀。

無限《かぎりな》し。二二菩薩《ぼさつ》・天人《てんにん》・二三天竜八部《てんりゆうはちぶ》・二四若干《そこばく》の衆会《しゆえ》・異類《いるい》の輩《ともがら》、皆各《おのおの》不歎《なげか》ずと云ふ事無し。二五金剛力士《こんごうりきじ》は二六五体《ごたい》を地《じ》に投《なげ》て悲む。二七十六の諸王《しよおう》は音《こえ》を挙《あげ》て叫ぶ。其の時に大地《だいじ》・諸山《しよせん》・大海《だいかい》・江河《ごうが》、皆悉《ことごと》く震動《しんどう》す。二八双樹《そうじゆ》の色も変じ、心無き草木《そうもく》、皆悲《かなし》びの色有り。如此《かくのごと》く天地《てんじ》挙《こぞり》て歎《なげ》き合へりと云へども、二九更《さら》に力無くて止《やみ》ぬ。

其後《そののち》、仏の教へ置き給ひしが如く、七日《なぬか》を経《へ》て鉄棺に入れ奉《たてまつり》てけりとなむ語り伝へたるとや。

一八 ジンチョウゲ科の常緑高木が地中に埋もれて出来る香木。
一九 入滅なさった。
二〇 阿難のような。
二一 長老格の仏弟子。
二二 文殊・観音・勢至など。
二三 仏法を守護する八種の異類。天・竜・夜叉・乾闥婆・阿修羅・迦楼羅・緊那羅・摩睺羅迦。
二四 参集した人勢の人や異類(畜生や餓鬼など)たち。
二五 執金剛神。
二六 頭・両臂・両膝を地に付けて。
二七 古代インドの十六大国の王か。
二八 沙羅双樹。釈尊の病床の四周に二本ずつ生えていた沙羅の樹。入滅時には枯れて白変したという。
二九 全くどうすることもできなかった。

仏《ほとけ》の御身《おんみ》を荼毘《だび》にせる語《こと》 第三十四

今昔《いまはむかし》、仏涅槃《ねはん》[一]に入給《いりたまい》て後《のち》、遺言《ゆいごん》に依《より》て、転輪聖王《てんりんじようおう》[二]の如《ごと》く其の御身《おおんみ》を荼毘《だび》[三]し奉《たてまつ》らむと為《す》るに、拘尸那城《くしなじよう》[四]の内に四《よたり》の力士《りきじ》[五]有り。瓔珞《ようらく》[六]を以《も》て其の身を荘《かざり》て、七宝《しちほう》[七]の火を持てり。大《おおき》なる事車輪[八]の如し。光普《あまね》く照《てら》せり。此の火を以て仏の御身を焼き奉らむとして、火を香楼《こうろう》[九]に投《なぐ》るに、其の火自然《おのずか》ら滅《めつ》しぬ。其の時に、迦葉《かしよう》[一〇]此れを見て力士に告《つげ》て宣《のたま》はく、「仏の宝棺《ほうかん》をば三界《さんがい》[一一]の火を以て焼かむ[一二]に不能《あたわ》じ。何況《いかにいわん》[一三]や、汝等《なんじら》が力を以て焼かむや」と。

亦《また》其の時に、城《じよう》の内に八《やたり》の大力士《だいりきじ》有り。七宝の火を以て亦棺《ひつき》に投ぐるに、皆滅《めつ》しぬ。亦城の内に十六の大力士有り。各《おのおの》七宝の火を以て香楼《こうろう》に投ぐるに、皆滅《めつ》す。亦城の内に三十六の大力士有り。各《おのおの》七宝の火を以て棺に投ぐるに、皆滅《めつ》しぬ。

第三十四話 出典は大般涅槃経後分・下。
一 入滅。 二 →一八頁注六。
三 火葬。
四 →一二九頁注一三。
五 力の強い人。強力の勇士。
六 装身具。
七 七宝(→一一三頁注一九)で飾ったたいまつ。
八 車輪は、しばしば大きなものに譬えられる。巻二・23話「大きなる車輪の如なる花」。 九 香木で作った構造物。火葬のための木組み。
一〇 マハーカッサパ(摩訶迦葉・迦葉)。釈尊の十大弟子の一。執着のない清廉な人柄で釈尊の信頼厚く、頭陀第一と称された。
一一 →一一三頁注一一。
一二 焼こうとしても焼くことはできまい。 一三 まし

其の時に迦葉、諸《もろもろ》の力士及《およ》び大衆《だいしゅ》[一四]に告《つげ》て宣《のたま》はく、「汝等当《まさ》に可知《しるべ》し。縦《たと》ひ一切《いっさい》の天人有《てんにんあり》て、仏の宝棺を焼かむに不能《あたわ》じ。然《さ》れば汝等、強《あながち》[一五]に焼き奉らむ事不思《おもわ》ざれ」と。

其の時に城の内の男女幷《なんにょならび》に天人・大衆猶《なお》仏を恋ひ奉て、泣々《なくなく》[一八]各所持《おのおのしょじ》[一六]の物を以て供養《くよう》し奉て、礼拝《らいはい》して右に七匝廻《ななめぐりめぐり》[一七]て音《こえ》を挙《あげ》て大《おお》きに叫ぶ。其の音《こえ》世界を響かす。其の時に、大悲《だいひ》[一九]の力を以て心胸《むね》[二〇]の中《うち》に火を出《いだ》し給て、棺の外《ほか》に涌《わ》き出《いで》たり。諸《もろもろ》の人此《これ》を見て、希有《けう》[二一]の思《おもい》を成す。漸《ようや》[二二]く焼け給ふ。七日《なぬか》の間《あいだ》に香楼《こうろう》焼け尽《つき》ぬ。其の時に城の内の男女《なんにょ》・大衆《だいしゅ》、七日《なぬか》の間泣き悲む事不絶《たえ》ずして、各《おのおの》供養《くよう》し奉る。

其の時に、四天王《してんのう》[二三]各《おのおの》思《おもい》給はく、「我等香水《こうずい》[二四]を以て此の火に灑《そそき》て、令滅《めっせし》めて舎利《しゃり》[二五]を取《とり》て供養せむ」と思《おもい》給て、即《すなわち》七宝の瓶《かめ》に香水《こうずい》を盛り満《み》て、亦須弥山《しゅみせん》[二六]より四《よっ》[二七]の樹《うえき》を下《くだ》せり。其の樹《うえき》各《おのおの》千囲《せんい》[二八]也、高き事百由旬《ゆじゅん》[二九]、四天王に随《したがい》て同時に下《くだり》て荼毘《だび》の所に至

て。　一四 参会している人たち。　一五 無理に焼こうと思ってはならない。　一六 持っている物をお供え申し上げて。　一七 右回りに七遍廻って。右繞七匝。　一八 声を上げて泣き叫んだ。　一九 (仏は)大慈悲の力でもって。　二〇 胸の中に火をお出しになって。　二一 不思議の感に打たれた。　二二 次第に焼けていった。　二三 四王天の主で、帝釈天の支配下になる四人の仏教守護神。持国天・増長天・広目天・多聞天。　二四 香を加えた冷水。　二五 遺骨。　二六 →七三頁注二一。　二七 四本の樹木。　二八 (幹回りが)千人で抱えるほどの太さ。　二九 →三七頁注二四。

れり。樹《うえき》より[一]甘乳《あまきち》を出《いだ》す。四天王[二]香瓶《こうびょう》に此の甘乳を移して、[三]一《いち》時《じ》に火灑《ひにそそ》き給ふに、火の勢《いきおい》弥《いよい》よ高く成《なり》て、[四]更《さら》に滅《めつ》する事無し。

其の時に亦、大海《だいかい》の[五]沙竭羅竜王《しゃからりゅうおう》及び江《え》の神・河《かわ》の神有《あり》て、此の火の不滅《めっせ》ざる事を見て各《おのおの》思はく、「我等香水《こうずい》を持行《もてゆき》て灑《そそき》て、火を滅《めっし》て舎利《しゃり》を取《とり》て供養せむ」と思《おもい》て、各《おのおの》七宝の瓶《かめ》に無量《むりょう》の香水《こうずい》を入れ満《み》て、荼毘《だび》の所に至《いたり》て一時に火に灑《そそ》くに、火の勢本《もと》の如《ごと》くにして滅《めつ》する事無し。

其の時に[六]楼逗《るず》、四天王及び竜神等《りゅうじんら》に語《かたり》て云《いわ》く、「汝等、香水《こうずい》を灑《そそき》て火を滅《めつ》せむと思へり。此れ、[七]舎利《しゃり》を取《とり》て本所《もとのところ》に持行《もてゆき》て供養せむと思《おもう》が故《ゆえ》に、何《いか》に」と。四天王・竜神各《おのおの》答《こたえ》て云《いわ》く、「[八]我等然《し》か思ふ也」と。楼逗、四天王及び竜《りゅう》に語《かたり》て云《いわ》く、「[九]汝等大《おおき》に貪《むさぼ》る心有り。汝等は天上《てんじょう》に有り。舎利《しゃり》汝等に随《したがい》て天上に在《まし》さば、[一〇]下地《げじ》の人、[一一]何《な》にをか行《ゆき》て供養する事を得む」と。亦竜神等に語《かたり》て云《いわ》く、「汝等は大海《だいかい》・江河《ごうが》に有《あり》。仏舎利《ぶっしゃり》を取《とり》て[一二]所居《しょこ》

一 甘い樹液。
二 香水を入れた水瓶。
三 一度に。一気に。
四 全く消える気配はない。
五 仏法守護の八大竜王の一。
六 アヌルッダ(阿那律・阿泥盧豆)。斛飯王の子。釈尊の十大弟子の一。天眼第一と称された。
七 遺骨を取って自分のところに持って帰って供養しようと思ってしているのではないか。どうかね。
八 そう思っている。
九 そなたたちと一緒に遺骨が天上界に行ってしまわれたら。
一〇 下界の人。人間たち。
一一 どうして天まで行って供養できよう。
一二 住処に持って行ったなら。
一三 地上の人。人間たち。

に行《ゆ》きなむ、地《じ》[一三]の人、何をか行《ゆき》て供養する事を得むや」と。其の時に皆 各《おのおの》此の事を聞《きき》て、四天王は各懺悔《おのおのさんげ》[一四]を至《いた》して天上に還り給ひぬ。大海《だいかい》、江河神《ごうがのかみ》等も皆 各懺悔《おのおのさんげ》を至して所居《しょこ》に還《かえり》ぬ。其の後天帝釈《のちてんたいしゃく》[一五]、七宝の瓶《かめ》を持ち及び供養《くよう》の具《ぐ》を持《もち》て荼毘所《だびしょ》[一六]に至り給ふに、其の火一時に自然《おのずか》ら滅《めっ》しぬ。其の時に天帝釈《てんたいしゃく》、宝棺を開《ひらき》て一《ひとつ》の牙舎利《げしゃり》[一七]を請《こい》て、天上に還《かえり》て塔《とう》を起《たて》て供養し給《たまい》けりとなむ語り伝へたるとや。

一四 悔い改めて。
一五 帝釈天。→一八頁注三。
一六 火葬の場所。
一七 仏の歯。仏牙。

八国《はちこく》の王《おう》、仏舎利《ぶつしゃり》を分《わ》けたる語《こと》 第三十五

今昔《いまはむかし》、仏[一]滅度《めつど》し給ひぬと聞《きき》て、[二]波ゝ国《はばこく》の[三]末羅民衆《まらみんじゅ》と云ふ輩《ともがら》有《あり》て、皆相《あ》ひ議《ぎ》して云《いわ》く、「我等《われら》[四]拘尸那城《くしなじよう》に行《ゆき》て[五]仏舎利《ぶつしゃり》を乞《こい》て、塔《とう》を起《たて》て供養《くよう》せむ」と云《いい》て、[六]四種《ししゅ》の兵《つわもの》を率《そつ》して拘尸那城に至《いたり》て、使《つかい》を遣《つかわし》て云《いわ》く、「仏此の土《ところ》にして滅度《めつど》し給へり。仏我等が師に在《まし》ましき。然《さ》れば専《もはら》に敬ふ心深し。舎利《しゃり》を得《え》て本国《ほんごく》に帰《かえり》て、塔を起《たて》て供養《くよう》せむと思ふ」と。拘尸那国の王答《こたえ》て云《いわ》く、「如此《かくのごと》く云ふ事可然《しかるべ》し。但《ただし》、仏此の土《ところ》にして滅度《めつど》し給へり。然《さ》れば国の内の人、皆自《みずか》ら供養せむと思へり。[七]隣国《りんごく》より来《きた》らむ人、舎利《しゃり》を不可得《うべから》ず」と。

其の時に亦《また》、[八]遮羅婆国《しゃらばこく》の[九]跋利民衆《ばつりみんじゅ》、[一〇]羅摩国《らまこく》の[一一]拘利民衆《くりみんじゅ》、[一二]毘留提国《びるだいこく》の[一三]婆羅門衆《ばらもんじゅ》、迦毘羅衛国《かびらえこく》の[一四]釈衆《しゃくしゅ》、[一五]毘舎利国《びしゃりこく》の[一六]離多民衆《りたみんじゅ》及び

第三十五話　出典は釈迦譜・四。源泉は長阿含経・四。

一　入滅。

二　パーヴァー(波々・波婆)国。釈尊が入滅したクシナガラ(拘尸那)の東北方にあった。

三　マッラー(末羅)族。クシナガラ周辺に居住した部族。

四　→一二九頁注二三。

五　仏の遺骨。

六　象・馬・車・歩兵。

七　隣国から来た人に舎利を与えるわけにはいかない。

八　アッラカッパ(遮羅頗・羅博)国。マガダ国に近い小国。

九　ブリ(跋利)族。

一〇　ラーマ(羅摩・藍摩)国。ネパールとの国境付近にあった。

一一　コーリ(拘利)族。釈迦

[一七]摩竭提国《まかだこく》の[一八]阿闍世王《あじゃせおう》等、「仏の、拘戸那城[一九]沙羅双樹《しゃらそうじゅ》の間《あいだ》に在《まし》まして滅度《めつど》し給ひぬ」と聞《きき》て、皆各《おのおの》云はく、「我等行《ゆき》て仏舎利《ぶっしゃり》を得む」と云《いい》て、各《おのおの》四種の兵《つわもの》を率《そつ》して[二〇]恒伽河《ごうがが》を渡《わたり》て来《きた》る。即《すなわ》ち拘戸那城の辺《ほとり》に至《いたり》て、[二一]香姓婆羅門《こうしょうばらもん》と云ふ人に会《あい》て勅《ちょく》して云《いわ》く、「汝《なん》ぢ、我等が名を[二二]聞き持《たもち》て拘戸那城に入《い》り、諸《もろもろ》の末羅民《まらみん》衆《じゅ》に問《とい》て可云《いうべ》し。我等隣国と[二三]和順《わじゅん》して、諍《あらそ》ふ心不有《あら》じ。仏此の国にして滅度《めつど》し給ふと聞く。仏は我等が貴《とうと》び仰《あお》ぎ奉《たてまつ》りし所也。此の故《ゆえ》に遠来《とおくきたり》て舎利《しゃり》を得て、各《おのおの》本国《ほんごく》に還《かえり》て塔を起《た》てゝ供養《くよう》せむと思《おもう》。然《さ》れば舎利《しゃり》を我等に[二四]令得《えさし》めたらむ、国挙《こぞり》て重き宝として共に供養せむ」と。香姓婆羅門此の教へを得て、彼《か》の城《じょう》に至《いたり》て、諸《もろもろ》の末羅民衆に此の由《よし》を語る。

其の時に、諸《もろもろ》の末羅民衆答《こたえ》て云《いわ》く、「[二五]実《まこと》に此れ君の言《こと》の如き也。但《ただ》し、仏此の土《ところ》にして滅度《めつど》し給へり。[二六]国の内の人、専《もはら》に供養し可奉《たてまつるべ》し。遠国《おんごく》の人に舎利《しゃり》を不可分《わかつべから》ず」と。其の時に、

族の近隣の部族。
一二　未詳。
一三　→一七頁注一五。
一四　釈迦族。
一五　ヴァイシャリー　毘舎離)国。古代インド十六大国の一。ビハール州のガンジス河中流域。
一六　リッチャビー(離市)族。
一七　→一二一頁注七。
一八　→一二七頁注九。
一九　→一三七頁注二八。
二〇　ガンジス河。
二一　ドロナ(香姓)。仏門に帰依した婆羅門であるが、詳伝は未詳。
二二　よく記憶にとどめて。
二三　我々は平和を望み、隣国と争いたくない。
二四　与えてくれたならば。
二五　あなたがおっしゃることはよくわかります。
二六　拘戸那国内の人が。

諸《もろもろの》国の王此れを聞《きき》、各《おのおの》[一]郡臣《ぐんじん》を議し集めて云《いわ》く、「我等遠くより来《きたり》て舎利《しやり》を得むと乞《こ》ふに、若《も》し不令得《えしめ》ずは、四兵《しひよう》と共に此の所に有《あり》て、身命《しんみよう》を不惜《おしま》ずして力を以《も》て取らむ」と。其の時に、拘戸那国の郡臣《ぐんじん》此の事を聞《きき》て、共に議して云《いわ》く、「遠国の諸《もろもろ》の郡臣来《ぐんじんきたり》て舎利《しやり》を得むと乞《こう》に、不許《ゆるさ》ず。彼等既《すで》に四兵《しひよう》を率《そつ》して、力を以て取《とらん》とす。[二]此の事極《きわ》めて恐れ可有《あるべ》し」と。

其時に香姓婆羅門、衆人《しゆにん》に語《かたり》て云《いわ》く、[三]「諸《もろもろ》の聖《ひじり》は、仏の教《おしえ》を受けて口に法《ほう》を唱へて、一切衆生《いつさいしゆじよう》を令安楽《あんらくせし》めむと誓へり。而《しか》るに今、仏舎利《ぶつしやり》を諍《あらそう》が故に仏の[四]遺形《ゆいぎよう》を相《あ》ひ害《がい》せむや。然《さ》れば速《すみやか》に彼《か》の諸国の王に舎利《しやり》を可分充《わかちあつべ》し」と。衆人《しゆにん》皆此《これ》を[五]「善哉《よいかなや》」と云ふ。然れば此の由を諸国の王に告ぐ。諸国の王、舎利《しやり》の所に来《きたり》集《あつまり》ぬ。亦議して云《いわ》く、「舎利《しやり》を分《わか》たむに誰《た》れか[六]足《た》れる人」と。衆人《しゆにん》の云《いわ》く、「香姓婆羅門、心正直《しようじき》にして智《ち》有り。其の人、舎《しや》利《り》を分《わか》たむに足れり」と。

一 群臣。臣下たち。
二 これは一大事だ。
三 長老格の仏弟子をさす。
四 遺骸。但し、文意不明瞭。「遺教」ならば明解。
五 それがよい。
六 誰が適当だろう。
七 八等分してくれ。
八 上顎の歯。
九 取り分けて。
一〇 夜明けの明星の出る頃。
一一 舎利の重さを計算して。
一二 皆この瓶を見てくれ。
一三 私も。自分も。
一四 ピッパラ(菩提樹)が生い繋った村落の人。
一五 地面の焼けた灰。

其の時に諸《もろもろ》の国の王、香姓婆羅門に云《いわ》く、「汝ぢ我等が為《ため》に仏の舎利《しやり》を分《わか》たむ事、[七]等《ひとし》くして八分《はちぶん》に可成《なすべ》し」と。香姓婆羅門、即ち舎利《しやり》の所に詣《もう》でゝ礼拝《らいはい》して、先《ま》づ上の[八]牙《げ》を取《とり》て別《べち》[九]に一面《いちめん》に置《おき》て、阿闍世王に与《あた》ふ。次ゝ《つぎつぎ》に皆舎利《しやり》を分《わか》つ。[一〇]明星《みようじよう》の出《いず》る時に、舎利《しやり》を分《わか》ち畢《おわり》ぬ。香姓婆羅門一の瓶《かめ》を持《もち》て、其れに石《いし》を入《いれ》て[一一]舎《しや》利《り》を量《はかり》て、等《ひとし》くして八分《はちぶん》に分《わか》つ。舎利《しやり》を分《わか》ち畢《おわり》て、衆人《しゆにん》に告《つげ》て云《いわ》く、「[一二]人皆此の瓶《かめ》を可見《みるべ》し」と、「[一三]自《みずか》らも此の瓶《かめ》を家に持行《もてゆき》て、塔を起《た》てゝ供養せむ」と。

其の時に[一四]亦畢婆羅樹《ひつぱらじゆ》の人有《あり》て、衆人《しゆにん》に申さく、「[一五]地《じ》の燋《こが》れたる灰を得て、塔を起たてゝ供養せむ」と云《いう》。皆人《みなひと》此れを与へつ。

亦拘尸那国の人、舎利《しやり》を分《わか》ち得《え》て、其の土《ところ》に塔を起《た》てゝ供養《くよう》す。婆ゝ国・遮羅国・羅摩伽《らまか》国・毘留提国・迦毘羅衛国・毘舎離国、摩竭提国の阿闍王等、皆舎利《しやり》を分《わか》ち得《え》て、各《おのおの》本国《ほんごく》に還《かえり》て塔を起《た》てゝ供養す。香姓婆羅門は、瓶《かめ》を以て塔を起《た》てゝ供養す。畢鉢羅樹《ひっぱらじゅ》の人は、地《じ》の焦《こが》れたる灰を取《とり》て塔を起《た》てゝ供養す。然れば舎利《しゃり》を以て八《やっ》の塔を起《たて》たり。第九には瓶《かめ》の塔、第十には灰の塔、第十一には仏の生身《しょうじん》の時の髪の塔也。

仏は、星の出《いず》る時に生じ給ふ、星の出《いず》る時に出家《しゅつけ》し給ふ、星の出《いず》る時に成道《じょうどう》し給ふ。亦八日に生れ給ふ、八日出家《しゅつけ》し給ふ、八日成道《じょうどう》し給ふ、八日に滅度《めつど》し給ふ。亦二月に生《うまれ》給ふ、二月に出家《しゅつけ》し給ふ、二月に成道《じょうどう》し給ふ、二月に滅度《めつど》し給也《たまうなり》けりとなむ語り伝へたるとや。

一 生前の遺髪。
二 夜明けの明星。
三 悟りを得られた。

今昔物語集 巻第四　天竺付仏後

阿難《あなん》、法集堂《ほうじゆうどう》に入《い》れる語《こと》 第一

今昔《いまはむかし》、天竺《てんじく》に仏の涅槃《ねはん》[一]に入給《いり》て後《のち》、迦葉尊者《かしようそんじや》[二]を以て上座[三]として、千人の羅漢《らかん》[四]皆集り座して、大小乗《だいしようじよう》[五]の経を結集《けつじゆう》[六]し給ふ。

其の中に、阿難《あなん》[七]の所に過《とが》多し。然れば迦葉、阿難を糺《ただ》し問《とい》給ふ。「先《ま》づ汝《なん》ぢ、憍曇弥《きようどんみ》[八]を仏に申して令出家《しゆつけせしめ》て戒《かい》[九]を許す。此れに依《より》て正法《しようぼう》[一〇]五百年を促《つづ》めたりき。其過《そのとが》が如何《いかに》」と。阿難答《こたえ》て云《いわ》く、「仏の在世《ざいせ》・滅後《めつご》に必ず四部[一一]の衆《しゆ》有り。比丘《びく》・比丘尼《びくに》・優《う》婆塞《ばそく》・優婆夷《うばい》也」と。亦《また》、迦葉問《とい》て云く、「汝ぢ、仏の涅槃《ねはん》に入給《いりたまい》し時、水を汲《くみ》て仏に不奉《たてまつら》ざりき。其の過如何《とがいかに》」と。阿難答て云く、「其の時に、河[一二]の上《かみ》より五百の車渡りき。然《さ》[一三]れば、水を汲て仏に奉るに不能《あたわ》ざりき」と。亦、迦葉問て云く、「仏、汝に問《とい》給ひき、『一劫《いちごう》[一四]に可住《じゆうすべ》しか、多劫《たごう》に可住《じゆうすべ》しか』と。其

第一話　出典は注好撰・中・40及び41。源泉は大智度論・二(法苑珠林・十二にも所引)。

一 入滅。 二 摩訶迦葉。→一三八頁注一〇。 三 首席。 四 阿羅漢果(→八三頁注一九)を得た聖者。 五 大乗経典と小乗経典。 六 仏弟子たちが集まり、釈尊から聞いた教法を誦し合って、正教を集成、編纂したことをいう。 七 阿難(→六三頁注二〇)の所業に過誤が数多く指摘された。 八 釈尊の継母。摩訶波闍波提。→二三頁注九。 九 受戒。すなわち女性の出家を許したこと。この故事は巻一・19話に詳しい。 一〇 三時(正・像・末)の一。仏滅後五〇〇年または一千年。教・行・証が完備し、悟

の答《こたえ》を汝ぢ三度不答申《みたびこたえもうさ》ざりき。其過如何《そのとがいかに》」と。阿難答て云く、「[一五]天魔・[一六]外道《げどう》、[一七]其れに依《より》て障㝵《しょうげ》を可成《なすべ》し。其の故《ゆえ》に不答申《こたえもうさ》ざりき」と。

亦、迦葉問《とい》て云《いわ》く、「仏の涅槃《ねはん》し給ひし時、[一八]摩耶夫人《まやぶにん》遥《はるか》に[一九]忉《とう》利天《りてん》より手を延べて、仏の御足《みあし》を取《とり》て涙を流し給ひき。[二〇]其《それ》に、汝ぢ親しき御弟子《みでし》として制止を不加《くわえ》ずして、女人《にょにん》の手を仏の御身に令触《ふれしめ》たる、其の過如何《とがいかに》」と。阿難答《こたえ》て云《いわ》く、「末世《まつせ》の衆生《しゅじょう》に祖子《おやこ》の[二一]悲み深き事を令知《しらしめん》が為也。此れ恩を知《しり》て徳を報ずる也」と。然れば、阿難の答ふる所一〻に[二二]過《と》が無ければ、迦葉亦、問ふ事無くして止《とどま》り給ひぬ。

亦、千人の羅漢《らかん》、[二三]霊鷲山《りょうじゅせん》に至《いたり》て[二四]法集堂《ほうじゅうどう》に入《い》る時、迦葉の云く、「此の千人の[二六]羅漢の中に、九百九十九人は既に皆[二五]無学《むがく》の聖者《しょうじゃ》也。只阿難一人、有学《うがく》の人也。亦、此の人、[二七]時〻女引く心有り。[二八]未《いま》だ習ひ薄き人也。速《すみやか》に堂の外《ほか》に出《いで》よ」と云《いい》て、立《たち》て曳出《ひきいで》て門を

りに到達する者がある期間。ここでは、女人出家のため、五〇〇年に縮まったと主張する。　一一 四種類の仏弟子。　一二 経由を示す「より」。河上を、の意。
一三 そのため水が濁って。
一四 (釈尊が) 劫の間この世にとどまろうか、多劫とどまろうか。
一五 →一九頁注二二。
一六 仏教以外の宗教の信者。
一七 それを聞けば妨害を画策するでしょう。
一八 →一七頁注一七。
一九 →二三頁注一二。
二〇 しかるに。
二一 深い愛情を知らせてやるためです。
二二 「が」は「過」の捨仮名。
二三 →五一頁注一一。
二四 経典を編纂するための建物。阿闍世王(一二十頁

閉《と》づ。

其の時に阿難、堂の外《ほか》にして迦葉に申して云《いわ》く、「我が有学《うがく》なる事は、[一]四《し》悉檀《しつだん》の益《やく》の為也。亦、女の事に於て更に[二]愛の心無し。猶《なお》、我を入れて座に令着《つかしめ》よ」と。迦葉の云く、「汝ぢ猶、習へる所薄し。速《すみやか》に[三]無学の果《か》を証《しょう》せらば、入れて令坐《ざせし》めむ」と。阿難亦云く、「我れ既に無学の果を証せり。速に令入《いらしめ》よ」と。迦葉の云く、「無学の果を証せらば、戸を不開《ひらか》ずと云ふとも[四]神《じん》通《ずう》を以て可入《いるべ》し」と。

其の時に阿難、[五]匙《かぎ》の穴より入《いり》て衆《しゅ》の中に有り。然れば[六]諸《もろもろ》の衆、[七]希《け》有《う》の思ひを成す。此れに依《より》て、阿難を以て[八]法集《ほうじゅう》の長者と定む。然れば阿難、[九]礼盤《らいばん》に昇《のぼり》て「[一〇]如是我聞《にょぜがもん》」と云ふ。其の時に[一一]大衆《だいしゅ》、「我が大師《だいし》釈迦《しゃか》如来《にょらい》の再び[一二]還り在《まし》まして、我等が為に法を説き給ふか」と疑《うたがい》て、[一三]偈《げ》を説《とき》て同音に[一四]頌《じゅ》して云《いわ》く、

[一五]面如浄満月《めんにょじょうまんがつ》　眼若青蓮華《げんにゃくしょうれんげ》　仏法大海水《ぶっぽうだいかいすい》　流入阿難心《るにゅうあなんしん》

注九)が建立した。
二五 羅漢(注四)に同じ。
二六 まだ学ぶ必要のある者。羅漢より低位の者。
二七 女に対する関心。
二八 まだ修行の足りない者。

一 仏の教化説法を四種に分類した言い方。仏の四悉檀の御利益をいただくためです。
二 決して愛執はありません。
三 阿羅漢果を得たならば。
四 神通力。
五 鍵穴。
六 居合わせた羅漢たち。
七 不思議の思い。
八 結集の長老。編集責任者。
九 高座。
一〇 このように私は聞いた。経典の冒頭に置かれる句で、仏の教説を聞いた通りに正確に述べるものであること

と誦《じゅ》して、讃歎《さんだん》する事無限《かぎりな》し。其の後、大小乗の経を結集《けつじゅう》す。一六此れ阿難の詞《ことば》也。

然れば、仏の御弟子の中に、阿難尊者勝《すぐ》れたる人也と皆知《しり》ぬとなむ語り伝《つたえ》たるとや。

を示す。
一一 僧たち。
一二 生き返っておいでになって。
一三 仏徳や教理を賛美する詩。
一四 誦して。
一五 顔は満月、目は青蓮華のような仏さまが説かれた、大海の水のような教えは、すべて阿難の心に流れ込んでいる。
一六 （経典の教説は、それを聞いて記憶した）阿難の言葉なのである。

阿《あ》育《いくおう》王、后《きさき》を殺《ころ》して八万《はちまんし》四千《せん》の塔《とう》を立《た》てたる語《こと》 第三

今昔《いまはむかし》、天竺《てんじく》に[一]仏涅槃《ねはん》に入給《いりたまい》て一百年の後、[二]鉄輪聖王出給《てつりんじようおういで》へり。[三]阿《あ》育王《いくおう》と申す。其の王、[四]八万四千の后を具せり。而《しかる》に王子無し。此事《この》を歎《なげき》て願ひ乞《こ》ふ程に、寵愛《ちようあい》殊に勝《すぐ》れたる第二の后[五]懐《かい》任《にん》しぬ。然《さ》れば、大王無限《かぎりな》く喜《よろこび》て、[六]占師《うらのし》を召《めし》て、「此の懐《はら》める所の皇子は男か女か」と被問《とわる》るに、占師申して云《いわ》く、「金色《こんじき》の光を放つ男子可生給《うまれたまうべ》し」と占《うらない》申す。然れば、大王弥《いよい》よ喜《よろこび》て、后を[七]傅《かしず》き給ふ事無限《かぎりな》し。

かくて、生れ給ふを待ち給ふ程に、第一の后、此事《この》を聞《きき》て思ふ様《よう》、「実《まこと》に然《さ》る御子《みこ》出来《いでき》なば、我れは定《さだめ》て第二の后に[八]劣《おとり》なむとす。然れば、何《いか》にしてか彼《か》の生れむ御子を可失《うしなうべ》き」と[九]搥《たばか》る、思ひ得たる様《よう》、「爰《ここ》に孕《はら》める猪《い》有り。其れが生じたらむ子に其

第三話 出典未詳。源泉は釈迦譜・四及び五(法苑珠林・三七にも所引)か。

一 入滅。

二 転輪聖王に同じ。→一八頁注六。

三 アショーカ(阿育・無憂)王。紀元前三世紀、マウリヤ(孔雀)王朝第三世の王。仏教の大外護者として知られる。

四 →一九頁注二〇。

五 妊娠。

六 占い師。相師。

七 大切になさった。

八 劣った存在になるだろう。

九 画策した。

一〇 傍ら近く仕える乳母。

一一 うまく抱き込んで。仲間に入れて。

一二 陣痛。

一三 付き添いの人の世話になって。

の生《うみ》たらむ金色《こんじき》の御子を取賛《とりか》へて、御子をば埋《うず》み殺してむ。さて、「かゝる猪《い》の子をなむ生《うみ》給へる」とて取り出《いだ》させむ」と[九]掴《たばか》りて、第二の后の身に[一〇]親《したし》き乳母《めのと》を善〻《よくよ》く[一一]語《かたら》ひ取《とり》て、生るゝを待つ程に、月満《みち》て、后既に[一二]腹を病む時に、[一三]人に懸《かか》りて産するに、此の乳母《めのと》の后に教ふる様《よう》、「産する時には物を不見《み》ぬ事也。[一四]衣を引纏《ひきまとい》て有れば産は安き也」と教ふれば、后、教ふるに随《したがい》て衣を引纏《ひきまとい》て物も不見《み》ず。而《しか》る程に御子平《たいらか》に生れ給へり。后見給へば、実《まこと》に金色なる光を放つ男子生《おのこごうまれ》給へり。[一五]兼《かね》て儲《もうけ》たる事なれば、乳母其の生《うまれ》たる御子をば物に[一六]押合《おしあわせ》て取《とり》て、猪《い》の子に賛《か》へつ。大王には、「猪《い》の子をなむ生み給へる」と申さすれば、大王聞き給て、「此れ、奇異の[一七]無慙《むざん》なる事也」とて、后をば他国に流し遣《つかわ》しつ。第一の后は掴得《たばかりえ》たる事を喜ぶ事無限《かぎりな》し。

其の後、大王[一八]月来《つきごろ》を経て、他の所に御行《みゆき》して[一九]逍遥《しょうよう》し給ふ事有り。薗《その》に遊び給《たまう》に、林の中に女有り。[二〇]故《ゆえ》有る気色《けしき》也。召寄《めしよせて》見

一四 衣服を頭からかぶっていると。
一五 前もって。前々から。
一六 (人目につかないように)他の物と一緒に包みこんで。
一七 恥知らずな(けしからぬ)ことだ。
一八 数カ月経って。
一九 散策。
二〇 何か子細ありげな様子。

るに、流《ながし》てし第二の后也。忽《たちまち》に憐愍《れんみん》の心出来《いでき》て、猪《い》の子生《うみ》たりし時の事を問《とい》給ふに、后、我れは[一]露不誤《つゆあやまた》ぬ事を、何《いか》で此《この》事を聞《きか》せ奉らむと思ふに、かく[二]不人伝《ひとつてなら》ず問《とい》給ふに喜《よろこび》て、有りし事共《ことども》を申せば、大王、「我れ不誤《あやまた》ぬ后を罪してけり。亦、金色の御子《みこ》生《うまれ》たりけるを他の后共《ども》の掤《たばかり》に被殺《ころされ》たる也けり」と[三]聞き直して、第二の后をば召還《めしかえ》して宮に還りき、本の如く[四]立《たて》給ひつ。今[五]残《のこり》の八万四千の后をば、[六]誤てるをも不誤《あやまた》ざるをも、皆悉《ことごと》く瞋《いかり》を発《おこ》して被殺《ころさ》れぬ。

其の後、[七]倩《つらつら》思ふに、「何《いか》に此の罪重からむ。[八]地獄《じごく》の報《ほう》をば何《いか》でか可免《まぬかるべ》き」と思ひ歎《なげき》て、[九]近議と云ふ[一〇]羅漢《らかん》の比丘《びく》有り。其の人に大王此《この》事を問《とい》給へば、羅漢申《もうし》て云《いわ》く、「実《まこと》に此の罪重くして難免《まぬかれがた》かりなむ。但し后一人に一の塔を充《あ》てゝ、八万四千の塔を立《たて》給へ。其の[一一]みぞ地獄の苦は免れ給はむ。塔を立《たつ》る功徳《くどく》は、只戯《たわぶ》れに石を重ね、木を彫《えり》たるそら[一二]不[一三]可思議なる者也。[一四]何況《いかにいわん》や、

一 少しも過ちは犯していないことを、何とかしてお耳に入れたいと思っていたところに。
二 じきじきに尋ねて下さって。
三 聞いて考え直して。
四 后の地位に復帰させた。
五 第二夫人以外の。
六 罪の有無にかかわらず、全員。
七 よくよく考えてみると。
八 地獄に堕ちるこの罪の報いを。
九 「近護」が正か。近護は阿育王の師僧。
一〇 阿羅漢果を得た聖人。
一一 それによってのみ。
一二 「すら」と同意。
一三 霊妙な御利益がある。
一四 まして、きちんと八万四千の塔を造ったならば。
一五 人間世界。

法の如く其の員《かず》の塔を立《たて》給へらむに、罪を免《まぬかれ》給はむ事疑ひ無からむ」と。此に依《より》て大王、国内に勅して[一五]閻浮提《えんぶだい》の内に八万四千の塔を一時に立《たて》給ひつ。其に[一六]仏舎利《ぶつしゃり》を不安置《あんじせ》ざる事を歎き給ふ間、一人の大臣の申さく、「仏涅槃《ねはん》に入《いり》給て後、[一七]舎利《しゃり》を分ちし時、大王の[一八]父の王の可得《えたまうべ》給かりし舎利を[一九]難陀竜王《なんだりゅうおう》来《きたり》て奪取《ばいとり》て、竜宮《りゅうぐう》に安置《あんじ》してき。速《すみやか》に其れを尋取《たずねとり》て、此の塔《とうに》安置し給ふべし」と。

其の時に、大王の思ひ給はく、「我れ諸《もろもろ》の[二〇]鬼神《きじん》并《ならび》に[二一]夜叉神《やしゃじん》等を召して、鉄《くろがね》の網を以《も》て海の底の諸《もろもろ》の竜を曳取《ひきとら》ば、[二二]定《さだめ》て其の舎《しゃ》利《り》を得《え》てむ」と思《おもい》給ひて、鬼神・夜叉神等を召して此の事を定め給て、既に鬼神を以て鉄《くろがね》の網を造らせて曳《ひか》せむと為《す》る時に、竜王大《おおき》に恐《お》ぢ怖《おそ》れて、大王の寝給へる間に竜王来《きたり》て竜宮に将行《いて》く。大王竜王と共に船に乗《のり》て、多《おおく》の鬼神等を具して竜宮へ行《ゆき》給ふ。竜王大王を迎へて云《いわ》く、「舎利を分《わかち》し時、[二三]八国の王集来《あつまりきた》り、

一六　釈尊の遺骨。
一七　この時のことは巻三・35話参照。
一八　ビンドゥサーラ(頻頭沙羅)王。但し、釈尊入滅より遥かに後世の人。誤伝である。
一九　→二一頁注一八。
二〇　護法の善鬼神。
二一　天竜八部衆(→一三七頁注二三)の一。
二二　きっと。
二三　このことは巻三・35話に詳しい。

[一]四《し》衆《しゅ》議して罪を除かむが為に得たる所の舎利也。大王、若《も》し、我が如くに恭敬《くぎよう》し不給《たまわ》ずは、定《さだめ》て罪得《え》給ひなむ。我は水精《すいしょう》[二]の塔を立《た》て、殊に恭敬《くぎよう》する也」。

大王舎利を得て本国《もとの》に帰《かえり》て、八万四千の塔に皆安置《あんじ》して礼拝《らいはい》し給ふ時、舎利光を放ち給ひけりとなむ語り伝へたるとや。

一 比丘・比丘尼・優婆塞・優婆夷の四。
二 水晶。

狗拏羅太子《くならたいし》眼《まなこ》を抉《くじ》られ、法力《ほうりき》に依《よ》りて眼《まなこ》を得《え》たる語《こと》　第四

今昔《いまはむかし》、天竺《てんじく》に[三]阿育王《あいくおう》と申す大王御《おわし》けり。一人の太子有り。[四]狗拏羅《くなら》と云ふ。形貌端正《ぎょうみょうたんじょう》にして心性正直《しんしょうしょうじき》也。惣《すべ》て万《よろず》の事人に勝れたり。然れば、父の大王寵愛《ちょうあい》し給ふ事無限《かぎりな》し。此の太子は前《さき》の后の子也。今の后は継母《ままはは》でぞ有りける。其れに、此の太子の有様を后見て愛欲の心を発《おこ》して、[五]更に他《ほか》の事無し。此の后の名をば[六]帝尸羅叉《たいしらしゃ》と云ふ。

后此の事を思歎《おもいなげ》くに[七]不堪《たえ》ずして、終《つい》に[八]人無き隙《ひま》を計《はかり》て、太子の在《まし》ます所に[九]蜜《ひそか》に寄《より》て、太子に取り[一〇]懸りて忽《たちまち》に懐抱《かいほう》せむとす。太子其の心無くして、驚《おどろき》て逃去《にげさり》ぬ。后大《おおき》に[一一]怨《あた》を成して静なる隙《ひま》を計《はかり》て大王に申さく、「此の太子は我れを思ひ[一二]懸《かけ》たる也。大王速《すみやか》に[一三]其の心を得給《たまい》て、太子を誡《いまし》め給《たまう》べし」と。大王此の事を

第四話　出典未詳。源泉は大唐西域記・三・呾叉始羅国。三国伝記・七・4等に同話がある。
三 ↓一五二頁注三。
四 クナーラ(狗拏羅・鳩那羅)太子。阿育王の子。本名はダルマヴァルダナ(達磨婆陀那)。
五 心を奪われてしまった。
六 ティッサーラキッター(帝失羅叉・微妙叉落起多)。阿育王の后。阿育王経によれば、その罪が発覚して焼殺されたという。
七 (情欲に)堪えられなくなって。　八 人目のない時。
九 こっそり。
一〇 とりすがって。
一一 怨みを抱いて。
一二 私に思いをかけています。
一三 太子の邪心を察知して。

聞《きき》て、「此れ定めて后の[一]讒謀也《ざんぼうならん》」と思ふ。大王蜜《ひそか》に太子を呼《よび》て宣《のたま》はく、「汝《なん》ぢ[二]同《おなじ》宮に有らば、自然《おのずか》ら悪《あし》き事有《あり》ぬべし。一《ひとつ》の国を汝に与へむ。其の所に行《ゆき》て住《じゅう》して、我が[三]宣旨《せんじ》に可随《したがうべし》[四]したがふ。譬《たと》ひ宣旨有りと云ふとも、我が[五]歯印《しいん》無くは不可用《もちいるべから》ず」と云《いい》て、[六]徳叉尸羅国《とくしゃしらこく》と云ふ遠き所に送り給ひつ。

太子其の国に住《じゅう》して有る程に、継母《ままはは》の后、此の事を思ふに猶《なお》[七]極《きわめ》て不安《やすから》ず思《おもい》て、[八]構ふる様《よう》、大王に酒を善《よ》く令呑《のましめ》て極《きわめ》て酔《えい》て臥《ふし》給へる間に、蜜《ひそか》に此の歯印《しいん》を指取《さしとり》つ。其後《そののち》、太子の住《じゅうし》給ふ徳叉尸羅国へ[九]掴《たばかり》て宣旨《せんじ》を下《くだ》す様《よう》、「速《すみやか》に太子の二《ふたつ》の眼《まなこ》を[一〇]抉《くじ》り捨《す》て、太子を国の境の外《ほか》に[一一]可追却《ついきゃくすべ》し」と使を[一二]差《さし》て下《くだ》しつ。使、彼《か》の国に行着《ゆきつき》て宣旨を与ふ。太子此の宣旨を見給ふに、「我が二の眼《まなこ》を抉《くじ》り捨て我れを可追《おうべ》し」と有り。[一三]現《あらわ》に大王の歯印有れば、可疑《うたがうべ》きに非《あら》ず。歎き悲む心深しと云へども、「我れ父の宣旨を不可背《そむくべから》ず」と云《いい》て、忽《たちまち》に[一四]旃茶羅《せんだら》を召《めし》て哭ゝ《なくな》く二の眼を抉《くじ》り

一 (太子を)罪に陥れるための讒言。
二 「ぢ」は「汝」の捨仮名。そなたが同じ宮殿にいると、自然に何か悪いことが起こるに違いない。
三 命令。指令。
四 「したがふ」は「随」の全訓捨仮名。
五 歯型の印。古代インドでは粘土で封をした上に歯型をつけて証印とした。
六 タクシャシラー(徳叉尸羅)国。パキスタン北部にあった。都城はラワルピンジー北西のタキシラ。商業・交通の要地だった。
七 腹の虫が収まらず。
八 策略をめぐらし。
九 偽の宣旨。
一〇 えぐり取って。
一一 追放せよ。
一二 派遣した。

捨《すて》つ。其の間、城《じよう》の内の人皆此を見て、悲び不哭《なか》ざる者無し。

其《その》後、太子宮を出《いで》て道に迷《まど》ひ給《たまい》ぬ。妻《め》許《ばかり》を具して其れを一五指南《しるべ》にて一六何《いど》ことも無く迷《まど》ひ行《あるき》給ふ。亦、相《あ》ひ副《そ》へる者一人無し。父の大王、此の事を露不知給《つゆしりたまわ》ず。かゝる程に太子、父の大王の宮に一七自然《おのずか》ら迷《まど》ひ至れり。何《いど》ことも不知《しら》ず、一八象の廐《きざや》に立寄《たちより》たるに、人有《あり》て、見れば、女に被曳《ひかれ》て一人の盲《めしい》たる人有り。一九如此《かくのごと》き流浪し給ふ程に、二〇様《さま》も疲れ形も衰へ給ひにければ、二一更に宮の人、太子と云ふ事を不思懸《おもいかけ》ず、象の廐に宿《やど》しぬ。

夜に臨《のぞむ》に琴を二二曳《ひ》く。大王高楼《こうろう》に在《まし》まして髣《ほのか》に此の琴の音《ね》を聞《きき》給ふに、我が子の[牛+句]那羅太子の引《ひき》給ひし琴に似たり。然れば使を遣《つかわ》して、「此の琴引くは、何《いど》この誰人の引くぞ」と問《とい》給ふに、使象の廐《きざや》に尋ね至《いたり》て見れば、一人の盲人有《もうにんあり》て琴を引く。妻《め》を具せり。使、「誰人のかくは有《ある》ぞ」と問へば、盲人答《こた》へて云《いわ》く、「我れは此れ、阿育大王の子[牛+句]那羅太子也。徳叉尸羅国に有り

一三　確かに。まぎれもなく。
一四　→六三頁注二五。
一五　頼りとして。
一六　あてもなく流浪なさって。
一七　偶然。
一八　象小屋。
一九　「如此く」と同意。
二〇　姿もやつれ容貌も衰えていらっしゃったので。
二一　王宮の人はそれが太子とは思いもかけず、象小屋に泊めてやった。
二二　弾く。

し間、父の大王の宣旨《せんじ》に依《より》て、二の眼《まなこ》を抉《くじ》り捨《す》て国の境を追ひ出《いだ》されたれば、如此《かくのごと》き迷《まど》ひ行《あるく》也」と云ふ。

使驚《おどろき》て急ぎ還り参《まいり》て、此の由を申す。大王此を聞《きき》給て一肝迷《まど》ひ心失て、盲人を召《めし》て事の有《あ》り様《さま》を問《とい》給ふに、二上件《かみのくだり》の事を申す。大王此れ偏《ひとえ》に継母《ままはは》の后の所為《しょい》也と知《しり》て、忽《たちまち》に后を過《つみ》せむと為《す》るに、太子三苦《ねんごろ》に制止して其の罰《つみ》を申し止《とど》め給ふ。

大王哭《な》き悲《かなし》むで、四菩提樹《ぼだいじゅ》の寺に一人の五羅漢《らかん》在《まし》ます、名をば六窶《く》沙大羅漢《しゃだいらかん》と申す。其の人七三明《さんみょう》六通《ろくつう》明かにして、人を利益《りやく》する事仏の如し八也。大王此の羅漢を請《しょう》じて申し給はく、「願《ねがわ》くは聖《しょう》人《にん》、慈悲を以て我が子の拘那羅太子の眼《まなこ》を本の如くに令得《えし》め給へ」と哭ゝく《なくなく》申し給ふに、羅漢の宣《のたま》はく、「我れ九妙法《みょうほう》を可説《とくべ》し。国の内の人悉《ことごと》く来《きたり》て聴くべし。毎人《ひとごと》に一《ひとつ》の一〇器《うつわもの》を持《もち》て、人法を聞《きかん》に、貴びて哭《な》かむ涙を其器《そのうつわもの》に受《うけ》て、其れを以て眼《まなこ》を洗《あらわ》ば本《もと》の如くに成りなむ」と申し給へば、大王宣旨《せんじ》を下して、国の

一 びっくり仰天して。
二 これまでの経緯を申し上げた。
三 懸命に制止して。
四 西域記「菩提樹伽藍」。
五 阿羅漢果(→八三頁注一九)を得た聖人。
六 西域記「瞿沙」(ゴーシャ)。同名異人が数名いるが、誰をさすか未詳。
七 仏や羅漢が持つ神通力。三明は過去・現在・未来のことを明らかに知る能力。六通はそれに加えて六道衆生の声を聞き、心を知り、神変を現す能力。
八 「也」はいわゆる置き字で、読まない。
九 すぐれた教法。
一〇 容器。
一一 遠くからも近くからも。
一二 雲が湧くように集まってきた。

人を集《あ》つむ。遠[一一]く近く、人集る事雲[一二]の如し也。

其の時に羅漢《らかん》、十[一三]二因縁の法を説く。此の集まりたる人、皆法を聞《きき》て貴《とうとび》て不哭《なか》ずと云ふ事無し。其の涙を此の器《うつわもの》に受け集めて金《こがね》の盤に置《おき》て、羅漢誓《ちかい》[一四]て云《いわ》く、「凡《おおよ》そ我が説く所の法は、諸仏の至[一五]れる理《ことわり》也。理若《も》し不実《じつ》ならずして説く所に紕繆《ひびゅう》[一六]有らば、此[一七]の事を不得《え》じ。若し実有《あ》らば、願《ねが》わくは此の衆《もろもろ》の涙を以て彼《か》の盲《もう》したる眼《まなこ》を洗はむに、明《あきらか》なる事を得て、見る事本の如《ごとくな》らむ」と。此[一八]の語《こと》を発《おこ》して、畢《おわり》て涙を以て眼を洗ふに、眼終《つい》に出《いで》来《き》て明《あきらか》なる事を得て、本の如く也。其の時に、大王首《こうべ》[一九]を低《かたぶ》けて羅漢を礼拝《らいはい》して喜び給ふ事無限《かぎりな》し。其の後、大臣・百官《ひやつかん》を召《めし》て、或《あるい》は官を退け、或は過無《とがなき》を免《ゆる》し、或は外国《がいこく》[二〇]へ遷し、或は命を断つ。

彼《か》の太子の眼《まなこ》を抉《くじり》し所は、徳[二一]叉尸羅国の外《ほか》、東南の山の北也。其の所には卒[二二]堵婆《そとば》を立《たて》たり、高[二三]さ十丈余也。其の後、国に盲人《もうにん》

一三　人間存在の基本的構造を明らかにした釈尊の教説。三世にわたる輪廻の原因を十二の因縁で説明したもの。
一四　請願して。
一五　至上の教理。
一六　誤謬。誤り。
一七　この願いはかなえられないであろう。
一八　このような請願を立てて。
一九　頭を垂れて。
二〇　他国へ追放し。
二一　西域記「城外東南南山之陰、有二窣堵婆一」。
二二　ストゥーパ。仏塔。
二三　西域記「高百余尺」。

有れば、此の率堵婆に祈請《きせい》するに、皆明《あきら》かに成《なり》て本の如《ごと》くなる事を得《えたり》と云へりとなむ語り伝へたるとや。

第六話　出典未詳。源泉は阿育王経・十や付法蔵因縁伝・四。宇治拾遺物語・174に同文的同話がある。

一　入滅。

二　ウパグプタ(優婆崛多)。付法蔵第四祖。阿育王の師僧。

天竺《てんじく》の優婆崛多《うばくつた》、弟子《でし》を試《こころ》みたる語《こと》 第六

三今昔《いまはむかし》、天竺《てんじく》に仏一涅槃《ねはん》に入給《いりたまい》て後《のち》百年許有《ばかりあり》て、二優婆崛多《うばくつた》と申す証果《しょうか》の羅漢《らかん》在《まし》ます。其の弟子《でし》に一人の比丘《びく》有り。優婆崛多、其の弟子を、四何《いか》なる心をか見給《たまい》けむ、常に五呵嘖《かしゃく》して云《いわく》、「六汝《なん》ぢ、猶《なお》、女に近付く事無かれ。女に近付く事は、七生死《しょうじ》に廻《めぐ》る事車の輪の廻《めぐ》るが如し」、如此《かくのごと》く常に八事の折節毎《おりふしごとに》宣《のたま》ふ。弟子の中さく、「師に在《まし》せども九此は何《いか》に見給《たまう》ぞ。一〇我れは既に羅漢果《らかんか》を証《しょう》せる身也、凡《おおよ》そ一一女に触《ふれ》ばふ事は永く離《はなれ》にたる事也」と糸《いと》貴く申す。他《ほか》の御弟子《みでし》等も、「糸《いと》貴き人を一二強《あながち》にかく宣《のたま》ふは怪しき事也」と皆思ひ合へり。

如此《かくのごと》く常に呵嘖《かしゃく》し給ふ間、此の御弟子の比丘《びく》、一三白地《あからさま》に他行《たぎょう》すとて一の河を渡る間、若き女有《あり》て、亦同《おなじ》く此の河を渡るに、

三 阿羅漢果(→八三頁注一九)を得た聖者。
四 どういう本性を見抜かれたものか。
五 叱って。
六 「ぢ」は「汝」の捨仮名。そなたは決して女人に近づいてはならぬ。
七 (いつまでも解脱できず)生死輪廻することと車輪の回るようなものだ。
八 ことある毎に。
九 (私の)どこを見ておいでなのか。
一〇 後に阿那含果を得た(→一六六頁注二)のであるから、ここで羅漢と称するのは自惚れに過ぎない。
一一 女に触れるようなことからは永久に離脱している。
一二 強いて。
一三 ついちょっと他所に出かけることになって。

女河の深き所に至《いたり》て、[一]殆《ほとほど》流れて顚《たお》れぬべし。女の云《いわ》く、「[二]彼《か》の御《おわ》する御房《ごぼう》、我れを助け給へ」と。比丘[三]不聞入《ききいれず》して思へども、

忽《たちまち》に流れぬべきが[四]糸惜《いとおし》さに、寄《より》て女の手を捕へて曳上《ひきあ》ぐ。女の手は[五]福《ふく》よかに滑《なめら》かなるを捲《にぎり》たる間、陸《くむが》に曳上《ひきあげ》て後も猶、捲《にぎり》て[六]不免《ゆるさ》ず。女、「今は免《ゆる》してよかし、去《さり》なむ」と思ふに、弥《いよい》よ捲《にぎ》れば、女怪《あやし》び思ふに、比丘の云《いわ》く、「[七]可然《さるべき》にや有《あ》らむ、[八]哀れとやなむ思聞《おもいきこ》ゆる。我が申さむ事は聞き給はむや」と。女答《こたえ》て云《いわ》く、「流れて既に可死《しぬべ》かりつる身を[九]御《おわ》し会ひて助け給ひつ。命を存する事、偏《ひとえ》に君の徳也[一〇]。然《さ》れば、[一一]争《いか》でか宣《のたま》はむ事を辞《いなび》申さむや」と。比丘、「[一二]本意《ほんい》、只かく也」と云《いい》、薄《すすき》・[一三]萩《はぎ》の生ひ繁りたる藪《やぶ》の中に手を取《とり》て曳《ひき》て入れつ。

[一四]人も難見《みがた》く繁りたる所に曳き居《すえ》て、女の前を[一五]掻上《かきあげ》て我が前をも掻上て、女胯《おんなのまた》に交《はさ》まりて、[一六]若《も》し人や自然《おのずか》ら見《みる》らむと不審《いぶかし》ければ、後《うしろ》[一七]を見還りて、人無かりけりと心安くて、前の方《かた》に見

一 流れに押されて倒れそうになった。
二 そこにおいでのお坊さん。
三 聞き入れまいとは思ったが。
四 かわいそうなので。
五 ふっくらとして。
六 離さない。
七 こうなる運命なのでしょうか。
八 (あなたが)お慕わしく思われます。
九 来合わせて。
一〇 おかげ。
一一 どうしてお言葉をお断り致しましょう。
一二 本当はこうしたいのです。
一三 萩に同じ。
一四 人目に付きにくい。
一五 衣服の裾。
一六 もしやひょっとして誰かが見ていないかと気にな

還《かえり》て見れば、我が師の優婆崛多を仰臥《あおのけふせ》たり。[一八]我れを胯《また》に交《はさ》めて臥《ふし》給へり。面《おもて》を見れば、[一九]にこゝに咲《わら》ひて宣《のたま》はく、「八十余に成《なり》にたる老法師をば、何事《なにごと》に依《より》て愛欲を発《おこ》してかくは為《せ》るぞ。[二〇]此れや、女に触《ふ》ればふ心無かりける」と宣《のたま》へば、比丘更に[二一]物不思《おぼ》えずして逃《にげ》なむと為《す》るを、足を以て強く交《はさ》みて更に不免《ゆる》さずして宣《のたま》はく、「汝ぢ愛欲を発《おこ》して如此《かくのごと》く為《せ》り、速《すみやか》に我れを[二二]可娶《とつぐべ》し。若不然《もししから》ずは不可免《ゆるすべから》ず。何《いか》で我れをば[二三]計るぞ」と云《いい》て、音《こえ》を高くして[二四]喤《ののし》り給ふ。

其の時に、[二五]道行く人多く此の音《こえ》を聞き、驚《おどろき》て寄《より》て見れば、老僧の胯《また》に亦《また》僧有《あり》て交《はさ》まりて有り。老比丘《びく》に[二六]云《いわ》く、「此の比丘は我が弟子也。師の八十なるを娶《とつが》むとて此の比丘の我をかく藪《やぶ》に曳《ひき》入れたる也」と宣《のたま》へば、見る人多く奇《あやし》み喤《ののし》る事無限《かぎりな》し。多《おおく》の人に見せ畢《おわり》て後に優婆崛多興《お》き上《あが》り給て、此の弟子の比丘を捕へて大寺《おおてら》に将行《いてゆき》ぬ。鐘を搥《つき》て寺の[二七]大衆《だいしゅ》を集め給ふ。多《おおく》の大衆《だいしゅ》集

ったので。
一七 振り返って。
一八 師が自分を股にはさんで。
一九 にっこり笑って。
二〇 これでも女に触れる気はないというのか。
二一 うろたえて。
二二 犯すがよい。
二三 だましたのか。
二四 騒ぎ立てなさる。
二五 もう一人の僧が。
二六 「の」が正か。
二七 大勢の僧が。

り畢《おわり》ぬれば、優婆崛多、此の弟子の比丘の由来[一]を一〻《いちいち》に語り給ふ。大衆各《おのおの》此を聞《きき》て、咲《わら》ひ嘲哢《ちょうろう》し喤《のの》しる事無限《かぎりな》し。弟子の比丘此を見聞くに、恥しく悲《かなし》く思ふ事無限《かぎりな》し。身を砕《くだく》が如し。此の事を[二]強《あながち》に悔ひ悲しむ程に、忽《たちまち》に[三]阿那含果《あなごんか》を得《え》つ。

弟子を[四]道《どう》に計り入れ給ふ事、[五]仏に不異《ことなら》ずとなむ語り伝へたるとや。

一 これまでの経緯を。
二 心から深く悔い悲しむうちに。
三 →八三頁注一八。
四 方便を用いて仏道に導き入れなさること。
五 釈尊。

第十七話 出典未詳。源泉は大唐西域記・十一・僧伽羅国。
六 シンガラ(僧伽羅)国。訳名は執師子国。今のスリランカ。
七 小寺院。西域記によれば、仏牙寺院(カンディの仏歯

天竺《てんじく》の仏《ほとけ》、盗人《ぬすびと》の為《ため》に低《かたぶ》けて眉間《みけん》の玉《たま》を取《と》られたる語《こと》 第十七

今昔《いまはむかし》、天竺《てんじく》の僧迦羅国《そうがらこく》[六]に一《ひとつ》の小伽藍《しょうがらん》[七]有り。其の寺に等身《とうじん》[八]の仏御《おわ》す。此の寺は、此国《このくに》の前《さきの》[九]天皇の御願《ごがん》[一〇]也。仏の御頭《おんかしら》には、眉《み》間《けん》[一一]には玉を入《いれ》たり。此の玉、世に並無《ならびな》き宝也。直無限《あたいかぎりな》[一二]し。其の時に貧《まずし》き人有《あり》て、「此の仏の眉間の玉無限《かぎりな》き宝也。若《も》し我れ此の玉を取《とり》て、買《か》はむ人[一三]に与《あたえ》たらば、子孫七代まで家楽《たのし》[一四]く、身豊《ゆたか》にして、貧《まずし》き思ひ無からむ」[一五]。而《しかる》に、此の寺に夜半《やはん》[一六]に入《い》らむに、東西を閉《とじ》て[一七]、門戸《もんこ》守《まぼ》る人乏《たゆ》み無《なく》、適《たまたま》に出入《しゅつにゅう》する人をば姓《しょう》名《みょう》を問ひ、行き所を尋ぬれば、更に術無《ずつな》[一八]し。雖然《しかりといえど》も、相《あ》[一九]ひ構《かまえ》て門戸の本《もと》[二〇]を穿《うが》ち壊《こほち》て蜜《ひそか》[二一]に入《いり》ぬ。寄《より》て仏の御頭《かしら》の玉を取らむと為《す》る程に、此の仏、漸《ようや》[二二]く高く成り給て及び付《つか》れず。盗人《ぬすびと》[二三]高き物踏まへて亦《また》及べども、弥《いよい》よ高《た》かく成り増《まさ》り給ふ。然れば、盗人、

寺)の側の寺。
八 等身大の仏像。
九 先代の国王。
一〇 御願寺。御立願によって立てた寺。
一一 眉間の白毫には宝石をはめてある。
一二 値段。価値。
一三 買い手に売ったなら。
一四 満ち足りし。
一五 「と思ふ」のごとき句が省略されている。
一六 夜半に侵入しようとすると。
一七 東西の門を閉じて。
一八 全くどうしようもない。
一九 なんとか工夫して。
二〇 下に穴を開けて。
二一 ひそかに。
二二 次第に背丈が高くなられて、手が届かない。
二三 高い物を踏み台にして手を伸ばしたが。

「此の仏は本は等身《とうじん》也。かく高く成り増《まさ》り給ふは玉を惜《おし》み給ふなめり」と思《おもい》て退き、[一]合掌頂礼《がっしょうちょうらい》して仏に白《もう》し言《もう》さく、「仏の世に出《いで》て[二]菩薩《ぼさつ》の道《どう》を行《ぎょうじ》給ひし事は、我等衆生《しゅじょう》を[三]利益抜済《りやくばっさい》し給はむが為也。伝へ聞けば、人を済《すく》ひ給ふ道には[四]身をもゝ《み》をも不貪《むさぼら》ず、命をも捨《すて》給ふ。[五]所謂《いわゆる》[六]一の羽《は》の鴿《はと》に身を捨《す》て、[七]七つの虎に命を亡《ほろ》ぼし、[八]眼《まなこ》を抉《くじり》て婆羅門《ばらもん》に施《せ》し、[九]血を出《いだ》して婆羅門に飲《のま》しめ、[一〇]如此《かくのごと》くの有難き事を[一一]そら施《せ》し給ふ。[一二]何況《いかにいわん》や、此の玉を惜《おし》み不可給《たまうべから》ず。貧《まずし》きを済《すく》ひ[一三]下賤《げせん》を助け給はむ、只此れ也。[一四]おぼろけにては仏の眉間《みけん》の玉をば[一五]可下《おろすべ》しやは。[一六]愁《なましい》に生き廻《めぐり》て、世間を思《おもい》侘《わび》て無限《かぎりな》き罪障《ざいしょう》を造らむとすれ。何《いかで》かかく高く成り給て頭《かしら》の玉を惜《おし》み給ふ。[一七]思ひに既に違《たが》ひぬ」と哭哭《なくな》く申《もうし》ければ、仏高く[一八]成り給ふ心地《ここち》に頭《かしら》を垂《たれ》て[一九]盗人の及ぶ許《ばかり》に[二〇]成なり給ひぬ。然れば、「仏、我が申す事に依《より》て、玉を取れと思食《おぼしめ》す也けり」と思ひて、寄《より》て眉間の玉を取《とり》て出《い》でぬ。夜《よ》曙《あけ》て、寺の内の比丘《びく》共《ども》此れを見

一 手を合わせて頭を地に付けて最敬礼して。
二 菩薩としてあるべき道。利他の実践行。
三 御利益を与えて抜苦救済して下さるためです。
四 (過去の幾世にもわたって)我が身を顧みず。
五 世にいうところの。以下、著名なジャータカ(本生譚)を列挙する。
六 尸毘王は鳩を助けるため自身の肉を鷲に与えた。大智度論・四、三宝絵・上・1等。
七 薩埵王子は飢えた母虎と七頭の子虎のためわが身を食わせた。賢愚経・二、三宝絵・上・11等。
八 快目王は、盲目の婆羅門にわが目を与えた。賢愚経・六等。
九 飢えた五夜叉(後の五比丘)にわが血を与えた慈力王の故事をいうか。賢愚

て、「仏の眉間の玉は、何《いか》なれば無きぞ。盗人の取《とり》てけるなめり」と思《おもい》て求め尋ぬれども、誰人の盗《ぬすめ》ると不知《しら》ず。其の後、此の盗人、此の玉を以て市に出《い》でゝ売るに、此の玉を見知れる人有《あり》て、「此の玉は、[二一]其《それ》の寺に在《まし》ます仏の眉間の玉[二二]近来《このごろうせ》失たる、此也」と云《いい》て、此の玉売る者を捕へて、国王に[二三]奉《たてまつ》つ。召し問《とわ》るゝ時に、不隠《かくさ》ずして有《あり》のまゝに申す。国王此の事を[二四]不用給《もちいたまわ》ずして、彼《か》の寺に使を遣《つかわし》て令見《みし》め給ふ。使彼《か》の寺に行《ゆき》て見るに、仏頭《かしら》をうな垂《たれ》て立ち給へり。使還《かえり》て此の由を申す。国王此の由を聞《きき》給て、[二五]悲《かなしみ》の心を発《おこ》して盗人を召して、[二六]直《あたい》を不限《かぎら》ず玉を買ひ取《とり》て、本の寺の仏に返し奉り給て、盗人をば免《ゆる》しつ。

　実《まこと》に心を至して念ずる仏の慈悲は、盗人をも哀《あわれ》び給ふ也けり。其の仏、于今《いまに》至るまでうな垂《たれ》て立ち給へりとなむ語《かたり》伝へたるとや。

経・二等。　一〇 たぐい稀なこと。　一一 「そら」は「すら」と同じ。　一二 まして。　一三 下賤をお助けいただくには、これしかありません。　一四 並大抵のことでは。　一五 はずして盗もうなんてしはしません。　一六 なまじ生きているばかりに、生活の苦しさに、限りない罪を犯そうとしているのです。　一七 全く期待が外れました。　一八 それまで高くなられる気配だったのに。　一九 手が届くくらいになって下さった。　二〇 「なり」は「成」の全訓捨仮名。　二一 どこそこの寺。　二二 最近。　二三 突き出した。　二四 信用なさらないで。　二五 感動して。　二六 非常な高価で。

竜樹《りゆうじゆ》、俗《ぞく》の時《とき》、隠形《おんぎよう》の薬《くすり》を作《つく》れる語《こと》 第二十四

今昔《いまはむかし》、[一]西天竺《さいてんじく》に[二]竜樹菩薩《りゆうじゆぼさつ》と申す聖人《しようにん》在《ましま》しけり。初め俗に在《ましまし》ける時には、[三]外道《げどう》の典籍《てんじやく》の法を習へり。其の時に、俗三人有《みたりあり》て、[四]語《かたら》ひ合《あわ》せて[五]隠形《おんぎよう》の薬を造る。其の薬を造る[六]様《よう》は、[七]寄生《やどりき》を五寸に切《きり》て陰干《かげぼし》に百日干《ほし》て、其れを以て造る薬になむ有《あり》ける。其れを以て其の法を習《ならい》て其の木を[八]髻《もとどり》に持《じ》しつれば、隠蓑《かくれみの》と云《いう》らむ物の様《よう》に形を隠して、人見る事無し。

而《しか》るに、此の三人の俗、心を合《あわ》せて、此の隠形《おんぎよう》の薬[九]と頭《かしら》に差《さし》て国王の宮に入《いり》て、諸《もろもろ》の后妃《こうひ》を犯す。后達、形は不見《みえ》ぬ者の寄り来《きたり》て[一〇]触《ふ》ればへば恐《お》ぢ怖《おそ》れて、国王に忍《しのび》て申す。「[一一]近来《このごろ》形は不見《みえ》ぬ者の寄り来《きたり》て[一二]触《ふ》れはなむ有る」と。国王此事《この》を聞《きき》て、[一三]智《さと》り御《おわし》ける人にて思《おもい》給ふ様《よう》、「此れは隠形《おんぎようの》薬を造《つくり》て、かく為《せ》るに

第二十四話 出典未詳。源泉は竜樹菩薩伝、付法蔵因縁伝・五など。打聞集・13、古本説話集・下・63に同文的同話がある。芥川龍之介『青年と死』の素材。

一 正しくは、竜樹は南天竺の人である。 二 ナーガルジュナ。竜樹は訳名。竜猛とも。大乗仏教の理論的完成者。中論・十二門論・大智度論の著者。 三 仏教以外の典籍を学んだ。 四 相談して。 五 (透明人間のごとく)姿を見えなくする薬。 六 作り方。製法。 七 やどり木。 八 頭上に束ねた髪に差しておくと。 九 「を」が正か。 一〇 肌にさわるので。 一一 最近。 一二 「触ればふなむ」が正か。 一三 「触れる者がおります。

こそ有《ある》めれ。[一四]此を可為《すべ》き様《よう》は、粉《こ》を王宮《おうぐう》の内に隙《ひま》[一五]無く蒔《まき》てむ。然《さ》れば、身を隠す者也と云ふとも、足の形付《かたつき》[一六]て、行かむ方《かた》[一七]は騒[一八]く顕《あら》はれなむ」と被構《かまえら》[一九]れて、粉《こ》を多く召[二〇]して、宮の内に隙《ひま》無く蒔《まき》つ。粉《こ》と云ふは、はうに[二一]也。此の三人の者宮の内に有る時に、此の粉《こ》を蒔籠《まきこ》めつれば、足の跡の顕《あらわ》るゝに随《したがい》て、大刀《たち》抜きたる者共《ども》を多く入れて、足跡の付く所を押量《おしはか》りて切れば、二人は切《きり》伏《ふせ》られぬ。今一人は竜樹菩薩に在《まし》ます。[二二]被切《きら》れ侘《わ》びて、后の御《み》裳《も》の裾《すそ》を[二三]曳《ひ》き被《かつ》ぎて臥《ふ》し給て、心の内に多《おお》くの[二四]願《がん》を発《おこ》し給ふ。[二五]其の気《け》にや有りけむ、二人切伏《きりふせ》られぬれば、国王、[二六]「然《さ》ればこそ。隠形《おんぎょう》の者也けり。二人こそ有りけれ」と宣《のたまい》て、[二八]切る事をば被止《とどめら》れぬ。其の後、[二七]人間《ひとま》を伺《うかがい》て、此の竜樹菩薩は、相《あ》ひ構へて宮の内をば逃げ遁《のが》れ給ひぬ。其の後、[二九]「外法《げほう》は益無《やくなし》」とて、□[三〇]の所に御《おわ》して出家し給て、内法《ないほう》を習ひ伝へて、名をば竜樹菩薩と申す。世挙《こぞり》て崇《あが》め奉る事無限《かぎりな》しとなむ語《かた》り伝へたるとや。

一三 賢い方で。
一四 この対策としては。
一五 残るところなく一面に。
一六 足跡。　一七 行方。
一八 「験」が正か。古本説話「しるくあらわれなむ」。
一九 策をお立てになって。
二〇 取り寄せて。
二一 おしろい・白粉。
二二 切り立てられて窮地に陥って。
二三 引っ被って。
二四 竜樹伝「即自誓曰、我若得レ脱、当下詣二沙門一受中出家法上」。　二五 そのおかげ。
二六 案の定だ。
二七 隙をうかがって。
二八 なんとか工夫をして。
二九 仏教以外の法。
三〇 師僧の名の明記を期した意識的欠字。竜樹伝、打聞集、古本説話とも名を記さない。

執師子国《しゅうしこく》の渚《なぎさ》に大魚《だいぎょ》寄《よ》せたる語《こと》 第三十七

今昔《いまはむかし》、天竺《てんじく》の執師子国《しゅうしこく》[一]の西南《ひつじさる》の極目《きわめ》[二]に幾許《いくばく》[三]と不知《しら》ず、絶《たえ》[四]たる島有《あり》けり。其の島に人の家列《つらな》り居たる事、五百余家《け》也。魚《うお》を捕《とらえ》て食《くら》ふを役《やく》[五]として、仏法の名をだに不聞《きか》ず。

而《しか》る間、数千《すせん》の大魚《だいぎょ》、海の渚《なぎさ》に寄り来《きた》れり。島の人此れを見て、皆喜《よろこび》て近く寄《より》て伺ひ見るに、其の魚一々[六]に物云ふ事、人の言《こと》の如くして、「阿弥陀仏《あみだぶつ》」と唱ふ。諸《もろもろ》の海人《あま》[七]、此れを見て其の故を不悟《さとら》ずして、只、魚の唱ふる言《こと》に准《なずら》[八]へて、阿弥陀魚《あみだうお》と名付く。亦《また》、海人等《ども》、「阿弥陀魚」と唱ふるに、魚漸《ようや》[九]く岸に近く寄れば、海人頻《しきり》に唱へて魚を寄す。寄るに随《したがい》て此を殺《ころす》と云へども、逃《にぐ》る事無し。海人《あま》其の魚を捕へて食《くら》ふに、其の味《あじわ》ひ甚《はなは》だ美《うま》し。此の諸《もろもろ》の海人、数多く唱《となえ》たる人の為《た》[一〇]めには、其の味《あじわ》ひ極《きわめ》

第三十七話　出典は三宝感応要略録・上・18。百座法談聞書抄・三月九日、三国伝記・六・22等に同話がある。

一 →一六七頁注六。
二 遥か彼方。視界の果て。
三 どれほどの距離かわからないが。
四 孤島。
五 専らにして。仕事として。
六 各々人間のようにものを言って。
七 漁師。
八 従って。
九 だんだん近づいて来るので。
一〇 にとっては。
一一 その浜辺一帯の人。
一二 味のよさに夢中になって。
一三 仏に対する謙譲表現として、「給ふる」とあるべき

て美《び》也。数少く唱へたる人の為には、其の味《あじわ》ひ少し辛《から》く苦《にが》し。此に依《より》て一一一渚《ひとなぎさ》の人、皆一二嗜《たしび》に耽《ふけり》て、「阿弥陀仏」と唱へ一三給へる事無限《かぎりな》し。

然る間、初に魚を食《じき》せし人一人、命尽《つき》て死《しに》ぬ。三月《みつき》を経て後、紫の雲に乗《のり》て光明《こうみよう》を放《はなち》て海浜《かいひん》に来《きたり》て、諸《もろもろ》の人に告《つげ》て云《いわ》く、「我れは此れ、大魚《だいぎよ》を捕《とり》し人の中《うち》の一四老首《ろうしゅ》也。命終《みようじゆう》して一五極楽世界《ごくらくせかい》に生れたり。其の魚の一六味《あじわい》に耽《ふけり》て、阿弥陀仏の御名《みな》を唱へたりし故也。其の大魚と云《いう》は、阿弥陀仏の一七化作《けさ》し給へりけり一八也《なり》けり。彼《か》の仏二〇我れ等が一九愚痴《ぐち》を哀《あわれみ》て、大魚の身と成《なり》て念仏を勧め、我が身を被食《くらわ》れ給《たまい》ける也けり。二一此結縁《このけちえん》に依《より》て、我れ浄土に生れたり。若《も》し此れを不信《しんぜ》ざらむ者は、正《まさ》しく其の魚の骨を可見《みるべ》し」と告《つげ》て去《さり》ぬ。諸《もろもろ》の人皆歓喜《かんぎ》して、捨置《すておき》し所の魚の骨を見るに、皆是《これ》二二蓮《れん》華《げ》也。此れを見る人、皆二三悲びの心を発《おこ》して、永く二四殺生《せつしょう》を断《だん》じて阿弥陀仏を念じ奉る。其の所の人、皆浄土に生れて二五人無し。

ところ。
一四 長老だったものだ。
一五 阿弥陀如来の浄土。
一六 味のよさにひかれて。
一七 化現なさったもの。
一八 「給へりける」とあるべきところ。
一九 愚かなのをあわれんで。
二〇 食べさせなさったのだ。
二一 この時結んだ縁によって。
二二 蓮の花であった。
二三 深く感動して。
二四 殺生(魚の捕獲)をやめて。
二五 人間として生まれ変わって来るものはない。

然《さ》れば、彼島《かの》荒れて年久《ひさし》く、執師子《しゅうしし》国《こく》の□[一]賢大阿羅漢《げんだいあらかん》、[二]神通《じんずう》に乗《じょう》じて彼《か》の島に至《いたり》て語り伝へたるとや。

一 人名明記を期した意識的欠字。要略録「執師子国師子賢大阿羅漢」。

二 神通力でその島に行って(上述の話を見聞して来て)。

今昔物語集　巻第五　天竺付仏前

僧迦羅《そうがら》五百《ごひやく》の商人《あきびと》、共《とも》に羅刹国《らせつこく》に至《いた》れる語《こと》　第一

今昔《いまはむかし》、天竺《てんじく》に[一]僧迦羅《そうがら》と云ふ人有《あり》けり。[二]五百人の商人《あきびと》を相具《あいぐ》して一船《ひとつふね》に乗《のり》て、財《たから》を求《もとめ》むが為に[三]南海《なんかい》に出《いで》ゝ行くに、俄《にわか》に逆風出来《いでき》て船を南指《さし》て吹き持行《もてゆ》く事、矢を射るが如し。而《しか》る程に大《おおき》なる島《し》[四]まに船を吹き寄せつ。不知《しら》ぬ世界なれども[五]陸《くむが》に寄りたるを賢き事にて、[六]是非《ぜひ》を不云《いわ》ず、皆迷《まど》ひ下《おり》ぬ。

暫《しばら》く有る程に端厳美麗《たんごんびれい》なる女、十人許《ばかり》出来《いできたり》て、歌を詠《うたい》[七]て渡る。商人等《あきびとら》此を見て、不知《しら》ぬ世界に来《きたり》て歎き悲しむ程に、かく美麗の女多く有るを見て、[八]忽《たちまち》に愛欲の心を発《おこ》して呼び寄す。女[九]皆逶《たおやか》に寄り来《きたり》ぬ。[一〇]近増《ちかまさ》りして[一一]眤《むつまし》き事無限《かぎりな》し。五百の商人等、僧迦羅を始《はじめ》て皆[一二]目出《めで》て女に問《とい》て云《いわ》く、「我等財《たから》を求めむが為に遥《はるか》に南海に出《い》でゝ、忽《たちまち》に逆風に値《あい》て不知《しら》ぬ世界に来《きたり》たり。難堪《たえがた》

第一話　出典未詳。源泉は大唐西域記・十一・僧伽羅国。第2話とともにスリランカの建国伝説として知られる。南伝ではジャータカ・196（ヴァラーハッサ・ジャータカ）。宇治拾遺物語・91に同文的同話がある。

一　サンガラ（僧伽羅）。訳名は師子。大商人僧伽の子。宇治拾遺「僧伽多」。
二　実数ではなく多数を意味する慣用句。　三　ベンガル湾方面。　四「ま」は「島」の捨仮名。西域記「宝洲」。
五　陸地に着いたことを僥倖として。　六　よしあしを言わず。一も二もなく。
七　通り過ぎる。　八　欲情。
九　ものやわらかな風情で。
一〇　近くで見ると一段と美しく。　一一　心をひかれる。

く歎き思ふ間、汝達《なんだち》の御有様《ありさま》を見るに、愁《うれ》への心皆忘《わすれ》にたり。今は速《すみやか》に我等を将行《いてゆき》て養へ。船は皆損《そん》じたれば、[一三]忽《たちまち》に可還《かえるべ》き様《よう》も無し」と。女共《ども》、「只[一四]何《いか》にも命《めい》に可随《したがうべ》し」と云《いい》て[一五]倡《いざな》へば、商人等行く。女共、商人等の前《さき》に立《たち》て導きて将行《いて》く。

家に行《ゆき》て見れば、[一六]広く高き築垣《ついがき》遥《はるか》に築《つ》き廻《めぐら》して、[一七]門器量《かどいかめし》く立《たて》たり。其の内に将入《いていり》ぬ。[一八]即《すなわ》ち門《かど》に鏁《じょう》を差《さし》つ。内に入《いり》て見れば様《さま》ゝ《ざま》の屋《や》共《ども》有り。[一九]隔ゝ《へだてへだて》細《こまやか》に造《つくり》たり。[二〇]男一人無し。只女の限《かぎり》有り。かくて商人《あきびと》等皆、[二一]取ゝ《とりどり》に妻《め》にして[二二]棲《す》むに、互に相《あ》ひ思へる事無限《かぎりな》し。片時《へんし》も可立離《たちはなるべ》くも無し。如此《かくのごと》くして日来《ひごろ》を経《へた》るに、此の女共毎日《ひごと》に昼寝を為《す》る事尤《もと》も久し。寝たる顔《か》を美麗ながら[二三]頗《すこぶ》る気踈《けうと》き気《け》有り。

僧迦羅、此れを不心得《こころえ》ず怪《あや》しく思ひて、女共《ども》の昼寝したる程に、[二四]和《やわ》ら起《おき》て所ゝ《ところどころ》を見るに、様ゝに隔《へだて》たる中に、[二五]日来《ひごろ》見せぬ所無く皆見せつるに、一《ひとつ》の[二六]隔《へだて》有り。其れを未《いま》だ不見《み》せず。[二七]築垣《ついがき》

一二 魅惑されて。　一三 すぐには。　一四 どのようなことでもお言葉に従いましょう。　一五 誘うので。
一六 背の高い土塀を延々と築きめぐらせて。
一七 門を厳重に構えている。
一八 入るとすぐ門に施錠した。　一九 細かく独立した家屋が離れ離れに建ててある。以下の状況は巻十一・11話の纐纈城と酷似する。
二〇 いわゆる女護が島である。
二一 思い思いに。
二二 同棲する。
二三 何となく気味が悪い。
二四 そっと。
二五 日ごろ残らず見せてくれたはずなのに。
二六 隔離された別棟。
二七 周囲を土塀で堅固に囲ってある。

固く築《つ》き廻《めぐら》せり。門《かど》一有り。鎌《じよう》強く差《さし》たり。僧迦羅、喬《そば》[一]より構へて掻《か》き昇《のぼり》て内を見れば、人多く有り。或《あるい》は死《しに》たり、或は生《いき》たり。或《あるい》は吟《によ》ふ[二]、或は哭《な》く。白き骸《かばね》・赤き骸《かばね》多かり。僧迦羅一人の生《いき》たる人を招き寄すれば、来《きたり》たるに、「此れは何《いか》なる人のかくては有《ある》ぞ」と問へば、答《こた》ふる様《よう》、「我は南天竺《なんてんじく》[三]の人也。商《あきない》の為に[四]海を行《あるき》し間、風に被放《はなた》[五]れて此の国に来《きた》れり。目出《めでた》き女共《ども》に[六]耽《ふけり》て還《かえ》らむ事をも忘れて棲《すみ》し程に、見《み》[七]と見る人は皆女也。無限《かぎりな》[八]く相思《おもい》て有《ある》ぞと云へども、他《ほか》の商船寄《あきないふねよせ》ぬれば、古き夫《おうと》をば如此《かくのごと》く[九]籠《こ》め置《おき》て、膕筋《よほろすじ》[一〇]を断《たち》て日の食《じき》[一一]に充《あつ》る也。汝達《なんだち》も亦船来《きたり》なば、己等《おのれら》が様《よう》なる目をこそは見給はめ。構《かま》[一二]へて逃《のがれ》給へ。此れは[一三]羅刹鬼《らせつき》也。此の鬼は昼寝《ね》る事三時許《みときばかり》[一四]也。其の間に逃《のがれ》むに、[一五]可知《しるべ》きに非《あら》ず。此の籠《こ》めたる所は鉄《くろがね》を以て四面《しめん》を固めたり。膕《よほろ》筋《すじ》を断《たち》たれば可逃《のがるべ》き様《よう》無し。穴《あな》悲し。疾〻逃《とくとくにげ》給へ」て[一六]哭〻《なくな》く云へば、僧迦羅、「さればこそ怪《あや》しとは思ひつる事を」と思《おもい》て、

一 塀の側面を苦心してよじ登って。
二 うめく。
三 南インド。
四 航海しているうちに。
五 吹き流されて。
六 心を奪われて。
七 目に留まる人間はすべて女ばかり。
八 限りなく愛し合っているようでも。
九 幽閉して。
一〇 膝の後ろ側の筋を断って(歩けないようにして)。
一一 日々の食料としている。
一二 何とかしてお逃げなさい。
一三 食人鬼。一方では仏教に取り入れられ、守護神ともされた。巻十三・4話参照。
一四 六時間。
一五 気づくはずはない。

本の所に還《かえり》て、女共《ども》の寝たる程に、五百の商人《あきびと》等に此の由を告げ廻《ま》はしつ。

僧迦羅怱《いそぎ》て浜へ出《いでた》るに、商人等も皆、僧迦羅が後《うしろ》に立《たち》て皆浜に出《いで》ぬ。[一七]可為《すべ》き方《ほう》無くて、遥《はるか》に[一八]浦陀落《ふだらく》世界の方《かた》に向《むかい》て、[一九]心を発《おこ》して皆音《こえ》を挙《あげ》て観音《かんのん》を念じ奉る事無限《かぎりな》し。其の音糸《こえいと》おびたゝし。[二〇]苦《ねんごろ》に念じ奉《たてまつれ》る程に、[二一]息《おき》の方《かた》より大《おおき》なる白き馬、[二二]浪を叩《たたき》て出来《いできたり》て、商人等の前に臥《ふし》ぬ。「此れ[二三]他《ほか》に非《あら》ず、観音の助け給ふ也」と思《おもい》て、[二四]有る限り此の馬に取付《とりつき》て乗《のり》ぬ。其の時に馬、海を渡《わたり》て行く。羅刹《らせつ》の女共《ども》皆、寝起《ねおき》て見るに、此の商人等一人無し。「逃《にげ》ぬる也《なり》けり」と思《おもい》て、有る限り[二五]追ひしらがひて、城《じょう》を出《い》でゝ見れば、此の商人共《ども》皆、馬一つに乗《のり》て海を渡《わたり》て行く。女共此れを見て、長《たけ》[二六]一丈許《じょうばかり》の羅刹《らせつ》に成《なり》て四五丈と踊り挙《あが》りつゝ叫び喤《ののし》る。商人の中《うち》に一人、妻《め》の顔の美《び》也《なり》つるを思ひ出《い》でる者有《あり》ける、掻《か》き[二七]斫して海に落入《おちいり》ぬ。即ち羅刹、海に下《お》りて各《おのおの》[二八]引き

一六「とて」の「と」が脱落か。
一七（浜へは出たものの）逃げる手段がなくて。
一八 ポタラカ（補陀落）。観世音菩薩の住処。はるか南方にあり、インド半島の南端にあるともされた。
一九 信心を起こして。一心に。
二〇 真心こめて。
二一 沖。
二二 波を蹴って。
二三 ほかでもない。まさしく。
二四（商人たちは）全員でその馬にすがって乗った。
二五 先を争って追いかけて。
二六 一丈は約三メートル。
二七 読み・意味とも未詳。
二八 引っ張り合うようにして、むさぼり食った。

しろひ噉《くら》ふ事無限《かぎりな》し。

馬は南天竺《なんてんじく》の陸《くむが》に至り着《つき》て臥《ふし》たりければ、商人等《あきびとら》皆、乍喜《よろこびなが》ら下[一]をりぬ。馬は人を下《おろ》して後《のち》に[二]搔消《かきけ》つ様《よう》に失《うせ》ぬ。僧迦羅、「偏《ひとえ》に観音の御助也」と思《おもい》て、哭ゝ《なくな》く礼拝《らいはい》して皆本国《もとのくに》に還《かえり》ぬ。

雖然《しかりといえど》も此の事を人に不語《かたら》ず。

其の後《のち》、二年許《ふたとせばかり》有る程に、彼《か》の羅刹《らせつ》の女、僧迦羅が妻《め》にて有りし、僧迦羅が一人寝たる所に来《きたり》ぬ。[三]見しよりも美《び》なる事倍《ばい》ゝせり。寄来《よりきたり》て云《いわ》く、「可然《しかるべ》き前世《ぜんぜ》の契《ちぎ》り有《あり》て、汝と我夫妻《ふさい》と成れり。憑《たの》む所尤《もと》も深し。而《しか》るに、我れを捨《す》て、逃給《にげたまえ》る事何《なん》ぞ。彼《か》の国には[四]夜叉《やしゃ》の[五]一党有《あり》て、時ゝ出来《いできたり》て人を取り噉《くらう》なむ有る。然《さ》れば、城《じょう》をば高く築《つき》て強く固めたる也。其れに、多《おおく》の人の浜に出《い》でゝ[六]皇《のの》しる音《こえ》を聞《きき》て、其の夜叉《やしゃ》の出来《いできたり》て嗔《いか》れる様《よう》を見せて侍《はべり》けるを、「[七]己等《おのれら》が鬼にて有るぞ」と知り給へる也。[八]更《さら》に然《し》か不侍《はべら》ず。還り給て後《のち》、恋ひ悲しむ心深し。汝は同心《どうじん》には不思給《おもいたまわ》

一 「をりぬ」は「下」の全訓捨仮名。
二 仏菩薩の化身などが姿を消す場面の定型的表現。
三 島で見た時よりも何倍も美しくなっている。
四 人を害する暴悪な鬼神で、羅刹と並称されるが、一方では仏法守護神として天竜八部衆の一ともされる。
五 一団。
六 騒ぐ声。
七 私たちが鬼だと誤解なさったのです。
八 決してそうではありません。
九 素性。
一〇 (人を介して)訴えた。
一一 何年も連れ添った夫。
一二 国王に同じ。原典は仮名文で「みかど」とあったか。
一三 裁定して下さい。
一四 大勢の。

ぬか」と云《いい》て、哭《な》く事無限《かぎりな》し。[九]本不知《もとしらざ》らむ人は必ず打解《うちとけ》ぬべし。然《さ》れども僧迦羅は、大《おおき》に嗔《いかり》て剣《つるぎ》を抜《ぬき》て切らむと為《す》れば、無限《かぎりな》く怨《うらみ》て其の家を出《いで》ぬ。王宮《おうぐう》に参りぬ。国王に[一〇]申さする様《よう》、「僧迦羅は我が[一一]年来《としごろ》の夫也。而《しか》るに我れを捨てゝ不棲《すま》ぬ事、誰《たれ》にか訴へ申さむや。[一二]天皇、此れを[一三]裁《こと》はり給へ」とかく云ふを、王《おう》宮《ぐう》の人、皆出《い》でゝ見るに、美麗《びれい》なる事無並《ならびな》し。此れを見て、愛欲を不発《おこさ》ざる者無し。国王此の由を聞き給て、蜜《ひそか》に見給《たまう》に実《まこと》に美麗無並《ならびな》し。[一四]若干《そこばく》の寵愛《ちょうあい》の后《きさき》に見競《みくら》ぶるに、彼《か》れは土の如し、此れは玉の如し。「[一五]此れを不棲《すま》ざる僧迦羅が心拙《つたな》し」と思給《おもい》て、僧迦羅を召して被問《とわる》るに、答申《こたえもうし》て云《いわ》く、「此れは[一六]人を噉《だん》ぜる鬼也。更に王宮《おうぐう》に不可被入《いれらるべから》ず。速《すみやか》に可被追出《おいいださるべし》」と申して出《いで》ぬ。

国王此れを聞き給ふと云へども、不信給《しんじたまわ》ずして、深く愛欲の心を発《おこ》して、夜《よ》る[一七]後《うしろ》の方《かた》より[一八]大殿《おおとの》に召しつ。国王近く召寄《めしよせ》て見給ふに、実《まこと》に近増《ちかまさ》り倍《ばいばい》ゝせり。懐抱《かいほう》の後《のち》は、更に此の[一九]愛染《あいぜん》に依《より》

一五　この女と同棲しない僧伽羅の気が知れない。どうかしている。
一六　人食い鬼。
一七　「る」は「夜」の捨仮名。
一八　おやすみになる御殿。
一九　愛欲に染まって。

て[一]国の政《まつりごと》を不知給《しりたまわ》ず、三日不起給《おきたまわ》ず。其の時に僧迦羅、王宮《おうぐう》に参《まいり》て申さく、「世に[二]極めたる大事出来《いでき》なむとす。此れは鬼の女と変じたる也。[三]速に可被害《がいせらるべ》き也」と云へども、一人として耳に聞《きき》入るゝ者無し。如此《かくのごと》くして三日過《すぎ》ぬ。[四]明《あく》る朝《あした》に此の女、大殿より出《い》でゝ[五]端《はし》に立てり。人此れを見れば、[六]眼《まみ》見替《かわり》て頗《すこぶ》る怖《おそろ》しき気《け》有り。口に血付《つき》たり。暫《しばら》く見廻《みめぐら》して、殿の檐《のき》より鳥の如くして飛《とび》て[七]雲に付《つき》て失《うせ》ぬ。国王に事の由を申さむが為に、人寄《より》て伺《うかが》ふに、[八]惣《すべ》て御音《みこえ》・気色《けしき》無し。

其の時に、驚き怪《あやし》むで寄《より》て見れば、[九]御帳《みちょう》の内に血流れて国王見え不給《たまわ》ず。御帳の内を見れば、[一〇]赤き御髪《みく》し一つ残れり。其の時に宮の内[一一]騒ぎ動《どう》ずる事無限《かぎりな》し。大臣・百官集《あつまり》て哭《な》き歎くと云へども、[一二]更に甲斐《かい》無し。其の後御子《みこ》、[一三]即《すなわち》位《くらい》に即給《つきたまい》ぬ。僧迦羅を召《めし》て此の事を被問《とわ》る。僧迦羅申して云《いわ》く、「然《さ》れば、[一五]速《すみやか》に可被害《がいせらるべ》き由を[一四]度々《どど》申しき。今我れ彼《か》の羅刹国《らせつこく》を知れり。今宣旨《せんじ》

一 国政も顧みず。
二 大変な大事件が起こりそうです。
三 ただちに(鬼女を)殺すべきです。
四 翌朝。
五 建物の端とも、階段とも解せる。
六 目つき。
七 雲にまぎれて見えなくなった。
八 何のお声も気配もない。
九 御帳台。
一〇 血で赤く染まった毛髪。宇治拾遺「赤きかうべ」。
一一 大騒動になった。
一二 すべて後の祭りだった。
一三 すぐ。ただちに。
一四 何度も。
一五 国王の命令。
一六 討伐して。
一七 軍勢を与えよう。
一八 弓矢。

を奉《うけたまわり》て、行《ゆき》て彼《か》の羅刹を[一六]罰《うち》て奉らむと思ふ」と。宣旨に云《いわ》く、「速に行《ゆき》て可罰《うつべ》し。申し請《こわ》むに随《したがい》て[一七]軍《いくさ》を可給《たまうべ》し」と。僧迦羅申して云《いわ》く、「[一八]弓箭《きゆうせん》を帯《たい》せらむ兵《つわもの》[一九]万人、剣《つるぎ》を帯《たい》せらむ[二〇]ひたふる[二一]万人、百の[二二]駿船《はやぶね》に乗せて可被出立《いだしたてらるべ》し。其れを相具《あいぐ》して行《ゆか》むと思ふ」と。「申し請《こ》ふに可依《よるべ》し」とて、即《すなわち》皆被出立《いだしたてら》れぬ。

僧迦羅此の二万の軍《いくさ》を引具《ひきぐ》して、彼《か》の羅刹国に漕《こ》ぎ着《つき》ぬ。前《さき》の如く、商人《あきびと》の様《よう》なる者共《ども》十人許《ばかり》を浜に遣《つかわし》て[二三]令遊《あそばし》む。亦、美麗《びれい》の女十人許《ばかり》出来《いできたり》て、歌を詠《うたい》て寄《より》て此の商人等に[二四]語《かたら》ひ付《つき》ぬ。前《さき》の如くに、女を前《さき》に立てゝ行く。其の尻《しり》に此の[二五]二万の軍立《いくさたち》て行く間、乱れ入《いり》て此の女共《ども》を打ち切り、射る。暫くは恨《うらみ》たる形を現じ、[二六]美麗の様《さま》を見せけれども、僧迦羅大《おおき》に音《こえ》を放《はなち》て走り廻《めぐり》つゝ[二七]行ひければ、形を隠す事不能《あたわず》、終《つい》に羅刹《らせつ》の形に成《なり》て大《おおき》に口を開《ひらき》て懸《かか》る時に、剣《つるぎ》を以て頸《くび》を打ち落し、或《あるい》は肩を打《うち》落し、或は腰を打ち折り、惣《すべ》て[二八]全《また》き鬼一人無し。或《あるい》は飛《とび》て去る夜叉《やしゃ》有れ

一九　宇治拾遺「百人」。
二〇　決死の精鋭。
二一　→注一九。
二二　船足の早い船。「百の」は、宇治拾遺にはない。
二三　遊歩させた。
二四　誘惑した。
二五　宇治拾遺「二百人の兵」。
二六　美女の姿を見せていたが。
二七　指図したので。
二八　一人として無事な鬼はない。

ば、[一]弓を射落しつ。一人として遁《のが》るゝ者無し。屋共《やども》には火を付《つけ》て焼き失《うし》なひつ。[二]空《むなし》き国と成して後《のち》、国王に此の由を申しければ、其の国を僧迦羅に給ひつ。

然《さ》れば僧迦羅、其の国の王として[三]二万の軍《いくさ》を引具《ひきぐ》してぞ住《すみ》ける。[四]本の栖《すみか》よりも楽《たのし》くてぞ有《あり》ける。其れより僧迦羅が[五]孫《そん》、今に其の国に有り。羅刹は永く絶《たえ》にき。然れば其の国をば僧迦羅国と云ふ也となむ語り伝へたるとや。

一 弓で射落とした。
二 誰もいない廃墟の国。
三 宇治拾遺「二百人の軍」。
四 もとの住処よりも満ち足りて安楽な生活を送った。
五 子孫。

第二話 出典未詳。源泉

国王《こくおう》、鹿《しか》を狩《か》りに山《やま》に入《い》りて娘《むすめ》師子《しし》に取《と》られたる語《こと》 第二

今昔《いまはむかし》、天竺《てんじく》に一《ひとつ》の国有り。其の国の国王、山に六御行《みゆき》して、谷・峰に人を入れて、七貝を吹き、鼓《つづみ》を打《うち》て、鹿を劫《おびやか》して狩り出《いだ》させて興《きよう》じ給ひけり。八其れに、九王の苦《ねんごろ》に悲しく思給《おもいたまい》ける娘一人《ひとり》御《おわし》けり。片時《へんし》も身を不離《はな》たず傅給《かしずきたまい》ければ、一〇輿《こし》に乗せて具《ぐ》し給ひけり。

日の一一漸《ようや》く傾《かたぶ》く程に、此の鹿追ひに山に行《ゆき》たる者共《ども》、一二師子《しし》の臥《ふ》したる洞《ほら》に入《いり》にけり。師子を劫《おびや》かしたりければ、師子一三驚《おどろき》て一四片《かた》山《やま》に立《たち》て、一五器量《いかめ》しく怖《おそろ》し気《げ》なる音《こえ》を放《はなち》て吠《ほ》ゆ。其の時に此の一六輿持《こしもち》諸《もろもろ》の人、恐《お》ぢ迷《まどい》て逃げ去る。走り顛《たお》るゝ者多かり。此の輿持も輿を捨てゝ逃げ去《さり》ぬ。国王も一七東西《とうざい》を不知《しら》ず逃げ去《さり》て、宮に還《かえり》給《たまい》ぬ。

は大唐西域記・十一・僧伽羅国。第1話とともにスリランカの建国伝説として知られる。太平記・三二・天竺震旦物語に同話がある。

六 (遊猟のため)行幸して。

七 ほら貝。

八 ところで。

九 非常にかわいがっておいでの娘が一人あった。

一〇 (この時も)輿に乗せて同伴なさった。

一一 次第に。

一二 獅子。ライオン。

一三 目を覚まして。

一四 孤立した山、片方か崖になっている山など、諸説がある。

一五 威圧感のある恐ろしげな声で。

一六 輿の運び手。輿かき。

一七 無我夢中で。

其の後《のち》、此の姫宮の御輿《みこし》を尋《たずね》さするに、輿持《こしもち》も皆、山に捨て丶逃げたる由を申す。国王此の由を聞き給て、歎き悲《かなし》むで哭《な》き迷《まど》ひ給ふ事無限《かぎりな》し。[一]かくて可有《あるべ》き事にも非《あら》ねば、尋《たずね》奉らむが為に多《おお》くの人を山へ遣《つかわ》すと云へども、恐《お》ぢ怖《おそ》れて、[二]敢《あえ》て行く人一人無し。師子は被劫《おびやか》されて、足を以て土を掻《かき》て吠《ほ》え嘷《ののしり》て、走り廻《めぐり》て見るに、山の中に輿《こし》一つ有り。[三]帳《ちょう》の帷《かたびら》を食《く》ひ壊《やぶり》て内を見れば、[四]玉光る女、一人乗りたり。師子此を見て喜《よろこび》て、掻《か》き負《おい》て本の栖《すみか》の洞《ほら》に将行《いてゆき》ぬ。師子既《すで》に姫宮と[五]懐抱《かいほう》しぬ。姫宮は[六]更《さら》に物不思《おぼえ》ずして、生《いき》たるにも非《あら》ず、死《しに》たるにも非《あら》で御《おわ》す。

師子《しし》如此《かくのごと》くして[七]年来《としごろ》棲《す》む程に、[八]懐任《かいにん》しぬ。月満《みち》て子を産《うみ》給へり。其の子[九]例《れい》の人にて、男子《おのこご》にて有り。[一〇]形皃端正《ぎようみようたんじよう》也。漸《ようや》く十歳に余る程に、[一一]心武《たけ》く足の駿《はや》き事、人には不似《に》ず。母の世を[一二]経《へ》て歎き愁《うれ》へ給へる姿を見知《しり》て、父の師子の食物《じきもつ》求めに出《いで》たる間に、子母に問《とい》て云《いわ》く、「世を経て歎き給へる姿にて常は哭《な》

一 このままにしているわけにはいかないので。
二 自分から進んで行く者は一人もいない。
三 垂絹を食い破って。
四 玉のような光るがごとき美女。
五 情交。
六 完全に気を失って。
七 何年も同棲しているうちに。
八 妊娠。
九 ふつうの人間の姿で。
一〇 美男子である。
一一 勇猛で俊足なこと。
一二 長の年月嘆き続けていらっしゃる姿を見て(何か事情があると)悟って。
一三 何か心中にお嘆きのことがあるのですか。
一四 親子の間柄ですから。
一五 国王。「みかど」と読むべきか。

き給ふは、[一三]心に思《おぼ》す事の有るか。祖子《おやこ》[一四]の契《ちぎ》り有り、我れには不可隠給《かくしたまうべから》ず」と。母弥《いよい》よ哭《なき》て、暫《しばら》く云ふ事無し。暫く有《あり》て哭ゝ《なくな》く云《いわ》く、「我れは此れ、此の国の天皇[一五]の娘也」。其の後有《のちあり》[一六]し事共《ども》を、始《はじめ》より今日に至るまで語る。子此の由を聞《きき》て、亦哭《な》く事無限《かぎりな》し。母に申さく、「若《も》し都に出《いで》むと思《おぼ》さば、父不来給《きたりたまわ》ぬ間に[一七]将奉《いて》らむ。父の御駿《はや》さも我れ皆知れり。我れが駿《はや》さに等《ひとし》くは有《あり》とも、増《まさ》る事非《あら》じ。然《さ》れば都に将奉《いて》て、隠し居《す》へ奉て養ひ奉らむ。我れは師子《しし》の子也と云へども、母の御方《おんかた》に寄《より》て人と生《うまれ》たり。速《すみやか》に都に将奉《いて》らむと思ふ也。疾《と》く負《おわ》れ給へ」と云へども[一八]、母は乍喜《よろこびなが》ら子に負《おわ》れぬ。

母を搔《か》き負《おい》て、鳥の飛ぶが如くして都に出《いで》ぬ。可然《しかるべ》き人の家を借《かり》て、母を隠し居《すえ》て構[一九]へて養ふ。父の師子《しし》は洞《ほら》に還《かえり》て見《みる》に、妻《め》も子も無し。「逃《にげ》て都に行《ゆき》にけり」と思《おもい》て、恋悲《こいかなし》むで、都の方《かた》に出《い》でゝ吠《ほ》え喤《ののし》る。此を聞《きき》て国の人、国王より始めて皆、物[二〇]

一六　過去のこと。これまでの経緯。
一七　お連れしましょう。
一八　「云へば」とあるべきところ。
一九　苦心して。何とか。
二〇　(恐怖の余り)者にぶつかって。度を失って。

に当り恐《お》ぢ迷《まど》ふ事無限《かぎりな》し。[一]此の事を被定《さだめられ》て[二]宣旨《せんじ》を被下《くださ》るゝ様《よう》、「此の師子の災《わざわい》を止《とど》め、此の師子を殺したらむ者をば、此の国半国を分《わかち》て[三]可令知《しらしむべ》し」と。

其の時に師子《しし》の子、此宣旨《このせんじ》を聞《きき》て国王に令申《もうさし》むる様《よう》、「師子を[四]罰《うち》て奉《たてまつり》て、其の賞を蒙《こうぶ》らむ」と。国王此の由を聞き給て、「罰《うち》て可奉《たてまつるべ》し」と。師子《しし》の子、此《この》宣旨を奉《うけたまわ》りて思はく、[五]「父を殺さむ、無限《かぎりな》き罪なれども、我れ半国の王と成《なり》て、[六]人にて有る母を養はむ」と思《おもい》て、[七]弓箭《きゅうせん》を以て父の師子の許《もと》へ行《ゆき》ぬ。師子《しし》子を見て、地《じ》に臥《ふ》し丸《まろ》びて喜ぶ事無限《かぎりな》し。[八]仰《のけ》ざまに臥《ふし》て、足を延べて子の頭《かしら》を舐《ねぶ》り撫《なず》る程に、子[九]毒の箭《や》を以て師子の腋《わき》に射立つ。師子、子を思ふに依《より》て、[一〇]敢《あえ》て嗔《いか》る気《け》無し。弥《いよい》よ涙を流して子を舐《ねぶ》る。暫く有《あり》て師子死《しに》ぬ。其の時に子、父の師子の頭《かしら》を切《きり》て都に持還《もてかえり》ぬ。[一一]即《すなわち》国王に奉る。国王此れを見給て、驚き騒《さわぎ》て半国を分《わか》ち給はむとして、先《ま》づ殺《ころし》つる事の有様《ありさま》を被問《とわ》る。其の

一 この事件の対策を評定して。
二 国王の命令。勅命。
三 統治させよう。
四 討って献上して。
五 父を殺すのは大罪だが。
六 人間である母を養おう。
七 弓矢を持って。
八 仰向けになって。腹を見せて。
九 毒矢。
一〇 全く怒る気配もない。
一一 早速。
一二 ことの始まり。由来。
一三 (自分が)国王の孫であることを知っていただこう。
一四 父殺しを容認した罪。
一五 約束違反。
一六 子孫。
一七 今のスリランカ。執師子国は訳名。師子国とも。音訳は僧伽羅国。宝洲・宝渚・楞伽(ランカ)等の異名

がある。

時に師子《しし》の子の思はく、「我れ、此の次《つい》でに[一二]事の根元《こんげん》を申《もうし》て、[一三]国王の御孫也《おんうまごなり》けりと云《いう》事を知られ奉らむ」と思《おもい》て、母の宣《のたま》ひし如くに、当初《そのかみ》より今日に至《いたる》までの事を申す。

国王此の由を聞き給て、「然《さ》らば我が孫也《うまごなり》けり」と知り給《たまい》ぬ。「先づ宣旨《せんじ》の如くに半国を分《わかち》て可給《たまうべ》しと云《いえ》ども、父を殺したる者を賞せば、我れも[一四]其の罪難遁《のがれがた》かりなむ。亦然《またさ》りとて、其の賞を不被行《おこなわれ》ずは既《すで》に[一五]違約《いやく》也。然《さ》れば、離れたる国を可給《たまうべ》し」とて、一の国を給て、母も子も遣《つかわ》しつ。師子《しし》の子、其の国の王として有《あり》けり。其の[一六]孫《うまご》伝はりつゝ于今住《いまにすむ》なり。其の国の名をば[一七]執《しゅう》師子国《ししこく》と云ふ也となむ語《かたり》伝へたるとや。

国王《こくおう》、盗人《ぬすびと》の為《ため》に夜光《よるひか》る玉《たま》を盗《ぬす》まれたる語《こと》 第三

今昔《いまはむかし》、天竺《てんじく》に一《ひとつ》[一]の国有り。其の国の国王、世に並び無き宝なる、[二]夜《よる》光る玉を持給《もち》へり。宝蔵《ほうぞう》に納め置き給ひたりけるを、盗人有《ぬすびとあり》て、[三]何《いか》に構《かまえ》たるにか有《あら》む、盗《ぬすみ》てけり。

国王歎き給て、「[四]若《も》し其れや取《とり》つらむ」と疑はしく思ひ給《たまい》ければ、[五]只問《ただとわ》むには可云《いうべ》き様《よう》無ければ、此を云《いわ》すべき[六]構へを謀《たば》かり給《たまい》ける様《よう》、[七]高楼《こうろう》を[八]七宝《しちほう》を以て荘《かざ》り、[九]玉の幡《はた》を懸け錦《にしき》を以て地《じ》に敷き、[一〇]荘厳無量《しょうごんむりょう》にして、端厳美麗《たんごんびれい》の女共《ども》に[一一]微妙《みみょう》の衣服共《えぶくども》を令着《きし》め、[一二]花鬘《けまん》を懸け其の身を飾り、[一三]琴瑟《きんしつ》・琵琶《びわ》等の微妙《みみょう》の音楽を唱へ、様ゝ《さまざま》の楽びを集めて、此の玉盗《ぬすみ》たらむと思《おぼ》す人を召《めし》て、痛く酔《え》ふ酒を多く令飲《のまし》めて、善《よ》く酔《えい》て[一四]死《しに》たる如くにて令酔《えわし》め臥《ふ》せつ。

第三話 出典未詳。源泉は撰集百縁経・八・盗賊人縁。打聞集・15に同文的同話、名大本百因縁集・55、三国伝記・四・19に同話がある。

一 撰集百縁経では毘舎離国(→一四二頁注一五)での出来事。 二 夜光の玉。暗夜でも光る玉。

三 どう工夫したのか。

四 もしや誰某が盗んだのではないかと。

五 ただ訊問したのでは白状するはずがないので。

六 仕掛け。企み。

七 高層の建築。

八 →一二三頁注一九。

九 玉幡(ぎょくはん)。珠玉を綾取りしてつないだ装飾。後には仏具となる。

一〇 この上もなく美しく荘重に飾って。

其の後《のち》、[一五]蜜《ひそか》に掻《かき》て、彼《か》の飾れる楼《ろう》の上に[一六]将上《いてのぼせ》て臥《ふ》せつ。亦《また》、其の人にも微妙《みみよう》の衣《え》服共《ぶくども》を着せ、花鬘・[一七]瓔珞《ようらく》を懸《かけ》させて臥《ふせ》たり。雖然《しかりといえど》も善《よ》く酔《えい》たれば、露《つゆ》知る事無し。酔《え》ひ[一八]漸《ようや》く醒《さ》めて起き上《あがり》て見るに、此の世にも不似《に》ず、微妙の荘厳《しょうごん》せる[一九]土《ところ》也。見廻《みめぐら》せば四《よつ》の角《すみ》に[二〇]栴檀《せんだん》・[二一]沈水《じんすい》等の香《こう》を焼《たき》たり。其の匂《にお》ひ[二二]不可思議にして、芳《こうばし》き事無限《かぎりな》し。玉の幡《はた》を懸け、微妙の錦を天井《てんじょう》に張り地《じ》に敷《しき》てあり。[二三]玉の女共《ども》、[二四]髪を上け、玉の[二五]装束《しょうぞくし》て居並《いなみ》て、琴瑟・琵琶等を弾《ひ》き遊ぶ。

此れを見て、「我れは何《いか》なる所に来《きたり》たるならむ」と思《おもい》て、傍《かたわら》に近き女に、「爰《ここ》は何《いど》こぞ」と問ふ。女答《こたえ》て云《いわ》く、「此れは天也」と。男の云《いわ》く、「何《いか》で我は天には可生《うまるべ》きぞ」と。女の云く、「汝は偽言《いつわりこと》を不為《せね》ば天には生れたる也」と。[二六]如此《かくのごと》く構《かま》ふる様《よう》は、「汝は[二七]盗《ぬすみ》や為《し》たりし」と問はむと為《す》る也。「不虚言《そらごとせざ》る者、天に生る」と云ひ聞《きか》せたれば、有《あり》のまゝに、「[二八]不虚言《そらごとせ》じ」と思《おもい》て、

一一　美しくすばらしい衣服。
一二　華鬘。生花をつなぎ連ねた飾り。後には金属製の仏具となる。
一三　大型の琴。
一四　死んだように泥酔させた。
一五　そっと担いで。
一六　連れて(担いで)登って寝かせた。
一七　装身具。→一九頁注一八。
一八　次第に。徐々に。
一九　場所。
二〇　白檀の異名。
二一　→一三六頁注一八。
二二　霊妙で。
二三　玉のように美しい女。
二四　髪上げをして。
二五　玉のように美しい装束を身にまとって。
二六　このように企んだわけは。
二七　盗んだことがあるか。
二八　嘘をつくまいと思って。

「盗《ぬすみ》き」と云はゞ、「然《さ》らば、其の国の王の宝に為《せ》し玉は盗《ぬすみ》てや有《あり》し」と問はむに、「盗《ぬすみ》たりき」と云はゞ、「何《いか》なる所にか置《おき》たる」と問はむに、「然ゝ《しかしか》の所になむ置《おき》たる」と云はゞ、其の時に有り所を慥《たしか》[一]に聞《きき》て、人を遣《つかわし》て取らむと云《いう》事を謀《はかりごと》[二]つ也《なり》けり。

さて女の「不虚言《そらごとせ》ぬ人の生るゝ天也」と云ふを聞《きき》て、玉の盗《ぬす》人《びと》うなづく。女の云《いわ》く、「盗《ぬすみ》や為《し》たりし」と。盗人《ぬすびと》其の答《こたえ》をば不云《いわ》ずして、此の居並《いなみ》たる女を[三]毎面《おもてごと》に守《まぼ》り渡[四]わたす。遍《あまね》[五]く護《まぼり》て、頸《くび》[六]を曳入《ひきい》れて云ふ事無し。度ゝ《どど》[七]問ふと云へども更《さら》に不答《こたえ》ず。女問ひ煩《わずらい》て云《いわ》く、[八]「かく云ふ事無き人は此の天に不生《うまれ》ず」と云《いい》て追下《おいおろ》しつ。国王謀《たばか》り侘《わ》び給て、思ひ[九]得《え》給ふ様《よう》、「此の盗人を大臣に成《なし》てむ。我れと一[一〇]つ心に成して謀 試《たばかりこころみ》む」と思《おもい》給て、大臣に被成《なさ》れぬ。

其の後《のち》は、墓無《はかな》[一一]き事も大小《だいしょう》[一二]に付けて皆、此の人に云ひ合せ給[一三]ふ。無限《かぎりな》く睦《むつま》しく成《なり》給て後、身に露《つゆ》隠したる事無く互に成《なり》ぬ。

一 しかと聞いて。
二 企んでいたのである。
三 女の顔を一人ずつじっと見つめていく。
四 「わたす」は「渡」の全訓捨仮名。
五 全部見つめ終ると。
六 首を引っ込めて。
七 何度も
八 計略がうまく行かず困惑なさって。
九 思いつかれたことは。
一〇 心の隔てがないように。
一一 些細なことも。
一二 大事も小事も全て。
一三 相談なさった。
一四 国王。↓一八七頁注一五。
一五 取り戻したいと思うのだが、うまい方法もない。
一六 その犯人を捜し出して、もし取り戻せたら、この国の半分を分けて統治させよ

其の後、天皇[一四]大臣に宣《のたま》ふ様《よう》、「我れ内内《うちうち》に思ふ事なむ有る。先《せん》年《ねん》に並び無き宝と思ひし玉をなむ被盗《ぬすまれ》にし。其れ返し[一五]得《え》むと思へども、可得《うべ》き様《よう》も無し。其れ[一六]盗《ぬすみ》たらむ人を尋《たずね》て還《かえ》し得《えた》らば、此《この》国半国を分《わかち》て令知《しらしめ》むと思ふに、其の由宣旨《せんじ》[一七]下《くだ》せ」と仰せ給ふ時に、大臣の思はく、「我が玉を盗《ぬすみ》し事は身[一八]の故也。而《しかる》を国半国を分《わかち》て可知《しるべ》[一九]くは、玉を[二〇]深く隠して益無《やくな》し。此の時に申し出《い》で丶半国を分《わかち》て知《しら》む」と思得《おもいえ》て、軟《やわ》[二一]らあぐみ寄《より》て国王に申して云《いわ》く、「己《おの》れこそ其の玉は盗《ぬすみ》て持《もち》て候《さぶら》へ。国半《なかば》を分《わかち》て可給《たまうべ》くは、其れを奉らむ」と。

其の時に、天皇無限《かぎりな》く喜《よろこび》て、半国を可知《しるべ》き宣旨を被下《くだされ》ぬ。大臣玉を取り出《い》で丶、国王に奉りつ。国王の宣《のたま》はく、「此の玉を得《え》つる、無限《かぎりな》き喜びと為《す》る所也。年来《としごろ》[二二]思ひつる本意《ほんい》、今なむ叶《かない》ぬ。大臣永く[二三]可知《しるべ》し、半国を。抑《そもそ》も先年に天[二四]の楼《ろう》を造《つくり》て昇《のぼ》せたりし時、云ふ事無くして頸《くび》を曳《ひき》入れて有りしは、何《いか》なりし事

うと思うので。
一七 国王の命令。勅命。
一八 わが身ゆえ。自分の暮らしのため。
一九 統治できるのなら。
二〇 隠し込んでいても仕方がない。
二一 足を組んで坐ったまま、ゆっくりすり寄って。あぐむはあぐらを組む意。
二二 何年も前から。
二三 統治するがよい。
二四 天に擬した楼閣を作って。

ぞ」と。大臣の申さく、「先年に[一]盗《ぬすみ》を仕《つかまつらん》が為に僧房《そうぼう》に入《いり》たりしに、比丘《びく》経《きやう》を読み奉《たてまつり》て不寝《ねざり》しかば、寝《ぬ》るを待《まつ》とて壁の[二]辺《ほと》りに立副《たちそい》て聞き立《たて》りしに、比丘経《きやう》を読む様《よう》、「[三]天人《てんにん》は目不瞬《まじろ》かず、人間《にんげん》は目瞬《まじろ》く」と読み奉《たてまつり》しに、[四]聞《きき》しかば、天人は目不瞬《まじろ》かずと知《しり》たるに、此の楼の上に居並《いなみ》たりし女、[五]皆目瞬《まじろきし》かば天には非《あら》ぬ也《なり》けりと思《おもい》て、[六]申す事無くして止《やみ》にし也。[七]盗《ぬすみ》を仕《つかまつ》る事無《な》からましかば、其の時に被謀《はから》れて[八]辛《から》き目をぞ見《み》まし、今日大臣に成《なり》て、半国の王とは成《なら》ざらまし。此れ[九]偏《ひとえ》に盗《ぬすみ》の徳也」となむ云ひける。[一〇]此れは経の説《せつ》也とぞ僧語りし。

然《さ》れば、悪《あ》しき事と善《よ》き事とは、[一一]差別《しやべつ》有る事無《なし》。只《ただ》同じ事也。[一二]智《さと》り無き者《も》の、善悪異《ぜんあくこと》也とは弁《わきまう》る也。彼《か》の[一三]央崛魔羅《おうくつまら》は[一四]仏の御指を不切《きら》ずは、忽《たちまち》に[一五]道《どう》を可成《じようずべ》きに非《あら》ず。[一六]阿闍世《あじやせ》[一七]王《おう》父を不殺《ころさ》ずは、何《いか》でか[一八]生死《しようじ》を可免《まぬかるべ》き。盗人《ぬすびと》玉を不盗《ぬすま》ずは、大臣の位《くらい》に昇らむや。此を以て善悪一つ也と可知《しるべ》しとなむ語り伝へたるとや。

一 盗みを致しますために。 二 壁際に立ちそって聞き耳を立てていたところ。 三 天人はまばたきしない。 四 それを聞いたので。 五 皆まばたきしたので、これは天ではないと思って。 六 何も申し上げずに終ったのです。 七 盗みを致しませんでしたら。下の「成ざらまし」に係る。 八 つらい目に遭ったでしょう。 九 全ては盗みのおかげです。 一〇 打聞集「経ニ説タルト僧ノ語シ」。 一一 本質的な区別はない。 一二 打聞集「悪事善事ハワキマフル事無シ」。 一三 真実を洞察する力のない者が。 一三 鴦掘魔羅。↓五八頁注一。 一四 この故事は巻一・16話に詳しい。 一五 悟りを開く

一角仙人《いつかくせんにん》女人《にょにん》を負《お》はれ、山《やま》より王城《おうじよう》に来《きた》れる語《こと》第四

今昔《いまはむかし》、天竺《てんじく》に一人《ひとり》の仙人有《あり》けり。名をば一角仙人《いつかくせんにん》と云ふ。額《ひたい》に角《つの》一つ生《おい》たり。此の故に一角仙人とは云ふ也。[一九]深き山に行《おこな》ひて、[二〇]年多く積《つもり》にけり。雲に乗《のり》て空を飛び、高き山を動《うご》かして禽獣《きんじゆう》を随ふ。而《しか》る間に、俄《にわか》に大《おおき》なる雨降《ふり》て道極《きわめ》て悪《あ》しく成《なり》たるに、此の仙人、[二一]何《いか》なるにか有りけむ、[二二]思《おもい》も不敢《あえ》ず、[二三]歩《かち》より行き給ひけるに、山峻《さがし》くして[二四]不意《ふい》に踏みすべりて倒《たおれ》ぬ。年は老《おい》てかく倒れぬるを、[二五]いみじく腹立《たち》て思はく、「世の中に雨の降ればかく道も悪《あし》く成《なり》て倒《たお》るゝ也。[二六]苔《こけ》の衣《ころも》も[二七]湿《うるい》たるは糸着《いとき》悪《に》くし。[二八]然《さ》れば雨を降《ふら》す事は竜王《りゆうおう》の為《す》る事也」とて、忽《たちまち》に諸《もろもろ》の竜王を捕へて[二九]水瓶《すいびよう》一つに入《いれ》つれば、諸《もろもろ》の竜王歎き悲む事無限《かぎりな》し。

ことは出来なかっただろう。
一六 →一二七頁注九。
一七 この故事は巻三・27話に詳しい。
一八 生死輪廻の苦を脱却することはなかっただろう。
第四話 出典未詳。源泉は大智度論・一七・呵触欲(法苑珠林・七十一にも所引)。南伝ではジャータカ・523(アランブサー・ジャータカ)。太平記・三十七・一角仙人事、三国伝記・二・28などに同話。謡曲「一角仙人」、歌舞伎「鳴神」としても喧伝。
一九 修行して。
二〇 長年になった。
二一 どういうわけだろうか。
二二 (空を飛べる仙人なのに)意外にも(悪路を)歩いておられたが。
二三 険し

かゝる狭《せば》き物に諸《もろもろ》の竜王の大《おおき》なるを取り入れたれば[一]、狭《せば》く破《わり》[二]無《な》くて動《はたら》きも不為《せ》ぬに、極《きわめ》て侘《わび》しけれども、聖人《しょうにん》の極《きわめ》て貴《とうと》き威《い》力《りき》に依《より》て[三]可為《すべ》き方《ほう》無し。而《しか》る間、雨不降《ふら》ずして既に十二年に成《なり》ぬ。此《これ》に依《より》て世の中皆[四]旱魃《かんばつ》して、[五]五天竺《ごてんじく》皆歎き合へる事無限《かぎりな》し。[六]十六の大国の王、様々《さまざま》の祈禱《きとう》を致して雨の降らむ事を願ふと云へども、[七]更《さら》に力不及《およば》ず。何《いか》なればかく有ると云ふ事を不知《しら》ず。而《しか》る程に、或る[八]占師《うらのし》の云く《いわ》、「此れより[九]丑寅《うしとら》の方《かた》に深き山有り。其の山に一人の仙人有り。雨を降《ふら》す諸《もろもろ》の竜王を取り籠《こめ》たれば、世の中に雨は不降《ふらざ》る也。[一〇]止事無《やむことな》き聖人達《しょうにんたち》を以て祈らしめ給ふと云へども、彼《か》の聖人の験《げん》[一一]には不可及《およぶべから》ず」と。

此れを聞《きき》て諸《もろもろ》の国の人、何《いか》が可為《すべ》きと思ひ廻《めぐら》すに、更に[一二]難思得《おもいえがた》し。一人の大臣有《あり》て云く《いわ》、「止事無《やむことなき》聖人也と云ふとも、[一三]色にめでず、[一四]音《こえ》に不耽《ふけら》ぬ者は不有《あら》じ。昔[一五]鬱頭藍《うつずらん》と云《いい》ける仙人は、謬者《いつわりもの》かは、此にも増《まさ》りてこそは有りけめ。然而《しかれど》も色に耽《ふけり》て

くて。 二四 思いがけず。
二五 ひどく腹を立てて。
二六 僧や隠者・仙人などが着る粗末な衣服。 二七 湿ったのは着心地が非常に悪い。
二八 そもそも。
二九 水を入れる器。

一 閉じ込めたので。
二 狭くてどうにもならず、身動きも出来ない。
三 どうしようもない。
四 日照り。 五 全インド。↓四九頁注三二。
六 古代インドで勢力のあった一六の大国。
七 全く効験がない。
八 うらない師。 九 東北。
一〇 いくら貴い聖人たちに祈禱をおさせになっても。
一一 験力。 一二 よい知恵は一向に浮かばない。
一三 女の色に引かれず。

忽《たちまち》に[一六]神変《じんぺん》も失《うしな》にけり。然《さ》れば試みに、十六の大国の中に端《たん》正《じようび》美麗《れい》ならむ女人《によにん》の音美《こゑび》ならむを召し集めて、彼《か》の山の中に遣《つかわし》て、峰高く谷深くして、仙人の栖《すみか》・聖人の居所《きよしよ》と見えむ所《ところ》〻《どころ》にて、[一七]哀《あわ》れに謡《おもしろ》く歌を詠《うたわ》ば、聖人也とも、其れを聞《きき》て解け[一八]給ひなむかし」と申せば、「[一九]速《すみやか》に然《し》か可有《あるべ》し」と被定《さだめら》れて、世に端厳美麗《たんごんびれい》にして音美《こゑび》なる女を撰《えらび》て、五百人を召して、[二〇]微妙《みみよう》の衣《え》服《ぶく》を令着《きし》め、[二一]栴檀香《せんだんこう》を塗り沈水香《じんすいこう》を浴《あむ》して、微妙《みみよう》に飾れる五百の車に乗せて遣《つかわ》しつ。

女人等《ら》山に入《いり》て、車より下《お》りて五百人打ち群れて歩《あゆ》び寄《より》たる様《さま》、[二二]云はむ方《かた》無く目出《めで》たし。[二三]十二十人づゝ歩《あゆ》び別れて、可然《しかるべ》き窟《いわや》の廻《めぐ》り、木の下・峰の間などにて、哀れに歌を詠《うた》ふ。山も響き谷も騒ぎ、天人《てんにん》も下《くだ》り竜神《りゆうじん》も[二四]趣《おもむく》べし。而《しか》る間に、[二五]幽《かすか》なる窟《いわや》の側《かたわら》に、苔《こけ》の衣《ころも》を着たる一人の聖人《しようにん》有り。[二六]瘦《や》せ羸《つか》れて身に肉《しし》無し。[二七]骨と皮との限りにて何《いど》こにか魂は隠れたらむと見ゆ。額《ひたい》に

一四 女の声に惑わない者はあるまい。
一五 ウッダカ・ラーマプッタ(鬱頭藍弗・鬱頭藍)。釈尊が出家後、阿羅邏・伽羅の次に訪ねて教えを乞うた仙人。空を飛んで王宮に往復していたが、后の手に触れて通力を失い、歩いて帰ったという(大智度論・十七)。
一六 神通力。 一七 思いを込めて心にしみるように。
一八 心がゆるむ。
一九 早速そうせよ。
二〇 美しくすばらしい衣服。
二一 白檀の香油を身体に塗り、沈香(→一三六頁注一八)の水で沐浴して。
二二 言いようもなくすばらしい。 二三 一〇人あるいは二〇人ずつ。
二四 来るかと思われる。
二五 奥深い洞窟。

角《つの》一つ生《お》ひたり。怖《おそろ》し気《げ》なる事無限《かぎりな》し。影の如くして[一]杖《つえ》に懸《かか》りて、水瓶《すいびょう》を持《もち》て[二]咲《え》み枉《まげ》て[三]逶《よろぼ》ひ出《いで》たり。

云ふ様《よう》、「此《こ》は何《いか》なる人ゝのかく御《おわ》していみじき歌をば詠《うた》ひ給ふぞ。我れは此の山に住《じゅう》して千年に成り侍《はべ》りぬれども、未《いま》だか〻る事をなむ不聞侍《ききはべら》ぬ。天人の下《くだ》り給へるか、[四]魔縁《まえん》の来《きた》り近付くか」と。女人答《こたえ》て云《いわ》く、「我等は天人にも非《あら》ず、魔縁にも非《あら》ず、五百の[五]けから女《にょ》と云《いい》て天竺《てんじく》に[六]一党としてかく様《よう》に罷《まか》り行《ある》く者也。其れが、此の山並び無く譤《おもしろ》くして、万《よろず》の花栄《さ》き水の流れ目出《めで》たくて、其の中に止事無《やむことな》き聖人御坐《おわしま》すと聞《きき》て、『歌詠《うた》ひて聞《きか》せ奉らむ。か〻る山中《やまなか》に御坐《おわしませ》ば、[七]未《いま》だ如此《かくのごとき》の事をも聞《きか》せ不給《たまわ》じ。亦、[八]結縁《けちえん》も申さむ』と思ひて[九]態《わざ》と参《まいり》たる也」と云《いい》、歌を詠《うた》ふを聖人聞《きき》て、実《まこと》に古《いにしえ》も今も未《いま》だ不見《み》ぬ姿共《ども》して、艶《えもいわ》ず哀れに詠《うた》ひ居たれば、[一〇]目も曜《かかや》く心地《ここち》して、心も動き魂も迷《まど》ひぬ。

聖人《しょうにん》の云《いわ》く、「我が申さむ事には随ひ給ひなむや」と。女、

二六 痩せさらばえて。
二七 骨と皮ばかりで、どこに魂が隠れているのか(魂が宿る場所もなさそうだ)。
一 杖に寄り掛かって。
二 満面に笑みを浮かべて。
三 よろよろと出てきた。
四 魔物。 五 甄陀羅女(けんだらにょ)の訛。緊那羅ともいい、音楽神。天竜八部衆の一。 六 一団。
七 まだこんな歌もお聞きではないだろう。
八 縁も結ばせていただこう。
九 わざわざ。 一〇 目もまばゆい心地がして。
一一 だいぶ柔らかくなってきたようだ。
一二 うまく堕落させてやろう。
一三 仰せの通りに致します。
一四 ちょっと触れさせてい

「[一一]耎《やわら》ぎたる気色《けしき》也、[一二]計《はか》り落してむ」と思へば、「何《いか》なる事也とも[一三]何《いか》でか不承《うけたまわら》ざらむ」と。聖人の云く、「少し[一四]触《ふ》ればひ申さむとなむ思ふ」と、[一五]糸強ゝ《いとこわごわ》し気《げ》に[一六]月無気《つきなげ》に責め云ふに、女、[一七]且《かつ》は怖《おそろ》しき者の[一八]心不破《やぶ》らじと思ふ、且《かつ》は角生《つのおい》て[一九]疎《うと》ましけれど、国王態《わざ》と然《し》か可有《あるべ》しとて遣《つかわし》たれば、終《つい》に怖ゝ《おずおず》聖人の云ふ事に随ひぬ。

其の時に、諸《もろもろ》の竜王喜びを成して、[二〇]水瓶《すいびょう》を蹴破《くえやぶり》て空に昇《のぼり》ぬ。[二二]昇《のぼる》や遅《おそ》きと虚空《こくう》陰《くも》り塞《ふさ》がりて、[二一]雷電霹靂《らいでんへきれき》して大雨降《ふり》ぬ。女可立隠《たちかくるべ》き方《ほう》無けれども可還《かえるべ》き様《よう》無ければ、怖《おそろ》し乍《なが》ら日来《ひごろ》を経《へた》る程に、聖人此の女に心深く[二三]染《そみ》にけり。[二四]五日と云ふに、雨少し止《やみ》て空晴《はれ》ぬれば、女聖人《しょうにん》に云《いわ》く、「[二五]かくて可侍《はべるべ》き事に非《あら》ねば還り侍《はべ》りなむ」と云ふに、聖人別れ惜《おし》むで、「然《さ》らば可還給《かえりたまうべき》也」と云ふ気色《けしき》、[二六]心苦し気《げ》也。女の云《いわ》く、「[二七]未《いま》だ不習《ならわ》ざる心地《ここち》に、かゝる巌《いわお》を[二八]歩《かち》より歩《あゆみ》て足も皆腫《はれ》にたり。亦、[二九]還らむ道も不思侍《おぼえはべ》らず」と。聖人、「然らば、山の程は道の[三〇]指南《しるべ》をこそはし侍《はべら》め」

ただきたい。
一五 ぎこちなく、無骨に。
一六 場違いな態度で迫って来るので。
一七 一方では。
一八 機嫌を損なうまいと思い。
一九 気味が悪いが。
二〇 仙人が女犯の罪を犯したので通力が失せたのである。
二一 雷鳴が轟き稲妻が走って。
二二 (仙人のもとで)何日か過ごすうちに。
二三 すっかり心を奪われてしまった。
二四 五日目に。
二五 いつまでもこうしてはいられませんので。
二六 つらそうである。
二七 まだ体験したこともなくて。初めて。
二八 徒歩で。歩いて。
二九 帰る道もわかりません。
三〇 案内。

と云《いい》て、前立《さきだち》て行くを見れば、頭《かしら》は雪を戴《いただき》たる如し。面《おもて》は波を畳《たた》みて、額《ひたい》には角《つの》一つ生《お》ひたり。腰は[一]二ゑ《ふた》に曲《かがまり》て苔《こけ》の衣を被き[二]たり。錫杖《しやくじよう》を杖に突《つき》て[三]わなゝき逶《よろぼ》ひ行くを見るに、[四]且《かつ》は嗚呼《おこ》がましく、且《かつ》は怖《おそろ》し。

而《しか》る程に、一《ひとつ》の谷を渡るに艶《えもいわ》ぬ[五]碊道《かけじ》有り。屏風《びようぶ》を立《たて》たる如く也。巌《いわお》の高く峻《さがし》き下には大《おおき》なる滝有り。下には[六]淵《ふち》有り。下より逆《さか》さまに涌《わ》き上《あが》る様《よう》なる白波立《たち》て、見渡せば雲の浪・烟《けぶり》の浪、糸《いと》深し。実《まこと》に、[七]羽《はね》不生《おい》ず竜に不乗《のら》ずは不可渡《わたるべから》ず。其の所に至《いたり》て、女聖人《しようにん》に云《いわ》く、「此の所こそ難渡得《わたりえがた》く侍《はべ》れ。[八]見るにそら目暗《く》るゝ心地《ここち》して物不思《おぼえ》ず。[九]何況《いかにいわん》や、渡らむ事をや。聖人は常に行き習ひ給へり。我れを負《おい》て渡り給へ」と。聖人《しようにん》此の人に心深く移《うつりに》ければ、云ふ事難背《そむきがた》くて、「然《し》か侍《はべ》る事也。負はれ給へ」と云ふ。[一〇]中〻《なかなか》に脛《はぎ》は[一一]採断《つみた》つ許《ばかり》にて打ち落《おち》や為《せ》むと怖《おそろし》けれども、負はれぬ。其の所をば渡《わたり》ぬれども、女、「今暫《しば》し」と云《いい》て王城《おうじよう》

一　二重(ふたえ)。ひどく腰が曲がった形容。
二　「き」は「被」の全訓捨仮名。
三　震えよろけながら行くのを見ると。
四　おかしくもあり、恐ろしくもある。
五　かけはし。桟道。
六　滝壺。
七　羽根が生えるか竜に乗らなければ。
八　見ただけでも。
九　まして。
一〇　かえって。「打ち落や為む」に係る。
一一　つまむと折れそうで。
一二　道中の人をはじめとして。
一三　さしも広大な。
一四　ずり下がってくると。
一五　早速お帰りくださいませ。
一六　これまでは空を飛んで

いたのに。

まで負はれ乍《なが》ら入《いり》ぬ。

[一二]道より始めて見《み》と見る人、其《それ》の山に住む一角仙人《いっかくせんにん》と云ふ聖人、けから女《にょ》を負《おい》、王城《おうじょう》へ入《いる》とて、[一三]若干《そこばく》広き天竺《てんじく》の人、高《たかき》も賤《いやしき》も男女《なんにょ》皆集《あつまり》て此れを見るに、額《ひたい》に角《つの》一つ生《おい》たる者《も》の、頭《かしら》は雪を戴《いただ》けるが如し。脛《はぎ》は針の如《ごとく》して錫杖《しゃくじょう》を女の尻《しり》に充《あ》てゝ、[一四]垂下《たれさが》ればゆすり上《あげ》て行くを咲《わら》ひ嘲《あざけ》らぬ人無し。国王の宮に入《いり》ぬれば、国王嗚呼《おこ》也とは思《おぼ》せども、聖人止事無《やむことなき》人也と聞《きき》て、敬《うやま》ひ畏《かしこま》りて、「[一五]速《すみやか》に還り給ひね」と有れば、[一六]空を飛《とび》て行《あるき》し心に、此の度《たび》は逶《よろぼ》ひ倒れてぞ還《かえり》にける。かく嗚呼《おこ》なる聖人こそ有《あり》けれとなむ語り伝へたるとや。

国王《こくおう》、求法《ぐほう》の為《ため》に針《はり》を以《も》て身《み》を螫《さ》されたる語《こと》

第十

今昔《いまはむかし》、天竺《てんじく》に国王一御《おわし》けり。法を求めむが為に、王位《おうい》を捨てゝ山林《さんりん》に交《まじわり》て修行し給ひけり。

其の時に、一人の仙人出来《いできたり》て国王に告《つげ》て云《いわ》く、「我れ法文《ほうもん》二を三持《たも》てり。汝に教へむと思ふ、何《いか》に」と。国王答《こたえ》て宣《のたま》はく、「我れ法を求めむが為に山林に修行せり。速《すみやか》に可教《おしうべし》」と。仙人の云《いわ》く、「我が云はむ事に随はゞ可教《おしうべ》し。不随《したがわ》ずは不可教《おしうべから》ず」と。王答《こたえ》て宣《のたま》はく、「我れ若《も》し法を聞く事有らば、身命《しんみょう》を不可惜《おしむべから》ず。四何況《いかにいわん》や、余《よ》の事をや」。仙人の云く、「若《も》し然《さら》ば九十日の間、一日に五五度《たび》、針を以て其の身を被突《つかる》六れば、我れ貴き法文《ほうもん》を教へむ」と。国王の宣《のたま》はく、「譬《たと》ひ一日《ひとひ》に百千度突くと云ふとも、法の為に身を惜《おし》む事不有《あら》じ」と宣《のたまい》て、仙人に身を任《まか》七せて立《たち》給へ

第十話　出典未詳。源泉は賢愚経・一・梵天請法六事品。法華経・五・提婆達多品の阿私仙給仕に関連づけて改作か。三国伝記・一・4、名大本百因縁集・1に同文的同話がある。

一 賢愚経では、王の名は毘楞竭梨、仙人の名は労度差。

二 仏の教え(真理)を記した文。

三 憶持している。心にとどめて信受、実行している。

四 まして、身命を捨てる以外のことなら、いうまでもない。

五 三国伝記・因縁集「五十度」。

六 針で突かれるのに耐えたならば。

七 ゆだねて。因縁集「枉テ」は身をかがめる意。

八 前後には「五度」とあるの

り。

其の時に仙人、針を以《も》て身を[八]五十度突くに、[九]痛む事無し。如此く《かくのごとく》一日に五度突く。三日と云ふに、仙人問《とい》て云《いわ》く、「汝若《も》し痛《いたみ》や有る、[一〇]痛くは去《い》ね。九十日の間《あいだ》如此く《かくのごとく》突かむに何《いかん》ぞ」と。国王の宣《のたま》はく、「地獄に堕《おち》て[一一]銅燃燼火《どうねんじんか》に身を被焼《やか》れ、[一二]刀山《とうせん》火樹《かじゅ》に身を交へむ時の痛さは、[一三]去《い》ねとやは云はむずる。彼《か》の時[一四]に准《なずら》ふるに、此の苦は百千万億の其の一にも不及《およば》ず。然《さ》れば[一五]不可痛《いたむべから》ず」と宣《のたまい》て、九十日の間、能《よ》く忍《しのび》て痛む事無し。

其の後《のち》仙人、[一六]八字《はちじ》の文《もん》を教《おしえ》たり。所謂《いわ》ゆる「[一七]諸悪莫作《しょあくまくさ》、諸善《しょぜん》奉行《ぶぎょう》」と云へり。其の時の国王と申すは、[一八]釈迦仏《しゃかほとけ》此れ也。其の時の仙人と[一九]云いは、今の[二〇]提婆達多《だいばだった》此れ也となむ語り伝《つたえ》たるとや。

と矛盾する。三国伝記・因縁集は一貫して「五十度」。↓注五。　九 痛いとは思わなかった。

一〇 痛いか。痛いなら立ち去れ。

一一 正しくは、炯燃猛火。激しく燃え盛る猛火。

一二 三国伝記「刀山剣樹」。因縁集には該当句なし。

一三 痛いなら立ち去れと言って済みはしない。

一四 比べると。

一五 痛いなど思いもしません。

一六 八字からなる法文。

一七 一切の悪事をなさす、一切の善事を行え。

一八 今の釈尊である。

一九 「い」は「云」の全訓捨仮名。「いふは」の音便形「いっぱ」の促音無表記例。

二〇 →五一頁注一。

三《み》つの獣《けだもの》菩《ぼ》薩《さつ》の道《みち》を行《ぎよう》じ、菟身《うさぎみ》を焼《や》ける語《こと》　第十三

今昔《いまはむかし》、[一]天竺《てんじく》に菟《うさぎ》・狐・猿、三《みつ》の獣有《けだものあり》て、共に[二]誠《まこと》の心を発をこして[三]菩《ぼ》薩《さつ》の道《どう》を行ひけり。各《おのおの》思はく、「我等前世《ぜんぜ》に[四]罪障深《ざいしようじん》重《じゆう》にして賤《いやし》き獣と生《うまれ》たり。此れ前世《ぜんぜ》に生《しよう》有る者を不哀《あわれば》ず、財物《ざいもつ》を惜《おしみ》て人に不与《あたえ》ず。如此《かくのごと》くの罪《つ》み深くして地獄に堕《おち》て、苦を久《ひさし》く受《うけ》て[五]残《のこり》の報《ほう》に[六]かく生《うまれ》たる也。然《さ》れば此の度《た》び、[七]此の身を捨てむ」。[八]年《と》し我より老《おい》たるをば祖《おや》の如くに敬ひ、年我より[九]少し進《すすみ》たるをば兄の如くにし、年我れより[一〇]少し劣《おとり》たるをば弟の如く哀《あわれ》び、[一一]自《みずか》らの事をば捨てゝ[一二]他《ほか》の事を前《さき》とす。

[一三]天帝尺《てんたいしやく》此れを見[一四]給て、「此等《これら》獣の身也と云へども、[一五]難有《ありがた》き心也。[一六]人の身を受《うけ》たりと云へども、或《あるい》は生《いき》たる者を殺し、或は人の財《たから》を奪《ば》ひ、或は父母《ぶも》を殺し、或は兄弟を[一七]讎敵《あたかたき》の如く思ひ、

第十三話　直接の出典は未詳。源泉は大唐西域記・七・婆羅痆斯国。六度集経その他に所伝が多く、南伝ではジャータカ・316（ササ・ジャータカ）。
一 西域記では舞台は婆羅痆斯国（→一〇三頁注一四）。
二 まことの信心を起こして。
三 六波羅蜜（布施・持戒・忍辱・精進・禅定・般若）の実践修行。自らの悟り（自利）だけでなく、利他の行を重んじる。
四 前世で犯した罪が重くて。
五 （地獄でも消し切れずに）残った報いで。
六 このように畜生の身に生まれたのだ。
七 わが身を捨てて善業を重ねよう。
八 「し」は「年」の捨仮名。年齢。
九 少し年上の者。
一〇 少し年下の者。

或は咲《えみ》一八の内にも悪《あ》しき思ひ有り、或は恋《こい》たる形にも嗔《いか》れる心深し。一九何況《いかにいわん》や、如此《かくのごとき》の獣は実《まこと》の心深く二〇難思《おもいがた》し。然《さ》れば試《こころみ》む」と思《おぼ》して、忽《たちまち》に老《おい》たる翁《おきな》の無力《むりき》にして羸《つか》れ無術気《ずつなげ》二一なる形に変じて、此の三《みつ》の獣の有る所に至《いたり》給て宣《のたま》はく、「我れ年老《お》ひ羸《つか》れて二二為《せ》む方《ほう》無し。汝達《なんだち》三の獣、我れを養《やし》なひ給へ。我れ子無く家貧《まず》しくして食物《じきもつ》無し。聞けば、汝達《なんだち》三の獣、哀《あわれ》みの心深く有り」と。三の獣此の事を聞《きき》て云《いわ》く、「此れ、我等が本の心也。二三速《すみやか》に可養《やしなうべ》し」と云《いい》て、猿は木に登《のぼり》て栗《くり》・柿《かき》・梨子《なし》・棗《なつめ》・柑子《かんじ》二四・橘《たちばな》・菴《こくわ》二五・椿標二六・郁子《むべ》二七・山女《あけび》等を取《とり》て持来《もてきた》り、里に出《いで》ては苽《うり》・茄子《なすび》・大豆《まめ》二八・小豆《あずき》・大角豆《ささげ》・粟《あわ》・稗《ひえ》・黍《き》び二九等を取《とり》て持来《もてきたり》て、好みに随《したがい》て令食《じきせ》しむ。狐は墓屋《つかや》三〇の辺《ほとり》に行《ゆき》て人の祭り置《おき》たる粢《しとぎ》三一・三二炊交《かしきがて》・鮑《あわび》・鰹《かつお》、種々《くさぐさ》の魚類三三等の取《とり》て持来《もてきたり》て、思ひに随《したがい》て令食《じきせし》むるに、翁《おきな》既に飽満《ぼうまん》三四しぬ。

如此《かくのごと》くして日来《ひごろ》を経《へ》るに、翁《おきな》の云《いわ》く、「此の二《ふたつ》の獣は実《まこと》に深三五

一一 自分のことは顧みず。
一二 利他の行を優先した。
一三 帝釈天。→一八頁注三。
一四 「み」は「見」の全訓捨仮名。
一五 珍しく殊勝な心がけ。
一六 人間の身に生まれていても。 一七 仇敵。
一八 笑顔の裏に悪心を隠し、思慕の姿に怒りの心を秘めているものだ。 一九 まして。
二〇 深いとは思い難い。
二一 よぼよぼの姿。
二二 どうにもならない。
二三 本望。望むところ。
二四 小型のミカン。
二五 サルナシ(猿梨)。マタタビ科の蔓性の木の実。
二六 ハシバミ(榛栗)。カバノキ科。
二七 アケビ科の蔓性の木の実。アケビに似るが開裂しない。 二八 だいず。

き心有りけり。此れ[一]既に菩薩《ぼさつ》也けり」と云ふに、菟は[二]励《はげみ》の心を発《おこ》して灯《ともしび》を取り、[三]香《こう》を取《とり》て、耳は高く[四]傴《くぐ》せにして、目は大きに、前の足短かく、尻の穴は大きに開《ひらき》て、東西南北求め行《あ》るけども、[五]更《さら》に求め得たる物無し。然《さ》れば猿・狐と翁と、[六]且《かつ》は恥《はじ》しめ、且《かつ》は蔑《あな》づり咲《わら》ひて励《はげま》せども、[七]力不及《およば》ずして、菟の思はく、「我れ翁を養はむが為に野山に行くと云へども、野山[八]怖《おそろ》しく破無《わりな》し。人に被殺《ころさ》れ、獣に可被噉《くらわるべ》し。[九]徒《いたずら》に、心に非《あら》ず身を失ふ事無量《はかりな》し。[一〇]只《ただし》不如《か》じ、我れ今此の身を捨てゝ、此の翁に[一一]被食《くらわれ》て[一二]永く此の生《しよう》を離《はなれ》む」と思《おもい》て、翁の許《もと》に行《ゆき》て云《いわ》く、「今我れ出《い》でゝ、[一三]甘美《かんび》の物を求《もとめ》て来《きた》らむとす。木を拾ひて火を焼《たき》て待ち給へ」と。[一四]然らば猿は木を拾ひて来《きたり》ぬ。狐は火を取《とり》て来《きたり》て焼付《たきつ》けて、[一五]「若《も》しや」と待つ程に、菟[一六]持つ物無くして来《きた》れり。其の時に猿・狐《きつ》[一七]ね、此れを見て云《いわ》く、「汝《なん》ぢ[一八]何物をか持《も》て来《きたる》らむ。[一九]此れ思《おもい》つる事也。虚言《そらごと》を以て人を謀《たばかり》て、木を拾はせ火を焼《たか》せて、汝ぢ[二〇]火を温《あたた》まむ

二九 「び」は「黍」の捨仮名。以上全て日本の風土の産物であることに注意。
三〇 未詳。墓所に作った小屋、三昧堂の類をさすか。
三一 水に浸して柔らかくした生米で作った餅状の食品。古来祭祀用の供物。
三二 混ぜ飯。 三三 上記もまた、きわめて日本的な食品である。 三四 満腹した。
三五 深い道心。

一 すでに菩薩の域に達している。 二 発奮して。
三 翁に灯・香を捧げたことをいうか。食物を探す場面と混淆して、文意不明確。
四 背を丸めて。
五 何一つ手に入らない。
六 一方では侮辱し、他方では嘲笑して。
七 どうにもならなくて。

とて、窨《あなに》く」[二一]と云へば、菟、「我れ食物《じきもつ》を求《もとめ》て持来《もてきた》るに無力《ちからな》し。然れば只我が身を焼《やき》て可食給《くらいたまうべ》し」と云《いい》て、火の中に踊入《おどりいり》[二二]て焼《やけ》死《しに》ぬ。

其の時に天帝釈、本形《もとのかたち》[二三]に復《ぶく》して、此の菟の火に入《いり》たる形を月の中に移して、普《あまね》く一切《いっさい》の衆生《しゆじよう》に令見《みしめむ》が為《た》めに、月の中に籠《こ》め給ひつ。然れば、月の面《おもて》に雲の様《ような》る物の有《ある》は、此の菟の火に焼《やけ》たる煙《けぶり》也。亦《また》、月の中に菟の有ると云《いう》は、此の菟の形也。万《よろず》の人、月を見む毎《ごと》に此の菟の事可思出《おもいいずべ》し。[二四]

八　恐ろしくて仕方がない。
九　心ならずも空しく死ぬ可能性が大きい。
一〇　倒置表現。……ナるのが最善だろう。
一一　食べてもらって。
一二　畜生としての身を永久に離脱しよう。
一三　おいしいもの。
一四　「然れば」とあるべきところ。　一五　ひょっとして、兎が食物を持って来るかと。
一六　手ぶらで帰ってきた。
一七　「ね」は「狐」の捨仮名。
一八　「ぢ」は「汝」の捨仮名。お前が何かを持って来るはずがない。　一九　案の定だ。
二〇　火に温まろうという魂胆だろう。　二一　「穴」と「憎」の合字。
二二　飛び込んで。
二三　本来の神の姿に戻って。
二四　定型的な結末の語句、と

師子《しし》猿《さる》の子《こ》を哀《あわ》れび、肉《しし》を割《さ》きて鷲に与《あた》へたる語《こと》 第十四

今昔《いまはむかし》し、天竺《てんじく》に深き山の洞《ほ》[一]らに一《ひとつ》の[二]師子《しし》住《すみ》けり。此の師子《しし》心の内に思ふ様《よう》、「我れは此れ諸《もろもろ》の獣《けだもの》の王也。然《さ》れば諸《もろもろ》の獣を護《まぼ》り哀《あわれ》ばむ」と思へり。

而《しか》るに、其の山の中に二《ふたつ》の猿有り。[三]妻夫《めおとこ》也。二の子を生じて養育す。其の子[四]漸《ようや》く勢長《せいちょう》ずるに、幼《おさな》かりし時には一をば腹に懐《いだ》き、一をば背《せなか》に負《おい》て、山野《せんや》に行《あるき》て菓《このみ》・蓏《くさのみ》を拾ひて子を養《や》しなひしに、勢長《せいちょう》じて後《のち》は、此の二の子を[五]懐《いだ》き負《お》ふに不能《あたわ》ず。亦《また》、山野に行《あるき》て菓《このみ》・蓏《くさのみ》を不拾《ひろわ》ずは、子共《こども》を[六]養はむ事も可絶《たゆべ》し。又[七]我等が命を助けむ事も難有《ありがた》し。亦、此の子共を栖《すみか》に置《おき》て出《い》でなば、空より飛ぶ鳥《と》[八]りも来《きたり》て食《くい》て去りなむとす。地《じ》より走る獣も[一〇]来《きたり》て取りて去《さり》なむとす。如此《かくのごと》く[九]思ひ煩《わずらい》て不出《いで》ざる程に、疲極《ひごく》

なむ語り伝へたるとや」がないのは、本生譚(ジャータカ)としての話の結び(「…は今の釈迦仏此也」)等に再考の要があったためか。

第十四話 出典未詳。源泉は大方等大集経・十一(法苑珠林・六十四所引)と大智度論・三十三(経律異相・十一所引)を勘案したものか。百座法談聞書抄・三月二十四日に智度論系の同話がある。

一 「ら」は「洞」の捨仮名。
二 獅子。ライオン。
三 夫婦。
四 次第に成長したが。
五 抱いたり背負ったりすることができない。
六 養うことができない。
七 自分たちの命をつなぐこともむずかしい。

して可餓死《うえしぬべ》し。一一為《せ》む方《ほう》を思ひ廻《めぐら》すに、猿の思ひ得《えた》る一二様《よ》ふ、「此の山峒《やまのほら》に一《ひとつ》の師子《しし》住む。此の子共《こども》の事を此の師子に一三云付《いいつけ》て、我等を一四山野《せんや》に出《い》で丶、菓《このみ》・蓏《くさのみ》を拾《ひろい》て子共をも養ひ、我等が命をも助けむ」と思ひ得《え》て、師子の峒《ほら》に行《ゆき》て師子に云《いわ》く、「師子は諸《もろもろ》の獣の王に在《まし》ます。然《さ》れば諸《もろもろ》の獣をば尤《もと》も可哀給《あわれびたまうべ》き也。一五其れに我も獣の一六端《はし》也、一七可哀給《あわれびたまうべ》き内也。而《しか》るに我れ二《ふたつ》の子を生ぜり。幼なかりし時には一をば背《せなか》に負ひ、一をば腹に懐《いだき》て、山野に一八罷行《まかりある》きて菓《このみ》・蓏《くさのみ》を拾《ひろい》て、子共をも養《やし》なひ、我等が命をも助けき。其れに子共漸《ようや》く勢長《せいちょう》じて後《の》ちは、負ひ懐《いだ》くにも不堪《たえ》ずして、山野に難罷出《まかりいでがた》し。然《さ》れば既に子共《こども》も我が身も共に命絶《たえ》なむとす。亦《また》、然《さ》りとて子共を置《おき》て罷行《まかりある》かば、一九諸《もろもろ》の獣の為に極《きわめ》て怖《おそろ》し。然《さ》れば不罷行《まかりあるかざ》る程に二〇羸《つか》れ極《こう》じて我が命も二一可絶《たゆべ》きを、菓《このみ》・蓏《くさのみ》を拾はむが為《た》めに山野に罷出《まかりいで》たらむ間、此の子共を師二二子《し》に預け、師子に預奉《あずけ》らむ。二三其の程、其の程二四平安《へいあん》に護《まぼり》て置《おき》給へ

八「り」は「鳥」の捨仮名。
九 思い悩んで。
一〇 疲弊して。　一一 方策を思いめぐらした結果。
一二「ふ」は「様」の捨仮名。
一三 言って頼んで。
一四「を」は「ら」(等の捨仮名)が正か。　一五 つきましては。　一六 端くれです。
一七 あわれんでいただける仲間のうちです。
一八 参りまして。
一九 他の獣たちに殺されはしないかと。
二〇 衰弱して。
二一 絶えそうですので。
二二 以下「獅子に預」が重出して文章が落ち着かない。
二三「其の程」が重出している。→前注。
二四 無事にお守りいただければ(幸いに存じます)。

れば」。師子答《こたえ》て云《いわ》く、「汝が云ふ所も可然《しかるべ》し。速《すみやか》に子共を将来《いてきたり》て我が前《ま》へに可置《おくべ》し。汝等《なんじら》が[一]還らむ間に我れ可護《まぼるべ》し」と[二]受けつ。猿喜《よろこび》て、子共を師子の前に置《おき》て、心安く山野に走り出《い》でゝ菓《このみ》・蓏《くさのみ》を拾ひ行《ある》く。

師子《しし》は前に猿の二の子を置《おき》て、[三]あから目《め》もせず護《まぼ》り居《い》たる程に、[四]聊《いささか》に居眠《いねぶり》たる程に、一の鷲来《わしきたり》て洞《ほら》の前なる木に隠れ居《い》て、「少し隙《ひま》も有らば、此の猿の子共《こども》を取《とり》て去《さり》なむ」と思ひ居《い》たる程に、師子の居眠《いねぶり》たるを見て、飛び来《きたり》て、左右《そう》の足を以て猿の二の子を摑《つか》み取《とり》て、本の木に居《い》て[五]飡《はみ》てむと為《す》る程に、師子[六]驚《おどろき》て見るに、猿の子共乍二《ふたつながら》不見《みえ》ず。驚き騒《さわぎ》て峒《ほら》を出《い》でゝ見るに、向《むかい》なる木に一の[七]鷲居《い》て、此の猿の子二つを左右《そう》の足を以《も》て一づゝ摑《つか》み取《とり》て、抑《おさ》へて既に飡《はみ》てむとす。

師子《しし》此を見て騒ぎ迷《まどい》て、彼《か》の木の[八]本に行《ゆき》て鷲《わし》に向《むかい》て云《いわ》く、「汝は鳥の王也、我は獣の王也。互に[九]心可有《あるべ》し。[一〇]其れに此の峒《ほら》

一 帰るまで。
二 請け合った。承諾した。
三 わき目もふらず見守っているうちに。
四 ちょっと。
五 食おうとした時。
六 目覚めて。
七 押さえ付けて、まさに食おうとしている。
八 根元。
九 (王者としての)思慮分別があるはずだ。
一〇 ところで。
一一 気がかりなので。
一二 (あなたが)取って行かれた。
一三 「それ」は「其」の全訓捨仮名。
一四 私に免じてゆるしていただきたい。
一五 承諾して預かっておきながら。
一六 何とも辛くて堪えられ

の傍《かたわら》なる猿来《きたり》て云ふ様《よう》、「菓《このみ》・蓏《くさのみ》を拾《ひろい》て子共《こども》をも養ひ、我が命をも助けむと為《す》るに、二の子共の[一一]不審《おぼつかな》きに依《より》て思ひ煩《わずら》ふを、山野に罷出《まかりいで》たらむ程、此の二の子共護《まぼ》れ」とてなむ預けて罷出《まかりいで》ぬるを、居眠《いねぶり》して侍《はべり》つる程に、此等を[一二]取《とり》て御《おわし》にける。其[一三]それ我[一四]れに免《ゆる》し給へ。既に[一五]事請《ことうけ》をして此等を失《うし》ないてむずる事の、我が[一六]肝《きも》・心を割《さ》く様《よう》に思《おぼ》ゆる也。亦、我が申さむ事[一七]聞き給《たまわ》ざるべきに非《あら》ず。我が忿《いかり》を成して[一八]吠《ほ》え喤《ののし》らむには、汝達《なんだち》も[一九]平《たいら》かに御《おわ》しなむやは」と。

鷲答《こたえ》て云《いわ》く、「宣《のたま》ふ所[二〇]尤《もと》も裁《ことわり》也。然《さ》れども此の猿の子二《ふたつ》が、我が今日の食《じき》に罷当《まかりあ》たる也。此を返し申しては亦、我が今日の命可絶《たゆべ》し。[二一]師子の御事の忝《かたじけ》なく思《おもう》も命を思ふ故也。然《さ》れば不可返申《かえしもうすべから》ず。此れ命を助けむが為也」と。師子《しし》亦云《いわ》く、「宣《のたま》ふ事《こ》と亦裁《ことわ》り也。然らば、此の猿の子の代りに我が[二二]宍村《ししむら》を与へむ。其を食《じき》して今日の命を助け給へ」と云《いい》て、[二三]我が剣《つるぎ》の様《よう》

ない思いだ。
一七 お聞き入れにならないわけにはいきません。
一八 吠え叫んだなら。
一九 無事ではおられませんぞ。
二〇 いかにも道理です。
二一 師子殿を恐ろしく思うのも、わが命を大切に思えばこそです。
二二 肉。
二三 大集経では、師子王の言葉に心打たれた鷲王が子猿を返している。肉をつかみ取るのは大智度論系(百座法談も同じ)の叙述。

なる爪を以て我が股《もも》の完村《ししむら》を爴《つか》み取《とり》て、猿の子二が大きさに丸《まろ》[一]かして鷲に与へつ。其の後《のち》、猿の子を乞《こう》に鷲、「然らば何《いか》[二]でか返し申《もうさ》ざらむ」と云《いい》て返しつ。

師子《しし》、猿の子二を得て血《ち》[三]完《しし》に成《なり》て本の峒《ほら》に還《かえり》ぬ。其の時に、此の猿の母、菓《このみ》・蓏《くさのみ》を拾ひ集めて還来《かえりきたり》たり。師子有《あり》[四]つる事を猿に語れば、猿の母涙を流す事雨の如し。師子の云《いわ》く、「汝が云ふ事の重き[五]には非《あら》ず、約《やく》を受《うけ》て違《たが》へむ事の極《きわめ》て怖《おそ》ろしければ也。亦、我れは諸《もろもろ》の獣を哀《あわれ》ぶ心《ここ》ろ[六]深し」とぞ云《いい》ける。其の師子と云《いう》は、今の釈迦《しやか》仏《ほとけ》[七]此也。其の雄猿《おざる》と云《いう》は、今の迦葉尊者《かしようそんじや》[八]也。雌《め》猿《ざる》と云《いう》は、今の善護《ぜんご》[九]比丘尼《びくに》也。二の猿の子と云《いう》は、今の阿難《あなん》[一〇]・羅睺羅《らごら》[一一]也。鷲《わし》と云《いう》は、今□[一二]此れ也となむ語り伝へたるとや。

一 まるめて。
二 どうしてお返ししないことがありましょう。
三 血だるまになって。
四 事の経緯。
五 重んじたからではない。
六 「ろ」は「心」の捨仮名。
七 「け」は「仏」の捨仮名。
八 摩訶迦葉。→一三八頁注一〇。
九 未詳。
一〇 →六三頁注二〇。
一一 →六〇頁注一。
一二 人名の明記を期した意識的欠字。大集経「鷲王者、即舎利弗是」。

天竺《てんじく》の国王《こくおう》美菓《びか》を好《この》み、人《ひと》の美菓《びか》を与《あた》へたる語《こと》第十六

今昔《いまはむかし》、天竺《てんじく》に国王御《おわし》けり。常に[一三]美菓《びか》を好《このみ》て[一四]興《きよう》じ給《たまい》けり。其の時に一人《ひとり》の人有り。[一五]宮を守《まぼ》る者也。其の人池の辺《ほとり》にして一《ひとつ》の[一六]菓子《くだもの》を見付《みつけ》て、此れを取《とり》て、国王の興じ給ふ物也と知《しり》て、国王に奉れり。

国王此れを食《じき》し給ふに、世の菓子《くだもの》の味《あじわい》にも不似《に》ず、甘美《かんび》なる事無限《かぎりな》し。然《さ》れば、此の宮守《みやもり》を召して仰せて云《いわ》く、「汝が奉れる所の菓子《くだもの》、甘美なる事類《たぐ》ひ無し。此の菓子何《いず》れの所に有るぞ。定めて其の所知りたらむ。然《さ》れば今より此の菓子《くだもの》常に可進《たてまつるべ》し。若《も》し不進《たてまつら》ずは、[一七]汝をして罪に可充《あつべ》し」と。宮守[一八]見《み》付《つけ》たりし様《よう》を陳《の》ぶと云へども、国王[一九]更《さら》に不用給《もちいたまわ》ず。宮守《みやもり》歎き悲《かなしみ》て、見付《みつけ》たりし池の辺《ほとり》に行《ゆき》て泣き居《い》たり。

第十六話　出典未詳。源泉は撰集百縁経・六・二梵志共受斎縁(賢愚経・一・二梵志受斎品もほぼ同文)。名大本百因縁集・34に同文的同話がある。

一三　美味な果物。
一四　賞味なさった。
一五　王宮の警備人。因縁集「殿守」。
一六　果物。
一七　お前を処罰する。
一八　見つけた時の事情を。
一九　全くお聞き入れにならない。

其の時に、一人《ひとり》の人出来《いできたり》て問《とい》て云《いわ》く、「汝が泣き居《い》たる、何《なに》事《ごと》ぞ」と。宮守答《こたえ》て云《いわ》く、「昨日、此の池の辺《ほとり》にして一《ひとつ》の菓子《くだもの》を見付《みつけ》たりき。取《とり》て国王に奉るに、国王此を食《じき》し給て、「速《すみやか》に此の菓子《くだもの》を亦可《またたてまつるべ》奉し。若《も》し不奉《たてまつら》ずは[一]罪《つ》み可充《あつべ》し」と仰す。然《さ》れども、亦[二]可見付《みつくべ》き方《ほう》無ければ歎き悲《かなしみ》て泣く也」と。此の人の云《いわ》く、「我れは竜王也。昨日《きのうの》菓子は我が物也。大王[三]用《よう》じ給はゞ、此の菓子を[四]一駄《いちだ》奉らむ。[五]我れに仏法を令聞《きかしめ》よ」と云て、[六]即《すなわ》ち此の菓子一駄《いちだ》を奉れり。亦云《いわ》く、「若《も》し我れに仏法を不令聞《きかしめ》ずは、今日より七日《なぬか》が内に此の国を海と成さむ」と。宮《みや》守《もり》国王に此の菓子を奉《たてまつり》て、此の由を申す。

然《さ》れば、国王より始め大臣・百官驚き騒《さわぎ》て云《いわ》く、「此の国の内に昔より今に至るまで、[七]仏法と云ふらむ事を不見《みず》、不聞《きか》ず。[八]若《も》し我が国より始め他国《たこく》にも仏法と云ふらむ者や有る。我れに令得《えしめ》よ」と、広く尋ぬるに、仏法有りと云ふ人無し。而《しか》るに国

一「み」は「罪」の捨仮名。
二 見つけるすべがないので。
三 御入用なら。
四 馬一頭に担わせる分量。
五 (その代わり)私に仏法を聞かせてくれ。
六 ただちに。
七 仏法とかいうものは見たことも聞いたこともない。
八 もしや我が国はもちろん他国にでも、仏法というものがあるか。あったら私にくれ。
九「これ」は「此」の全訓捨仮名。
一〇 不思議なことがございます。
一一 二行の文句。
一二 →一二八頁注七。
一三 信仰したところ。
一四 あらゆる方角。→一二五頁注一三。

の内に一人の翁《おきな》有り、年百二十余也。此[九]これを召して仰せて云《いわ》く、「汝《なん》ぢ既に年老《おい》たり。若《も》し古《いにしえ》仏法と云ふ者や聞《きき》し」と。翁の申さく、「未《いま》だ曾《かつ》て仏法と云《いう》らむ者を不見《み》ず、不聞《きか》ず。但《ただ》し翁が祖父《おおじ》伝へて云《いわ》く、「我が幼稚《ようち》の時に世に仏法と云ふ者有《あり》きと聞《きき》き」となむ申しゝ。亦翁《おきな》が家にこそ奇異《きい》[一〇]の事は侍《はべ》れ。光を放つ柱一本立《たち》たり。「此れは何《なん》ぞ」と問へば、「此れは昔《むか》し仏法の有りし時に立《たて》たりし柱也」と云ひ伝へて侍り」と申す。

其の時に大王喜《よろこび》て、忽《たちまち》に其の柱を取り寄せて破《やぶり》て見給ふに、中に二行《ぎょう》[一一]の文《もん》有り。「八斉戒《はちさいかい》[一二]の文《もん》也」と云へり。此れを仏法と云《いう》ならむと信《しん》[一三]を仰ぎければ、弥《いよい》よ十方《じっぽう》[一四]に光を放ち、衆生《しゅじょう》を利益《りやく》し給ひけり。竜王も喜《よろこび》て、其の時よりなむ其の国に仏法始まりて、後《のち》には繁昌《はんじょう》也ける。国も平《たひ》らかに、民《たみ》も穏《おだいか》に、世豊か也けるとなむ語り伝へたるとや。

天竺《てんじく》の国王《こくおう》、鼠《ねずみ》の護《まぼ》りに依《よ》りて合戦《こうせん》に勝《か》てる語《こと》

第十七

今昔《いまはむかし》、[一]天竺《てんじく》に一《ひとつ》の小国有り。[二]崛遮那国《くつしやなこく》と云ふ。国は小国なれども[三]大きに富《とみ》て、諸《もろもろ》の財《たから》多かり。天竺《てんじく》は本《もと》より大きに広けれども、食物乏《じきもつとも》しくて、木の根・草の根を以《も》て食《じき》とし、麦・大《ま》豆《め》等を以て[四]美食《びじき》として米乏《よねとも》しき所也。

而《しか》るに、此の国は食物《じきもつ》多く[五]服物豊《ゆた》か也。[六]其れに此の国の国王[七]は、[八]本《もと》[九]毘沙門天《びしやもんてん》の御額《ひたい》割《さ》けて、其の中より端正《たんじよう》美《び》麗《れい》なる男子《おのこご》出《いで》けるを、[一〇]人取《とり》て乳母《めのと》を以て養《やしない》けれども更《さら》に乳《ち》を不飲《のま》ず。亦、他《ほか》の物を食《くわ》すとも[一一]敢《あえ》て食ふ物無し。然《さ》れば、此の児《ちご》[一二]更に可生長《せいちようすべ》き様《よう》無し。乳《ち》を不飲《のま》ず、物不食《くわ》ざれば、何を以てか命を継《つがむ》と歎き合《あい》て、[一三]本の毘沙門天に此《この》事を祈り申す。

其《その》時に、此の天王《てんのう》の[一四]御乳《ち》の側《かたわら》俄《にわか》に穹隆《うつたか》く成《なり》て、其の体《かたち》人の

第十七話 直接の出典は未詳。源泉は大唐西域記・十二・瞿薩旦那国。

一 瞿薩旦那国は、天竺ではない。西域の一国である。

二 クスタナ(瞿薩旦那)国。于闐国ともいう。中国新疆ウイグル自治区のホータン(和田)付近にあった。タクラマカン砂漠南路の要衝。

三 非常に繁栄して。

四 ご馳走。 五 衣料の豊富な国。 六 ところで。

七 国王についていうと。

八 もとはといえば。西域記には拘拏羅太子の故事(→巻四・4話)の後日譚的な建国伝説があり、子のない王が毘沙門天に祈ると、像の額が割れて赤子が出てきたという。

九 四天王の一。北方の守護神。また福徳の神。多聞天。

乳《ち》の様《よう》にて大きに高し。此の御乳《ち》の俄《にわか》にかく成《なり》たるを見て、人怪《あやし》むで、「何《いか》なる事ぞや」など云ふ程に、此の児《ちご》[一五]漸《ようや》く寄《より》て、手を以て此の[一六]御乳《ち》の高き所を掻《か》き開《ひらき》たれば、其れより人の乳《ち》の様《よう》なる物、只[一七]涌《わ》きに涌《わ》き泛《こぼ》る。其の時に、児寄《より》て其を飲む。此れを飲《のみ》てより後《のち》、只《ただ》[一八]大きに大きに成《なり》て、端正美麗《たんじょうびれい》なる事弥《いよい》よ増《まさ》れり。其の後[一九]勢長《せいちょう》じて、[二〇]かく国王と成《なり》て国を治む。

此の国王[二一]兵《つわもの》の道賢《かしこ》く心武《たけ》くして、傍《かたわら》の国を罰《う》ち取《とり》て、国を弘《ひろ》け人を随へて、其の勢《いきおい》並び無し。而《しか》る程に、[二三]隣国《りんごく》に悪《あし》く武《たけ》き者共《ども》、心を合せて百[二二]万人許《ばかり》の兵衆《ひょうしゅ》を集めて、俄《にわか》に此の国の内に押入《おしいり》て、遥《はるか》に広き野に弘《ひろご》り居《い》たり。此の国の[二四]天皇驚き騒《さわぎ》て、軍《いくさ》を集《あつめ》むと云へども、軍《いくさ》の数遥《はるか》に劣れり。[二五]然《さ》りとて可有《あるべ》き事ならねば、[二六]四十万人許《ばかり》の軍《いくさ》を引将《ひきい》て出向《いでむかい》たるに、日《ひ》暮《くれ》て[二七]今日《きょう》は不戦《たたかわ》ず。其の夜は大きなる[二八]墓《つか》を隔て丶宿《やどり》しぬ。彼方《かなた》の軍勢《ぐんぜい》[二九]器量《いかめしく》して[三〇]可合《あうべ》き様《よう》無し。此の国の王は兵《つわもの》の方賢《かたかしこ》けれども、俄《にわか》

一〇 ある人が引き取って。建国伝説によれば、国王である。→注八。
一一 何も食べない。
一二 とても育つはずがない。
一三 最初に祈った毘沙門天に。→注八。
一四 西域記では「神前之地」が盛り上がっている。本話の原典が「ち」と仮名書きしていたための誤解か。
一五 そろそろ近づいて。
一六 御乳首を。　一七 どんどん湧き出してあふれた。
一八 ぐんぐん大きくなって。
一九 成長して。
二〇 「国王は」(→注七)と語り始めた由来譚がここで収束する。　二一 兵法に優れ。
二二 西域記によれば、北方の騎馬民族。匈奴。
二三 西域記「数十万」。
二四 国王。「みかど」と読む

に壓《おそ》はれたれば[一]軍《いくさ》も調《ととの》へ不敢《あえ》ず。彼は百万人、惣《すべ》て可合《あうべ》きに非《あら》ず。

「何《いか》が可為《すべ》き」と歎き思ふ程に、大きなる鼠《ねずみ》の金《こがね》の色なるが三尺許《ばかり》なる、出来《いできたり》て物湌《はみ》て走り行く。国王此の鼠を見て怪《あやし》び思《おもい》て、「此れは何《いか》なる鼠ぞ」と問へば、鼠答へて云《いわ》く、「己《おのれ》は此の墓《つか》に住む鼠也。此の墓《つか》をば鼠墓《ねずみつか》と申す也。己《おのれ》は鼠の王也」と。其の時に国王此の墓《つか》に行き向《むかい》て云《いわ》く、「鼠の体《かたち》を見るに只《ただ》の鼠に非《あら》ず。獣《けだもの》と云へども此れ[二]神也。吉ゝ《よくよ》く聞き給へ。我れは此の国の王也、鼠王《ねずみのおう》も亦此の国に在《まし》ます。然《さ》れば此の度《たび》の合戦《こうせん》、力を加《くわえ》て令勝《かたしめ》よ。若《も》し助け有《あり》て令勝《かたしめ》たらば、我れ毎年《としごと》に不闕《かか》ずして[三]大きなる祭を儲《もうけ》て、国挙《こぞり》て崇《あが》め可奉《たてまつるべ》し。若《も》し不然《しから》ずは、此の墓《つか》を壊《こほち》て火を付けて皆焼き殺してむ」と。

其の夜《よ》の夢に金《こがね》の鼠来《きたり》て云《いわ》く、「王不可騒給《さわぎたまうべから》ず。我れ護《まぼ》りを加へて必ず令勝《かたしめ》奉らむ。只[四]夜《よ》曉《あけ》むや遅きと合戦を始めて壓《おそ》は

べきか。
二五 だからといって防戦しないわけにはいかないので。
二六 西域記「数万」。
二七 この日は戦いはなかった。
二八 墳丘。
二九 強大で。
三〇 太刀打ち出来そうにない。
一 軍勢も十分に揃えられない。
二 神霊。
三 盛大な祭りを行って。
四 とにかく夜が明けるとすぐ。
五 一晩中かかって。
六 西域記では「馬」。象は登場しない。
七 戦車の回転の具合を整備し。
八 「したため」は「拈」の全訓

せ給へ」と云ふと見て、夢覚《さめ》ぬ。王の心の内に喜ばしく思《おもい》て、[五]終夜《じゅうや》[六]象に鞍《くら》置き、車の[七]廻《めぐ》り拈した[八]ゝめ、馬に鞍《く》ら置きなどして、弓の絃《つる》・[九]胡録《やなぐい》の緒《お》など皆拈《したため》て夜曉《よあく》るを待つに、[一〇]曉《あく》ると等しく皆[一一]打寄《うちより》て、[一二]大鼓《おおつづみ》を打ち、幡《はた》を振り、[一三]楯《たて》を築《つき》て、大象《だいぞう》に乗り、車に乗り、馬に乗りて、甲冑《かっちゅう》を着たる軍《いくさ》四十万人心を励まして甕《おそい》て寄る。

敵の方《かた》には「[一四]昊《ひたけ》てこそ来《きた》らむずらめ」と思ふ程に、俄《にわか》に被甕《おそわれ》て、[一五]寝起《ねおき》て象に鞍《くら》置かせむとて見れば、万《よろず》の[一六]物の具、[一七]腹帯《はらおび》・手《た》綱《づな》・[一八]鞦《しりかい》等皆鼠に湌《はみ》切られて、[一九]全《また》き物一つ無し。亦《また》、弓の絃《つる》・胡録《やなぐい》の緒《お》・[二〇]絃巻《つるまき》等皆湌損《はみそん》じたり。甲冑《かっちゅう》・大刀《たち》・剣《つるぎ》の緒《お》に至るまで皆湌《はみ》切られて、軍《いくさ》皆裸にて着る物無し。象も馬も繋《つな》ぐ[二一]鏁《くさり》無ければ、放《はな》れ逃げて一も無し。車も皆湌《は》み被損《そこなわ》れにけり。楯《たて》を見れば、[二二]籠《こ》の目の如く人の通りぬべく湌開《はみあけ》たれば、[二三]箭《や》可留《とどまるべ》くも無し。然れば百万人の軍《いくさ》、[二四]術無《ずつな》くて迷《まど》ひ合ひたる事無限《かぎりな》し。例

捨仮名。
九 矢を入れて背負う具。
一〇 夜明けと同時に。
一一 攻めかかって。
一二 太鼓(たいこ)。
一三 楯を構えて。
一四 日が高くなってから。
一五 寝込みを襲われて、とび起きて。
一六 武具。
一七 馬(象)の腹に掛けて鞍を固定する帯。
一八 馬(象)の鞍から尾に掛けて渡す緒。
一九 完全なもの。
二〇 弓の弦を巻いておく具。
二一 鎖。くさり。
二二 まるで籠の目のように、人が通れそうなほど大きな穴を食い開けているので。
二三 矢を防ぐどころではない。
二四 どうしようもなくて。

れ迷《まどい》て皆逃げ失《うせ》ぬれば、敢《あえ》て向《むかい》て合ふ者無し。適《たまたま》見ゆる者をば、其の頸《くび》を皆切り捨《すて》つ。国王合戦《こうせん》に勝《かて》れば城《じょう》に還《かえり》ぬ。

其の後《のち》、毎年《としごと》に此の墓《つか》に祭を立てゝ、国挙《こぞり》て崇《あが》めけり。然《さ》れば国も平《たいらか》に、弥《いよい》よ楽《たのし》び多《おおかり》けり。其の後は、此の国の人、皆心に願ひ思ふ事有《あり》ければ此の所にして祈請《いのりこ》ふに、不助《たすけ》ずと云ふ事無かりけりとなむ語り伝へたるとや。

一 進んで手向かう者はない。
二 稀に敵対する者は。
三 祭りをとり行って。
四 ますます富裕になった。

第十八話 直接の原典は不明だが、同文的同話の宇治拾遺物語・92との共同母体的な文献を基本とし、九色鹿経(法苑珠林・五十所引)により改訂している。六度集経・六その他に所伝が多く、南伝ではジャータカ・482(ルル・ジャータカ)。昔話「人間無情」と同型。

五 鹿の住処は、九色鹿経「殑伽河辺」。南伝ジャータ

身《み》の色《いろ》九色《くしき》の鹿《しか》、山《やま》に住《す》み河《かわ》の辺《ほと》りに出《い》でて人《ひと》を助《たす》けたる語《こと》 第十八

今昔《いまはむかし》、天竺《てんじく》に一《ひとつ》の山有り。[五]其の山の中に、身の色は九色《くしき》[六]にして角《つの》の色は白き鹿住《すみ》けり。其の国の人、其の山に此の鹿有りと云《いう》事を不知《しら》ず。其《その》山の麓《ふもと》に一の大きなる河有り。彼《か》の山に一の烏《からす》有り。此の鹿と共に心[七]を一にして年来《としごろ》[八]世を過《すぐ》す。

而《しかる》程に、[九]此の河より一人《ひとり》の男渡るに、水に溺《おぼほ》れて流れて没《しずみ》[一〇]み浮《うき》み下《くだ》る。既に死なむとす。男木の枝に取り付《つき》て流下《ながれくだり》て呼《よび》[一一]て云《いわ》く、「[一二]山神《さんじん》・樹神《じゅじん》・諸天・竜神、何《なん》[一三]ぞ我れを不助《たすけ》ざるべき」。音《こえ》を挙《あげ》て叫ぶと云へども、其《その》時に人[一四]無くして助くる事無し。而《しか》るに此の山に住む彼《か》の鹿、其の時に河の辺《ほとり》に来《きたり》れり。此の音《こえ》を聞《きき》て男に云《いわ》く、「汝《なん》[一五]ぢ恐るゝ事無《なか》れ。我が背《せなか》に乗《のり》て二の角《つの》を捕へよ。我れ汝を負《おい》て陸《くむが》に付《つけ》む」とて、水を游《およぎ》て此《この》男を助けて岸

カは、「ガンジス河の湾曲したところ、サーラ樹交じりの美しい満開のマンゴー林」。宇治拾遺は本話と同じく「山」。

六 九色鹿経「九色」。宇治拾遺「五色」。ジャータカ「金色」。

七 心を通わし合って。無二の親友として。

八 長年過ごしてきていた。

九 経由を表す「より」。その河を。

一〇 沈んだり浮いたりしながら。

一一 叫んで言った。

一二 帝釈天や四天王など天部の神々。

一三 どうして助けては下さらぬのか。

一四 (付近には)誰もいなくて。

一五 「ぢ」は「汝」の捨仮名。

に上《のぼせ》つ。

男命の存しぬる事を喜《よろこび》て、鹿に向《むかい》て[一]手摺《すり》て泣ゝ《なくな》く云《いわ》く、「今日我が命の生《いき》ぬる事は、鹿の[二]御徳也。何事を以《も》てか此の恩を可報申《ほうじもうすべ》きや」と。鹿の云《いわ》く、「[三]汝ぢ何事を以てか我れに恩を報《ほう》ぜむ。只《ただ》、我れ此の山に住むと云ふ事を[四]努ゝ《ゆめゆめ》人に不可語《かたるべから》ず。我が身の色九色《くしき》也。世に[五]亦《また》無し。角《つの》の白き事雪の如し。人我れを知《しり》なば、[六]毛・角《つの》を用《よう》ぜむに依《より》て、必ず被殺《ころさ》れなむとす。此《この》事を恐るゝが故に、深き山に隠《かくれ》て住《すむ》所を敢《あえ》て人に不知《しら》せず。而《しか》るに汝が叫ぶ音《こえ》を髣《ほのか》に聞《きき》て、哀《あわれ》みの[七]心《ここ》ろ深くして出《い》でゝ助けたる也」と。男鹿の[八]契《ちぎり》を聞《きき》て泣ゝ《なくな》く、不可語《かたるべから》ざる由を返ゝ《かえすがえ》す[九]請《う》けて別れ去《さり》ぬ。

男本郷《もとのさと》に還《かえり》て月日を送ると云へども、此の事を人に語る事無し。其の時に、其の国の后《きさき》夢に見給ふ様《よう》、大《おお》なる鹿有り、身の色九色《くしき》也、角《つの》の色白し。夢《ゆ》め覚《さめ》て後、其の色の鹿を得むと思

一 手を合わせて。
二 おかげ。
三 あなたは何事をして私の恩に報いようというのか。それならば、ただ。
四 決して。
五 世間に二つとない。
六 毛皮や角を欲しがって。
七 「ろ」は「心」の捨仮名。
八 (鹿が依頼する)約束ごと。
九 請け合って。
一〇 病に臥してしまった。仮病である。
一一 あの鹿を手に入れて。
一二 国王の命令。勅命。
一三 望みのものを与えるであろう。
一四 むさぼりの心。欲望。
一五 どこそこの国のこれこれの山に。
一六 早速軍勢をお借りして、捕まえてさしあげましょう。
一七 行幸。

ふに依《より》て、[一〇]后病《やまい》に成《なり》て臥《ふ》しぬ。国王、「何の故に不起《おき》ざるぞ」と宣《のたま》ふ。后、国王に申し給《たまう》、「我れ夢に然ゝ《しかしか》の鹿を見つ。其の鹿定《さだ》めて世に有らむ。[一一]彼を得て、皮を剝《は》ぎ角《つの》を取らむと思ふ。大王必ず彼を尋取《たずねとり》て我に与へ給へ」と。王即《すなわち》[一二]宣旨《せんじ》を下《くだ》し給ふ、「若《も》し然ゝ《しかしか》の鹿尋ねて奉らむ者には、金銀《こんごん》等の宝を給《たまい》、[一三]申し請《うけん》ことを可給《たまうべ》し」と宣旨を被下《くだされ》ぬ。

其の時に、此の鹿に被助《たすけられ》し男、此の宣旨の状《さま》を聞《きき》て、[一四]貪欲《とんよく》の心に不堪《たえ》ずして忽《たちまち》に鹿の恩を忘れぬ。国王に申して云く、[一五]「其の国其の山に、被求《もとめら》るゝ所の九色《くしき》の鹿有り。我れ其の所を知れり。[一六]速《すみやか》に軍《いくさ》を給はりて取《とり》て可奉《たてまつるべ》し」と。大王此の由を聞き給て喜《よろこび》て宣《のたま》はく、「我れ軍《いくさ》を引将《ひきい》て彼《か》の山へ可行向《ゆきむかうべ》し」と。即《すなわ》ち多《おおく》の軍《いくさ》を引具《ひきぐ》して、彼《か》の山に[一七]御行《みゆき》し給ふ。彼《か》の男[一八]御輿《みこし》に副《そ》ひて、道の[一九]指南《しるべ》を申す。既に其の山に入《いり》給ひぬ。九色《くしき》の鹿、[二〇]敢《あえ》て此の事を知る事無くして、彼《か》の住む峒《ほら》に深く寝入《ねいり》たり。

一八　王の乗り物は、九色鹿経は「車」。宇治拾遺は「御輿」。
一九　案内。
二〇　全然。まったく。

其の時に、此の心を通《つう》ずる烏《からす》此の御行《みゆき》を見て、驚き騒《さわぎ》て鹿の許《もと》に飛び行《ゆき》て、音《こえ》を高く鳴《なき》て[一]驚かす。然《さ》れども鹿敢て不驚《おどろか》ず。烏木より下《おり》て寄《より》て、鹿の耳を[二]湌《くい》て引く時に鹿驚きぬ。烏鹿に告《つげ》て云《いわ》く、「国の大王鹿の[三]色を用《よう》じ給ふに依《より》て、多《おおく》の軍《いくさ》を引具《ひきぐ》して、此の谷を[四]立ち囲ましめ給へり。[五]今は逃げ給《たまう》と云ふとも、命を存し可給《たまうべ》きに非《あら》ず」と告《つげ》て、鳴《なき》て飛び去《さり》ぬ。鹿驚《おどろき》て見るに、実《まこと》に大王、多《おおく》の軍《いくさ》を引具《ひきぐ》して来《きた》り給《たまえ》り。[六]更《さら》に可逃《のがるべ》き方《ほう》無し。然《さ》れば、鹿大王の御輿《みこし》の前に歩《あゆ》び寄る。軍共《いくさども》、各《おのおの》箭《や》を番《つがえ》て射《いん》とす。

其の時に大王宣《のたま》はく、「汝達《なんだち》、暫《しばら》く此の鹿を射《いる》事無かれ。鹿の体《かたち》を見るに[七]只《ただ》の鹿に非《あら》ず。軍《いくさ》に不恐《おそれ》ずして我が輿《こし》の前に来《きた》れり。暫く任せて彼れが為《せ》む様《よう》を可見《みるべ》し」と。其の時に軍共《いくさども》、箭《や》をはづして見る。鹿大王の御輿《みこし》の前に跪《ひざまずき》て申さく、「[八]我れ毛の色を恐るゝに依《より》て、年来《としごろ》深き山に隠れたり。敢《あえ》て知れる人無し。

一 目を覚まさせた。
二 くわえて。
三 (めずらしい)色の毛皮が御入用で。
四 取り囲んでいらっしゃる。
五 今となっては。
六 全く逃げるすべがない。
七 普通の鹿ではない。
八 私は自分の毛皮の色が珍しいので、人間に狙われることを恐れて。
九 九色鹿経では、男が密告した途端に顔に癩瘡が生じたという。
一〇 それなのに。
一一 一言も答えられない。
一二 九色鹿経「当レ誅二五族一」。宇治拾遺には該当句なし。
一三 引き上げて。

大王何《いか》にして我が栖《すみか》を知り給へるぞや」と。大王の宣《のたま》はく、「我れ年来《としごろ》鹿の栖《すみか》を不知《しら》ず。而《しか》るに此の輿《こし》の喬《そば》に有る、顔に[九]疵《あざ》有る男の告《つげ》に依《より》て来《きた》れる也」と。鹿王の仰せを聞《きき》て、御輿《みこし》の喬《そば》に有る男を見遣《みや》るに、面《おもて》に疵《あざ》有り、我が助けし人也。鹿彼《か》の男に向《むかい》て云《いわ》く、「汝が命を助けし時、其の恩を喜びて、人に不可告《つぐべから》ざる由を返〻《かえすがえ》す契《ちぎ》りし者也。而《しか》るに其の恩を忘れて、今大王に申して我れを殺さする心何《いか》にぞ。水に溺《おぼほ》れて死なむと為《せ》し時、我れ命を不顧《かえりみ》ずして游《およ》ぎ出《い》でゝ、陸《くむが》に至る事を令得《えし》めてき。其れ[一〇]に、恩を不知《しら》ざる事は、此れ無限《かぎりな》き恨み也」と云《いい》て、涙を流して泣く事無限《かぎりな》し。此の男、鹿の言《こと》を聞て更[一一]に答《こたう》る方《ほう》無し。

其の時に大王の宣《のたまわ》く、「今日より後、国の内に鹿を殺す事無かれ。若《も》し此の宣旨《せんじ》を背《そむき》て鹿一《ひとつ》にても[一三]殺せる者有らば、其の人を殺し[一二]家を可亡《ほろぼすべ》し」と宣《のたま》ひて、軍《いくさ》を引《ひき》て宮に還り給《たまい》ぬ。鹿も喜《よろこび》て還《かえり》ぬ。其の後《のち》、国に雨時に一随《したがい》て降り、荒き風不吹《ふか》ず。国の内に病《やま》ひ無く、二五《ご》穀豊饒《こくぶにょう》にして、貧しき人無かりけり。

然《さ》れば、恩を忘るゝは人の中《うち》に有り。人を助くるは獣の中《うち》に有り。此れ今も昔も有る事也。三彼《か》の九色鹿《くしきの》は、今の釈迦仏《しゃかほとけ》に在《まし》ます。心を通《つう》ぜし鳥は、四阿難《あなん》也。后と云《いう》は、今の五孫陀利《そんだり》也。水に溺《おぼほ》れたりし男は、今の六提婆達多《だいばだった》也となむ語り伝へたるとや。

一 時期を得て降り。降るべき時に降り。
二 五穀が豊かに稔って。
三 以下の本生譚的人物説明は、宇治拾遺にはない。
四 →六三頁注二〇。
五 →六八頁注一三。
六 →五一頁注一。

第十九話　出典未詳。源泉は六度集経・三(法苑珠林・五十所引)。昔話「報恩動物・恩知らずの人」と同型。

天竺《てんじく》の亀《かめ》、人《ひと》の恩《おん》を報《ほう》ぜる語《こと》 第十九

今昔《いまはむかし》、天竺《てんじく》に人有《あり》て、亀を鉤《つ》りて持行《もてある》きけり。[七]道心《どうしん》有る人道に行き合《あい》て、其の亀を[八]強《あながち》に乞《こ》ひ請《うけ》て、[九]直《あたい》を以て買ひ取《とり》て放《はなち》てけり。

其の[一〇]後年来《のちとしごろ》を経て、此の亀放《はなち》たる人の寝たる枕《まくら》の方《かた》に[一一]こそめく者有り。驚《おどろき》て、頭《かしら》を持上《もたげ》□[一二]、「何《なん》ぞ」と見れば、[一三]枕上《まくらがみ》に[一四]三尺許《ばかり》の亀有り。驚《おどろき》て、「此《こ》は[一五]何《な》ぞの亀ぞ」と問へば、亀の云《いわ》く、「我れは先年《せんねん》に買取《かいとり》て放ち給《たまい》し亀也。[一六]鉤《つら》れて既に殺《ころし》に行《ゆき》しを、買取《かいとり》て放ち給ひしうれしさを[一七]何《いか》でか報《ほう》じ奉らむと思[一八]はれつるを、[一九]其の事《こ》と無くてなむ年来罷《としごろまか》り過《すぐし》つるを、此の辺《ほとり》に[二〇]いみじき大事《だいじ》可出来《いでくべ》きを告げ申さむが為に参《まいり》つる也。其の大事と云ふは、此の前の河[二一]量《はか》り無く水増《まさ》りて、人・馬・牛[二二]有る限り皆流れて死なむとす。

七 仏道を求める心の深い人。
八 是非にと頼んで。
九 代価を支払って買い取って放してやった。
一〇 何年も経って。
一一 ごそごそ音を立てる者がある。
一二 底本の破損に因る欠字。「て」か。
一三 枕元。
一四 一尺は約三〇センチ。
一五 一体どういう亀か。この亀は何者だ。
一六 主格は亀を釣った人。
一七 何とかして御恩返しをしようと。
一八 自発。思いに駆られておりましたが。
一九 これという機会もないままに。
二〇 大変な一大事。
二一 果てしもなく増水して。
二二 何もかも全部。

然《さ》れば此の御家も底[一]に可成《なるべ》し。速《すみやか》に船を儲《もうけ》[二]て、河上《かわかみ》より水出[三]で丶下《くだ》らば、親《したし》からむ人丶と共に乗居《のりい》て命を可生給《いきたまうべ》き也[四]」と云《いい》て去《さり》ぬ。

怪《あや》しと思へども、かく云ふ様《よう》[五]こそ有らめと思《おもい》て、船を儲《もう》けて家の前に繋《つなぎ》て、乗り儲《もう》け[六]をして待つに、其の夕方《ゆうかた》より雨大きに降《ふり》て風痛く吹て、終夜不止《よもすがらやま》[七]ず。達暁[八]に成る程に、水上《みなかみ》より水増《まさり》て山の如く流れて下《くだ》る。乗り儲《もうけ》をしたれば、家の人皆忩《いそぎ》て乗ぬ。高き方《かた》[九]を指《さし》て漕《こぎ》行くに、大る《おおきな》亀水に流れて行く。「我れは一日《ひとひ》[一〇]参《まいり》たりし亀也。御船《みふね》に参《まいらむ》[一一]」と云へば、喜びを成して、「疾《と》く乗れ」とて令乗《のらしめ》つ。次に大《おおき》なる蛇《くちなわ》流れて行く。此の船を見て、「我を助け給へ、死なむとす」と云ふ。船の人「蛇乗せむ」とも不云《いわ》ぬに、亀の云《いわ》く、「彼《か》の蛇死なむとす、乗せ給へ」と云へば、此の男、「更[一二]に不可令乗《のらしむべから》ず。小《ちいさ》[一三]き蛇《くちなわ》そら恐《おそろ》し。増《ま》してかく許大《ばかりおおき》なる蛇をば何《いか》でか乗せむ。被呑《のまれ》なむとす。糸《い》[一四]と益無《やくな》き

一 水の底。
二 用意して。
三 洪水がここまで流れ下って来たならば。
四 命を助かってください。
五 わけがあるのだろう。
六 いつでも乗れるよう準備して待っていると。
七 一晩中。
八 「達」の読み、語義とも未詳。
九 高い土地。
一〇 先日参上した。
一一 乗せていただきましょう。
一二 決して乗せるわけにはいかない。
一三 小さい蛇でも恐ろしい。
一四 (助けるなんて)全く無益なことだ。
一五 決して呑みはしません。
一六 とにかくお乗せなさい。
一七 こんな者は助けておい

事也」と云へば、亀、「[一五]更に不可呑《のむべから》ず。只《ただ》[一六]乗せ給へ」と。「かゝ[一七]る者をば助くるが吉《よ》き也」と云へば、此の亀の後安《うしろやす》[一八]く云へば乗《のらし》めつ。[一九]舳《へ》の方《かた》に[二〇]蟠居《わだかまりい》ぬ。大きなる蛇なれども、船大《おおき》なれば狭《せば》くも無し。

さて漕《こ》ぎ行く程に亦《また》、狐流れて行く。此の船を見て、蛇《くちなわ》の云《いい》つるが如く可助《たすくべ》き由を叫ぶ。亀[二一]有《あり》て亦、「彼《か》れ助け給へ」と云へば、亀の云ふに随《したがい》て狐を乗せつ。

さて漕《こ》ぎ行く程に亦、男一人流れて行く。此の船を見て、可助《たすくべ》き由を叫ぶ。[二二]船主《ふなぬし》助けむとて船を漕ぎ寄するに、亀の云《いわ》く、「彼れをば[二三]不可被乗《のせらるべから》ず。獣《けだもの》は恩を思ひ知る者也、人は恩を不知《しら》ざる也。[二四]死《し》に於《おい》ては人の咎《とが》に非《あら》ず」と云へば、船主、「[二五]蛇の恐《おそろし》きをそら慈悲の心を発《おこ》して乗せつ。[二六]況《いわん》や、同じ人の身にて何《いか》でか不乗《のせ》では有[二七]あらむ」と云《いい》て、漕ぎ寄せて乗せつ。男喜《よろこび》て、[二八]手を摺《すり》て泣く事無限《かぎりな》し。

た方がよいのです。
一八 いかにも心配は無用と言うので。
一九 舳先(へさき)。
二〇 とぐろを巻いていた。
二一 また亀が。
二二 船の持ち主。即ち本話の主人公。
二三 乗せてはいけません。
二四 死んだところで人のせいではありません。即ちあなたの罪ではありません。
二五 おそろしい蛇でさえ。
二六 まして。
二七 「あらむ」は「有」の全訓捨仮名。
二八 手を合わせて。

かくて所[一]に船を漕《こ》ぎ寄せて有る程に、水[二]漸《ようや》く落《おち》て本の河に成《なり》ぬ。其の時に皆下《おり》て各《おのおの》去《さり》ぬ。其の後《のち》船主の男道を行くに、船に乗せし蛇《くちなわ》値《あ》ひぬ。男に云《いわく》、「日来《ひごろ》[三]申さむと思《おもい》つるに、不対面《たいめんせ》ざりつれば不申《もうさ》ず。己《おの》れが命生《いけ》[四]給へりし喜び申さむ。己《おのれ》が行かむ尻《しり》[五]に立《たち》て御《お》はせ」と云《いい》て這行《はいゆ》く。尻に行く程に大《おおき》なる墓《つか》[六]の有るに這入《はいい》る。「己《おのれ》が尻に立《たち》て入《いり》給へ」と云へば、恐しけれども其の穴に付《つき》て入《いり》ぬ。墓《つか》の内にして蛇の云《いわ》く、「此の墓《つか》の内には多《おおく》の財《たから》[七]有り、皆己《おのれ》が物也。其れを命生《いけ》給へりし喜びに、有る限り取りて仕《つか》[八]ひ給へ」と云《いい》て、穴より這出《はいい》でゝ去《さり》ぬ。其の後《のち》、男人を具《ぐし》て此の墓《つか》の内の財宝《ざいほう》を有る限り皆運取《はこびとり》つ。

さて家の内豊《ゆたか》にして、心の恣《ほしいまま》[九]に仕《つか》はむと為《す》る程に、此の助けし男来《きたり》ぬ。家主《いえぬし》の男、「何事来《なにごときたり》つるぞ」と云へば、「命を生《いけ》給へりしうれしさに来《きたり》つる也」と云ふ程に、家に財《たから》多く積《つみ》たるを見て、「此は何《な》ぞの財《たから》ぞ」と云ふ。有《あり》し事を始《はじめ》より語る。男

一 適当なところに。
二 水が次第に引いて。
三 数日来。かねがね。
四 命を助けて下さったお礼を致しましょう。
五 後について来て下さい。
六 墓穴。墳墓。
七 財宝。
八 お使い下さい。
九 思うがままに。
一〇 思いがけず手に入れなさった財宝ですね。
一一 これはまた随分少ししか下さいませんね。
一二 半分は分けて下さってもよろしいでしょう。
一三 無茶なことをおっしゃる。
一四 あなたは。
一五 恩返しをしないのはまだしも。
一六 腑におちないことだとは思いながら。

の云《いわ》く、「此れは一〇不意《ふい》に儲《もうけ》給へる財《たから》にこそ有《ある》なれ。我れに分《わかち》て令得《えし》め給へ」と云へば、家主《いえぬし》少しを分《わかち》て与ふ。男の云《いわ》く、「此れ一一糸《いと》少く分《わかち》て令得《えし》め給へり。年来《としごろ》の貯《たくわえ》の財《たから》にも非《あら》ざりけり。不意に儲け給へる物也。一二半分を分《わかち》て与へ給《たまう》べき也」と云へば、家主の云《いわ》く、「一三糸非道《いとひとう》なる事かな。己《おのれ》は蛇《くちなわ》を助けたれば、蛇の其の恩を報《ほう》ぜむとて令得《えし》めたる也。一四主《ぬし》は蛇の如くに己《おのれ》に一五恩報《ほう》ずる事こそ無からめ、己《おのれ》が得たる物をかく乞ひ給へば、一六怪《あや》しき事とは思へども少しを分《わかち》て与ふるをだに一七糸由《いとよし》無しと思ふに、何《いか》でか半分を得《えん》とは被云《いわ》るゝぞ。極《きわめ》て非道《ひとう》の事也」と云へば、男腹立《はらたち》て、一八令得《えしめ》つる物共《ども》皆投げ捨てゝ去《さり》ぬ。

さて国王の御許《みもと》に参《まいり》て申す様《よう》、「一九某丸《それがしまろ》は墓を穿《うがち》て多《おおく》の財《たから》を運び取れる也」と申せば、国王使《つかい》を遣《つかわし》て、此の男を捕へて二〇獄《ひとや》に居《すえ》られぬ。二一重く誡《いまし》めて二二四《よつ》の支《えだ》を張り臥《ふせ》られて、二三露《つゆ》息《やす》むる事無し。音《こえ》を挙《あげ》て叫び迷《まど》ふ事無限《かぎりな》し。其の時に枕上《まくらがみ》の方《かた》にこそめく

一七 筋の通らないことだと思っているのに。
一八 与えてやったものを。
一九 誰某は。
二〇 牢獄。
二一 厳重に縛って。
二二 両手両足を伸ばして、はりつけにして伏せられ。
二三 苦痛は止む時がない。

者有り。見れば例《れい》の亀来《きたり》たり。「此《こ》は何《いか》で来《きたり》つるぞ」と云へば、亀の云《いわ》く、「かく非《ひ》道《とう》の事にて[一]悲《かなし》き誡《いましめ》を蒙《こうぶ》り給ふと聞けば、来《きたり》つる也。[二]然《さ》ればこそ申しゝか、「人をば不可乗給《のせたまうべから》ず」とは。人はかく恩を不知《しら》ざる也。今は[三]然《さ》りとて甲斐《かい》無し。但《ただ》し、かく[四]難堪《たえがた》き目を久《ひさし》く見給ふべきに非《あら》ず」と云《いい》て、恩蒙《こうぶ》りたる亀・狐・蛇[五]として[六]可被免《ゆるさるべ》き事を構へ謀《たばか》る。「狐を以て宮の内に鳴き喤《ののし》らせむ。然《さ》らば国王驚きて、[七]占師《うらのし》に其の吉凶《きちく》を問ひ給はむとす。然らば国王の[八]無並《ならびな》く傅《かしず》き給ふ姫宮一人有り、其の人[九]重く可慎給《つつしみたまうべ》き由を占《うらな》はせむ。其の後《のち》に蛇と亀として[一〇]姫宮を重く病《やまい》する態《わざ》を為《せ》む」と云ひ契《ちぎり》て去《さり》ぬ。

其の明《あく》る日より獄《ひとや》の前に人ゝ集《あつまり》て語《かたり》て云《いわ》く、「王宮《おうぐう》には百千万の狐鳴き喤《ののし》れば、[一一]天皇驚き騒ぎ給て占師《うらのし》に被問《とわる》るに、[一二]天皇・姫宮重く可慎給《つつしみたまうべ》き由を占ひ申《もうし》たりける程に、姫宮重く煩《わずら》はせ給て、[一三]腹痕《ふく》れて限りに御《おわ》すなれば、宮の内物騒《さわがし》く騒ぎ合《あい》たり」

一 悲しい懲罰を受けていらっしゃると聞いたので。
二 だからこそ。
三 今はそんなことを言っても仕方がありません。
四 こんな辛い目に長くお遭わせするわけにはまいりません。
五 一緒に。
六 放免されるべき策を練った。
七 うらない師。
八 この上なく大切にしていらっしゃる姫宮。
九 厳重に身を慎まれるように占わせよう。
一〇 姫宮が重病になるような術を施そう。
一一 国王。→二一七頁注二四。
一二 国王と姫宮が。
一三 腹がふくれて、もう助からない御様子なので。

など聞く程に、此の獄《ひとや》[一四]の人来《きたり》て云く、「煩《わずら》[一五]ひ給ふ御心地《みここち》を「何の祟《たた》りぞ」と被問《とわ》れければ、「罪無き人を非道《ひとう》に獄に被居《すえられ》たる祟《たたり》也」と占ひ申《もうし》たり。然《さ》れば、「獄に而《しか》[一六]る者や有る」と被尋《たずねらる》る也」と云《いい》て、獄《ひとや》に有る者共《ども》を片端《かたはし》より尋ね持行《もてゆ》くに、此の男に問[一七]ひ当《あたり》ぬ。「只《ただ》[一八]此れ也《なり》けり」と云《いい》て、還《かえり》て此の由を申す。国王此の由を聞き給て、召出《めしい》でゝ事[一九]の有様《ありさま》を被問《とわ》るゝに、始《はじめ》より今に至《いたる》まで有《あり》[二〇]し事を申す。国王、「罪《つ》[二一]み無かりける者を罪してけり。速《すみやか》に可免《ゆるすべ》し」とて被免《ゆるされ》ぬ。

さて、「悪《あ》[二二]しく申《もうし》たる者を罪《つ》みすべき也」とて、申《もうし》たる男を召して重[二三]き罪に被充《あてられ》ぬ。然《さ》れば、「亀の「人は恩を不知《しら》ぬ者ぞ」と[二四]云ひし、不違《たが》はず」とぞ、此[二五]の男思ひ知《しり》ける。かくなむ語り伝へたるとや。

一四　牢獄の役人。
一五　姫宮の御病気を何の祟りかと占わせたところ。
一六　そういう者。無実の罪を着せられた者。
一七　調べ当たった。
一八　まさにこの男だ。
一九　事情をお尋ねになった。
二〇　ことの経緯を。
二一　「み」は「罪」の捨仮名。
二二　讒言した者を処罰すべきである。
二三　重罰に処せられた。
二四　と言ったことは、間違いなかった。
二五　主人公の男。

天竺《てんじく》の狐《きつね》、自《みずか》ら獣《けだもの》の王《おう》と称《しょう》して師子《しし》に乗《の》り死《し》にたる語《こと》 第二十

今昔《いまはむかし》、天竺《てんじく》に一《ひとつ》の古寺《ふるきてら》有り。一人の比丘《びく》有《あり》て一《ひとつの》僧房《そうぼう》に住《じゅう》して常に経を読む。一の狐有《あり》て此の経を聞く。其の経に云《いわ》く、「凡《おおよ》そ人も獣《けだもの》も、[一]心を高く仕《つか》へば物の王と成る」と。狐此を聞《きき》て思ふ様《よう》、「我れ心を高く仕《つかい》て獣の王と成《ならん》」と思ひて、其の寺を出《い》でゝ行くに、一の狐に値《あい》ぬ。[二]頸《くび》を高く持上《もたげ》て此の狐を恐《お》どす。本の狐の[三]気色《けしき》の高きを見て、今の狐畏《かしこまり》て居《い》たり。然《さ》れば本の狐、[四]居《い》たる狐を召寄《めしよ》せて背《せなか》に乗《のり》ぬ。

さて行く程に、亦《また》狐値《あ》ひぬ。値《あい》たる狐の見るに、狐に乗《のり》たる狐の[五]気色《けしきた》高かく持成《もてなし》たれば、「此れは[六]様《よう》有る物なめり」と思《おもい》て[七]畏《かしこまり》て候《さぶら》ふ。[一〇]其の狐を召《めし》て、[八]乗のる狐の[九]口を取らす。如此《かくのごと》く[一二]値《あ》ふ狐共《ども》を皆具足《ぐそく》に成して、[一一]左右《そう》の口を張り、千万の狐を尻《しり》に

第二十話 出典未詳。源泉は五分律・三(法苑珠林・五十四所収)か。南伝ではジャータカ・241(サッパダータ・ジャータカ)。

一 気位を高く持てば。
二 首筋をしゃんと伸ばして。
三 毅然たる様子を見て。
四 かしこまっている狐を呼び寄せて、背中に乗った。
五 いかにも気高くふるまっていたから。
六 (尊敬するだけの)わけがあるのだろうと。
七 これまた恐れ入って控えていた。
八 「のる」は「乗」の全訓捨仮名。
九 (乗馬の場合)轡(くつわ)に付けた指縄(さしなわ)を引いて前行する、家来の役目をさせた。
一〇 従者にして。

随へて行くに、[一三]犬に値《あい》ぬ。此を見て思ふ様《よう》、「此れは物の王《おうな》めり。畏《かしこ》まらむ」と思《おもい》て畏《かしこまり》て候《さぶらう》を、[一四]狐の如く召寄《めしよ》す。諸《もろもろ》の犬集《あつまり》ぬれば、犬に乗《のり》て犬を以て口を取らす。次に虎・熊を集めて其れに乗《のり》ぬ。如此《かくのごと》く諸《もろもろ》の獣を集《あつめ》て、[一五]眷属《けんぞく》として道を行くに、象に値《あい》ぬ。象も怪《あやし》むで傍《かたわら》に畏《かしこまり》て候《さぶらう》を召《めし》て、象に乗《のり》ぬ。如此《かくのごと》く多《おおく》の象を集む。狐より始めて象に至るまで、諸《もろもろ》の獣を随へて其の王と成《なり》ぬ。

次に[一六]師子《しし》に値《あい》ぬ。師子此れを見るに、「象に乗《のり》たる狐の千万の獣を[一七]具足《ぐそく》して渡れば、様《よう》有る物なめり」と思《おもい》て、師子道の傍《かたわら》に膝《ひざ》を曲《かが》めて畏《かしこまり》て候《さぶら》ふ。[一八]狐の身にてはかく許《ばかり》にて極《きわまり》つるを、[一九]心の余りに、「如此《かくのごと》く多《おおく》の獣を随へたれば、今は師子の王と成らむ」と思ふ心有《あり》て、師子を召寄《めしよ》す。師子畏《かしこまり》て参《まいり》ぬ。狐師子《し》に云《いわ》く、「我れ汝に乗らむと思ふ。速《すみやか》に可令乗《のらしむべ》し」と。師子の申さく、「諸《もろもろ》の獣の王と成り給へれば、[二〇]何《いか》にも可申《もうすべ》きに非《あら》ず。

一一 (より高貴な身分らしく)左右から指縄を引かせ。
一二 後に従えて。
一三 犬は狐よりも強いのが普通。
一四 狐と同じように。
一五 家来。
一六 獅子。ライオン。
一七 従えてやって来るので。
一八 狐の身としては、この辺が限度だったのに。
一九 慢心のはずみで。
二〇 とやかく申し上げることではありません。

[一]疾《と》く可奉《うけたまわるべ》し」と。狐の思はく、「我れ狐の身を以て象の王と成らむそら不思懸《おもいかけ》ぬ事也。[二]其れに、師子の王と成らむ事は[三]希有《けう》の事也」と思ひ乍《なが》ら、師子に乗《のり》ぬ。弥《いよい》よ頭《かしら》を高く持上《もた》け、[四]耳を指《さ》し、[五]鼻を吹きいらゝかして、世間《せけん》を[六]事にも非《あら》ず見下《みくだ》して、師子に乗《のり》て、象に左右《そう》の口を取《とら》せて、「今は多く師子を集めむ」と思《おもい》て、広き野を渡る。

其の時に、象より始め諸《もろもろ》の獣の思はく、「師子は[七]猶音《なおこえ》を聞くそら諸《もろもろ》の獣皆[八]心を迷《まど》はし、肝《きも》を砕《くだき》て、半《なかば》は死ぬる者也。而《しかる》に我が君の[九]御徳にかく[一〇]倶達《ともだち》と成《なり》て、偏《ひとえ》に[一一]交《まじわり》て有る事は不思懸《おもいかけ》ぬ事也」と思ふ。師子は必ず日に一度吠《ひとたびほ》ゆ。而《しか》るに日の[一二]午時《うまのとき》に成る程に、師子俄《にわ》かに頭《かしら》を高く持上《もたげ》て、鼻を吹きいらけて[一三]眼見《まみ》煩《わずら》はしく見成《みな》して、[一四]喬平見返《そばひらみかえり》つゝ見廻《みめぐら》し眦《にらむ》に、凡《おおよそ》象より始めて諸《もろもろ》の獣、「[一五]何《いか》なる事の可有《あるべ》きにか有らむ」と思ふに、半《なかば》は死ぬる心地《ここち》して[一六]身氷《こお》る様《よう》にす。乗《のり》たる狐も、師子のかく項《うなじ》の毛を

一　どうぞ早くお乗り下さい。
二　それなのに。
三　驚くべきこと。夢のようなこと。
四　耳をぴんと立て。
五　鼻をふくらませて。
六　ものともせず。
七　声を聞くだけでも。
八　恐怖におののき、半死半生になるものだ。
九　おかげ。
一〇　友達。
一一　親しく付き合っているとは。
一二　正午ごろ。
一三　不機嫌そうな目つきになって。
一四　あたりを振り向いてはにらみ回すので。
一五　何事が起きるのだろうか。
一六　身も凍るような思いがする。

一七いらゝけ、耳を高く指《さす》を見るに、一八転《まろ》び落《おち》ぬべく思へども、心を高く仕《つかい》て、「我は師子の王」と思ひ成して一九背《せなか》に曲《かがま》り居《い》たる程に、師子二〇雷《いかずち》の鳴合《なりあい》たる様《よう》なる音《こえ》を打ち放《はなち》て、二一足を高く持上《もちあげ》て二二遥《はるか》に吠《ほ》え嗔《いか》る程に、乗《のり》たる狐逆《さか》さまに落《おち》て死《しに》ぬ。口取《とり》たりつる象より始めて、二三若干《そこばく》の獣皆一度に倒《たおれ》て二四死に入《いり》たり。

其の時に師子《しし》の思ふ様《よう》、「此の乗《のり》たりつる狐は獣の王と思《おもい》てこそ乗せつれ。我がかく、二五事にも非《あら》ぬ程の音《こえ》を出《いだ》して少し吠《ほ》えたるに、かく二六落ち迷《まどい》て死《しに》入る。二七増《ま》して我が嗔《いかり》を成して前の足して土を搔堀《かきほ》りて、大音《おおきこえ》を放《はなち》て吠《ほえ》たらむには、難堪《たえがた》かりなむ。二八物不思《おもわ》ぬ婢《やつこ》に被計《はから》れて乗せてけり」と思《おもい》て、山の方《かた》へ二九嫺《やわ》ら指《さ》し歩《あゆみ》て入《いり》にけり。

其《その》時になむ、此の死入《しにいり》たりつる獣共《ども》皆三〇蘇《よみがえり》て、三一我れにも非《あら》ぬ気色《けしき》にて三二逶《よろぼ》ひて還《かえり》にけり。此の乗《のり》たりつる王の狐は三三死畢《しにはて》にけり。他《ほか》の獣共《ども》の中にも死畢《しにはて》ぬるも有り。然《さ》れば象三四許《ばかり》に乗《のり》て糸善《いとよ》かり

一七 たてがみを逆立てて。
一八 (恐ろしくて)転げ落ちそうに思えたが。
一九 獅子の背中で小さくなっているうちに。
二〇 雷鳴が轟き合ったような声を上げて。
二一 前足を高く持ち上げて。
二二 遥か彼方まで聞こえる勢いで咆哮した。
二三 大勢の獣が。
二四 気絶した。
二五 何でもない程度の声。
二六 びっくりして落ちて気絶する。
二七 まして。いわんや。
二八 つまらぬ奴にだまされて。
二九 悠然と。ゆったり。
三〇 息を吹き返して。
三一 茫然自失の様子で。
三二 よろめきながら帰って行った。

つるを、師子に乗るが余り事にて有る也。一

人も身の程に合《あわせ》て、過ぎたる事は可止《とどむべ》しとなむ語り伝へたる

とや。

三三（そのまま）死んでしまった。　三四 象に乗っただけで最上だったのに。

一 余計なことだったのだ。

第二十四話　出典未詳。源泉的な話は旧雑譬喩経・下（法苑珠林・四十六所引）、六度集経（法苑珠林・八十二所引）など。南伝ジャータカ・215（カッチャパ・ジャータカ）。パン

亀《かめ》、鶴《つる》の教《おし》へを信《しん》ぜずして地《ち》に落《お》ち甲《こう》を破《やぶ》れる語《こと》 第二十四

今昔《いまはむかし》、天竺《てんじく》に世間[二]旱魃《かんばつ》して天下《てんが》に水絶《たえ》て、青き草葉も無き時有《あり》けり。其の時に一《ひとつ》の池有り。其の池に一の亀住む。池の水[三]旱失《ひでほしうせ》て、其の亀可死《しぬべ》し。

其の時に一の鶴の、此の池に来《きたり》て[四]喰《くらう》。亀出来《いできたり》て、鶴に値《あい》て相《あい》語《かたらい》て云《いわ》く、「汝と我れと[五]前世《ぜんぜ》の契《ちぎり》有て、鶴亀と[六]一双《いっそう》に名を得たりと、[七]仏説《とき》給へり。[八]経教《きょうぎょう》にも[九]万《よろず》の物の譬《たとい》には亀鶴を以て譬へたり。而《しか》るに天下《てんが》に旱魃《かんばつ》して、此の池の水《み》[一〇]づ失《う》せて、我が命《いの》[一一]ち可絶《たゆべ》し。汝《なん》ぢ我を助けよ」と。

鶴答《こたえ》て云《いわ》く、「汝が云ふ所[一二]二《ふた》つ無し。[一三]我れ理《ことわり》を存《ぞん》ぜり。実《まこと》に汝が命、[一四]明日《あす》に不可過《すぐべから》ず、極《きわめ》て哀れに思ふ。我れは天下を高くも下《ひき》くも飛び翔《かけ》る事、[一五]心に任《まか》せたり。春は天下の草木《そうもく》の花葉《けよう》、

チャタントラ・一、ヒトーパデーシャ等にも同話がある。注好選・下・10はやや遠い同話。昔話「雁と亀」と同型である。

二 日照り。

三 干上がって。

四 餌をついばむ。

五 前世の因縁。

六 一対。鶴亀を長寿、祝儀の象徴とするのは(中国から伝わった)日本的発想。

七 当然ながら、仏説ではありえない。→前注。

八 経典。

九 いろいろなものの譬えに。

一〇 「づ」は「水」の捨仮名。

一一 「ち」は「命」の捨仮名。

一二 全くその通りだ。異論がない。

一三 私ももっともだと思う。

一四 明日までは続くまい。

一五 思いのままだ。

[一]色ゝにして目出《めで》たきを見る。夏は[二]農業《のうぎよう》の種種《くさぐさ》に生《お》ひ栄《さか》えて様ゝ《さまざま》なるを見る。秋は山ゝの荒野《こうや》の紅葉《こうよう》の妙《たえ》なるを見る。冬は[三]霜雪《そうせつ》の寒水《かんすい》、山川《さんせん》・江河《ごうが》に水凍《こおり》て鏡の如くなるを見る。如此《かくのごと》く[四]四季に随《したがい》て、[五]何物か妙《たえ》に目出《めでた》からざる物は有る。[六]乃至《ないし》[七]極楽界《ごくらくかい》の七《しち》宝《ほう》の池の[八]自然《じねん》の荘厳《しようごん》をも我れ皆[九]見みる。汝は只《ただ》此の小池一が内だに難知《しりがた》し。汝を見《みる》に実《まこと》に糸惜《いとおし》。然《さ》れば、汝が不云《いわ》ざる前《さき》に水の辺《ほとり》に将行《いてゆか》むと思ふ。但《ただし》、我れ汝を背《せなか》に[一〇]負《おう》にも不能《あたわ》ず、抱《いだ》かむにも力無し、口に[一一]肑《くわ》へむにも便《たよ》り無し。只可為《すべ》き様《よう》は、一の木を汝に令肑《くわえし》めて、[一二]我等二《ふたり》して木の[一三]本末《もとすえ》を肑へて将行《いてゆ》かむと思ふに、汝は本《もと》より極《きわめ》て[一四]物痛《ものいた》く云ふ物也。汝ぢ我に問ふ事有り、亦《また》我れも誤《あやまり》て云ふ事有らば、互に口開《ひら》きなば、落《おち》て汝が身命《しんみよう》は被損《そこなわ》れなむ、[一五]何《いかに》」と云へば、亀答《こたえ》て云《いわ》く、「将行《いてゆ》かむと宣《のたま》はゞ、我れ[一六]口を縫《ぬい》て更《さら》に云ふ事不有《あら》じ。世に有る者《も》の、[一七]身不思《おもわ》ずやは有る」。鶴の、「[一八]付《つき》ぬる痾《やまい》は不失《うせ》ぬ物也。汝ぢ[一九]猶《なお》信ぜじ」と。亀

一 色とりどりで美しいのを見る。
二 農作物が生育繁茂して。
三 雪や霜にさらされた冷たい水。
四 四季とりどりに。これも非天竺的発想。
五 何もかもすばらしく美しい。 六 そのうえ。
七 極楽世界の七宝(→一二三頁注一九)でできた池。観無量寿経「極楽国土、有八池水、一一池水、七宝所成」。阿弥陀経「極楽国土、有七宝池、八功徳水、充満其中」。
八 天然の美。
九 「みる」は「見」の全訓捨仮名。
一〇 背負おうとしても出来ない。
一一 くわえようとしても、うまくいかない。

の云く、「猶更に不云《いわ》じ。猶将行《いてゆ》け」と云へば、鶴二して亀に木を令咋《くわえし》めて、鶴二して木の本末《もとすえ》を咋へて高く飛び行く時に、亀池の一が内に二〇習《ならい》て、二一未《いま》だ見《み》も不習《なら》はぬ所の山・川・谿《たに》・峰の色〻に目出《めでた》きを見て、二二極《きわめ》て感に不堪《たえ》ずして、「爰《ここ》は何《いど》こぞ」と云ふ。鶴も亦忘《わすれ》て、二三「此《ここ》や」と云ふ程に口開《ひらき》にければ、亀落《おち》て身命《しんみょう》を失ひてけり。

此《これ》に依《より》て、二四物痛く云ひ習《ならい》ぬる物は、身命《しんみょう》をも不顧《かえりみ》ざる也。仏の二五「守口摂意身莫犯《しゅくしょういしんまくぼん》」等の文《もん》は、此れを説給《ときたまう》なるべし。亦、世の人二六「不信《ふしん》の亀は甲破《こうやぶる》」と云《いう》は、此の事を云ふとぞ語り伝へたるとや。

一二　われわれが二羽で。
一三　木の根元側と先の側と。木切れの両端を。
一四　ひどいおしゃべりだ。
一五　どうだ。大丈夫か。
一六　口を縫い付けて決してものは言うまい。
一七　我が身を大切に思わない者はない。誰でも命は惜しい。
一八　身についた癖。
一九　やはり信用できない。
二〇　住み慣れて。
二一　まだ見たこともない。
二二　感に堪えかねて。
二三　ここかい。
二四　おしゃべり癖のある者。
二五　法句譬喩経・二・述千品に見える句。口・意・身の三業をよく慎んで、悪を犯してはならない。
二六　当時の諺の類か。塵袋・九「信ナキ亀ハ甲ヤブル」。

亀《かめ》、猿《さる》の為《ため》に謀《たばか》られたる語《こと》 第二十五

今昔《いまはむかし》、天竺《てんじく》の海辺《うみのほとり》に一の山有り。一《ひとつ》の猿有《あり》て、菓《このみ》[一]を食《じき》して世を過《すぐ》す。其の辺《ほとり》の海に二《ふたつ》の亀有り。夫妻《ふさい》也。妻《め》の亀、夫《おうと》の亀に語《かたり》て云《いわ》く、「我れ汝が子を懐任《かいにん》[二]せり。而《しか》るに我れ、腹に病有《やまいあり》て定めて[三]難産《うみがた》からむ。汝ぢ、我に薬を食《くわ》せば、我が身平《たいら》[四]かにて汝が子を生《しょう》じてむ」と。

夫答《こたえ》て云《いわ》く、「何を以て薬とは可為《すべ》きぞ」と。妻《め》の云《いわ》く、「我れ聞けば、猿の肝《きも》[五]なむ腹の病の第一[六]の薬なる」と云ふに、夫《おうと》海の岸に行《ゆき》て、彼《か》の猿に値《あい》て云ふ様《よう》、「汝が栖《すみか》には万《よろず》[七]の物豊也《ゆたかなり》や否《いな》や」と。猿《さ》る[八]答《こたえ》て云《いわ》く、「常[九]には乏《とも》しき也」と。亀の云《いわ》く、「我が栖《すみか》の近辺《ちかきほとり》にこそ四季の菓《このみ》・蓏《くさのみ》不絶《たえ》ぬ広き林は有れ。哀《あわ》[一〇]れ、汝を其の時に将《い》て行《ゆき》て飽《あく》まで食《くわ》せばや」と。猿謀《たばか》るをば

第二十五話　出典は注好選・下・13。源泉的な話は鼈獼猴経(経律異相・二十三所引)や仏本行集経(法苑珠林・五十四所引)に見える。パンチャタントラ、カリーラとディムナ等にも所伝。南伝ではジャータカ・208(スンスマーラ・ジャータカ)等。沙石集・五本・18に同類話。昔話「猿の生肝(くらげ骨なし)」と同型。

一 果実。木の実。
二 妊娠。
三 きっと難産でしょう。
四 無事に。
五 肝臓。
六 第一の薬だそうです。
七 いろいろな物が豊富ですか、どうですか。
八 「る」は「猿」の捨仮名。
九 いつも不足だね。

不知《しら》ずして喜《よろこび》て、「一一いで、我れ行かむ」と云へば、亀、「然《さ》らば、一二いざ給へ」と云て、一三亀の背《せなか》に猿を将行《いてゆき》て、亀の猿に云《いわ》く、「汝《なん》ぢ不知《しら》ずや、実《まこと》には我が妻懐任《めかいにん》せり。而《しか》るに腹に病有るに依《より》て、「猿の肝なむ其の薬なる」と聞《きき》て、汝が肝《き》一四もを取《とら》むが為《ため》に謀《たばかり》て将来《いてきた》れる也」と。

猿の云《いわ》く、「汝ぢ、甚《はなは》だ口惜《くちお》し。我れを隔《へだつ》一五る心有《あり》けり。未《いま》だ不聞《きか》ずや、我等が党《ともがら》一六は本より身の中《うち》に肝無し。只傍《ただかたわら》の木に懸《かけ》置《おき》たる也。汝ぢかしこ一七にて云《いわ》ましかば、我が肝も、亦他《ほか》の猿の肝も取《とり》て進《たてまつり》てまし。譬《たと》ひ自《みずから》を殺し給ひたりとも身の中《うち》に肝の有らばこそ其の益《やく》は有らめ。極《きわめ》て不便《ふびん》一八なる態《わざ》かな」と云へば、亀、猿の云ふ事を実《まこと》と信じて、「然《さ》らば、いざ将還《いてかえ》らむ。肝を取《とり》て得させ給へ」と云へば、猿、「其《そ》は糸安《いとやす》一九き事也。有《あり》二〇つる所へだに行着《ゆきつき》なば、事に二一も非《あら》ぬ事也」と云へば、亀前《さき》の如く背《せなか》に乗せて本の所に至《いたり》ぬ。

一〇 ああ、君をその時々に連れて行って。
一一 ああ、行きたいなあ。
一二 さあいらっしゃい。
一三 亀は背に猿を乗せて連れて行って。
一四 「も」は「肝」の捨仮名。
一五 分け隔てをする心。水臭い心。
一六 仲間。
一七 あそこ。浜辺をさす。
一八 お気の毒なことだね。
一九 お安い御用だ。
二〇 さっきいたところへ着きさえすれば。
二一 造作もないことだ。

打下《うちおろ》したれば、猿下《お》一るゝまゝに走《はしり》て二木の末に遥《はるか》に昇《のぼり》ぬ。見下《みおろ》して猿、亀に向《むかい》て云《いわ》く、「亀、三墓無《はかな》しや。四身に離《はなれ》たる肝《き》もや有る」と云へば、亀、「五早く謀《たばか》りつるにこそ有《あり》けれ」と思《おもい》て六可為《すべ》き方《ほう》無くて、木の末に有る猿に向《むかい》て、可云《いうべ》き様《よう》無きままに打《う》ち見上《みあげ》て云《いわく》、「猿、墓無《はかなし》や。七何《いか》なる大海《だいかい》の底にか菓《このみ》は有る」と云《いい》て、海に入《いり》にけり。

昔も獣《けだもの》はかく墓無《はかな》くぞ有《あり》ける。人も愚痴《ぐち》なるは此等が如し。

かくなむ語り伝へたるとや。

一（亀の背から）降りるや否や。
二 梢に。
三 馬鹿だね。
四 身体から離れた肝があるものか。
五「早く」は「有けり」と呼応して、それまで気付かなかった事実に気付いたことを示す。なんと。実は。
六 どうしようもなくて。
七 大海の底に木の実があるはずがない。お前もだまされたのだ。

第三十二話　出典未詳。源泉は雑宝蔵経・一・棄老国縁。打聞集・7に同文的同話がある。類話は枕草子・226の蟻通明神など、

七十《しちじゅう》に余《あま》る人《ひと》を他国《たこく》に流《なが》し遣《や》りし国《くに》の語《こと》第三十二

今昔《いまはむかし》、天竺《てんじく》に[八]七十に余る人を他国《たこく》に流遣《ながしや》る国有けり。其国《そのくに》に一人の大臣有り。老《おい》たる[九]母を相具《あいぐ》せり。[一〇]朝暮《ちようぼ》に母を見て、[一一]孝養《きよう》する事無限《かぎりな》し。如此《かくのごと》くして過《すぐ》る間《あい》[一二]だに、此の母既《すで》に七十《しちじゆうに》余りぬ。「朝《あした》に見て夕《ゆうべ》に不見《み》ぬ[一三]そら[一四]尚不審《なおおぼつかな》さ難堪《たえがた》し。[一五]何況《いかにいわん》や、遥《はるか》なる国に流遣《ながしやり》て永く不見《み》ざらむ事《こ》[一六]と、[一七]更《さら》に可堪《たうべ》きに非《あら》ず」と思《おもい》て、子の大臣、[一八]蜜《ひそか》に[一九]土の室《むろ》を堀《ほり》て、家の[二〇]角《すみ》に隠し居《す》へつ。家の人そら此れを不知《しら》ず、況《いわん》や世の人知《しる》事無し。

かくて年を経《ふ》る程《ほ》[二一]どに、隣《となり》の国より同様《おなじよう》なる牝馬《めむま》二疋《ひき》を遣《おこ》せて云《いわ》く、「此の二疋が[二二]祖子《おやこ》を定めて[二三]可注遣《しるしおこすべ》し。若《も》し不然《しから》ずは、国王[二四]軍《いくさ》を発《おこ》して七日《なぬか》の内に国を亡《ほろぼ》さむ」と云《いい》たり。其《その》時に、国王此の大臣を召《めし》て、「此の事を何《いか》が可為《すべ》き。若《も》し[二五]思ひ得《え》たる事有ら

諸書に例が多い。
八　七十歳以上。
九　雑宝蔵経「父」。打聞集「母」。
一〇　朝に夕に。
一一　孝行。
一二　「だ」は「間」の捨仮名。
一三　「そら」は「すら」と同じ。
一四　気がかりで仕方がない。
一五　まして。
一六　「と」は「事」の捨仮名。
一七　とても堪えられない。
一八　こっそり。
一九　地下室を造って。
二〇　片隅。
二一　「ど」は「程」の捨仮名。こうして年月を送るうちに。
二二　どちらが親でどちらが子かを判定して。
二三　書いて差し出せ。
二四　軍勢を進発させて。
二五　思いついたこと。名案。

ば申せ」と仰《おお》せ給ふ。大臣の申さく、「此の事輒《たやす》く可申《もうすべ》き事に非《あら》ず。一罷出《まかりい》でゝ思ひ廻《めぐら》して可申《もうすべ》し」と云《いい》て、心の内に思ふ様《よう》二ふ、「我が隠し置《おき》たる母は、年老《おい》たれば、如此《かくのごとき》の事聞《きき》たる事や有らむ」と思《おもい》て、怱《いそ》ぎ出《いで》ぬ。

忍《しのび》て母の室《むろ》に行《ゆき》て、「然《しかしか》ゝの事なむ有る。何様《いかよう》にか可申《もう》すべき。若《も》し聞給《ききたまい》たる事や有る」と云ふに、母答《こたえ》て云《いわ》く、「昔《むか》三し若かりし時に、我れ此の事を聞きゝ。同様《おなじよう》なる馬の祖子《おやこ》を定むるには、二の馬の中に草を置《おき》て可見《みるべ》し。四進《すすみ》て起《おき》て食《くらう》をば子と知り、五任《まか》せての六どかに食《くらう》をば祖《おや》と可知《しる》べし。かく様《よう》にぞ聞きゝ七し」と云ふを聞《きき》て、還《かえ》り参《まいり》たるに、国王《こくお》八う、「何《いか》九が思ひ得《え》たる」と問《とい》給ふに、大臣、母の言《こと》の如《ごと》く、「かく様《よう》になむ思ひ得て侍《はべ》る」と申す。国王、「一〇尤《もと》も可然《しかるべ》し」と宣《のたまい》て、忽《たちまち》に草を召《めし》て二の馬の中に置《おき》て見るに、一は起き食《くら》ふ、一は此《これ》が食《くら》一一ひ棄《すて》たるをのどかに食《くら》ふ。此れを見て、祖子《おやこ》を知《しり》て、一二各《おのおの》札《ふだ》を付《つけ》て返し遣《つかわ》しつ。

一 退出して。よく考えてから申し上げましょう。
二 「ふ」は「様」の捨仮名。
三 「し」は「昔」の捨仮名。
四 がつがつ食べる。
五 子に食べたいだけ食べさせて。
六 ゆったりと落ち着いて。
七 「きゝし」は「聞」の全訓捨仮名。
八 「う」は「国王」の捨仮名。
九 どのように考えついたか。
一〇 なるほど、その通りだ。
一一 食べ残したのを。
一二 それぞれに親・子の別を記した札をつけて。
一三 同じ太さに削った一本の木。
一四 漆で木目が見えなくなっていることに注意。
一五 →二四〇頁注一三。
一六 たやすいことです。
一七 少し深く沈むほうが根

其の後亦《のちまた》、[一三]同様《おなじよう》に削《けずり》たる木の[一四]漆塗《うるしぬり》たるを遣《おこせ》て、「此れが[一五]本末《もとすえ》定めよ」とて奉れり。国王此の大臣を召《めし》て亦、「此をば何《いか》が可為《すべ》き」と問《とい》給へば、大臣前《さき》の如く申して出《いで》ぬ。母の室《むろ》に行《ゆき》て亦、「然ゝ《しかしか》の事なむ有る」と云へば、母の云《いわ》く、「其れは[一六]糸《いと》安き事也。水に浮べて見るに、[一七]少し沈方《しずむかた》を本《もと》と可知《しる》べし」と。大臣返り参《まいり》て亦、此の由を申せば、即《すなわ》ち水に入れて見給ふに、少し沈む方《かた》有り。其方《そのかた》を[一八]本《もと》と付《つけ》て遣《つかわ》しつ。

其の後《のち》亦、象を遣《おこせ》て、「此の象の重さの[一九]員計《かずかぞ》へて奉《たてまつ》れ」と申したり。其の時に国王、「如此《かくのごとき》の云ひ遣《おこ》するは[二〇]いみじき態《わざ》かな」と思《おぼ》し煩《わずらい》て、此《この》大臣を召《めし》て、「此れは何《いか》が可為《す》べき。今度《このたび》は更《さら》に難思得《おもいえがた》き事也」と宣《のたま》へば、大臣も、「実《まこと》に然《し》か侍《はべ》る事也。雖然《しかりといえど》も罷り出《い》でて思ひ廻《めぐらし》て申し侍《はべらん》」と云ひて出《いで》ぬ。国王思《おぼ》す様《よう》、「此の大臣、我が前にても可思得《おもいうべ》きに、かく[二一]家に出《い》でつつ思ひ得《え》て来《きた》るは、[二二]頗《すこぶ》る不心得《こころえ》ぬ事也。家に何《いか》なる事の有るに

元の側と知ればよいのです。
一八 根元の側であると書き付けて。
一九 計量して答えよ。
二〇 (今度という今度は)大変なことだ。
二一 家に帰って考えついて来るのは。
二二 どうも合点がいかない。

か」と思ひ疑ひ給ふ。

而《しか》る間、大臣還り参《まいり》ぬ。国王、此[一]の事をも「難心得《こころえがた》くや有らむ」と思給《おもいたまい》て、「何《いかに》ぞ」と問《とい》給へば、大臣申して云《いわ》く、「此も聊《いささか》に思得《おもいえ》て侍《はべ》り。象を船に乗せて水に浮べつ、沈む程の水際《みずぎわ》に墨《すみ》を書《かき》て注《しるし》を付《つけ》つ、其の後《のち》象を下《おろ》しつ、次に船に石《いし》を拾ひ入れつ、象の乗[二]《のり》て書《かき》つる墨の本に水至《いた》る。其の時に石を量《はか》[三]りに懸《かけ》つゝ、其の後《の》ちに石の数を惣《すべ》て計《かぞえ》たる数を以て象の重さに当てゝ、象の重さは幾《いくば》く有ると云ふ事は可知《しるべ》き也」と申す。国王此れを聞《きき》て、其の言《こと》の如《ご》とく計《かぞえ》て、「象の重さ幾《いくばく》なむ有る」と書《かき》て返し遣《つかわ》しつ。

[四]讎《あた》の国には、三《みつ》の事の難知《しりがた》きを善《よ》く一事不替《ひとことたがわ》[五]で、毎度《たびごと》に云ひ返したれば、其の国の人無限《かぎり》なく褒《ほ》め感じて、「賢人《かしこきひと》多かる国也《なり》けり。おぼろけ[六]の有才《うざい》ならむ者は可知《しるべ》くも非《あら》ぬ事を、かくのみ云ひ当てゝ遣《おこ》すれば、賢かりける国に讎《あた》[七]の心発《おこし》ては、返《かえり》[八]て

一 打聞集「コレハシモ」の方が文意が自然。
二 象が乗った時に付けた墨印のところに水が来る(まで積みます)。
三 それから石を(少しずつ、何回にも分けて)秤にかけ、その合計を象の重さに相当させると、象がどれだけの重さか、わかるはずです。
四 敵国。隣国をさす。
五 一事も間違えず。
六 並一通りの才能の者ではわかりそうもないことを。
七 敵対する心。
八 反対にこちらが謀られて、討伐されるだろう。
九 逆らわずに仲良くするのがよい。
一〇 敵対心を永久に捨てて。
一一 その旨の文書を交換して友好国になったので。
一二 軟化させたのは。

被謀《はかられ》て被罰取《うちとられ》なむ。然《さ》れば互[九]に随《したがい》て中善《なかよ》かるべき也」。年来挑《としごろいど》[一〇]なみつる心永く止《とど》めて、其の由を牒通《じようかよ》[一一]はして中吉《なかよ》く成《なり》ぬれば、国王此の大臣を召して宣《のたま》はく、「此の国の恥辱《ちじよく》をも止《とど》め讎《あた》の国をも和《やわ》[一二]らげつる事は、汝、大臣の徳[一三]に依《より》て有る事也。我れ無限《かぎりな》く喜び思ふ。但《ただ》し如此《かくのごとき》の極《きわ》めて難知《しりがた》き事を善く知れる、何《いかに》」と。

其《その》時に大臣、目より涙を出《いだし》つるを袖《そで》[一四]して押し巾《のごい》て国王に申さく、「此の国には往古《いにしえ》より、七十に余《あまり》ぬる人をば他国へ流し遣《やる》事定《さだま》[一五]れる例《れい》也。今始《はじめ》たる政《まつりごと》に非《あら》ず。而《しか》るに己《おの》れが母、七十に罷余《まかりあまり》て、今年《ことし》[一六]に至るまで八年に満《みち》ぬ。朝暮《ちようぼ》に孝養《きようよう》せむが為に、蜜《ひそか》に家の内に土の室《むろ》を造《つくり》て置《おき》て候《さぶらい》つる也。其れに、年老《おい》たる者は聞[一七]き広く候《さぶら》へば、若《も》し聞き置《おき》たる事や候《さぶら》ふとも罷出《まかりい》[一八]でつゝ問ひ候《さぶらい》て、其の言《こと》を以て皆申し候《さぶらい》し也。此[一九]の老人不候《さぶらわ》ざらましかば」と申す時に、国王仰せ給ふ様《よう》、「何《いか》なる事に依《より》て、昔《むか》しよ

[一三] おかげ。
[一四] 袖で押しぬぐって。
[一五] 定例。慣習。
[一六] 今年で八年になりました。
[一七] 見聞が広うございますので。
[一八] と思って。
[一九] この老人がおりませんでしたら(この国はどうなったことか)。

り此の国に老人を捨《す》つる事有りけむ。今は此に依《より》て[一]事の心を思ふに、老《おい》たるを可貴《とうとぶべ》きにこそ有《あり》けれ。然《さ》れば、遠き所へ流遣《ながしやり》たる老人共《ども》、貴賤男女《きせんなんによ》、皆可召返《めしかえすべき》[二]宣旨《せんじ》を可下《くだすべ》し。亦、[三]老《おい》を捨《す》つと云ふ国の名を改《あらため》て老《おい》を養ふ国と可云《いうべ》し」と被下《くだされ》ぬ。

其の後《のち》、国の政《まつりごと》平《たいら》かに成りて、民穏《たみおだい》かにして国の内豊か也けりとなむ語り伝へたるとや。

一 この問題について、いかにあるべきかを考えてみると。
二 国王の命令。勅命。
三 雑宝蔵経「棄老国」。それを「養老国」に改めるというのである。

今昔物語集　巻第六　震旦付仏法

震旦《しんだん》の秦《しん》の始《し》皇《こう》の時《とき》に、天竺《てんじく》の僧渡《そうわた》れる語《こと》 第一

今昔《いまはむかし》、[一]震旦《しんだん》の[二]秦《しん》の始《し》皇《こう》の時に、[三]天竺《てんじく》より僧渡れり。名を[四]釈《しやく》の利房《りぼう》と云ふ。十八人の賢者《げんじや》を具《ぐ》せり。亦、[五]法文《ほうもん》・聖教《しようぎよう》を持《も》て来れり。

国王、此れを見て問《とい》給はく、「汝《なんじ》は此れ、何《いか》なる者の何れの国より来れるぞ。見るに、其の姿極《きわめ》て怪し。[六]頭《かしら》の髪無くして禿《かぶろ》也。[七]衣服《えぶく》の体《てい》、人に違《たが》へり」と。利房、答《こたえ》て云《いわ》く、「[八]西国《さいこく》に大王在《まし》ましき。[九]浄飯王《じようぼんおう》と申しき。一人の太子在《まし》ましき。[一〇]悉達太子《しつだたいし》と申しき。其の太子、世を厭《いとい》て、家を出《い》でゝ山に入《いり》て、六年、苦行を修《しゆ》して、[一一]無上道《むじようどう》を得給へりき。其れを[一二]釈迦牟尼仏《しやかむにぶつ》と申す。四十余年の間、[一三]一切衆《いつさいしゆ》の為に種〻《くさぐさ》の法を説《とき》給へりき。[一四]衆生《しゆじよう》、機《き》に随《したがい》て教化《きようけ》を蒙《こうぶり》て、遂に八十にして[一五]入涅槃《にゆうねはん》し給ひにきと云へど

第一話 出典未詳。打聞集・2、宇治拾遺物語・195に同文的同話がある。

一 中国。 二 始皇帝。→三三八頁注二。 三 インド。 四 伝未詳。仏祖統紀「室利房」、歴代三宝紀「釈利防」、仏祖歴代通載「室利防」。打聞集・宇治拾遺は名を記さない。 五 仏教の典籍・経典類。 六 剃髪した頭をいう。古代中国の風俗からは異様。 七 僧衣。これも見慣れない衣服。

八 西方の国。天竺をさす。

九 →一七頁注一六。

一〇 シッダールタ(悉達・悉駄)。釈尊の出家以前の名。

一一 最高の悟り。

一二 釈尊。→一六頁注一。

一三 一切衆生。生きとし生けるもの。 一四 衆生の心に潜在し、仏法に触れるこ

も、滅後《めつご》、一六四部の弟子《でし》□一七一つ也。而《しか》るに、彼《か》の仏の説《とき》置き給へる教法《きょうぼう》を伝へむが為に来れる也」。国王の宣《のたま》はく、「汝《なん》ぢ仏の弟子と名のると云へども、我れ、一八仏と云ふらむ者を未《いま》だ不知《しら》ず。比丘《びく》と云ふらむ者を不知《しら》ず。一九者の体《てい》を見るに、二〇極《きわめ》て煩《わずら》はしき者也。速可追却《すみやかについきゃくすべ》しと云へども、二一只可返《かえすべ》きに非《あら》ず、二二獄禁《ごくきん》して、重く可誡《いましむべ》き也。此の後、如此《かくのごと》き怪《あやし》き事云はむ輩《ともがら》に二三可令見懲《みこらしむべ》き故也」と。即ち、二四獄《ひとや》の司《つかさ》の者を召して仰せ給て、二五獄《ひとや》に被禁《いましめら》れぬ。獄の司の者、二六宣旨《せんじ》の如く、二七中に重き罪有る者を置く所に籠《こ》め居《す》へつ、二八戸に数へ差しつ。

其の時に利房、歎き悲《かなしみ》て云《いわ》く、「我れ、仏の教法《きょうぼう》を伝へむが為に二九遥に此土《このところ》に来れり。而《しか》るに、悪王有《あり》て仏法を未《いま》だ不知《しら》ざるが故に、我れ重き誡《いましめ》を蒙《こうぶ》れり。悲哉《かなしいかなや》、三〇我が大師、釈迦牟尼如《にょ》来《らい》、三一涅槃《ねはん》に入《いり》給て後《のち》久く成《なり》ぬと云へども、三二神通《じんずう》の力《りき》を以て三三新《あら》た

とにより発動する能力。機根。　一五 入滅。
一六 四種の仏弟子。比丘・比丘尼・優婆塞・優婆夷。
一七 底本の祖本の破損に因る欠字。打聞集・宇治拾遺には該当語句がない。
一八 仏とかいう者は知らないし。　一九 風体を見ると。
二〇 奇怪千万。実にうさん臭い。　二一 (何もせず)ただ追放というわけにはいかない。　二二 禁獄。
二三 見せしめのためだ。
二四 牢獄の役人。
二五 牢獄に閉じ込めた。
二六 勅命の通りに。
二七 中でも重罪人を入れる牢に閉じ込めた。
二八 錠をたくさん掛けた。打聞集「上ヲアマタ指ツ」。宇治拾遺「戸にあまた鏁さしつ」。　二九 はるばる。

に見給ふらむ。願《ねがわ》くは我が此の苦を助け給へ」と祈念して臥《ふ》したるに、夜に至《いたり》て、釈迦如来、丈六《じょうろく》[一]の姿に紫磨《しま》[二]黄金《おうごん》の光を放《はなちて》、虚空《こくう》より飛び来り給て、此の獄門を踏み壊《やぶり》て入《いり》給て、利房を取《とり》て去《さり》給ひぬ。十八人の賢者《げんじゃ》同く逃去《にげさり》ぬ。其の次《つい》でに、此の獄《ひとや》に被禁《いましめられ》たる多《おおく》の罪人、如此《かくのごと》き獄の壊《やぶれ》ぬる時に、皆心[三]に随《したがい》て方《かた》ゝ《かた》に逃げ去《さり》ぬ。

其の時に、獄《ひとや》の司《つかさ》の者有《あり》て聞くに、空《そらに》大きに鳴る音有り。怪《あやしび》て出《い》でゝ見れば、金《こがね》の色なる人の、長《たけ》一丈余許《ばかり》にして、金《こがね》の色の光を放《はなち》て虚空《こくう》より飛来《とびきたり》て、獄門を踏壊《ふみやぶり》て入[四]□

□ち怖《おそ》れ給ひけり。

此れに依《より》て、其の時に、天竺より渡らん[五]としける仏法止《とどまり》て、不渡《わたら》ず成《なり》にけり。其の後《のち》、ゝ漢《ごかん》[六]の明帝《めいてい》の時に渡る也[七]。昔《むかし》[八]周《しゅう》[九]の

三〇 偉大なる師。
三一 入滅なさって後、久しく経ってはいますが。
三二 神通力で。
三三 あらたかに御覧になっておいでしょう。
一 丈六尺(約四・八メートル)。仏の身長(三十二相の一)。
二 紫味を帯びた最高の金色。仏の肌の色(三十二相の一)。
三 みな自由に。
四 底本の祖本の破損に因る欠字。打聞集「獄門ヲフミハナチテ此居ラレタル天竺ノ僧を取テイクヲトナリケリ。驚キナガラ其由ヲ王ニ申ケレバ、王怖畏サハギ給ケリ」。
五 伝来しようとした仏法が止まって、伝わらなかった。
六 後漢の明帝。→二五六頁注一。

世に正教《しようぎよう》、一〇此の土《ところ》に渡る。亦、一一阿育王《あいくおう》の造れる所の塔、一二此の土《ところ》に有り。秦の始皇一三諸《もろもろ》の書《ふみ》を焼くに、正教《しようぎよう》も皆被焼《やかれ》けり。此《かく》なむ語り伝へたるとや。

七 伝来したのである。
八 「し」は「昔」の捨仮名。以下の一文は、仏教の伝来が秦始皇帝より古い時代にあったとする伝承の紹介。↓次注。
九 仏法の東流は周の穆王の時代に始まるとする説が、仏祖統紀などに見える。
一〇 中国を指す。
一一 →一五二頁注二。
一二 いわゆる阿育王塔。この塔の由来は、巻四・3話に詳しい。
一三 いわゆる焚書坑儒をさす。そのとき仏教書も焼かれたというのである。

震旦《しんだん》の後漢《ごかん》の明帝《めいてい》の時《とき》に、仏法渡《ぶっぽうわた》れる語《こと》 第二

今昔《いまはむかし》、震旦《しんだん》の[一]後漢《ごかん》の明帝《めいてい》の時に、[二]天皇夢に見給はく、[三]金色《こんじき》の人の長《たけ》一丈余許《ばかり》なる来《きた》ると。夢覚《さめ》て後《のち》、[四]智《さと》り有る大臣を召して、[五]此の夢の相《そう》を問《とい》給ふ。大臣申して云《いわ》く、「[六]他国より止事無《やんごとな》き[七]聖人可来《しようにんきたるべ》き相也」と。天皇此を聞《きき》給てより、[八]心に係《かけ》て待《まち》給ふ間、[九]天竺《てんじく》より僧来れり。名をば[一〇]摩騰迦《まとうが》・[一一]竺法蘭《じくほうらん》と云ふ。[一二]仏舎利《ぶっしゃり》及び[一三]正教《しようぎよう》 多《おおく》具《ぐし》奉《たてまつり》たり。[一四]即ち天皇に奉る。天皇、此の人を[一五]待ち得給て、心に喜《よろこび》て[一六]帰依《きえ》し給ふ事無限《かぎりな》し。

其の時に、此の事を[一七]不受《うけ》ぬ大臣・公卿《くぎよう》多かり。[一八]何況《いかにいわん》や、[一九]五岳《ごがく》の[二〇]道士《どうじ》と云ふ者、其の数有り。[二一]「我が立《たつ》る道《どう》を以て、国王より始《はじめ》奉り人民《にんみん》に至るまで、国の内の上中下の人、皆此の道《どう》を止事無き事として、古《いにしえ》より今に至るまで国挙《こぞり》て被崇《あがめら》るゝに、[二二]忽に

第二話　出典未詳。打聞集・22に同文的同話がある。
一 後漢の第二代皇帝。在位は西暦五七―七五年。
二 皇帝。「みかど」と訓読させるのであろう。→二一七頁注二四。　三 丈六の仏（→二五四頁注一）の来訪を意味する。　四 知識分別のある。　五 この夢が何を意味するかを。夢解きをさせたのである。　六 外国から。
七 聖者。　八 期待して。
九 インド。
一〇 西暦六七年。西域経由で中国に至り、仏法を伝えたという。迦葉摩騰。但し、史実とは認められない。
一一 摩騰とともに中国に来て、四十二章経などを訳出したという。
一二 仏の遺骨。　一三 仏教の

異国より来れる、二三形も替《かわ》り、衣服《えぶく》も異なる、心も不得《え》ぬ者の、二四由無き文共《ふみども》を具して来れるを、天皇令崇《あがめし》め給ふは極《きわめ》て二五不安《やすから》ぬ事」と思《おもい》て歎き合へる也。二六世にも亦、此れを謗《そし》るなるべし。雖然《しかりといえど》も、天皇、此の摩騰法師を二七懃《ねんごろ》に崇《あがめ》て帰依し給て、二八俄に別の寺を起《たて》給ふ。其の寺の名をば二九白馬寺《はくばじ》三〇□付《つか》れたる也。

天皇、此の寺を起《たて》ては仏舎利《ぶつしやり》及び正教《しょうぎょう》を納め給ひ、摩騰法師を其の寺に令住《じゅうせし》めて、専《もはら》に帰依《きえ》せむと為《す》るを、此の道士《どうじ》、此を見て、「極《きわめ》て不安《やすから》ず、嫉《ねた》き事」と思《おもい》て、天皇に申して云《いわ》く、「異国より奇《あや》しの三一禿《かぶろ》の、由無き事共《ども》を書き継《つづ》けたる文共《ふみども》及び仙三二人の骸《しにかばね》などを持《もて》渡せるを、かく被崇《あがめら》るゝ、極《きわめ》て奇異の事也。彼《か》の禿《かぶろ》、何許《いかばかり》の事か有らむ。我等が立《た》つる道は、過ぎにし方《かた》・今可来《きたるべ》き事を占《うらない》て知り、三三人の形の有様を見て、行く前《さき》に可有《あるべ》き

一四　経典を多数持参し奉った。経典に対する尊崇表現。
一四　ただちに皇帝に献上した。　一五　待っていた人にお会いできたので。
一六　深く信仰して敬った。
一七　認めない。　一八　まして。
一九　道教の五つの霊山(泰山・華山・衡山・恒山・嵩山)。
二〇　道教の僧。道人。
二一　自分たちの帰依する宗教。すなわち道教。
二二　突然異国からやって来た。　二三　異様な姿の、衣服も変な、わりのわからない者が。　二四　つまらぬ書物。経典をさす。
二五　けしからぬことだ。
二六　世間でも。　二七　熱心に。
二八　早速。　二九　洛陽の郊外にある。中国最初の寺と伝え、寺名は摩騰らが仏像や経典を白馬に乗せてきたこ

身の上の善悪を相《そう》し、新《あら》[一]たなる神の如くなる道也。然れば、古《いにしえ》より今に至るまで、天皇より始め奉り、国の上中下、此の道を以て止事無《やんごとな》き事と被崇《あがめら》るゝに、今既に被棄《すてら》れぬべく見ゆれば、此の禿《かぶろ》[二]に値《あい》て力競《ちからくらべ》をして、勝《かた》む方《かた》を貴び、負《まけ》む方《かた》を可被棄《すてらるべ》き也」と申す。

天皇、此の事を聞給《きき》ふに、胸[三]塞《ふさがり》て歎き思《おぼ》す、「此の道士《どうじ》の立《たつ》る道は、天の事をも地《じ》の事をも善《よ》[四]く勘《かんが》へ出《いだ》して知る道也。異国より来れる僧は、未《いま》[五]だ善悪を不知《しら》ねば極《きわめ》て不審《いぶか》し。術《ずつ》を競《くら》べむに、若《も》し天竺の僧負《まけ》なば極《きわめ》て悲《かなし》かるべし」。然れば「速に可競《くらぶべ》し」とも不宣《のたまわ》ずして、先づ、摩騰《まとう》法師を召して仰せ給ふ様《よう》、「此の国に本より被崇《あがめら》るゝ五岳《ごがく》の道士《どうじ》と云ふ者共《ども》は、嫉妬《しっと》の心を発《おこ》して如此《かくのごと》き申す。何《いか》[六]なるべき事ぞ」と。摩騰法師答《こたえ》て云《いわ》く、「我が持《たも》つ所の法は、古《いにしえ》より術競《ずつくらべ》[七]をして人に被崇《あがめら》るゝ事也。然《さ》れば、速《すみやか》に此の度《た》[八]び合せて勝負を可御覧《ごらんずべし》」と申して、喜ぶ事

とに由来するとの伝えがある。 二〇 発生理由不明の欠字。無視しても文意は通じる。打聞集「名ヲバ白縁寺ト付ラル」。 二一 頭に毛髪がないこと。 二二 仙人の遺骨。仏舎利をさす。 二三 人相を見て、その人の将来の善悪を相し。

一 あらたかなこと神のような道。人智を越えた霊妙な道。
二 禿と対決して術競べをして。
三 (心配で)胸がつまって。
四 よく察知できる道である。
五 よく察知できるかどうかわからないので、なんとも気がかりだ。 六 どうしたものだろう。 七 巻一・9話には舎利弗が外道と術競べをした話がある。

無限《かぎりな》し。天皇も此れを聞《きき》て、亦、喜び思《おぼ》す。

日を定《さだめ》て、速《すみやかに》摩騰法師と道士《どうじ》と、殿《との》の前の庭にして術競《ずつくらべ》可有《あるべ》き由[九]宣旨《せんじ》を□[一〇]。其の日に成《なり》て、国挙《こぞり》て上中下の人見る事無限《かぎりな》し。東《ひんがし》の方《かた》には錦の[一一]幄《あげはり》を長く起《た》て丶、其《その》内に止事無《やんごとな》き道《どう》士《じ》二千人許《ばかり》並居《なみい》たり。髪□[一二]年老《おい》たる者共《ど》も[一三]有り。或《あるい》は若く盛《さかり》なる者共《ど》も有り。各《おのおの》[一四]才《ざい》を瑩《みが》き立て丶古《いにし》[一五]へに不恥《はじ》ず。亦、大臣・公卿《くぎよう》・[一六]孫子・百官、皆道士《どうじ》の方《かた》に寄れ[一七]り。[一八]文書《もんじよ》に付《つき》て勘《かんが》へ出《いだ》して為《す》る事共《ども》の、実《まこと》に顕《あら》はに[一九]三世《さんぜ》の事共《ども》を知る様《よう》に持成《もて》せば也。摩騰法師の方《かた》には只[二〇]大臣一人寄れり。其の外《ほか》には更に寄る人無し。但し、天皇を[二一]心寄せに思給《おもい》ひけり。

道士の方《かた》には[二二]玉の箱共《ども》に、立《たつ》る所の[二三]文共《ふみども》を入れて[二四]荘《かざ》れる台《だい》に居《す》へ並《な》めたり。亦、西の方《かたに》錦の幄《あげはり》を打《うち》て、其の内に摩騰法師一人・大臣一人居《い》たり。其れにも[二五]瑠璃《るり》の壺に仏舎利《ぶつしやり》を入れ奉れり。亦、荘《かざ》れる箱共《どもに》、渡し奉れる所の正教《しようぎよう》を入れ奉れり。僅[二六]に

八「び」は「度」の捨仮名。このたびは早速対決させて、勝負を御覧になって下さい。
九 皇帝の命令。勅令。
一〇 底本の祖本の破損に因る欠字。打聞集「宣旨トヌ」。
一一 天幕。　一二「かみさび」の漢字表記を期した欠字。上の「髪」は当て字。気高く荘厳な感じの。
一三「も」は「共」の捨仮名。
一四 才能を研ぎに研いて。
一五 昔の名人に勝るとも劣らない。　一六 未詳。打聞集「大臣・公卿・卒・百官」。
一七 味方した。
一八（これまでの道士が）道教の書に拠って考察したことが。　一九 過去・現在・未来。　二〇 最初に夢占いをした大臣であろう。
二一「を」は「も」が正か。
二二 美しい箱。玉手箱。

二三百巻許《ばかり》也。如此《かくのごと》くして各術《おのおのずつ》を待つ程に、道士の方《かた》に申して云《いわ》く、「摩騰法師の方《かた》より道士の方《かた》の法文共《ほうもんども》に火を可付《つくべ》し」と。然れば、云ふに随《したがい》て、摩騰法師の方より弟子《でし》一人出来《いできたり》て、[一]火を打《うち》て道士の方の法文《ほうもん》に付けつ。亦、道士の方より一人の道士来《きたり》て、摩騰法師の方の法文《ほうもん》に火を付《つけ》つ。然れば、共に燃え合ひぬ。焔盛《ほのおさかり》にして黒き煙《けぶり》空に昇《のぼる》。

而《しか》る間、摩騰法師の方《かた》の仏舎利《ぶつしやり》、光を放《はなち》て空に昇り給ふ。聖《しよう》教《ぎよう》も同く[二]仏舎利に具して空に昇り給て虚空《こくう》に在《まし》ます。摩騰法師は[三]香炉《こうろ》を取《とり》て目暫《しばらく》も不捨《はなた》ずして居《い》たり。道士《どうじ》の方《かた》の法文《ほうもん》は一時に皆《み》な焼畢《やけはて》て灰と成《なり》ぬ。其の時に、諸《もろもろ》の道士或《あるい》は舌を食ひ切りて□[四]有り、或は眼《まなこ》より血《あや》の涙を出し、或は鼻より血《あや》を出し、或は息□[五]死ぬ。或は座を立《たち》て走り、[六]或は摩騰法師の方《かた》に渡《わたり》て弟子に成り、或は[七]悶絶躃地《もんぜつびやくじ》して肝《きも》を失ふ。如是《かくのごと》く不吉の事共《ども》を現ず。其の時に、天皇、此れを見給て涙

二三 道教の経典。道蔵。
二四 装飾した台。
二五 多くは青色で透明な宝石。
二六 道蔵に較べると遥かに少ないことをいう。
一 火打ち石を打って。
二 仏舎利と一緒に。
三 香炉を手にして、じっとそれを見つめていた。
四 底本の祖本の破損に因る欠字。打聞集「舌クヒ切死物アリ」。
五 →注四。打聞集「気立テ死」。
六 移って。
七 もだえ苦しみ。のたうちまわって。
八 中国。

を流して、座を立《たち》て摩騰法師を礼《おが》み給ふ。

其の後《のち》、法文《ほうもん》・正教《しょうぎょう》、八漢土《かんど》に弘《ひろ》まりて、于今盛《いまにさか》り也となむ語り伝へたるとや。

震旦《しんだん》の梁《りよう》の武帝《ぶてい》の時《とき》に、達磨《だるま》渡《わた》れる語《こと》 第三

今昔《いまはむかし》、南天竺《なんてんじく》[一]に達磨《だるま》[二]和尚《わじよう》と云ふ聖人《しようにん》在《まし》ましけり。其の弟子に[三]仏陀耶舎《ぶつだやしや》と云ふ比丘《びく》有り。達磨、仏陀耶舎に語《かたり》て宣《のたま》はく、「汝《なん》ぢ、速《すみやか》に震旦国《しんだんこく》[四]に行《ゆき》て法[五]を可伝《つたうべ》し」と。耶舎、師の教へに依《より》て、船[六]に乗《のり》て震旦に渡《わたり》ぬ。法を伝へむと為《す》るに、国に比丘[七]数千人有《あり》て各《おのおの》勧め行ふ。此の耶舎の説く所の法を聞《きき》て、一人として信ずる者無し。終《つい》に耶舎を追却《ついきやくし》[八]、盧山《ろさん》[九]の東林寺《とうりんじ》[一〇]と云ふ所に追ひ遣《や》りつ。

而《しか》るに、其の盧山に遠大師《おんだいし》[一一]と云ふ止事無《やんごとな》き聖人《しようにん》有り。其の人、此の耶舎の来れるを見て請《しよう》じ入れて問《とい》て云《いわ》く、「汝《なん》ぢ、西国《さいこく》[一二]より来れり。何《いか》なる仏法を以て此の土《ところ》に弘《ひろ》めむとして如此《か》く追《おわ》るゝぞ」と。其の時に、耶舎、言《こと》に不答《こたえ》ずして、我が手を捲《にぎり》て

第三話 出典は内証仏法相承血脈譜か。但し、第三・四段は同文的同話の打聞集・1との共同母胎的な文献に拠る。
一 南インド。 二 菩提達磨。五二〇年南海経由で渡来。洛陽東方の少林寺で面壁九年、禅宗の祖となったというが、異伝が多い。
三 罽賓国(カシミール)の人。鳩摩羅什(→二七〇頁注九)に招かれて、四〇八年長安に至り、四分律などを訳出。達磨とは時代が異なるが、血脈譜も達磨の弟子としている。
四 中国。 五 仏法。
六 東南アジア経由で。
七 すでに中国には数千人の仏教僧がいて。 八 追放。
九 江西省九江市の南、鄱陽湖西岸にある名山。

開く。其の後《のち》、「此の事[一三]疾《とし》や否《いな》や」と云ふ。遠大師即ち、「手を捲《にぎ》るは[一四]煩悩《ぼんのう》也。開くは[一五]菩提《ぼだい》也」と悟《さとり》て、「[一六]煩悩と菩提と一つ也」と云ふ事を知《しり》ぬ。其の後、耶舎、其の所にして死《しに》ぬ。其の時に、大師達磨、遥《はるか》に天竺にして、弟子《でし》耶舎が震旦にして死《しに》たる事を[一七]空《そら》に知《しり》給て、自《みず》から船に乗《のり》て震旦に渡り来《きた》る。其の時、[一八]梁《りよう》の武《ぶ》帝《てい》の代也。

而《しか》る間、武帝、大《おおき》なる[一九]迦藍《がらん》を建立《こんりゆう》して、数体《すたい》の仏像を鋳造《つく》り、塔を起《た》て数部《すぶ》の経巻を書写《しよしや》して、心に思はく、「我れ[二〇]殊勝《しゆしよう》の功《く》徳《どく》を修《しゆ》せり。此れ、智恵有らむ僧に令見《みし》めて被讃《ほめら》れ被貴《とうとば》れむ」と。「此の国に此来《このごろ》智恵賢く貴き聖人《しようにん》は誰《たれ》か有る」と被尋《たずねらる》るに、人有《あり》て申さく、「近来《このごろ》天竺より渡れる聖人有り。名を達磨と云ふ。智恵賢く、止事無《やんごとな》き聖人也」と。武帝、此れを聞《きき》て心に喜《よろこび》て、「其の人を召して、迦藍《がらん》・仏経の有様を令見《みし》めて被讃歎《さんだんせら》れむ。亦、[二一]貴き功徳《くどく》の由を聞《きき》て、[二二]弥《いよい》よ殊勝《しゆしよう》の善根《ぜんごん》修《しゆ》せりと可思《おもうべ》

一〇 廬山にある名刹。
一一 慧遠。東晋の高僧。廬山に住して念仏結社白蓮社を設立。経典の整備、訳出にも尽力。四一六年没。
一二 天竺をさす。
一三 即するや否や。手を握ることと開くことの矛盾が矛盾を越えて即一するか否か。血脈譜「見事疾否」。
一四 迷いの境地。
一五 悟りの境地。 一六 煩悩即菩提。血脈譜「与煩悩与菩提本性不二」。
一七 神通力で察知なさって。
一八 梁(中国南北朝時代の南朝の国)の始祖。在位五〇二―五四九年。 一九 寺院。
二〇 大した功徳を修めた。打聞集「賢キワザンタリ」。
二一 (自分のしたことが)貴い功徳である旨を聞いて。
二二 ますます(自分は)大し

き也」と思《おもい》給て、達磨和尚を召《め》しに遣《つかわ》す。和尚《わじよう》即ち、召しに随《したがい》て参り給ひぬ。此の伽藍《がらん》に迎へ入れて堂塔・仏経等を令見《みしめ》て、武帝、達磨に向《むかい》て問《とい》て宣《のたま》はく、「我れ、堂塔を造り、人を一度《ど》し、経巻を写し、仏像を鋳る、何《いか》なる功徳か有る」と。達磨大師答《こたえ》て宣《のたま》はく、「此れ、功徳に非《あら》ず」と。

其の時に、武帝思《おもい》給はく、「「和尚《わじよう》、此の伽藍《がらん》の有様を見て二定《さだめ》て讃嘆《さんだん》し可貴《とうとぶべ》し」と思ふに、気色《けしき》糸冷気《いとすさまじげ》三にて、かく云ふは頗《すこぶ》る不心得《こころえ》ず」思ひ給て、亦、問《とい》て宣《のたま》はく、「然らば何を以てか功徳に非ずと可知《しるべ》き」と。達磨大師答《こたえ》て云《いわ》く、「如此《か》く塔寺を造りて、「我れ殊勝の善根《ぜんごん》を修《しゅ》せり」と思ふは、此れ四有為《うい》の事也。実《まこと》の功徳には非ず。実《まこと》の功徳と云《いう》は、我が身の内に五菩提《ぼだい》の種《しゅ》の清浄《しようじよう》の仏にて在《まし》ますを思《おぼ》し顕《あらわす》を以て、実《まこと》の功徳とは為《す》る。其れに比《くら》ぶれば、此れは功徳の数にも非ず」と申し給ふに、武帝、此を聞き給ふに、六心に不叶《かなわ》ず思《おもい》給て、「此《こ》は何《いか》に云ふ事にか

た善根を修めたものだと思う。

一 済度。救済すること。

二 きっと讃嘆し貴んでくれると思ったのに。

三 まったく冷淡な様子で。

四 煩悩にまみれた迷いの世界に属することです。

五 悟りの種が清浄な仏として(我が身の中に)おいでになることを思惟して明らかにすることをもって、まことの功徳とするのです。本具仏性。

六 ご不満に思って。

七 何か含むところがあって。意趣があって。

八 山名の明記を期した欠字。慧可と会った場所は「嵩山」(少林寺)である。

九 慧可。中国禅宗第二祖。達磨に入門の時、左腕を斬

有《あ》らむ。「我れは並び無き功徳造《つくり》たり」と思ふに、かく謗《そし》るは、[七]思ふ様有《ようあり》て云ふ事也けり」と、悪《あし》き様《さま》に心得給て、大師を追却《ついきゃく》し給ひつ。

大師、被追却《ついきゃくせら》れて、錫杖《しゃくじょう》を杖に突《つき》て、□[八]山と云《いう》所に至り給へり。其の所にして会可《えか》[九]禅師《ぜんじ》と云ふ人に値《あ》ひぬ。此の人に仏法を皆付嘱《ふぞく》[一〇]し給ひつ。其の後、達磨大師、其の所にして死《しに》[一一]給ひぬ。然《しかる》に、門徒の僧等、達磨を棺《かんに》入れて墓《つか》に持行《もてゆき》て置《おき》つ。其後《そののち》、[一二]二七日を経て、[一三]公《おおやけ》の御使として宗雲《そううん》[一四]と云ふ人、[一五]物へ行くに、[一六]葱嶺《そうれい》の上にして一人の胡《こ》[一七]僧《そう》に値《あ》ひぬ。片足には草鞋《そうかい》[一八]を着《は》きたり、今片足は跣《はだし》也。胡僧、宗雲に語《かたり》て云《いわ》く、「汝《なん》ぢ可知《しるべ》し。[一九]国の王、今日失《う》せ給ひぬ」と。宗雲、此れを聞《きき》て、紙を取り出《いだ》して此の日月《にちがち》を記しつ。

宗雲、月来《つきごろ》を経て[二〇]王城に返り来《きたり》て聞けば、「帝《みかど》既に崩《ほう》じ給ひにき」と云ふ。其の時に、記《き》せし所の日月《にちがち》を思ふに、違《たが》ふ事無

って求道の誠を認められた逸話で有名。五九三年没。

一〇 仏法の奥義を伝授し後を託すること。

一一 一般には五二八年十月五日説が流布しているが、異伝も多く、正確には未詳。

一二 一四日経って。

一三 朝廷の使者。

一四 北魏の僧(官人とも)。五一八―五二二年、西域を経てガンダーラに至り、経論を持ち帰った。

一五 用事。勅使として赴いたのである。

一六 パミール高原。

一七 異国の僧。

一八 わらじ。

一九 (そなたの)国の王は、今日なくなられましたぞ。血脈譜「汝漢地大子今日無常」。

二〇 梁の都は建康(南京)。

し。「彼《か》の葱嶺の上にして此の事を告げし胡僧《こそう》、誰人《たれひと》ならむ」と思ふに、「達磨和尚也《なり》けり」と知《しり》て、朝庭《ちょうてい》の百官と并《ならび》に達磨門徒の僧等と、相共に実否《じつふ》を知らむが為に、彼《か》の達磨の墓《つか》に行《ゆき》て、棺開《かんひらき》て見るに、一達磨の身不見給《みえたまわ》ず、二只棺《かん》の中《なか》に履《くつ》の片足のみ有り。此れを見て、「葱嶺の上の値《あい》たりし胡僧は、定めて達磨の草鞋《そうかい》の片足を着《はき》て、天竺へ返り給《たまい》ける也けり。三片足棄《すつ》る有《ある》は震旦の人に此《か》く令知《しらしめ》むが故也けり」と皆人知《しり》ぬ。

然れば、国挙《こぞり》て、止事無《やんごとな》き聖人也けりと云ふ事を知《しり》て、貴ぶ事無限《かぎりな》し。四此の達磨和尚は南天竺《なんてんじく》の五大婆羅門国《だいばらもんこく》の国王の第三の子也となむ語り伝へたるとや。

一 尸解(死骸が消えうせる)は神仙説話に多く見られる現象。巻十一・1話で聖徳太子が出会った飢人も一例。二 履物の片方を残して姿を消す話も神仙説話に多い。巻十一・32話の行叡も一例。三 片方を残してあったのは、中国の人にそうと知らせるためだったのだ。四 以下は血脈譜では宋雲の話の前にある記事。五 未詳。達磨は南天竺の香至国の第三皇子とされるのが普通。

第五話 出典未詳。打聞集・8に同文的同話がある。同話は出三蔵記集・十四、法華伝記・一、法苑珠林・二十五その他諸書に喧伝。京都・嵯峨野の清涼寺の釈迦像の縁起としても著名(清涼寺

鳩摩羅焰《くまらえん》、仏《ほとけ》を盗《ぬす》み奉《たてまつ》りて震旦《しんだん》に伝《つた》へたる語《こと》第五

今昔《いまはむかし》、天竺《てんじく》に、仏、[六]母[七]摩耶夫人《まやぶにん》を教化《きょうけ》せむが為に[八]忉利天《とうりてん》に昇り給て、九十日が間在《まし》ましける間に、[九]優塡王《うでんおう》、仏を恋ひ奉《たてまつり》て、[一〇]赤梅檀《しゃくせんだん》の木を以て[一一]毘首羯摩天《びしゅかつまてん》を以て工《たくみ》として造り奉れる仏在《まし》ます。而《しか》る間、仏、九十日畢《はて》て忉利天より[一二]閻浮提《えんぶだい》に下《くだ》り給ふに、金《こがね》・銀《しろかね》・[一三]水精《すいしょう》の三《みつ》の[一四]階《はし》有り。仏其れより下《くだ》り給ふを、此の[一五]梅檀《せんだん》の仏、階《はし》の許《もと》に進み迎ひ合《あい》給て、実《まこと》の仏を敬ひ給て腰を出《かが》め給ひければ、世の人、此れを見て尊び奉る事無限《かぎりな》し。何況《いかにいわん》や、仏涅槃《ねはん》に入《いり》給て後《のち》は、此の梅檀の仏を世挙《こぞり》て恭敬供養《くぎょうくよう》し奉る。

而《しか》る間、[一六]摩羅焰《まらえん》と申す聖人在《しょうにんまし》ます。心の内に思ふ様《よう》、「天竺には、仏出《いで》給へる所なれば、此の梅檀《せんだん》の仏不在《ましまさ》ずと云ふとも、[一七]教法《きょうぼう》多くして、衆生《しゅじょう》、利益《りやく》を蒙《こうぶ》らむ事不少《すくなから》じ。此れより東《ひんがし》に

縁起)。
六 以下、釈尊が忉利天上の摩耶夫人に説法した話は、巻二・2話に詳しい。
七 釈尊の母。→一七頁注一七。 八 →二三頁注二。
九 ウダヤナ(優陀那・優塡)王。古代インド、コーサンビー(憍賞弥)国の王。仏教の大外護者。 一〇 牛頭梅檀。→一三六頁注一十。
一一 帝釈天の配下で、工芸の神。 一二 人間世界。
一三 水晶。巻二・2話では「閻浮檀金・瑠璃・瑪瑙」の三道を、帝釈天が鬼神に命じて作らせている。 一四 階段。 一五 赤梅檀で造った仏像。 一六 クマーラヤーナ(鳩摩羅焰)。インドの人。宰相の位を棄てて出家、亀茲国に赴いて国師になったという。鳩摩羅什の父。

一震旦国《しんだんこく》有り。其《その》国には、二未《いま》だ仏法無くして、衆生皆、暗《やみ》に値《あ》へるが如し。然れば、此の仏を盗み奉て、彼《か》の震旦に渡し奉て、普《あまね》く衆生を利益《りやく》せむ」と也。既に此れを盗み奉て、三将《いて》渡り奉る。「人や追来《おいきたり》て止《とど》めむと為《す》らむ」と思へば、四夜《よ》る昼《ひ》る不止《とどまら》ずして、難堪《たえがた》く五嶮《さがし》き道を、身命《しんみよう》をも不惜《おしま》ずして盗み奉て行く也けり。

六仏此《こ》れを哀《あわれび》て、昼は鳩摩羅焰《くまらえん》、仏を負ひ奉り、夜は仏、鳩摩羅焰を負《おい》給て行き給ふ。而《しか》る間、七亀茲国《きゆうじこく》と云ふ国有り。此の国は天竺と震旦との間、八各遥《おのおのはるか》に離れたる国也。九来りし方《かた》も去り、今行く末も未《いま》だ遠し。然れば、「一〇今は追《おい》て来らむ人も難有《ありがた》し。暫く此の国に息《やす》まむ」と思《おもい》て、其の国の王、一一能尊王《のうそんおう》の許《もと》に至《いたり》ぬ。能尊王、此の鳩摩羅焰に値《あい》て、事の趣《おもむ》きを問ひ給ふ。聖人、一二意《い》趣《しゆ》を具《つぶさ》に語り給ふ。王、此の事を聞《ききて》、貴び給ふ事無限《かぎりな》し。

而《しか》るに、王の思《おもい》給はく、「此の聖人《しようにん》を見《みる》に、年極《きわめ》て老《おい》たり。来りし道の難堪《たえがた》さに、身羸《つか》れ力衰へたらむ、亦、行く末の道

一七 仏教の典籍類。

一 中国。 二 まだ仏教が伝わらず、衆生はみな暗闇の中にいるようなものだ。 三 お連れ申し上げる。 四 「る」は「夜」の捨仮名。次の「昼る」も同様。 五 けわしい道。 六 仏像が鳩摩羅焰の熱意に感応して。 七 中国新疆ウイグル自治区のクチャ(庫車)。天山山脈の南。西域の要衝で仏教が盛んだった。 八 天竺からも震旦からも遥かに遠く離れた国。 九 来し方はすでに遠く、行く末もまだ遠い。 一〇 もう追いかけて来る人もあるまい。 一一 未詳。天山南路方面の仏教興隆に功のあった北涼(匈奴)王の沮渠蒙遜との混同から生じた誤伝・訛伝か。

遥《はるか》に遠し。願ふ所は貴けれども、本意の如く此の仏を震旦に渡し着け奉らむ事、[一三]極《きわめ》て難有《ありがた》し」。然れば、王思得給《おもいえ》へる様《よう》、此《この》聖人に我が娘を[一四]合せ取《とり》て、子を令生《うまし》めて、[一五]其の子有らば、父の聖人の思《ねがい》の如く、此の仏をば震旦に伝へてむ」と思給《おもい》て、聖人に此の由を語《かたり》給ふに、聖人の云《いわ》く、「王の仰せ可然《しかるべ》しと云へども、我れ[一六]永く心に不思《おもわ》ざる事也」と云《いい》て、此れを不受《うけ》ず。

其の時に、王、泣《なくな》く聖人に宣《のたま》はく、「聖人は[一七]願ふ所貴しと云へども、極《きわめ》て愚痴《ぐち》に在《まし》ましけり。[一八]設《たと》ひ戒《かい》を破《やぶり》て地獄に堕《おつ》る事は有りとも、仏法の遥に伝はらむ事こそ菩薩《ぼさつ》[一九]の行《ぎょう》には有れ、[二〇]我が身一《ひとつ》を思ふ事は菩薩の行《ぎょう》には非《あら》ず」と宣《のたまい》て、強《あながち》に勧め給へば、聖人、[二一]「王の言《こと》、実也《まこと》」とや思給《おもい》ひけむ、[二二]此の事を受け給ひつ。

[二三]王、娘亦一人有り。形端正美麗《たんじょうびれい》なる事天女の如し。此れを悲び愛する事譬《たと》ひ無し。雖然《しかりといえど》も、仏法を伝へむ志深くして、泣《なくな》く此の聖人に合せつ。[二四]聖人既に娶《とつぎ》て後《のち》、懐任《かいにん》する事を待つ

宝物集「のうそん王」。
一二（旅の）音図を詳しくお話しになった。　一三 非常に難しいだろう。　一四 結婚させて。　一五 子供が生まれたら、その子が父の願いどおり、この仏を中国に伝えるだろう。　一六 結婚など考えたこともない。　一七 願っていることは貴くても極めて愚かでおいでだ。　一八 たとえ戒を破って地獄に堕ちることがあっても、仏法が遠く伝わるのは菩薩の行ではないか。　一九 ↓二〇四頁注三。　二〇 自分のことばかり思うのは菩薩の行ではない。　二一 王の言葉を道理と思ったのか。
二二 結婚を承諾なさった。
二三 王にとっても一人娘で。珠林など一般的な伝記では、王の妹とするのが普通。

と云へども、懐任する事無し。

王怪《あやしび》て蜜《ひそか》[一]に娘に問《とい》て宣《のたま》はく、「聖人娶《とつ》ぐ[二]時何《いか》なる事か有る」と。娘答《こたえ》て云《いわく》、「口誦《くじゅ》[三]する事有り」と。王此れを聞《きき》て宣《のたま》はく、「此れより後、聖人の口を塞《ふさぎ》て令誦《じゅせしむ》る事無かれ」と。然れば、娘の、王の言《こと》に随《したがい》て娶《とつ》ぐ時、聖人の誦《じゅ》せむと為《す》る口を塞《ふさぎ》て不令誦《じゅせしめ》ず。其の後懐任《かいにん》[四]しぬ。聖人は、幾《いくばく》の程を不経《へ》ずして死《しに》給ひぬ。此の聖人、王の言実《ことまこと》なれば娶《とつ》ぐと云へども、本心《もとのう》[五]不失《せ》ずして無常《むじょう》[六]の文《もん》を誦《じゅ》し給《たまい》ける也。其の文《もん》に云《いわ》く、

[七]処世界如虚空《しょせかいにょこくう》　如蓮華不着水《にょれんけふじゃくすい》　心清浄超於彼《しんしょうじょうちょうおひ》　稽首礼無上尊《けいしゅらいむじょうそん》云々《うんうん》

此れに依《より》て不懐任《かいにんせ》ざりけるを、口を被《ふさがれ》れ塞て不誦《じゅせ》ずして、懐任《かいにん》しにけり。既に男子を生ぜり。其の男子、漸《ようや》[八]く勢長《せいちょう》じて、名をば鳩摩羅什《くまらじゅう》[九]と云《いう》、父の本意[一〇]を聞《きき》て此の仏を震旦に渡し奉りつ。震旦の国王、亦、此の仏を受け取《とり》て、恭敬供養《くぎょうくよう》し給ふ。惣《すべ》て国

一三 聖人が結婚生活に入って後、王は娘が妊娠するのを待ったが。

一 密に同じ。そっと。

二 同衾する時、どんなことをしているのか。

三 何か口に唱えています。

四 妊娠した。 五 本来の心。

六 「無上の文」の訛伝。唐の集諸経礼懺儀には、これを「無上呪」という。

七 この世にあること大空にあるごとく、蓮の花が泥水に染まらないように、心は清浄で濁世を超越している、無上の仏を頭を下げて礼拝する。法華懺法や例時作法でも用いられる偈。

八 次第に成長して。

九 クマーラジーヴァ(鳩摩羅什)。羅焔の子。亀茲国に生まれ、インドに留学。

挙《こぞり》て此の仏を崇《あが》め奉る事無限《かぎりな》し。

鳩摩羅什をば世ゝ《よよ》[11]、羅什三蔵《さんぞう》[12]と申す。心聡明《そうみよう》にして智恵明《あきらか》なる事、仏の如し。父の本意の如くに此の仏を震旦に渡し奉り給て、多《おおく》の衆生《しゆじよう》を利益《りやく》し、亦、法華経《ほけきよう》[13]を結集《けつじゆう》し、加之《しかのみならず》[14]、多《おおくの》経論を訳して世に伝へ給ふ事は、此の三蔵也。

然《しかれ》ば、正教《しようぎよう》[15]を末世《まつせ》[16]まで学《がく》する事は偏《ひとえ》に此の三蔵の御徳也[17]となむ[18]語り伝へたるとや。

四〇一年長安に至り、後秦の姚興に国師として迎えられた。大智度論・法華経など多くの経論を訳出。
一〇 素志。本来の志。
一一 後代の人々は。
一二 経・律・論の三蔵に通じた高僧。そういう僧に対する敬称としても用いる。
一三 妙法蓮華経。大乗仏教の最重要経典の一。但し、羅什は漢訳したのであって、結集(→一四八頁注六)したのではない。
一四 その上さらに。
一五 聖教。仏教経典。
一六 末世の今でも学ぶことが出来るのは。
一七 おかげ。
一八 打聞集「サテ、此仏ヲバ唐ニ渡タテマツレルヲ、又ウツシ造タテマツリテ此国ニ渡シタテマツルナリ。清岸寺ニイマニヲハスル仏也」。

玄奘三蔵《げんじようさんぞう》、天竺《てんじく》に渡《わた》りて法《ほう》を伝《つた》へて帰《かえ》り来《きた》れる語《こと》　第六

今昔《いまはむかし》、震旦《しんだん》に唐《とう》の玄孫《げんそん》[一]の代に玄奘法師《げんじようほうし》[二]と申す聖人在《しようにんまし》ましけり。天竺《てんじく》に渡り給《たま》ふ間、広き野の遥《はるか》に遠きを通り給ふ程に日暮れぬ。忽《たちまち》に可宿《やどるべ》き所無ければ、たどる〳〵[三]只足に任せて行く間に、遥に、多くの火を燃《とも》[四]したる者五百人許来《ばかりきた》る。「人に値《あい》ぬ」と思《おもい》給て喜《よろこび》を成して、近く寄《より》て見給へば、早う[五]、人[六]には非《あら》で異形《いぎよう》の鬼共《ども》の極《きわめ》て怖《おそろ》し気《げ》なる者共《ども》の行《ある》く也けり。法師、此れを見て可為《すべ》[七]き方《ほう》無くて、般若心経《はんにやしんぎよう》[八]を音《こえ》を挙《あげ》て誦《じゆ》し給ふ。此の経の音《こえ》ぞ聞《きき》て、鬼共《ども》[九]十方に逃散《にげちり》にけり。其の時に、鬼の難を免《まぬかれ》て通り給ひぬ。

此の心経《しんぎよう》は、法師、天竺[一〇]に渡り給ふ間に、道にして伝へ得給へる所の経也。遥に深き山の中を通る間、人跡《ひとの》絶《たえ》たる所有り。

第六話　基幹的な出典は同文的同話の打聞集・9との共同母胎的文献。さらに三宝感応要略録・下・17、大慈恩寺三蔵法師伝・一及び三を参看、利用している。同話は三国伝記・二・23など多数。

一 「玄宗」の誤記かと思われるが、玄宗は在位七一二－七五六年。玄奘とは時代が合わない。→次注。

二 唐の高僧。六二九年長安を出発してインドに至り、十数年研鑽を積んで六四五年帰国。持ち帰った膨大な経典を翻訳した。六六四年没。法相宗の開祖。

三 迷い迷いしながら。

四 松明。たいまつ。

五 →二四四頁注五。

六 人間ではなくて。

七 どうしようもなくて。避

[一一]鳥獣猶《ちょうじゅうなお》し不走来《はしりきたら》ず。而《しか》る間、臭香《くさきか》[一二]俄《にわか》に出来《いできた》る、難堪《たえがた》き事無限《かぎりな》し。鼻を塞《ふさぎ》て退くに、此の香《か》の奇特《きどく》[一三]なるを漸く寄《より》て見れば、草《そう》木《もく》も枯れ、鳥獣《ちょうじゅう》も不来《きたら》ず。強《あながち》に寄《より》て見れば、一人の死人《しせるひと》有り。「此れが香《か》也けり」と思ふ程に、善《よ》く見れば、[一四]動《はたら》く様《よう》に見ゆ。「[一五]早ふ、生《いき》たる者也けり」と見成して、「[一六]事の有様を問はむ」と思《おもい》て、寄《より》て問《とい》て宣《のたま》はく、「汝《なんじ》は何人《いかなる》の、何《いか》なる病有《あり》て、かくては臥《ふ》したるぞ」[一八]と。病者答《やめるものこたえ》て云《いわ》く、「我れは此れ、女人《によにん》也。身に瘡《かさ》[一七]の病有《あり》て、首《こうべ》より趺《あなうら》に至るまで隙《ひま》無くして身爛《ただ》[一九]れ、鮏《なまぐさく》[二〇]て臭き事の難堪《たえがた》きに依《より》て、我が父母《ぶも》も[二一]不知《しら》ずしてかく深き山に棄《すて》たる也。然而《しかれど》も、[二二]命は限り有りければ、不死畢《しにはて》ずして有る也」と。

法師、此の事を聞《きき》て哀《かなし》[二三]びの心深くして、亦、問《とい》給はく、「汝《なん》[二四]ぢ、[二五]家に有りけん時此《この》病を受《うけ》て、薬を教ふる人は無かりきや否《いな》や」と。病者答《やめるものこたえ》て云《いわ》く、「[二六]我れ、家に有《あり》て此の病を治《じ》[二七]せしに、

けるすべがなくて。
八 諸法皆空の理を述べた一巻の小経であるが、大般若経六百巻の精髄を述べた経典として尊重される。
九 →一二五頁注一三。
一〇 天竺への旅の途中で。法師伝では、玄奘が罽にいた時のことである。
一一 鳥や獣でさえ姿を見せない。 一二 臭いにおい。悪臭。 一三 あまりにもひどいので、そろそろ近づいてみると。 一四 身動きするように見える。
一五 →注五。 一六 事情を尋ねよう。
一七 できもの。
一八 頭から足の裏まで。
一九 爛(ただ)れて。
二〇 生臭い悪臭がして堪えられないので。 二一 かまってくれなくて。見離して。
二二 寿命というものがある

不叶《かなわ》ざりき。但し、医師有《あり》て云《いわ》く、「首《こうべ》より趺《あなうら》に至るまで膿汁《うみしる》を吸ひ舐《ねぶ》れらば、一即ち愈《いや》さむ」と云ひき。然而《しかれど》も、臭き事難堪《たえがた》きに依《より》て、近付く人無し。二何況《いかにいわん》や、吸ひ舐《ねぶ》る事有らむや」と。法師、此れを聞《きき》て涙を流して宣《のたま》はく、「汝《なんじ》が身は既に不浄に成りにたり。三我が身忽《たちまち》に不浄に非《あら》ずと云へども、思へば亦、不浄也。然れば、四同じ不浄を以て自《みず》から浄《きよ》しと思ひ、五他《ほか》ぞ穢《きたな》まむ、極《きわめ》て愚《おろか》也。然れば、我れ、汝が身を吸ひ舐《ねぶり》て汝が病を救はむ」と。病者、此れを聞《きき》て六拤《てす》り喜《よろこび》て、身を任す。

其の時に、法師寄《より》て、病者《やめるもの》の胸の程を先づ舐《ねぶ》り給ふ。身の膚《はだえ》七泥《でい》の如し。臭《くさ》き事譬へむ方《かた》無し。八大腸返《はらわたかえり》て気可絶《いきたゆべ》し。然而《しかれど》も、悲びの心深くして臭き香《か》も不思給《おもいたまわ》ず、膿《うみ》たる所をば、其の膿汁《うみしる》を吸《すい》て吐き棄《すて》つ。如此《かくのごと》く頸《くび》の下より腰の程まで舐《ねぶ》り下《おろ》し給ふに、九舌の跡、例《れい》の膚《はだえ》に成り持行《もてゆき》て愈《い》ゆ。法師、喜びの心無限《かぎりな》し。其の時に、俄《にわか》に一〇微妙《みみょう》の一一梅檀《せんだん》・一二沈水香《じんすいこう》等の如くなる香《か》出来《いできたり》ぬ。亦、

ので、死に切れずにいるのです。 二三 慈悲の心を深く起こして。
二四 「ぢ」は「汝」の捨仮名。
二五 家にいた時この病になって、誰か薬を教えてくれる人はなかったのか。
二六 「れ」は「我」の捨仮名。
二七 治療したのですが、直りませんでした。

一 すぐ直ると言いました。
二 まして。
三 私の身は今は不浄でないようだが、考えてみると、(いずれは老・病・死を免れないから)結局は不浄の身だ。 四 同じ不浄の身でありながら。
五 他人を汚がるのは。
六 手を合わせて喜んで。
七 どろどろに崩れて。
八 はらわたが煮え返って気

日の始《はじめ》て出《い》づるが如くなる光有《あり》。法師驚き怪《あやしび》て退《しりぞき》て見れば、此の病人《やめるひと》忽《たちまちに》変じて観自在菩薩《かんじざいぼさつ》と成り給ひぬ。法師、膝を地《じ》に着けて掌《たなごころ》を合せて向ひ奉るに、菩薩、即ち起居《おきい》給て、法師に告《つげ》て宣《のたま》はく、「汝《なん》ぢ実《まこと》の清浄《しょうじょう》・質直《しちじき》の聖人也けり。汝が心を試《こころみ》むが為に、我れ病人《やめるひと》の形を現ぜり。汝《なん》ぢ極《きわめ》て貴し。然れば、我が持《たも》つ所の経有り。速《すみやか》に汝に可伝《つたうべ》し。此れを受《うけ》て遥《はるか》に世に弘《ひろ》めて衆生《しゅじょう》を導け」と。菩薩、経を授け給ふ事畢《おわり》て、掻消《かきけ》つ様《よう》に失給《うせたまい》ぬ。鬼に値《あい》て読み係《か》け給ふ所の心経《しんぎょう》、此れ也。然れば、霊《れい》験新《げんあらた》也。

法師、摩竭陀国《まかだこく》に至り給て、世無厭寺《せむえんじ》と云ふ寺に入《いり》て、戒賢《かいげん》論師《ろんし》と申す人は、正法蔵《しょうぼうぞう》と名付く。其の人に値《あい》て弟子と成《なり》て法を伝へ給ふ。正法蔵、先づ法師を見て泣啼《きゅうてい》して宣《のたま》はく、「我れ、年来《としごろ》病有《あり》て苦しぶ所多し。此の身を棄《す》てむと為《せ》し時、夜《よ》る夢の中に三《みたり》の天子来《きた》る。一《ひとり》は黄金《こがね》の色、二《ふたり》は瑠璃《るり》の色、三《みたり》は白銀《しろかね》の

絶しそうだ。

九 舌でなめた後が、普通の(正常な)肌になっていって。

一〇 すばらしい。　一一 白檀の異名。香木。　一二 沈香。→一三六頁注一八。

一三 朝日がさしたような光。

一四 観世音菩薩。　一五 身を起こしてお坐りになって。

一六 本当に心が清浄で、素直で正しい聖人であった。

一七 私の受持している経がある。早速そなたに伝授しよう。　一八 化現した仏菩薩や神霊が姿を消す時の定型的表現。　一九 上述の経緯で入手した経であるから、霊験まことにあらたかである。　二〇 →一一一頁注七。

二一 ナーランダー寺。マガダ国の都、王舎城の北にあった大寺院。

二二 東天竺の王族出身の高

色也。皆形の端正《たんじよう》なる事、一心の及ぶ所に非ず。正法蔵に問《とい》て云《いわ》く、「汝が病は、二過去に汝《なん》三ぢ国王と有りし時、多《おおく》の人民《にんみん》を悩《なやま》せりしに依《より》て、今、四其の報《ほう》を感ぜる也。速《すみやか》に昔の五過《とが》を観じて懺悔《さんげ》を至さば、其の罪を除《のぞき》てむ」と。我れ、其の言《こと》を聞き畢《おわり》て、礼《らい》拝《はい》して過《とが》を六悔《く》ふ。其の金色《こんじき》の天人、瑠璃《るり》の天人を指《ゆびさし》て、我に語《かたり》て云《いわ》く、「汝《なん》ぢ七此れを知れりや否《いな》や。此れ、観自在菩薩也」。亦、白銀《しろかね》の天人を指《ゆびさし》て「此れは八慈氏菩薩《じしぼさつ》也」と。其の時に、我れ、白銀の天人を礼拝《らいはい》し奉て、問《とい》て云《いわ》く、「我れ、常に九兜率《とそつ》に生れむと願ふ。一〇速疾《そくしつに》彼《か》の天に生れて慈氏を礼拝し奉らむと思ふ」と。答《こたえ》て宣《のたま》はく、「汝、広く法を伝へて後《のち》に生る丶事を可得《うべ》し」と。金色の天人自《みずか》ら宣《のたまわ》く、「我れは此れ、一一文殊《もんじゅ》也。我等、汝に此の事を令知《しらし》めむが為《ために》来れり。汝ぢ憂ふる事無くして、一二支那国《しなこく》の僧来《きたり》て、汝に随《したがい》て法を伝へむとす。一三速《すみやか》に可伝《つたうべ》し」と宣《のたまい》て、皆、一四搔消《かきけ》つ様《よう》に失《う》せ給ひにき。其の後《のち》、身に病無くして相待つ間、

僧。玄奘が出会った時には一〇六歳で、ナーランダー寺院の長老であった。
二三 高僧の尊称。
二四 感泣して。
二五 長年。
二六 「る」は「夜」の捨仮名。

一 想像も出来ないほどだ。想像を絶する。
二 過去世。前世。
三 「ぢ」は「汝」の捨仮名。
四 その報いを受けている。
五 罪科を思惟して。
六 「悔ゆ」のウ音便「悔う」。
七 この人を誰か知っているか。
八 弥勒菩薩。
九 兜率天。弥勒の住処。↓一六頁注三。
一〇 すみやかに。早く。
一一 文殊菩薩。↓八五頁注二一。
一二 中国。
一三 早速伝授し

今支那国より法師来れり。其の時の夢を思ふに、違《たが》ふ所無し。然れば、汝に法を可伝《つたうべ》し」と宣《のたまい》て、一五瓶《かめ》の水を写すが如くに授け給ひつ。

法師、其《それ》より出《い》でゝ一六止事無《やんごとな》き所共《ども》を礼《らい》し畢《おわり》て、亦、他国へ趣《おもむ》き給はむと為《す》るに、一七恒伽河《ごうがが》に至《いたり》て、船に乗《のり》て八十余人共《とも》に乗《のり》て、河を一八下《くだ》りざまに趣《おもむ》き給へり。河の両《ふたつ》の岸は皆一九盛《さか》りなる林也。草《そう》木《もく》茂り生《おい》たる事無限《かぎりな》し。而《しか》る間、林の中より俄《にわか》に船十余《あまり》出来《いできたり》ぬ。何《いか》なる船なると云ふ事を不知《しら》ざるに、二〇早く、二一賊船也《なり》けり。数《す》人《にん》の賊、法師の乗り給へる船に来《きたり》て、人を打ち衣服《えぶく》を剝《は》ぎ珍《ちん》宝《ぼう》を捜《さく》る。而《しか》るに、彼《か》の群賊、本より二二突伽《とつか》天神《てんじん》に仕へて、二三年の毎秋《あきごと》に一人の形貌《ぎょうみょう》美《び》麗《れい》なる人を求めて殺して、其の肉《しし》・血を取《とり》て天神に祠《まつり》て、福《さいわい》を祈る事有《あり》けり。而《しか》るに、此の法師の二四形《ぎょう》皃端正《みょうたんじょう》に在《まし》ますを見て、群賊等喜《よろこび》て云《いわ》く、「我等、二五天神を祠《まつ》る期《とき》既に過《すぎ》なむと為《する》に、二六心の如くなる人を難得《えがた》し。而《しか》るに、此

てやるがよい。
一四 →二七五頁注一八。
一五 残すところなく伝授した。
一六 貴い仏跡や名寺院などを巡礼して後。
一七 ガンジス河。
一八 下流に向けて。
一九 繁茂した林。ジャングル。
二〇 →二四四頁注五。
二一 盗賊団の船。
二二 ドゥルガー女神。バラモン教で尊崇されるシヴァ神の妃。
二三 毎年秋ごとに。
二四 顔かたちが端正なのを見て。
二五 天神を祭る時期が過ぎようとしているのに。
二六 気に入った人（生贄）がなかなか手に入らなかった。

の沙門《しやもん》の端正《たんじよう》なるを得たり。此れを殺《ころし》て祠《まつり》てむに、[一]豈《あ》に不吉《よから》ざらむや」。

法師、此れを聞《きき》給て群賊に宣《のたまわ》く、「[二]我が身穢悪《えあく》にして、被殺《ころさ》れむに敢《あえ》て惜む所に非《あら》ず。但し、我れ[三]遠くより来《きたれ》る心は、[四]菩提《ぼだい》樹《じゆ》の像《かたち》・[五]耆闍崛山《ぎしやくつせん》を礼《らい》せむ、并《ならび》に[六]経法を請《う》け問はむと思ふ。[七]未《いま》だ此の心不遂畢《とげずおわり》ぬ。[八]此れを殺さむ、善に非じ」と宣《のたま》ふを、同船の諸《もろもろ》の人、皆聞《きき》て、共に「此れを免《ゆる》せ」と[九]乞ひ請《う》く。然而《しかる》に、[一〇]敢て不許《ゆるさ》ず。賊、忽《たちまち》に人を遣《つかわし》て[一一]水を取《とり》て、林の中にして[一二]泥《でい》に和《わ》して[一三]壇《だん》を儲《もう》く。其の後、二《ふたり》の人来《きたり》て、刀を抜《ぬき》て法師を引《ひき》て、壇に令上《のぼらし》めて既に殺さむとす。而《しかる》に、法師、聊《いささか》に恐れたる気色《けしき》不在《ましま》さず。賊皆、此れを見て、「[一四]奇異也」と思へり。

法師、既に殺してむと為《す》るを見給て、賊に語《かたり》て宣《のたまわ》く、「願《ねがわ》くは、少時《しばらく》の暇《いとま》を給へ。其の間[一五]責《せむ》る事無かれ」と。賊此れを免《ゆる》す。其の時に、法師、一心に兜率天の[一六]慈氏菩薩《じしぼさつを》念じ奉て、「我れ今、

一 きっとよいことがあるぞ。
二 私の身は汚れて醜いから、殺されても決して惜しくはない。 三 遠くから(この国に)来た理由は。
四 (仏がその下で悟りを得た)菩提樹(→四五頁注一四)のお姿。 五 (仏の説法の場として名高い)霊鷲山。→五一頁注一一。
六 経典の教えの伝授を受け、質問をしようと思ってのことだ。 七 まだその志を果たしてはいない。 八 こういう私を殺すのは、善ではあるまい。 九 頼んでくれた。 一〇 断じて免さない。
一一 水を汲んできて。
一二 泥と混ぜ合わせて。
一三 祭壇を築く。 一四 不思議に思っていた。 一五 責めないでいただきたい。

被殺《ころされ》て即《すなわち》[一七]其の所に生れて、恭敬供養《くぎょうくよう》[一八]し奉らむ。法を聞《きき》て返下《かえりくだり》て此の群賊等を教化《きょうけ》[一九]せむ」と誓《ちかい》て、十方[二〇]の仏を礼《らい》し奉り、正念《しょうねん》[二一]にして慈氏菩薩を念じ奉り給ふ間、心内《こころの》に、須弥山《しゅみせん》[二二]を経て兜率天に昇《のぼり》て、慈氏菩薩の、妙宝台《みょうほうだい》[二三]に坐《ましまし》給て天衆《てんじゅ》[二四]に被囲遶《いにょうせら》れ給へるを見る。其の間、心歓喜《かんぎ》して、壇[二五]に居《い》たりと云ふ事を忘れ、賊有りと云ふ事を不思給《おもいたまわ》ず、只眠《ねぶ》[二六]れる形也。其の時に、同船の人、皆、同音[二七]に啼泣《ていきゅう》する事無限《かぎりな》し。

而《しか》る間に、忽《たちまち》[二八]に黒き風四方より来《きたり》て諸《もろもろ》の木を折り、河の流れ浪高くして船漂ふ。賊等、此れを見て大《おおき》に驚《おどろき》て、同船の人に問《とい》て云《いわ》く、「沙門《しゃもん》は何《いず》れの所より来れるぞ。亦、名をば誰《たれ》とか云ふ」と。答《こたえ》て云《いわ》く、「支那国[二九]より来《きたり》て法を求むる人也。此の人を若《も》し殺《ころし》てば、其の罪無量《むりょう》[三〇]ならむ。暫く、[三一]風波の体を見よ。此れ、天衆《てんじゅ》[三二]既に嗔《いか》れり」と。賊、此れを聞《きき》て悔《くゆ》る心有《あり》て、手を以て法師を驚[三三]かすに、法師、目を見開《ひらき》て、「時[三四]の至りにたるか」

一六 弥勒菩薩を祈念して。
一七 弥勒のお側。兜率天。
一八 慎んで供養し奉ろう。
一九 (弥勒の)説法を聞いて後、またこの世に生まれて、この盗賊たちを教化しよう。
二〇 →一二五頁注一二。
二一 心を乱すことなく。一心に。 二二 →一三頁注二二。 二三 妙なる美しい宝の台。弥勒の坐処。
二四 天人たち。
二五 (現実の自分が)犠牲壇の上にいることも忘れ。
二六 (周囲の人間の目には)眠っているように見えた。
二七 声を合わせて。
二八 暴風。 二九 中国。
三〇 その罪は量り知れない。
三一 風波の様子を見なさい。
三二 まさに天神が怒っているのだ。
三三 瞑想から覚めさせると。

と宣《のたま》ふ。賊の云《いわ》く「法師を不可害《がいすべから》ず。願《ねがわ》くは、我等が懺悔《さんげ》を受《うけ》給へ」と云《いい》て、礼拝《らいはい》す。法師の宣《のたま》はく、「殺盗《せつとう》の業《わざ》は[一]無間《むけん》の苦を可受《うくべ》し。何《なん》ぞ、[二]朝《あした》の露の如くなる身を以《もて》、[三]阿僧祇劫《あそうぎこう》の業《ごう》を造らむ」。賊等、此れを聞《きき》て[四]頭《かしら》を叩《たたき》て悔ひ悲《かなしみ》て云《いわ》く、「我等、今日より[五]此の悪行断《あくぎょうたたん》。願《ねがわ》くは、師、此れを[六]証明《しょうみょう》し給へ」と、奪《ば》へる所の衣《え》財《ざい》を皆返して、[七]五戒を受く。其の時に、風波止《やみ》て静《しずか》に成《なり》ぬ。

其れより亦、[八]貴き所〻に詣《もうで》て、[九]返り給はむと為《す》るに、天竺の[一〇]戒日王《かいにちおう》、法師を帰依《きえ》して様〻《さまざま》の財《たから》を与へ給ふ。其の中に、一の鍋《かなえ》有り。[一一]入《いり》たる物取ると云へども不尽《つき》ず。亦、其の入れる物を食ふ人、病無し。[一二]世の伝はりの公財《おおやけたから》にて有りけるを、法師の徳行《とくぎょう》を貴《とうとび》て、[一三]給ふ也けり。法師、此れを得て返り給ふ間、[一四]信度《しんど》河《が》と云ふ河を渡《わたり》給ふに、河中《かわのなかば》にて船傾《かたぶき》て多《おおく》の法文《ほうもん》皆[一五]沈《しずみ》ぬべし。其の時に、法師大願《だいがん》を立て〻祈り給ふと云へども、其の

三四 殺す時が来たのか。
一 無間地獄に堕ちて苦を招くであろう。
二 朝露のようにはかない身でありながら、どうして無限の苦の種を作るのか。
三 無限に長い時間。
四 叩頭(こうとう)。頭を地に叩きつけるようにおじぎすること。
五 悪行を止めます。
六 証人になって下さい。
七 →七二頁注九。
八 仏跡や名寺など。
九 中国に帰ろうとなさると。
一〇 ハルシァヴァルダナ(戒日)王。中インド、カーニヤクブジャラ(羯若鞠闍)国の王。仏教の外護者。玄奘を優遇した。
一一 その中に入っているものは、いくら取り出しても

[一六]験《しるし》無し。法師の宣《のたまわ》く、「此の船傾《かたぶ》く、[一七]定めて様有《ようあ》らむ。若《も》し、此の船に[一八]竜王《りゅうおう》の要《よう》する物の有るか。然らば其の験《しる》しを可見《みすべ》し」と宣《のたま》ふ時に、河の中より[一九]翁差出《おきなさしい》で丶、此の鍋《かなえ》を乞ふ。法師、「多《おお》くの法文《ほうもん》を沈めむよりは、此の鍋《かなえ》を与へてむ」と思《おもい》給て、河に鍋《かなえ》を投《なげ》入れ給《たまい》つれば、[二〇]平安に渡給《わたりたまい》ぬ。然《しか》して、[二一]受けて法師を帰依し給ふ事無限《かぎりな》し。所謂《いわゆ》る玄奘三蔵と申す、此れ也。

[二二]法相大乗宗《ほうそうだいじょうしゅう》の法、未《いま》だ不絶《たえ》ずして盛《さか》り也となむ語り伝へたるとや。

尽きない。

一二 代々伝わってきた国家的財宝であったのを。

一三 御下賜になったのである。

一四 インダス河。パキスタンを流れる大河。

一五 沈みそうになった。

一六 効験。

一七 きっと何かわけがあるのだろう。

一八 竜王が欲しがっているものがあるのではないか。

一九 竜王の化身である。

二〇 無事に。

二一 (竜王は)鍋を受け取って。

二二 法相宗の教法。玄奘が開祖。日本では奈良の興福寺、薬師寺などに伝わる。

孫《そん》の宣徳《せんとく》、花厳経《けごんきよう》を書写《しよしや》せる語《こと》 第三十五

今昔《いまはむかし》、震旦《しんだん》の唐《とう》の代に、[一]朝散大夫《ちようさんたいふ》、[二]孫《そん》の宣徳《せんとく》と云ふ人有《あり》けり。[三]衣《い》安県《あんけん》の人也。

宣徳、[四]因縁有るに依《より》て、願《ねがい》を発《おこ》して[五]華厳経《けごんきよう》を書き奉らむと為《す》る間、[六]事に触《ふれ》て不信にして、[七]此の事を忘れぬ。宣徳、[八]本《もと》より悪《あく》業《ごう》として不造《なさ》ざる事無し。

而《しか》る間、宣徳[九]獦《かり》の為に出《いで》ぬ。其の間、馬より落《おち》て[一〇]悶絶《もんぜつ》して[一一]死《しに》入《いり》ぬ。一日を経て活《よみがへり》て、泣き[一二]悲《かなし》むで[一三]過《とが》を悔《く》ふ。[一四]思邈《しまく》に語《かたり》て云《いわ》く、「我れ、初めて死せし時、三人の[一五]冥官《みようかん》来《きたり》て我れを駆《かり》て、一の大きなる城《じよう》の前に将至《いて》る。見れば、[一六]五道《ごどう》大臣[一七]烈《れつ》して、[一八]閻魔《えんま》王《おう》、中に坐し給ふ。我れを責《せめ》て宣《のたま》はく、「汝《なん》ぢ、極《きわめ》て愚痴《ぐち》にして悪《あく》を造るを以て[一九]業《ぎよう》とす。然れば、汝に被殺《ころさ》れたる所の[二〇]禽獣《きんじゆう》等の

第三十五話 出典は三宝感応要略録・中・4。三国伝記・十・17に同話がある。
一 唐朝の従五位下の雅称。
二 伝未詳。 三「衣」は「永」が正か。要略録「雍州永安県」。雍州は陝西省、長安(西安)付近。 四 そうなるような因縁があって。
五 大方広仏華厳経。六十巻本、八十巻本などがある。華厳宗の根本経典。
六 なにかと不信心な人だったので。 七 写経すること。
八 もともと悪行の限りを尽くしていた。 九 狩猟。
一〇 →二六〇頁注七。
一一 気絶してしまった。
一二 撥音便「悲しんで」に同じ。
一三 咎(とが)。あやまち。
一四 姓は孫。雍州永安県の人。民間にあって官に仕え

訴《うつたえ》に依《より》て、非分《ひぶん》二一に汝を召す也」と。即ち、庭二二を見れば、我が殺《ころ》せりし所の生類《しょうるい》百千万有《あり》て、王に向《むかい》て各《おのおの》非分に命を被奪《ばわ》れたる由を申し合ひたり。王、此れを聞て、弥《いよい》よ瞋《いか》二三り給ふ。

其の時に、一人の童子有《あり》て、自《みずか》ら名乗《なのり》て「善哉《ぜんざい》二四」と称す、忽《たちまち》に王の所に至る。王、童子を見て、畏《かしこま》りて座より下《くだり》て合掌《がつしょう》して、童子に向ひ給ふ。童子の宣《のたま》はく、「速《すみやか》に宣徳を可放免《ほうめんすべ》し。彼れ、『華厳経を書き奉らむ』と願《ねがい》を発《おこ》せり、未《いま》だ其の願《ねがい》を不遂《とげ》ず」と。王の宣《のたま》はく、「宣徳、願《ねがい》を発《おこ》せりと云へども、不信にして其の願《ねがい》を廃《すた》れ忘《わすれ》たり。豈《あ》二五に放ち免《ゆる》さむや」と。童子の宣《のたまわ》く、「宣徳、願《ねがい》を発《おこし》し時に不信の心無かりき。豈《あ》二六に後《のち》の悪を以て前《さき》の善を捨てむや」と。王、此れを聞《きき》て歓喜《かんぎ》して宣《のたま》はく、「実《まこと》二七に此の事可然《しかるべ》し。速《すみやか》に宣徳を放ち還す」と。其の時に、童子、此れに還二八る道を教へ給ふ。此二九に依《より》て活《よみがえ》る事を得たり。花厳三〇経の功徳《くどく》不可思議也」と云《いい》て、泣《なくな》〻く前《さ》きに忘れたる過《とが》を悔《く》ひ

ず、人々に勧めて七百五十部の華厳経を書写させた。医術に優れ、孫子千金方の著者。一五 冥土の役人。一六 閻魔王の臣下で、五道(天・人・畜生 餓鬼・地獄)の衆生の罪を裁く冥官。五道将軍。

一七 居並んでいて。一八 死後の幽冥界を支配する王。死後の衆生を裁判し、懲罰等を与える一種の裁判官。一九 専らにしている。仕事のようにしている。二〇 鳥や獣たち。二一 不条理に。但し、要略録「依三所レ殺禽獣愬二非分一召レ汝」は、殺された禽獣が不条理だと訴えたのでお前を召したのだ、の意。本話とは文意が異なる。二二 いわゆる、お白州に相当する場所。二三 立腹なさる。二四 善財童子をさ

悲《かなし》むで、忽《たちまち》に花厳経を書写し奉て、親友《したしき》に向《むかい》て云《いわ》く、「既に華厳経を書写し奉り畢《おわり》ぬ。我れ、[一]兜率天上《とそつてんじょう》に生れて[二]慈氏菩薩《じしぼさつ》に奉仕せむ」と云ひけり。遂に年八十六にして死《し》にけり。

実《まこと》に華厳経の功徳不可思議也となむ語り伝へたるとや。

すか。華厳経・入法界品に登場する求道の童子。
二五 放免するわけには参りません。 二六 後の悪でもって前の善を見捨てることはできない。 二七 まことにお言葉の通りです。
二八 この世に帰る道。
二九 このおかげで。
三〇 華厳経に同じ。

一 →一六頁注三。
二 弥勒菩薩。

第四十三話 出典は三宝感応要略録・中・25。私聚百因縁集・五・4、三国伝記・十二・26等に同話がある。
三 北斉。五五〇年東魏を滅ぼして建国。但し、曇鸞は正しくは東魏時代の人。→次注。

震旦《しんだん》の曇鸞《どんらん》、仙経《せんぎよう》を焼《や》きて浄土《じようど》に生《うま》れたる語《こと》第四十三

今昔《いまはむかし》、震旦《しんだん》の斉《せい》[三]の代に僧有り。名を[四]曇鸞《どんらん》と云ふ。其の人、震旦の[五]仙経《せんぎよう》十巻を伝へ得《え》て、此れを見て、「[六]長生不死《ちようせいふし》の法、此に過《すぎ》たるは非《あら》じ」と深く思《おもい》て、[七]閑《しずか》なる所に隠れ居《い》て、専《もはら》に仙《せん》術《ずつ》を学《がく》す。

其後《そののち》、曇鸞、[八]三蔵菩薩《さんぞうぼさつ》に値《あい》て問《とい》て云《いわ》く、「仏法の中に、長生不死の法の、此の土《ところ》の仙経《せんぎよう》に勝《すぐ》れたる、有《あり》や否《いな》や」と。三蔵驚《おどろき》て宣《のたまわ》く、「此の土《ところ》に、何《いずれ》の所にか長生不死の法有らむ。縦《たと》ひ、命を延ぶる事を得たりと云ふとも、[九]遂に年尽《つき》む事疑ひ無し」と宣《のたまい》て、[一〇]観無量寿経《かんむりようじゆきよう》を以て曇鸞に授《さずけ》て宣《のたま》はく、「此の[一一]大仙《だいせん》の法を修行すれば、永く[一二]生死《しようじ》を離れて解脱《げだつ》を得《う》る也」。

曇鸞、此れを聞《きき》て[一三]悔《く》ひ悲《かなしみ》て、忽《たちまち》に火を以て仙経《せんぎよう》を焼《やき》つ。其の

四 浄土五祖の初祖。真宗七高僧の第三祖。その著往生論註は浄土教の教理的基礎を築いた。五四二年没。
五 道教の経典。
六 不老不死の法。
七 閑静なところに隠遁して。但し、要略録「欲訪陶隠居学仙術」は、道士の陶隠居のもとを訪ねて仙術を学ぼうとした意。本話はこれを誤解。
八 菩提流支をさす。北インドの人。五〇八年洛陽に来て、十地論経、観無量寿経等を訳出。
九 ついには死を免れないこと疑いがない。
一〇 浄土三部経の一。阿弥陀仏や極楽浄土に対する十六の観想を説く。
一一 仏法をさす。
一二 生死輪廻から脱し、悟

後、自《みずか》ら命終らむ事を知《しり》て、香炉《こうろ》を取《とり》て西方《さいほう》[一]に向《むかい》て仏[二]を念じ奉て命終《みようじゆうし》ぬ。

其の時に空中《くうちゆう》[三]に音楽有《あり》て、西より来《きたり》て須臾《しゆゆ》[四]に還《かえり》ぬ。世の人此れを聞《きき》て語り伝へたるとや。

りを得ることができる。
一三 要略録「忽於二半夜一、感二竜樹菩薩説偈一」。
一 極楽浄土の方角。
二 阿弥陀仏。
三 往生の瑞相。
四 たちまち。すぐに。

今昔物語集　巻第七　震旦付仏法

震旦《しんだん》の預洲《よしゆう》の神母《じんも》、般若《はんにや》を聞《き》きて天《てん》に生《しよう》ぜる語《こと》第三

今昔《いまはむかし》、震旦《しんだん》の[一]預洲《よしゆう》に一人の[二]老母《ろうも》有《あり》けり。若《わかく》より[三]邪見深くして、[四]神道《じんどう》に仕へて[五]三宝《さんぼう》を不信《しんぜ》ず。世の人挙《こぞり》て此れを[六]神母《じんも》と云ふ。三宝を嫌《にく》むが故に、寺塔の辺《ほとり》に不近付《ちかづか》ず。若《も》し道を行《ある》く時に僧に値《あい》ぬれば、目を塞《ふさぎ》て還《かえり》ぬ。

而《しか》る間、一の[七]黄牛有《あめうじあり》て、神母が門の外《ほか》に立てり。三日を経《へ》たるに、更に牛の[八]主《ぬし》と云ふ者無し。然れば、神母、「此れ、[九]神の給へる也」と思《おもい》て、自《みず》から出《い》でゝ、牛を家に引き入れむと為《す》るに、牛の力強くして不引得《ひきえ》ず。神母、自《みず》から衣の帯を解《とき》て、牛の鼻[一〇]に繋ぐ程に、牛引《ひき》て逃《にげ》ぬ。神母追《おい》て行くに、牛、寺に入《いり》ぬ。神母、此の牛及び帯を[一一]惜むが故に、目を塞《ふさぎ》て寺に入《いり》て、[一二]面を背《そむけ》て立てり。

第三話 出典は三宝感応要略録・中・48。三国伝記・三・14に同話がある。

一 三宝感応要略録「予州」が正。予州は河南・安徽省方面。 二 老婆。
三 よこしまな考え。仏教を信じないことをいう。
四 鬼神を祀る宗教。
五 仏・法・僧。ここでは仏教の意。 六 神様婆さん。
七 飴牛。飴(黄赤)色の牛。
八 持ち主。
九 神様が下さったのだ。
一〇 鼻輪に繋いでいるうちに。 一一 惜しく思う余りに。 一二 (仏から)顔を背けて立っていた。要略録「背㆓仏面㆒立」。
一三 僧たち。 一四 仏法を信じない神母をあわれに思って。 一五 大般若波羅蜜多経に帰依し奉る、の意。大

其の時に、寺の衆僧《しゆそう》[一三]驚き出《い》でゝ、神母が邪見[一四]なるを哀《あわれ》ぶが故に、各《おのおの》[一五]「南無大般若波羅蜜多経《なもだいはんにゃはらみつたきよう》」と称す。神母、此れを聞《きき》て、牛を捨てゝ走り出《い》でゝ逃ぬ。水の辺《ほとり》に臨《のぞみ》て耳を洗《あらい》[一六]て云《いわ》く、「我れ、今日、不祥《ふじよう》[一七]の事を聞きつ。所謂《いわゆ》[一八]る南無大般若波羅蜜多経《なもだいはんにゃはらみつたきよう》也」と嗔《いかり》て、三度[一九]、此の言《こと》を称して、家に還《かえり》ぬ。牛更[二〇]に不見《みえ》ず。

其の後《のち》、神母、身に病を受《うけ》て死《しに》ぬ。其の嫡女有《ちやくによあり》[二一]て、母を恋ひ悲む程に、夢に神母告《つげ》て云《いわ》く、「我れ、死して閻魔王《えんまおう》[二二]の御前に至れり。我が身に悪業《あくごう》のみ有《あり》て、全[二三]く少分《しようぶん》の善根《ぜんごん》無し。而《しか》るに、王、札[二四]を撿《かんがえ》て、咲《えみ》[二五]て宣《のたま》はく、『汝ぢ、般若《はんにゃ》の名[二六]を聞き奉れる善有り。速《すみやか》に人間《にんげん》[二七]に還《かえり》て般若を受持《じゆじ》[二八]し可奉《たてまつるべ》し』と。然りと云ヘども、我れ、人業《にんごう》[二九]既に尽《つき》て活《よみがえ》る事を不得《え》ずして、忉利天《とうりてん》[三〇]に生ぜむとす。汝ぢ強《あながち》[三一]に歎き悲しむ事無かれ」と云ふと見て、夢覚《さめ》ぬ。其の後、母の為に心を発《おこ》して般若を写し奉る事、三百余巻也。

此れを以て思ふに、嫌《にく》むと云へども般若の名を耳に触[三二]れたる

般若経は六百巻。諸法皆空の義を説く。

一六 耳が汚れたと思ったのである。許由の故事を思わせる行為。　一七 縁起でもないことを聞いた。

一八 （あの坊主どもが）よく口にしている、…という文句だ。

一九 罵倒の対象としてだが、南無大般若波羅蜜多経と三度口にしたことになる。

二〇 牛は全く姿が見えなかった。

二一 （実の娘である）長女。

二二 →二八二頁注一八。

二三 まったく何の善行もない。　二四 （生前の善悪を記した）帳簿を調べて。所謂えんま帳。

二五 にっこりして。

二六 名をお聞きした善行がある。要略録「汝有ニ般若

功徳《くどく》、如此《かくのごと》し。一何況《いかにいわん》や、心を発《おこ》して書写し受持《じゆじ》し読誦《どくじゆ》せらむ人の功徳無量《はかりな》しとなむ語り伝へたるとや。

称ㇾ名」は、名を唱えたことがある、の意。→注二三。

二七 人間界。この世。

二八 教えを受け、しっかり覚えておくこと。

二九 人間に生まれる業因が尽きて、(人間としては)生き返れず。

三〇 →二二三頁注一二。

三一 むやみに。

三二 原典とは異なり、本話は経名を「聞いた」功徳譚として一貫する。→注二六。

一 まして。

僧《そう》、羅刹女《らせつによ》の為《ため》に嬈乱《にょうらん》せられしに法花《ほけ》の力《りき》に依《よ》りて命《いのち》を存《なが》らへたる語《こと》 第十五

今昔《いまはむかし》、震旦《しんだん》の外国《がいこく》[二]に一《ひとつ》の山寺有《あり》けり。其の山寺に年若き一人の僧住《じゅうし》けり。常に法《ほ》[三]花経《けきよう》を読誦《どくじゅ》す。或時《あるとき》の夕暮に臨《のぞみ》て、寺の外《ほか》に立出《たちい》でゝ遊行《ゆぎよう》[四]する程に、羅刹女《らせつによ》[五]に値《あい》ぬ。鬼忽《たちまち》に変じて女の形と成《なり》ぬ。其の形、甚《はなは》だ美麗也。女来り寄《より》て僧と戯《たわぶ》[六]る。僧、忽に鬼に被嬈《まどわさ》[七]れて、既に女鬼と娶《とつぎ》[八]ぬ。通じて後、僧の心恍《ほ》[九]れて、更に本の心に非《あら》ず成《なり》ぬ。

其の時に、女鬼、「僧を本所《もとの》[一〇]に将行《いてゆき》て噉《くらわ》む」と思《おもい》て、搔負《かきおい》て空を飛《とび》て行くに、夜の始め[一一]に至《いたり》て一の寺の上を飛《とび》て過ぐ。僧、鬼に被負《おわれ》て行く程に、寺の内に法花経を読誦する音《こえ》を髣《ほのか》に聞く。其の時に、僧の心少し悟《さ》めて本の心[一二]出来《いでき》ければ、心の内に法花経を諳誦《あんじゅ》[一三]す。

第十五話 出典は弘賛法華伝・六・2。法華霊験伝・上・4に同話がある。
二 中国周辺の国。
三 妙法蓮華経。法華経。
四 行脚しているうちに。
五 →一七八頁注一三。
六 しなだれかかった。
七 誘惑されて。
八 情交した。
九 ぼけた状態になって、正気を失ってしまった。
一〇 自分の住処。
一一 初夜。午後八時頃。僧の勤行の時刻。
一二 正気。
一三 暗誦。

而《しか》る間、女鬼の負へる所の僧忽《たちまち》に重く成《なり》て、[一]漸《ようや》く飛び下《くだ》りて地《じ》に近付く。遂に不負得《おいえ》ずして、女鬼、僧を捨てゝ去《さり》ぬ。僧、[二]心悟《さ》めて、[三]我れ何《いず》れの所に来れりと云ふ事を不知《しら》ず。而《しか》る間、寺の鐘《かね》の音を聞く。此れを尋《たずね》て寺に至《いたり》て門を叩く、門を開く。僧、進み入《いり》て[四]具《つぶさ》に事の有様を語る。寺の諸《もろもろの》僧、此の事を聞《きき》て云《いわ》く、「此の人既に[五]犯せる所重し。我等同《おなじ》く[六]不可交坐《きょうざすべから》ず」と。

其の時に、一人の[七]上座の僧有《あり》て云く、「此の人は既に[八]鬼神の為に被嬈《まどわされ》たる也。更に本の心に非《あら》じ。[九]何況《いかにいわん》や、法花経の威力《いりき》を顕《あらわ》せる人也。然れば、速《すみやか》に寺に留めて可令住《じゅうせしむべ》き也」と云《いい》て、僧に女鬼を犯せる失《とが》を懺悔《さんげ》せさせけり。僧、[一〇]本の栖《すみか》の寺を語るに、其の所を去れる間を計《かぞ》ふれば二千余里也。僧、此の寺に住する間に、[一一]本の里の人自《おのず》然《か》ら来り会《あい》て、此の由を聞《きき》て、僧を本の所へ帰し送りてけり。

此れを以て思ふに、法花経の霊験《れいげん》不可思議也。女鬼有《あり》て、僧

一 次第に飛ぶのが低くなって。
二 正気に戻って。
三 自分がどこに来ているのかわからない。
四 詳しく事情を話した。
五 (女犯という)重大な破戒を犯している。
六 同座するわけにはいかない。
七 長老の僧。
八 鬼神にまどわされていたのであって、決して正気でしたのではないだろう。
九 まして。
一〇 もと住んでいた寺のことを語ったので(調べてみると)。
一一 もといた寺のある里の人が偶然に来合わせて。
一二 めったにない、驚くべきことだ。

を本所《もとの》に将行《いてゆき》て噉《くらわ》むが為に、負《おい》て二千余里の間を一時に飛《とび》て渡ると云へども、僧、法花経を諳誦《あんじゅ》せるに依《より》て、忽に重く成《なり》て棄《す》てゝ去る事、此れ[一二]希有《けう》也となむ語り伝へたるとや。

震旦《しんだん》の僧《そう》、行《ゆ》きて太山《たいざん》の廟《みよう》に宿《やど》りして法花経《ほけきよう》を誦《じゆ》し神《かみ》を見《み》たる語《こと》 第十九

今昔《いまはむかし》、震旦《しんだん》の隋《ずい》の[一]大業《だいぎよう》の代に、一人の僧有《あり》て、仏法を修行《しゆぎよう》すとて所々《ところどころ》に[二]遊行《ゆぎよう》する間、[三]太山《たいざん》の廟《みよう》に行き至《いたり》ぬ。此の所に宿《やど》せむと為《す》るに、[四]廟令《みようりよう》と云ふ人出来《いできたり》て云《いわ》く、「此の所に別の屋無し。然れば、[五]廟堂《みようどう》の[六]廊《ろう》の下《もと》に可宿《やどりすべ》し。但し、[七]前々《さきざき》此の廟《みよう》に来り[八]宿《やどり》する人、必ず死する也」と。僧の云《いわ》く、「[九]死せむ事、遂《つい》の道也。我れ、苦ぶ所に非《あら》ず」と。廟令《みようりよう》、僧に[一〇]床を与ふ。然れば、僧、廊《ろう》の下《もと》に宿《やどり》しぬ。

夜に至《いたり》て、静《しずか》に居《い》て経を読誦《どくじゆ》す。其の時に、堂の内に[一一]環《たまき》の音聞ゆ。僧、「何《いか》なる事ぞ」と恐れ思ふ程に、気高《けたか》く止事無《やんごとな》き人出《いで》給へり。即ち、僧を礼《らい》し給ふ。僧の云《いわ》く、「聞けば、「年来《としごろ》、此の廟《みよう》に宿《やどり》する人多く死す」と。[一二]豈《あ》に、神、人を害し給はむや。

第十九話 出典は(前田本系)冥報記・中・1。法華伝記・八その他に同話がある。

一 隋の煬帝の時代の年号。六〇五―六一六年。

二 行脚しているうちに。

三 泰山府君。天帝に従属し、泰山にあって人の生死を司る道教の神。仏教とも混淆し、冥途の十王の一人(太山王)とされた。

四 廟の番人。廟守り。

五 泰山府君を祀った廟堂。

六 冥報記「此無二別舎一、唯神廟廡下可レ宿」。「廡下」は、ひさしの下、軒下の意。

七 これまで。

八 泊まった人。

九 死ぬのは人間、いずれ避けられないことです。

一〇 冥報記「為施二床於廡下一」。床几、寝台の類。

願《ねがわ》くは神、我れを守り給へ」と。神、僧に語《かたり》て宣《のたま》はく、「我れ一三、更に人を害する事無し。只一五、我一四が至るを、人、其の音を聞くに、恐れて自然《おのずか》ら死する也。願《ねがわ》くは、師、我れに恐るゝ事無かれ」と。僧の云《いわ》く、「然一六らば、神、近く坐し給へ」と。神、僧と近く坐し給て、語《かたら》ひ給ふ事、人の如し。僧、神に問《とい》て申さく、「世間の人の伝へ申すを聞けば、「太山《たいざん》一七は人の魂一八を納め給ふ神也」と。此れ、有る事か否や」と。神の宣《のたま》はく、「然《し》一九か有る事也。汝《なん》ぢ若《も》し前《さき》に死《しに》たる二〇人の可見《みるべ》き有りや否や」と。僧の申さく、「前《さき》に死《しに》たる、二人の同学二一なりし僧有り。願《ねがわ》くは、我れ、彼等を見むと思ふ」と。神の宣《のたま》はく、「彼《か》の二人が姓名《しょうみょう》何《いかに》ぞ」と。僧、具《つぶさ》に二人の姓名《しょうみょう》を申す。神の宣《のたま》はく、「其の二人、一人は既に還《かえり》て人間《にんげん》二二に生《うまれ》たり。一人は地獄《じごく》に有り。極《きわめ》て罪重くして不可見《みるべから》ず。但し我れに随《したがい》て地獄に行《ゆき》て可見《みるべ》し」と。僧、喜《よろこび》て神と共に門を出《い》でゝ行く事不遠《とおから》ずして、一《ひとつ》の所に至

一一 冥報記「環珮」。腰に下げる玉飾り。動くと触れ合って音を立てる。
一二 (本来)神様が人間を害されるはずがありません。
一三 私としては決して人間を害したことはない。
一四 私が出てくると。
一五 どうか師は私を恐れないでいただきたい。
一六 それならば、神様、どうか近くにお坐り下さい。
一七 泰山府君。
一八 魂をお治めになる神とのことですが、これは本当でしょうか。
一九 その通りです。
二〇 会いたい人がありますか。
二一 修行仲間。
二二 人間界に。

る。見れば、火の焔甚《ほのおはなは》だ盛り也。神、僧を一の所に将至《いて》[一]り給ふ。僧遥《はるか》に見れば、一人の人、火の中に有り。[二]云ふ事不能《あたわ》ずして只叫ぶ。其の形、[三]其の人と不可見知《みしるべから》ず。只[四]血肉《ちじし》にてのみ有り。見るに[五]心迷《むねまどい》て怖《おそろ》しき事無限《かぎりな》し。神、僧に告《つげ》て宣《のたま》はく、「此れ、彼《か》の一人の同学也」と。僧、此れを聞《きき》て[六]哀れびの心深しと云へども、神、亦、他《ほか》の所を[七]見廻《めぐ》り給ふ事無くて返り給ひぬれば、同《おなじ》く返《かえり》ぬ。本の廟《みよう》に至《いたり》て、亦、神と近く坐しぬ。僧、神に申さく、「我れ、彼《か》の同学の苦を救はむ[八]」と。神の宣《のたま》はく、「[九]速《すみやか》に可救《すくうべ》し。[一〇]善《よ》く彼れが為に法花経《ほけきよう》を書写《しよしや》し可奉《たてまつるべ》し。然らば、即ち罪を免《まぬか》るゝ事を得《え》てむ」と。

僧、神の御教へに随《したがい》て廟堂《みようどう》を出《いで》ぬ。[一一]朝《あした》に廟令《みようりようきたり》来て、僧を見て、不死《しな》ざる事を[一二]怪《あやし》ぶ。僧、廟令に有《あり》つる事を[一三]具《つぶさ》に語る。廟令、此れを聞《きき》て、「奇異也」と思《おもい》て返《かえり》ぬ。其の後、僧、[一四]本の栖《すみか》に返《かえり》て、忽《たちまち》に法花経一部を書写して、彼《か》の同学の僧の為に供養《くよう》し畢《おわり》

一 連れてお行きになった。
二 ものも言えず、ただわめき叫んでいる。
三 誰とも見分けがつかない。
四 血みどろの肉塊でしかない。
五 気が動転して。
六 冥報記「愁慼」。
七 見てまわることなく(そこからすぐ)お帰りになったので。
八 救ってやりたい。
九 さっそく救ってあげなさい。
一〇 彼のためによくよく法華経を書写し奉るがよろしい。
一一 翌朝。
一二 不思議に思った。
一三 詳しく語った。
一四 もとの住処。
一五 以前と同様に、神が出現なさった。

ぬ。

其後《そののち》、其の経を持《たもち》て、亦、廟《みよう》に至《いたり》て前《さき》の如く宿《やどりし》ぬ。其《その》夜、亦、一五神出《いで》給ふ事、前《さき》の如し。神、歓喜《かんぎ》し給て、僧を礼拝《らいはい》して、一六来れる心を問ひ給ふ。僧の申さく、「我れ、同学の僧の苦を救はむが為に、法花経を書写、供養《くよう》し奉れり」と。神の宣《のたま》はく、「汝《なん》ぢ、彼《か》の同学の為に一七始めて経の題目を書《かき》しに、彼れ、既に苦を免《まぬか》れにき。一八今、生《しよう》を替《かえ》て不久《ひさしから》ず」と。僧、此れを聞《きき》て喜ぶ事無限《かぎりな》くして申さく、「此の経をば廟《みよう》に安置《あんじ》し可奉《たてまつるべ》し」と。神の宣《のたま》はく、一九「此の所、浄き所に非《あら》ず。然れば、経を安置《あんじ》し不可奉《たてまつるべから》ず。二〇願《ねがわ》くは、師、本所《もとの》に返《かえり》て経を寺に送り奉れ」と。如此《かくのごと》き久く語《かたら》ひ給て、神返《かえり》て入り給ひぬれば、僧、本所《もとの》に返《かえり》て、神の御言《こと》の如く、経を寺に送り奉りてけり。

此れを以て思ふに、止事無《やんごとな》き神と申せども僧をば敬ひ給ふ也けり。前々《さきざき》此の廟《みよう》に行き至る人は、何《いか》にも生《いき》て返る事無かりけ

一六 来意をお尋ねになった。
一七 最初経の題目を書いたが、それだけですでに彼は地獄の苦を免れた。
一八 今は他の世界に転生して、まだ時が経っていない。
一九 ここは清浄な場所ではありません。冥報記「此処不㆓浄潔㆒、不㆑可㆑安㆑経」。
二〇 冥報記「願師還送㆑経向㆑寺」。

るに、此の僧のみなむ神にも被敬《うやまわ》れ奉り、同学の僧の苦をも救《すくい》て、貴くて返《かえり》たりけるとなむ語り伝へたるとや。

第三十話 出典は(前田本系)冥報記・中・19。

一 王朝名明記を期した欠字。本話は唐の時代の話である。↓注五。

二 宮城の諸門の警備にあたる役所の武官。

震旦《しんだん》の右監門《うかんもん》の校尉《こうい》、李山竜《りのさんりよう》、法花《ほけ》を誦《じゆ》して活《よみが》へるを得《え》たる語《こと》 第三十

今昔《いまはむかし》、震旦《しんだん》の[一]□の代に、右監門《うかんもん》[二]の校尉《こうい》として李《り》[三]の山竜《さんりよう》と云ふ人有《あり》けり。本《もと》、[四]憑洲《ひようしゆう》の人也。[五]武徳《ぶとく》の間に暴《にわか》[六]に死《しに》ぬ。家の人泣き悲む事無限《かぎりな》し。但し、山竜が胸[七]・掌許《たなごころばか》り煖《あたた》か也。家の人、此れを怪《あやし》[八]むで暫く不喪《もせ》[九]ず。

七日有《あり》て、遂に活《よみがえり》て、親《したし》き族《やから》に語《かたり》て云《いわ》く、「我れ、死せし時に、冥官《みようかん》[一〇]に被捕《とらえら》れて一《ひとつ》の官曹《かんそう》[一一]に至る。庁事《ちようじ》[一二]甚だ大《おおき》なる形也。其の庭[一三]甚だ広くして、庭の中に誡《いまし》[一四]め置《おき》たる人極《きわめ》て多し。或は杻械《ちゆうかい》[一五]、或は枷鎖《かさ》[一六]を蒙《こうぶ》れる者、皆面[一七]を北に向《むけ》て庭の中に充ち満てり。

其の時に、使、山竜を庁に将至《いていた》るに、山竜見れば、首《かしら》たる大[一八]官一人在《まし》ます。高き床に坐せり。其の眷属数多《けんぞくあまた》[一九]にして、有様、国王を百官の敬《うやまう》が如し。山竜、使に問《とい》て云《いわ》く、「此は何《いか》なる官

三 伝未詳。
四 冥報記「憑翊」(陝西省の郡名)の誤解。
五 唐の高宗の時代の年号。六一八—六二六年。
六 急死した。
七 冥報記「心上不レ冷、如二掌許一」は、心臓の上に掌ぐらいの温もりがあった意。
八 不思議に思って。気になって。
九 しばらく葬らなかった。
一〇 冥界の役人。
一一 役所。官庁。
一二 役所の建物。
一三 →二八三頁注一二。
一四 縛られ引き据えられた人。
一五 手かせ・足かせ。
一六 首かせ・鎖。
一七 顔を北に向けて。
一八 高官。閻魔王である。
一九 従者。

ぞ」と。使の云《いわ》く、「此れは王也」と。山竜進《すす》むで[一]階《はし》の本《もと》に至る。王の宣《のたま》はく、「汝《なん》ぢ、一生の間何《いか》なる[二]善根《ぜんごん》をか造《つくり》たる」と。山竜答《こたえ》て云《いわ》く、「我が郷の人、[三]講莚《こうえん》を修《しゅ》せし時、毎度《たびごと》に常に[四]供《く》養物《ようもつ》を施《せせ》し事、其の人と同《おなじ》かりき」と。王の宣《のたま》はく、「[五]汝が身に只何《いか》なる善根《ぜんごん》をか造れる」と。山竜答《こたえ》て云《いわ》く、「我れ、[六]法花《ほけ》経《きょう》二巻を誦《じゅ》せり」と。王の宣《のたま》はく、「甚だ貴し。速《すみやか》に[七]階《はし》に可登《のぼるべ》し」と。

然れば、山竜、庁の上に登《のぼり》ぬ。庁の[八]東北《うしとら》に高き座有り。王、彼の座を指《さし》て、山竜を進めて宣《のたま》はく、「汝《なん》ぢ、彼の座に登《のぼり》て経を可読誦《どくじゅすべ》し」と。山竜、王の命《めい》を奉《うけたま》はりて、彼の座の側《ほとり》に至《いた》る。王、即ち起《たち》て宣《のたま》はく、「[九]読誦《どくじゅ》の法師《ほうし》、座に登《のぼ》れ」と。山竜、既に座に登《のぼり》て、王に向《むかい》て坐せり。山竜誦《じゅ》して云《いわ》く、「[一〇]妙法蓮華経《みょうほうれんげきょう》序品《じょほん》第一」と読《よみし》かば、王の宣《のたま》はく、「読誦の法師、[一一]速《すみやか》に止《や》め」と。山竜、王の言《こと》に随《したがい》て、即ち止《やめ》て座を下《おり》ぬ。亦、階《はし》の本《もと》にて

一 階段の下。
二 善行。
三 仏の教えを講義する法会。
四 供物を捧げること、施主(主催者)と同じでした。
五 おまえ自身ではどのような善行をしたのか。
六 法華経二巻を読誦しました。
七 階段を上がって来い。
八 鬼門の方角。
九 法会の時、経題・経文を読み上げる役の僧。読師。
一〇 法華経の最初の巻の最初の題目。
一一 ただちに止めよ。
一二 たちまちいなくなっていた。
一三 自分一人を利益するだけではない。
一四 苦を受けていた衆生。
一五 釈放された。
一六 人間界に帰れ。

庭を見るに、誡め置《おき》たりつる多《おおく》の罪人、[一二]忽《たちまち》に失《う》せて不見《みえ》ず。

其の時に、王、山竜に告《つげ》て宣《のたま》はく、「君が経を誦《じゅ》する功徳《くどく》[一三]、只自《みず》からの利益《りやく》のみに非《あら》ず。庭の中の多《おおく》の[一四]苦の衆生《しゅじょう》、皆、経を聞くに依《より》て、[一五]囚《とらわれ》を免《まぬ》かるゝ事を得《え》つ。豈《あ》に此れ、無限《かぎりな》き善根《ぜんごん》に非《あら》ずや。今、我れ、君を放つ。速に[一六]人間《にんげん》に還《かえ》り去《い》ね」と。山竜、王の言《こと》を聞《きき》て、王を礼拝《らいはい》して庁を出《い》でゝ還るに、数十歩《すじゅうふ》を行《ある》く程に、王、亦、山竜を喚《め》して、此の付《つけ》つる使に仰せて宣《のたま》はく、「[一七]此の人を将行《いてゆき》て、諸《もろもろ》の地獄《じごく》を廻《めぐ》り可令見《みしむべ》し」と。使、即ち山竜を将《いて》行く。百余歩《ふ》を行《あるき》て見れば、一の鉄《くろがね》の城《じょう》有り。甚だ広く大き也。其の上《う》へ[一八]に屋[一九]有《あり》て、其の城《じょう》を覆へり。傍《かたわら》に多《おおく》の小き窓有り。[二〇]或は、大《おおき》なる事、小き盆の如し。[二一]或は鉢の如し。見れば、諸《もろもろ》の男女、飛《とび》て窓の中に入《いり》て、亦出《いず》る事無し。山竜怪《あやしみ》て使に問ふ、「此れは何《いか》なる所」と。使の云《いわ》く、「此は此れ、大地《だいじ》獄《ごく》也。獄の中に多《おおく》の隔《へだて》有り。[二二]罪を罰《ばつ》せる事各異《おのおのこと》也。此の諸《もろもろ》

[一七] この人を案内して、諸々の地獄を見せて廻れ。
[一八] 「へ」は「上」の捨仮名。
[一九] 屋根。
[二〇] あるものは小さな盆ぐらいの大きさである。
[二一] 冥報記「或如二盂椀一」。
[二二] 罪により受ける罰が各々異なる。

の人は、[一]本の業《ごう》に随《したがい》て、地獄に趣《おもむき》て其の罪を受くる也」と。

山竜、此れを聞《きき》て、悲び懼《おそ》れて「[二]南《な》無《も》仏《ぶつ》」と称す。使に語《かたり》て「出《いで》なむ」と云ふに、亦、一の城門に至《いたり》て見れば、一の[三]鑊《かなえ》に湯沸《わく》。傍に二《ふたり》の人有《あり》て、睡《ねぶ》り居《い》たり。山竜、此の眠《ねぶ》れる人に問ふ。二人の云《いわ》く、「我等、此の鑊《かなえ》の沸《わ》ける中に入れり。[四]難堪《たえがた》き事無限《かぎりな》し。而《しか》るに、[五]君の『南《な》無《も》仏《ぶつ》』と称し給へるを[六]聞くに依《より》て、地獄の中の罪人皆、一日、息《やす》む事を得て、瘦《つか》れ睡《ねぶ》れる也」と。

山竜、亦、「南無仏」と称す。使、山竜に告《つげ》て云《いわ》く、「[七]官府、其の数《かず》多し。王、今、君を放ち給ふ。[八]君去らむには、[九]王に免《ゆる》す書《ふみ》を可申《もうすべ》し。若《も》し其の書《ふみ》を不取《とら》ずは、恐らくは他の官の者、[一〇]此の由を不知《しら》ずして、亦、[一一]君を捕へむと為《せむ》」と。山竜、還《かえり》て王に其の書《ふみ》を申す。王、紙に一行の書《ふみ》を書《かき》て使に付《つけ》て宣《のたま》はく、「[一二]五道等の[一三]暑を可取《とるべ》し」と。

使、此の仰せを承《うけたま》はりて、山竜を将行《いてゆき》て二《ふたつ》の官曹《かんそう》を歴[一四]ふ。

一 生前の行業によって。
二 仏に帰依し奉る、の意。
三 足のない大きな鼎。釜のようなもの。
四 なんとも堪えられない責め苦である。
五 あなたが。
六 聞いたおかげで。
七 役所の数は多い。
八 あなたが帰るについては。
九 王に申請して放免の証明書をもらいなさい。
一〇 この旨(放免されたこと)を知らないで。
一一 逮捕するだろう。
一二 五道大臣(→二八二頁注一六)らの署名をもらえ。
一三 「暑」は「署」の通字。
一四 「ふ」は「歴」の全訓捨仮名。
一五 冥官。
一六 →注一三。
一七 三人の獄卒。

各《おのおの》庁事《ちょうじ》有り。一五眷属《けんぞく》前《さき》の如し。皆、其の官の一六署を取るに、各《おのおの》一行を書《かき》て山竜に付く。山竜、此れを持《も》て出《いで》て門に至るに、一七三人有《あり》て山竜に云く、「王、君を放《はなち》て令去《さらし》む。我等不可留《とどむべから》ず。但し、一八多くも有れ、少《すくなく》も有れ、乞はむ物我等に送れ」と。未だ言《こと》不畢《おわらざ》るに、使、山竜に告《つげ》て云《いわ》く、「一九王、君を放ち給ふ。此の三人を不知《しら》ずや。三人は此れ、前《さき》に君を捕へし使者也。一《ひとり》をば此れ棒主《ぼうのぬし》と云ふ、棒を以て君が頭《かしら》を撃つ。一《ひとり》をば此れ縄主《なわのぬし》と云ふ、赤き縄を以て君を縛る。一《ひとり》をば此れ袋主《ふくろのぬし》と云ふ、袋を以《もて》君が二〇気《いき》を吸ふ者也。君還る事を得《う》るが故に、物を乞ふ也」と。山竜、二一惶懼《おじおそれ》て三人に謝して云《いわ》く、「我れ愚《おろか》にして君を不知《しら》ず。家に還《かえり》て物を備へむ。但し、二二何《いず》れの所にか此の物を可送《おくるべ》き。二三其の故を不知《しら》ず」と。三人の云《いわ》く、二四「水の辺《ほと》り、若《もし》は、樹《うえき》の下《もと》にして此を焼《やけ》」と云《いい》て、山竜を免《ゆる》二五して還らしむ二六」。

山竜、家に還《かえり》二七ぬ思ふに活《よみがえり》て、見れば二八、家の人泣き合《あい》て、我

一八 多くても少なくしてもよいから、欲しい物を送ってくれ。賄賂の要求である。

一九 冥報記「王放レ君、不レ由二三人一」は、王はあなたを放免したが、三人を通してはいない(だから不満を抱いている)の意。本話とは文意が異なる。

二〇 息を吸い取る。

二一 恐怖して。ぞっとして。

二二 どこにそれを送ったらよいのでしょう。

二三 送り届ける手立てがわかりません。

二四 水辺や樹下は異界に通じる境界の場所。

二五 許して帰らせてくれた。

二六 長く続いてきた山竜の冥界経験談が、いつの間にか地の文に移行し、談話としての結びのないまま終っている。

れを葬《そう》一せむずる具《ぐ》を営む。山竜、屍《しにかばね》二の傍に至《いたり》ぬれば、即ち活《よみがえり》ぬ。後《のち》の日、紙を剪《きり》て銭帛《せんはく》三を造り、并《ならび》に酒肉を以て、自《みず》から水の辺《ほとり》にして此を焼く。忽《たちまち》に見れば三人来《きたり》て云《いわ》く、「君、信四を不失《うしなわ》ずして、重《かさね》て遺愧《ゆいき》五の賀を相《あ》ひ贈《お》くる」と云ひ畢《おわり》て後、三人不見《みえ》ず。

其の後《のち》、山竜、智恵《ちえ》・徳行《とくぎょう》の僧に向《むかい》て、此の事を語るを聞《きき》て、僧の語り伝へたる也とや六。

二七 「ぬと」とあるべきところ。
二八 この時は、まだ遊離魂の状態である。
一 葬式の用意をしている。
二 自分の死体の側まで行くと。ここで魂が身体に入った。
三 いわゆる紙銭。
四 約束を忘れず。
五 冥報記「重相贈匱。愧賀言畢」は、重ねて贈り物の匱を受け取ったと礼を言った、の意。本話とは文意が異なる。
六 話末の定型句「語り伝へたるとや」とは小異。

真寂寺《しんじやくじ》の恵如《えによ》、閻魔王《えんまおう》の請《しよう》を得《え》たる語《こと》　第四十六

今昔《いまはむかし》、震旦《しんだん》の[七]京師《けいし》に[八]真寂寺《しんじやくじ》と云ふ寺有り。其の寺に[九]恵如禅師《えによぜんじ》と云ふ僧住《じゆうし》けり。若《わか》より懃《ねんごろ》に仏法を信じて、専《もはら》に[一〇]道《どう》を修《しゆ》する事不怠《おこたら》ず。

或《ある》時に、弟子《でし》に告《つげ》て、「努々《ゆめゆめ》我れを[一一]令驚《おどろかし》むる事無かれ」と云《いい》て、不動《はたらか》ずして在り。弟子、[一二]今や今や驚くと待つ程に、七日不動《はたらか》ず。弟子等皆歎き合へるに、智《さと》り有る人有《あり》て云《いわ》く、「此の人は[一三]三昧《さんまい》の定《じよう》に入《いり》たる也」と。而《しか》る間、[一四]七日と云ふに、恵如、目を見開《ひらき》て哭《な》く。弟子等及び寺の僧共《ども》、此の事を怪《あやしび》て、其の故を問ふ。恵如答《こたえ》て云《いわ》く、「汝等《なんじら》、先づ我が脚を可見《みるべ》し」と云《いい》て、令見《み》しむ。[一五]見れば、大きに焼けて赤み爛《ただ》れたり、痛む事無限《かぎりな》し。見る人問《とい》て云《いわ》く、「此れ、何《いか》なる事ぞ。[一六]本《もと》、脚に恙《つつが》無し。而《しか》る

第四十六話　出典は(前田本系)冥報記・上・2。

七 都。ここは長安。

八 長安の寺。五八九年、三階教の開祖信行が隋の文帝に召されてこの寺に入り、同教の中心地となった。六一九年化度寺と改名した。

九 信行の弟子。武徳(六一八—六二六)初年に没。詳伝は未詳。

一〇 仏道。

一一 目を覚まさせてはならない。

一二 今に目覚めるかと。

一三 禅定。心を一点に集中し雑念を退けてする瞑想。

一四 七日目。

一五 冥報記では、恵如自身が、足を火に焼かれて痛いので、傷がおさまるのを待って話そうと答えている。

一六 もともと足は何ともなかった。健康であった。

に、[一]俄《にわか》に爛《ただれ》たるぞ」と。

恵如答《こたえ》て云《いわ》く、「我れ、[二]閻魔王《えんまおう》の[三]請《しょう》を得て、王の許《もと》に詣《もうで》たりつ。王の命《めい》に依《より》て、道《どう》を行ふ事、[四]七日に満《みち》て後、王の宣《のたま》はく、「汝《なん》ぢ、死《しに》たる父母《ぶも》の有様見むと思ふや否や」と。「願《ねがわ》くは見むと思ふ」と申す時に、王、人を遣《つかわし》て召すに、一の亀来《きたり》たり。[五]恵如が足の裏を舐《ねぶり》て、目より涙を出《いだ》して去《さり》ぬ。王の宣《のたま》はく、[六]「何《なん》ぞ、今一人は不将来《いてきたらぬ》ぞ」と。使答《こたえ》て云《いわ》く、「今一人は極《きわめ》て罪重くして不可召《めすべから》ず」と。王、恵如に宣《のたま》はく、「実《まこと》に見むと思ふや否や」と。恵如答《こたえ》て云《いわ》く、「実《まこと》に見むと思ふ」と。王の宣《のたま》はく、[七]「然らば、使と共に行《ゆき》て可見《みるべ》し」と。然れば、使、恵如を引《ひき》て、地獄《じごく》に至る。[八]獄の門、固く閉《とじ》て不開《ひらか》ず。使、獄門の外《ほか》にして、[九]音《こえ》を挙《あげ》て喚《よば》ふに、内に音有《こえあり》て答ふ。其の時に、使、恵如に教《おしえ》て云《いわ》く、「汝《なん》ぢ、[一〇]道を遠く去《さり》て、此の獄門に当《あたり》て立つ事無かれ」と。恵如、使の教へに随《したがい》て立去《たちさ》る間に、獄門開《ひらけ》ぬ。[一一]大

一 どうして急に爛れたのですか。
二 →二八二頁注一八。
三 招請。招き。
四 仏道の勤行を七日間行って後。
五 (亀は)恵如の足の裏をなめて。
六 どうして、もう一人は連れて来ないのだ。
七 それならば。
八 地獄の門。
九 大声で叫ぶと。
一〇 ずっと遠くに離れて、この門に向かい合って立つな。
一一 大きな火がどっとばかりに流れ出て来た。
一二 鍛冶の槌に打たれて飛び散る火花のように、ほとばしって。
一三 溶けた鉄の湯。
一四 ついに会えずじまいだ

きなる火、門より流れ出《いで》たり。其の火、一二鍛治《かじ》の槌《つち》に被打《うた》れて散る様《よう》に星の如くに迸《ほどはしり》て、一の星、恵如が脚に着く。恵如、此れを迷《まど》ひ払《はらい》て、目を挙《あげ》て獄門を見れば、一三鉄《くろがね》の湯の中に百の頭《かしら》有りと許《ばかり》見る程に、門既に閉づ。一四遂に相見る事不得《え》ず成《なり》にき」と語るを、聞く人、皆、奇異の思ひを成して、貴び合へる事無限《かぎりな》し。

亦、恵如が云《いわ》く、「王、我れに絹三十疋一五を与へ給ふと云へども、一六我れ、固く辞して不請給《うけたまえ》ず」と。帰《かえり》一七て後、房《ぼう》にして見るに、此の絹、床の上に有り。其の焼けたる脚、一八大《おおき》なる事銭の如くして、百余日有《あり》て愈《いえ》にけり。

其の真寂寺をば、後には化度寺《けどじ》一九と云ふ寺、此れ也。此の事、其の寺の記文《きもん》に注《ちゅう》せるを見て書き伝へたるとなむ語り伝へたるとや。

った。

一五 一疋は二反。

一六 冥報記「王施二絹卅匹一、恵如固辞不レ許」は、王は許さなかった、の意。本話とは文意が異なる。

一七 冥報記では、恵如が「王は絹を既に後房に送った」と語ったので、人々が後房に駆けつけてみると、床に絹があった、とする。本話とは文意が異なる。

一八 火傷の大きさは銭ぐらいで。

一九 →三〇五頁注八。

今昔物語集 巻第九 震旦付孝養

震旦《しんだん》の郭巨《かくこ》、老《お》いたる母《はは》に孝《つかまつ》りて黄金《こがね》の釜《かなえ》を得《え》たる語《こと》 第一

今昔《いまはむかし》、震旦《しんだん》に一□代に、二河内《かだい》と云ふ所に三郭巨《かくこ》と云ふ人有けり。其の父亡《ぼう》じて、母存せり。

郭巨、四懃《ねんごろ》に母を養ふに、身貧くして常に飢へ困《くるし》む。然れば食《じき》物《もつ》を三《みつ》に分《わけ》て母に一分《ぶん》、我れ一分、妻《め》一分に充《あて》たり。如此《かくのごと》くして年来《としごろ》、老《おいたる》母を養ふ間に、妻、一《ひとり》の男子を生ぜり。其の子、五漸《ようや》く長大して、六七歳に成る程に、此の三に分けつる食物を四《よつ》に分く。然れば、母の食物弥《いよい》よ少く成《なり》ぬ。郭巨、歎き悲《かなし》むで妻に語《かたり》て云《いわ》く、「年来《としごろ》、此の食物《じきもつ》を三に分《わけ》て母を養ひつるに、六猶し少《すくな》し。而《しか》るに此の男子生れて後《のち》は四に分《わく》れば弥《いよい》よ少し。我れ、七孝養《きょうよう》の志《こころざ》し八深し。老《おいたる》母を養はむが為に此の男子を穴に埋《うず》むで九失ひてむと思ふ。此れ、一〇難有《ありがた》き事也と云へども、偏《ひとえ》に孝養の為

第一話 出典未詳。源泉は(船橋本系)孝子伝・上・5。二十四孝の一として、蒙求・郭巨将坑、注好選・上・48その他に喧伝。

一 王朝名明記を期した欠字。孝子伝は時代を明記しない。
二 河南省の黄河以北の地。
三 前漢の人とも後漢の人ともいわれる。
四 真心こめて。
五 次第に成長して。
六 それでも少なかった。
七 親孝行。
八 「し」は「志」の捨仮名。
九 殺そうと思う。
一〇 普通には出来ないことだが。
一一 「ぢ」は「汝」の捨仮名。
一二 「め」は「雨」の捨仮名。
一三 仏様も(ご自分の深い慈悲心を)一人子に対する慈愛に譬えておいでです。↓

也。汝《なん》[一一]ぢ、惜み悲む心無かれ」と。

妻《め》、此の事を聞て涙を流す事雨《あ》[一二]めの如くして、答へて云《いわ》く、「人の子を思ふ事は、仏[一三]も一子の慈悲とこそ譬《たと》へ説き給へれ。我れ、[一四]漸く老《おい》に臨《のぞみ》て適《たま》た[一五]ま一人の男子を儲《もうけ》たり。[一六]懐《ふところ》の内を放つそら、猶し悲《かなしみ》の心難堪《たえがた》し。[一七]何況《いかにいわん》や、遥《はるか》なる山将行《やまにいてゆき》て埋《うず》むで還らむ事こそ[一八]可譬《たとうべ》き方も不思《おぼえ》ね。然りと云へども、汝が孝養の心本《もと》も深くして、思ひ企《くわた》てむ事を我れ妨[一九]けば、[二〇]天の責め可遁《のがるべ》き方《ほう》無かりなむ。然れば、只、汝が心に任す」と。

其の時に、父、泣〻《なくな》く[二一]妻の言《こと》を感じて、妻に子を令懐《いだかしめ》て、我は鋤[二二]を持《もち》て遥に深き山に行て、既に子を埋まむが為に、泣〻《なくな》く土を掘る。[二三]三尺許《ばか》り掘る時に、底に、鋤の崎《さき》[二四]に固く当《あたり》たる物《も》の有り。「石《いわ》か」と思《おもい》て、「掘り去《の》けむ」と思て、強《あながち》に深く掘る。猶、責[二五]めて深く掘《ほり》て見れば、石《いわ》には非《あら》ずして[二六]一斗納許《なわばかり》なる黄金《こがね》の[二七]釜《かなえ》有り。[二八]蓋《ふた》有り。其の蓋を開《ひらき》て見れば、釜の上に題《だいし》て[二九]文《もん》有り。

一三〇頁注二二。
一四 だんだん年をとって。もう若くはなくなって。
一五 「ま」は「適」の捨仮名。
一六 自分の懐から離すだけでも悲しくてなりません。
一七 まして、遠い山に連れて行って埋めて帰るなんて。
一八 悲しみは譬えようもありません。
一九 古くは清音「ふせく」。
二〇 天地の道理を主宰している神。天帝。
二一 妻の言葉に感激して。
二二 手と足の力で土を踏み起こす農具。
二三 一尺は約三〇センチ。
二四 先端。
二五 むりやりに深く掘り込んで見ると。
二六 一斗(一八リットル)入りくらいの。
二七 孝子伝「金一釜」。一釜

其の文《もん》に云く、「黄金の一の釜、天、孝子《きようし》郭巨に賜ふ」と有り。郭巨、此れを見て、「我が孝養《きようよう》の心の深きを以て、天の賜へる也」と喜び[一]悲《かなし》むで、母は子を懐《いだ》き、父は釜を負《おい》て家に還《かえり》ぬ。

其の後《のち》、此の[二]釜を破《わ》りつつ売《うり》て、老《おいたる》母を養ひ世を渡るに、乏《ともし》き事無くして既に富貴《ふつき》の人と成《なり》ぬ。其の時に、国王、[三]此の事を聞き給て、怪《あやし》みを成して、郭巨を召して被問《とわ》るゝに、郭巨、[四]前《さき》の事を陳《の》ぶ。国王、聞き驚き給て、釜の蓋を召して見給ふに、実《まこと》に其の文顕《もんあらわ》[五]也。

国王、此れを見給て、悲み貴びて、忽《たちまち》[六]に国の重き者と用《もちい》らる。世の人、亦此れを聞て、孝養を貴き事《ことと》なむ讃めけるとなむ語り伝へたるとや。

の金。この釜は量器（ます）を意味したが、一般には「かま」と解されて流布した。

三八 孝子伝は、蓋があったとはいわない。

三九 孝子伝「釜上題云」。

一 喜び感激して。

二 この釜を壊しては売って。金塊として売ったのである。

三 孝子伝は、国王は登場しない。

四 これまでのことを話した。

五 はっきりと記されていた。

六 ただちに。

第二話 出典未詳。源泉

震旦《しんだん》の孟宗《もうそう》、老《お》いたる母《はは》に孝《つかまつ》りて冬《ふゆ》に筍《たかんな》を得《え》たる語《こと》第二

今昔《いまはむかし》、震旦《しんだん》の［　］七代に、八江都《ごうと》に九孟宗《もうそう》と云ふ人有けり。其の父無くして母存せり。一〇孝養《きょうよう》の心深くして、老《おいたる》母を養ふに、一一愚《おろか》なる事無し。此の母、世を経《へ》て、一二筍《たかんな》無ければ飲食《おんじき》する事無し。然れば、孟宗、一三年来《としごろ》の間、一四朝暮の備へに筍を構へ一五求めて一六供給《くぎゅう》して闕《か》く事無し。筍の盛《さか》りなる時には求め得る事易し。筍の不生《しょうぜ》ざる時には一七東西に馳《ち》走《そう》して掘《ほ》り出《いだ》して母を養ふ。

而《しか》る間、冬の比《ころおい》、雪高く雨《ふ》り積り、地《じ》痛《いた》く凍り塞《ふさぎ》て、筍を堀り出《い》でむに不堪《たえ》ざる朝《あした》に、母に筍を不備《そなえ》ず。此れに依《より》て、母、食時《じきの》を過ぐと云へども、不飲食《おんじきせ》ずして、一八歎《なげき》て居《い》たり。孟宗、此れを見て、天に向《むかい》て歎《なげき》て云《いわ》く、「我れ、年来《としごろ》の間、母を養は

は(船橋本系)孝子伝・下・3。二十四孝の一として、蒙求・孟宗寄鮓(その注の一部)、注好選・上・50その他に喧伝。
七　王朝名明記を期した欠字。孝子伝も時代を記さないが、呉の時代の話。
八　江蘇省江都県。但し、孝子伝「江夏」は、湖北省漢陽県付近。
九　字は恭武。後に恭仁。呉の官人。
一〇　孝行。
一一　おろそかなことがない。
一二　筍が好きで、筍なしには一切飲食しない。
一三　長年の間。
一四　朝夕の食膳に。
一五　苦労して求めて。
一六　提供して。
一七　あちこち奔走して。
一八　ため息をついていた。

むが為に、朝暮に笋を求めて供給《くぎゅう》して闕《か》く事無かりつ。今日の朝、雪高く地凍《じこおり》て、笋を求むるに不得《え》ず。此れに依《より》て、母、食《じきの》時を過ぐと云へども不飲食《おんじきせ》ず。[一]老乱の身に不飲食《おんじきせ》ずは既に死《し》なむとす。悲哉《かなしいかなや》、今日の笋を不備《そなえ》ざる事」と云て、泣き悲む事無限《かぎりな》し。

其の時に、庭[二]の中を見れば、忽《たちまち》に紫の色の笋三本、自然《おのずか》ら生《お》ひ出《いで》たり。孟宗、此れを見て、「我が孝養《きょうよう》の心の深きを以て、[三]天の哀《あわれ》むで給へる也《なり》けり」と思《おもい》て、喜び取《とり》て母に此れを備ふるに、母亦、喜で飲食《おんじき》する事、例の如し。

此れを聞く人、孝養の深き事を貴びて讃めけりとなむ語り伝へたるとや。

一 老懶。物憂い年寄りの身。
二 孝子伝「至二竹園一」。
三 →三一一頁注二〇。

第三話 出典未詳。但し、(船橋本系)孝子伝・上・9に非常に近い。二十四孝の一として、蒙求・丁蘭木母、注好選・上・55その他に喧伝。

四 王朝名明記を期した欠字。孝子伝も時代を記さないが、

震旦《しんだん》の丁蘭《ていらん》、木《き》の母《はは》を造《つく》りて孝養《きようよう》を致《いた》せる語《こと》第三

今昔《いまはむかし》、震旦《しんだん》の[四]□代に、[五]河内《かだい》に[六]丁蘭《ていらん》と云ふ人有けり。幼少なりける時に、其の母亡《ぼう》じにけり。

十五歳に成る時に、丁蘭、[七]母の形を恋《こい》て[八]工《たくみ》を語《かたらい》て、木を以て母の形を令造《つくらし》めて、[九]帳《ちよう》の内に置《おき》て朝暮に[一〇]供給《くぎゆう》する事、生《いき》たらむ時の如く也。実《まこと》の母に不異《ことなら》ず。朝《あした》に出《いで》行くとても、帳の前に[一一]行《い》て出づる由を告ぐ。夕《ゆうべ》に還り来《きたり》ても、還れる由を語る。[一二]今日有《あり》つる事を必ず云ひ令聞《きか》しむ。[一三]惣《す》べて世の事不語《かたら》ずと云ふ事無し。如此《かくのごと》く[一四]懃《ねんごろ》に孝養《きようよう》して、[一五]不緩《おこたら》ずして既に三年を経《へ》ぬるに、丁蘭が妻《め》、[一六]悪性《あしき》にして、常に此の事を[一七]憎《そねま》しく悪《にく》く思ひけり。

而《しか》る間、丁蘭が外《ほか》に行きたる間に、妻《め》、火を以て木の母の形を焼く。丁蘭、夜に入《いり》て帰来《かえりきたり》て、[一八]木の母の顔《かたち》を不見《み》ず。其の夜、

前漢の時代の話。
五 →三一〇頁注二。
六 伝未詳。前漢の宣帝の時代の人。
七 （在りし日の）母の姿を恋慕して。
八 （彫刻などの）職人。孝子伝「工人」。
九 帳（垂れ絹）の内側。帳台の内。
一〇 食膳を供えるなどして仕えること。
一一 出かける挨拶をする。
一二 その日あったことを必ず報告する。
一三 なにもかも。一切。
一四 真心こめて。
一五 たゆむことなく。
一六 性悪で。
一七 妬ましく憎らしく思っていた。
一八 （暗かったので）木の母の顔を見なかった。

丁蘭が夢に、木の母自ら丁蘭に語《かたり》て云く、「汝が妻、我が面《かたち》を焼く」と。夢覚《さめ》て怪《あやし》み思《おもい》て、明《あく》る朝《あした》に行て見れば、実《まこと》に、木の母の面《かたち》焼けたり。此れを見て後《のち》、丁蘭、其の妻を永く悪《にく》むで[一]寵《ちょう》する事無し。

亦、隣の人有《あり》て、丁蘭に斧を借る。丁蘭、木の母に此の事を申すに、木の母の不喜《よろこび》ざる気色《けしき》を見知《しり》て斧を不借《かさ》ず。隣の人大《おおき》に忿《いかり》て、丁蘭が外《ほか》に行きたる隙《ひま》を伺《うかがい》て[二]蜜《ひそか》に来《きたり》て、大刀《たち》を以て木の母が一の臂《ひじ》を斬る。[三]血流れて地《じ》に満てり。丁蘭、帰来《かえりきたり》たるに、帳《ちょう》の内に痛む音《こえ》聞《きこ》ゆ。驚《おどろき》て帳の内を引き開《ひらき》て見れば、[四]現に赤き血、床の上に流れたり。怪《あやし》むで寄《より》て見れば、木の母の一の臂斬り落されたり。丁蘭、此れを見て、泣き悲《かなしみ》て、「此れ、[五]隣の人の所為《しょい》也」と知て、即ち行て、隣の人の[六]頭《かしら》を斬《きり》て、母の墓に祭る。

其の時に、[七]国王、此れを聞き給て、其の罪を可行《おこなうべ》しと云へ

一 愛することはなかった。
二 こっそり入ってきて。
三 (木像なのに)血が流れて。
四 確かに。間違いなく。
五 隣人のしわざだと判断して。
六 首を斬って。
七 孝子伝「官司聞レ之、間ニ其罪一」。
八 俸禄と官位。
九 天地が感応して下さる。孝子伝「神明有レ感」。
一〇 孝心が深かったゆえに、殺人罪も反対に慶事となった。

ども、孝養《きようよう》の為と有《ある》に依《より》て、其の罪を不問《とわ》ずして、丁蘭に[八]禄位を加へたり。

然れば、堅き木也と云へども、[一〇]母と思て孝養を至せば、[九]天地感有り。赤血《あかき》、木の中より出《い》づ。孝《きよう》の重きが故に、殺罪《せつざい》、返《かえり》て喜び有り。然れば、孝養の貴き事、永く伝《つたえ》て不朽《くち》ずとなむ語り伝へたるとや。

震旦《しんだん》の韋慶植《いのけいしょく》、女子《おんなご》の羊《ひつじ》と成《な》れるを殺《ころ》して泣《な》き悲《かな》しめる語《こと》　第十八

今昔《いまはむかし》、震旦《しんだん》の一貞観《じょうがん》の中《あいだ》に、二魏《ぎ》王府《おうふ》の長吏《ちょうり》として、三京兆《けいちょう》の人、四韋《い》の慶植《けいしょく》と云ふ人有けり。一人の女子有り。其の形《かた》五ち美麗《びれい》也。而《しか》るに、幼くして死《しに》ぬ。父母《ぶも》、此を惜み悲む事無限《かぎりな》し。

其の後《のち》、二年許《ばかり》を経て、慶植、遠き所へ行《ゆか》むと為《す》るに、親しき一家の六類親等を集めて、七遠き所へ可行《ゆくべ》き由を告ぐ。八食《じき》を儲けて、此等に備へむと為《す》るに、家の人、市《いち》に行《ゆき》て、一の羊を買ひ取《とり》て持《もて》来れり。殺《ころし》て九此れに備へむとす。其の母、前《さき》の夜の夢に、死にし娘、一〇青き衣を着て白き衣を以て頭《かしら》を裹《つつみ》て、髪の上に玉の釵《かんざし》一一一双を差《さし》て来《きたり》たり。此れ皆、生《いき》たりし時の衣服《えぶくの》飾り也。母に向《むかい》て泣《なき》て云《いわ》く、「我れ、生《いき》たりし時、父母、我れを一二悲愛《かなしみ》して、一三万《よろ》づを心に任せ給へりしかば、祖《おや》に不申《もうさ》ずして、恣《ほしいまま》に財《たから》を取

第十八話　直接の出典は未詳だが、同文的同話の宇治拾遺物語・167との共同母胎的文献を基幹とし、冥報記・下・26により補訂している。

一 唐の太宗の時代の年号。六二七―六四九年。

二 魏王府の役人。王府の官僚を統括し実務を主宰した。従四品上。

三 京兆。長安とその付近。

四 伝未詳。

五 「ち」は「形」の捨仮名。

六 親類。

七 地方官になって下る感じだが、冥報記は理由を記さない。宇治拾遺「なにとかやいふ司になりて、下らんとする物侍き」。

八 食事を用意して饗応しようとしたが。

九 料理しようとした。

り用《よう》し、亦、人に与へき。一四盗犯《とうぼん》には非《あら》ずと思《おもい》て、祖《おや》に不告申《つげもうさ》ざりし罪に依《より》て、今、一五羊の身を受《うけ》たり。来《きたり》て其の報《ほう》を償《つくの》はむが為に、一六明日に来《きたり》て被殺《ころさ》れむとす。願《ねがわ》くは母、我が命を免《ゆる》し給へ」と云ふと見て、夢覚《さめ》ぬ。一七哀れに思ふ事無限《かぎりな》し。

明《あく》る朝《あした》に、母、飲食《おんじき》を調《ととの》ふる所を見れば、青き羊の頭《かしら》白き有り。背白くて頭に二の斑《まだら》有り。常に人釵《ひとのかんざし》差す所也。母、此れを見て云く、「暫く、此の羊殺す事無かれ。一八家の主出《あるじいで》ぬれば、還り来《きたり》て後《のち》に告げて免《ゆる》さむと為《す》る也」と。其の時に、家の主還り来《きたり》て、一九内へ不入《いら》ずして云く、「何ぞ、此の客人《まろうと》等の飲食遅きぞ」と責め云ふに、二〇飲食を調《ととの》ふる人の云く、「此の羊を殺して客人の飲食に備へむと為《す》るを、女□二一、「暫□不可殺《ころすべから》ず。家《いえの》主《あるじ》還り給て後、申して可免《ゆるすべ》き也」と有るに依《より》て、遅□二二也」。二三家主、専《もはら》に飲食を速《すみやか》に勧めむが為に、二四女主《あるじ》に不告《つげ》ずして羊を殺さむと為《す》るに、既に鉤《つ》二五り係《か》けつ。

一〇 宇治拾遺「青き衣を着て、白きさいでして、頭をつゝみて、髪に、玉のかんざし一よそひをさして」。
一一 一対。
一二 かわいがり、いつくしんで。
一三 何でも思いのままにさせて下さったので。
一四 盗みの罪を犯しているわけではないと思って。
一五 (畜生道に堕ちて)羊に転生しています。
一六 明日ここに来て殺されます。
一七 ふびんに思う。
一八 主人が出かけているので。
一九 (妻のいる)家の内には入らずに。
二〇 料理人。
二一 底本破損。宇治拾遺「うへの御前、しばしな殺し

其の時に、客人等来《きたり》て、此れを見るに、形《かた》[一]ち美麗《びれい》なる女子の十余歳許《ばかり》なるを、髪に縄を付けて釣《つ》り係《か》けたり。此の女叫びて云く、「我れは、此の家の娘にて有《あり》しが、羊に成《なり》て有る也。諸《かたえ》[二]の人、我れを助け給へ」と。客人等、此れを聞て、「努々《ゆめゆめ》[三]、此の羊を殺す事無かれ。此の由を告げ申さむ」と云て、家主の所へ行く間に、此の飲食を調《ととの》ふる人は、只、例[四]の羊と見る。「家[五]主、定めて飲食の遅き事を瞋《いか》りなむ」と思《おもい》て殺しつ。其の羊の被殺《ころさ》れて泣く音《こえ》、殺せる人の□[六]には只、例[七]の羊の鳴く音《こえ》の如し。諸の人の耳には、幼女の泣く音《こえ》にて有り。

其の後《のち》、羊を殺して蒸物《むしもの》[八]に備へ、焼物《やきもの》に備へたり。而《しか》るに、此の客人等、不飲食《おんじきせ》ずして、皆帰《かえり》ぬ。慶植、客人等の帰る事を怪《あやしび》て、其[九]の故を問ふ。[一〇]人有《あり》て、具《つぶさ》に此の事を語る。慶植、此れを聞て、泣き悲《かなし》むで、歎き迷《まど》ひける程に、日来《ひごろ》を経て、病ひに成て死にければ、行《ゆか》むと為《す》る所へも不行《ゆか》ず成りにけり。

そ」。

二二 底本破損。宇治拾遺「とゞめ給へば」。

二三 主人は(事情を知らないまま)早く御馳走を出したい一心で。

二四 主婦。奥さん。

二五 吊り上げた。

一 「ち」は「形」の捨仮名。

二 皆さん、どうか私を助けて下さい。

三 決して。

四 普通の羊に見える。

五 主人がきっと料理が遅いのを怒るだろうと。

六 底本破損。宇治拾遺「この殺すものの耳には」。

七 普通の。

八 蒸した料理。

九 わけを尋ねた。

一〇 ある人が詳しくこのことを語った。

此れを以て思ふに、飲食に依《より》ての咎《とが》也。然れば、[二]飲食は少し持《もて》隠して調《ととの》へ可備《そなうべ》き也。[三]心に任せて迷《まど》ひ調《ととの》へ不可備《そなうべから》ずとなむ語り伝へたるとや。

二　飲食物は、しばらくしまっておいた後に、調理すべきである。

三　あわてて料理してはならない。

侍御史《じぎよし》遜迥璞《そんのけいはく》、冥途《めいど》の使《つかい》の錯《あやまり》に依《よ》りて途《みち》より帰《かえ》れる語《こと》 第三十二

今昔《いまはむかし》、震旦《しんだん》の一□代に侍御史《じぎよし》二として迥璞《けいはく》三と云ふ人有けり。四済洲《さいしゆう》の人也《なり》けり。五貞観《じようがん》十三年と云ふ年、六車駕に従《したがい》て七九成宮に幸《のぞみ》ぬ。八三善谷《さんぜんこく》に居《きよ》す。九魏の大師と隣家に有り。

此の人、昔《むかし》一〇し、夜《よ》一一る亥の時許《ばかり》に、門の外《ほか》に人の「遜《そん》の侍御史」と喚《よば》ふ音《こえ》有り。迥璞、立出《たちいで》て見て云《いわ》く、「此れ一二、隣の大師の命《めい》か」と云て、既に出《い》でゝ、二《ふたり》の人を見る。此の二《ふたり》の人、迥璞に云く、「一三官に汝を召す。速《すみやか》に可参《まいるべ》し」と。迥璞が云く、「我れ、一四行歩《ぎようぶ》に不堪《たえ》ず」。使の云く、「然らば、馬に乗《のり》て可参《まいるべ》し」と。迥璞、家の内に有る馬を曳出《ひきいで》ゝ、乗《のり》て二《ふたり》の人に従《したがい》て行く。見れば、一五天地、昼の如く也。「日の光の朗《あきらか》なる也」と悟《さとり》て、迥璞、恐れて、一六敢て云ふ事無し。

第三十二話　出典は(前田本系)冥報記・中・20(法苑珠林・九十四所引)。

一 王朝名明記を期した欠字。本話は唐の時代の話。→注五。 二 殿中省(宮中を監督する)の役人。但し、後に医療に従事したことが見えるので、「侍(御)医」の方が適当か。冥報記・前田本「殿中侍御史」。高山寺本「殿中侍御医」。 三 伝未詳。冥報記・高山寺本「遜迥璞」(前田本「瑛」)。 四 山東省済南市付近。但し、冥報記・高山寺本「済陰」は山東省西南部。 五 六三九年。 六 皇帝に従って。唐の太宗の時代。 七 陝西省鳳翔県にあった皇室の避暑地。 八 未詳。 九 魏徴。唐の名臣。高祖・太宗に仕え、諫奏で知られ、

此の二人の使、迴璞を北の谷の口に引《ひき》て、[一七]朝堂《ちようどう》の[一八]東北《うしとら》を歴《へ》て、六七里行《ゆき》て[一九]苜蓿《ぼくしゆく》の谷に至るに、遥《はるか》に見れば、亦二《ふたり》の人有《あり》て、[二〇]韓《かん》の鳳方《ほうぼう》と云ふ人を引《ひき》て、将《いて》行く。迴璞を引ける二人の使に云く、「[二一]汝等[二二]鉃《あやま》れり。我が将《いて》行く人、此れ也。汝等、[二三]宜《よろし》く其の人を放て」と。其の言《こと》に随《したがい》て、此の二《ふたり》の人、迴璞を放[二四]つ、捨《すて》て去《さり》ぬ。然れば、迴璞、[二五]道に任せて帰る事、只、[二六]常の道を行くに不異《ことなら》ず。既に家に帰り至《いたり》て、馬より下《おり》て入《いり》ぬ。

馬を繫《つなぎ》て、[二七]寝屋《ねや》へ入らむと為《す》るに、[二八]其の道に、一人の[二九]婢《はしため》、睡《ねぶり》たり。此れを喚《よばう》に、不答《こたえ》ず。超《こえ》て内に入《いり》ぬ。見れば、[三〇]我が身は妻《め》と共に眠《ねぶ》れり。[三一]此の我《わが》身に付《つか》むと為《す》るに、付く事を不得《え》ず。然れば、南の壁に付《つき》て立てり。[三二]音《こえ》を高く挙《あげ》て妻を喚《よば》ふに、妻、更に不答《こたえ》ず。[三三]家の内、極《きわめ》て明らか也。[三四]壁の角《すみ》の中を見るに、蜘《く》蛛《も》の網《い》有り。網《い》の中に二の蠅有り。一は大《おおき》に、一は小し。亦、梁《うつはり》の上の所を見るに、[三五]薬物を置《おき》たり。所として不明《あきらかなら》ずと云

鄭国公に任じられた。六四三年没。　一〇「し」は「昔」の捨仮名。　一一「る」は「夜」の捨仮名。夜の十時頃に。　一二 これは隣の大師がお呼びですか。　一三 役所においてお前をお召しだ。さっさと参れ。　一四 歩いては行けません。　一五 天地が昼のように明るい。　一六 何も言わずにいた。　一七 皇帝が執政する宮殿。ここは九成宮のそれ。　一八 鬼門の方角。　一九 西京雑記にも見える地名。　二〇 伝未詳。　二一 お前たちは間違っているぞ。我々が連れているのが当人だ。　二二「錯」が正か。　二三 その人は放してやれ。　二四 釈放し、置き去りにして行ってしまった。　二五 道のあるままに。　二六 世間普通

ふ事無し。但し、自《みずか》ら、床に行く事を不得《え》ず。

其の時に、我れ[一]は死《しに》たりけりと思ふに、甚《はなは》だ怖ろし。恨[二]むらくは、妻と共なる事を不得《え》ざる事を憂ふ。[三]別れて、南の壁に寄り至《いたり》て有る程に、眠入《ねいり》にけり。久く有《あり》て、[四]忽《たちまち》に驚《おどろき》たれば、身[五]は既に床の上に有て、暗く[六]して見ゆる者無し。傍《かたわら》に妻《め》眠《ねぶり》たり。[七]妻を驚《おどろか》して、此の事を語る。妻、此れを聞て、火を燃《とも》すに、迥璞が身に大《おおき》に汗出《あえ》たり。起《おき》て、見つる蜘蛛《くも》の網《い》を見るに、惣《すべ》て無し。馬を見るに、亦、馬に汗出《あえ》たり。此の夜、韓の鳳方、暴[八]《にわか》に死《し》にけり。

其の後《のち》、十七年に至《いたり》て、迥璞、勅を奉《うけたまわり》て斉[九]洲《さいしゅう》に行《ゆき》て、斉[一〇]の主《あるじ》の枯《かる》る病有るを療す。其れより帰る間、浴[一一]洲《よくしゅう》の東《ひんがし》の孝義[一二]《こうぎ》の駅《うまや》に至るに、忽に見れば、一《ひとり》の人来《きたり》て、迥璞に問て云く、「君は此れ、遂の迥璞か否や」と。答《こたえ》て云く、「我れ、然《しか》也。君、我れを問ふ、何の故ぞ」と。人答《こたえ》て云く、「我れは、此れ、鬼也。[一三]

の道。 二七 寝室。
二八 その途中に。 二九 下女。
三〇 自分の身体は妻と一緒に眠っている。知らない間に魂が遊離していた。
三一 この(妻の横に寝ている自分の)身体に(魂が)付こうとするが。 三二 大声で妻を呼んだが。 三三 家の内が非常に明らかに見える。
↓三二二頁注一五。
三四 壁の隅の方を見ると。本来は薄暗いところである。
三五 薬品。彼が医師であったことを示す。これも本来は見え難い場所である。

一 自分は死んだのだ(だから魂が遊離した)と思うと。
二 残念にも。 三 身体から離れて。 四 はっと目が覚めて。 五 すでに自分は寝床の上にいて。魂が身体に

一四魏の大師の文書《もんじょ》有り。迴璞に示す」と。迴璞、此れを取《とり》て見るに、「鄭国公魏徴署也《ていこくこうぎちょうのしょ》」と。迴璞驚《おどろき》て云く、「鄭公未《いま》だ不死《しな》ず。一五何ぞ、我れを追《めし》て書《ふみ》を送る」と。鬼の云く、「鄭公既に死たり。今、其の人、一六大陽《だいよう》の都録大監《とろくたいかん》と成れるが故に、我れを遣《つかわ》して君を召す」と。

其の時に、迴璞、鬼を座に居《す》へて一七令食《じきせ》しむ。鬼、甚だ喜《よろこび》て迴璞に謝す。迴璞、鬼に乞ひ請《うけ》て云く、「我れ、勅を奉《うけたまわり》て斉洲に行《ゆき》て、未《いま》だ不帰《かえら》ず。鄭公、一八我れを追《めし》て不宜《よろしから》ず。我れ、一九京に帰《かえり》て事を奏し畢《おわり》なむを待《ま》て。其の後《のち》に、二〇命《めい》を聴《きか》むに何ぞ《いかならん》」と。鬼、此れを許す。此の鬼、昼は同く行き、夜は即ち同宿《おなじくやどり》す。遂に、二一開郷《かいきょう》に至《いたり》て鬼の云く、「二二我が過《すぎ》む所の関を可渡《わたるべ》し。君が事を奏し畢《おわ》らむを待《まち》て、可相見《あいみるべ》き也。君、二三薫辛《くんしん》を食《じき》する事無かれ」と。迴璞、其の言《こと》に可随《したがうべ》き由を受けつ。

迴璞、既に二四京に帰《かえり》て、事を奏し畢《おわり》て、鄭公を尋ぬるに、既に

入った状態になった。
六 遊離魂としての感覚とは正反対。 七 目を覚まさせて。 八 急死していた。
九 →三二三頁注四。
一〇 正しくは斉王祐の病を治療したのである。「斉主祐」と誤記する冥報記(前田本系)に拠ったための誤り。
一一 冥報記「洛洲」が正。洛陽のこと。 一二 河南省鞏県南西。鄭州と洛陽との中間あたり。 一三 ここでは、冥途の鬼。獄卒。
一四 魏徴。→三二二頁注九。
一五 どうして(鄭公が冥途から)召喚状をよこすのか。
一六 冥界での官職であろう。
一七 饗応した。
一八 (官使の任にある)私を召すのはよくない。
一九 長安。 二〇 命令を聞こうと思うが、どうだろう。

[一]薨《こう》じにけり。其の薨《こう》ぜる日を[二]挍《かんがう》るに、即ち彼《か》の孝義の駅《うまや》に有し[三]前《さき》の日也。思ひ合《あわ》するに、違《たが》ふ事無し。然れば、迥璞、自《みずか》ら必ず死なむずる事を知《しり》て、家の人と[四]相《あ》ひ議して、僧を請《しようじ》て[五]道《どう》を令行《おこなわし》め、仏像を造り、経巻を写す。如此《かくのごと》く為《せ》る事、六七日許《ばかり》有るに、迥璞、[六]夜《よ》る夢に前《さき》の鬼来《きたり》て、既に召す。迥璞を引《ひき》て高山《たかき》に上る。山の巓《いただき》に[七]大《おおき》なる宮殿《くうでん》有り。既に其の宮殿に入るに、宮殿の内に、[八]衆有《あまたあり》て迥璞を見て云く、「此の人は、善根《ぜんごん》を修《しゅ》せり。[九]此れを不可止《とどむべから》ず、可放去《はなちさるべ》し」と云て、即ち迥璞を推《おし》て山より堕《おと》すと思ふ程に、驚き悟《さめ》ぬ。

其の時に、迥璞思はく、「我れ、善根を修《しゅ》して、今、死を免《まぬか》るゝ事を得《え》る也」と思《おもい》て、喜ぶ事無限《かぎりな》し。其の後、恙《つつが》無くして久く有けりとなむ語り伝へたるとや。

二二 冥報記・高山寺本「閿郷」が正。河南省の地名。
二三 この部分、本文に短絡のある冥報記・前田本をさらに誤訳している。高山寺本によれば、鬼は関所の向こう側で待つと言い、迥璞が関所を通って出ると、鬼は既に待っていて、滋水駅までともに来たところで、鬼は奏上が済んだらまた会おうと別れたのである。
二四 におい の強いものや辛いもの。 二四 長安。

一 亡くなっていた。 二 調べてみると。 三 前日。
四 相談して。 五 滅罪の供養をさせ。 六「る」は「夜」の捨仮名。 七 実は冥府。
八 大勢の人がいて。
九 この人をここに留めてはいけない。

震旦《しんだん》の刑部《ぎようぶ》の侍郎《じろう》宗行質《そうのぎようしつ》、冥途《めいど》に行《ゆ》ける語《こと》第三十四

今昔《いまはむかし》、震旦《しんだん》の[一〇]□代に、[一一]尚書刑部《じようじよぎようぶ》の侍郎《じろう》として宗《そう》[一二]の行質《ぎようしつ》と云ふ人有けり。[一三]傅陵《ふりよう》の人也。心に仏法を不信《しんぜ》ずして、[一四]憍慢《きようまん》の語《こと》のみ有り。

而《しか》るに、其の人、[一五]永徽《えいき》二年と云ふ年の五月に、病を受《うけ》て死《しに》ぬ。同《おなじ》き六月の九日に至《いたり》て、[一六]尚書都官の[一七]命史、[一八]王璹《おうじゆ》と云ふ人、亦、[一九]暴《にわか》に病を受《うけ》て死《しに》ぬ。

二日を経て活《よみがえり》て、自《みずか》ら語《かたり》て云《いわ》く、「我れ、初《はじめ》て死《しせ》し時に、見れば四《よたり》の人、其の所に来り至《いたり》て云く、「[二〇]官府《かんぷ》に汝を召す」と云て、[二一]追ふ。王璹、随《したがい》て行く。亦、一の大門に入《いり》て[二二]庁事《ちようじ》を見れば、[二三]甚だ壮《さかり》なる形にて、[二四]北に向《むかい》て立《たて》り。亦、庁の上の西の間に、一《ひとり》の人有《あり》て坐す。[二五]形《かた》ち肥《こえ》て色黒し。庁の東《ひんがし》の間《ま》に、一《ひとり》の僧有《あり》て坐

第三十四話　出典は(前田本系)冥報記・下 23(法苑珠林・七十九所引)。

一〇 王朝名明記を期した欠字。唐の時代の話である。↓注一五。　一一 尚書省の司法関係の役所の次官。

一二 伝未詳。

一三 「博陵」が正とすれば、河北省定県。但し、冥報記・高山本「曹陵」、珠林「傅陵」。

一四 おごり高ぶった発言。

一五 六五一年。唐の高宗の時代。　一六 尚書都省（尚書省）の事務官僚。　一七 「令史」が正。　一八 伝未詳。

一九 急に。　二〇 役所でお召しだ。　二一 追い立てる。

二二 役所の建物。

二三 壮大な有様で。

二四 この世なら南面するはず。冥界だから逆。

二五 恰幅がよく色が黒い。

す。官と[一]相当れり。皆、面を北[二]に向へり。各《おのおの》、[三]床几《しようぎ》・案《つくえ》・褥《しとね》有り。亦、[四]侍僮子《じどうじ》二百人許《ばかり》有り。或は[五]冠服皆吉《よ》し、容皃端《ようぼうただしく》吉し。亦、[六]階《はし》の本に官史の文案《もんあん》有り。

而《しか》るに、一《ひとり》の老《おい》たる人有り。[七]枷《くびかし》を被《こうぶり》て被縛《いましめら》れて、東《ひんがし》の階《はし》の下《もと》に有り。王璹、亦、庭に[八]至《いたり》て被縛《いましめら》れたり。一人の史、紙・筆を取《とり》て、王璹に問《とい》て云く、「[九]貞観《じようがん》十八年に、長安《ちようあん》の[一〇]佐史に任ぜし日、何に依《より》てか[一一]李《り》が須達《しゆだつ》を改めし」と。王璹答《こたえ》て云く、「王璹、前《さき》に長安の佐史に任ぜり。貞観十六年に[一二]選《せん》に転ず。十七年に至て、[一三]司稼寺《しかじ》の府史を授く。十八年に[一四]籍《ふだ》を改めたり。然れば、王璹が罪に非《あら》ざる也」と。其の時に、庁の上の[一五]太官、其の[一六]申す語《こと》を読《よみ》て見返《かえり》て、東《ひんがし》の階《はし》の下《もと》に有る老人《おいたる》に云く、「[一七]何の故に依《より》てか、汝《なん》ぢ、妄語を以て訴《うつた》うるぞや」と。老人答《こたえ》て云く、「須達が年、[一八]実《まこと》に未《いま》だ不至《いたら》ず。王璹が籍《ふだ》を改むるに依《より》て、須達が年を加へたる也。年、敢て[一九]妄語に非《あら》ず」。王璹、「十七年に告[二〇]

一 向き合っていた。 二 ↓三二七頁注二四。 三 椅子・机・敷物。 四 下仕えの童子。 五 ある者は冠をつけて衣服も立派である。 六 階段の下には、役人の机がある。 七 首かせをはめられ、縛られて。 八 ↓二八三頁注二二。 九 六四四年。 一〇 刺史(洲の長官)の属僚。 一一 李須達の籍を改めたのか。人名だが伝未詳。 一二 人事異動の対象となり。 一三 「司農寺」とあるべきところ。倉庫・会計を司る役所。府史はその書記官。 一四 十八年に籍を改めたというのなら、私王璹の責任ではありません。 一五 大官。冥報記「読二其辞弁一」。 一六 弁明書を読んで。 一七 なぜお前は虚偽の言辞

家に改任せり。請《こう》らくは、追《めし》[二一]て此れを令験《あらわさし》めよ」と。

大官、此に依《より》て、王𤪌を領せる[二二]三《みたり》の人を喚《よび》て、王𤪌を縛《いましめ》[二三]てあれるを令解《とかし》めて、当《まさ》[二四]に吉《よ》き身と成しつ。吉き身と成《なり》て、大官の許《もと》に至るに、大官自《みずか》ら此れを讃[二五]む。亦、大官、老人に云く、「他[二六]の改任、大きに分明《ふんみよう》[二七]也。汝ぢ、理《ことわり》無し」と云て、即ち老人を送《おくり》て、北門より令出《いださ》しむ。王𤪌、遥《はるか》に北門の外《ほか》を見るに、暗くして多《おおく》の城《じよう》有り。一々の城の上に、皆小き垣有り。此れ皆、悪所[二八]にすたけり[二九]。亦、大官、案の上の書《ふみ》に依《より》て、王𤪌に語《かたり》て云く、「汝ぢ罪無し。然れば、汝を放つ。速《すみやか》に可去《さるべ》し」と。王𤪌、官[三〇]を拝す。吏、王𤪌を引《ひき》て、東《ひんがし》の階《はし》に至て、僧を拝す。僧、王𤪌が臂[三一]を印《しる》して云く、「汝ぢ、早く去《い》ね[三二]」と。吏、王𤪌を相具《あいぐ》して、東南《たつみ》より出《い》でゝ行く。三重の門を渡る。門毎に勘《かんが》[三三]へて臂の印《しるし》を見る。其の後《のち》、免《ゆる》し出《いだ》して第四の門に至る。其の門の状《さま》、甚だ大きにして、重楼[三四]也。赤[三五]く白し。門を開《ひら》ける事、

をもって訴えるのか。

一八 私須達の年齢は、本当にまだ寿命にはなっていません。 一九 決して嘘ではありません。

二〇 文意不通。冥報記・前田本「改任吉家」に拠ったため。同・高山寺本「改レ任、告身在レ家」は、告身(辞令書)が家にある、の意。

二一 取り寄せて証明させていただきたい。 二二 捕まえていた。 二三 縛っていた縄を解かせて。

二四 自由の身にした。冥報記「将レ取二告身一」の誤解。→注二〇。

二五 冥報記「自讃レ之」は取り寄せた辞令を大官が自ら読んだ意。誤解(→注二一)がここまで尾を引いている。

二六 彼の。王𤪌をさす。 二七 明らか。 二八 地獄か。

官城の門の如し。門を守る者、甚だ厳《きび》し。亦、印を験《しる》して免し出《いだ》す。

既に、門を出でゝ東南《たつみ》を指《さし》て[一]十歩《ふ》許《ばかり》に行くに、後《しりえ》の方《かた》に、人の王璹を喚《よば》ふ音《こえ》有り。王璹、見返《かえり》たるに、侍郎、宗の行質と云し人也。面を見れば、[二]愁へたる形にて、黒き事、湿地の如し。[三]頭《かしら》を露《あらわ》にて腰を散《はなち》て、古くして赤き[四]袍《うえのきぬ》を着て、頭《かしら》の髪、短く垂れて、[五]胡《こ》人《ひと》の如くして、庁事《ちょうじ》の階《はし》の下《もと》に立《たち》たり。吏有《あり》て、此の人を[六]守る。亦、西に城《じょう》近く、一の[七]丈木の牌《ひ》有り。高さ[八]一丈、広さ[九]二尺許《ばかり》也。其の牌《ひ》の上に、大きに書《かき》たる文《もん》有り。「此れは此れ、[一〇]勘当《かんどう》して過《とが》に擬せる五人」と書けり。其の字、大きなる事、[一一]方《ほう》、尺余也。甚だ明かに見ゆ。庁事の上に床を立てゝ[一二]几案有り。[一三]官符の者の如くして、人坐せる事無し。

行質、亦、王璹を見て、[一四]悲び喜《よろこび》て云く、「汝ぢ、何ぞ来れるぞ」と。王璹の云く、「官、我れを召して、[一五]被勘問《かんがえとわ》る。而《しか》るに、

二九 「似たり」が正か。冥報記「似是悪処」。
三〇 大官にお辞儀をした。
三一 腕に印をつけて。
三二 早く帰りなさい。
三三 (門番が)腕の印を検査した。 三四 重層の高殿。
三五 赤と白に塗ってある。

一 冥報記「数十歩」。
二 憂いに沈んだ様子で。
三 (冠もせず)露頭で(帯もせず)腰を丸出しにして。
四 上着(うわぎ)。
五 西域の異民族。
六 捕まえている。
七 「丈」は「大」が正か。大きな木の立て札。
八 約三《メートル》。 九 幅約六〇《センチ》。
一〇 調査の結果、有罪となった五人。 一一 (一字が)方一尺あまり。 一二 机。
一三 役人の席のようで。

一六籍《ふだ》を改むる事、過《とが》無くして被免返《ゆるしかえさ》るゝ也」と。行質、王璹が二の手に書《かき》一七て語《かたり》て云く、「我れ、官に被責《せめら》れて功徳《くどく》一八の籍《ふだ》を問ふに、『我が手の中に功徳の籍無し』と云て、居寄《いより》一九て困《くるし》み苦しむ事無限《かぎりな》し。加之《しかのみならず》、飢へ寒く苦しき事不可云尽《いいつくすべから》ず。君、二〇必ず我が家に至《いたり》て、此の由を語《かたり》て、我が為に善根《ぜんごん》を令修《しゅせし》めよ。努〻《ゆめゆめ》二一、懃《ねんごろ》に属《あつら》へよ」と。王璹、此の事を受《うけ》二二て、即ち去《さり》ぬ。十《ふ》二三歩許《ばかり》行くに、亦、王璹を喚《よ》び還す。未《いま》二四だ詞を不出《いださ》ざるに、庁の上の座に官人有《あり》て、来り坐して怒《いかり》て王璹に云く、「我れ、当《まさ》に勘《かんが》へて汝を放つ。汝ぢ何ぞ輒《たやす》二五く囚家《しゅうのいえ》に至れるぞ」と云て、使二六の吏率を以て、王璹が耳二七を令搭《とら》しめて押して令去《さら》しむ。王璹、一二八の門を走る。門二九の吏有《あり》て、王璹を見て云く、「君、既に耳を被搭《とら》れたり。当《まさ》に耳可聾《しうべ》三〇し。我れ、君を助けて、其三一の中の物を却《しりぞ》けむ」と云て、手を以て其の耳を排《くじ》三二る。其の時に、耳三三の中鳴る。亦、臂三四の印《しるし》を験《しる》して免《ゆる》し出《いだ》す。

一四 悲喜こもごもに。
一五 審問された。
一六 改籍の件について。
一七 冥報記・前田本「書」に拠るが、高山寺本「舒」、珠林「捉」。両手を取って、と解すれば、通りがよい。
一八 (生前に積んだ)功徳の帳簿。
一九 にじり寄って。但し、冥報記「坐二困苦一」は、困苦の中にある意。
二〇 あなた(人間界にもどったなら)。
二一 決してないがしろにせず、念を入れてするようにさせてほしい。
二二 承諾して。
二三 冥報記「数十歩」。
二四 まだ何も言わないうちに。
二五 どうして囚人のところにうろうろしているのか。
二六 冥報記「使三吏率揞二其耳一」の誤訳。「使」は使役の

門を出《いで》ぬれば、門の外《ほか》、暗き事無限《かぎりな》し。惣《す》べて不知《しら》ざる所也。露《つゆ》見ゆる所無くして、手を以て西及び南と思《おぼ》ゆる方《かた》を[一]摸《さぐ》るに、皆此れ、垣也。但し、東《ひんがし》には手に障《さわ》る物無し。暗くして可行《ゆくべ》き様《よう》無ければ、暫く立留《たちとまり》て有る間に、忽《たちまち》に、前《さき》に王璹を問ひし使を見る。門より出来《いできたり》て、王璹に語《かたり》て云く、「我れ、[二]君と善《よ》し、君を待《まつ》也。[三]我れに銭一千を与へよ」と。王璹、此れを不答《こたえ》ずして、自《みずか》ら心に思はく、「我れ、罪無くして被免《ゆるさ》れぬ。何ぞ、使に[四]賄《まいな》ふ事有らむや」と。[五]史の云く、「君、不令得《えしめ》ずは、[六]行く事を不令得《えしめ》じ。遂に不与《あたえ》ずは、汝を猶、[七]将還《いてかえり》て二日に令至《いたらし》めむ。[八]豈《あ》に、汝ぢ、不用《もちい》ざらむや」と。

王璹、心に思ひ量《はかり》て[九]愧謝《きしゃ》して云く、「我れ、[一〇]命《めい》に可依《よるべ》し」と。吏の云く、「我れ、[一一]君が銅《あかがね》の銭をば不用《ようせ》じ。[一二]白紙の銭を用《ようせ》むと思ふ。十五日を[一三]期《ごし》て来《きたり》て取らむ」と云ふ。王璹、此れを受《うけ》て、還らむ道を問ふ。吏の云く、「君、東《ひんがし》へ行かむ事、二百歩《ぶ》して、

意。 二七 耳を手でぴしゃりと叩いて、追い出させた。 二八 五番目(最後)の門である。 二九 門番。

三〇 耳が聞こえなくなるぞ。

三一 其の中の物をとってやろう。 三二 ほじり取った。

三三 耳が聞こえるようになった。

三四 →三二九頁注三三。

一 手探りしてみると。

二 お前さんとは仲良しだ。

三 俺に銭一千文をくれ。賄賂の要求である。

四 賄賂など贈ることはない。

五 「吏」が正。門番。

六 行かせはしないぞ。

七 連れ戻って、二日間は留め置いてやる。

八 それでもお前さんは、いやだと言うのかい。言うことを聞くのが身のためだ。

当《まさ》に古き垣の穿《うが》ち破《やぶれ》たるを見むとす。明《あきらか》ならむ方を見て可向《むかうべ》し。然らば即ち、君が家に至《いたり》なむ」と。王璹、吏の云ふに随《したがい》て行くに、既に垣に至て此れを押す。良久《やや》くして、垣即ち倒れぬ。王璹、其の倒《たおれ》ぬる所より出《いで》つ。即ち、其の至れる所は、王璹が居《い》たる所の一四隆政坊《りゆうせいぼう》の南の門也《なり》けりと思ふに、家に還《かえり》ぬれば、戸より入《いり》ぬと思ふ程に活《よみがえり》ぬ。家の人の泣き合へるを見る一五」。

其の後《のち》十五日に至《いたり》て、彼《か》の冥途《めいど》にして「銭与へむ」と云ひし事を忘れぬ。其の明《あく》る日、王璹、俄《にわか》に病を受《うけ》て一六絶入《たえいり》ぬ。王璹、見れば、一七前《さき》の吏来《きたり》て怒《いかり》て云く、「君が「銭を与へむ」と一八期《ごせ》し事、果す事無くして、遂に不与《あたえ》ず。然れば、君を亦一九将去《いて》らむ」と云て、二〇金光明《こんこうみよう》より出《いで》て二一坑《あな》に令入《いら》しむ。王璹、二二拝して過《とが》を謝する事、百余拝を成す。即ち、放ち還しつ。亦、活《よみがえり》ぬ。王璹、家の人に告《つげ》て、忽に紙二三百張を買《かい》て二四銭を造《つくり》て、此れを送る。其の明《あく》る日、王璹、亦病に困《くるし》む。亦、二五前の吏を見る。吏の云く、「君、二六幸に

九 謝罪して。
一〇 お言葉に従いましょう。
一一 銅銭は要らない。
一二 白紙の銭(紙銭)が欲しい。
一三 期日と決めて。
一四 未詳。頒政坊なら、長安の街区の名。
一五 王璹が語っていた長い冥界談はここで終る。
一六 意識を失った。
一七 この前冥界で出会った門番の役人。
一八 約束したこと。
一九 連れて行くぞ。
二〇 未詳。含光門なら、皇城の西側の門。金光門なら、長安を囲む城壁の西側の門。冥報記・高山寺本「含光門」。珠林「金光門」。
二一 穴に入らせた。
二二 頭を下げてあやまり、百余遍も拝謝した。
二三 百枚。
二四 紙銭を作って送ったのである。→二三四

我れに銭を与ふと云へども、銭不吉《よから》ず」と。王璹[一]謝して、「更に亦造らむ」と請ふ。吏、此れを許す。亦、活ぬ。二十日に至て、王璹、[二]六十の銭を以て、白き紙百余張を買て銭を造り、酒食を儲《もうけ》て、自《みずか》らが隆政坊の西の門の、[三]渠《みぞ》の水の上《ほとり》にして此れを[四]焼く。

其の後、王璹、身体《しんだい》[五]軽く成《なり》て、病《やま》ひ遂に愈《いえ》て困《くるし》む事無かりけりとなむ語り伝へたるとや。

頁注四。
三五 この前の門番の役人。
三六 銭をくれたのはありがたいが、銭がよくない。
一 陳謝して。
二 （この世の）六〇銭でもって紙百余枚を買って、紙銭を作り。
三 溝の畔。水辺は冥界に通じる場所。
四 焼くと冥界に届くと思われていた。
五 軽快。

河南《かなん》の人《ひと》の婦《よめ》、姑《しゅうとめ》に蚯蚓《みみず》の羹《あつもの》を食《じき》せしめたるに依《よ》りて現報《げんぽう》を得《え》たる語《こと》 第四十二

今昔《いまはむかし》、震旦《しんだん》に、隋《ずい》の[六]大業《だいぎょう》の代に、[七]河南《かなん》と云ふ所に有りける人の婦《よめ》、其の[八]姑《しゅうとめ》を養ふに、[九]強《あながち》に姑を憎みけり。其の姑、二《ふたつ》の目盲《めしい》たり。

婦《よめ》、強に姑《しゅうとめ》を憎むに依《より》て、[一〇]蚯蚓《みみず》を切《きり》て[一一]羹《あつもの》として、姑に令食《じきせ》しむ。姑、此れを食《じきし》て、其の味《あじわい》を怪《あやし》むで、[一二]蜜《ひそか》に其の[一三]臠《ししむら》を隠し置《おき》て、子の来れるに令見《みし》めて云《いわ》く、「此れ、汝が妻《め》の我れに令食《じきせし》めたる物也」と。子、此れを見て、「此れ、蚯蚓《みみず》を羹《あつもの》にしたる」と知《しり》て、忽《たちまち》に其の妻と別《わかれ》ぬ。既に妻の[一四]本の家に送らむと為《す》る程に、未《いま》だ[一五]懸《けん》に不行着《ゆきつか》ざる間に、俄《にわか》に[一六]雷震有り。

其の時に、具せる所の妻《め》、[一七]忽に失《うせ》ぬ。夫、此れを怪《あや》しび思ふ程に、[一八]暫く有《あり》て空より落《おつ》る者《も》[一九]の有り。見れば、[二〇]着たる所の衣は、

第四十二話 出典は(前田本系)冥報記・下・10(法苑珠林・四一九所引)。

六 隋の煬帝の時代の年号。六〇五―六一七年。

七 洛陽のあたり。

八 夫の母。

九 ひどく。極端に。

一〇 土中にいるミミズ。

一一 吸い物。

一二 密に同じ。ひそかに。

一三 肉(らしい物)を隠して置いて。

一四 実家。

一五 県に同じ。洲や郡の下にある行政単位。

一六 雷鳴が轟いた。

一七 突然いなくなった。

一八 しばらくして。

一九 「の」は「者」の捨仮名。

二〇 着ている衣服は妻がもともと着ていたもの。

妻の本着《もと》たる所の衣也。[一]其の身、亦、本の如き也。[二]其の頭《かしら》は、替《かわり》て白き狗《いぬ》の頭《かしら》と成れり。[三]其の詞、亦、狗に不異《ことなら》ず。夫、此れを見て、其の故を問ふに、妻答《こたえ》て云く、「我れ、姑《しゅうとめ》の為に不孝《ふきょう》にして、蚯蚓《みみず》の羹《あつもの》を令食《じきせし》めたるに依《より》て、忽に[四]天神《てんじん》の罰し給ふ所也」と。此の事を聞畢《ききおわり》て、[五]妻を家に送《おくり》つ。家の人、「奇異也」と思《おもい》て、其の故を問ふ。夫、[六]其の旨を答へけり。其の後は、妻、市《いち》に出《い》でゝ人に物を乞《こい》て世を過《すぐ》しけり。後に在所を不知《しら》ず。

此れを以て思ふに、女、愚痴にして如此《かくのごと》くの悪を造る事有り。[七]現報を得《えた》る事如此《かくのごと》し。設《たと》ひ[八]現罰無しと云ふとも、天神、皆憎み給ふ事と知《しり》て、悪の心を止めて善を可修《しゅすべ》しとなむ語り伝へたるとや。

一 身体ももとのまま。
二 首から上だけは白い犬の頭に変わっている。
三 発する言葉は犬のそれである。
四 天の神。→三一一頁注二〇。
五 実家に送りつけた。
六 事情を説明した。
七 現世でたちまち受ける応報。
八 現世で受ける刑罰。

今昔物語集 巻第十 震旦付国史

秦《しん》の始《し》皇《こう》、感陽宮《かんようぐう》に在《あ》りて世《よ》を政《まつりご》てる語《こと》 第一

今昔《いまはむかし》、[一]震旦《しんだん》の秦《しん》の代に、[二]始《し》皇《こう》と云ふ国王在《ましまし》けり。智《さと》り賢く心武《たけ》くして世を政《まつりごち》ければ、国の内に不随《したがわ》ぬ者無し。[三]少しも我が心に違《たが》ふ者をば、其の頸《くび》を取り、足・手を切る。然れば、皆人、風に靡《なび》く草の如き也。

始めて、[四]感陽宮《かんようぐう》と云ふ宮を造《つくり》て都城《みやこ》とす。其の宮の東《ひんがし》に関有り。[五]感谷関《かんこくかん》と云ふ。[六]櫃《ひつ》の迫《はさま》の如くなるに依《より》て感谷関と云ふ也。亦、王城の北には[七]高き山を築《つき》たり。此れ、[八]胡《こ》国《こく》と震旦との間に築《つ》き隔《へだて》たる山也。胡国の人の[九]可来《きたるべ》き路を防《ふせく》べき故也。[一〇]震旦の方《かた》は常の山の如く也。人登《のぼり》て遊ぶ。遥《はるか》に山の頂に発《あがり》て胡国の方《かた》を見るに、[一一]隠るゝ所無し。胡国の方は高く[一二]直《なお》くして壁を塗《ぬり》たる如し。人登るに不能《あたわ》ず。[一三]山の東西の間、千里也。高き事、雲と等

第一話 出典未詳。同話・類話は史記・始皇本紀をはじめ諸書に喧伝。

一 中国。 二 始皇帝。中国最初の統一国家秦の初代皇帝。在位紀元前二四七―二一〇年。 三 少しでも我が意に反した者は。

四 咸陽宮。始皇帝が建てた宮殿。秦の都咸陽(陝西省咸陽市)の東にあった。

五 函谷関。河南省霊宝県にあった関。河南省の平原から陝西省の盆地に至る道の隘路。 六 櫃(函)の間。両側が狭く絶壁になっている様をいう。 七 いわゆる万里の長城のこと。

八 中国北方または西方の騎馬民族の国。 九 襲来する道。 一〇 中国側は普通の山と同じである。

一一 何もかも隠れるところ

し。然れば、雁の渡る時、此の山の高きに依《より》て不飛超《とびこえ》ずして、山の中に雁の通る許《ばかり》穴を開《ひらき》たるより一四飛《とび》て通る也。雁、一五其の習を以て、虚空《こくう》なれども、一筋にして飛ぶ也。

此□一六胡国を恐□政《まつりごち》て一七云《いわ》く、「一八我が子孫、相ひ継《つぎ》て此の国を治□不可知《しるべから》ず」と、「亦、一九前《さき》の代〻に有る事を皆止め棄《す》てゝ、我れ始めて政《まつりごと》を改《あらため》む。亦、前の代〻の二〇書籍《しよじやく》をば皆取り集めて焼き失ひて、我れ二一始めて書籍を作《つくり》て世に留め置《おか》むとす」。然れば、二二孔子《くじ》の弟子《でし》等有《あり》て、其の中に二三止事無《やんごとな》き書籍をば窃《ひそか》に取り隠《かくし》て、壁の中に塗り籠《こ》めてぞ留め置きける。

而《しか》る間、始皇の昼夜に寵愛する一の馬有り。名を二四左驂馬《ささんま》と云ふ。此の馬の体《かたち》、二五竜に不異《ことなら》ず。此れを朝暮に愛し飼ふ間に、始皇の夢に、此の左驂馬を海に将行《いてゆき》て洗ふ間に、二六高大魚と云ふ大《おおきな》る魚《うお》、俄《にわか》に大海《だいかい》より出来《いできたり》て、左驂馬を食《くらい》て海に曳《ひき》入れつと

なく見える。
一二 垂直で壁を塗ったようになっている。
一三 山(長城)の東西の長さ。
一四「より」は経由を表す。あけてある穴を通って飛んで行く。
一五 雁はその習慣で、大空にあっても一列になって飛ぶのだ。
一六 底本破損。諸本欠字。
一七 発言者は始皇帝。以下も同様。
一八「知る」は、統治する意。
一九 過去代々に踏襲されてきたこと。
二〇 いわゆる「焚書坑儒」をいう。
二一 新たに。
二二 →二七一頁注六。
二三 中でも重要な書籍。儒教の聖典類。
二四 四頭立ての馬車の左外側の馬。左の副馬。
二五 優れた馬は竜に譬えられる。
二六 史記「鮫大魚」。

見て、夢覚《さめ》ぬ。始皇、心の内に極《きわめ》て怪《あやし》び思ふ事無限《かぎりな》し。「何ぞ我が財《たから》として愛し飼ふ馬を、高大魚の可食《くらうべ》きぞ」と嗔《いかり》の心を発《おこ》して、国の内に宣旨《せんじ》を下して云く、「大海に高大魚と云ふ大《おおきなる》魚有り。其の魚を射殺したらむ人には[一]申さむ所の賞を可給《たまわるべ》し」と。其の時に、国の人、此の宣旨を聞て各《おのおの》大海に行《ゆき》て、船に乗《のり》て遥に[二]息《おき》に漕ぎ出《いで》て、高大魚を伺ひ見るに、髣《ほのか》に高大魚を見ると云へども、射る事を不得《え》ず。然れば、返《かえり》て王に申して云く、「大海に臨《のぞみ》て高大魚を見ると云へども、射る事を不得《えず》。此れ、[三]竜王《りゆうおう》の為に被妨《さまたげら》るゝが故也」と。

始皇、此の事を聞て後、先づ、我が身の[四]恐れを除かむが為に、[五]方士《ほうじ》と云ふ人に仰せて云く、「[六]汝《なん》ぢ、速《すみやか》に[七]蓬莱《ほうらい》の山に行て不死《ふしの》薬と云ふ薬を取《とり》て可来《きたるべ》し。蓬莱は未《いま》だ不見《み》ざる所也と云へども、昔より今に至るまで、世に云ひ伝《つたう》る事有り。早く可行《ゆくべ》し」と。方士《ほうじ》、此の旨を蒙《こうぶり》て、忽《たちまち》に蓬莱に行ぬ。其の[八]後《の》ち、還り来るを

一 望む褒美を与えよう。
二 沖。
三 竜王に妨害されたためです。竜王は海底の竜宮の王。
四 死の恐れ。
五 道教の仙術を行う人。道士。
六 「ぢ」は「汝」の捨仮名。
七 中国の東海にあり、神仙が住むとされた想像上の島。
八 「ち」は「後」の捨仮名。
九 (行くこと自体は)たやすいことです。
一〇 行き着けないのです。
一一 自分に対してあれこれと悪事を働くやつだ。
一二 皇帝の命令。勅命。
一三 底本破損。諸本欠字。以下、同様。
一四 →三一一頁注二〇。
一五 地名明記を期した欠字。史記によれば、始皇帝は平原津(山東省平原県付近)で

相待つ間に、数《す》月を経て還り来《きたり》て、王に申《もうし》て云く、「蓬萊に行《ゆか》む事は易《やす》[九]かりぬべし。然れども[一〇]大海に高大魚と云ふ大《おおき》なる魚有り。此れに恐るゝに依《より》て蓬萊に不可行着《ゆきつくべから》ず」と。始皇、此の事を聞て云く、「彼《か》の高大魚、[一一]我が為に旁《かたがた》に付《つき》て悪を致せる也。然れば猶、彼の魚を可射殺《いころすべ》し」と[一二]宣《おおせごと》を下すと云へども、人行《ゆき》て射る事更に無し。

其の時に、始皇の云く、「我れ、速に大海《だいかい》に行て、自ら高大魚を見て可射殺《いころすべ》き也」と云て、忽[一三]□彼《か》の所に行き、始皇自《みずか》ら船に乗《のり》て、遥に大海□見る事を得たり。即ち、始皇喜《よろこび》て、此れを射るに、魚、箭に当《あたり》て死《しに》ぬ。始皇、喜びを成して還る間に、[一四]天の責めを蒙《こうぶり》にけるにや、[一五]□云ふ所にして身に重き病を受《うけ》たり。其の時に、始皇、我が子の[一六]二生《にせい》と云ふ人幷《ならび》に大臣[一七]超高《ちょうこう》と云ふ人を呼び寄せて、[一八]窃《ひそか》に語《かたり》て云く、「我れ、忽に重《おもき》病を受たり、

発病、沙丘の平台(河北省平郷県付近)で没した。
一六 二世。秦の第二代皇帝胡亥。始皇帝の次子。
一七 趙高。宦官で、この時には中車府令だった。丞相の李斯を加担させて胡亥を即位させ、自ら丞相となったが、子嬰に殺された。
一八 史記によれば、始皇帝は長子扶蘇に後を託したが、趙高・李斯らは扶蘇を暗殺して胡亥を立てた。→前注。

必ず死なむとす。我れ死なむ後には、大臣・百官、一人として相副《そい》て王城に返る事不有《あら》じ。是の所にして皆棄《す》て去《さり》なむとす。然れば、我れ死《しに》たりと云ふとも、此の所にして死たりと云ふ事を一不開《ひらか》ずして、只生《いき》て車の内に有る如《ごとく》にして、王城に将返《いてかえり》二て葬三を可開《ひらくべ》き也。旅四にして大臣・百官の離れ去《さら》む事を恥《はず》る故也。努《ゆめ》五ゝ《ゆめ》、此の事を不可違《たがうべから》ず」と云畢《いいおわり》て、即ち死《しに》六ぬ。其の後、彼の遺《ゆい》言《ごん》の如く、此の二人の人、始皇七の生《いき》たる如《ごとく》に持成《もてなし》て返る間に、八可奏《そうすべ》き事有れば、王の仰《おおせ》の如《ごとく》して、此の二人の人、云合《いいあわ》九せつつ宣下《せんげ》す。

而《しか》る間、夏の比《ころおい》にして、日来《ひごろ》を経《へた》る間に、車の内極《きわめ》て臭《くさ》く成《なり》一〇ぬ。其の時に、彼の二人の人、儀《ぎ》一一して構ふる様《よう》、忽《たちまち》に方魚一二と云ふ魚を多く召し集《あつめ》て、車に積《つみ》て前後に遣《や》り次《つづ》け一三て、亦、始皇の車の前後に係《かけ》たり。此の魚の臭《くさけ》れば、香、他の魚に不似《に》ざる故也。然れば、車の内の臭き香、彼の方魚の香に交《まぎ》れて、人此れ

一 公表しないで。
二 （遺骸を）連れて帰って。
三 崩御を公表して葬送を行うべきである。
四 旅先で。行幸の途中で。
五 決してこの言葉に背いてはならない。
六 始皇帝は紀元前二一〇年没。
七 始皇帝が生きているようにふるまって。
八 奏上するべきことがあれば（奏上して、それに対する）皇帝の仰せがあったふりをして。
九 相談しては（偽の）宣旨を下した。
一〇 屍臭がひどくなった。
一一 議して。相談して。
一二 鮑魚。魚の干物。魚の名ではない。
一三 始皇帝の車の前後に続くように引かせた。

を知る事無し。始皇生給《いき》へりし時も、[一四]如此き《かくのごとき》の政《まつりごと》、常の事なれば、人、此れを怪《あやし》び疑ふ事無し。日来《ひごろ》を経て、既に王城に返《かえり》ぬれば、葬を開きつ。其の時ぞ、人皆、此の事を知りける。

其の後《のち》、二生、位に即《つき》ぬ。大臣超高と[一五]云合《いいあわ》せて、諸《もろもろ》の事を政《まつりごと》つ。而《しか》る間、[一六]此の国王の思はく、「我が父始皇は[一七]国の内の事を恣《ほしいまま》にして、諸《もろもろ》の事を心に任せ給へりき。我も亦、父の如くに有らむ」と思《おもい》て、世を政《まつりごと》つ間に、大臣超高と[一八]中違《たがい》ぬ。超高の思はく、「此の国王、始皇の子に有れども、未《いま》だ位にして不久《ひさしから》ず。[一九]浅きそら猶《なお》し如此《かくのごと》し。[二〇]況《いわん》や位にて年来《としごろ》を経《へ》なば、当《まさ》に我が為に吉《よ》き事不有《あら》じ」と思《おもい》て、忽《たちまち》に[二一]謀反《むほん》の心を発《おこ》す。但し、超高、[二二]世の人の心を不知《しら》ねば、[二三]極《きわめ》て不審《いぶかし》く思《おもい》ければ、人の心を試《こころみ》むと思《おもい》て、鹿一頭《ず》を国王の御前に将参《もてまいり》て、[二四]「此る《かか》馬こそ候へ」と奏しければ、国王、此を見て、「此は鹿と云ふ獣也。馬には非ず」と宣《のたま》[二五]□ば、超高申《もう》さく、「此れは[二六]□

一四 このような政治。とっぴなやり方。
一五 相談して。
一六 二世皇帝。
一七 国政を自由にし、万事みな意のままになさった。
一八 仲が悪くなった。
一九 即位して間がないのに、この有様だ。
二〇 まして、在位が長くなったら、自分にとってろくなことはあるまい。
二一 謀叛。叛乱。
二二 人心の動向がわからないので。
二三 不安でならなかったので。
二四 こういう馬がおります。
二五 底本破損。諸本「宣ひけり」。
二六 底本破損。諸本「口だましく」とあるが、後補か。

馬也。世の人に令問《とわし》め可給《たまうべ》き也」。然れば、国王、世の人に問《とい》給ふに、此れを見る人、皆「此れは鹿に非ず、馬也」と申しければ、其の時に超高思はく、[一]「早う、世の人は皆[二]我が方《かた》に寄れる也《なり》けり。謀反を発《おこ》さむに[三]憚《はばか》り不可有《あるべから》ず」と心得て、窃《ひそか》に多《おおく》の[四]軍《いくさ》を調《ととの》へ発《おこ》して、[五]隙《ひま》を伺ひ短《ひま》を量《はかり》て、王宮《おうぐう》に入《いり》て国王を責《せめ》むとす。

国王、此の事を聞て、「我れ、王也と云へども、[六]未《いま》だ政《まつりごと》浅くして勢少《せいすくな》し。超高は臣也と云へども、年来《としごろ》[七]世を靡《なびか》したる者にて、勢器量《いかめ》し。然れば、我れ逃《にげ》なむ」と思《おもい》て、窃《ひそか》に城《みやこ》を出《い》でゝ、[八]望夷《ぼうい》宮と云ふ所に籠《こもり》ぬ。其の時に超高、多《おおく》の軍《いくさ》を引き具して、望夷宮を囲《かく》むで責《せむ》る時に、国王、軍を以て[九]支《ささう》と云へども、軍の[一〇]長《たけ》劣りたるに依《より》て難支得《ささええがた》し。然れば、大臣の方《かた》の軍、強く責む。其の時に国王、[一一]可為《すべ》き術《ずつ》無くして云《いわ》く、「大臣、[一二]我が命生けよ。我れ、更に此の後、[一三]大臣の御為に忽緒《いるかせ》の事を不致《いたさ》ずして、国王

一　さては。↓二四四頁注五。
二　自分のほうに味方している。
三　遠慮はいらない。
四　軍勢。
五　隙あらば王宮に入って皇帝を攻めようと機会をうかがった。
六　即位後まだ日が浅く、勢力が小さい。
七　権勢を振るってきた者で、勢力が強大だ。
八　咸陽の郊外にあった宮殿。涇水に臨み北夷を望んで建てられた。
九　防戦したが。
一〇　勢力が劣っているため。
一一　どうしようもなくなって。万策尽きて。
一二　私の命を助けてくれ。
一三　大臣様をおろそかにするようなことは決して致しませず、国王の位も捨てま

と不有《あら》じ、[一四]只、臣として君に仕へむ」と。然れども、超高、此れを不許《ゆるさ》ずして、[一五]独《ひとり》強く責む。其の時に、国王、亦云く、「然らば、我れを小国の王と成して、遠き国へ[一六]追遣《おいや》れ。猶、命をば生けよ」と。超高、猶不許《ゆるさ》ずして責む。国王、亦云く、「然らば、我れを只、[一七]何物にも非《あら》ぬ凡人《ただひと》に成して、棄てゝよ。更に、我れ[一八]世に有る人と不有《あら》じ。猶、命をば生けよ」と。如此《かくのごと》き[一九]重《じゆう》ゝ《じゆう》に可免《ゆるすべ》き由を請ふと云へども、大臣強《あながち》に此れを責《せめ》て、既に二生を[二〇]罰《う》つ。然れば、超高、軍を引《ひき》て、王城に還《かえり》ぬ。

其の後、始皇の孫に[二一]子嬰《しよう》と云ふ人を位に即《つけ》つ。子嬰、心に思はく、「我れ、位に即《つき》て国を治めむ事、[二二]喜《よろこび》也と云へども、我が伯父《はくぶ》の二生、国王と有りきと云へども、超高の為に被殺《ころされ》て、国を持《たも》つ事不久《ひさしから》ず。[二三]我れ亦、然《しか》の如しならむ。少しも[二四]心に違《たが》ふ事有らば、[二五]臣の為に被殺《ころさ》れむ事、疑ひ不有《あら》じ」と思ひ得て、窃《ひそか》に謀《はかりこと》を成して、[二六]超高を殺しつ。

しょう。
一四　ただ臣下としてあなたに仕えましょう。
一五　底本もかく作るが「猶」とあるべきか。
一六　追放してくれ。
一七　なんでもない只の凡人にして。
一八　世間並でなくてもよい（奴婢などでもよい）。
一九　重ね重ね。何度も。
二〇　討ち取った。殺した。
二一　胡亥の兄の子。公子嬰。秦の第三代皇帝。
二二　うれしくはあるが。
二三　自分もまた同様であろう。
二四　意にそわないことがあったら。
二五　臣下。趙高をさす。
二六　趙高の暗殺は、前二〇七年。李斯はこれより半年前に処刑されている。

其の後《のち》、恐れ無くして国を可政《まつりごつべ》しと云へども、子嬰単己《たんこ》[一]にして方人《かたうど》少きを見て、[二]項羽《こうう》と云ふ人来《きたり》て、子嬰を殺しつ。即ち、[三]感陽宮を破り、始皇の[四]□秦の宮室を焼く。其の火、三月不消《きえ》ず。子嬰、位に有る事四十六日也。[五]此の時、秦の代亡《ほろび》にけりとなむ語り伝へたるとや。

一 ひとりぼっちで腹心の部下が少ない。
二 →注九。
三 咸陽宮。→三三八頁注四。
四 底本破損。諸本欠字。始皇帝の陵墓をあばき、財宝を奪ったことをいう場面。
五 子嬰は、これより前に劉邦に降伏していたが、項羽に殺された。

第三話 出典未詳。源泉的な話は史記・項羽本紀など。類話は太平記・二十八・漢楚合戦事など。
六 前漢の初代皇帝。沛の豊邑(江蘇省豊県)の農民の末子。

高祖《こうそ》、項羽《こうう》を罰《う》ちて始《はじ》めて漢《かん》の代《よ》に帝王《ていおう》と為《な》れる語《こと》　第三

今昔《いまはむかし》、震旦《しんだん》に[六]漢《かん》の高祖《こうそ》と云《いう》人有けり。[七]秦《しん》の代亡《ほろび》ける時に、[八]感楊宮《かんようぐう》を罰《うち》随へて居《い》たる間、[九]項羽《こうう》と云ふ人有り。此れ、国王の筋[一〇]也。「我れ、必ず国王の位に可昇《のぼるべ》し」と思ふ間に、[一一]高祖、感楊宮を罰《うち》随へて居《い》ぬと聞て、[一二]怪《あやし》び思ふ事無限《かぎりな》し。

而《しか》る間、[一三]人有《あり》て、項羽に告《つげ》て云《いわ》く、「高祖、既に感楊宮を罰《うち》取《とり》て[一四]国王として有り。「[一五]□を以て臣と可為《すべ》し」と。君何《いか》[一六]に令《せし》め給《たまう》ぞや」と。項羽、此の事を聞て大《おおき》に嗔《いかり》て云く、「我れこそ王位に可即《つくべき》に、高祖、何《いか》でか我れを超《こえ》て王位に昇らむや。然れば、感楊宮に行《ゆき》て高祖を可罰也《うつべき》」と議し定《さだめ》て、忽《たちまち》に出立《いでたち》つ。本より項羽は、[一七]心武《たけ》くして[一八]弓芸の方《かた》、高祖には勝《すぐれ》たるに、[一九]軍《いくさ》を調《ととの》ふるに、四十万人有り。高祖の方《かた》には軍《いくさ》十万人也。

七　巻十・1話参照。
八　→三三八頁注四。
九　楚の名族の出。叔父項梁とともに挙兵。劉邦(高祖)とともに秦を滅ぼしたが、後に対立し、敗れて自殺した。
一〇　血筋。
一一　劉邦が先に咸陽宮を占領したと聞いて。
一二　意外でもあり非常に不愉快に思った。
一三　ある人が。
一四　皇帝になったつもりでいる。
一五　人名明記を期した欠字。史記によれば、子嬰。→三四五頁注二一。
一六　どうなさいますか。黙ってみていますか。
一七　勇猛で。
一八　弓術の方面では。
一九　軍勢を集めてみると。

項羽、軍を調《ととの》へて既に出立《いでたた》むと為《す》る間、項羽に親《したし》き人有り。名をば[一]項伯《こうはく》と云ふ。此の人、項羽が[二]類《るい》也と云《いえ》ども、年来《としごろ》項羽に随《したがい》て[三]眷属《けんぞく》として有り。心武く[四]兵《つわもの》の道に堪《たえ》たる事、世に並び無し。而《しか》る間、高祖が第一の眷属として[五]張良《ちょうりょう》と云ふ者有り。彼《か》の項伯と年来[六]得意として一事を隔《へだつ》る事無し。[七]互に心を通《かよわ》して過《すぐ》るに、項羽が嗔《いかり》を成して軍を調へて、高祖を罰《うたん》が為に感楊宮へ出《いで》立《たたん》と為《す》るを、項伯見て思はく、「高祖は[八]必ず被罰《うたれ》なむとす。高祖被罰《うたれ》ば、我が得意の張良、[九]命を可存《そんすべ》きに非《あら》ず。此れを思《おもう》に、難堪《たえがた》し」と思《おもい》て、忽《たちまち》に項伯、窃《ひそか》に張良が所に行《ゆき》て語《かたり》て云く、「君不知《しらず》や、項羽は高祖を罰《うたん》が為に、軍を調へて感楊宮に出立《いでたち》つ。項羽、[一〇]心の武き事人に勝《すぐ》れたり。亦、[一一]軍《いくさ》の員《かず》可合《あうべ》きに非《あら》ず。然れば、高祖罰《うたれ》む事、疑ひ無し。高祖被罰《うたれ》ば、君亦、命を不可存《そんすべから》ず。此れに依《より》て、君と我れとが[一二]年来《としごろ》の睦《むつ》び、永く可別《わかるべ》し。然れば、[一三]不如《しか》じ、[一四]只君、高祖の許《もと》を可去《さるべ》し」と。張良、此れを

一 項羽の季父(父母の兄弟のうちの最年少者)。後に高祖(劉邦)に仕え、諸侯に封ぜられた。
二 親類。 三 家来。
四 武人としての技量・判断力などに優れていること。
五 字は子房。秦の始皇帝を殺そうとして失敗。後に兵法を学び、劉邦の謀臣となって幾度か危機を救った。
六 親友。 七 分け隔てなく心を通わせ合っていたが。
八 きっと討たれるだろう。
九 生きてはいられまい。
一〇 武勇人に優れている。
一一 軍勢の数も比較にならない。 一二 長年の親交も、永遠に途絶えてしまう。
一三 …するのが一番だろう。もっともよかろう。
一四 とにかく君は劉邦のもとを去ってくれ。それが一

聞て答《こたえ》て云く、「君の教へ、[一五]尤可然《もともしかるべ》し。実《まこと》に[一六]年来《としごろ》の本意如此《かくのごと》き也。我れ極[一七]□也□教へに可随《したがうべ》しと云へども、我《われ》、年来高祖に随《したがい》て、[一八]心に違《たが》へる事無し。亦、我れ[一九]一事隔《へだつ》る心なくて年月を経《へ》るに、今、命を失はむと為[二〇]する期臨《ごにのぞみ》て去《さら》む事、互の[二一]恩を忘《わすれ》む、此れ、不思《おもわ》ざる事也。然れば、命を棄《すつ》と云ふとも、忽に高祖を棄《すて》て去らむ事、[二二]不可有《あるべから》ず」と。項伯、[二三]此の事を聞て還《かえり》ぬ。

其後《そののち》、張良、高祖に語《かたり》て云く、「項羽は、既《すでに》君を罰《うたん》が為《た》めに軍《いくさ》を調《ととのえ》て可来《きたるべ》しと聞く。彼《か》の人は、兵《つわもの》の道、人に勝《すぐ》れたり。亦、軍《いくさ》の員《かず》四十万人也。君の方《かた》には十万人也。戦ひ給はむに、必ず被罰《うた》れ給ひなむとす。然れば、只、項羽に随ひ[二四]給ひね。[二五]豈《あに》命に増す物有《あら》むや」と。高祖[二六]そ此の事を聞き驚《おどろき》て、張良が[二七]言《こと》ばに随《したがい》て、使を以て項羽の所に云送《いいおくりて》云く、「君、人の[二八]詐《いつわり》の言に依《より》て[二九]悪行《あしきおこない》を起し給ふ事無かれ。我れ、更に帝位に昇らむと思

番だろう。
一五 本当に君のいう通りだ。
一六 長年付き合ってきたのも、このような誠意を信じてのことだ。
一七 底本破損。諸本欠字。
一八 意に逆らったことはない。
一九 何ひとつ分け隔て心なく長い年月仕えてきたのに。
二〇 「する」は「為」の全訓捨仮名。
二一 恩を忘れたことになろうが、それは思いもよらないことだ。
二二 あり得ない。できない。
二三 張良の固い決意を聞いて。
二四 降伏なさいませ。
二五 命にまさるものがありましょうか。
二六 「そ」は「祖」の全訓捨仮名。
二七 言葉。
二八 いつわりの言葉。讒言。
二九 ここでは、無意味な殺戮の意。

ふ心無し。只、[一]子嬰《しえい》の後《のち》、秦の代の破れ乱《みだれ》にしかば、[二]世を平げむが為に感陽宮《かんようぐう》を[三]随《したがえ》て、[四]君の帝位に昇《のぼり》て来給《きたり》はむを待《まつ》也。人の[五]無実《むしつ》の言《こと》を更に不可令信給《しんぜしめたまうべから》ず。我れ、此の宮に有《あり》と云ふとも、未《いま》だ[六]璽《しるし》及び[七]公財《おおやけたから》を[八]不令動《うごかさしめ》ず」と。

項羽、此の事を聞て云く、「高祖の云ふ所の言《こと》ば、我れ聞くと云へども、[九]面《まのあたり》に相《あ》ひ互に可語《かたるべ》し。然れば[一〇]鴻門《こうもん》に可来合《きたりあうべ》し。其の所にして可会《あうべ》し」と、日を[一一]契《ちぎり》て云ひ還しつ。其の日に成《なり》て、高祖、眷属数多《あまた》に非《あら》ずして鴻門に至り合ふ。項羽は、眷属[一二]千乗・万騎を引将《ひきい》て来れり。其の中に、項伯は、項羽の[一三]一の眷属として、只今日、[一四]事不可有《あるべから》ざる由をぞ[一五]懃《ねんごろ》に項羽に令云聞《いいきかしめ》ける。此れ、偏《ひとえ》に張良と[一六]知音《ちいん》と有《あり》し故也。既に鴻門に至り会《あい》ぬ。鴻門と云ふは、大《おおき》なる門也。大《おおきなる》幕を曳《ひき》て、其の中に先づ項羽・項伯は並《ならび》て東向に居《い》たり。其の喬《そば》に南向に項羽が眷属、[一七]范増《はんぞう》居たり。范増は年老《おい》て兵《つわもの》の[一八]道極《みちにきわめ》たり。其の向《むかい》に北向に高祖は居た

一 →三四五頁注二一。
二 世を静めるために。
三 占領して。
四 あなた(項羽)が来て即位されるのを待っているのです。
五 事実無根の言葉。
六 玉璽。天子の印。
七 王室の財産。
八 手を付けていない。
九 直接対面して語り合おう。
一〇 陝西省臨潼県の東。
一一 日を決めて、返事を送った。
一二 兵車一千両。
一三 第一(首席)の部下。
一四 ことを起こしてはいけない旨を。
一五 熱心に。 一六 親友。
一七 項羽の謀臣。酒宴にことよせて劉邦を暗殺するよう勧めた。
一八 練達していた。

り。高祖の眷属、張良は西向に[一九]指去《さしのき》て居たり。

而《しか》る間、互に[二〇]此の事を談《だん》ず。高祖は、我れ[二一]□挑ざる事を違□事□は皆門の下に有《あり》て、[二二]心《むね》を励まし肝《きも》を磨く事の出来□。其時、范増思はく、「高祖をば今日必ず可被罰《うたるべ》き也。若《も》し、今日不罰《うた》ずは、後《のち》には尤《もと》も悔《くゆ》る事有《あり》なむ」と思《おもい》て、項羽が親《したし》き眷属、[二三]項荘《こうそう》と云ふ者を窃《ひそか》に呼び取《とり》て、范増[二四]ふ語《かたり》て云く、「高祖をば、今日、必ず可被罰《うたるべ》き也。[二五]其れをば何《いか》が可謀《たばかるべ》き」と議して、「[二六]忽《たちまち》に此の座の中にして舞を可奏《そうすべ》し。項荘、其の舞人として剣を抜《ぬき》て[二七]乙《かなで》て、其の座の辺《ほとり》を渡らむ間、高祖の所に至らむに、[二八]乙《かな》づる様《よう》にして高祖が頸を可切《きるべ》し」と謀《はかりごと》つ。其の後、如此《かくのごと》く舞を令奏《そうせし》む。

其の時に、項伯、其の気色《けしき》を見て、猶、[二九]張良が哀れに依《より》て、忽に項伯も立《たち》て共に舞《まい》て、高祖に[三〇]塞がりて不令罰《うたしめ》ず成《なり》ぬ。其の時に、高祖、其の[三一]気色を心得て、[三二]白地《あからさま》に立つ様《よう》にて逃《のがれ》ぬ。而《しか》

一九　離れて坐っていた。
二〇　戦後処理の問題。誰が即位するか。
二一　底本破損。諸本欠字。以下、同様。
二二　勇気を奮い起こし、胆力をみがく。
二三　項羽の従弟。
二四　片仮名「ノ」が、筆勢により「フ」に近くなったか。「増」の捨仮名の可能性もあるが、歴史的仮名遣いは「う」。
二五　ついてはどのように謀るべきか。名案はないか。
二六　即興で。　二七　舞って。
二八　舞うふりをして。
二九　（親友の）張良がかわいそうでならず。
三〇　立ち塞がって。
三一　気配を察知して。
三二　ちょっと席をはずすようなふりをして。

るに、暇《いとま》[一]を請《こわ》むが為に還らむと為《す》るを、高祖の眷属《けんぞく》、樊会《はんかい》、強《あながち》に制止して不令還《かえらしめ》ずして具して[二]逃ぬ。而るに、張良を還し[三]て、「此れ、君の曳出物《ひきでもの》[四]也」とて、白璧一朱《はくへきいちしゅを》[五]項羽に奉る。玉斗《ぎよくとを》[六]范増に与ふ。范増、此れを不取《とらず》して打破《うちやぶり》[七]て棄《すて》つ。亦、彼《か》の樊会は人也と云へども、鬼の如し。一度に猪の片股を食《じき》し、酒一斗を一口に呑む。

其の後、項羽引《ひき》[八]て還《かえり》ぬ。其の後、項羽、高祖の許《もと》に使を遣《や》るに、高祖、極《きわめ》たる美膳を儲け調《ととの》へて、使を饗《あるじ》[九]せむと為《す》るに、此れ、項羽の使也《なり》けりと知《しり》て、後に美膳[一〇]を止めて麁食《そじき》の饗《あるじ》を出して云《いわ》く、「此れ、范増[一一]の使と思《おもい》てこそ美膳をば儲けつれ、項羽の使にては美膳を不可膳《そなうべから》ず」と云ふを、使、還《かえり》て項羽に語る。項羽、此れを聞て大きに嗔《いかり》て云く、「然らば、范増は高祖と中《な》[一二]か吉《よ》かりけり。我れ、此れを不知《しら》ず」と。范増が云く、「君は此れ、不覚[一三]の人也。然《し》か思《おもい》つ」と云て、項羽の許《もと》を去《さり》ぬ。

一 暇乞い。別れの挨拶。
二 一緒に逃げた。
三 引き返させて。
四 贈り物。
五 このままでは文意不通。史記「白璧一双」は、白い璧(環状の平たい大玉)一対の意。
六 玉で作った酒器。
七 打ち壊して捨てた。
八 兵を引いて帰った。
九 饗応。
一〇 ご馳走を引っ込めて、粗末な食事を出した。
一一 范増からの使いだと思ってご馳走を用意したのだが。項羽を怒らせるための策略のことば。
一二 仲がよかったのだな。
一三 分からず屋だ。以前からそう思っていた。
一四 親友だと聞いて。
一五 「し」は「昔」の捨仮名。

亦、項羽、張良と項伯、[一四]得意と有る由を聞て、項伯に問《とい》て云く、「何の故に、汝ぢ、我れと親《したしく》して、亦、張良と得意なるぞ」と。項伯答へて云く、「昔《むか》[一五]し、[一六]始皇《しこう》の代に、我れ、張良と共に世に仕へて有《あり》し時、我れ、人を殺す事有りき。而《しか》るに、張良、其の事を乍知《しりなが》ら[一七]于今《いまに》人に不語《かたら》ず。其の恩難忘《わすれがた》き故也」と。

而《しか》る間、高祖、感陽宮に籠り居[一八]□軍□調《ととの》へて、項羽を罰《うた》むと思ふ心有《あり》て、張良・樊会・[一九]陳平《ちんぺい》等と議して既に出立《いでた》つ。[二〇]其の道に、白き蛇値《くちなわあい》たり。高祖、此れを見て、速《すみやか》に令切殺《きりころさし》めつ。其の時に、一人の[二一]老嫗出来《おいたるおうないできたり》て、白蛇《しろきくちなわ》を殺すを見て、泣《なき》て云く、「白竜《しろき》の子、赤竜《あかき》の子の為に被殺《ころさ》れぬ」と。

此れを聞く人、皆、高祖は赤竜《あかき》の子也《なり》けりと云ふ事を知《しり》にけ[二二]り。(以下欠)

一六 秦の始皇帝。→三二八頁注二。
一七 今に至るまで。
一八 底本破損。諸本欠字。
一九 陽武の貧民の出で、謀略に秀で、劉邦(高祖)に仕えて功があり、後に左丞相となった。
二〇 途中で。
二一 老婆。
二二 話としては一応終結しているが、結末の定型句を欠き、未完に終っている。撰者の評語(「此を思ふに…」等)に再考の要があったためか。

漢《かん》の武帝《ぶてい》、張騫《ちょうけん》を以《も》て天河《あまのかわ》の水上《みなかみ》を見《み》せたる語《こと》 第四

今昔《いまはむかし》、震旦《しんだん》の漢《かん》の武帝《ぶてい》[一]の代に張騫《ちょうけん》[二]と云ふ人有けり。天皇[三]、其の人を召《めし》て、「天河《あまのかわ》[四]の水上尋《みなかみたずね》て参れ」と仰せ給て遣《つかわ》しければ、張騫、宣旨を奉《うけたま》はりて、浮木《うきき》[五]に乗《のり》て河の水上《みなかみ》を尋ね行《ゆき》ければ、遥《はるか》に行き行て一の所に至れり。其の所、見《み》も不知《しら》ぬ。其《そこ》に、常[六]に見る人には不似《に》ぬ様《よう》したる者《も》[七]の、機《はた》[八]を数立《あまたたて》て布を織る。亦、不知《しら》ぬ翁有《あり》て牛を牽《ひか》へて立てり。

張騫、「此は何《いか》なる所ぞ」と問《とい》ければ、「此は天河《あまのかわ》[九]と云ふ所也」と答ふ。張騫、亦、「此の人ゝは何《いか》なる人ゝぞ」と問《とひ》ければ、「我等は此れ、織女《たなはたつめ》[一〇]・牽星《ひこぼし》となむ云ふ。亦、其《そこ》は何なる人ぞ」と問ければ、張騫、「我れをば張騫となむ云ふ。天皇の仰[一一]せに依《より》て、「天河水上《あまのかわのみなかみ》[一二]、尋《たずね》て参れ」と仰せを蒙《こうぶり》て来れる也」

第四話　出典は俊頼髄脳。博物志、荊楚歳時記、史記・大宛列伝等の所伝が混線、融合か。

一　前漢の第七代皇帝。在位は紀元前一四〇―八七年。中央集権的な制度を整備し、匈奴攻撃、西域遣使、黄河治水などに尽力。

二　勅命により大月氏へ使いし、また烏孫国にも赴いた。これを機に西域諸国との交通が開けた。前一一二年没。

三　皇帝をさす。

四　荊楚歳時記「令下張騫使二大夏一尋中河源上」は、「河」すなわち黄河の源を尋ねて天河に至った話。本話は源を尋ねる河を最初から天河と称しているため、文意が紛れやすい。なお、渭水(黄河の大支流、渭河)や漢水(長江の大支流)にも天の河

と答ふれば、此の人〻、「[一三]此こそは天河の水上なれ。[一四]今は返りね」と云けるを聞て、張騫返《かえり》にけり。

然《さ》て、天皇に奏して云《いわ》く、「天河の水上を尋《たずね》て罷《まかり》て侍りつ。[一五]一の所に至《いたり》たれば、織女は機《はた》を立《たて》て布を織り、牽星は牛を牽《ひかえ》て、「[一六]此なむ天河の水上」と申《もうし》つれば、其より罷り返《かえり》たる也。所の様、常にも不似《に》ざりつ」と。

然《さ》て、張騫未《いま》だ返り不参《まいら》ざりける時に、[一七]天文の者、七月七日に参《まいり》て、天皇に奏しける様《よう》、「今日、天河の辺《ほとり》に不知《しら》ぬ星出来《いできたり》たり」と。天皇、此れを聞《きき》給て、怪《あやし》び思ひ給《たまい》けるに、此の張騫が返り来《きたり》て申《もうし》ける言《こと》を聞《きき》給てぞ、「天文の者の「不知《しら》ぬ星出来《いできたり》たり」と申しゝは、張騫が行《ゆき》たりけるが見えける也けり。実《まこと》に尋《たずね》て行たりけるにこそ」と信じ思給《おもいたまい》ける。

然れば、天河は天に有れども、天に不昇《のぼら》ぬ人も[一八]此《かく》なむ見えける。此れを思ふに、彼《か》の張騫も[一九]糸只《いと》者には非《あらざり》けるにやとぞ、世

伝説がある。
五 桴。いかだ。　六 普通の人とは違った様子の者。
七 「の」は「者」の捨仮名。
八 織機。
九 ここでは銀河をいう。
一〇 織り姫と彦星。七夕伝説の二つの星。
一一 皇帝。「みかど」と読むべきか。
一二 髄脳「河のみなかみ、尋ねてきたるなり」。
一三 髄脳「これこそ、河のみなかみよ」。
一四 もう帰りなさい。
一五 ある所に。
一六 髄脳「これなむ、河のみなもと」。
一七 天文の専門家。
一八 このように（星として）見えたのだ。
一九 ただの人間ではない。神仏の化現ではないか。

の人疑《うたがい》けるとなむ語り伝へたるとや。

第五話　出典は俊頼髄脳

漢《かん》の前帝《ぜんてい》の后王照君《きさきおうしょうくん》、胡国《ここく》に行《ゆ》ける語《こと》 第五

今昔《いまはむかし》、震旦《しんだん》の漢《かん》の前帝《ぜんてい》の代に、天皇、大臣・公卿の娘の、形《かた》ち美麗に有様微妙《めでた》きを撰《えら》び召《めし》つゝ見給て、宮の内に皆居《す》へて、其の員《かず》四五百人と有《あり》ければ、後には余り多く成《なり》て、必ず見給ふ事も無くてぞ有《あり》ける。

而《しか》る間、胡国《ここく》の者共、都に参《まいり》たる事有《あり》けり。此れは夷《えびす》の様《よう》なる者共《ども》也けり。此れに依《より》て、天皇より始め大臣・百官、皆、此の事を繚《あつかい》て議するに、思ひ得たる事無し。但し、一人の賢き大臣有て、此の事を思ひ得て申《もうし》ける様《よう》、「此の胡国《ここく》の者共《ども》の来れる、国の為に極《きわめ》て不宜《よから》ぬ事也。然れば、構へて、此等を本国《もとの》へ返し遣《やら》む事は、此の宮の内に徒《いたずら》に多く有る女の、形《かた》ち劣《おとり》ならむを一人、彼の胡国の者に可給《たまうべ》き也。然らば、定めて喜《よろこ》むで返《かえり》な

を基幹とし、他資料で増補か。源泉的な話は西京雑記・二など。同類話は唐物語・25、百詠和歌・琵琶など多数。

一 正しくは「元帝」。前漢の第十一代皇帝。在位は紀元前四九―三三年。

二 皇帝。→三五四頁注一一。

三 「ち」は「形」の捨仮名。美人で容姿端麗。

四 その人数が四、五百人に達していたので。

五 (皇帝が) 々御覧になることもなくなっていた。

六 北方の騎馬民族。匈奴。

七 (日本でいえば)蝦夷のような者どもである。

八 処遇に困って。

九 何とかして。これら匈奴を(北方の)本国に帰したいが、その方法としては。

一〇 容貌が劣っているのを。

む。[一]更に此れに過《すぎ》たる事不有《あら》じ」と。

天皇、此の事を聞給て、「[二]然《さ》も」と思給《おもいたまい》ければ、自ら[三]此等を見て、其の人をと定め可給《たまうべ》けれども、此の女人共《ども》の多かれば、[四]思ひ煩ひ給ふに、思ひ得給ふ様《よう》、「数《あまた》の[五]絵師を召《めし》て、此の女人共《ども》を見せて、[六]其の形を絵に令書《かかし》めて、其れを見て、劣《おとり》ならむを胡国の者に与へむ」と思ひ得給て、絵師共《ども》を召《めし》て、彼《か》の女人共《ども》を見せて、「其の形共《ども》を絵に書て持参《もてまい》れ」と仰せ給《たまい》ければ、絵師共《ども》此れを書《かき》けるに、此の女人共《ども》、夷《えびす》の[七]具と成《なり》て、遥《はるか》に不知《しら》ぬ国[八]□行《ゆき》なむずる事を歎き悲《かなしみ》て、各《おのおの》我も我もと絵師に、或は金《こん》銀《ごん》を与へ、或は余《ほか》の諸《もろもろ》の財《たから》を[九]施《せ》しければ、絵師、其れに[一〇]耽《ふけり》て、[一一]弊《つたな》き形をも吉《よ》く書《かき》成して持参《もてまいり》たりければ、其の中に[一二]王照君《おうしようくん》と云ふ女人有り。形《かた》ち美麗なる事、余《ほか》の女に勝《まさり》たりければ、王照君は、我が形の美《び》なるを憑《たのみ》て、絵師に財《たから》を不与《あたえ》ざりければ、[一三]本の形の如くにも不書《かか》ずして、[一四]糸《い》と賤気《いやしげ》に書《かき》て持《も》て参りければ、

一 決して。
二 もっともだ。
三 この女たち。
四 考えあぐねた末に。
五 絵描き。画家。
六 似顔絵を書かせて。
七 もてあそびもの。
八 底本破損。「へ」か。
九 (賄賂として)与えたので。
一〇 心を奪われて。
一一 きれいでない顔。
一二 王昭君。本名は王婚。昭君は字。紀元前三三年、匈奴の呼韓邪単于が漢に妻を求めたのに応じて与えられた。
一三 あるがままにも描かず。
一四 「と」は「糸」の捨仮名。髄脳「いとあやしげに」。
一五 (それでも)皇帝は気になって。髄脳「その程になりて、召して御覧じけるに」。

「此の人を可給《たまわる》べし」と被定《さだめられ》にけり。

一五天皇、怪《あやし》び思《おもい》給て、召《めし》て此れを見給ふに、王照君、光を放つが如くに実《まこと》に微妙《めでた》し。此れは玉の如く也。余《ほか》の女人は皆一六土の如く也ければ、天皇、驚き給て、此れを夷《えびす》に給はむ事を歎き給《たまい》ける程に、一七日来《ひごろ》を経《へ》けるに、夷は、「王照君をなむ可給《たまわるべ》き」と一八自然《おのずか》ら聞て、宮に参《まいり》て一九其の由を申《もうし》ければ、亦、二〇改め被定《さだめらる》る事無くて、遂に王照君を胡国《ここく》の者に給《たまい》てければ、王照君を馬に乗せて胡国へ将行《いてゆき》にけり。

王照君、泣き悲むと云へども、二一更に甲斐《かい》無かりけり。亦、天皇も王照君を恋ひ悲び給て、思ひの余りに、彼《かの》王照君が居たりける所に行《ゆき》て見給《たまい》ければ、春は柳、風に靡《なび》き、二二鶯《うぐいす》徒ゝ《つれづれ》に鳴き、秋は木の葉、庭に積りて、檐《のき》の二三□隙《ひま》無くて物哀《あわれ》なる事、云はむ方《かた》無かりければ、弥《いよい》よ恋ひ悲び給《たまい》けり。

彼《か》の胡国の人は王照君を給はりて、喜《よろこ》むで、二四琵琶を弾き諸《もろもろ》の

一六 玉に対する土。比較にならない。
一七 何日か経過するうちに。
一八 ふと耳にして。
一九 王昭君をいただきたいと。
二〇 改めて人選することはなくて。
二一 もはやどうにもならなかった。
二二 もの憂げ。
二三 「しのぶ」の漢字表記を期した欠字。髄脳「軒しのぶ、隙なくて」。忍ふ草。軒忍（のきしのぶ）。
二四 文選・王昭君詞「令三琵琶馬上作レ楽、以慰二其道路之思一」。

楽《がく》を調べてぞ将行《いてゆき》ける。王照君、泣き悲び乍《なが》ら、此れを聞てぞ少し嗳《なぐさ》む心地《ここち》しける。既に本国《もとの》に将至《いていたり》にければ、后として傅《かしずき》け[一]る事無限《かぎりな》し。然れども、王照君の心は更に[二]不遊《すさまず》もや有《あり》けむ。

此れ、形を[三]憑《たのみ》て絵師に財《たから》を不与《あたえ》ざるが故也とぞ、其の時の人謗《そしり》けるとなむ語り伝へたるとや。

一 大切にした。
二 決して慰められることはなかったであろう。
三 美貌を自負して。

第六話 出典未詳。源泉は白氏文集・三・上陽人。同類話は唐物語・24など多数。

唐《とう》の玄宗《げんそう》の后上陽人《きさきしようようのひと》、空《むな》しく老《お》いたる語《こと》第六

今昔《いまはむかし》、震旦《しんだん》の唐《とう》の四玄宗《げんそう》の代に、后・女御《にようご》、五員数御《かずあまたおわし》けるに、或は寵愛し給《たまう》も有り。或は六天皇に七見え奉《まみ》る事無けれども、皆、宮の内にぞ候《さぶらい》ける。

而《しか》る間、或る公卿の娘□八に、並《ならび》無く九形《かた》ち美麗に有様微妙《めでた》き有《あり》けるを天皇聞《きき》給て、一〇懃《ねんごろ》に召《めす》。父母《ぶも》否《え》不惜《おしま》ずして、娘の年□一一六にして奉《たてまつり》てけり。一二其の参りの有様一三厳《いつくし》き事無限《かぎりな》し。一四其の国の習《ならい》として、女御に参《まいり》ぬる人は、亦一五罷《まか》り出《いず》る事無かりければ、一六父母別《わかる》る事を歎き悲びけり。

然《さ》て、其の女御は、天皇の御《おわし》ます一七同《おなじ》内にも非《あら》ぬ、離れて別なる所にぞ候《さぶら》ひ給《たまい》ける。其の所の名をば一八上陽宮《しようようぐう》とぞ云ける。其《それ》に、一九何《いか》なる事か有《あり》けむ、其の女御参給《まいりたまい》けるより後、天皇召す事も

四 →三六四頁注一。
五 多数おいでだったが。
六 皇帝。→二五四頁注一一。
七 お目見えもしない者がいたが、それも皆、宮中に住まっていた。
八 底本破損。
九 「ち」は「形」の捨仮名。美貌で容姿端麗な人が。
一〇 是非ともと妃に望んだ。
一一 底本破損。「十」か。
一二 入内の様子。
一三 壮麗極まりなかった。
一四 その国(唐)の慣習として。
一五 退出。
一六 父母は娘と別れを嘆き悲しんだ。
一七 同じ宮殿の内ではなく。
一八 唐の高宗が隋の洛陽宮城の西南隅に造った宮殿。
一九 どうしたことか。楊貴妃に妬まれたためという。

無く、[一]御使だに不通《かよわ》ざりければ、只[二]つく〴〵と宮の内に[三]長《なが》め居給へりけるに、[四]暫《しばし》は今や今やと思ひ給《たまい》けるに、年月只過《すぎ》に過《すぎ》て、[五]微妙《めでた》かりし形も漸く衰へ、美麗也《なり》し有様も悉《ことごと》く替《かわり》にけり。家の人は、参り給ひし当初《そのか》[六]みは、「我が君、[七]内に参り給《たまい》なば、我等は必ず[八]恩を可蒙《こうぶるべ》き者也《ならん》」と思《おもい》けるに、[九]本意無く思《おもい》ける事無限《かぎりな》し。

此《か》く、天皇の、[一〇]召《めし》し人は何《いか》がとだに思《おぼ》し不出《いで》ぬ事は、他の女御達の、此の女御の形の美麗並び無ければ、[一一]可劣《おとるべ》きに依《より》て、謀《はかりこと》を成して押籠《おしこめ》たりけるにや、亦、国広くして[一二]政《まつりごと》滋《しげ》ければ、天皇も思《おぼ》し忘《わすれ》にけるを、[一三]驚《おどろ》かし奏する人の無かりけるにや、世の人極《いみじ》く怪《あやし》び思《おもい》けり。

此《かく》て、天皇に[一四]面《おもて》をも不向《むかわ》ずして歎き給《たまい》けるに、[一五]幽《はるか》なる宮の内にして数《あまた》の年を積りて、年月に副《そえ》て十五夜の月を見る毎《ごと》に計《かぞ》ふれば、我が年は[一六]若干《そこばく》に成《なり》にけり。[一七]春の日遅《おそく》して不暮《くれ》ず、秋の夜

一 使者さえ来なかったので。
二 なすこともなく。
三 物思いにふけって。
四 しばらくは、皇帝の来訪を今か今かと期待していらっしゃったが。
五 美しかった容貌も次第に衰え。
六 「み」は捨仮名。最初のうちは。
七 宮中。
八 恩賞を賜るだろうと。
九 あてはずれ。失望。
一〇 妃に召した人がどうしているかとさえ。
一一 見劣りするのを恐れて。
一二 政務も多いので。
一三 注意してさしあげる人。
一四 対面することもなく。
一五 寂寞とした宮殿の中で。
一六 若干は多数の意。自分も相当の歳になってしまった。

長くして難晩《くれがた》し。而《しか》る間、一八紅《くれない》の顔《かおばせ》有《あり》し匂《におい》に非《あら》ず、柳の髪は黒き筋も無し。然れば、一九疎《うと》き人には不見《み》えじと恥ぢ給《たまい》けり。然《さ》て、十六歳にて参り給ひしに、既に六十に成り給《たまい》にけり。

其の時に、天皇、「然る事有《あり》しぞかし」と思《おぼ》し出《いで》て、悔《く》ひ給ふ事無限《かぎりな》かりけり。然《しかれ》ば、「二〇何《いか》でか不見《み》では止まむ」とて召《めし》けれども、恥《はじ》て参り不給《たま》はずして止《やみ》にけり。此れを二一上陽《しようようの》人と云ふ。

二二物の心知《しり》たらむ人は、此れを見て、二三心も付かじとて此《かく》なむ語り伝へたるとや。

一七 白氏文集「秋夜長、夜長無レ寐天不レ明。…(略)…春日遅、日遅独坐天難レ暮」。
一八 紅だった顔は色艶が消え失せ、柳のように長くしなやかだった髪は、黒い筋もない。
一九 親しくない人には姿を見せたくない。
二〇 何としても逢わずにはいられない。
二一 上陽宮の侍人の意。白氏文集・秦楽府の上陽白髪人の詩から、かく呼ぶ。
二二 道理を心得た人。
二三 やり切れない思いがするだろう。

唐《とう》の玄宗《げんそう》の后楊貴妃《きさきようきひ》、皇《きみ》の寵《ちよう》に依《よ》りて殺《ころ》されたる語《こと》 第七

今昔《いまはむかし》、震旦《しんだん》の唐《とう》の代に[一]玄宗《げんそう》と申す帝王御《おわし》けり。性《ひととなり》、本より色を好み、女を愛し給ふ心有《あり》けり。

而《しか》るに、寵《ちよう》し思《おぼ》しける后・女御有《にようごあり》けり。后をば□[二]后宮と云ひ、女御をば[三]武淑妃《ぶしゆくひ》とぞ云《いい》ける。[四]天皇、此の人ゝを朝暮に愛し傅《かしず》き給《たまい》ける程に、其の二人の后・女御、打次《うちつづ》きて失《うせ》にければ、天皇、無限《かぎりな》く思ひ歎き給《たまい》けれども、甲斐《かい》無くて、只、彼《か》の人ゝに似たらむ女人を見ばやと、強《あながち》に願ひ求め給《たまい》けるに、人を以て求め給はむに、心もと無くや思《おぼ》しけむ、天皇自ら宮を出《いで》て遊び行《あるき》て、所ゝを見給《たまい》けるに、[五]弘農《ぐのう》と云ふ所に至り給《たまい》けり。其所《その》に一の楊《やなぎ》の奄《いおり》有り。其の奄に一人の翁居《い》たり、[六]楊玄琰《ようげんえん》と云ふ。人を以て其の奄《いおり》に入れて令見《みしめ》給ふに、楊玄琰が一人の娘有り。

第七話　出典は俊頼髄脳か。源泉は白氏文集・十二・長恨歌及び長恨歌伝。唐物語・18、注好選・上・101など同類話は諸書に喧伝。

一 唐の第六代皇帝。在位七一二―七五六年。

二 人名明記を期した欠字。髄脳「源憲皇后」。唐物語「元献皇后」。楊知慶の娘。七二九年没。

三 恒安王武攸子の娘。武恵妃。淑妃(女官の位、四夫人の一)となって、武淑妃とも呼ばれた。七三七年没。

四 皇帝。→三五四頁注一一。

五 陝西省華県。

六 蜀州(四川省)の司戸参軍。但し、楊貴妃は幼時に孤となり、叔父の楊玄璬に養われた。

七 「ち」は「形」の捨仮名。

形《かた》ち[七]端正《たんじよう》にして有様の微妙《めでた》き事、世に並び無し。光を放つが如き也。使、此れを見て、天皇に此の由を奏《そうせ》るに、天皇喜《よろこ》むで、「速《すみやか》に将参《いて》れ」と仰せ給へば、使、彼《か》の女を将参《いてまいり》たるに、天皇此れを見給ふに、初《はじめ》の后・女御には増《まさり》て、美麗なる事[八]倍《ばいばい》〻せり。

然れば、天皇、喜び乍《なが》ら輿《みこし》に乗せて、宮に[九]将《い》返《て》り給ひぬ。三[一〇]千人の中に只此の人なむ勝《すぐ》れたりける。名をば[一一]楊貴妃《ようきひ》と云ふ。然れば、他《ほか》の事無く、夜《よ》る[一二]昼《ひ》る翫《もてあそ》び給《たまい》ける程に、世の中の[一三]政《まつりごと》も不知給《しりたまわ》で、只、春は花を共に興《きよう》じ、夏は泉に並《ならび》て冷《すず》み、秋は月を相見て長《なが》め、冬は雪を二人見給《たまい》けり。此様《かくよう》にて天皇聊《いささか》の御暇《いとま》も無くて、此の女御の御兄《あ》[一四]に[一五]楊国忠《ようこくちゆう》と云《いい》ける人になむ、世の政《まつりごと》をば任せ給《たまい》たりける。此れに依《より》て、世の極《いみじ》き歎《なげき》にてなむ有《あり》ける。然れば、世の人の云《いい》合へりける様《よう》は、「[一六]世に有らむ人は男子をば不儲《もうけ》ずして、女子を可儲《もうくべ》き也《なり》けり」とぞ[一七]繚《あつかい》ける。

八　何倍も美しかった。
九　連れてお帰りになった。
一〇　後宮の多くの后妃たち。長恨歌「三千寵愛在一身」。
一一　楊玄琰の娘。幼名は玉環。貴妃（女官の位、四夫人の一）となり、楊貴妃と呼ばれた。
一二　「る」は「夜」の捨仮名。次の「昼る」も同様。
一三　政務を投げ出して顧みられず。
一四　「に」は「兄」の捨仮名。
一五　兄とする伝承が多いが、実際には又従兄弟。楊玄琰の従兄弟の楊珣の子。
一六　いまの世の人は、男子を生まないで、女子を生むに限る。
一七　取り沙汰した。

此《か》く世の騒《さわぎ》にて有《あり》けるを、其の時の大臣[一]にて、安禄山《あんろくざん》[二]と云ふ人有《あり》けり。心[三]賢く思量有《おもばかりあり》ける人にて、此[四]の女御の寵《ちょう》に依《より》て、世の中の失《うせ》ぬる事を歎《なげき》て、「何《いか》で此の女御を失なひて[五]世を直《ただ》さむ」と思ふ心有《あり》て、安禄山、蜜《ひそか》[六]に軍《いくさ》を調《ととの》へて王宮《おうぐう》に押《おし》入る時に、天皇恐《おじ》怖れ給て、楊貴妃を相具《あいぐ》して王宮《おうぐう》を逃《にげ》給ふに、楊国忠も共に逃《のがる》る間、天皇の御共に有る陳玄礼《ちんげんれい》[七]と云ふ人有《あり》て、楊国忠を殺しつ。

其の後《のち》、陳玄礼、鉾《ほこ》を腰に差《さし》て、御輿《みこし》の前に跪《ひざまつき》て、天皇を礼《らい》して申して申さく、「君[八]、楊貴妃を哀び給ふに依《より》て、世の政《まつりごと》を不知給《しりたま》はず。此れに依《より》て、世既に乱れぬ。国の歎《な》げき、何事か此れに過《すぎ》む。願《ねがわ》くは、其[九]の楊貴妃を給はりて、天下《てんが》の瞋《いかり》を可誘《なごむべ》□[一〇]」と。天皇悲[一一]びの心深くして愛に不堪《たえ》ざれば、給ふ事無し。

而《しか》る間、楊貴妃逃《のがれ》て堂の内に入《いり》て、仏[一二]の光に立副《たちそい》て隠ると云《いえ》

一 史実は大臣ではない。
二 父はソグド人。母は突厥人。平盧・范陽・河東の三節度使を兼任。七五五年叛乱を起こして長安を占領したが、七五七年子の安慶緒に殺された。
三 話末の結語を含めて、禄山を単なる悪人としては捉えていないことに注意。
四 楊貴妃の寵愛によって、世が乱れることを嘆いて。
五 殺して。 六 密に同じ。
七 宮中の宿衛の官にあって玄宗にしばしば諫奏。楊国忠を馬嵬で斬り、楊貴妃の死を進言。後には蔡国公に封ぜられた。
八 わが君は楊貴妃を寵愛のあまり、国政をないがしろにされました。
九 楊貴妃のお命を頂戴して。

ども、陳玄礼、此れを見付《つけ》て捕《とらえ》て、[一三]練絹《ねりきぬ》を以て楊貴妃の頸《くび》を結《むすび》て殺しつ。天皇、此れを見給ふに、肝《きも》砕け心迷《むねまどい》て、涙を流す事、雨の如し。見給ふに難堪《たえがた》かりけむ。然れども、[一四]道理の至れるに依《より》て、嗔《いかり》の心は無し。

然《さ》て、安禄山は、天皇を追出《おいいだ》して、王宮《おうぐう》に在《あり》て世を政《まつりご》つ間、即ち[一五]死《し》にけり。然れば、玄宗、[一六]御子に位を譲《ゆずり》て、[一七]我れは[一八]大政天皇にて御《おわし》けるに、尚《なお》、此の事を思ひ不忘《わすれ》ず歎き悲び給て、[一九]春は花の散《ちる》をも不知[二〇]しらず、秋は木の葉の落《おつる》をも不見《み》ず。木の葉は庭に積《つもり》たれども、掃ふ人も無し。[二一]日に随《したがい》ては歎《なげき》のみ増《まさ》り給ける程に、[二二]方士《ほうじ》と云《いう》は[二三]蓬萊《ほうらい》に行く人を云ふ也。其の人参《まいり》て、玄宗に申《もうし》ける様《よう》、「我れ、天皇の御使として彼の楊貴妃の[二四]御《おわ》し所を尋ねむ」と。天皇、此れを聞て、大きに喜《よろこ》むで宣《のたま》はく、「然らば、彼《か》の楊貴妃が有り所を尋《たずね》て、我に聞《きか》せよ」と。方士、此の仰を奉《うけたま》はりて、上は[二五]虚空《こくう》を極めて、下は[二六]底根《そこつね》の国まで求《もとめ》けれども、

一〇 底本破損。「し」か。やわらげたいと存じます。
一一 愛する心が深く手放すに忍びなかったので。
一二 仏像の光背。
一三 練った柔らかい絹布。
一四 (陳玄礼の意見は)いかにも道理であるから、怒る気にはならなかった。
一五 →注二。
一六 粛宗をさす。髄脳「東宮」。
一七 自分は。
一八 太上天皇。上皇。
一九 以下、直接には俊頼髄脳に拠るが、長恨歌「春風桃李花開夜、秋雨梧桐葉落時」を踏まえた表現。
二〇 「しらず」は「不知」の全訓捨仮名。
二一 日増しに。
二二 道士。→三四〇頁注五。
二三 巻十・1話の故事をふまえた説明。→三四〇頁注七。
二四 いらっしゃる所。御在

遂に不尋《たずね》得ず成《なり》にけり。

而《しか》る間、或る人の云《いわ》く、「東《ひんがし》の海に蓬莱《ほうらい》と云ふ島有り。其の島の上に大《おおき》なる宮殿《くうでん》有り。其《そこ》になむ玉妃《ぎょくひ》[一]の大真院《たいしんいん》[二]と云ふ所有る。其《そこ》にぞ彼《か》の楊貴妃御《おわす》なる」。方士、此れを聞《きき》て、彼《か》の蓬莱に尋ね至《いたり》にけり。其の時に、山[三]の葉に日漸く[四]入《いり》て、海の面暗《おもくら》[五]がり持行《もて》く。花の扉《とぼそ》も皆閉《とじ》て、人の音《こえ》も不為《せ》ざりければ、方士、其の戸を叩《たたき》けるに、青き衣着たる乙女《おとめ》の[六]鬘上《みずらあげ》たる、出来《いできたり》て云く、「汝は何《いか》なる所より来れる人ぞ」と。方士答《こたえ》て云く、「我れは唐の天皇の御使也。楊貴妃に可申《もうすべ》き事有るに依《より》て、此《か》く遥《はるか》に尋ね来れる也」と。乙女の云く、「玉妃、只今寝給《ねたまい》たり。暫く[七]可待《まつべ》し」と。然れば、方士、手を□[八]て居《い》たり。

而る間、夜曉《あけ》ぬれば、玉妃、方士の来れる由を聞《きく》に、方士を召寄《めし》せて宣《のたま》はく、「天皇は平[九]かに御《おわし》ますや否や。亦、[一〇]天宝十四年より以来《このかた》今日に至《いたる》まで、国に何《いか》なる事か有る」と。方士、其

所。髄脳「おはし所」。
三五 大空を調べ尽くし。
三六 地底の国まで探求したけれども。

一 後文で楊貴妃の仙女としての名であると知れる。
二 長恨歌「太真院」。
三 山の端。
四 次第に沈んで。
五 だんだん暗くなっていく。
六 角髪。髪を左右に分けて垂らし、耳のあたりで丸く巻いて束ねる。
七 しばらくお待ち下さい。
八 「たむけ」の漢字表記を期した欠字。髄脳「たむけてゐたり」。手を合わせて坐っていた。
九 無事。
一〇 七五五年。安禄山が叛乱を起こした年。楊貴妃の死はその翌年。

の間の事を語り申す。[一一]然《さ》て、方士に給《たまわり》て、「此れを持《も》て天皇に可奉《たてまつるべ》し。「昔の事は此れを見て思《おぼ》し出《いで》よ」と申《もうせ》」と。方士申さく、「玉の簪《かんざし》は[一二]世に有る物也。此れを奉《たてまつり》たらむに、我が君、[一三]実《まこと》と思《おぼ》し不食《めさ》じ。只昔、天皇と君と、忍《しのび》て語《かたら》ひ給けむ事の、[一四]人に不被知《しられ》ぬ有けむ、其れを申し給へ。其れをば実《まこと》と思《おぼ》し食《め》さむ」と。

其の時に、玉妃、暫く思ひ廻《めぐら》して宣《のたま》はく、「我れ[一五]昔《むか》し、七月七日に[一六]織女《たなはたつめ》共に相見し夕《ゆうべ》に、帝王、我れに立副《たちそい》て宣《のたま》ひし事は、「[一七]織女・牽星《ひこぼし》の契り、哀れ也。我れも亦、[一八]此《かく》なむ有らむと思ふ。若《も》し[一九]天に有らば、願《ねがわ》くは翼《つばさ》を並《ならべ》たる鳥と成らむ。若し地《じ》に有《あら》ば、願《ねがわ》くは枝を並《ならべ》たる木と成らむ。天も長く地も久くして[二〇]終る事有らば、此の恨《うらみ》は綿ゝとして絶ゆる事無からむ」と申せ」と。方《ほう》士《じ》、此の言《こと》を聞て返《かえり》て、此の由を天皇に奏《そうす》れば、天皇弥《いよい》よ悲び給て、遂に此の思ひに不堪《たえず》して、幾《いくばく》の程を不経《へ》ずして[二一]失給《うせたまい》にけ

一一　髄脳「帰りなむとしければ」。
一二　世間によくあるもの。
一三　本当にお妃様のお品とは思われないでしょう。
一四　他人に知られていないことがありましょう。
一五　「し」は「昔」の捨仮名。
一六　織女星を帝とご一緒に見た夕べに。
一七　織女星と彦星との深い契りは、心打たれる。
一八　(私たちの愛情も)そうありたいと思う。
一九　もし天に生まれたら。
二〇　もし終わる時があったなら。但し、長恨歌「天長地久有レ時尽、此恨綿々無二絶期一」は、終りがあるが、の意。長恨歌「在レ天願作二比翼鳥一、在レ地願為二連理枝一」。
二一　亡くなられた。

り。

彼《か》の楊貴妃の被殺《ころされ》ける所に、思ひの余りに、天皇行給《ゆきたまい》て見給《たまい》ける時に、野部《のべ》[一]にあさぢ[二]、風[三]に並寄《なみより》て哀《あわれ》也けり。彼《か》の天皇の御心何許《いかばかり》也けむ。然れば、哀なる事の様《ためし》[四]には此れを云ふなるべし。

但し、安禄山の殺すも、世を直《ただ》さむが為なれば、天皇も否《え》不惜給《おしみたまわ》ざりける也。昔の人は、天皇も大臣[五]も道理を知《しり》て此《かく》ぞ有《あり》けるとなむ語り伝へたるとや。

一 野辺。
二 浅茅。丈の低い茅。
三 髄脳「風に波よりて」。
四 例として。
五 陳玄礼をさす。

孔子《くじ》逍遥《しようよう》せしに、栄啓期《ようけいご》に値《あ》ひて聞《き》ける語《こと》　第十

今昔《いまはむかし》、震旦《しんだん》に孔子《くじ》[六]、[七]□云ふ所に、林の中の岳《おか》[八]の有る所に行《ゆき》て逍遥《しようよう》[九]し給《たまい》けり。孔子は、琴《きん》を弾き給ふ。弟子《でし》[一〇]十余人許《ばかり》を引将《ひきい》て、廻《めぐり》[一一]に令居《いし》めて文《ふみ》を令読《よまし》む。

其の時に、海より[一二]小船《ちいさきふね》に乗《のり》たる翁の帽子《ぼうし》[一三]を着《き》たる、漕ぎ来《きたり》て、船を葦に繋《つなぎ》て陸《くむが》に登《のぼり》て、杖を突《つき》て来《きたり》て、孔子の弾き給ふ琴の調べの畢《おわ》るを聞く。孔子の弟子等、此の翁を見て怪《あや》しび思ふ間に、翁、弟子一人を招く。然れども、弟子等、目不見係《めにみかけ》[一四]ずして不行《ゆか》ず。翁、強《あながち》に招く時に、一人の弟子寄りぬ。翁、弟子に問《とい》て云《いわ》く、「此の琴弾き給ふ人は誰《た》そ。若《も》[一五]し、国の王か」と。弟子の云く、「国の王にも非《あら》ず」と。翁の云く、「然らば、国の大臣か」と。弟子の云く、「大臣にも非ず」と。翁の云く、「然

第十話　出典未詳。源泉は荘子・雑篇・漁父篇。宇治拾遺物語・90に同文的同話がある。

六 春秋時代、魯国の人。姓は孔。名は丘。字は仲尼。儒教の開祖。諸国を巡歴して治国の道を説いた。

七 地名明記を期した欠字。宇治拾遺は地名を明記しない。

八 宇治拾遺「岡だちたるやうなる所にて」。

九 散策。

一〇 宇治拾遺は人数を記さない。

一一 周囲。

一二 宇治拾遺には「海より」の句はない。

一三 かぶりもの。

一四 無視して。知らぬふりをして。

一五 もしや国王か。

らば、国の司《つかさ》か」と。弟子の云く、「国の司にも非ず」と。翁の云く、「[一]然らば何人ぞ」と。弟子の云く、「只、国の賢き人として[二]公《おおやけ》の庁《まつりごと》を直《ただ》し、悪《あし》き事を止《とど》め、善《よ》き事[三]□人也」と。翁、此を聞て[四]疵咲《あざわらい》て云く、「[五]此れ、極《きわめ》たる嗚呼《おこ》人也」と云て、去《さり》ぬ。

弟子、翁の言《こと》を聞て、帰《かえり》て孔子に此の事を語る。孔子、此れを聞て云く、「其れは、極《きわめ》たる賢き人にこそ有《ある》なれ。[六]速《すみやか》に可呼還《よびかえすべ》し」と。弟子、走り行《ゆき》て、翁の今、船に乗《のり》て既に漕ぎ出《い》づるを呼び還す。翁、被呼《よばれ》て、還《かえり》て孔子に会《あい》ぬ。

孔子、翁に云く、「[七]君、何人ぞ」と。翁の云く、「我れ、[八]何人にも無し。只、船に乗て[九]心を行《ゆか》さむが為に、罷《まか》り行《ある》く翁也。亦、君は何事を役《やく》[一〇]とし給ふ人ぞ」と。孔子の云く、「[一一]己《おの》れは世の庁《まつりごと》を直《ただ》し、悪《あし》き事を止《とど》め、善き事を行はむが為に罷り行《ある》く者也」と。翁の云く、「其れ、極《きわめ》て[一二]墓無《はかな》き事也。世に[一三]蔭を厭《いと》ふ人

一　では一体何者だ。
二　国政を正し、悪事を止めさせ。
三　底本破損。宇治拾遺「悪しき事をなをし給かしこき人なり」。
四　からからと笑って。
五　これは大馬鹿者だ。
六　急いで呼び戻せ。
七　あなたはどなたですか。
八　どなたというほどの者ではない。
九　気晴らしをするために。
一〇　仕事にしておいでの方か。
一一　「のれ」は「己」の捨仮名。
一二　つまらないことです。
一三　影をいやがる。
一四　日の当たるところに出て、影から離れようと走ってみたところで。
一五　影から離れることはできません。

有り。[一四]晴に出《い》で〻蔭を離れむと走る時には、[一五]蔭を離る〻事無し。[一六]蔭に寄《より》て心静《しずか》に居《い》なば蔭は可離《はなるべ》きに、[一七]然《しか》は不為《せ》ずして、晴に出で〻離〻《はなれんはな》れむと為《す》る時には、身の力こそ尽《つく》れども、蔭離る〻事無し。亦、犬の死骸《しにかばね》、水に流れて下る。此れを[一八]要して走る者有り。[一九]即ち、水に溺《おぼほ》れて死《しに》ぬ。然れば、此等の[二〇]譬《たとい》の如く、此れ、[二一]極《きわめ》て益《やく》無き事也。只、[二二]可然《しかるべ》き所に居所を示《しめ》て、静に一生を被送《おく》られむ、此れ、[二三]此の生《しよう》の望《のぞみ》也。而《しか》るに、其の事を不思《おもわ》ずして、[二四]心を世〻に染めて被騒《さわが》る〻事、極《きわめ》て墓無き事也。[二五]我が身には三の楽《たのしび》有り。人と生《うまれ》たる、此れ一の楽也。人に男女有り。而《しか》るに、男と生れたる、此れ二の楽也。我れ、今、年九十五に成る、此れ三の楽也」と云て、孔子の答を不聞《きか》ずして、還り行《ゆき》て、船に乗《のり》て漕ぎ出《い》で〻去《さり》ぬ。

孔子、其の漕ぎ行く翁の後《しりえ》を見て、二度《ふたた》び[二六]礼《らい》し給ふ。船に乗て行く棹《さお》の音不聞《きこえ》ず成るまで礼《おが》み入《いり》て居《い》給へり。棹《さお》の音不聞《きこえ》ず

一六 日陰でのんびりしていれば、影は離れるのに。
一七 そうはしないで。
一八 取ろうとして走る者がある。
一九 (そういう者はえてして)溺死する。
二〇 たとえ話。
二一 つまらぬこと。
二二 適当な場所に住まいを定めて。
二三 宇治拾遺「今生の望」。
二四 世事に気を取られて。
二五 (ところで)私には三つの悦楽がある。以下の三楽説は宇治拾遺、荘子には見えない。孔子家語にある有名な言葉。列子・天端篇には「年九十」として同話がある。
二六 「び」は「度」の捨仮名。

成《なり》ぬる後《のち》にぞ、車に乗て還り給ひける。此の翁の名をば栄啓期《ようけいご》[一]となむ云ひけると人の語り伝へたるとや。

一 伝未詳。

第十一話 出典未詳。源泉は荘子・雑篇・外物篇。宇治拾遺物語・196に同文的同話がある。

二 戦国時代、宋の人。老子に続く代表的な道家。自由に生き自然に帰ることを主張。

荘子《そうじ》、□粟《あわ》を請《こ》ふ語《こと》 第十一

今昔《いまはむかし》、震旦《しんだん》の周《しゆう》の代に[二]荘子《そうじ》と云ふ人有けり。心賢くして悟り広し。家極《きわめ》て貧くして貯ふる物無し。

而《しか》る間、[三]今日可食《じきすべ》き物絶《たえ》ぬ。[四]心に思ひ煩ふ間に、其の隣に[五]□と云ふ人有り。其の人に、今日可食《じきすべ》き[六]黄の粟を請ふに、[七]□云《いわ》く、「[八]今五日を経て、我が家に千両の金《こがね》を得むとす。[九]其の時に在《まし》ませ。其の金を進《たてまつ》らむ。何《いか》でか、[一〇]然《し》か止事無《やんごとな》く賢く在《まし》ます人に、今日食ふ許《ばかり》の粟をば進《たてまつ》らむ。[一一]還《かえり》て我が為に可恥辱《はじみるべ》し」と。

荘子の云く、「我れ[一二]一日、道を行きし間に、[一三]忽《たちまち》に後《しりえ》に呼ぶ音《こえ》有り。[一四]見還《かえり》て見るに、呼ぶ人無し。[一五]怪しと思《おもい》て吉《よ》く見れば、車の輪の跡の窪みたる所に大きなる鮒《ふな》一有り。見れば、[一六]生きて動《はたら》

三　その日の食物もなくなった。
四　思いわずらった末に。
五　漢字表記を期した欠字。宇治拾遺「かんあとうといふ人」。荘子「監河侯」。
六　高粱。おおあわ。粟の一種。
七　→注五。
八　もう五日経ったら。
九　その時においでなさい。
一〇　あなたほどの貴い賢人に今日食べるだけの粟をさしあげるなんて、とても出来ません。
一一　(そんなことをしたら)かえって私の恥になります。
一二　先日。
一三　突然後で呼ぶ声がする。
一四　振り返って見ると。
一五　変だと思って。
一六　生きてばたばたしている。

き迷《まど》ふ。「何《なに》ぞの鮒《ふな》にか有《あ》らむ」と思《おもい》て、寄《より》て吉く見《みれ》ば、水少《すこし》許《ばか》り有る所に鮒《ふな》生きて動《はた》らく。我れ、其の鮒に問《とい》て云く、「一何ぞの鮒の此《ここ》には有るぞ」と。鮒答《こたえ》て云く、「我れは此れ、二河伯神《かわのかみ》の使として三高麗《こうらい》に行く也。四我れは、東《ひんがし》の海の波の神也。而《しか》るに、五不意に飛び誤《あやまり》て、此の窪みに落てかくて有る也。水少くして喉《のむど》乾《かわき》て、我れ既に死なむとす。『我れを助けよ』と思て、君を呼《よび》つる也」と。

我れ云く、「六今三日を経て、七□と云ふ所に遊ばむが為に、我れ行《ゆか》むとす。其の所に汝を八将行《いてゆき》て放たむ」と云へば、鮒の云く、「我れ、九更に三日を不可待《まつべから》ず。一〇只、今日一滴《ひとしただり》の水を令得《えしめ》て、先づ喉《のむど》を潤《うる》へよ」と云《いい》しかば、鮒の云ふに随《したがい》て一滴《ひとしただり》の水を与へてなむ助けてし。然れば、一一彼の鮒の云しが如く、我が今日の命、物不食《くらわ》ずしては更に不可生《いくべから》ず。一二後《のち》の千金、益不有《やくあら》じ」と云ひけり。

一 どうして鮒がこんなところにいるのだ。
二 河の神。
三 朝鮮半島。但し、宇治拾遺「江湖(がうこ)」。これを「かうらい」と誤ったか。
四 この一文は宇治拾遺にはない。荘子「我東海之波臣也」。但しこれは、東海君に仕える小臣、の意。
五 思いがけず飛びそこなって。
六 もう三日して。
七 地名明記を期した欠字。宇治拾遺「江湖もといふ所」。
八 連れて行って放してやろう。
九 三日も待つなんて到底できない。
一〇 とにかく今日一滴の水を与えて、喉を潤わせてくれ。
一一 あの鮒が言った通り、

[一三]其の後より、「後の千金」と云ふ事は如《か》此く[一四]云ふ也となむ語り伝へたるとや。

私の今日の命は、ものを食べないでは到底つなげない。
一二 後で千金をもらったところで、何にもならない。
一三 この故事から。
一四 こういう意味の成語として用いられるようになった。援助も時宜を得なければ意味がない、という意味の成語。

荘子《そうじ》、畜類《ちくるい》の所行《しょぎょう》を見《み》て走《はし》り逃《に》げたる語《こと》 第十三

今昔《いまはむかし》、震旦《しんだん》に[一]荘子《そうじ》と云ふ人有けり。心賢くして悟り広し。此の人、[二]道を行く間、沢の中に一の鷺《さぎ》有て、[三]者を伺《うかがい》て立てり。荘子、此れを見て窃《ひそか》に鷺を打《うた》むと思《おもい》て、杖を取《とり》て近く寄るに、鷺不逃《にげ》ず。荘子、此れを怪《あやし》むで、弥《いよい》よ近く寄《より》て見れば、鷺、一の蝦《えび》を食《くらわ》むとして立てる也《なり》けり。然れば、人の打《うた》むと為《す》るを[四]不知《しら》ざる也と知ぬ。亦、其の鷺の食《くらわ》むと為《す》る蝦を見れば、不逃《にげ》ずして有り。此れ亦、一の小《ちいさき》虫を食《くらわ》むとして、鷺の伺ふを不知《しら》ず。

其の時に、荘子、杖を棄《すて》ゝ[五]逃《のがれ》て、心の内に思はく、「鷺・蝦、皆、[六]我れを害せむと為《す》る事を不知《しら》ずして、各《おのおの》他《ほか》を害せむ事をのみ思ふ。我れ亦、鷺を打むと為《す》るに、[七]我れに増《ま》さる者有《あり》

第十三話　出典未詳。源泉は、前半は荘子・外篇・山水篇、後半は同・秋水篇。

一 →三七五頁注二。

二 道を歩いていると。

三 何かを狙って立っている。

四 気付かないのだとわかった。

五 その場から逃げ出して。

六 自分を殺そうとしている者があることに気付かず、各々他の者を殺すことばかり考えている。

七 自分以上の何者かが自分を殺そうと狙っているのを知らずにいるのだろう。

八 →三四八頁注一三。

九 以下、荘子・秋水篇では、荘子と友人恵子の会話であり、内容・論理ともに本話とは大きく異なる。

一〇 きっとうれしいことが

て、我れを害せむと為《す》るを不知《しら》じ。然れば[八]不如《しか》じ、我れ逃《にげ》なむ」と思て、走り去《さり》ぬ。此れ、賢き事也。人如此《かくのごと》き可思《おもうべ》し。

亦、荘子、[九]妻《め》と共に水の上を見るに、水の上に大きなる一の魚浮《うかび》て遊ぶ。妻、此れを見て云《いわ》く、「此の魚、[一〇]定めて心に喜ぶ事可有《あるべ》し。[一一]極《きわめ》て遊ぶ」と。荘子、此れを聞て云く、「[一二]汝は何《いか》で魚の心をば知れるぞ」と。妻答《こたえ》て云く、「[一三]汝は何《いか》で我が魚の心を知り不知《しら》ずをば知れるぞ」と。其の時に、荘子の云く、「魚に非《あら》ざれば、魚の心を不知《しら》ず。我れに非ざれば、我が心を不知ず」と。此れ、賢き事也。実《まこと》に[一四]親しと云へども、人、他《ほか》の心を知る事無し。

然れば、荘子は、妻《め》も心賢く悟り深かりけりとなむ語り伝へたるとや。

あるのでしょう。
一一　のびのびと泳いでいる。
一二　そなたは(魚ではないのに)どうして。
一三　あなたは(私ではないのに)どうして(私が)魚の心がわかるかわからないかが、わかるのですか。
一四　親しい人であっても、他人の心はわからないものだ。

孔子《くじ》、盗跖《とうしやく》に教《おし》へむが為《ため》に其《そ》の家《いえ》に行《ゆ》き、怖《お》ぢて返《かえ》れる語《こと》 第十五

今昔《いまはむかし》、震旦《しんだん》の□[一]代に[二]柳下恵《りゆうかけい》と云ふ人有けり。世の賢き人として人に重く被用《もちいら》れたり。

其の弟に[三]盗跖《とうしやく》と云ふ人有り。一の山の懐《ふところ》を棲《すみか》として、諸《もろもろ》の悪《あし》[四]く武き人を多く招き集めて、我が[五]具足《ぐそく》として、他人の物をば善悪を不撰《えらば》ず我が物とす。遊《ある》び行く時には、此の悪《あし》く猛き者共《ども》を引き具せる事、既に[六]二三千也。[七]道を亡《ほろぼ》し人を煩《わずらわ》し、諸《もろもろ》の不吉《よから》ぬ事の限りを好《このみ》て[八]業《なりわい》とす。

而《しか》る間、兄の柳下恵、[九]道を行く間に、[一〇]孔子《くじ》会ひ給《たまい》ぬ。孔子、柳下恵に語《かたり》て云《いわ》く、「汝《なん》ぢ、何《いず》れの所へ行くぞ。自《みずか》ら[一一]面《まのあた》り申さむと思ふ事の有《あり》つるに、幸に会ひ給へり」と。柳下恵、「[一二]何事を宣《のたま》はむと為《す》るぞ」と。孔子の云く、「面《まのあた》り申さむと思ふ事は、

第十五話 出典未詳。源泉は荘子・雑篇・盗跖篇。宇治拾遺物語・197に同文的同話がある。
一 王朝名明記を期した欠字。宇治拾遺「もろこしに」。
二 春秋時代。魯国の人。本名は展禽。柳下は号。恵は諡。魯の大夫・士師(裁判官)。高徳で知られた。
三 伝説的な大盗賊。柳下恵の弟とも、黄帝の頃の人ともいわれる。
四 乱暴な悪人ども。
五 部下。
六 優に二、三千人に及んだ。
七 宇治拾遺「道にあふ人をほろぼし、恥を見せ」。
八 仕事のようにしていた。
九 道で。
一〇 →三七一頁注六。
一一 お会いして直接お話ししたいことがあったので、

君が御弟の盗跖、諸《もろもろ》の悪《あし》き事の限りを好《この》むで、諸《もろもろ》の猛く悪き輩《ともがら》を招き集《あつめ》て伴《とも》として、多《おおく》の人を令歎《なげかし》め世を亡《ほろぼ》す。[一三]何《なん》ぞ君、兄として不教給《おしえたまわ》ざるぞ」と。柳下恵答へて云く、「盗跖、弟也と云へども、[一四]我が教へに可随《したがうべ》き者に非《あら》ず。然れば、[一五]年来《としごろ》歎き乍《なが》ら不教《おしえ》ざる也」と。孔子の云く、「君不教《おしえず》は、我れ、彼《か》の盗跖が所に行て教へむと思ふ、[一六]何《いか》に」と。柳下恵答《こたえ》て云く、「君、更に盗跖が所に行て不可教給《おしえたまうべから》ず。君[一七]妙《たえ》なる御言《みこと》を尽《つく》して教へ給ふと云へども、更に可靡《なびくべき》者に非ず。[一八]還《かえり》て悪き事出来《いできたり》なむとす。[一九]努〻《ゆめゆめ》其の事不可有《あるべから》ず」と。孔子の云く、「悪《あ》しと云ふとも、盗跖、人の身を受けたる者なれば、自然《おのずか》ら[二〇]善《よ》き事を云はむに、趣《おもむ》く事も有りなむ。其れを[二一]兼《か》ねて[二二]不承引《うけひか》じと云て、君、兄として不教《おしえ》ずして、不知顔《しらぬ》を作《つくり》て任せて見給ふは、極めて[二三]悪《あし》き事也。[二四]吉〻《よしょ》し、見給へ。自《みずか》ら行て、教へ直《ただ》して見せ進《たてまつ》らむ」と[二五]言《こと》を吐《はき》て去り給《たまい》ぬ。

お会いできてよかった。
一二 どんなお話しですか。
一三 あなたは兄として、なぜお諭しにならないのか。
一四 私が諭して聞くような者ではありません。
一五 長年。　一六 どうでしょう。よろしいですね。
一七 どんなによいお言葉を尽くしてお諭しになっても。
一八 かえって悪いことが起きましょう。
一九 決して。
二〇 よいことを言えば、自然と聞き入れることもありましょう。
二一 前もって。やってみる前から。
二二 承知しないだろうと。
二三 けしからぬことです。
二四 まあ、見ていて御覧なさい。
二五 大言壮語して。

其の後、孔子、盗跖が所に御《おわし》ぬ。馬より下《おり》て門に立《たち》て見れば、有る者皆、或は甲冑《こうちゅう》を着て[一]弓箭《きゅうせん》を帯せり。或は刀剣を横たへ[二]兵《ひょう》杖《じょう》を取れり。或は鹿・鳥等の諸《もろもろ》の獣を殺す物の具共《ども》を隙《ひま》無く置き散《ちら》せり。如此《かくのごと》くの諸の悪《あし》き事の限りを□[三]たり。孔子、人を招《まねき》て、云ひ入れさせ給ふ、「[四]魯の[五]孔丘《くきゅう》と云ふ人参れり」と。使還り来《きたり》て云く、「[六]音に聞き及ぶ人なゝり。先づ、[七]此に来れらむ事、何に依《より》てぞ。我れ聞く、「行《ゆき》て人を教ふる者なゝり」。若《も》し教へむが為に来《きた》るか。然らば来《きたり》て可教《おしうべ》し。[八]我が心に叶はゞ用ゐむ、不叶《かなわ》ずは[九]肝膾《きもなます》に作りてむとす」と[一〇]云ひ出《いで》たり。

其の時に孔子、盗跖が前に進み出《い》でゝ、庭にして、先づ盗跖を礼《らい》し給ふ。其の後、昇《のぼり》て座に着く。盗跖を見れば、甲冑《こうちゅう》を着たり。剣《つるぎ》を帯し鉾《ほこ》を取れり。頭《かしら》の髪は[一一]三尺許《ばかり》に[一二]上《あが》れり。乱《みだれ》たる事、[一三]蓬《よもぎ》の如し。目は大《おおき》なる鈴を付《つけ》たるが如《ごと》くして見廻《めぐら》し、鼻を吹き[一四]いらゝかして、歯を[一五]上咋《うわくい》て[一六]鬚《ひげ》をいらゝかして居たり。盗跖が

一 弓矢。　二 武器。
三 底本虫損。「苦」のごとき字体の一部が残る。宇治拾遺「悪しきことをつどへたり」。
四 孔子の出身国。山東省の西部。　五 孔子の本名。
六 噂に聞いているらしい。
七 まず、ここに来た理由は何か。　八 自分の気に入ったら用いてやるが。
九 肝を膾(生肉を刻んだ料理)にしてやろう。
一〇 取り次ぎの人の口を通して、外にいる孔子に告げた。　一一 一尺は約三〇センチ。
一二 逆立っている。
一三 蓬髪。ぼさぼさに乱れた髪の形容。
一四 鼻息を荒らげて、いららかすは、目立つようにする意。
一五 歯嚙みをして。宇治拾

云く、「汝が来れる故は何《なん》ぞ、慥《たしか》に可申《もうすべ》し」と。其の音《こえ》、嗔《いか》れる音《こえ》にして高くして、甚だ怖しき事無限《かぎりな》し。

孔子、此れを聞て思給《おもいたま》はく、「一七兼《かね》ては糸《いと》かく怖し気《げ》なる者とは不思《おもわ》ざりつ。形・有様を見、音《こえ》を聞くに、一八更に人と不思《おぼえ》ず」。然れば、一九心《むね》・肝《きも》砕けて振はる。然れども、二〇思ひ念じて、孔子、云ひ出《いだ》し給はく、「人の世に有る事は、皆、道理を身の荘《かざり》として心の□二一と為《す》る者也。今日、天を二二首《かしら》に頂き、地《じ》を足に踏《ふま》へ、二三四方を固めとし、二四公《おおやけ》に敬ひ奉り、下を哀《あわれ》び、人に情を置くを以て二五事と為《す》る者也。而《しか》るに、君、承はれば、二六心の恣《ほしいまま》に悪《あし》き事をのみ好み給ふと。悪き事をば、二七当時《そのかみ》は心に叶ふ様《よう》なれども、二八終《つい》には悪き事也。然れば、猶、人は善《よ》きに随ふをなむ善き事には為《す》る。然れば、二九如此《か》く申すに随《したがい》て御《おわす》べき也。此の事を申さむが為に参り来《きたり》つる也」と。

三〇疵咲《あざわらい》て、雷《いかずち》の如くなる音《こえ》を挙《あげ》て云く、「汝が云ふ所の事共《ども》一

遺「牙をかみ」。
一六 鬚を逆立てて。
一七 ここに来るまでは、こうまで恐ろしい者とは思わなかった。
一八 とても人間とは思えない。
一九 肝がつぶれて。ひとりでにふるえてくる。
二〇 我慢して。
二一 漢字表記を期した欠字。宇治拾遺「心のをきて」。掟。守らねばならぬ決まり。
二二 頭上に。
二三 四方をしっかり固め。
二四 朝廷。おかみ。
二五 信条とするものです。
二六 勝手気ままに。
二七 その当座は。
二八 結局はろくなことになりません。
二九 このように申し上げる私の言葉に従われるのがよろしい。
三〇 からからと笑って。

として不当《あたら》ず。其の故は、昔《むか》[一]し、[二]尭《ぎょう》・舜《しゅん》と申す二人の国王御坐《おわしま》しき。世に貴ばれ給ふ事無限《かぎりな》かりき。然れども、其の子孫、世に[三]針指す許《ばかり》の所を不知《しら》ず。亦、世に賢き人は[四]伯夷《はくい》・叔斉《しゅくせい》也。然れども、[五]□山の山に臥せりしかば、餓え死にき。亦、汝が弟子に[六]顔回《がんかい》と云ふ者有《あり》き。汝ぢ賢く教へ立《たて》たりきと云へども、[七]不覚にして命短くして死にき。亦、汝が弟子に[八]子路《しろ》と云ふ者有りき。[九]衛《えい》□の門にして被殺《ころさ》れにき。然れば、賢き事も[一〇]終《つい》に賢き事無し。亦、悪《あし》き事を我れ好むと云ども、災《わざわい》身に不来《きたら》ず。被讃《ほめらる》る者、四日五日に不過《すぎ》ず、被誇《そしらる》る者、亦如此《かくのごと》し。然れば、善《よ》き事も悪《あし》き事も永く[一一]被讃《ほめら》れ、永く被誇《そしら》るゝ事無し。此れに依《より》て、善き事も悪き事も、只、[一二]我が好《このみ》に随《したがい》て容止《ふるまう》べき也。汝ぢ、[一三]亦、[一四]木を刻《きざみ》て冠とし、皮を以て衣とせり。[一五]世を恐れて公《おおやけ》に仕《つかう》れども、[一六]再び魯《ろ》に追《おわ》れ、跡を[一七]□に削らる。[一八]何ぞ不賢《かしこから》ぬ。然れば、汝が云ふ所、[一九]毎事《ことごと》に悚《おろか》也。汝ぢ、[二〇]速《すみやか》に走り還《かえり》て去《い》ね。一と

一「し」は「昔」の捨仮名。
二 ともに中国古代の伝説的聖天子。 三 針を刺すほどの土地も持ってはいない。
四 殷の孤竹君の二子。周の武王が殷の紂王を討とうとしたのを諫めて入れられず、首陽山に隠れて餓死した。廉直の士の代表。
五 漢字表記を期した欠字か。宇治拾遺「首陽山に臥せりて」。 六 字は子淵。孔門十哲の一。孔子の後継者として嘱望されたが、三〇歳に達せず夭折した。
七 宇治拾遺「不幸にして」。
八 本名は仲由。子路は字。孔門十哲の一。孔子の在世中、衛国の内乱に、都城の門内で非業の死を遂げた。
九 門名明記を期した欠字。宇治拾遺「れいの門」。荘子「衛東門」。

して可用《もちいるべ》き事無し」と云ふ時に、孔子、亦可云《いうべ》き事思《おぼ》え給はざりければ、座を起《たち》て怱《いそ》ぎ出《い》で給《たまい》ぬ。

馬に乗り給《たまう》に、二一吉《よ》く恐れ給ひにければ、轡《くつわ》を二度《ふたた》び二二取り□二三し、鐙《あぶみ》を頻《しきり》に踏二四み誤《あやま》ち給ふ。此れを世の人、「二五孔子倒《くじたお》れし給ふ」と云ふ也となむ語り伝へたるとや。

二〇 宇治拾遺「輩」が正か。だから賢い(立派な)連中も結局ろくなことはない。
二一 永久に褒められ、永久に誇られるわけではない。
二二 自分の好みのままにふるまえばよいのだ。
二三 「ぢ」は「汝」の捨仮名。
二四 荘子「冠二枝木之冠一、帯二死牛之脅一」は、木の枝のようにごてごてと飾りたてた冠をかぶり、死んだ牛の脇腹の骨を帯にして、と揶揄する言葉。
二五 おじおどと朝廷に仕えておったが。
二六 魯からは二度も追い出された。
二七 漢字表記を期した欠字か。宇治拾遺「あとをゑいにけづらろ」。衛の国では(激しく排斥され)足跡まで削られた。
二八 なんと愚かしいことか。
二九 すべて馬鹿げている。

病《やまい》、人《ひと》の形《かたち》と成《な》り、医師《くすし》其《そ》の言《こと》を聞《き》きて病《やまい》を治《じ》せる語《こと》 第二十三

今昔《いまはむかし》、震旦《しんだん》に[一]□代に、身に重き病[二]を受《うけ》たる人有けり。其の時に、止事無《やんごとな》き医師《くすし》有けり。彼《か》の病を受《うけ》たる人、病を令療治《りようじせし》[三]めむが為に、其の医師を請《しよう》ずるに、医師、既に請《しよう》[四]を受けつ。

医師、其の夜の夢に、彼の病、忽《たちまち》に二人の童[五]の形に成《なり》て歎《なげき》て云《いわ》く、「我等、此の医師の為に被傷《そこなわ》[六]れなむとす。何《いか》[七]が可為《すべ》き。何所《いずく》にか逃げむと為《す》る」と云ふに、一人の童の云く、「我等、[八]肓《こう》の上、[九]膏《こう》の下に入《いり》なば、医師、[一〇]何ぞ我等を傷《そこなわ》むや」と云ふと見て、夢覚《さめ》ぬ。其の後、医師、彼《か》の病する人の許《もと》に至て、[一一]病を見て云く、「我れ、此の病を不可治《じすべから》ず。[一二]針も不可至《いたるべから》ず、[一三]薬も不可及《およぶべから》ず」と云て、不治《じせ》ずして返《かえり》ぬれば、病者《やめる》、即ち死《しに》ぬ。[一四]胆《い》の下をば肓《こう》と云ひ、胆の上をば膏《こう》と云ふ也。然れば、其の所に

二〇 さっさと走って帰れ。
二一 すっかり。
二二 「び」は「度」の捨仮名。
二三 「はづ(し)」の漢字表記を期した欠字。宇治拾遺「轡」を二たび取りはづし」。
二四 宇治拾遺「踏みはづす」。
二五 成句としては敬語のない「孔子倒れ」が普通で、孔子ほどの人でも時には失敗する、という意味に用いる。源氏物語・胡蝶「恋の山には孔子の倒れ」など。

第二十三話 出典未詳。前半の源泉的な話が春秋左氏伝・十二・成公十年にある。

一 王朝名明記を期した欠字。左氏伝によれば、春秋時代の晋の話。 二 左氏伝では、病人は晋侯、医師は緩である。 三 治療させるために。

至ぬる病をば、治の無ければ如此《かくのごと》く云ふなるべし。

其の後、亦、重き病を受《うけ》たる人有り。同じ医師を請《しよう》じて、病を令療治《りようじせし》めむと為《す》るに、医師、請を受て病者《やめる》の許《もと》へ行く道に、忽に二人の鬼有《あり》て歎《なげき》て云く、「我等、遂に此の医師の為に被傷《そこなわ》れなむとす。何《いか》が可為《すべ》き」と云ふに、亦、前《さ》き[15]に夢に云ひしが如く、「我等、肓の上、膏の下に入なば、更[16]に力不及《およば》じ」と云ふ。亦、一人が云く、「若《も》し、[17]八毒丸や令服《ぶくせし》[18]めむずらむ」と云へば、今一人が云く、「其の時にこそ我等術《ずつ》[19]無からめ」と云ふを聞て、医師、病する人の所に怱《いそ》ぎ行て、此の度は八毒丸を令服《ぶくせしめ》つ。病者《やめる》、此れを服《ぶく》して、病、即ち愈《いえ》ぬ。

然れば、病も[20]皆心有《あり》て、如此《かくのごと》く云ふ也けりとなむ語り伝へたるとや。

四 招請に応じて。
五 童子の姿になって。
六 ひどい目に遭わされるぞ。
七 どうしよう。どこに逃げようか。　八 横隔膜の上の薄膜。　九 心臓の下の微脂。
一〇 どうして我らをやっつけられよう。大丈夫だ。
一一 左氏伝では、夢を見たのは晋侯で、緩が同じ見立てをしたので、名医と称されたという。
一二 鍼(はり)も届かず。
一三 薬でもなおせない。
一四 胆嚢。但し、以下にいう膏肓の位置は通説(→注八・九)とは異なる。
一五 「き」は「前」の捨仮名。
一六 何ともできないだろう。大丈夫だ。　一七 未詳。
一八 飲ませるかもしれない。
一九 どうしようもないだろう。万事休すだな。

震旦《しんだん》の国王《こくおう》、愚《おろ》かにして玉造《たまつくり》の手《て》を斬《き》れる語《こと》 第二十九

今昔《いまはむかし》、震旦《しんだん》の□[一]の代に一人の玉を造る者有けり。名をば卞《べん》[二]和《か》と云けり。

[三]玉を造《つくり》て、[四]天皇に奉《たてまつり》たりけるを、天皇、他《ほか》の玉造を召《めし》て、此の玉を見せ給《たまい》ければ、其の玉造、此の玉を見て、「此の玉は光も無くて[五]不用の物也」と申《もうし》ければ、天皇、大きに嗔《いか》り給て、「何《いか》で、此《かか》る不用の物をば奉て、[六]公《おおやけ》をば欺《あざむく》ぞ」とて、[七]其の本の玉造を召て、左の手を被斬《きられ》にけり。

其の後《のち》、代替《かわり》て、他《ほか》の天皇、位に即《つき》給て、亦、前《さき》の玉造を召《めし》て玉を造《つくら》せ給《たまい》ければ、[八]造て奉《たてまつり》たりけるを、前《さき》の天皇の如く他の玉造を召て見せ給けるに、其の度《たび》も亦、前《さき》の如く、「此の玉、光も無く不用の物也」と申《もうし》ければ、亦前の如く、天皇嗔《いか》り給て、

三〇 病気にもすべて人格があって。

第二十九話 出典は俊頼髄脳。源泉は韓非子・四・和氏篇。蒙求・卞和泣玉として著名な話で、同類話は蒙求和歌・二、三国伝記・二・5など多数。

一 王朝名明記を期した欠字。韓非子によれば、春秋時代の楚の話。

二 伝未詳。

三 韓非子には「璞」(まだ磨いていない、玉の原石)とあり、その同じ璞を新王が即位するたびに献上したという。その方が筋が通る。

四 国王。「みかど」と読むべきか。

五 役に立たないもの。

六 おかみを欺くのか。

七 そもそもの献上者の。

此の度は右の手を被斬《きられ》にければ、卞和泣き悲む事無限《かぎりな》し。

而《しか》る間、亦代替《かわり》て、他《ほか》の天皇、位に即《つき》給ひぬ。卞和、尚不懲《なおこり》ず、九玉を造《つくり》て天皇に奉《たてまつり》たりければ、亦、他の玉造を召て見せ給て、一〇「尚、此は様有《ようある》らむ」と思《おぼ》し食《めし》て瑩《みがか》せ給ければ、世に一一並び無く艶《うるわしき》光を放《はなち》て、不照《てらさ》ぬ所無く照しければ、天皇喜び給て、卞和に賞を給てけり。然れば、卞和、前《さき》の二代には涙を流して泣き悲びけるに、一二三代と云ふに、賞を蒙《こうぶり》てぞ喜びける。

一三此に依《より》て、世の人、前の二代の天皇をば皆、謗《そし》り申けり。今一四の天皇をば「賢く御《おわし》けり」と讃め申けり。此れ、二代の天皇の愚《おろか》に御《おわし》ける也。「尚、様有らむ」と思廻《おぼしめぐら》し可給《たまうべ》きに、一五吝《やさし》く手を被斬《きらる》るが弊《つたな》き也。亦、卞和も不懲《こり》ず玉を奉ける、一六極《きわめ》て吝《やさ》し。「前の二代には既に左右《そう》の手を被斬《きら》れぬ。此の度《た》び、一七若《も》し前の二度の如く有《あら》ましかば、一八此の度は頸《くび》を被斬《きられ》なまし」と世の一九人疑《うたがい》けれども、卞和が二〇誣《しい》て奉るも二一思ふ様こそは有《あり》けめ。

八 韓非子では、同じ原石を献上している。→注三。
九 韓非子では、三度目も同じ原石を献上している。
一〇 それでも、これには何かわけがあるだろう。
一一 世に比類のない、えもいわれぬ美しい光。
一二 三代目に。
一三 以下は、髄脳にない、本話独自の批評。
一四 三代目の国王。
一五 無造作に。うかうかと。
一六 まことに思慮に欠けている。
一七 「び」は「度」の捨仮名。
一八 今度は首を斬られるだろうと。
一九 世間の人は心配したものだが。
二〇 強いて。屈せずに。
二一 何か思うところがあったのだろう。

然れば、万《よろ》づの事は、尚《なお》、此《か》く強く可思《おもうべ》き也とぞ、人云《いい》けるとなむ語り伝へたるとや。

一 やはり、このように意志を強く持つべきだ。

第三十話 出典は俊頼髄脳。源泉は前漢書・五十四・蘇武伝。蒙求・蘇武持節として著名。同類話は蒙求和歌・三、平家物語・二・蘇武など多数。

二 →三五四頁注一。

三 前漢の忠臣。武帝の勅使として匈奴に赴いて捕えられ、一九年間苦節を守って、

漢《かん》の武帝《ぶてい》、蘇武《そぶ》を胡塞《こさい》に遣《つか》はせる語《こと》 第三十

今昔《いまはむかし》、漢《かん》の武帝《ぶてい》[二]の代に、蘇武《そぶ》[三]と云ふ人有けり。

天皇、[四]□依《より》て、此の人を胡塞《こさい》[五]と云ふ所に遣《つかわし》たりけるに、[六]久く返り不得《え》ずして、年来《としごろ》[七]、其の所に有《あり》けるが程に、亦、衛律《えいりつ》[八]と云ふ人、其の所に行たりけるに、衛律、行き着くまに[九]、其の所の人に先づ、「蘇武は有《あり》や否や」と問《とい》ければ、其の所の人、蘇武は有けるを隠さむが為に、謀《はかりこと》を成して、「蘇武、早う失《うせ》て[一〇]年久く成ぬ」と答《こたえ》けるを、衛律、「隠して虚言《そらごと》を云ふぞ」と心得て、「蘇武、不死《しな》ずして未《いま》だ有る也。此の秋、雁の足に文《ふみ》を結付《ゆいつけ》て、蘇武が書《ふみ》[一一]を天皇に奉《たてまつり》ければ、雁、王城に飛び来《きたり》て、其の書を天皇に奉たりき。天皇、其の書を御覧じて、蘇武[一二]今《いまに》有りと云ふ事を思《おぼ》し食《めし》たり。此れ、[一三]謀《はかりことならん》也」と云ければ、其の

紀元前八一年帰国した。
四 意識的欠字と思われるが、相当語句は未詳。髄脳には該当語句なし。
五 胡(匈奴)のとりで。
六 (捕われて)久しく帰ることが出来ず。
七 長年。→注三。
八 漢の使者として匈奴へ赴き、後に降伏、亡命して、丁霊王となった。蘇武より前に投降して蘇武に降伏を強要した人物であり、本話は史実に反するが、出典の俊頼髄脳も本話に同じ。
九 「まゝに」か正か。行き着くとすぐ。
一〇 すでに死んで何年にもなる。
一一 手紙。
一二 今でも生きている。
一三 死んだというのは、いつわりだ。

所の人、謀《はかりこと》[一]にて有ければ、「隠[二]して益《やく》無し」と思《おもい》て、「実《まこと》には未だ不死《しな》ずして有り」と云て、蘇武を衛律に会《あわ》せたりけり。

雁の足に文結付《ふみゆいつけ》たる事は、衛律が謀《たばかり》[三]の言《こと》なれども、此れに依《より》て蘇武出来《いできた》れば、世の人、此れを聞て、衛律をぞ讃め感じける。

然れば、虚言《そらごと》[四]なれども、事に随《したがい》て可云《いうべ》き也けり。衛律が謀の言《こと》は賢《かしこ》かりけりとなむ語り伝へたるとや。

一 もともと嘘をついていたから。
二 隠しても仕方がない。
三 (計略で言った)嘘のことだったが。
四 嘘も場合によっては言った方がよい。嘘も方便。なお、前漢書でも雁書の話は嘘であるが、中世には史実と信じられた。平家物語・二・蘇武が好例。

第三十五話 出典未詳。源泉らしい話が大荘厳論

国王《こくおう》、百丈《ひやくじよう》の石《いわ》の率堵婆《そとば》を造《つく》りて、工《たくみ》を殺《ころ》さむとせる語《こと》 第三十五

今昔《いまはむかし》、震旦《しんだん》の[五]□代に、[六]百丈の石率堵婆《いわのそとば》[七]を造る工有《たくみあり》[八]けり。

其の時の国王、其の工《たくみ》を以て、百丈の石《いわの》率堵婆を造り給ひける間に、既に造り畢《おわり》て、国王の思ひ給ひける様《よう》、「我れ、此の石卒堵婆《いわのそとば》[九]を思ひの如く造り畢《おわり》ぬ。極《きわめ》て喜ぶ所也。而《しか》るに、此の工、他《ほか》の国にも行《ゆき》て、此の卒堵婆をや起《た》てむと為《す》らむ。然れば、此の工を速《すみやか》に殺してむ」と思ひ得給ひて、此の工の未《いま》だ卒《そ》都婆《とば》の上に有る時に、不下《おろさ》ずして、[一〇]麻柱《あななし》を一度に[一一]はら〳〵と令壊《こぼたし》めつ。工可下《おるべ》[一二]き様《よう》も無くて、[一三]「奇異也」と思て、「卒堵婆の上に[一四]徒《いたずら》に居て為方《せんほう》無し。我が妻子共《めこども》、然《さ》りとも、[一五]此の事を聞きつらむ。聞てば必ず来《きたり》て見つらむ。[一六]故無くして我れ死なむずらむとは思はじ物を」と思ふと云へども、[一七]音《こえ》を通《かよわ》す程ならばこそ

五 王朝名明記を期した欠字。経・十五にある。
六 一丈は約三メートル。百丈といえば想像を絶する高さ。大荘厳論経「有㆑国中、施㆓設石柱㆒極為㆓高大㆒」。
七 ストゥーパ。仏塔。
八 石工。
九 希望通りに。
一〇 工事用の足場。
一一 ばらばらと。
一二 降りようもなくて。
一三 大変なことになったと茫然たる思いで。
一四 何もせずにいても仕方がない。
一五 自分が塔の上に取り残されたことを聞いただろう。
一六 (わが妻子は)自分が(何もせず)むざむざ死ぬとは思っていないはずだ。
一七 声が届く高さなら叫びもしようが。

は呼ばゝめ、[一]目も不及《およば》ず、音《こゑ》も不通《かよわ》ぬ程なれば、[二]力も不及《およば》で居たり。

而《しか》る間、此の工の妻子共《ども》、此の事を聞て、卒堵婆の[三]本に行て、[四]迊《めぐ》り行て見れども、更に可為《すべ》き方《ほう》無し。妻《め》の思はく、「然りとも、我が夫は[五]可為《すべ》き方《ほう》無くては不死《しな》じ者を。[六]構へ思ふ事有らむ者を」と、[七]憑《たの》み思て迊《めぐ》り行て見るに、工、上に有て、着たる衣を[八]皆解《とき》て、亦、[九]斫《さき》て糸に成しつ。其の糸を結び継ぎつゝ[一〇]窔《やわ》ら下《おろ》し降《くだ》すが、極《きわめ》て細くて風に被吹《ふか》れて[一一]飄《ただよ》ひ下《くだ》るを、妻、下にて此れを見て、「此れこそ我が夫の[一二]験《しる》しに下《おろ》したる物なめり」と思て、[一三]窔《やわ》ら動《うごか》せば、上に夫、此れを見て[一四]心得て、亦動かす。妻、此れを見て、「[一五]然《さ》ればこそ」と思て、家に走り行て、[一六]続《う》み置《おき》たる[一七]□取り持来《もてきたり》て、前《さき》の糸に結《ゆ》ひ付けつ。上に動かすに随《したがい》て、下にも動かすを、[一八]漸く上げ取《とり》つれば、[一九]此の度は[二〇]切《きり》たる糸を結ひ付けつ。其れを絡《く》り取れば、亦、[二一]糸の程なる細き縄を結《ゆ》ひ付け

一 目にも見えず、声も届かない高さなので。
二 如何ともし難く坐っていた。
三 根元。基礎の部分。
四 周囲を廻ってみるが、どうにも打つ手がない。
五 何もできずにむざむざ死ぬような人ではないはずだ。
六 きっと何か思案があるに違いない。
七 信頼して。
八 全部脱いで。
九 裂いて糸にした。
一〇 そっと下ろして行ったが。
一一 ふわふわと漂いながら下りてくるのを。
一二 合図に下ろしたものだろう。
一三 そっと動かすと。
一四 その動きを見て(妻が動かしたと察知して)、また

つ。亦、其れを絡り取つれば、亦太き縄を結ひ付けつ。亦、其れを絡り上げ取れば、其の度は二二三《み》絡《より》四《よ》絡《より》の縄を上げつ。亦、其れを絡り上げ取りつ。其の時に、其の縄に付《つき》て、二三構《かまえ》て伝ひ下《お》りぬれば、逃《にげ》て去《さり》にけり。

彼の卒堵婆《そとば》造り給ひけむ国王、二四功徳《くどく》得給ひけむや。世挙《こぞり》て、此の事を謗《そしり》けむとなむ語り伝へたるとや。

一五 やはりそうだ。動かす。
一六 紡いでおいた。
一七 漢字表記を期した欠字。「からむし(苧麻)」であろうか。
一八 そろそろと引き上げると。
一九 今度は。次には。
二〇 未詳。使い勝手のよい長さに切った糸をいうか。
二一 糸ぐらいの太さの。
二二 三、四本より合わせた縄。
二三 用心しながらそろそろと伝って下りて来て、下りきると逃げて行ってしまった。
二四 功徳は得られただろうか。これでも善行を修めたことになっただろうか。

嫗《おうな》の毎日《ひごと》に見《み》る卒堵婆《そとば》に血《ち》を付《つ》けたる語《こと》

第三十六

今昔《いまはむかし》、震旦《しんだん》の□[一]代に、□[二]洲と云ふ所に大《おおき》なる山有り。其の山の頂に[三]卒堵婆《そとば》有り。其の山の麓に里有り。其の里に一人の[四]嫗《おうな》住む、年八十許《ばかり》也。

其の嫗、日に一度、必ず其の山の頂に有る卒堵婆を上《のぼり》て拝《おがみ》けり。大きに高き山なれば、麓より峰へ昇る程、[五]嶮《さがし》く気悪《けあし》くして道遠し。然れども、[六]雨降るとても不障《さわら》ず、風吹くとても不止《やま》ず、[七]雷電すとても不恐《おそれ》ず、冬の[八]寒し凍れるにも、夏の熱く難堪《たえがた》きにも、一日を不闕《かか》ず、必ず上《のぼり》て、此の卒堵婆を礼《おが》みけり。如此《かくのごと》く為《す》る事、[九]年来《としごろ》に成ぬ。

人、此れを見て、[一〇]強《あながち》に其の本縁《ことのもと》を不知《しら》ず、只、卒堵婆を礼《おが》むなめりと思ふ程に、夏極《きわめ》て熱き比《ころおい》、[一一]若き男童子《おのわらわ》等、此の山の

第三十六話　出典未詳。宇治拾遺物語・30に同文的同話があり、述異記・上、捜神記・十三、淮南子鴻烈解・二などに類話がある。

一 王朝名明記を期した欠字。宇治拾遺「もろこしに」。

二 地名明記を期した欠字。宇治拾遺は地名を記さない。

三 →三九三頁注七。

四 老婆。

五 けわしく苦しくて遠い。

六 雨が降ってもやめず。

七 雷が鳴っても。

八 「寒く」と同意。寒くて凍りつく時にも。

九 長年。

一〇 強いてその理由を知ろうとはせず。

一一 宇治拾遺「若き男ども、童部」。

一二 根元にしゃがんで涼ん

峰に上《のぼり》て、卒堵婆の本[一二]に居《い》て冷《すず》む間、此の嫗、[一三]腰は二重なる者の、杖に係かりて汗を巾《のご》ひつゝ、卒堵婆の許《もと》に上《のぼ》り来《きたり》て、卒堵婆を[一四]迊《めぐり》て見れば、只、卒堵婆を迊《めぐ》り奉るなめりと思ふに、卒堵婆を迊る事の怪《あや》しければ、此の冷《すず》む者共《ども》、[一五]一度にも非ず度ゝ《たびたび》、此れを見て云《いわ》く、「此の嫗は、[一六]何の心有《あり》て、苦しきに如此《か》くは為《せ》るにか有らむ。今日来《きたり》たらば、此の事問はむ」と云ひ合せける程に、常の事なれば、嫗[一七]這ゝ上《ほうほうのぼ》りにたり。

此の若き男共《ども》、嫗《おうな》に問て云く、「嫗は、何の心有《あり》て、我等が[一八]若きそら冷《すず》[一九]まむが為に来《きた》るそら猶苦しきに、冷まむが為なめりと思へども、冷む事も無し。亦、[二〇]為《す》る事も無きに、老《おい》たる身に、毎日《ひごと》に上り下《お》るゝぞ。極《きわめ》て怪しき事也。[二一]此故《この》令知《しらし》め給へ」と。嫗が云く、「此の比《ごろ》の若き人は、実《まこと》に怪しと思《おぼ》すらむ。如此《か》く来《きたり》て卒都婆《そとば》を見る事は、[二二]近来《このごろ》の事にも非ず。我れ、[二三]者の心知り初めてより後《のち》、此の七十余年、毎日《ひごと》にかく上《のぼり》て見る也」と。男

でいるうちに。
一三　腰は二重になるほど曲がっている者が。
一四　周囲を廻って見ているので。
一五　一再ならず、何度も。
一六　どんなつもりで。
一七　這うようにして登って来た。
一八　我々若い者でさえ。
一九　涼むために来るのでさえ。
二〇　(かといって)他にすることもないのに、老いた身で(どうして)毎日登り下りするのか。
二一　そのわけを教えて下さい。
二二　最近始めたことではない。
二三　物心がついて以後。

共《ども》の云く、「[一]然れば、其の故を令知《しらし》め給へと云ふ也」と。嫗の云く、「己《おの》[二]れが父は百二十にてなむ死にし。祖父《おおじ》は百三十にてなむ死にし。亦、其れが父や祖父などは二百余《にひやくにあまり》てなむ死にけり。[三]其等が云ひ置きけるとて、「此の卒堵婆に血の付かむ時ぞ、此の山は崩れて深き海と可成《なるべ》き」と父の申し置《おき》しかば、麓に住む身にて、[四]山崩れば打ち襲はれて死にもぞ為《す》るとて、「若《もし》血付かば、逃《にげ》て去らむ」と思て、かく毎日《ひごと》に卒堵婆を見る也」と。

男共《ども》、此れを聞て、[五]鳴呼《おこ》づき嘲《あざけり》て、「恐しき事かな。崩れむ時は告げ給へ」など云て、咲《わら》ひけるをも、嫗、[六]我れを咲ひ云ふとも不心得《こころえ》で、「[七]然《しか》也。何《いか》でか、我れ独り生かむと思て、不告申《つげもうさ》ざらむ」と云て、卒堵婆を廻《めぐ》り見て、返り下《おり》ぬ。

其後《そののち》、此の男共《ども》の云く、「此の嫗は[八]今日は不来《きたら》じ。明日ぞ、亦来《きたり》て卒堵婆を見むに、[九]怖《お》どして令走《はしらし》めて[一〇]咲《わら》はむ」と云ひ合はせて、血を出して此の卒堵婆に塗り付《つけ》て、男共《ども》は返《かえり》て里の者共《ども》

一 だから、そのわけを教えて欲しいと言っているのです。
二 「れ」は「己」の捨仮名。私の父は。
三 それら(先祖たち)が言い伝えたことだと言って。
四 もし山が崩れたら、押し潰されて死んでしまうだろうと思って。
五 馬鹿にして笑って。
六 自分が笑われているとも気付かないで。
七 もちろんですとも。自分一人が生き延びようと黙ってなどいません。きっと教えてあげますよ。
八 今日はもう来ないだろうと。
九 驚かせて。びっくりさせて。
一〇 笑ってやろう。
一一 さぞ崩れることだろう

に語《かたり》て云く、「此の麓なる嫗の、毎日《ひごと》に上《のぼり》て峰の卒堵婆を見るが怪しければ、其の故を問ふに、然々《しかしか》なむ云ひつれば、明日怖《お》どして令走《はしらし》めむとて、卒堵婆に血をなむ塗《ぬり》て下《おり》ぬる」と。里の者共《ども》、此れを聞て、「一一然《さ》ぞ崩れなむ物か」など云ひ咲《わら》ふ事無限《かぎりな》し。

嫗、一二亦の日上《のぼり》て見るに、卒堵婆に濃き血多く付《つき》たり。嫗、此れを見て一三迷《まど》ひ倒れて、走返《はしりかえり》て叫《さけび》て云く、「此の里の人、一四速《すみやか》に此の里を去《さり》て、命を可生《いくべ》し。此の山、忽《たちまち》に崩れて深き海と成《なり》なむとす」。如此《かくのごと》く、普《あまね》く告げ廻《めぐら》して、家に返り来《きたり》て、子・孫に一五物の具共《ども》を荷《にな》ひ令持《もたし》めて、其の里を去ぬ。此れを見て、血を付けし男共《ども》、一六咲《わら》ひ嘻《ののし》り合ひたる程に、一七其の事《こと》と無く、一八世界さらめき嘻り合《あい》たり。「風の吹き出《い》づるか、雷《いかずち》の鳴るか」など思て怪しぶ程に、一九虚空《こくう》、つゝ暗《やみ》に成て、奇異に恐ろし気《げ》也。

而《しか》るに、此の山二〇動《ゆる》ぎ立たり。「此れは何々《いかにいか》に」と云ひ二一嘻《ののし》り合

よ。
一二 翌日。
一三 びっくり仰天。転げるように走り帰って。
一四 早くこの村から逃げて、命を助かって下され。
一五 家財道具。
一六 大笑いし合っていたところ。
一七 何がどうなっているのかわからないが。何となく。
一八 あたり一面がざわめき、大きな音が響き合った。
一九 空が真っ暗になって、何とも恐ろしい気配になった。
二〇 ぐらぐらと動き始めた。
二一 (人々が)騒ぎ合っていた。

たる程に、山《や》[一]ま[二]只崩れに崩れ行く。其の時に、「嫗、[三]実《まこと》を云ひける物を」など云て、適《たまたま》に逃得《にげえ》たる輩《ともがら》有りと云へども、祖《おや》の行きけむ方《かた》を不知《しら》ず、[四]子の逃《にげ》けむ道を失へり。[五]況《いわん》や、家の財《たから》・物の具知る事無くして、[六]音《こえ》を挙《あげ》て叫び合たり。此の嫗一人は、子・孫引き具して、家の物の具共《ども》一つ失ふ事無くして、[七]兼《かね》て逃け去て、[八]他の里に静《しずか》に居たりける。[九]此の事を咲《わら》ひし者共《ども》は、不逃《にげ》敢《あえ》ずして、皆死《し》にけり。

然れば、年老《おい》たらむ人の云はむ事をば、可信《おもんずべ》き也。かくて、此の山皆崩れて海と成りにけり。[一〇]奇異の事也となむ語り伝へたるとや。

一 「ま」は「山」の捨仮名。
二 どんどん崩れていく。
三 本当を言ったのだ。婆さんの言葉は本当だった。
四 宇治拾遺「子をも失ひ」。
五 まして家財道具を持ち出すどころではなくて。
六 大声をあげて。
七 前もって避難して。
八 他の村で平穏に。
九 老婆を笑っていた者どもは、逃げ切れず、皆死んでしまった。
一〇 まことに驚くべきことであった。

第三十七話 出典未詳。多聞院日記・天文十三年九月九日条の弘法大師が清涼山で見たという飯盛の名手の話は、本話に似る。

二 長安には東市・西市があ

長安《ちようあん》の市《いち》に粥《かゆ》を汲《く》みて人《ひと》に施《ほどこ》せる嫗《おうな》の語《こと》第三十七

今昔《いまはむかし》、震旦《しんだん》の[一一]長安《ちようあん》の市《いち》に、粥《かゆ》を多く煮て、市の人に令食《じきせし》むる嫗《おうな》有けり。

此の市に行き違《か》ふ人の、[一二]員不知《かずしら》ず、[一三]日の出《い》づる時より日の入る時に至るまで、市門《いちの》を出入するに、[一四]市門《いちの》の前に粥を多く[一五]煮て、儲《もうけ》て、[一六]百千の器《うつわもの》を並べ置《おき》て、其の粥を其の器に盛《もり》て、人に令食《じきせし》むる[一七]功徳《くどく》を造《つくり》けり。

而《しか》るに、始めは、其の粥を[一八]杓《ひさこ》に汲《くみ》て[一九]慥《たしか》に器《うつわもの》に入れけるに、[二〇]漸く年月積るに随《したがい》て、[二一]功入《く》りにければ、[二二]一二丈を去《さり》て杓《ひさし》に粥を汲て擲《な》げ入るゝが、塵許《ちりばかり》も不泛《こぼれ》ざりけり。[二三]猶、年月を経て、久く積るに随て、四五丈去て杓に粥を汲て擲げ入るゝが、露許《つゆばかり》も不泛《こぼれ》ざりけるを、見る人の云ふ様《よう》、「然らば、[二四]何事也と云ふと

り、それぞれ南北千数十メートル、東西九百数十メートルの広大な市場であった。

一二　数え切れないほど。無数。

一三　長安の市は、正午に始まり、日没前に終る規定であった。

一四　広大な市場は長安の各坊と同様、坊墻(壁)で囲まれ、幅二〇メートルの道路が井桁状に通じて、東西南北に各二門、計八門があった。

一五　煮て待ち受けて。

一六　何百、何千の。

一七　善行を積んでいた。老婆は一種の施食を行っていたのである。

一八　杓。ひしゃく。

一九　きちんと。丁寧に。

二〇　だんだん年月がたつにつれて。

二一　年期が入ってくると。

も、年来《としごろ》の功《く》入らば、如此《か》く可有《あるべ》き事也けり」となむ云合《いいあい》けるとなむ語り伝《つたえ》たるとや。

二二 一丈は約三メートル。
二三 さらに年月を経て、長年になるにつれて。
二四 何事であれ、年期が入るとこうなるものだなあ。

解　説

池上洵一

はじめに

『今昔物語集』は、現代人にとって親しみやすい古典である。漢語が多いから一目すれば内容には大体の見当がつく。主語がきちんと明示されているし、掛詞・縁語・引歌等の表現技法は一切使用されていない。文章の論理は概して明晰であり、紛れるところが少ない。そしてなによりも、題材のおもしろさにはすでに定評がある。

ただし『今昔』は全三十一巻(うち三巻は欠巻)、説話総数一千を超える巨大な説話集である。本文庫版はこの中から精髄ともいうべき説話約四百を選び、標題を読み下し文に改め、本文の片仮名表記を平仮名表記に改めて、簡潔な脚注を付したものである。脚注は個々の語句の辞書的な解説であるよりも、文脈を明らかにし、場面の状況を的確に把握する助けとなるように努めた。ある程度の速度で『今昔』を通読しようとする読者に資することを第一義と考えたからである。

撰者

『今昔物語集』は作品の成立事情や成立年代、写本の伝来や流布の状況に至るまで、多くの謎に包まれている。誰がいつ、何のために、如何にして作ったのか、まったくわかっていない。『今昔』は説話集であり、説話は原則として個人の創作ではない。複数の人によって伝承されたものである。むしろ伝承されるから説話であるわけだが、『今昔』は説話として伝承された話を集めた作品であるから、個人的な創作文芸と同日には論じられない。したがって、その製作者も「作者」とは呼ばず、「撰者」または「編者」と呼ぶべきであるが(以下では「撰者」と称する)、それが一人なのか複数なのか、つまり作品の編纂が個人で行われたのか、集団的な共同作業の産物というべきなのか、実はそれさえも決定的なことは何もいうことが出来ない。

もちろん、ある程度の推測は可能である。後述するように作品の全体的な構想の上に占める仏教的なるものの大きさ、文体・用語・表現等を通じて知られる撰者の知識、教養や感性のありようから推して、撰者は男性、おそらく僧侶であったと思われる。南都・北嶺いずれに属する僧侶であったかは、それぞれを支援する徴証があって決しにくいが、近年の研究動向では南都興福寺の周辺に的を絞ろうとする動きが活発で、今後の研究の進展が注目される。

撰者の単複については、資料としての説話を集める過程では複数人の参与があった可能性があるが、その最終段階、すなわち現在われわれが目にしている『今昔』の文章について文責を負える人間は、一人もしくはそれに近いごく少数であったと推定する説が有力である。

作品の未完成

『今昔』は未完成な作品である。欠巻となっている三つの巻(巻八・十八・二十一)は、完成して後に失われたのではなく、最初から完成しないままに終わったと推定されている。巻としては存在しても合計八話しかない巻二十二とか、最初の話が第十三話から始まっていて、第一から第十二までの話がない巻二十三、第二十三から第四十までの話が抜け落ちた状態になっている巻七などは、いかにも編纂途上の観がある。

一応整っているかに見える巻においても、標題だけがあって本文のない話や、本文が途中で切れて、未完のままに終わっている話が散見する。本文庫版に収めた話では、巻五第十三話、巻十第三話、巻二十二第八話が後者の例である。

また一応完結している話でも、本文の各所に欠字が見られる。中には破損によって失われた文字もあるけれども、多くは地名や人名の明記を期して空白のままに残したものや、漢字を当てにくい語の漢字表記を期して空白を残したものである。これらの補塡ないし明記が現実に可能であったかどうかは議論の余地があろうが、文章として完成していないのは事実である。

これら各種の未完成は、撰者の死去とか撰者をとりまく状況の変化とか、比較的単純な理由を想定すれば済む問題ではなく、いわば『今昔』の文学としての方法が必然的に招いた結果であって、作品としての未完はある意味での必然として考えるべきことが指摘されている。

成立の年代

『今昔』には序文も跋文もないから、成立年代は各種の徴証を総合して判断するしかない。収載する説話のうち最も新しい記事をもつのは巻二十九第二十七話であって、この話には、源章家が肥後守在任中に狩で多くの鹿を殺し、殺生の罪を歎きつつ死んだことが語られている。章家の閲歴には不明な点が多いが、源俊房の日記『永昌記』の嘉承元年(一一〇六)十月十六日条に彼の子息の僧延暹について「肥後章家息」と記しているので、このとき章家は肥後守に在任中であったと思われる。

章家が死んだのはさらに後であるが、章家の死去を語るのは話の末尾の部分であるから、『今昔』撰者が勝手な想像によって付記した記事かもしれない。しかし少なくとも彼を肥後守として登場させることは、この年のころ以後にしか出来ないはずで、これが話の内容としては最も新しい年代ということになる。

『今昔』が典拠として利用している文献(出典)の中では、天永二年(一一一一)から永久三年(一一一五)の間に成立した『俊頼髄脳』がもっとも新しいが、巻七の若干の話の出典かと思われる『弘賛法華伝』(唐、恵詳撰)が舶来したのは保安元年(一一二〇)であったらしく、該書の利用は当然それ以後にしか出来なかったはずで、これが『今昔』の成立年代の上限を決定する。ただし、この年を初伝と決定するにはなお疑念が残るとする説もある。

一方、成立年代の下限は外部徴証によって決定される。すなわち他の文献が『今昔』

について言及したり引用したりしている例を探求し、その中で最古の年代を探ればよいわけだが、不思議なことに平安時代末期から鎌倉時代にかけては全くそれらしい痕跡がない。『今昔』の名が初めて記録に現れるのは室町時代になってからで、興福寺の別当、大乗院第十八世門跡経覚の日記『経覚私要抄』の文安六年(一四四九)七月四日条であるから、上限の時期から実に三百年以上経った後であり、成立年代決定の参考にはならない。

このため結局おおまかな言い方にならざるを得ないが、作品の構成から推測される仏教意識や撰者の口吻から感じられる社会観のあり方などを勘案して、上記の上限年代からさほど遠くない院政の時代、西暦一一三〇年代ないし四〇年代に、完成とはいえないまでも、現在われわれが見る作品の姿を整えたのであろうと推定する他ない。

伝　本

『今昔』の写本は、京都大学付属図書館所蔵の鈴鹿家旧蔵本(国宝。現存するのは巻二・五・七・九・十・十二・十七・二十七・二十九の九冊)が傑出した善本である。奥書等がないため正確な書写年代は不明であるが、筆跡や紙質から鎌倉中期以前の書写と推定されている。この本を綴じていた紙縒りについて行われた同位炭素の加速器質量分析法による年代測定の結果は、最古の紙縒りで西暦一〇〇〇～一二〇〇年、すなわち『今昔』の推定成立年代と重なる数値を示した。紙縒りの年代であるから、これを安易に本文の書写年代と同一視するわけにはいかないが、作品の成立時期に近い、きわめて古い写本であることは間違いない。

これに次ぐのは、東京大学文学部国語研究室所蔵の紅梅文庫旧蔵本、実践女子大学所蔵の黒川春村旧蔵本、九州大学附属図書館所蔵の一本などであるが、これらはすべて江戸時代に書写されたもので、互いにきわめて親近な関係にあり、祖本は鈴鹿本であったと推定されている。鈴鹿本の虫害等による破損箇所がこれらの本ではすべて空白になっているのは、これらが鈴鹿本が破損して後に書写されたことを物語っている。

これらの他にも写本は多いが、すべて江戸時代以後のもので、系統的にはすべて鈴鹿本を承けたものである。この伝本状況が物語るのは、『今昔』がある時期までは鈴鹿本というただ一つの写本によってのみ伝存し、それが破損した後にはじめて書写され、流布するようになったらしいという不可思議な事実である。

このことは『今昔』が成立してから三百年以上、誰にも見られた形跡がないという事実と不思議に暗合しており、作品の未完成な形態と相まって、この作品は成立後ほとんど公開されることなく、唯一本で伝わって某所に死蔵されていたのではないか、そしてその一本こそが鈴鹿本ではないのかという想像を喚起させる。『今昔』は室町時代になってようやく「発見」された古典かもしれないのである。

とはいえ、現存する鈴鹿本は九巻分に過ぎないから、その他の巻の本文の出処は何であったのか、正確にはわからない。巻十一や巻二十三のようにどの写本にもひどく崩れた本文しか伝わっていない巻があるなど、鈴鹿本に残存しない巻は、同本が他の本に書写されて後に行方不明になったのだと説明すれば済むほど単純な背景ではないらしい。

内容と構成

『今昔』は相当高度に分類整理され、配列の妙を得た、類纂形式の説話集である。その全体を展望するため、四一二―一三頁に簡単な一覧表を掲げる。

全体はまず天竺［インド］部(巻一〜五)・震旦［中国］部(巻六〜十)・本朝［日本］部(巻十一〜三十一)の三部に大別できる。各部ともまず仏教説話が配され、その後に世俗(非仏教)説話が配置されている。

天竺部の仏教説話は、巻一〜三が釈尊在世中の話である。巻一の最初(第一〜八話)は、釈尊が兜率天からこの世に生まれ、出家・苦行して悟りをひらき、人々を教化するに至った次第を語って一連の物語を形成している。こうして成立した仏教は、既成宗教の側からの迫害に耐えつつ次第に教団としての姿を整え、人々の入信すなわち出家入道が相次ぐ。釈尊は彼等を教化・救済し、舎利弗や目連など優れた仏弟子の活躍もあって、仏教は隆盛に向かうが、その間には流離王による釈迦族の殲滅(巻二第二十八話)など、大きな試練もあった。教化・救済譚は年代を定め難い話が多いこともあって、善因善果、悪因悪果、異類・畜生譚など、主として話題によって分類されているが、しかし釈尊伝としての時間的順序についての顧慮も忘れてはいない複雑な構成を示している。

やがて巻三の末尾で、釈尊は八十歳の生涯を閉じる。巻四は釈尊入滅後の話で、まず仏弟子たちの手で経典が結集されたことを語り、巻の前半にはほぼアショーカ(阿育)王の時代の、後半にはカニシカ王以後の時代の人々の話や仏像や経典の霊験譚が配置されている。

巻五の位置づけについては、研究者により見解に若干の相違があるが、基本的には世俗説話の巻である。副題に「仏前」とあるのは、この巻が釈尊生誕以前の歴史譚とか、釈尊の前世物語(ジャータカ)に起源する話が多いことと対応する。ジャータカの多くは

巻	副題	話数	内容			
一	天竺	38	釈尊の生誕・出家・成道・布教	仏伝	仏教	天竺
二	天竺	41	教化・因縁	教化	仏教	天竺
三	天竺	35	救済・釈尊の入滅	救済	仏教	天竺
四	天竺付仏後	41	釈尊入滅後の仏教	仏滅後	仏教	天竺
五	天竺付仏前	32	王后・本生・世俗諸譚		世俗	天竺
六	震旦付仏法	48	仏教伝来・諸仏霊験・諸経霊験	伝来	仏教	震旦
七	震旦付仏法	40	諸経霊験・雑	三宝霊験	仏教	震旦
（八）			（諸菩薩・聖者霊験か）	三宝霊験	仏教	震旦
九	震旦付孝養	46	孝子・応報・冥界・雑	因果	仏教	震旦
十	震旦付国史	40	王后・賢人・武人・学芸・風雅・雑		世俗	震旦
十一	本朝付仏法	38	仏教伝来・諸寺縁起	伝来弘布	仏教	
十二	本朝付仏法	40	諸法会縁起・諸仏霊験・諸経霊験	伝来弘布	仏教	
十三	本朝付仏法	44	法華経霊験	三宝霊験	仏教	
十四	本朝付仏法	45	諸経霊験・雑	三宝霊験	仏教	
十五	本朝付仏法	54	往生	三宝霊験	仏教	
十六	本朝付仏法	40	観世音菩薩霊験	三宝霊験	仏教	
十七	本朝付仏法	50	諸菩薩霊験・諸天霊験	三宝霊験	仏教	

巻	部立	話数	内容	分類		
（十八）			（諸聖者霊験か）	因果 他		本朝
十九	本朝付仏法	44	出家・転生・孝子・報恩	因果 他		本朝
二十	本朝付仏法	46	天狗・冥界・応報・雑	因果 他		本朝
（二十一）			（皇室譚か）	藤氏・王后（体制内的）	世俗	本朝
二十二	本朝	8	藤原氏譚	藤氏・王后（体制内的）	世俗	本朝
二十三	本朝	14	武芸・強力・馬芸	技芸（体制内的）	世俗	本朝
二十四	本朝付世俗	57	諸技能・陰陽・卜占・芸術・詩歌	技芸（体制内的）	世俗	本朝
二十五	本朝付世俗	14	武士	武士	世俗	本朝
二十六	本朝付宿報	24	宿報	体制外的	世俗	本朝
二十七	本朝付霊鬼	45	霊鬼・化物	体制外的	世俗	本朝
二十八	本朝付世俗	44	滑稽	体制外的	世俗	本朝
二十九	本朝付悪行	40	悪行・動物	体制外的	世俗	本朝
三十	本朝付雑事	14	男女の仲	体制外的	世俗	本朝
三十一	本朝付雑事	37	雑	雑	世俗	本朝

（『今昔』の各話は標題と本文から成るが、①標題・本文ともあるが未完のもの。②標題はあるが本文のないもの。③標題も本文もないが説話番号は欠番になっているもの、等の不完全話がある。この表に掲げた各巻の話数は、右の①と②を含み、③を除いて数えた数値である。）

民間伝承に拠って作られているから、雁と亀(第二十四話)や猿の生肝(くらげ骨なし)(第二十五話)など、日本の民間伝承でもおなじみの話題が少なくない。

震旦部は「仏法」と副題の付いた巻六と巻七、それに欠巻の巻八までが純然たる仏教説話で、巻六の最初では仏教の中国伝来、弘布に関係する話を置き、やがて中国の地に根を下ろした仏教が生み出した多くの霊験・功徳譚を、仏宝・法宝・僧宝の順に分類配置している。欠巻の巻八には僧宝に相当する菩薩や聖者たちの霊験譚を予定していたらしい。

巻九には「孝養」と副題があり、巻の前半には儒教的な孝行譚が並ぶが、後半の応報譚や冥界譚を含めて統括するとすれば、この巻を支配しているのは因果応報の理であって、広い意味では仏教説話に属させることも可能である。この巻の冥界譚がもつ迫力には読者の度肝を抜くものがある。

巻十は「国史」と副題があって、歴史譚から幕を開けるが、全体としては多種多様な世俗説話の集成である。

本朝部は巻十一から巻二十までが仏教説話、巻二十二から巻三十一までが世俗説話である。分量は多いが基本的な分類の規準や構成の原理は震旦部と共通するところが多い。巻十一から巻十二にかけては、日本への仏教伝来と弘布に関係する話が配置されている。さまざまな苦労を重ねながら多くの僧たちが法を求めて海を渡った。各地には次々に寺院が建立され、法会が開かれる。一つ一つがそれぞれに独立した話であるけれども、全体として俯瞰すれば、大きな歴史絵巻を見ているような気持になる。

次いで巻十三から巻十七には、仏宝・法宝・僧宝に分類された話、すなわち阿弥陀仏その他の仏像の霊験譚(仏宝)、法華経その他の経典の霊異譚(法宝)、観世音菩薩その他の菩薩・聖者の霊験譚(僧宝)が配置される。その間に割り込むようにして巻十五の往生譚が配置されているのは、当時高揚しつつあった浄土信仰の広がりと呼応している。なお欠巻の巻十八は僧宝の最後として諸聖者たちの話を予定していたと思われる。

巻十九は出家譚、巻二十は天狗譚が中核をなすが、大まかにいえば因果応報、仏教説話の雑の部である。だが、こういう話題にこそ、人間存在そのものに対する反省をこめた共感を感じ取る読者が多いのではないだろうか。

世俗説話の最初の巻に予定されていたと思われる巻二十一は欠巻だが、天竺・震旦部の世俗説話と同様、冒頭に歴史譚を配置するつもりであったとすれば、皇室に関係する話を配置して、巻二十二の藤原氏譚とともに摂関体制的な見地からする史的諸譚の集成が予定されていたはずで、これの未完成は目前に迫りつつある摂関体制崩壊の予告でもあった。

巻二十三と巻二十四は、それぞれ王朝的、摂関政治的な体制下における肉体的および知的技芸に関係する話を集めている。巻二十五は、そうした体制の下にありながらも半分はそこから逸脱した影の部分をもつ武士の話である。これに独立した一巻を与えているのは、迫り来る時代の足音の反映というべきだろう。

巻二十六以後は、もはやあらゆる統制になじまない世界の話である。「宿報」と副題のある巻二十六は、この世のみならぬ縁に支配された運命の糸の不思議さを語って、どの話にも深みがあり、「霊鬼」の巻二十七は、文字通りこの世のものならぬ霊や鬼、物の怪の活躍する世界である。ここまで来るともはや仏法も世俗の権力も手の届かない、暗黒の世界の話となる。巻二十八「世俗」は滑稽な話を集めているが、「笑い」もまた統制される世界の外にある点において、前後の巻と共通することを忘れてはならない。

巻二十九「悪行」は文字通り悪行の数々。まさに社会の裏側の現実を真正面からしたたかに見据えた話が、描写の切れ味も鋭く展開する。芥川龍之介の『羅生門』や『藪の中』をはじめ、多くの近代作家たちがこの巻から好んで取材しているのは故なしとしない。

巻三十は多く和歌を伴う恋愛譚、巻三十一は以上の分類になじまない雑多な話の集団だが、これがまたどうして、心に残る佳話の連続である。

おわりに

以上の大まかな展望からも明らかなように、『今昔』の世界はまことに幅が広く奥が深い。およそ天竺・震旦・本朝といえば、仏教が生まれ、伝わり、受け入れてきた道筋であって、『今昔』の構成も仏教の生成、伝播、発展に焦点を当てており、さながら説話で語る仏教の成立・伝来史とでもいうべき一面を持つ。

さらにまた、天竺・震旦といえば、当時の日本人の知識でいえば、ほとんど全世界というに等しい。仏教説話に劣らぬ熱心さで世俗説話を集めた撰者は、世界中のあらゆる話の集成をめざしていたともいえるのである。

撰者をして編纂活動に動かせた最初の動機は仏教的なそれであったに違いないが、彼にはその篤信と少しも矛盾しないかたちで世俗説話への熱い眼差しがあった。むろんそれは平安末から鎌倉時代にかけての権門体制が仏法と王法の、すなわち宗教的勢力と俗権との相互依存あるいは拮抗関係において成り立ち、理解されていたことと大きく関係しているだろう。しかしこの作品には、そうした一般論的な社会状況に還元するだけでは説明し切れない独特の個性、いうならば仏法も王法も何もかも乗り越えた彼方にまで広がる人間の営みのすべてに対する限りない興味と関心の所在を認めざるをえないのである。

先にも述べた通り、『今昔』は説話集であり、説話は原則として個人の創作ではなく複数の人によって伝承されてきたものであるから、題材の多様さや描写の冴えのすべてを撰者の手腕に帰するわけにはいかない。『打聞集』『古本説話集』『宇治拾遺物語』などほぼ同時代の説話集に同文的な同話がしばしば見られるように、かなりの部分までそれらは原拠の説話から受け継いだものなのである。

けれども、『今昔』の文章のわかりやすさ——それは主語の明示とか、屈折の少ない比較的単純構造の文とか、文相互の接続関係の非あいまいさ、つまりは論理的明晰性からもたらされていると思われるのだが、これらは必ずしも原拠以来のものではない。主語の明示や、接続関係の明確化には、むしろ撰者が原拠の説話をどう読み取り、理解したかという「読みの軌跡」が残されている。彼にとっては『今昔』を書くことが、同時に原拠の説話を読み解くことでもあった。『今昔』に特有の論理的明晰性や「合理」主義的な状況解釈、反復を厭わぬ具体的描写等々の特徴は、そのまま撰者自身の読みの軌跡と見てさしつかえないのである。

撰者の読みの結果は、各話の末尾近くに、多く「然れば」とか「此を思ふに」とかの語句を伴いながら開陳されているが、それらには多分に場当たり的で結果論的な批評が少なくない。だが、われわれはそれへの反論に熱を入れるより、自分自身の「読み」を深める方が生産的だろう。『今昔』には各自の「読み」を挑発する魅力がある。それこそがこの作品が影響を与えたり素材を提供して多くの近代文学作品を生み出した理由であり、現在も、そして将来も生み続けて行くであろう理由なのである。読者各位のすばらしい「読み」を期待したい。

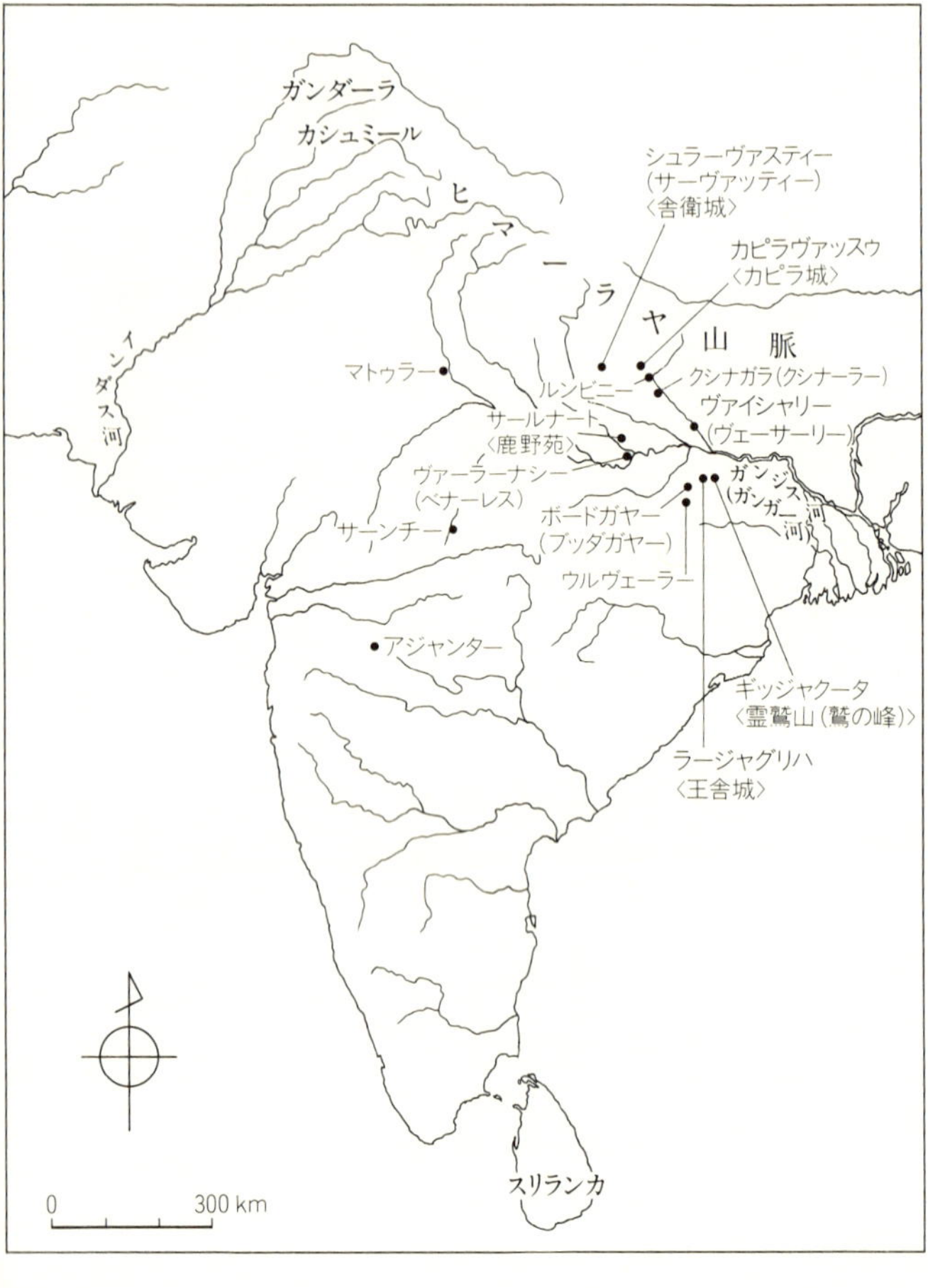

ガンダーラ
カシュミール
ヒマーラヤ山脈
インダス河
シュラーヴァスティー
(サーヴァッティー)
〈舎衛城〉
カピラヴァッスウ
〈カピラ城〉
マトゥラー
ルンビニー
クシナガラ(クシナーラー)
ヴァイシャリー
(ヴェーサーリー)
サールナート
〈鹿野苑〉
ヴァーラーナシー
(ベナーレス)
ガンジス河
(ガンガー河)
ボードガヤー
(ブッダガヤー)
サーンチー
ウルヴェーラー
アジャンター
ギッジャクータ
〈霊鷲山(鷲の峰)〉
ラージャグリハ
〈王舎城〉
スリランカ
0
300 km

今昔物語集《こんじやくものがたりしゆう》　天竺《てんじく》・震旦部《しんだんぶ》〔全4冊〕

2001年11月16日　第1刷発行
2024年3月15日　第11刷発行

編　者　池上洵一《いけがみじゆんいち》

発行者　坂本政謙

発行所　株式会社　岩波書店
〒101-8002 東京都千代田区一ツ橋2-5-5

案内 03-5210-4000　営業部 03-5210-4111
文庫編集部 03-5210-4051
https://www.iwanami.co.jp

印刷・大日本印刷　カバー・精興社　製本・牧製本

ISBN 978-4-00-300191-2　Printed in Japan

読書子に寄す

——岩波文庫発刊に際して——

岩波茂雄

真理は万人によって求められることを自ら欲し、芸術は万人によって愛されることを自ら望む。かつては民を愚昧ならしめるために学芸が最も狭き堂宇に閉鎖されたことがあった。今や知識と美とを特権階級の独占より奪い返すことはつねに進取的なる民衆の切実なる要求である。岩波文庫はこの要求に応じそれに励まされて生まれた。それは生命ある不朽の書を少数者の書斎と研究室とより解放して街頭にくまなく立たしめ民衆に伍せしめるであろう。近時大量生産予約出版の流行を見る。その広告宣伝の狂態はしばらくおくも、後代にのこすと誇称する全集がその編集に万全の用意をなしたるか。千古の典籍の翻訳企図に敬虔の態度を欠かざりしか。さらに分売を許さず読者を繫縛して数十冊を強うるがごとき、はたしてその揚言する学芸解放のゆえんなりや。吾人は天下の名士の声に和してこれを推挙するに躊躇するものである。このときにあたって、岩波書店は自己の責務のいよいよ重大なるを思い、従来の方針の徹底を期するため、すでに十数年以前より志して来た計画を慎重審議この際断然実行することにした。吾人は範をかのレクラム文庫にとり、古今東西にわたって文芸・哲学・社会科学・自然科学等種類のいかんを問わず、いやしくも万人の必読すべき真に古典的価値ある書をきわめて簡易なる形式において逐次刊行し、あらゆる人間に須要なる生活向上の資料、生活批判の原理を提供せんと欲する。この文庫は予約出版の方法を排したるがゆえに、読者は自己の欲する時に自己の欲する書物を各個に自由に選択することができる。携帯に便にして価格の低きを最主とするがゆえに、外観を顧みざるも内容に至っては厳選最も力を尽くし、従来の岩波出版物の特色をますます発揮せしめようとする。この計画たるや世間の一時の投機的なるものと異なり、永遠の事業として吾人は微力を傾倒し、あらゆる犠牲を忍んで今後永久に継続発展せしめ、もって文庫の使命を遺憾なく果たさしめることを期する。芸術を愛し知識を求むる士の自ら進んでこの挙に参加し、希望と忠言とを寄せられることは吾人の熱望するところである。その性質上経済的には最も困難多きこの事業にあえて当たらんとする吾人の志を諒として、その達成のため世の読書子とのうるわしき共同を期待する。

昭和二年七月

《日本文学(古典)》〔黄〕

- 古事記 倉野憲司校注
- 日本書紀 全五冊 坂本太郎・家永三郎・井上光貞・大野晋校注
- 万葉集 全五冊 佐竹昭広・山田英雄・工藤力男・大谷雅夫・山崎福之校注
- 原文 万葉集 全二冊 佐竹昭広・山田英雄・工藤力男・大谷雅夫・山崎福之校注
- 竹取物語 阪倉篤義校訂
- 伊勢物語 大津有一校注
- 玉造小町子壮衰書 ―小野小町物語 杤尾武校注
- 古今和歌集 佐伯梅友校注
- 土左日記 紀貫之 鈴木知太郎校注
- 源氏物語 全九冊 柳井滋・室伏信助・大朝雄二・鈴木日出男・藤井貞和・今西祐一郎校注
- 源氏物語補作 山路の露・雲隠六帖 他二篇 今西祐一郎編注
- 枕草子 池田亀鑑校訂
- 更級日記 西下経一校注
- 今昔物語集 全四冊 池上洵一編
- 西行全歌集 久保田淳・吉野朋美校注
- 建礼門院右京大夫集 付 平家公達草紙 久松潜一・久保田淳校注
- 後拾遺和歌集 久保田淳・平田喜信校注
- 詞花和歌集 工藤重矩校注
- 古語拾遺 斎部広成撰 西宮一民校注
- 王朝漢詩選 小島憲之編
- 新訂 方丈記 市古貞次校注
- 新訂 新古今和歌集 佐佐木信綱校訂
- 新訂 徒然草 西尾実・安良岡康作校注
- 平家物語 全四冊 梶原正昭・山下宏明校注
- 神皇正統記 北畠親房 岩佐正校注
- 御伽草子 全二冊 市古貞次校注
- 王朝秀歌選 樋口芳麻呂校注
- 定家八代抄 全二冊 ―続王朝秀歌選 樋口芳麻呂・後藤重郎校注
- 閑吟集 真鍋昌弘校注
- 中世なぞなぞ集 鈴木棠三編
- 謡曲選集 読む能の本 野上豊一郎編
- 東関紀行・海道記 玉井幸助校訂
- おもろさうし 外間守善校注
- 太平記 全六冊 兵藤裕己校注
- 好色五人女 井原西鶴 東明雅校註
- 武道伝来記 井原西鶴 横山重・前田金五郎校注
- 西鶴文反古 井原西鶴 片岡良一校訂
- 芭蕉紀行文集 付 嵯峨日記 中村俊定校注
- 芭蕉 おくのほそ道 付 曾良旅日記・奥細道菅菰抄 萩原恭男校注
- 芭蕉俳句集 中村俊定校注
- 芭蕉連句集 中村俊定・萩原恭男校注
- 芭蕉書簡集 萩原恭男校注
- 芭蕉文集 潁原退蔵編註
- 芭蕉俳文集 全二冊 堀切実編注
- 芭蕉自筆 奥の細道 上野洋三・櫻井武次郎校注
- 蕪村俳句集 付 春風馬堤曲 他二篇 尾形仂校注
- 蕪村七部集 伊藤松宇校訂
- 蕪村文集 藤田真一編注
- 折たく柴の記 新井白石 松村明校注
- 近世畸人伝 伴蒿蹊 森銑三校註

雨月物語　上田秋成／長島弘明校注

宇下人言 修行録　松平定信／松平定光校訂

新訂 一茶俳句集　丸山一彦校注

増補 俳諧歳時記栞草 全二冊　曲亭馬琴編／藍亭青藍補／堀切実校注

北越雪譜　鈴木牧之編撰／京山人百樹刪定／岡田武松校訂

東海道中膝栗毛 全二冊　十返舎一九／麻生磯次校注

浮世床　式亭三馬／和田万吉校訂

梅暦 全二冊　為永春水／古川久校訂

百人一首一夕話 全二冊　尾崎雅嘉／古川久校訂

日本民謡集　町田嘉章／浅野建二編

芭蕉臨終記 花屋日記 付 芭蕉翁終焉記・前後日記・行状記　小宮豊隆校訂

醒睡笑 全二冊　安楽庵策伝／鈴木棠三校注

歌舞伎十八番の内 勧進帳　郡司正勝校注

江戸怪談集 全三冊　高田衛編・校注

柳多留名句選　山澤英雄選／粕谷宏紀校注

松蔭日記　上野洋三校注

鬼貫句選・独ごと　復本一郎校注

井月句集　復本一郎編

花見車・元禄百人一句　雲英末雄／佐藤勝明校注

江戸漢詩選 全二冊　揖斐高編訳

《日本思想》〔青〕

風姿花伝（花伝書）　世阿弥／野上豊一郎・西尾実校訂
五輪書　宮本武蔵／渡辺一郎校注
養生訓・和俗童子訓　貝原益軒／石川謙校訂
貝原益軒 大和俗訓　石川謙校訂
日本水土考・水土解弁・増補華夷通商考　西川如見／飯島忠夫・西川忠幸校訂
蘭学事始　杉田玄白／緒方富雄校註
島津斉彬言行録　牧野伸顕序
塵劫記　吉田光由／大矢真一校注
兵法家伝書 付 新陰流兵法目録事　柳生宗矩／渡辺一郎校注
長崎版 どちりな きりしたん　海老沢有道校註
農業全書　宮崎安貞編録／貝原楽軒刪補／土屋喬雄校訂
仙境異聞・勝五郎再生記聞　平田篤胤／子安宣邦校注
茶湯一会集・閑夜茶話　井伊直弼／戸田勝久校注
西郷南洲遺訓 附 手抄言志録及遺文　山田済斎編
文明論之概略　福沢諭吉／松沢弘陽校注
新訂 福翁自伝　富田正文校訂
学問のすゝめ　福沢諭吉
福沢諭吉教育論集　山住正己編
福沢諭吉家族論集　中村敏子編
福沢諭吉の手紙　慶應義塾編
新島襄の手紙　同志社編
新島襄 教育宗教論集　同志社編
新島襄自伝 ―手記・紀行文・日記　同志社編
植木枝盛選集　家永三郎編
日本の下層社会　横山源之助
中江兆民 三酔人経綸問答　桑原武夫・島田虔次訳・校注
中江兆民評論集　松永昌三編
憲法義解　伊藤博文／宮沢俊義校註
日本風景論　志賀重昂／近藤信行校訂
日本開化小史　田口卯吉／嘉治隆一校訂
新訂 蹇蹇録 ―日清戦争外交秘録　陸奥宗光／中塚明校注
茶の本　岡倉覚三／村岡博訳
武士道　新渡戸稲造／矢内原忠雄訳
新渡戸稲造論集　鈴木範久編
キリスト信徒のなぐさめ　内村鑑三
余はいかにしてキリスト信徒となりしか　内村鑑三／鈴木範久訳
代表的日本人　内村鑑三／鈴木範久訳
後世への最大遺物・デンマルク国の話　内村鑑三
ヨブ記講演　内村鑑三
足利尊氏　山路愛山
徳川家康 全二冊　山路愛山
豊臣秀吉 全二冊　山路愛山
妾の半生涯　福田英子
三十三年の夢　宮崎滔天／島田虔次・近藤秀樹校注
善の研究　西田幾多郎
続思索と体験・『続思索と体験』以後　西田幾多郎
西田幾多郎哲学論集 II ―論理と生命 他四篇　上田閑照編
西田幾多郎哲学論集 III ―自覚について 他四篇　上田閑照編
西田幾多郎歌集　上田薫編
西田幾多郎講演集　田中裕編

西田幾多郎書簡集　藤田正勝編
帝国主義　幸徳秋水／山泉進校注
基督抹殺論　幸徳秋水
日本の労働運動　片山潜
貧乏物語　河上肇／大内兵衛解題
河上肇評論集　杉原四郎編
西欧紀行 祖国を顧みて　河上肇
中国文明論集　宮崎市定／礪波護編
史記を語る　宮崎市定
中国史 全二冊　宮崎市定
大杉栄評論集　飛鳥井雅道編
女工哀史　細井和喜蔵
奴隷 ―小説・女工哀史1　細井和喜蔵
工場 ―小説・女工哀史2　細井和喜蔵
初版 日本資本主義発達史 全二冊　野呂栄太郎
谷中村滅亡史　荒畑寒村
遠野物語・山の人生　柳田国男

木綿以前の事　柳田国男
海上の道　柳田国男
蝸牛考　柳田国男
都市と農村　柳田国男
十二支考 全二冊　南方熊楠
津田左右吉歴史論集　今井修編
特命全権大使 米欧回覧実記 全五冊　久米邦武編／田中彰校注
日本イデオロギー論　戸坂潤
明治維新史研究　羽仁五郎
古寺巡礼　和辻哲郎
風土 ―人間学的考察　和辻哲郎
和辻哲郎随筆集　坂部恵編
倫理学 全四冊　和辻哲郎
人間の学としての倫理学　和辻哲郎
日本倫理思想史 全四冊　和辻哲郎
「いき」の構造 他二篇　九鬼周造
九鬼周造随筆集　菅野昭正編

偶然性の問題　九鬼周造
田沼時代　辻善之助
パスカルにおける人間の研究　三木清
古代国語の音韻に就いて 他二篇　橋本進吉
吉田松陰　徳富蘇峰
林達夫評論集　中川久定編
新版 きけわだつみのこえ ―日本戦没学生の手記　日本戦没学生記念会編
新版 第二集 きけわだつみのこえ ―日本戦没学生の手記　日本戦没学生記念会編
君たちはどう生きるか　吉野源三郎
地震・憲兵・火事・巡査　山崎今朝弥／森長英三郎編
懐旧九十年　石黒忠悳
武家の女性　山川菊栄
覚書 幕末の水戸藩　山川菊栄
忘れられた日本人　宮本常一
家郷の訓　宮本常一
大阪と堺　三浦周行／朝尾直弘編
石橋湛山評論集　松尾尊兊編

手仕事の日本　柳　宗悦
工藝文化　柳　宗悦
南無阿弥陀仏　付 心偈　柳　宗悦
雨夜譚　—渋沢栄一自伝　長　幸男校注
中世の文学伝統　風巻景次郎
平塚らいてう評論集　小林登美枝・米田佐代子編
最暗黒の東京　松原岩五郎
日本の民家　今　和次郎
原爆の子　—広島の少年少女のうったえ　全二冊　長田　新編
臨済・荘子　前田利鎌
『青鞜』女性解放論集　堀場清子編
大津事件　—ロシア皇太子大津遭難　尾佐竹猛　三谷太一郎校注
幕末遣外使節物語　—夷狄の国へ　尾佐竹猛　吉良芳恵校注
極光のかげに　—シベリア俘虜記　高杉一郎
古典学入門　池田亀鑑
イスラーム文化　—その根柢にあるもの　井筒俊彦
意識と本質　—精神的東洋を索めて　井筒俊彦

神秘哲学　—ギリシアの部　井筒俊彦
意味の深みへ　—東洋哲学の水位　井筒俊彦
コスモスとアンチコスモス　東洋哲学のために　井筒俊彦
幕末政治家　福地桜痴　佐々木潤之介校注
フランス・ルネサンスの人々　渡辺一夫
維新旧幕比較論　木下真弘　宮地正人校注
被差別部落一千年史　高橋貞樹　沖浦和光校注
花田清輝評論集　粉川哲夫編
新版 河童駒引考　—比較民族学的研究　石田英一郎
英国の文学　吉田健一
中井正一評論集　長田　弘編
山びこ学校　無着成恭編
考史遊記　桑原隲蔵
福沢諭吉の哲学　他六篇　丸山眞男　松沢弘陽編
政治の世界　他十篇　丸山眞男　松本礼二編注
超国家主義の論理と心理　他八篇　丸山眞男　古矢　旬編
田中正造文集　全二冊　由井正臣・小松　裕編

国語学史　時枝誠記
定本 育児の百科　全三冊　松田道雄
哲学の三つの伝統　他十二篇　野田又夫
大隈重信演説談話集　早稲田大学編
大隈重信自叙伝　早稲田大学編
人生の帰趣　山崎弁栄
通論考古学　濱田耕作
転回期の政治　宮沢俊義
何が私をこうさせたか　—獄中手記　金子文子
明治維新　遠山茂樹
禅海一瀾講話　釈　宗演
明治政治史　岡　義武
転換期の大正　岡　義武
山県有朋　—明治日本の象徴　岡　義武
近代日本の政治家　岡　義武
ニーチェの顔　他十三篇　氷上英廣　三島憲一編
伊藤野枝集　森まゆみ編

前方後円墳の時代　近藤義郎

日本の中世国家　佐藤進一

《日本文学(現代)》〔緑〕

怪談 牡丹燈籠　三遊亭円朝
小説神髄　坪内逍遥
当世書生気質　坪内逍遥
アンデルセン 即興詩人 全二冊　森鷗外訳
ウィタ・セクスアリス　森鷗外
青年　森鷗外
雁　森鷗外
阿部一族 他二篇　森鷗外
山椒大夫・高瀬舟 他四篇　森鷗外
渋江抽斎　森鷗外
舞姫・うたかたの記 他三篇　森鷗外
鷗外随筆集　千葉俊二編
大塩平八郎 他三篇　森鷗外
浮雲　二葉亭四迷 十川信介校注
野菊の墓 他四篇　伊藤左千夫
吾輩は猫である　夏目漱石

坊っちゃん　夏目漱石
草枕　夏目漱石
虞美人草　夏目漱石
三四郎　夏目漱石
それから　夏目漱石
門　夏目漱石
彼岸過迄　夏目漱石
漱石文芸論集　磯田光一編
行人　夏目漱石
こころ　夏目漱石
硝子戸の中　夏目漱石
道草　夏目漱石
明暗　夏目漱石
思い出す事など 他七篇　夏目漱石
文学評論 全二冊　夏目漱石
夢十夜 他二篇　夏目漱石
漱石文明論集　三好行雄編

倫敦塔・幻影の盾 他五篇　夏目漱石
漱石日記　平岡敏夫編
漱石書簡集　三好行雄編
漱石俳句集　坪内稔典編
漱石・子規往復書簡集　和田茂樹編
文学論 全二冊　夏目漱石
坑夫　夏目漱石
二百十日・野分　夏目漱石
五重塔　幸田露伴
努力論　幸田露伴
一国の首都 他一篇　幸田露伴
渋沢栄一伝　幸田露伴
飯待つ間 —正岡子規随筆選　正岡子規 阿部昭編
子規句集　高浜虚子選
病牀六尺　正岡子規
子規歌集　土屋文明編
墨汁一滴　正岡子規

仰臥漫録	正岡子規
歌よみに与ふる書	正岡子規
獺祭書屋俳話・芭蕉雑談	正岡子規
子規紀行文集	復本一郎編
正岡子規ベースボール文集	復本一郎編
金色夜叉 全二冊	尾崎紅葉
不如帰	徳冨蘆花
武蔵野	国木田独歩
愛弟通信	国木田独歩
蒲団・一兵卒	田山花袋
田舎教師	田山花袋
一兵卒の銃殺	田山花袋
あらくれ・新世帯	徳田秋声
藤村詩抄	島崎藤村自選
破戒	島崎藤村
春	島崎藤村
桜の実の熟する時	島崎藤村
夜明け前 全四冊	島崎藤村
藤村文明論集	十川信介編
生ひ立ちの記 他一篇	島崎藤村
島崎藤村短篇集	大木志門編
にごりえ・たけくらべ	樋口一葉
大つごもり・十三夜 他五篇	樋口一葉
修禅寺物語・正雪の二代目 他四篇	岡本綺堂
高野聖・眉かくしの霊	泉鏡花
歌行燈	泉鏡花
夜叉ケ池・天守物語	泉鏡花
草迷宮	泉鏡花
春昼・春昼後刻	泉鏡花
鏡花短篇集	川村二郎編
外科室・海城発電 他五篇	泉鏡花
鏡花随筆集	吉田昌志編
化鳥・三尺角 他六篇	泉鏡花
鏡花紀行文集	田中励儀編
俳句はかく解しかく味う	高浜虚子
俳句への道	高浜虚子
回想 子規・漱石	高浜虚子
有明詩抄	蒲原有明
上田敏全訳詩集	山内義雄・矢野峰人編
宣言	有島武郎
一房の葡萄 他四篇	有島武郎
寺田寅彦随筆集 全五冊	小宮豊隆編
柿の種	寺田寅彦
与謝野晶子歌集	与謝野晶子自選
与謝野晶子評論集	鹿野政直・香内信子編
私の生い立ち	与謝野晶子
つゆのあとさき	永井荷風
濹東綺譚	永井荷風
荷風随筆集 全二冊	野口冨士男編
摘録 断腸亭日乗 全二冊	永井荷風 磯田光一編
すみだ川・新橋夜話 他一篇	永井荷風

あめりか物語　永井荷風
下谷叢話　永井荷風
ふらんす物語　永井荷風
荷風俳句集　加藤郁乎編
浮沈・踊子 他三篇　永井荷風
花火・来訪者 他十一篇　永井荷風
問はずがたり・吾妻橋 他十六篇　永井荷風
斎藤茂吉歌集　山口茂吉・柴生田稔・佐藤佐太郎編
千鳥 他四篇　鈴木三重吉
鈴木三重吉童話集　勝尾金弥編
小僧の神様 他十篇　志賀直哉
暗夜行路 全二冊　志賀直哉
志賀直哉随筆集　高橋英夫編
高村光太郎詩集　高村光太郎
北原白秋歌集　高野公彦編
北原白秋詩集 全二冊　安藤元雄編
フレップ・トリップ　北原白秋

野上弥生子随筆集　竹西寛子編
野上弥生子短篇集　加賀乙彦編
お目出たき人・世間知らず　武者小路実篤
友情　武者小路実篤
銀の匙　中勘助
若山牧水歌集　伊藤一彦編
新編 みなかみ紀行　若山牧水・池内紀編
新編 啄木歌集　久保田正文編
吉野葛・蘆刈　谷崎潤一郎
卍（まんじ）　谷崎潤一郎
谷崎潤一郎随筆集　篠田一士編
多情仏心 全二冊　里見弴
道元禅師の話　里見弴
今年竹 全二冊　里見弴
萩原朔太郎詩集　三好達治選
郷愁の詩人 与謝蕪村　萩原朔太郎
猫町 他十七篇　萩原朔太郎・清岡卓行編

恋愛名歌集　萩原朔太郎
恩讐の彼方に・忠直卿行状記 他八篇　菊池寛
菊池寛戯曲集 父帰る・藤十郎の恋　石割透編
河明り 老妓抄 他一篇　岡本かの子
春泥・花冷え　久保田万太郎
大寺学校 ゆく年　久保田万太郎
久保田万太郎俳句集　恩田侑布子編
室生犀星詩集　室生犀星自選
犀星王朝小品集　室生犀星
室生犀星俳句集　岸本尚毅編
出家とその弟子　倉田百三
羅生門・鼻・芋粥・偸盗　芥川竜之介
地獄変・邪宗門・好色・藪の中 他七篇　芥川竜之介
河童 他二篇　芥川竜之介
歯車 他二篇　芥川竜之介
蜘蛛の糸・杜子春・トロッコ 他十七篇　芥川竜之介
侏儒の言葉・文芸的な、余りに文芸的な　芥川竜之介

芥川竜之介書簡集　石割透編
芥川竜之介随筆集　石割透編
蜜柑・尾生の信 他十八篇　芥川竜之介
年末の一日・浅草公園 他十七篇　芥川竜之介
芥川竜之介紀行文集　山田俊治編
田園の憂鬱　佐藤春夫
海に生くる人々　葉山嘉樹
葉山嘉樹短篇集　道簱泰三編
日輪・春は馬車に乗って 他八篇　横光利一
宮沢賢治詩集　谷川徹三編
童話集 風の又三郎 他十八篇　宮沢賢治 谷川徹三編
童話集 銀河鉄道の夜 他十四篇　宮沢賢治 谷川徹三編
山椒魚・遥拝隊長 他七篇　井伏鱒二
川釣り　井伏鱒二
井伏鱒二全詩集　井伏鱒二
太陽のない街　徳永直
黒島伝治作品集　紅野謙介編

伊豆の踊子・温泉宿 他四篇　川端康成
雪国　川端康成
山の音　川端康成
川端康成随筆集　川西政明編
三好達治詩集　桑原武夫 大槻鉄男選
詩を読む人のために　三好達治
中野重治詩集　中野重治
夏目漱石 全二冊　小宮豊隆
新編 思い出す人々　内田魯庵 紅野敏郎編
檸檬《レモン》・冬の日 他九篇　梶井基次郎
蟹工船 一九二八・三・一五　小林多喜二
富嶽百景・走れメロス 他八篇　太宰治
斜陽 他一篇　太宰治
人間失格・グッド・バイ 他一篇　太宰治
津軽　太宰治
お伽草紙・新釈諸国噺　太宰治
右大臣実朝 他一篇　太宰治

真空地帯　野間宏
日本唱歌集　堀内敬三 井上武士編
日本童謡集　与田凖一編
森鷗外　石川淳
至福千年　石川淳
小林秀雄初期文芸論集　小林秀雄
近代日本人の発想の諸形式 他四篇　伊藤整
小説の認識　伊藤整
中原中也詩集　大岡昇平編
ランボオ詩集　中原中也訳
晩年の父　小堀杏奴
小熊秀雄詩集　岩田宏編
夕鶴・彦市ばなし 他二篇 —木下順二戯曲選II—　木下順二
元禄忠臣蔵 全二冊　真山青果
随筆滝沢馬琴　真山青果
旧聞日本橋　長谷川時雨
みそっかす　幸田文